HANDBUCH FÜR DEN RUSSISCHEN DEBÜTANTEN

Gary Shteyngart

HANDBUCH FÜR DEN RUSSISCHEN DEBÜTANTEN

Aus dem amerikanischen Englisch
von Christiane Buchner und Frank Heibert

Berlin Verlag

Die Originalausgabe erschien 2002 unter dem Titel
The Russian Debutante's Handbook
bei Riverhead Books/Penguin Putnam Inc., New York

Umschlaggestaltung:
Nina Rothfos und Patrick Gabler, Hamburg
Typografie: Renate Stefan, Berlin
Gesetzt aus der Adobe Garamond
durch psb, Berlin
Druck & Bindung: Ebner & Spiegel, Ulm
Printed in Germany 2003
ISBN 3-8270-0483-7

Für meine Eltern

TEIL I

New York, 1993

KAPITEL 1

Die Geschichte des Vladimir Girshkin

Die Geschichte des Vladimir Girshkin – teils erinnert sie an P. T. Barnum, teils an W. I. Lenin, den Mann, der halb Europa erobern sollte (wenn auch die falsche Hälfte) – beginnt wie so vieles andere auch. An einem Montagmorgen. In einem Büro. Während die erste Tasse Kaffee im Aufenthaltsraum gurgelnd das Licht der Welt erblickt.

Sie beginnt in New York, an der Ecke Broadway und Battery Place, der heruntergekommensten, gottverlassensten, nullprofitversprechendsten Ecke des New Yorker Financial District. Im zehnten Stock begrüßte der »Emma-Lazarus-Verein zur Förderung der Immigrantenintegration« seine Klienten mit den vertrauten fleckigen Wänden und verdurstenden Hortensien einer tristen Behörde in der Dritten Welt. Unter den sanften, aber hartnäckigen Schubsern ausgebildeter Assimilationsmoderatoren schlossen im Wartezimmer Türken mit Kurden Waffenstillstand, reihten sich Tutsis geduldig hinter Hutus in die Schlange und hielten Serben mit Kroaten am entmilitarisierten Trinkbrunnen ein Schwätzchen.

Gleichzeitig machte sich im voll gestopften Büro die Hilfskraft Vladimir Girshkin – ein Bilderbucheinwanderer und Bilderbuchausländer, nicht totzukriegendes Opfer sämtlicher Kapriolen, die das ausgehende zwanzigste Jahrhundert zu bieten hatte, und untypischer Held unserer Tage – über das erste Soppressata-Avocado-Sandwich des Tages her. Wie Vladimir die gnadenlose Härte der doppelt gepökelten Soppressata und den fettigen Schmelz der zarten Avocado liebte! Dass sich solche dialektischen Sandwiches rapide ausbreiteten, war für sein Gefühl mit Abstand das Beste am Sommer 1993 in Manhattan.

Vladimir wurde heute fünfundzwanzig. Zwölf Jahre hatte er in Russland gelebt, und dann dreizehn Jahre hier. So war sein Leben – eins kam zum anderen. Und jetzt bröckelte es an allen Ecken.

Dies drohte der scheußlichste Geburtstag seines Lebens zu werden. Vladimirs bester Freund Baobab war in Florida und verdiente sich seine Miete durch unsägliche Geschäfte mit unbeschreiblichen Menschen. Mutter war, aufgeschreckt durch die mageren Erträge seines ersten Vierteljahrhunderts, offiziell auf dem Kriegspfad. Und, bislang wahrscheinlich die schlimmste Entwicklung: 1993 entpuppte sich als Jahr der Freundin. Einer dicklichen, depressiven amerikanischen Freundin, deren knalloranges Haupthaar seine Bleibe in Alphabet City voll fluste, als hätte ihn ein Kader Angorakaninchen beehrt. Einer Freundin, deren süßlicher Räucherstäbchenduft und moschuslastiges Parfüm Vladimir an der ungewaschenen Haut klebten, damit er nur ja nicht vergaß, was er von heute Nacht, seiner Geburtstagsnacht, zu erwarten hatte: Sex. Sie mussten jede Woche einmal miteinander schlafen, da sowohl er als auch diese blasse, üppige Frau, diese Challah, sich einbildeten, ohne wöchentlichen Sex würde ihre Beziehung laut Paragraph xy Beziehungsgesetz kollabieren.

Sexnacht mit Challah, genau. Challah mit den Pausbacken und der energischen Rettichnase, die immer so mütterlich und nach Vorstadtgirl aussah, trotz all der zerrissenen schwarzen T-Shirts, gruftigen Armreifen und Kruzifixe, die ihr die abgedrehtesten Läden von Manhattan immer wieder andrehten. Sexnacht: ein Angebot, das Vladimir nicht auszuschlagen wagte angesichts der Aussicht, in einem gänzlich leeren Bett aufzuwachen – leer bis auf den einsamen Vladimir natürlich. Wie ging das noch mal? Man macht die Augen auf, dreht sich um und starrt … dem Wecker ins Gesicht. In das beschäftigte, unbarmherzige Gesicht, das im Gegensatz zu einer Geliebten nichts anderes als »Ticktack« von sich gibt.

Plötzlich hörte Vladimir im Wartezimmer das hysterische Gekreisch eines bejahrten Russen: »Oppa! Oppa! Towarischtsch Girshkin! Aiaiai!«

Die Problemklienten. Die kamen immer am Montag in aller Frühe, nachdem sie das ganze Wochenende mit befreundeten Unsympathen ihre Probleme durchgekaut und in ihren Miniappartements in Brighton Beach vor dem Badezimmerspiegel erboste Posen einstudiert hatten.

Jetzt galt es zu handeln. Vladimir stieß sich vom Tisch ab und stand auf. So ganz allein in seinem Büro, ohne Bezugspunkt außer den paar spartanischen Tischen und Stühlen im Kindergartenformat, kam er sich plötzlich ziemlich groß vor. Mit seinen fünfundzwanzig Jahren, dem unter den Achseln angegilbten Oxford-Hemd, der ausgefransten Hose, deren Aufschläge traurig herunterlappten, und den Schuhen mit Lochmusterkappe, die von einem Wohnungsbrand angekokelt waren, überragte er seine Umgebung wie der einsame Wolkenkratzer, den man gegenüber in Queens am East River hochgezogen hatte. Aber das stimmte gar nicht: Vladimir war klein.

Im Wartezimmer stand der resolute, stämmige Wachmann aus Lima, wie Vladimir feststellen musste, mit dem Rücken an der Wand. Ein vierschrötiger alter Russe im klassischen Flohmarktaufzug und mit Sechsdollarbürstenschnitt hatte den armen Burschen mit seinen Krücken eingekeilt und näherte sich jetzt bedrohlich der Beute, um mit seinen silbernen Zähnen zuzufassen. Dummerweise waren die original amerikanischen Assimiliationsmoderatoren beim ersten Anzeichen interner Gewalt schnöde vom Tatort geflüchtet und hatten nur ihre Kaffeebecher mit der Aufschrift »Harlem, U.S.A.« und die Stofftaschen aus dem Brooklyn Museum hinterlassen. Nun oblag es also der Hilfskraft Vladimir Girshkin, die Massen zu assimilieren. »Njet! Njet! Njet!«, brüllte er den Russen an. »Auf den Wachmann gehen wir nicht los!«

Der Verrückte drehte sich um und schaute ihn an. »Girshkin!«, prustete er. »Da bist du ja!« Erstaunlich behende stieß er sich von dem Sicherheitsbeamten ab und humpelte auf Vladimir zu. Er war klein und wirkte noch kleiner durch den grünen Rucksack, der ihm schwer im Kreuz hing. Sein himmelblaues Hawaiihemd war von der Brust bis zum Nabel mit sowjetischen Kriegsorden übersät, die eine Kragenseite nach unten zogen, so dass der geäderte Specknacken zum Vorschein kam.

»Was wollen Sie von mir?«, fragte Vladimir.

»Was ich von dir will?«, polterte der Russe. »Mein Gott, ist der Kerl arrogant!« Flugs erhob sich eine bebende Krücke zwischen den Männern. Der Wahnsinnige setzte einen Übungsstreich: En garde!

»Ich habe vor ein paar Wochen mit dir telefoniert«, maulte der Krückenträger. »Am Telefon klangen Sie recht kultiviert, wissen Sie noch?«

Kultiviert, jawohl. Das musste er gewesen sein. Vladimir begutachtete den Mann, der ihm den Vormittag verdarb. Er hatte ein breites slawisches (also nicht jüdisches) Gesicht mit spinnennetzartigen Falten, die so tief waren, als hätte man sie mit dem Taschenmesser eingeritzt. Buschige Breshnewbrauen wucherten vor seiner Stirn. In der geografischen Mitte seiner Birne ankerte eine kleine, immer noch blonde Fluseninsel. »Wir haben also telefoniert, eh?«, sagte Vladimir im wurstigen Ton der sowjetischen Bürokratie. Er war ein großer Fan der Silbe »eh«.

»Und wie!«, rief der Alte begeistert.

»Und was habe ich zu Ihnen gesagt, eh?«

»Du hast gesagt, ich soll vorbeikommen. Miss Harosset hat gesagt, ich soll vorbeikommen. Der Ventilator hat gesagt, ich soll vorbeikommen. Also habe ich die Fünfer-U-Bahn nach Bowling Green genommen, wie du gesagt hast.« Er wirkte ausgesprochen zufrieden mit sich.

Vladimir machte probeweise einen Schritt zurück Richtung Büro. Der Wachmann nahm seinen Posten wieder ein, knöpfte das Hemd zu und murmelte in seiner Muttersprache vor sich hin. Trotzdem, irgendetwas fehlte noch. Fassen wir zusammen: wütender Slawe, gedemütigter Wachmann, schlecht bezahlter, absurder Job, vergeudete Jugend, Sexnacht mit Challah. Ach ja. »Welcher Ventilator?«, fragte Vladimir.

»Na, der im Schlafzimmer«, sagte der Mensch und verdrehte die Augen ob der überflüssigen Frage. »Ich habe zwei Ventilatoren.«

»Der Ventilator hat gesagt, Sie sollen vorbeikommen«, sagte Vladimir. Und zwei Ventilatoren hat er. Mit einem Mal erkannte Vladimir, dass das kein Problemklient war. Sondern ein Spaßklient. Ein völlig durchgeknallter Klient. So einer, der einen morgens in Schwung brachte und den ganzen Tag munter und bei Laune hielt. »Hören Sie«, sagte Vladimir zu dem Ventilatormann. »Gehen wir doch in mein Büro, dort können Sie mir alles erzählen.«

»Bravo, junger Mann!« Der Ventilatormann machte seinem vormaligen Opfer, dem Wachmann, das Victory-Zeichen und humpelte ins Büro, wo er sich auf einem der kalten Plastikstühle niederließ. Umständlich nahm er den monströsen grünen Rucksack ab.

»Also, wie heißen Sie? Damit fangen wir mal an.«

»Rybakow«, sagte der Ventilatormann. »Alexander. Oder einfach Alex.«

»Bitte erzählen Sie mir doch von sich. Sie sind –«

»Psychotiker«, sagte Rybakow. Zur Bestätigung zuckten seine überdimensionalen Augenbrauen, und er lächelte in falscher Bescheidenheit, wie ein Schulkind, das zum Berufsberatungstag seinen Astronautenvater mitbringt.

»Psychotiker!«, sagte Vladimir und machte ein möglichst aufmunterndes Gesicht. Bei den verrückten Russen war es nicht unüblich, dass sie ihm prompt ihre Diagnose mitlieferten; manche behandelten sie fast wie einen Beruf oder eine Berufung. »Und das haben Sie schriftlich?«

»Nicht nur einmal. Ich stehe auch jetzt unter Beobachtung«, sagte Mr Rybakow und spähte unter Vladimirs Schreibtisch. »Schließlich habe ich sogar in der *New York Times* einen Brief an den Präsidenten geschrieben.«

Er zog ein zerknittertes Blatt Papier aus der Tasche, das nach Alkohol, Tee und seiner feuchten Handfläche stank. »Sehr geehrter Herr Präsident«, las Vladimir. »Ich bin pensionierter russischer Seemann, stolzer Kämpfer gegen den Naziterror im Zweiten Weltkrieg und ärztlich anerkannter paranoider Schizophrener. Ich lebe seit mehr als fünf Jahren in Ihrem wunderschönen Land und habe viel moralische und finanzielle Unterstützung von den herzlichen, hocherotischen Amerikanern erhalten (da denke ich insbesondere an die Frauen, die auf Rollschuhen durch den Central Park fahren und nur ein kleines Stück Stoff um ihre Brüste tragen). Daheim in Russland werden ältere Mitbürger mit geistigen Behinderungen in schäbigen Krankenhäusern gehalten und tagtäglich von jungen Rowdys beleidigt, die den Großen Vaterländischen Krieg kaum vom Hörensagen kennen und kein Mitleid mit ihren Vorfahren haben, welche mit Zähnen und Klauen kämpften, um die blutrünstigen Krauts loszuwerden. In Amerika kann ich ein ausgefülltes, befriedigendes Leben führen. Ich kaufe meine Lebensmittel im Sloan's-Supermarkt an der Ecke 89. Straße und Lexington, der über eine große Auswahl verfügt. Ich sehe fern, besonders die Sendung mit dem urkomischen schwarzen Knirps auf Channel Five. Und ich leiste meinen Beitrag zur Verteidigung Amerikas, indem ich einen Teil meiner Sozialhilfe in Unternehmen wie Martin Marietta oder United Technologies investiere. Bald werde ich Bürger dieser großartigen Nation sein und meine Führer wählen können (anders als in Russland). Ich wünsche also Ihnen, Herr Präsident, sowie Ihrer begehrenswerten amerikanischen Frau und Ihrer knospenden jungen Tochter ein gesundes und glückliches neues Jahr. Mit vorzüglicher Hochachtung, Alexander Rybakow.«

»Ihr Englisch ist tadellos.«

»Also, das ist nicht mein Verdienst«, sagte der Ventilatormann. »Das war Miss Harossets Übersetzung. Sie ist ganz originalgetreu, das können Sie mir glauben. Miss Harosset wollte zwar ›Deutsche‹ statt ›Krauts‹ schreiben, aber da bin ich hart geblieben. Beim Schreiben darf man sein Gefühl nicht verraten, habe ich ihr erklärt.«

»Und die *New York Times* hat den Brief tatsächlich veröffentlicht?«, fragte Vladimir.

»Die Hälfte von meinem Text haben diese schwachsinnigen Redakteure rausgestrichen«, sagte Mr Rybakow und drohte Vladimir symbolisch mit einem Bleistift. »Das ist amerikanische Zensur, mein Freund. Man tilgt doch nicht die Worte eines Dichters! Na ja, ich habe Miss Harosset sowieso angewiesen, auch in dieser Sache gerichtlich vorzugehen. Ihre kleine Schwester pudelt mit einem wichtigen Staatsanwalt, da sind wir also in guten Händen.«

Miss Harosset. Das musste seine Betreuerin beim Sozialamt sein. Vladimir blickte auf das leere Formular, auf dem er sich hätte Notizen machen sollen. Eine ausgewachsene, prachtvolle Psychose nahm vor seinen Augen Gestalt an und drohte, die magere Zeile, die mit »Psychischer Zustand des Klienten« überschrieben war, zu sprengen. Er wurde unruhig, vermutlich eine Folge des Kaffees, der sich in seinem Magen breit machte, und begann, die Internationale auf den Metalltisch zu trommeln, eine nervöse Angewohnheit, die er von seinem Vater geerbt hatte. Draußen vor den nicht vorhandenen Fenstern des Büros brodelten Rationalismus und tumbe Kommerzgeilheit in den Schluchten des Financial District: Sekretärinnen aus den Suburbs erforschten die Sonderangebote bei Kosmetik und Feinstrumpfhosen, Elite-Uni-Absolventen schluckten mit einem zufriedenen Haps ganze Stücke Yellowtail-Sushi. Aber hier drinnen saß Vladimir, der Fünfundzwanzigjährige, ganz allein mit den armen, bedrängten Massen, die sich nach Freiheit sehnten. Vladimir blickte aus seinen Gedanken hoch, denn sein Klient ächzte und röchelte wie ein überlasteter Heizkörper. »Hören Sie, Rybakow«, sagte er. »Sie sind ein vorbildlicher Immigrant, Sie bekommen Sozialhilfe, Sie veröffentlichen in der *New York Times*. Was kann ich da noch für Sie tun?«

»Diese Schweine!«, rief Rybakow und griff wieder nach seiner Krücke. »Diese elenden Schweine! Die wollen mir meine Staatsangehörigkeit nicht geben! Sie haben den Brief in der *Times* gelesen, und sie wissen über den Ventilator Bescheid, sie wissen sogar über beide Ventilatoren Bescheid. Und manchmal werden die Rotorblätter in lauen Sommernächten ein bisschen rostig, so dass man sie mit Maisöl schmieren muss, ja? Die haben also das Trikka-trikka und Krik-krak gehört, und jetzt haben sie Angst! Vor einem alten Invaliden! Es gibt doch in jedem Land Angsthasen, sogar hier in New York.«

»Das stimmt natürlich«, pflichtete Vladimir ihm bei. »Aber ich glaube, was Sie brauchen, Mr Rybakow, ist ein Anwalt für Einwanderer. Leider bin ich nämlich kein …«

»Ich weiß schon, wer du bist, kleines Erpelchen«, sagte Mr Rybakow.

»Wie bitte?«, sagte Vladimir. »Kleines Erpelchen« hatte man ihn zum letzten Mal vor zwanzig Jahren genannt, als er tatsächlich noch ein winziges, wackeliges Geschöpf mit etwas Daunenflaum auf dem Kopf war.

»Der Ventilator hat mir neulich abends ein episches Lied vorgesungen«, sagte Rybakow. »Es hieß ›Die Geschichte von Vladimir Girshkin und Jelena Petrowna, seiner Mama‹.«

»Mutter«, flüsterte Vladimir. Was sollte er auch sonst sagen? Dieses Wort, ausgesprochen in der Gegenwart anderer russischer Männer, war an sich schon heilig. »Sie kennen meine Mutter?«

»Wir hatten noch nicht das Vergnügen, einander offiziell vorgestellt zu werden«, sagte Rybakow. »Aber ich habe im Wirtschaftsteil des *New Russian Word* von ihr gelesen. Eine Prachtjüdin! Der Stolz eures Volkes. Eine kapitalistische Wölfin, Schrecken der Hedge Fonds, Zarin ohne Gnade. Ah, meine liebe, gute Jelena Petrowna! Und hier sitze ich und halte ein Schwätzchen mit ihrem Sohn. Er wird unter den abgefeimten Angestellten der Einwanderungs- und Einbürgerungsbehörde schon die richtigen Leute kennen, vielleicht andere Hebräer …«

Vladimir zog seine behaarte Oberlippe hoch, um an ihrem Tiergeruch zu schnuppern – ein ausgesprochen beruhigender Zeitvertreib. »Sie täuschen sich«, sagte er. »Ich kann nichts für Sie tun. Ich bin nicht so raffiniert wie Mutter, ich habe keine Freunde bei der EEB … Ich habe überhaupt keine Freunde. Der Apfel fiel recht weit vom Stamm, wie man so schön sagt. Mutter ist eine Wölfin, gut, aber sehen Sie mich an …« Mit ausladender Geste deutete Vladimir auf den traurigen Zustand ringsum.

In diesem Augenblick öffnete sich die Flügeltür, und die Chinesin und die Haitianerin, Vladimirs Bürokolleginnen, kamen zwanzig Minuten zu spät zur Arbeit hereingeschlendert, beladen mit

Butterbrötchen und Kaffee. Sie setzten sich an die mit »China« beziehungsweise »Haiti« beschilderten Schreibtische und verstauten ihre langen hauchzarten Sommerröcke dahinter. Als Vladimirs Blick zu seinem Klienten zurückschweifte, lagen fächerförmig auf seinem Tisch zehn Hundertdollarscheine, zehn Porträts des schmallippigen Benjamin Franklin.

»Ai!«, rief Vladimir, griff instinktiv nach der harten Währung und steckte sie in seine Hemdtasche. Er schielte zu seinen internationalen Kolleginnen hinüber. Ohne einen Funken Interesse an der soeben begangenen Straftat bissen diese herzhaft in ihre morgendlichen Brötchen und schwatzten über Rezepte für haitianische Cracker und darüber, woran man merkt, ob ein Mann etwas taugt. »Mr Rybakow!«, flüsterte Vladimir. »Was machen Sie da? Sie können mir doch kein Geld geben. Wir sind hier nicht in Russland!«

»Russland ist überall«, sagte Mr Rybakow tiefsinnig. »Wo man auch hingeht – Russland.«

»Jetzt legen Sie bitte Ihre Hand mit der Handfläche nach oben auf den Tisch«, wies Vladimir ihn an. »Ich lade blitzschnell das Geld dort ab, Sie stecken es in Ihre Brieftasche, und dann betrachten wir die Sache als erledigt.«

»Ich möchte lieber nicht«, sagte Alexander Rybakow in der Gestalt eines sowjetischen Bartleby. »Schau mal, wir machen das so: Du kommst mich besuchen, und wir unterhalten uns ein bisschen. Der Ventilator nimmt montags seinen Tee gern früh. Ach, und Jack Daniel's haben wir auch, außerdem Beluga und leckeren Stör. Ich wohne in der 87. Straße, gleich neben dem Guggenheim-Museum, diesem Schandfleck. Aber es ist ein hübsches Penthouse mit Blick auf den Park, Kühlschrank mit Nullgradzone ... Viel kultivierter als dieses Büro, wirst schon sehen ... Vergiss deine Pflichten hier. Ecuadorianern beim Umzug nach Amerika zu helfen ist ein sinnloses Unterfangen. Komm schon, sei mein Freund!«

»Sie wohnen auf der Upper East Side ...?«, stotterte Vladimir. »Ein Penthouse? Auf Sozialhilfe? Wie kann das sein?« Ihm war, als hätte der Raum angefangen zu schwanken. Das einzig Schöne an seiner Arbeit war für ihn doch, dass er Ausländer kennen lernte, die

die amerikanische Gesellschaft noch mehr aus der Bahn geworfen hatte als ihn. Heute wollte sich dieses schlichte Vergnügen jedoch nicht so recht einstellen. »Woher haben Sie das Geld?«, wollte Vladimir von seinem Klienten wissen. »Wer hat Ihnen diesen Nullkühlschrank gekauft?«

Der Ventilatormann zwickte Vladimir mit Daumen und Zeigefinger in die Nase, eine alte russische, für kleine Kinder reservierte Geste. »Ich bin zwar Psychotiker«, erklärte er, »aber kein Idiot.«

KAPITEL 2

Jelena Petrowna, seine Mutter

An jenem Montagmorgen befand sich der Emma-Lazarus-Verein wie an jedem Montagmorgen in einem Zustand fehlgeleiteter Hektik. Einsame Sozialarbeiterinnen schütteten sich gegenseitig ihr Herz aus, der Akkulturationszar der Agentur, ein heimwehkranker, suizidaler Pole, polterte durch seinen Einführungskurs USA (»Egoistische Menschen, egoistisches Land«), und im Internationalen Salon fand die wöchentliche Haustierschau der Einwanderer statt, diesmal angeführt von einer bengalischen Schildkröte.

Umgeben von solcherlei polyglottem Rummel, war es für Vladimir ein Leichtes, seinen Posten zu verlassen, den so genannten Russlandcounter, der übersät war mit bürokratischen Tintenflecken und Zeitungsausschnitten über sowjetische Juden in Bedrängnis. Bevor er jedoch Mr Rybakow in sein Penthouse begleiten konnte, meldete sich auf seiner Büronummer eine leidenschaftliche Gratulantin.

»Geliebter Volodetschka!«, rief Mutter. »Alles Gute zum Geburtstag …! Einen guten Start in dein neues Lebensjahr …! Dein Vater und ich wünschen dir eine strahlende Zukunft …! Viel Erfolg …! Du bist ein begabter junger Mann …! Mit der Wirtschaft geht es aufwärts …! Wir haben dir als Kind unsere ganze Liebe gegeben …! Alles, was wir hatten, bis zum letzten Hemd …!«

Vladimir stellte die Lautstärke im Headset leiser. Er wusste, was jetzt kommen würde, und tatsächlich: Sieben Ausrufezeichen später brach Mutter in Tränen aus und rief laut ihren Gott an:

»Boshe moi! Boshe moi! Wieso habe ich dir bloß diesen Job verschafft, Vladimir?«, jammerte sie. »Was habe ich mir bloß dabei gedacht? Du hast mir versprochen, du bleibst höchstens einen Sommer lang – und jetzt sind es vier Jahre! Ich habe meinen eigenen Sohn lahm gelegt, meinen einzigen geliebten Sohn! Wie konnte das passieren? Wir haben dich in dieses Land gebracht, und wozu? Sogar die strohdummen Einheimischen machen sich besser als du.«

Immer weiter lamentierte sie, begleitet von Tränen, Gurglern und explosiven Schnorchlern, über die Freuden von College und Jurastudium sowie den jämmerlichen Nicht-Status eines Schreibtischsklaven bei einem gemeinnützigen Verein, *für acht Dollar die Stunde*, während Gleichaltrige sich mit Volldampf in ihre Uni-Ausbildung stürzten. Ihr kontinuierliches Gejammer steigerte sich allmählich in Tonhöhe und Tempo, bis sie Vladimir an eine fromme Frau auf einer orientalischen Beerdigung erinnerte, und zwar in dem Moment, da der Sarg mit ihrem Sohn in die Erde gelassen wird.

Vladimir lehnte sich zurück und stieß einen lauten Protestseufzer aus. Nie konnte sie damit aufhören, nicht einmal an seinem Geburtstag.

Sogar sein Vater hatte ein Jahr Brautwerbung und ein Jahrzehnt Ehe gebraucht, um sich auf Mutters besonderes Talent einzustellen: Tränen auf Knopfdruck. »Wein doch nicht. Warum weinst du denn, mein Stachelschweinchen?«, pflegte der junge Dr. Girshkin in ihrem trüben Leningrader Appartement zu flüstern, während er seiner Frau mit den Fingern durchs Haar fuhr, dieses Haar, das noch dunkler war als die Abgaswolke über der Stadt, dieses Haar, das nicht einmal die kräftigsten Lockenwickler aus dem Westen aufdrehen konnten (man nannte sie Mongolka, und tatsächlich war sie zu einem Achtel Mongolin). Sporadische Neonblitze beleuchteten die Tränen, die ihr das kantige Gesicht hinunterliefen, während das Schild des Fleischerladens unter ihrer Wohnung im launischen Stromnetz um sein Überleben kämpfte. Bis heute trug er ihr nach, dass sie oft erst spätnachts auf seine Zärtlichkeiten reagiert hatte, wenn sie einschlief und sich instinktiv an seine Schulter kuschelte, lange nachdem eine barmherzige Seele das Fleischerschild ausgeknipst hatte und die Straßen sich in die dunstige, undurchdringliche Petersburger Finsternis schickten.

Vladimir litt unter den Vorwürfen seiner Mutter, ob Zweierzeugnisse feierlich im Kamin verbrannt wurden, ob Porzellan durch die Gegend flog, weil er im Schachclubturnier wieder einmal nicht gewonnen hatte, oder ob er sie um drei Uhr morgens im Arbeitszimmer dabei erwischte, wie sie schluchzend ein Foto des dreijährigen Vladimir an die Brust presste, der mit einem kleinen Rechenschieber spielte: so strahlend, so unternehmungslustig und so unendlich vielversprechend ... Der Gnadenstoß kam jedoch, als Mutter auf der Hochzeit eines kalifornischen Girshkin vor aller Welt in Tränen ausbrach und Vladimir, der schüchtern mit einer dicklichen Cousine Disco tanzte, bezichtigte, »Hüften wie ein Homosexueller« zu haben. Oh, diese sinnlichen Hüften!

Schuldbewusst und verstört suchte Vladimir dann bei seinem Vater nach Beistand oder wenigstens einer Erklärung, doch die kam erst in seiner frühen Teenagerzeit, als sein Vater ihn auf einen langen Herbstspaziergang durch den sumpfigen, übelriechenden Alley Pond Park – Queens' Beitrag zur Erhaltung des amerikanischen Waldes – mitnahm und sich gestattete, zum ersten, aber keineswegs letzten Mal das Wort »Scheidung« auszusprechen.

»Deine Mutter leidet an einer Art Wahnsinn«, sagte er. »In einem ganz realen, medizinischen Sinn.«

Und Vladimir, bei aller jugendlichen Unschuld schon ein Kind Amerikas, fragte: »Gibt's da keine Pillen gegen?« Doch der ganzheitlich orientierte Dr. Girshkin hielt nichts von Pillen. Eine energische Abreibung mit Alkohol und eine heiße Banja waren seine beiden Allheilmittel.

Sogar jetzt, da Vladimir sich von ihrem Geschluchze leichter distanzieren konnte denn je, fiel ihm einfach nicht ein, wie er sie beruhigen sollte. Seinem Vater war es nicht besser ergangen. Nie hatte er sich getraut, die minutiös geplante Scheidung einzureichen. Schließlich war Mutter bei all ihren Fehlern seine einzige Freundin und Vertraute in der Neuen Welt.

»Boshe moi, Vladimir«, schluchzte Vladimirs Mutter, und dann brach sie plötzlich ab. Sie drückte am Telefon herum: es piepste. Ein paar Sekunden lang war die Leitung tot. Dann kam die Stimme seiner Mutter wieder: »Ich leg dich auf die Warteschleife, Vladimir. Da ist ein Anruf aus Singapur. Der könnte wichtig sein.«

Eine Instrumentalversion von »Michael Row Your Boat Ashore« dröhnte aus den elektronischen Gedärmen von Mutters Unternehmen in sein Ohr.

Er musste allmählich los. Der unbeaufsichtigte Mr Rybakow war ins Wartezimmer zurückgehumpelt und terrorisierte schon wieder den Wachmann. Fast hätte Vladimir aufgelegt, als Mutter sich mit einem Wimmern zurückmeldete. Vladimir schnitt ihr das Wort ab. »Und, wie läuft's bei dir?«

»Fürchterlich«, erwiderte seine Mutter und schaltete auf Englisch um, was Job-Talk bedeutete. Sie putzte sich die Nase. »Muss ich jemand feuern aus unsere Büro.«

»Schön für dich«, sagte Vladimir.

»Große Problem«, stöhnte Mutter. »Er ist amerikanische Afrikaner. Ich habe Angst, ich sage etwas falsch. Meine Englisch ist nicht so gut. Sollst du mir diese Wochenende beibringen, wie ich bin sensibel mit Afrikaner. Muss ich können, oder?«

»Bin ich am Wochenende bei euch?«, fragte Vladimir.

Mit einem gekünstelten Lachen erklärte ihm seine Mutter, dass es ja wohl völlig absurd wäre, kein Geburtstags-Grillfest für ihn zu veranstalten. »Du wirst nur eine Mal fünfundzwanzig. Und du bist keine völlige – wie sagt man? – Versagerer.«

»Immerhin bin ich nicht auf Crack«, bestätigte Vladimir fröhlich.

»Und auch nicht schwul«, sagte seine Mutter. »O-der?«

»Wieso musst du immer –«

»Hast du noch jüdische Mädchen? Die kleine Challah-Zopfe?«

»Ja«, beruhigte sie Vladimir. Ja, ja, ja.

Mutter atmete tief durch. »Na, dann ist gut.« Er solle am Samstag seine Badehose mitbringen, fügte sie hinzu, höchstwahrscheinlich sei der Pool bis dahin in Ordnung gebracht. Dann schaffte sie es, gleichzeitig zu seufzen und Vladimir einen Abschiedskuss durch die Leitung zu schicken. »Sei stark«, lautete ihr letzter, unergründlicher Ratschlag.

Die Eingangshalle von Mr Rybakows Wohngebäude, den Dorchester Towers, beherrschte ein Wandteppich mit dem Wappen von Dorchester, einem doppelköpfigen Adler mit einer Schriftrolle im einen Schnabel und einem Dolch im anderen – die Allegorie des New Money und seines Werdegangs. Zwei Portiers öffneten Vladimir und seinem Klienten die Tür. Ein dritter steckte Vladimir ein Bonbon zu.

Bei der Zurschaustellung von Reichtum im amerikanischen Stil hatte Vladimir immer das Gefühl, Mutter würde hinter ihm stehen und ihm ihren englisch-russischen Lieblingsspitznamen ins Ohr flüstern: Failurchka. Kleiner Versager. Zittrig vor Ärger, lehnte er sich an eine Liftwand, versuchte krampfhaft, den satten roten Glanz des burmesischen Padauk-Holzes zu ignorieren, und betete, Rybakows Zuhause möge sich als Loch von einem Penthouse entpuppen, staatlich bezuschusst und voll gemüllt.

Als sich die Lifttüren öffneten, kam jedoch ein sonniger, cremeweiß gestrichener Empfangsraum zum Vorschein, ausgestattet mit schicken Alvar-Aalto-Stühlen und einem raffinierten schmiedeeisernen Deckenfluter. »Hier lang, Schweinerippe«, sagte Rybakow. »Mir nach.«

Die beiden betraten das Wohnzimmer, das ebenfalls in dezentem Cremeton gehalten war, bis auf etwas, das nach einem Triptychon von Kandinsky aussah und eine ganze Wand einnahm. Unter dem Kandinsky waren zwei Garnituren von Sofas und Sesseln um einen Rückprojektionsfernseher gruppiert. Dahinter lag ein Esszimmer, in dem ein üppiger Leuchter knapp kalkuliert über einem herrschaftlichen Rosenholztisch hing. Obwohl das Appartement riesig war, wirkte die Einrichtung wie für ein noch größeres Domizil bestimmt. Das hier ist noch gar nichts, schienen die Möbel zu sagen.

So langsam wie möglich nahm Vladimir dieses Tableau in sich

auf, wobei sein Blick verständlicherweise an dem Kandinsky hängen blieb. »Dieses Bild …«, stammelte er.

»Ach, das. Das hat Miss Harosset mal auf einer Auktion mitgenommen. Sie versucht immer wieder, mir abstrakten Expressionismus anzudrehen. Aber schau dir das Ding bloß mal an! Dieser Kanunsky war offensichtlich Päderast oder so was. Weißt du, Volodja, ich bin ein einfacher Mensch. Ich nehme die U-Bahn und bügle meine Hemden selbst. Ich brauche weder Geld noch moderne Kunst. Ein gemütliches Plumpsklo, ein bisschen Trockenfisch, eine junge Frau, die meinen Namen ausruft – das ist das wahre Leben!«

»Miss Harosset«, sagte Vladimir. »Ist das … Ihre Betreuerin vom Sozialamt?«

Mr Rybakow lachte fröhlich. »Betreuerin, jawohl«, sagte er. »Das trifft es genau. Ach, Volodja, du hast es gut, dass du noch so jung bist. Jetzt setz dich, ich mach dir einen Tee. Lass dich von denen nicht täuschen.« Er winkte Vladimir mit einer Krücke. »Ich bin ein Seebär!«

Er verschwand durch eine Glastür. Vladimir setzte sich an ein Ende des Tisches, der sich für ein Staatsbankett besser geeignet hätte als für einen Schluck Tee, und schaute sich um. An der einen Wand hing neben mehreren vergilbten Militär-Urkunden ein Saiteninstrument, das einer russischen Balalaika nicht unähnlich sah. An der Wand gegenüber befand sich lediglich ein gerahmtes Schwarzweißfoto eines ernst blickenden jungen Mannes, der helle Augen und die buschigen Augenbrauen des Ventilatormannes hatte. Quer über seiner Unterlippe saßen Fieberbläschen, die aussahen wie Maulwurfshügel.

Unter dem Foto stand ein schlichter Nachttisch und darauf ein Ventilator mit breiten Flügelblättern, dessen Metallgehäuse funkelte und blitzte.

»Ihr seid also schon dabei, euch bekannt zu machen«, sagte Rybakow, während er einen Teewagen mit einem Mini-Samowar, einer Flasche Wodka und Tellern voll Matjeshering und Rigaer Sprotten hereinschob. »Ventilator, das ist Vladimir. Vladimir, Ventilator.«

»Nett, Sie kennen zu lernen«, sagte Vladimir zum Ventilator. »Ich habe schon so viel Gutes von Ihnen gehört.«

Der Ventilator sagte kein Wort.

»Der Ventilator ist ein bisschen müde«, sagte Mr Rybakow und strich mit einem Samttuch über die Blätter. »Wir haben gestern die ganze Nacht durchgemacht und Sauflieder gesungen. ›Murka, ach, meine Murka ... Ach, meine geliebte Murka ... Hallo, auf Wiedersehen!‹ Kennst du das?«

»Du hast unsere Liebe verraten ...«, sang Vladimir. »Ach, meine geliebte Murka ... Dafür, meine Murka, wirst du zu Grunde gehen!«

»Du hast ja eine wunderschöne Stimme!«, rief Mr Rybakow begeistert. »Vielleicht können wir einen kleinen Gesangsverein auf die Beine stellen. Den Exilchor der Roten Armee. Was meinst du, Ventilator?«

Der Ventilator blieb stumm.

»Er ist mein bester Freund, weißt du das?«, sagte Rybakow unvermittelt. »Mein Sohn ist weg, Miss Harosset ist den ganzen Tag mit irgendwelchem Teufelszeug beschäftigt, und sonst kümmert sich ja keiner um mich. Ich weiß noch, wie wir uns kennen gelernt haben. Ich war gerade am Kennedy Airport gelandet, meinen Sohn haben sie beim Zoll festgehalten – die Burschen von Interpol wollten ein offenes Wort mit ihm reden ... Und dann kamen die Frauen von der örtlichen Hebrew Society vorbei, um den ankommenden Juden Geld zu schenken. Tja, nach dem ersten Blick in meine christliche Visage haben sie mir lieber eine Salami und ein Stück von diesem scheußlichen amerikanischen Käse in die Hand gedrückt ... Aber dann – wahrscheinlich wegen der Affenhitze in diesem Sommer – hatten die Hebräer Mitleid mit mir und schenkten mir meinen Ventilator. Er war gleich so spontan! Wir haben losgeklönt wie zwei alte Schiffskameraden. Und seit dem Tag sind wir unzertrennlich.«

»Ich habe hier auch noch nicht viele Freunde gefunden«, sinnierte Vladimir leise vor sich hin. »Für uns Russen ist es schwer, in diesem Land Freundschaften zu schließen. Manchmal bin ich so einsam, dass –«

»Ja, ja«, unterbrach ihn Mr Rybakow. »Schön und gut, Vladimir, aber der Tag ist kurz, vergessen wir unseren Kummer und reden von Mann zu Mann.« Er räusperte sich und setzte neu an.

KAPITEL 3

Väter und Söhne

Vladimir, der Ventilator möchte dir eine Geschichte erzählen. Besser gesagt, ein Geheimnis.

Magst du Geheimnisse, Volodja?«

»Ähm, ehrlich gesagt –«, sagte Vladimir.

»Na klar, Geheimnisse mag jeder. Also, unser Geheimnis beginnt mit einem Vater und einem Sohn, die beide in der großen Hafenstadt Odessa geboren und aufgewachsen sind. Und die beiden waren sich so nah, wie sich Vater und Sohn nur sein können, Volodja, auch wenn der Vater, Seemann von Beruf, oft um die Welt segelte und den Sohn in der Obhut seiner vielen Geliebten zurücklassen musste. Rrrrr.« Mr Rybakow knurrte voll Behagen. Er ließ sich auf einem Liegesessel in der Nähe nieder und rückte die Kissen zurecht.

»Bei diesen langen Trennungen wurde dem Vater das Herz immer sehr schwer«, sagte er und schloss die Augen. »Auf See führte er oft eingebildete Gespräche mit seinem Sohn, obwohl ihn der Koch Achmetin, dieser räudige Tschetschene, gnadenlos verspottete und ihm bestimmt in die Suppe spuckte. Aber dann, eines Tages in den späten 80er-Jahren … Was passiert da? Der Sozialismus bricht zusammen! Also wanderten Vater und Sohn, ohne lange zu überlegen, nach Brooklyn aus.

Elende Zustände waren das«, klagte Rybakow. »Eine winzige Wohnung. Überall Spanier. Ach, die Misere der armen Leute! Und der Sohn – Tolja hieß er, aber alle nannten ihn das Murmeltier (das ist auch eine lustige Geschichte, wie er diesen Namen bekam) – der

Sohn freute sich, dass er wieder mit seinem Papotschka vereint war, aber gleichzeitig war er natürlich ein junger Mann. Er wollte auch mal ein Mädchen mit nach Hause bringen, um es von vorne bis hinten durchzuvögeln. Er hatte es nicht leicht, das kannst du mir glauben. Und weit und breit gab es keine Arbeit, bei der er seine angeborene Intelligenz wirklich einsetzen konnte. Höchstens ein paar Griechen stellten ihn mal an, damit er ihnen aus Versicherungsgründen das Lokal in die Luft jagte. Bei so was war er sehr tüchtig, also: Bumm bumm –« Mr Rybakow nahm einen großen Schluck Wodka. »Bumm bumm. Zehn-, zwanzigtausend Dollar hatte der Sohn auf die Art verdient, aber immer noch war er unruhig. Er war eben ein Genie, verstehst du?« Zur Verdeutlichung zeigte der Ventilatormann auf seinen Kopf.

Vladimir tippte sich zum Zeichen der Zustimmung ebenfalls an den Kopf. Die Mischung aus Tee und Wodka heizte ihm ein. Er angelte in seiner Tasche nach einem Taschentuch, stieß aber nur auf die zehn Hundertdollarscheine, die ihm Rybakow gegeben hatte. Die Scheine fühlten sich steif an, fast wie gestärkt; am liebsten hätte Vladimir sie sich in die Unterhose gesteckt: Streicheleinheiten für die Intimteile. »Und dann bekam der Sohn einen heißen Tipp«, fuhr Mr Rybakow fort. »Er lernte jemand kennen und flog erst nach London, dann nach Zypern und dann nach Prawa.«

Prawa? Vladimir wurde munter. Das Paris der 90er-Jahre? Der Tummelplatz der amerikanischen Künstlerelite? Osteuropas SoHo?

»Ganz genau«, sagte der Ventilatormann, als hätte er Vladimirs ungläubiges Staunen gespürt. »Osteuropa. Da macht man heutzutage sein Geld. Und tatsächlich, innerhalb von ein paar Jahren hat der Sohn Prawa erobert, und die eingeschüchterten Einheimischen gehen vor ihm in die Knie. Er kontrolliert das Taxigeschäft am Flughafen und den Waffenschmuggel von der Ukraine in den Iran, schafft Kaviar aus dem Kaspischen Meer nach Brighton Beach, Opium von Afghanistan in die Bronx und hat die Prostituierten am Hauptplatz gleich vor dem K-Mart unter sich. Und er schickt seinem Vater, dem Glückspilz, jede Woche Geld. Das ist doch mal ein dankbarer Sohn, was? Hätte seinen Papa ja auch in ein Altersheim oder in die Psychiatrie stecken können, wie das die Kinder in unseren zynischen Zeiten gern tun.«

Mr Rybakow machte die Augen auf und wandte sich Vladimir zu, der nervös seine Geheimratsecken befummelte.

»So«, sagte Rybakow. »Jetzt, wo der Ventilator wieder still ist, können wir beide uns die Geschichte in aller Ruhe durch den Kopf gehen lassen. Wie finden wir diese interessante Saga? Sind wir empört über die Aktivitäten des Sohnes, wie es sich für einen guten Amerikaner gehört? Machen wir uns Sorgen um die Prostituierten, die Schmuggelware und die Lokale, die in die Luft fliegen –«

»Na ja«, sagte Vladimir. »Ein paar Fragen wirft die Geschichte schon auf.« Rechtsstaatlichkeit, dieser Fels der westlichen Demokratien, war zum Beispiel so eine Frage. »Andererseits dürfen wir nicht vergessen, dass wir arme Russen sind, dass unser Heimatland schwierige Zeiten durchmacht und dass wir manchmal besondere Maßnahmen ergreifen müssen, um unsere Familien zu ernähren und überhaupt zu überleben.«

»Eben! Eine ausgezeichnete Antwort!«, sagte der Ventilatormann. »Du bist doch ein echter russki Mushik, im Gegensatz zu diesen Assimilationistenkindern mit ihren Juradiplomen. Der Ventilator ist angetan. Und jetzt, Vladimir, muss ich mir etwas von der Seele schaffen: Ich habe dich nicht nur wegen Hering und Wodka und den sentimentalen Erinnerungen eines müden alten Mannes hier raufgelockt.

Der Ventilator und ich hatten heute früh eine Telefonkonferenz mit meinem Sohn, dem Murmeltier, in Prawa. Mein Sohn ist ebenfalls ein großer Fan deiner Mutter. Er weiß, dass uns der Sohn von Jelena Petrowna Girshkin nicht enttäuschen wird. Ach, Vladimir, Schluss jetzt mit deiner Bescheidenheit! Ich will nichts mehr davon hören! ›Ich bin nicht der Sohn meiner Mama!‹, greint er. ›Ich bin bloß ein einfacher Mensch!‹ Du bist ein kleines Gürkchen, und sonst gar nichts.

Also, kleines Gürkchen, der Ventilator und ich freuen uns jetzt, dir folgenden Vorschlag machen zu können: Du besorgst mir meine Staatsbürgerschaft, und mein Sohn macht dich zum außerordentlichen Direktor seiner Organisation. Sobald ich eingebürgert bin, hast du ein Erste-Klasse-Ticket nach Prawa in der Hand. Mein Sohn macht aus dir ein Eins-A-Schlitzohr. Einen modernen Geschäftsmann. Einen – wie sagt ihr Juden dazu? Einen Ganeff. Mehr als acht Dollar die Stunde wirft der Job jedenfalls ab. Sehr gute Englisch- und Russischkenntnisse erforderlich. Kandidat sollte Amerikaner und Sowjetbürger zugleich sein. Interessiert?«

Vladimir schlug die Beine übereinander und lehnte sich vor; er verschränkte die Arme und erschauerte. Doch dieses ganze körpersprachliche Theater war lächerlich. Rein logisch betrachtet, war da nichts drin: Aus ihm wurde kein osteuropäischer Mafioso. Er war das verhätschelte Einzelkind aus Westchester, dessen Eltern fünfundzwanzigtausend Dollar im Jahr hingeblättert hatten, um ihn auf ein progressives College im Mittleren Westen zu schicken. Gut, er war nicht gerade bekannt dafür, sich in einer klar umrissenen moralischen Landschaft zu bewegen, aber Waffenschmuggel in den Iran lag eindeutig nicht auf seiner Route.

Trotzdem öffnete sich im letzten Winkel seines Hinterkopfs ein Fenster, und aus dem lehnte sich Mutter und rief in die Welt hinaus: »Aus meinem kleinen Versager wird noch ein großer Gewinner!«

Vladimir schlug das Fenster schwungvoll zu. »Das ist nicht nötig, Mr Rybakow«, sagte er. »Ich werde Ihren Fall dem Anwalt meiner Agentur übergeben. Er wird Ihnen behilflich sein, das offizielle Formular für die Einsicht in Ihre Akte auszufüllen. Wir finden schon heraus, warum Ihr Antrag auf Staatsbürgerschaft abgelehnt wurde.«

»Ja, ja, ja. Auch bei diesem Thema sind sich mein Sohn und der Ventilator einig: Du bist Jude, und ein Jude ist nicht dumm; man muss ihm schon was bieten, sonst lohnt es sich für ihn nicht. Du kennst doch das alte russische Sprichwort: Ist kein Wasser mehr im Krug, trank der Jud den letzten Schluck …«

»Aber Mr Rybakow –«

»Jetzt hör mal zu, Girshkin! Die Staatsbürgerschaft ist das A und O! Ein Mann, der zu keinem Land gehört, ist kein Mann, sondern ein Landstreicher. Und dafür bin ich zu alt.« Einen Augenblick war es still, bis auf die Schmatzgeräusche, die Mr Rybakow mit seinen fleischigen Lippen machte. »Sei doch so lieb«, flüsterte er, »und stell den Ventilator auf schnell. Er möchte uns zur Feier unserer Abmachung ein Ständchen bringen.«

»Einfach auf schnell stellen?«, fragte Vladimir, dessen Magen eine nervöse Hintergrundmusik brummelte. *Welche Abmachung?* »Meine Mutter sagt immer, man soll einen Ventilator zunächst auf mittel stellen und erst dann auf schnell, weil sonst der Motor –«

Mr Rybakow schnitt ihm mit einer Geste das Wort ab. »Bedien den Ventilator nach Belieben«, sagte er. »Du bist ein fähiger junger Mann, ich vertraue dir da voll und ganz.«

Vladimir traf die Wucht des russischen Wortes für »vertrauen«, das sich im Hause Girshkin besonderer Beliebtheit erfreute. Er stand umstandslos auf, trat an den Ventilator und stellte ihn auf mittel. Die Wohnung hatte zwar eine zentrale Klimaanlage, aber trotzdem war die Brise willkommen: ein kühler Lufthauch, der wie eine Faust in die allgemeine Kälte hieb. Er stellte weiter auf schnell, die Blätter verdoppelten sichtbar ihre Anstrengung, und in ihr Surren mischte sich jetzt ein Quietschen und Knacken.

»Ich muss ihn wieder mal ölen«, flüsterte Rybakow. »Man hört ihn ja kaum vor lauter Gequietsche.«

Vladimir kam bei der Antwort ins Schleudern und brachte schließlich nur eine Art Muhen heraus.

»Pschsch, hör zu«, sagte sein Gastgeber. »Hör dir das Lied an. Kennst du das?« Der Ventilatormann gab selber einige heisere Quietscher von sich, bis Vladimir merkte, dass er mitsang:

»Pa-ra-ra-ra Mos-kau-er Näch-te plim
Pa-ra-ra-ra plim pa-ra-plim
Plim plim pa-ra plim nicht ver-ges-sen kann
Pa-ra Mos-kau-er Näch-te plim.«

»Ja, das Lied kenne ich!«, sagte Vladimir. »Pa-ra-ra-ra Mos-kau-er Näch-te plim …«

Sie sangen die Strophe ein paarmal und setzten ab und zu einzelne Wörter für das »pa-ra plim« ein, wenn sie ihnen plötzlich wieder einfielen. Vielleicht war es Einbildung, aber Vladimir glaubte zu hören, dass der Ventilator bei der bittersüßen Weise nie aus dem Takt kam, ja die beiden Sänger geradezu anführte.

»Gib mir deine Hand«, sagte Mr Rybakow und legte seine faltige, geäderte Handfläche offen auf den Tisch. »Komm, gib sie mir.«

Vladimir betrachtete seine eigene Hand, als sollte er sie gleich in den laufenden Ventilator stecken. Diese schlanken Finger ... Schlanke Finger sollten doch gut sein fürs Klavierspielen, aber damit musste man früh anfangen. Mozart war –

Er legte die Hand in die warme Handfläche des Ventilatormanns, der sie umschlang wie eine Python ein Kaninchen. »Der Ventilator rotiert«, flüsterte Mr Rybakow und drückte zu.

Vladimir blickte auf den rotierenden Ventilator und musste an seine Eltern mit ihrem bevorstehenden Wochenend-Grillfest denken. »Mos-kau-er Näch-te plim«: Das sang man in Brighton Beach und in Rego Park und auf 93.7 WEVD, New York – »Wir sprechen Ihre Sprache« –, dem Sender, der bei den Girshkins ständig lief, sogar damals, als seine ersten amerikanischen Freunde von der Jüdischen Schule zum Computerspielen vorbeikamen, das »Pa-ra-ra-ra ...« mit dem Billigsynthesizerorchester im Hintergrund hörten und Zeuge wurden, wie seine Eltern am Küchentisch vor ihren verbotenen Schweinekoteletts saßen und mitsangen.

Mr Rybakow ließ Vladimirs Hand los und tätschelte sie beiläufig, wie man seinem Lieblingshund den Kopf tätschelt, wenn er morgens die Zeitung gebracht hat. Dann hängte er sich über die Seitenlehne seines Liegesessels. »Sei doch so lieb und hol mir die Bettpfanne aus dem Schlafzimmer«, sagte er.

KAPITEL 4

Frauen und die Vladimir-Frage

Diverse Heringe später verabschiedete sich Vladimir von seinem Klienten und kehrte in sein bescheidenes Quartier in Alphabet City zurück. Schließlich war er zum Geburtstagfeiern mit seiner Geliebten verabredet, der »kleinen Challah-Zopfe«. Doch wie das Schicksal so wollte, war Challah ausgerechnet an diesem Tag in den »Kerker« beordert worden, die Peitschenhöhle in Chelsea. Vier Schweizer Banker, unlängst nach New York verpflanzt, hatten festgestellt, dass sich ihre Gemeinsamkeiten nicht auf den Job, die Umschuldung der Dritten Welt, beschränkten: Sie sehnten sich alle danach, von einer Mutterfigur gedemütigt zu werden, die etwas mehr Substanz hatte als die durchschnittliche Kerker-Domina. Folglich war auf Challahs Beeper der Code $$DRINGEND$$ aufgetaucht, und sie war mit einer Blechdose voller Schwanzringe und Nippelklammern losgezogen. Um neun wollte sie wieder zurück sein, Ehrenwort, so dass Vladimir noch etwas Zeit für sich blieb.

Als Erstes stieg er unter die kalte Dusche (draußen waren es 32 Grad, drinnen an die 40). Nackt, sauber und gut gelaunt streifte er dann durch die zweieinhalb Zimmer ihrer gemeinsamen Schlauchwohnung, den schmalen Pfad entlang, wo sein weltmännischer Besitz und Challahs Krempel sich früher bekriegt hatten, jetzt aber durch eine inoffizielle Demarkationslinie getrennt waren.

Schon über zwei Jahre lebte Vladimir nun nicht mehr bei seinen Eltern, aber die Begeisterung darüber, dass er sich aus ihren Samtkrallen befreit hatte, war ungebrochen. Allmählich bekam er eine Hausbesitzermentalität. Er träumte davon, die Wohnung irgendwann von Grund auf zu putzen und das Loch zwischen Küche und Schlafzimmer, das bei ihnen »Wohnzimmer« hieß, in ein Lesezimmer für sich zu verwandeln.

Und was wollte Vladimir in seinem Lesezimmer lesen? Er hatte eine Schwäche für Kurzprosa – kleine, gut durchdachte Geschichten, in denen Menschen akut und heftig litten. Wie in der Tschechow-Geschichte, wo der Droschkenkutscher allen Fahrgästen erzählt, sein Sohn sei kürzlich gestorben, und keiner schert sich darum. Entsetzlich. Die hatte Vladimir zum ersten Mal in Leningrad gelesen, während er wieder einmal krank im Bett lag und Mutter und Großmutter im Nebenzimmer die kuriosesten russischen Hausmittel für seine geplagten Bronchien zusammenbrauten.

Die Geschichte des Kutschers (sie heißt einfach *Gram*) war gewissermaßen das Stenogramm für die melancholische Existenz des jungen Vladimir, der das Bett immer mehr als seine eigentliche Heimat empfand. Eine Heimat fernab der Leningrader Grabeskälte, in der er früher mit seinem Vater Verstecken gespielt hatte, unter den riesigen Bronzefüßen der Lenin-Statue, deren verdreckter Arm steil nach oben in die verheißungsvolle Zukunft wies. Eine Heimat fernab der Volksschule, wo er nur selten in seiner blitzblanken, gebügelten Uniform erschienen war, da der Arzt ihn meist als zu krank einstufte; und wenn er hinging, starrten ihn die anderen Kinder und der Lehrer an, als wäre er ein mit dem Andromeda-Erreger infizierter Kosmonaut, den man versehentlich aus der Quarantäne entlassen hatte. Und eine Heimat fernab von Serjosha Klimow, dem überfütterten Rüpel – von seinen Eltern bereits in die Grundlagen der Gesellschaftswissenschaften eingewiesen –, der sich in der Pause vor ihm aufbaute und hämisch »Jude, Jude, Jude!« schrie.

Nun hätte der junge Vladimir den Verlust von Freiheit und Ausbildung nur zu willig hingenommen, wenn man ihn mit seinem warmen Federbett, seinem Tschechow und seinem Freund Juri, der Plüschgiraffe, in Ruhe gelassen hätte. Aber Mutter, Großmutter und Vater, wenn er von der Arbeit aus dem Krankenhaus nach Hause kam, gönnten ihm seinen Frieden nicht, sondern kämpften ohne Unterlass und mit der gesamten *Sowjetenzyklopädie der Medizin* sowie diversen weniger verlässlichen Traktaten gegen sein Bronchialasthma an. Sie packten Vladimirs bleichen Körper stündlich in Alkoholwickel, hielten ihm den Kopf über einen kochenden Topf Kartoffeln und übten sich im surrealistischen Ritual des »Schröpfens«: Ein Satz kleiner Gläser saugte sich schmerzhaft an seinem Rücken fest (nachdem man mit einem brennenden Streichholz in jedem Gläschen die Luft erwärmt hatte, um den Schleim aus dem Körper des Kranken zu ziehen. Stegosaurus-Methode nannte Dr. Girshkin diese vermaledeiten Gläserreihen.

Der ältere, gesunde Vladimir schritt jetzt sein imaginäres Lesezimmer ab, in dem sein Kinder-Tschechow stolz neben neueren Errungenschaften stehen würde: einem Martinishaker von der Heilsarmee, einer Biografie von William Burroughs und einem winzigen Feuerzeug, das raffiniert in einem ausgehöhlten Kieselstein steckte. Na gut, für den Tschechow war die Wohnung allmählich zu voll gemüllt – Challahs Gummiknüppel, Peitschen und KY-Pötte standen im Weg, ganz zu schweigen von den billigen Gewürzregalen aus der 14. Straße, die regelmäßig von der Wand fielen, oder den zahlreichen Wassereimern, die Vladimir in Küche und Schlafzimmer aufgestellt hatte, um seinen Kopf hineinzutauchen, wenn er den Temperatur-Status quo nicht mehr aushielt. Trotzdem, was für eine Wohltat, allein zu sein. Selbstgespräche zu führen, als unterhielte er sich mit seinem besten Freund. Sein tatsächlich bester Freund Baobab war nach wie vor in Miami und ging seinen unappetitlichen Geschäften nach.

Und dann war es so weit. Challah stand vor der Tür und fummelte an den Schlössern herum. Vladimir schaltete den Kopf ab, verschaffte sich eine Erektion und ging hinaus, um seine Freundin zu begrüßen. Da stand sie. Noch bevor er einen richtigen Blick auf ihr Professionellengesicht werfen konnte – in der Hitze zerliefen Lippenstift, Wimperntusche und Rouge zu einer unwirklichen Maske, immerhin einen Hauch verruchter als ihre allzu biederen Alltagszüge –, umarmte sie ihn schon und flüsterte ihm »Alles Gute zum Geburtstag« ins Ohr, denn im Gegensatz zu den anderen Gratulanten des Tages wollte Challah das leise sagen.

Die gute Challah mit der warmen flachen Nase, den überdimensionalen Wimpern, die über seine Wangen kitzelten, und dem schweren näselnden Atem – Königin aller Moschus- und Muttertierwonnen. Sie merkte schnell, was Vladimir weiter unten für sie vorbereitet hatte, wo der Rüssel des Erdferkels aus seiner Stachelhecke lugte, und sagte mit perfekt gespielter Überraschung: »Liebe Güte!« Als sie anfing, die Sicherheitsnadeln an den schwarzen Fetzen aufzuhaken, die sie im Kerker trug, sagte Vladimir: »Nein, das mach ich!«

»Pass auf, dass du nichts zerreißt«, sagte sie und kümmerte sich darum, dass er steif blieb, während er sie auszog; die Sache dauerte schließlich. Als er sie ausgepackt hatte, blieben nur noch die eisernen Kruzifixe auf ihren schweren Brüsten übrig – ein Anblick wie eine Hügellandschaft mit Artilleriegeschützen. Und dann führte Challah ihn endlich mit baumelnden Kreuzen und seinem Glied in der Hand ins Schlafzimmer.

Auf dem Futon rief er sich seine Mission ins Gedächtnis: Gründlichkeit. Er küsste, rieb mit der Nase, zupfte mit den Zähnen, zwirbelte zwischen Daumen und Mittelfinger und bestocherte mit dem, was Challah die Girshkin-Gurke getauft hatte, sämtliche Körperteile an ihr, auch solche, die er mit der Zeit leid geworden war: die Wülste, die sich an ihren Hüften aufwarfen, oder ihre Arme, die ihn dick und rosa an sich pressten, und zwar nicht voller Lust, sondern eher so, wie eine Mutter ihr Kind vor einer anrollenden Lawine an sich drücken würde.

Schließlich, als es zwischen seinen Beinen mit Volldampf kochte, ging er zwischen die ihren und sah sie zum ersten Mal an. Die liebe Challah, die liebe amerikanische Freundin mit ihrem rosigen Blick der Erregung, aber auch beherrscht – wie sie Vladimir davon abhielt, sie in den Hals zu beißen oder die Zunge in ihrem Mund zu versenken, Hauptsache, sie konnte ihm in die Augen schauen, wenn sie sich so nahe waren.

Folglich machte Vladimir die Augen zu. Und hatte eine Vision.

In leichten Baumwoll-Chinos und leger hängendem Hemd, eine braune Net-Sherman's im Mundwinkel, die Haare im modischen Kurzhaarschnitt und von einem verspielten Sommerwind wellig zur Seite gestrichen, gab Vladimir Borissowitsch Girshkin Anweisungen in ein Mobiltelefon, während er eine Landebahn abschritt. Gut, es war eine lausige Landebahn. Kein Flugzeug weit und breit. Trotzdem: Eine Reihe weißer Striche im richtigen Abstand, in löchrigen Asphalt geätzt, konnte doch nur eine Landebahn bedeuten (sonst höchstens eine Landstraße in der Provinz, aber nein, undenkbar).

Während der blinde, nackte Vladimir im Bett mit Challah verzweifelt auf einen Orgasmus hinackerte, kam sein topmodischer Doppelgänger zügig auf der Landebahn voran, hinter der der Halbkreis einer untergehenden Sonne, aufgedunsen und fleckig wie eine verrottende Frucht, an der Nahtstelle zweier grauer Berge hervorlugte. Vladimir sah diesen neuen Vladimir zwar klar, seinen entschlossenen Gang und sein verärgertes Gesicht, verstand aber nicht genau, was er in das Handy sagte, warum von Gestrüpp überwucherte Felder die Landebahn säumten und warum er sich nicht auch noch ein Flugzeug, tolle Gesellschaft und gefüllte Champagnerflöten zusammenträumen konnte …

Und dann, als der koitale Vladimir unmittelbar vor seinem hart erkämpften Ziel mit Challah stand, hörte der imaginäre Vladimir unmittelbar über sich ein Grollen, ein Dröhnen, eine überschallhafte Luftverdrängung. Eine adlernasige Turboprop kreiste über der Landebahn und flog direkt auf unseren Helden zu, so tief, dass er die einsame Figur im Cockpit sehen konnte, oder jedenfalls das irrsinnige Glitzern im Auge des Piloten, das nur zu *einem* Mann gehören konnte. »Ich komm dich holen, Junge!«, rief Mr Rybakow in Vladimirs Handy. »Wir hauen ab!«

Er öffnete die Augen. Sein Gesicht war zwischen Challahs

Schulterblättern eingequetscht, wo eine Ansammlung von Schönheitsflecken eine Art Suppenkelle bildete. Die Kelle hob und senkte sich mit ihrem Atem; eine Locke ihres orangefarbenen Haars fiel hinein.

Vladimir stützte sich auf einen Ellbogen. Challah hatte in ihrer Freizeit ihr gemeinsames Schlafzimmer in Zahnarztpraxen-Mauve gestrichen, an der Decke hatte sie überlappende Retro-Poster (Kondensmilchreklame und Ähnliches) arrangiert, und dann hatte sie auch noch einen Kürbis gekauft, der jetzt in einer Ecke vor sich hin faulte. »Wieso hast du die Augen zugemacht?«, fragte sie.

»Was?« Er wusste genau, was.

»Du weißt genau, was.«

»Die meisten Menschen machen die Augen zu. Ich war eben überwältigt.«

Sie bohrte den Kopf in ein Kissen, das links und rechts aufquoll. »Warst du nicht.«

»Willst du damit sagen, dass ich dich nicht liebe?«

»Du sagst damit, dass du mich nicht liebst.«

»Das ist doch lächerlich.«

Sie drehte sich um, bedeckte ihren Körper aber mit den Armen und zog die Beine an. »›Das ist doch lächerlich‹ – wie kannst du das sagen? So was sagt man nicht, außer wenn einem alles scheißegal ist. Wie kannst du so wurstig sein? ›Das ist doch lächerlich.‹ Wie kannst du so kalt sein?«

»Ich bin Ausländer. Ich spreche langsam und wähle meine Worte mit Bedacht, damit ich mich nicht blamiere.«

»Wie kannst du jetzt *das* wieder sagen?«

»Was darf ich denn überhaupt sagen, verdammt noch mal?«

»Ich bin zu fett!«, rief sie. Sie sah sich um, als suchte sie nach einem Wurfgegenstand, und packte dann eine der Speckrollen unter ihren Brüsten, direkt über ihrem Bauch. »Sag die Wahrheit!«

Die Wahrheit?

»Du kannst mich nicht ausstehen!«

Nein, so sah die Wahrheit auch nicht aus. Er konnte nur den *Gedanken* an sie nicht ertragen, aber das war etwas anderes. Trotzdem, Vladimir hatte diese mächtige Matrone schließlich freiwillig in sein Leben geholt, und jetzt blieb ihm nichts anderes übrig, als sein mageres Vokabular nach tröstlichen Worten zu durchforsten, um die geziemenden Schmeicheleien zusammenzubasteln. Du bist nicht fett, dachte er, du bist nur *gut entwickelt.* Aber noch bevor er solche halbgaren Gedanken aussprechen konnte, fiel ihm ein großes, komplexes Insekt auf, eine Art Schabe mit Flügeln, die unmittelbar unter dem Posterbaldachin durch die Luft schwirrte. Vladimir hielt sich schützend die Hand vor den Schritt.

Inzwischen hatte Challah ihre Speckrolle losgelassen, so dass diese genüsslich in ihrem größeren Landsmann, dem Bauch, aufging. Challah vergrub das Gesicht wieder im Kissen und holte so tief Luft, dass Vladimir sich sicher war, sie würde beim Ausatmen in Tränen ausbrechen.

»Da kommt ein komisches Insekt auf dich zu«, warnte er sie.

Challah blickte auf. »Igitt!«

Das Vieh landete zwischen ihnen, worauf sie fluchtartig den Futon räumten. »Gib mir mein T-Shirt«, befahl Challah, die sich wieder so gut wie möglich mit den Armen bedeckte.

Der Eindringling kroch so beharrlich über die Kämme und Täler ihrer Bettlaken, wie ein Sattelschlepper sich eine Bergstraße hochwindet, um sich dann mit einem Riesensatz in Vladimirs Kissen zu stürzen. Nicht schlecht! Die Schaben in Leningrad waren viel kleiner und längst nicht so unternehmungslustig.

Challah beugte sich vor und blies das Monster hoffnungsfroh an, schreckte aber zurück, als sich seine Flügel bewegten. »Ach Mensch, ich will einfach schlafen«, sagte sie, während sie ihr langes T-Shirt wieder anzog, das mit dieser Kinder-Comicfigur, die Vladimir nicht kannte, einem seltsamen blauen Kobold. »Ich bin schon seit sechs auf. Ein zweiter Staatsanwalt wollte ein komplettes Teeservice auf seinem Rücken aufgestellt haben.«

»Du spielst doch nicht Sklavin?«

Sie schüttelte den Kopf.

»Wenn so ein Anwalt dich angrabscht –«

»Kein Mensch grabscht mich an. Die wissen schon.«

Er kam ums Bett herum und nahm sie in den Arm. Sie wich zurück. Er küsste sie auf die Schulter, und bevor er irgendetwas anderes unternehmen konnte, fing er an zu weinen – das passierte manchmal ganz leicht, jetzt, wo sein Vater nicht mehr in der Nähe war, um Einspruch zu erheben. Sie drückte ihn an sich, und er fühlte sich in ihren Armen sehr, sehr klein. Auf dem Futon regierte immer noch das Insekt, also gingen sie hinaus auf die Feuerleiter, um eine zu rauchen. Challah weinte inzwischen ebenfalls, mit der Zigarette in der Hand, und als sie sich die Nase an der Handfläche abwischte, bekam Vladimir Angst, ihre Haare könnten Feuer fangen, weshalb er Anstalten machte, ihr die Nase zu putzen.

Sie tranken ungarischen Billigriesling, dem die Kopfschmerzen nach dem dritten Glas aufs Etikett geschrieben waren. Sie hielten Händchen. Gegenüber im Pflegeheim Garibaldi, einem fünfstöckigen Gebäude, das man in den 60er-Jahren gebaut hatte, um zu beweisen, wie ähnlich ein Gebäude einer Resopalplatte sehen konnte, gingen die Lichter aus. Der jamaikanische Plattenladen im Erdgeschoss – im Sortiment drei Bob-Marley-Platten und sehr viel Dope – stimmte sich aufs nächtliche Business ein, wobei die Lautstärke des Reggae den Schrullen der schlafbedürftigen Garibaldi-Bewohner gegenüber zuliebe gedrosselt wurde. Genau wie die Bullen hatten diese mit den profitablen Rastafaris eine Art pragmatischer Übereinkunft à la Alphabet City getroffen: Jeder ließ jeden in Ruhe, und die Musik blieb leise.

»Hey, in drei Monaten werde ich fünfundzwanzig«, sagte sie.

»Ist weiter nicht schlimm, wenn man fünfundzwanzig wird«, sagte Vladimir. Und bekam sofort ein schlechtes Gewissen. Vielleicht war es für sie ja doch schlimm. »Ich habe gerade von einem Klienten tausend Dollar bekommen«, sagte Vladimir. »Wir könnten an deinem Geburtstag in ein schönes französisches Restaurant gehen. In das mit den berühmten Meeresfrüchten zum Beispiel. Von dem habe ich in der Zeitung gelesen. Vier Sorten Austern, eine ganz besondere Langustenart –«

»Du hast tausend Dollar von einem Klienten gekriegt?«, sagte Challah. »Was musstest du denn dafür tun?«

»Nichts!«, sagte Vladimir und schüttelte sich beim bloßen Gedanken an die Anspielung. »War bloß ein Trinkgeld. Ich helfe ihm, seine Staatsbürgerschaft zu bekommen. Diese Meeresfrüchte sind jedenfalls …«

»Ich kann das glibberige Zeugs nicht ausstehen, das weißt du doch«, sagte Challah. »Gehen wir lieber einen richtig guten Hamburger essen. Wie damals in dem schicken Diner, wo wir an Baobabs Geburtstag waren.«

Hamburger? Sie wollte an ihrem fünfundzwanzigsten Geburtstag Hamburger essen? Vladimir fiel das bevorstehende Grillfest bei seinen Eltern ein, eine ausgesprochen hamburgerträchtige Veranstaltung. Ob er Challah dazu einladen sollte? Ob sie etwas Anständiges anziehen würde? Ob sie so tun könnte, als studierte sie Medizin, womit Vladimir die Girshkinsche Familienfantasie diskret gespeist hatte?

»Das mit dem schicken Diner klingt doch sehr gut«, sagte Vladimir und küsste Challah auf die spröden Lippen. »Wir bestellen für alle einen Caesar's Salad, Gourmet-Relish, Sangria in rauen Mengen, was du willst …« Und das nächste Mal würde er beim Sex die Augen offen lassen. Ihr direkt in die Augen schauen. Durch solche Sachen hielt man schließlich eine Beziehung am Laufen. So etwas nannte sich Notmaßnahme. Vladimir kannte sich aus. Sich sein Lehen erhalten, egal, wie mickrig es sein mochte, das war doch die Aufgabe eines gereiften, erwachsenen Vladimir.

KAPITEL 5

Die Heimatfront

Am Wochenende stand dann Dr. Girshkin schwitzend in der Mittagssonne, seine Glatze bräunte zusehends wie ein Crêpe in der Pfanne, und er fuchtelte mit einer riesigen Fleischtomate herum. »Das ist die größte Tomate im ganzen Staat New York«, erklärte er Vladimir, dem er sie aus jedem erdenklichen Winkel präsentierte. »Ich muss ans Landwirtschaftsministerium schreiben. Vielleicht haben die für so jemand wie mich einen Preis.«

»Du bist ein Meistergärtner«, piepste Vladimir und versuchte, einen aufmunternden Ton in seine Stimme zu schmuggeln.

Leicht war das nicht. Während er den ganzen Vormittag damit zugebracht hatte, Riesenrettiche beim Sonnenbaden im Vorstadtdunst zu beobachten, war ihm etwas Neues, Verstörendes aufgefallen: Sein Vater wurde alt. Er war klein und kahl, mit dem zierlichen Körperbau und dem dunklen ovalen Gesicht Vladimir nicht unähnlich. Seine Brust war zwar vom dauernden Angeln und Gärtnern noch straff, der schwarze Teppich, der sie bedeckte, war aber in letzter Zeit ergraut, seine Haltung war nicht mehr ganz so aufrecht, und seine lange Adlernase hatte früher nie so dünn und zerbrechlich ausgesehen, die Haut drum herum nie so voller Sonnenfältchen.

»Weißt du, wenn der Dollar abstürzt und wir alle wieder wie die Bauern leben müssen«, sagte Vladimir, »dann wäre diese Tomate eine ganze Hauptspeise.«

»Na klar!«, sagte der Doktor. »Mit großem Gemüse kommst du weit. Im Krieg hatten wir Zeiten, da haben sich ganze Familien tagelang von einer einzigen Karotte ernährt. Bei der Belagerung von Leningrad zum Beispiel haben deine Großmutter und ich … na, ehrlich gesagt waren wir überhaupt nicht in der Nähe von Leningrad. Wir sind gleich bei Kriegsbeginn in den Ural geflüchtet. Aber zu essen gab es dort auch nichts. Wir hatten bloß Tolik, unseren Eber. Ein Riesentrumm von Schwein – an dem haben wir fünf Jahre lang gegessen. Töpfe mit Schmalz haben wir sogar noch gegen Garn und Kerosin eingetauscht. Der ganze Haushalt hing von diesem Schwein ab.« Er blickte seinen Sohn traurig an, als bedauerte er, dass er keinen Schwanzwirbel oder sonst ein Souvenir aufgehoben hatte. Dann fiel ihm etwas anderes ein.

»Mutter!«, rief er Vladimirs Großmutter zu. Sie döste in ihrem Rollstuhl unter den mächtigen Eichen, die das Grundstück der Girshkins von dem ihrer angeblich größenwahnsinnigen indischen Nachbarn abgrenzte. »Weißt du noch, das Schwein, das wir hatten? Tolik?«

Oma lüpfte mit ihrer gesunden Hand die Krempe ihres Strohschlapphutes. »Was hast du gesagt?«

»Tolik, das Schwein!«, brüllte Vladimirs Vater.

Omas Augen wurden groß. »Ja, dass dieses Schwein mir nie schreibt, möchte wirklich wissen, warum«, sagte sie und drohte dem Doktor und seinem Sohn mit der Faust. »Boston ist doch nicht weit, da könnte er mich wirklich ab und zu mal besuchen. Schließlich hab ich den Kerl so gut wie großgezogen, nachdem seine Mutter tot war.«

»Nein, nicht Cousin Tolik«, brüllte Dr. Girshkin. »Ich rede von Tolik, dem Eber. Weißt du noch, im Krieg? Im Ural? Er wurde so groß, dass wir auf ihm in die Stadt geritten sind. Kannst du dich an den Eber erinnern?«

»Ach so«, sagte Großmutter. »Doch. Ich erinnere mich an ein Tier. Das war aber kein Eber, sondern eine Kuh, und die hieß Mascha.«

»Mascha war nach dem Krieg!«, brüllte Dr. Girshkin. Er drehte sich zu Vladimir. Vater und Sohn warfen sich einen Blick zu und zuckten aus jeweils unterschiedlichen Gründen die Achseln.

»Wozu hätten wir denn einen Eber halten sollen?«, überlegte Großmutter, während sie ihren Rollstuhl langsam von ihrem freiwillig bezogenen Posten herübermanövrierte und die Eichen schutzlos dem Inder und seiner berüchtigten Motorsäge überließ. »Wir sind doch Juden, oder? Gut, deine Frau isst die Schweinesalami aus dem russischen Laden, und ich manchmal auch, weil sonst nichts im Kühlschrank liegt. Aber einen ganzen Eber?«

Verstört beäugte Großmutter das Tomatenbeet.

»Langsam, aber sicher baut sie ab«, sagte Dr. Girshkin. »Manchmal meint sie, es gibt zwei Ausgaben von mir, den guten Boris und den bösen Boris. Wenn ich sie die Eichen bewachen lasse, bis sie einschläft, und das dauert unter Umständen bis acht oder neun, dann bin ich der gute Boris. Der, der nicht mit deiner Mutter verheiratet ist. Wenn ich sie früher reinhole, dann schimpft sie mit mir wie ein Matrose. Und du weißt ja, dass es im Herbst verdammt kalt wird, da kann ich ihr noch so viele Jacken anziehen.«

»Davor ist keiner von uns gefeit«, sagte Vladimir mit dem definitiven Familienspruch der Girshkins zum Thema Altern und Sterblichkeit. Der Moment war goldrichtig, denn hier standen sie, in einer schnurgeraden Linie – drei Generationen von Girshkins im traurigen Abstieg begriffen: Großmutter, die sich anschickte, der Welt Lebwohl zu sagen, sein Vater, der mit einer Zehe im Grab stand, und Vladimir, die dritte Generation, der wie eine wandelnde Leiche durchs Leben ging.

Als Erstes würde sich jedoch Großmutter verabschieden, diese treusorgende Baba vom Land, die Vladimir einst seine erste amerikanische Windjacke gekauft hatte – weil sie als einzige Erwachsene merkte, dass seine coolen Kumpels von der Jüdischen Schule sich über seinen schlecht sitzenden Mantel mit eingebautem Ostblockduft lustig machten, weil sie als Einzige verstand, wie weh es tat, ein stinkiger russischer Bär genannt zu werden.

Vor fünf Jahren hatte Großmutter ihren ersten Schlaganfall gehabt. Schon seit geraumer Zeit hatte sie damals Zelina Petrowna, ihrer ahnungslosen Nachbarin, die hundsföttische Absicht unterstellt, sie wolle sie beim Sozialamt denunzieren und sich ihr subventioniertes Appartement unter den Nagel reißen. Eines ruhigen, verschneiten Abends wäre es so weit. Die Grünen Minnas kämen vor ihr Haus gefahren, es würde an der Tür klopfen, und die Sozialversicherungspolizei würde Großmutter aus der Wohnung zerren.

Großmutter flehte Vladimir an, einen Denunziationsbrief zu übersetzen, in dem sie Zelina als britische Spionin bezeichnete. Oder als ostdeutsche Spionin? Als russische, französische oder finnische? In diesem Land ging ja alles durcheinander. »Was für eine Spionin ist sie? Sag schon!«, schrie sie Vladimir an.

Ihr Enkel versuchte sie aufzuheitern, aber Großmutter beschuldigte die Familie unter Tränen, sie im Stich zu lassen. Am selben Abend hatte sie den Schlaganfall. Nach dem Schlaganfall hatte sie einen Herzinfarkt und dann noch einen Schlaganfall.

Die Ärzte wunderten sich, dass ihr Körper so unverwüstlich war, und schrieben es der Tatsache zu, dass sie so lange auf dem Land gelebt hatte. Doch selbst als sie auf den Rollstuhl angewiesen und halbseitig gelähmt war, wurde Großmutter die fixe Idee nicht los, die Männer von der Sozialversicherung könnten jeden Moment auftauchen. Ihrem Cousin Aaron war das schließlich passiert, 1949 in Kiew. Und dann hatte man ihm, dem Konzertpianisten, in einem Arbeitslager im eiskalten Kamtschatka die Hälfte seiner Finger amputiert. Daraus musste man wohl seine Lehren ziehen.

Irgendwann holte Vladimirs Vater Großmutter zu sich in die Vorstadt, wo sie bald einen neuen Feind ausmachte, in Gestalt des »mordlustigen Baumfäller-Hindu« von nebenan, der unvorsichtigerweise einmal eine Bemerkung über die wunderschönen großen Eichen gemacht hatte, die zu beiden Seiten der Grundstücksgrenze standen. Und so hatte die Sache mit ihren heroischen Nachtwachen im Garten begonnen.

Vladimir stand hinter Großmutter und tätschelte ihr das spärliche Haar. Er suchte sich auf dem warmen, faltigen Globus ihrer Stirn einen Platz zwischen zwei Muttermalen und küsste sie darauf, was ihm einen erstaunten Blick von seinem Vater, Großmutters offiziellem Hüter, eintrug. *Was soll das?* schien Dr. Girshkin zu fragen. *Verschwörer in meinem eigenen Haus?*

»Nein, nein, da ist kein Eber, Babuschka«, sagte Vladimir leise. »Wer züchtet in Westchester schon Schweine? Das tut man hier einfach nicht.«

Großmutter ergriff seine Hand und biss mit ihren zwei Zähnen liebevoll hinein. »Mein Goldstück!«, sagte sie. »Mein Einziger!« Und Recht hatte sie. Sie standen hier Seite an Seite. Mutter und Vater mochten ja Karriere gemacht und sich zu reichen Amerikanern entwickelt haben, aber in Großmutters und Vladimirs Adern floss noch dasselbe Blut, als wäre eine Generation zwischen ihnen übersprungen worden.

Großmutter hatte Vladimir schließlich aufgezogen, hatte ihm beigebracht, mit vier Jahren die kyrillischen Buchstaben zu schreiben, indem sie für jeden gemeisterten slawischen Schnörkel zwei Gramm Käse zur Belohnung aussetzte. Jeden Sonntag nahm sie ihn mit zum Piskarjowskoje-Gedenkfriedhof für die Verteidiger von Leningrad – auf diesen lehrreichsten aller russischen Schulausflüge –, wo sie frische Gänseblümchen für seinen Großvater Moissej niederlegten, den schlanken nachdenklichen Mann, der auf den Hochzeitsfotos schüchtern Großmutters Arm gefasst hielt und in einer Panzerschlacht vor der Stadt gefallen war. Und nach dieser simplen Würdigung am Grabstein, nachdem Großmutter vor dem Ewigen Feuer ein paar Tränen vergossen hatte, bekam Vladimir ein rotes Taschentuch um den Hals geknüpft. Asthma hin oder her, er würde eines Tages zu den Jungen Pionieren gehen, versprach sie ihm, dann in den Jugendverband der Komsomolzen eintreten und dann, wenn er sich bewährte, in die Kommunistische Partei. »Bist du bereit, für die Sache von Lenin und dem sowjetischen Volk zu kämpfen?«, drillte sie ihn.

»Immer bereit!«, brüllte er zurück.

Aber zu guter Letzt mussten die Jungen Pioniere doch ohne ihn marschieren … Zu guter Letzt, genauer gesagt Ende der 70er-Jahre, tauschte der freundliche, breit grinsende Amerikaner Jimmy Carter nämlich Tonnen von Getreide aus dem Mittleren Westen gegen Tonnen von Juden aus Russland, und unversehens kamen Vladimir und Großmutter aus dem Ankunftsgebäude des JFK geschlendert.

Sie warfen einen Blick auf das endlose Amerika vor ihnen, das seine Gershwin-Melodie summte, und lagen sich weinend in den Armen.

Und das war Großmutter heute: an den Rollstuhl gefesselt, eingesperrt in einen der teuersten Gärten der Welt, das Schnurren diskreter Kombis in der Luft, die in die angrenzenden Einfahrten glitten, Fleischbrutzeln ringsum, und ihr Enkel war ein erwachsener Mann mit dunklen Augenringen, der seine Familie nur zu besonderen Feiertagen besuchte, als wohnte sie in der Wildnis von Connecticut und nicht knapp zwanzig Kilometer hinter der Triborough Bridge.

Doch, Großmutter verdiente mindestens noch einen Kuss von Vladimir, aber die alte Frau vor seinem Vater zu küssen war Vladimir peinlich. Großmutter war Dr. Girshkins Leben, sein Gut und seine Bürde, so wie Mutter für Vladimir. Wenn er nach dem Grillen immer noch so zärtliche Gefühle hatte, konnte er sie vielleicht unter vier Augen abknutschen.

»Oppa! Leute!« Sie schauten nach oben. Mutter lehnte sich aus ihrem Arbeitszimmer im zweiten Stock und schwenkte eine Flasche Rum. »Bevor der Junge sechsundzwanzig wird: Holt endlich den Grill raus!«

»Heute habe ich einen neuen Spitznamen für deinen Vater gefunden«, verkündete Mutter. »Ich nenne ihn Stalin.«

»Ha«, sagte Vladimirs Vater, während er für Großmutter eine glühende Wiener Wurst in ein Brötchen stopfte. »Meine Frau wärmt mir das Herz wie eine zweite Sonne.«

»Stalin hatte sehr hübsche Koteletten«, sprach Großmutter ihrem Sohn Mut zu. »Und jetzt trinken wir alle! Auf Vladimir, unsere vielversprechende amerikanische Zukunft!«

Plastikbecher wurden gehoben. »Auf unsere amerikanische Zukunft!«

»Auf unsere amerikanische Zukunft!«, brachte Mutter ihren Toast aus. »Also, ich hatte diese Woche ein langes Gespräch mit Vladimir, und ich finde, er klingt gereift.«

»Ist das wahr?«, erkundigte sich Dr. Girshkin bei seinem Sohn. »Hast du ihr erzählt, dass du jetzt doch Anwalt wirst?«

»Ärgere ihn nicht, Iossif Wissarionowitsch«, redete Mutter ihn mit Stalins Vornamen an. »Es gibt tausend reife Dinge, die Vladimir werden kann.«

»Computer«, grunzte Großmutter. Computerprogrammierer waren in ihrer Vorstellung immens mächtige Menschen. Die Leute von der Sozialversicherung durchforsteten immer ihre Computer, wenn Großmutter sich ein Herz fasste und dort anrief, und die hatten schließlich die Macht, ihr Leben zu ruinieren!

»Genau«, sagte Mutter. »Großmutter ist zwar verrückt, aber auf ihre Art auch klug. Ich finde übrigens trotzdem, dass du Anwalt werden solltest. In deinem Debattierclub warst du immer so ein überzeugender kleiner Flunkerer, trotz deines grässlichen Akzents. Und es gilt zwar nicht mehr als fein, über so was zu reden, aber ich muss sagen, da liegt eine Menge Geld drin.«

»Heutzutage macht man das große Geld ja in Osteuropa«, sagte Vladimir mit wissender Miene. »Dieser Freund von mir, sein Sohn hat ein Import-Export-Geschäft in Prawa. Ein Russe namens Murmeltier ...«

»Murmeltier?«, rief Mutter. »Hast du das gehört, Boris? Unser Sohn tollt mit einem russischen Murmeltier herum. Vladimir, vom heutigen Tag an verbiete ich dir ausdrücklich, mit irgendwelchen Murmeltieren zu verkehren.«

»Aber er ist Geschäftsmann«, sagte Vladimir. »Sein Vater, Rybakow, wohnt in einem Penthouse. Er kann mir vielleicht einen Job besorgen! Ich dachte, du freust dich.«

»Wir wissen genau, welche Art von Geschäftsmann sich Murmeltier nennt«, sagte Mutter. »Wo kommt der überhaupt her? Aus Odessa? Import-Export-Geschäft! Penthouse! Wenn du in die echte Geschäftswelt willst, Vladimir, dann hörst du auf deine Mutter. Ich helfe dir, als Unternehmensberater bei McKinsey oder Arthur Andersen einzusteigen. Und wenn du dann brav bist, zahle ich dir sogar den M.B.A. Genau, diese Strategie sollten wir verfolgen!«

»Prawa«, sinnierte Dr. Girshkin und wischte sich verirrte Colatropfen aus den Koteletten. »Ist das nicht das Paris der 90er-Jahre?«

»Bestärkst du ihn auch noch, Stalin?« Mutter warf ihren Hot Dog hin wie einen Fehdehandschuh. »Willst du, dass er auf die schiefe Bahn kommt? Vielleicht kann er dich ja in deiner Arztpraxis beraten? Dir helfen, unsere arme Regierung auszupressen? Ein Betrüger in der Familie reicht wohl noch nicht.«

»Krankenkassenbetrug ist eigentlich nicht kriminell«, sagte Dr. Girshkin und faltete professoral die Hände. »Außerdem, mein Herz, bezahlen all meine neuen Patienten deine verdammte Datscha in Sag Harbour. Weißt du, Volodja«, sagte er, an seinen Sohn gewandt, »da sind diese vielen usbekischen Juden auf dem Weg von Taschkent nach Buchara. Ganz liebe Leute. Ganz unbedarft, was die Krankenkasse angeht. Aber es ist mir einfach zu viel Arbeit. Letzte Woche habe ich vierzig Stunden investiert.«

»Zu viel Arbeit!«, kreischte Mutter. »Sag so was nie vor Vladimir. Da fängt sein zelebrierter Schlendrian doch an. Deshalb leistet er irgend so einem Murmeltier in seinem Penthouse Gesellschaft. Er hat in dieser Familie ja kein Vorbild. In diesem Haus bin ich die Einzige, die wirklich arbeitet. Du steckst höchstens deine Forderungen in den Briefkasten. Großmutter – du kriegst deine Rente.«

Das betrachtete Großmutter als ihr Stichwort. »Ich glaube, er heiratet eine Schickse«, sagte sie und drohte Vladimir mit dem Zeigefinger.

»Du spinnst schon wieder, Mutter«, sagte Dr. Girshkin. »Er geht doch mit Challah aus. Der kleinen Challatschka.«

»Wann lernen wir Challatschka eigentlich kennen?«, fragte Vladimirs Mutter. »Wie lang geht das jetzt schon? Fast ein Jahr?«

»Wie unhöflich«, sagte Dr. Girshkin. »Sind wir denn Wilde, dass du dich unseretwegen schämst?«

»Sie ist auf der Sommeruni«, sagte Vladimir und hob den Deckel vom Dessertteller mit den importierten russischen Bonbons aus seiner Kindheit, dem Tapsigen Schokobären und der Kleinen Karamelkuh. »Arbeitet den lieben langen Tag«, murmelte er. »Sie wird ihr Medizinstudium in Rekordzeit abschließen.«

»Tüchtiges Mädchen«, sagte Mutter. »Frauen scheinen sich in diesem Land sowieso besser zurechtzufinden.«

»Also dann, auf die Frauen«, sagte Vladimirs Vater und hob den Becher. »Und auf die geheimnisvolle Challah, die das Herz unseres Sohnes gewonnen hat!« Sie prosteten sich zu. Es war Zeit, das Fleisch für die Burger in Flammen zu setzen.

Nach dem Essen legte sich Mutter mit einer Flasche Rum in ihr billiges Baldachinbett, während Vladimir die Riesenwiege umkreiste und zum Thema des Tages dozierte: dem feinfühligen Umgang mit Afro-Amerikanern. Ein schwarzer Marketing Director sollte gefeuert werden, und Mutter wollte ihn »auf die neue, sensible Art« feuern.

Ein geschlagene Stunde lang schickte Vladimir gegen Mutters beispiellosen russischen Rassismus alles ins Rennen, was er bei seinem Gastspiel auf dem progressiven College im Mittleren Westen gelernt hatte. »Also, was heißt das jetzt?«, fragte Mutter nach beendeter Lektion. »Soll ich die Sklavenschiffe ansprechen?«

Noch einmal versuchte Vladimir, den größeren Kontext zu umreißen, aber Mutter war bereits betrunken, und das sagte er ihr. »Dann bin ich eben betrunken«, sagte Mutter. »Willst du auch einen Schluck? Hier – nein, warte, womöglich hast du dir von diesem Mädchen Herpes geholt. Auf der Kommode steht ein Glas.«

Vladimir ließ sich ein Glas Rum einschenken. Mutter packte einen Bettpfosten und zog sich hoch auf die Knie. »Jesus, unser Herr«, betete sie, »bitte führe den hilflosen Vladimir fort von seiner tragischen Lebensweise, fort von dem Erbe, das ihm sein Vater vermacht hat, fort von der Armeleutebleibe, die er sein Zuhause nennt, und fort von diesem kriminellen Murmeltier …« Sie faltete die Hände und kippte fast um.

Vladimir hielt sie an der Schulter fest. »Das ist ein hübsches Gebet, Mutter«, sagte er. »Aber wir sind doch …« – aus Gewohnheit senkte er die Stimme – »*Juden.*«

Mutter sah ihm aufmerksam ins Gesicht, als hätte sie etwas vergessen, was sich womöglich hinter einer von Vladimirs dicken

Augenbrauen versteckt hatte. »Ich weiß«, sagte sie, »aber trotzdem können wir doch zu Jesus beten. Dein Großvater war schließlich Christ und sein Vater sogar Diakon. Außerdem bete ich ja auch noch zum jüdischen Gott, dem Hauptgott, obwohl der, muss ich sagen, in letzter Zeit nicht sehr geholfen hat. Was meinst du denn dazu?«, fragte sie.

»Ich weiß es nicht«, sagte Vladimir. »Wahrscheinlich ist das in Ordnung. Geht es dir gut, wenn du so betest? Zu Jesus und zu ... Gibt's da nicht noch was? Den Heiligen Dings?«

»Bin mir nicht sicher«, sagte Mutter. »Aber ich kann nachsehen. In der U-Bahn habe ich neulich so ein Heftchen gekriegt.«

»Egal«, sagte Vladimir, »von mir aus kannst du beten, zu wem du willst, solange du Vater nichts erzählst. Seit Großmutter den Verstand verliert, hängt er noch mehr am jüdischen Gott als früher.«

»So mache ich das doch sowieso«, sagte Mutter. Sie packte Vladimir und drückte ihn an ihre zierliche Gestalt. »Wir sind uns so ähnlich, abgesehen von deiner Sturheit!«

Vladimir löste sich sanft aus der Umklammerung und griff nach der Rumflasche, Herpes hin oder her. »Inzwischen siehst du gut aus«, sagte seine Mutter. »Wie ein richtiger Mann. Du musst nur noch den schwulen Pferdeschwanz abschneiden.« In ihrem linken Augenwinkel bildete sich eine Träne. Dann im rechten. Die Augen füllten sich und fingen an zu laufen. »Ich krieg schon keinen Heulkrampf«, versicherte sie ihm.

Vladimir ließ den Blick über Mutters Peroxidlocken schweifen (die Leningrader Mongolka-Tage waren vorbei). Er studierte die verschmierte Wimperntusche und das aufgeweichte Rouge. »Du siehst auch gut aus«, sagte er achselzuckend.

»Danke«, schluchzte sie.

Er nahm ein Taschentuch aus der Hosentasche und reichte es ihr. »Es ist sauber«, sagte er.

»Du bist ein sauberer Junge«, sagte sie und schnäuzte sich geräuschvoll.

»Ich bin froh, dass wir uns ausgesprochen haben«, sagte er. »Aber langsam muss ich los.« Er trat an die größte Eichentür von ganz Scarsdale, New York, und sein Blick fiel auf den durchsichtigen Türknauf aus böhmischem Kristall, den er als Teenager immer vor lauter Angst, ihn zu beschmutzen, nicht berührt hatte; wenn er es sich überlegte, hatte er die Angst noch immer.

»Bye-bye«, sagte er auf Englisch.

Keine Antwort. Er drehte sich noch einmal um. Mutter starrte auf seine Füße. »Do swidanija«, sagte Vladimir.

Mutter musterte weiterhin seine Füße. »Ich gehe jetzt«, verkündete Vladimir. »Ich gebe Großmutter noch einen Abschiedskuss, und dann nehme ich die Bahn um 16 Uhr 51.« Der Gedanke an diese Bahn munterte ihn sofort auf. Expresszug nach Manhattan, Abfahrt Scarsdale. Alles einsteigen!

Fast hatte er es geschafft. Er drehte den Knauf, verschmierte das böhmische Kristall dabei mit allen fünf Fingern und einer verrußten Handfläche, und dann erteilte Mutter ihm einen Befehl: »Vladimir, geh mal rüber ans Fenster«, sagte sie.

»Was ist denn da?«

»Schnell, bitte. Ohne das typische Zögern deines Vaters.«

Vladimir gehorchte. Er sah aus dem Fenster. »Was soll ich denn sehen?«, fragte er. »Großmutter sitzt wieder bei den Eichen. Sie wirft Zweige nach dem Inder.«

»Lass deine Großmutter, Vladimir. Geh zurück zur Tür. Wie ich dir sage, zurück zur Tür ... Linker Fuß, rechter Fuß ... Jetzt stopp. Dreh dich um. Wieder zurück ans Fenster. Geh ganz natürlich, so wie sonst auch immer. Versuch nicht, mit deinen Füßen irgendwas zu machen, lass sie dahin treten, wo sie wollen ...« Sie hielt inne. Sie legte den Kopf schief. Sie kniete sich hin und sah sich seine Füße aus einem anderen Winkel an. Dann stand sie langsam auf und taxierte ihren Sohn wortlos.

»Es stimmt also«, sagte sie mit erschöpfter Stimme, einer Stimme, an die sich Vladimir aus ihrer ersten Zeit in Amerika erinnerte, wenn sie von ihrem Englisch- und Schreibmaschinenkurs nach Hause hetzte, um ihm seinen Salat Olivier zu machen – mit Kartoffeln, Dosenerbsen, Essiggurken und Schinkenstreifen, und als Soße noch ein halbes Glas Mayonnaise darüber. Manchmal war sie am Küchentisch ihrer winzigen Wohnung in Queens eingeschlafen, in der einen Hand ein langes Messer, in der anderen ein englisch-russisches Wörterbuch, ein paar Essiggurken aufgereiht auf dem Schneidbrett, das Schicksal der Familie im Ungewissen.

»Wie meinst du das?«, fragte Vladimir. »Was stimmt?«

»Vladimir, wie soll ich es sagen? Bitte sei mir nicht böse. Bestimmt bist du mir böse, du bist ja so ein empfindlicher junger Mann. Aber wenn ich dir nicht die Wahrheit sage, erfülle ich dann meine mütterliche Pflicht? Nein. Die Wahrheit ist also ...« Sie seufzte tief, mit einem beängstigenden Seufzer, einem Seufzer, der den letzten Zweifel herausblies, einem Seufzer, der sich rüstete für die Schlacht. »Vladimir«, sagte sie, »du gehst wie ein Jude.«

»Was?«

»*Was?* Die Wut in der Stimme. *Was?* sagt er. *Was?* Geh noch mal ans Fenster. Geh einfach noch mal ans Fenster. Schau auf deine Füße. Schau genau hin. Schau, wie du deine Füße spreizt. Schau, wie du hin und her schwankst. Wie ein alter Jude aus dem Schtetl. Der kleine Rebbe Girshkin. Ach, jetzt schreit er mich gleich an. Oder vielleicht weint er. So oder so, er wird seiner Mutter wehtun. So zahlt er seine lebenslange Schuld bei ihr ab: Wie ein Wolf reißt er sie in Stücke.

Ach, arme, arme Challah. Weißt du, wie Leid mir deine Freundin tut, Vladimir? Wie soll ein Mann eine Frau lieben, wenn er seine Mutter verachtet? Überleg mal. Das klappt nicht. Und wie soll eine Frau einen Mann lieben, der geht wie ein Jude? Ich weiß ehrlich nicht, was euch beide zusammenhält.«

»Ich glaube, viele Menschen gehen so wie ich«, flüsterte Vladimir.

»In Anatewka vielleicht«, sagte Mutter. »Im Ghetto von Wilna vielleicht. Also wirklich, ich habe seit Jahren ein Auge auf dich, aber das ist mir erst heute aufgefallen, das mit deinem Judengang. Komm her, ich bring dir bei, wie ein normaler Mensch geht. Komm her! Nein? Der schüttelt den Kopf wie ein Dreijähriger. Du willst nicht? Dann bleib doch da stehen wie ein Idiot!«

Vladimir betrachtete ihr müdes, abgespanntes Gesicht, in dem ein Rest Wut auf der Oberlippe zuckte. Sie wartete auf ihn, mit verebbender Geduld; der schlanke Laptop an ihrem Bett blökte schon fordernd. Er wollte sie trösten. Was konnte er tun?

Vielleicht, vielleicht sollte er sich seine ganz persönliche Sohnesliebe zurechtbasteln, zusammengewürfelt aus Erinnerungen an die Mutter von früher – eine überlastete Leningrader Kindergärtnerin und all ihre Liebe zu ihrem halbtoten Sohn, dem sowjetischen Patrioten, dem besten Freund von Juri der Plüschgiraffe, dem zehnjährigen Tschechow-Fan.

Jedenfalls konnte er ihre täglichen zwei Anrufe entgegennehmen und so tun, als hörte er ihrem Gezeter und Gejammer pflichtschuldig zu, obwohl er den Hörer vom Ohr weghielt, als könnte auch das Telefon gleich explodieren.

Er konnte sie anlügen, konnte ihr weismachen, er hätte Chancen, denn selbst eine Lüge zu erfinden bedeutete schließlich, dass er wusste, was von ihm erwartet wurde, und wusste, dass er sie im Stich ließ.

Und eines konnte er ganz bestimmt tun.

Das war ja das Mindeste.

Vladimir ging zu seiner Mutter hinüber, mit Füßen, die wie zwei hebräische Roboter über das jungfräuliche Parkett marschierten, und wäre am liebsten mit seinem Judengang zurück nach Manhattan gelaufen.

»Zeig mir doch, wie man es macht«, sagte Vladimir.

Mutter küsste ihn auf beide Backen, massierte ihm die Schultern und bohrte mit dem Zeigefinger an seinem Rückgrat herum. »Schultern zurück, Synotschek«, sagte sie. Mein kleiner Sohn. Er hatte so lange nicht mehr in ihrer Gunst gestanden, dass ihn dieses eine Wort vor Wohlbehagen aufseufzen ließ. »Mein Schatz«, fügte sie hinzu, wohl wissend, dass er für den Rest des Tages jetzt ihr gehörte – wen kümmerte schon der 16:51er nach Manhattan. »Ich bring's dir bei. Du wirst so gehen wie ich, genauso elegant. Wenn ich einen Raum betrete, weiß jeder, woran er ist. Schultern zurück. Ich bring's dir bei.«

Und dann brachte sie es ihm bei. Schon seine ersten Schritte gerieten zu ihrem Entzücken. Die Haltung machte alles. *Auch du kannst gehen wie ein Christ.* Man musste das Kinn recken. Und das Rückgrat durchdrücken.

Dann folgten die Füße von ganz allein.

TEIL II

Girshkin verliebt

KAPITEL 6

Die Rückkehr des besten Freundes Baobab

Sieben Jahre nach seinem Abschluss an einer naturwissenschaftlichen Elite-Highschool an der Seite seines besten Freundes Vladimir Girshkin sah Baobab Gilletti praktisch genauso aus wie damals. Er war blass, rothaarig und ausgesprochen gut gebaut, auch wenn ihm das Hinscheiden seines Teenager-Stoffwechsels eine neue Fettschicht beschert hatte, an der er ständig, nicht ganz ohne Stolz, herumzupfte.

Heute Abend, frisch zurück von seinen Narko-Abenteuern in Miami, klärte ein krebsroter, strahlender Baobab Vladimir über seine sechzehnjährige Freundin Roberta auf. Dass sie so jung und vielversprechend sei. Dass sie Skripts für Avantgarde-Filme schreibe, bei denen sie sowohl mitspiele als auch mitorganisiere. Dass sie Ziele habe.

Die beiden Jungs saßen auf einer kaputten Mohaircouch im Wohnzimmer von Baobabs Appartement in Yorkville und sahen zu, wie die Kleine versuchte, ihre nackten Babybeine in eine Jeans zu zwängen, mit gebleckter Zahnspange und Lippen in *Wild Bordeaux.* Deutlich zu viel Pubertät für Vladimir, der verlegen wegblickte, worauf Roberta, Jeans um die Knöchel, auf ihn zuwatschelte und ihm mit einem neckischen »Vlad!« einen Schmatz aufs Ohr gab, dass ihm Hören und Sehen verging.

Baobab begutachtete die Anzüglichkeiten seiner Freundin durch einen leeren Cognacschwenker. »Hey, was soll das mit der Jeans?«, sagte er zu ihr. »Gehst du aus? Ich dachte ...«

»Du dachtest?«, sagte Roberta. »Das musst du mir genauer erzählen, Chéri!« Sie rieb ihre Wange an Vladimirs Grizzlybacke und freute sich, dass der junge Mann kicherte und wenig überzeugend versuchte, sie wegzuschieben.

»Ich dachte, du bleibst heute Abend zu Hause«, sagte Baobab. »Ich dachte, du schreibst eine Kritik über mich oder erwiderst was auf meine Kritik.«

»Du Idiot, ich hab dir doch gesagt, dass wir heute Abend drehen. Wenn du vielleicht mal zuhören würdest, müsste ich nicht den halben Tag knallharte Kritiken raushauen.«

Vladimir lächelte. Diese junge Person, die gewillt war, sich in Baobabs gammeligen Boxershorts und mit der Jeans um die Knöchel zu streiten, hatte wirklich Punkte verdient.

»Laszlo!« kreischte Baobab. »Du drehst mit Laszlo, oder?«

»Bauer!«, kreischte sie zurück und knallte die Badtür hinter sich zu. »Sizilianischer Bauer!«

»Wie war das? Sag das noch mal.« Baobab steuerte auf die Küche und die zerbrechlichen Waren zu. »Mein Großvater war im italienischen Parlament, schon vor Mussolini! Du Staten-Island-Nutte!«

»Okay, okay«, sagte Vladimir und packte einen ausholenden Popeye-Arm. »Jetzt gehen wir, und zwar auf einen Drink. Komm, Garibaldi. Hier sind deine Zigaretten und dein Feuerzeug. Los geht's. Komm.«

Los ging's. Man rief ein Taxi, das sie zu Baobabs Lieblingsbar im Schlachthofviertel schaffen sollte. In ein paar Jahren würde dieser heruntergekommene Teil von Downtown wahrscheinlich den barbarischen Horden aus Teaneck und Garden City ins Auge fallen und zu einem waschechten Hipster-Spielplatz werden, aber zur Zeit war er nachts noch so gut wie menschenleer – eine passende Adresse für Baobabs Lieblingsbar.

Das Kadaver verfügte, dank einer benachbarten Schweineschlächterei, über eine authentische Blutlache am Eingang. An der Decke konnte man noch die Förderbänder bewundern, die in früheren Jahren die Kühe durch den Raum transportiert hatten. Und darunter konnte man nach Herzenslust anachronistisch sein:

Lynyrd Skynyrd auf der Jukebox drücken, eine Bi-Fi aus der Tasche ziehen, sich ausführlich über die Kurven der Bedienung auslassen oder über die drei ausgemergelten Jungakademiker, die um den Billardtisch standen und ihre Stöcke bei Fuß hielten, als warteten sie auf ein Stipendium. Die übliche Mischung eben.

»Und?« Beide hatten die Frage zugleich gestellt. Der Bourbon war im Anrollen.

»Ist dieser Laszlo-Typ ein Problem?«

»Der blöde ungarische Angeber ist scharf auf mein Baby«, sagte Baobab. »Gehörten die Magyaren nicht ursprünglich zur großen Tatarenhorde?«

»Du denkst wohl an meine Mutter.« Mongolka!

»Nein, dieser Laszlo ist ein Barbar, wie er im Buche steht, das sag ich dir. Er riecht schon so international. Und seine Personalpronomen sind eine Katastrophe ... Klar weiß ich, wie ich mich anhöre. Und wenn ich ein sechzehnjähriges Mädchen wäre und die Gelegenheit hätte, mit irgendeinem Schwanz loszulegen, der mal Fellinis Hund gestriegelt hat, dann täte ich das wie der Budapester Blitz.«

»Hat er denn überhaupt schon einen Film gemacht?«

»Die ungarische Fassung von *Die Straße nach Mandalay*. Sehr allegorisch, wie ich höre. Vlad, hab ich dir schon mal gesagt, dass die Liebe immer sozioökonomischer Natur ist?«

»Ja.« Kein Stück.

»Dann sag ich es dir noch mal. Die Liebe ist immer sozioökonomischer Natur. Erst das Statusgefälle macht die Erregung möglich. Roberta ist jünger als ich, ich habe mehr Erfahrung als sie, sie ist schlauer als ich, Laszlo ist europäischer als sie, du bist gebildeter als Challah, Challah ist ... Challah ...«

»Challah ist ein Problem«, sagte Vladimir. Die Bedienung kam mit den Bourbons, und Vladimir taxierte ihre erfreuliche Figur – erfreulich im westlichen Sinn, soll heißen: unvorstellbar dünn, aber mit Busen. Gekleidet war sie in zwei große Lederfetzen – selbstironisch glänzendes Lederimitat, absolut korrekt für 1993, das erste Jahr, in dem es zum Mainstream wurde, sich über den Mainstream zu mokieren. Im Übrigen war die Bedienung kahl rasiert, ein Look, mit dem sich Vladimir im Laufe der Jahre angefreundet hatte, trotz seiner Vorliebe dafür, mit seiner Nase in muffeligen Locken zu wühlen. Und außerdem hatte sie ein Gesicht – was den meisten Barbesuchern zwar herzlich egal war, nicht aber Vladimir, der bestaunte, wie eine zu dick getuschte Wimper jämmerlich an der Haut klebte. Das war Theatralik! Doch, diese Bedienung hatte Qualität, und Vladimir fand schade, dass sie ihn beim Servieren der Bourbons keines Blickes würdigte.

»Vielleicht erregt mich dieses … nein, ich werde mich deinem Jargon nicht beugen. Ach, was soll's, vielleicht erregt mich dieses Statusgefälle zwischen Challah und mir nicht mehr genug.«

»Ihr seid euch zu nahe, willst du damit sagen. Wie in einer Ehe.«

»Genau das will ich nicht sagen. Siehst du, wie dein ganzer Mist ein richtiges Gespräch behindert? Ich will sagen, dass ich ums Verrecken nicht mehr weiß, was in ihrer Birne vor sich geht.«

»Nicht viel.«

»Das ist nicht nett.«

»Aber wahr. Schau mal, du lernst sie kennen, wie du frisch aus deinem Mittelwest-College-Desaster mit dieser schnittigen Vladfresserin kommst – wie hieß sie noch mal? Du bist zurück in New York, verwirrtes kleines Auslander, der kleine Girshkie-Wirshkie, dutzi-dutzi, Girshkie-Wirshkie …«

»Arschloch.«

»Und dann – zack! Das Opfer des amerikanischen Traums par excellence. Lässt sich auspeitschen, um die Miete zu bezahlen! Da brauchst du kein bisschen Symbolismus, verdammt noch mal. Auftritt Girshkie, sein Mitgefühl, sein gebrochenes Herz, seine zwanzigtausend Dollar im Jahr, die darauf warten, geteilt zu werden, ab geht die Post, von der Sklavin zur Domina, und zu zweit dann kuscheln, tuscheln, turteln – mein Gott, der Junge will helfen! Aber was hat der barmherzige Samariter davon? Hm? Challah bleibt Challah. Eher uninteressant. Ziemlich ausgeleiert da unten –«

»Jetzt wirst du aus lauter schlechtem Gewissen gemein.«

»Stimmt nicht. Ich sag dir bloß, was du sowieso schon weißt. Ich übersetze es aus dem russischen Original.« Aber er war wirklich aus schlechtem Gewissen gemein. Schließlich hatte Baobab Challah und Vladimir miteinander bekannt gemacht. Die Begegnung hatte auf Baos Heiliger Osterparty stattgefunden, einem alljährlichen Event mit massenhaft Studenten vom City College, an dem Baobab das Langzeit-Forschungsprojekt »Grüner Marokkaner – Lieferung, Verkauf, Konsum« betrieb.

Da saß Challah auf einem Sitzsack in einer Ecke des Gastgeberschlafzimmers, starrte ihre Zigarette, ihren Aschenbecher und dann wieder ihr dahinschwindendes Konversationsvehikel an. Da Baobabs Schlafzimmer eine ziemlich große (wenn auch fensterlose) Angelegenheit war, hatten sich die Gäste säuberlich in die Ecken gequetscht, so dass viel Raum für Stargastauftritte blieb.

In Ecke Nummer eins saß also Challah, allein, rauchend und aschend, in Ecke Nummer zwei saß ein Maschinenbau-Studenten-Pärchen, ein stämmiger und offensiv schwuler Filipino, der an einem leicht zu beeindruckenden jungen Mann, der halb so alt war wie er, Hypnotisieren übte (»Du bist Jim Morrison ... Ich bin Jim Morrison!«), in Ecke Nummer drei saß Roberta und wurde anzüglich von Baos Geschichtsprofessor, einem rotgesichtigen kanadischen Schleimi, massiert, und in Ecke Nummer vier saß schließlich unser Vladimir und versuchte, sich mit einem ukrainischen Austauschstudenten halbwegs intelligent über das Thema Abrüstung zu unterhalten.

Den Starauftritt hatte Baobab. Er kam als Heiland verkleidet herein, zog eine kleine Show mit seiner Dornenkrone ab, ließ es unter seinem Lendentuch unanständig aufblitzen und kassierte von allen ein paar Lacher, auch von Challah, die sich in der Ecke in sich selber verkrochen hatte: ein Haufen schwarzer Stoff und satanischer Schmuck. Sodann fummelte Bao abwechselnd an Jim Morrison und an seinem feisten Hypnotikerfreund herum, versuchte, Roberta den Klauen der akademischen Welt zu entreißen, und setzte sich schließlich neben Vladimir und den Ukrainer. »Stanislaw, in der Küche machen sie Toast«, sagte Bao zu dem Ukrainer. »Ich glaube, die brauchen dich.«

»Das ist Challah, eine Freundin von Roberta«, sagte Baobab, als der Ukrainer weg war.

»Challah?« Vladimir dachte natürlich an den süßen, lockeren Hefezopf, der am Vorabend des jüdischen Sabbats serviert wurde.

»Ihr Vater macht auf Import-Export und wohnt in Greenwich, Connecticut, und sie arbeitet als Sklavin.«

»Die könnte doch für deinen Jesus die Magdalena spielen«, spottete Vladimir. Trotzdem ging er hin und stellte sich vor.

»Hallo«, sagte Vladimir und ließ sich in ihr Sitzsacknest plumpsen. »Weißt du eigentlich, dass ich schon den ganzen Abend deinen Namen höre?«

»Nein«, sagte sie. Allerdings nicht mit gespielter Bescheidenheit, abwiegelnder Handbewegung und einem koketten Fragezeichen am Ende. Ihr Nein war vielmehr eine vernuschelte Silbe, in die man sogar etwas Schwermut hineinlesen konnte, was Vladimir natürlich tat. Ihr Nein hieß, nein, du hast ganz sicher nicht den ganzen Abend meinen Namen gehört, denn so einen Namen habe ich nicht.

Liebe aufs erste Wort: geht das? Noch dazu, wenn das erste Wort Nein heißt? Hier sollte man seine Skepsis mal hintanstellen: Doch, im Manhattan der Post-Reagan/Bush-Zeit mit seiner gepiercten, rastlosen, bildfetzenüberfütterten und maulfaulen Jugend geht das. Denn in diesem einen Wort erkannte Vladimir, dessen Selbstwertgefühl durch seine unehrenhafte Flucht aus dem Mittelwesten arg gelitten hatte, einen willkommenen Ersatz für Eigenliebe. Immerhin saß diese Frau einsam und allein auf Partys herum, arbeitete als Sklavin, erlaubte sich Extravaganzen vermutlich nur bei ihrer Kleidung und wusste ansonsten, wie begrenzt ihre Welt war.

Mit anderen Worten: Die konnte er lieben.

Und selbst wenn sich sein Verdacht nicht bestätigte, erregte ihn immerhin die Vorstellung – das musste er zugeben –, dass fremde Hände sich an ihrem Körper vergriffen, um ihr wehzutun, während er gleichzeitig überlegte, was er beim Sex mit ihr anstellen und wie er ihr Leben verändern könnte. Außerdem sah sie süß aus, Babyspeck hin oder her, vor allem in dieser unheiligen Aufmachung. »Na gut«, sagte er, schlau genug, um die Sache locker anzugehen. »Ich wollte dich ja nur kennen lernen, deshalb bin ich rübergekommen.« Ah, Vladimir, Künstler der sanften Aufreißtour!

Aber er lernte sie tatsächlich kennen. Es war eindeutig eine Weile her, seit sie ein Mann länger und mit nur minimaler Einschüchterungsabsicht angesprochen hatte (Vladimir, der Ausländer, war selber schüchtern genug). Die folgenden neun Stunden unterhielt man sich, erst in Baobabs Schlafzimmer, dann in einem nahe gelegenen Diner und schließlich in Vladimirs Schlafzimmer, über die gemeinsamen Fluchterfahrungen – aus Russland respektive Connecticut –, und nach vierundzwanzig Stunden wurde die Möglichkeit einer weiteren, gemeinsamen Flucht erörtert, und zwar in Umstände, wo man sich gegenseitig zumindest in Würde (ja, das war die exakte Wortwahl) begegnen könnte. Als Vladimir endlich so weit war, sie zu küssen, war es bereits zehn Uhr früh. Der Kuss fiel mager, aber zärtlich aus; danach dösten sie aufeinander liegend weg und schliefen bis spät in den nächsten Tag hinein.

Im Kadaver ließ sich Baobab weiterhin baobabtypisch über Vladimirs Probleme aus. Eines hatte Vladimir allerdings noch selbst zum Thema beizusteuern: »Meinst du wirklich, dass es mit Challah aus ist? Könnte ich sogar von mir aus Schluss machen?« Er gab sich selbst die Antwort. Jawohl. Schluss machen. Genau das war fällig.

»Ja, Schluss machen«, sagte Baobab. »Wenn du Hilfe von mir als Experten brauchst, wenn ich einen Aufsatz schreiben soll oder so, sag ruhig Bescheid. Oder lass das am besten Roberta erledigen. Die Frau erledigt alles.« Er seufzte.

»Ja, Roberta«, sagte Vladimir, darauf bedacht, den baobabschen Duktus beizubehalten. »Bao, ich habe den Eindruck, dass nicht nur ich meine Probleme lösen sollte, sondern auch du dich ermannen und etwas in der Roberta-Frage unternehmen musst.«

»Mich ermannen?«

»Im Rahmen.«

»Laszlo zum Duell fordern? Wie Puschkin?«

»Ob du mehr Erfolg hättest als Puschkin? Siehst du dich schon die Pistole laden und präzise auf den Tataren zielen, hmmm …?«

»Vlad! Bietest du dich als Sekundant an? Das ist aber nobel von dir. Komm, den Scheißkerl legen wir um.«

»Paff!«, sagte Vladimir. »Bei so einem Schwachsinn mache ich nicht mit. Außerdem hast du gesagt, wir versaufen den Abend. Du hast mir schnelles und gründliches Leberversagen versprochen.«

»Vladimir, dein Freund streckt die Hand nach dir aus«, sagte Baobab und setzte seinen Schlapphut auf.

»Ich bin für Konfrontationen unbrauchbar. Ich würde dich nur blamieren. Noch schlimmer –«

Aber Baobab schnitt ihm das Wort ab, indem er sich tief verbeugte und Richtung Tür ging, wobei der unvorteilhafte Eindruck durch den alten Schlapphut von seinen bescheuerten Motorradstiefeln noch unterstrichen wurde. Arme Sau. »Hey! Keine Handgreiflichkeiten, versprochen?«, rief Vladimir ihm nach.

Baobab warf ihm eine Kusshand zu und war verschwunden.

Vladimir brauchte eine geschlagene Minute, um zu kapieren, dass man ihn stehen gelassen hatte, dass er an einem schnapsseligen Sonntagabend ohne Saufkumpan dastand.

Er trank auch ohne Saufkumpan weiter. Er kannte sogar viele russische Lieder über einsames Trinken, doch die tragikomische Tragweite ihrer Verse hielt ihn nicht ab von einer ganzen Salve Bourbons sowie einem Gin Martini, der sich mit drei in einem hübschen Glas dümpelnden Oliven dazwischengeschlichen hatte. Heute Abend trinken wir, aber morgen … stand eine stundenlange Durststrecke bevor, in der Vladimir mit einem klaren Kopf aufwachen und ebenso feinfühlig wie kenntnisreich mit Immigranten umgehen würde. Was für faszinierende Menschen! Wer in seiner Altersklasse traf schon so jemanden wie Mr Rybakow, den Ventilatormann? Und wie viele könnten sein Vertrauen gewinnen?

Problem gelöst: Vladimir ist absolut in Ordnung. Vladimir prostete sich mit seinem fünften Bourbon zu und blitzte mit seinen keramikverblendeten Zähnen die Bedienung an, die tatsächlich ansatzweise zurücklächelte oder jedenfalls den Mund verzog. »Al…«, hob Vladimir an (das ganze Wort sollte »Also« werden), aber die Bedienung war bereits mit einem beladenen Tablett zu den Jungakademikern am Billardtisch abgeschwirrt. Irgendwas Wildes, Fruchtiges tranken sie, diese Gelehrten.

Nach einer weiteren Stunde war Vladimir ernsthaft geschwächt. Jetzt konnte man überhaupt nichts mehr zu seinen Gunsten vorbringen. Sein Spiegelbild, auszumachen in einer nahe stehenden Martini-Karaffe, zeigte einen russischen Pjaniza, einen betrunkenen Flegel, das schütter werdende Haar vom Schweiß angeklatscht, das Hemd weiter aufgeknöpft als wünschenswert. Sogar seine Keramikverblendung – der ganze Stolz der Girshkins – hatte in der unteren Reihe einen schmuddeligen Zug angenommen.

Die Jungakademiker spielten immer noch Billard. Vielleicht sollte er ihnen zuwinken – ein betrunkenes Winken, das ist erlaubt, wenn man betrunken ist. Er könnte den Kneipenkauz geben ...

In null Komma nichts hatte er den nächsten Bourbon gekippt. An einem aschenbechergroßen Tisch am Ende einer Reihe ebensolcher Tische, die auf den Eingang zuführte, saß eine Frau. Seit wann denn das? Irgendwie sah sie auch nach Pjaniza aus – ihr Kopf hing schief, als hätten sie ihre Halsmuskeln im Stich gelassen, ihr Mund stand offen, und ihre dunklen Haare waren stumpf und spröde. Weiterhin war trotz Vladimirs beduseltem Zustand auszumachen (von oben nach unten): blasse Gesichtsfarbe, dunkle Augen, graues Sweatshirt ohne Aufdruck, ebenfalls blasse Hände und ein Buch. Sie las. Sie trank. Wenn Bao ihm doch eines seiner Bücher dagelassen hätte ... andererseits, wozu? Damit sie sich quer durch die Bar gegenseitig vorlesen konnten?

Er zückte eine Zigarette und zündete sie an. Wenn er rauchte, fühlte sich unser Vladimir immer verwegen, dann erwog er, zu so später Stunde noch durch den Central Park zu joggen, zum Klang urbaner Zikaden einen Sprint hinzulegen, im Zickzack wie ein Fußballspieler, und dem Tod ein Schnippchen zu schlagen, der im Schatten der Parklaternen lauerte.

Das war doch ein Plan.

Als er aufstand, hob die Frau den Kopf und warf ihm einen Blick zu. Als er auf die Tür zu ging, um dem Tod im Park eins auszuwischen, blickte sie ihn weiter an. Und jetzt stand er direkt vor ihr, und sie blickte ihn immer noch an.

Er saß auf dem Stuhl ihr gegenüber. Irgendjemand musste ihn geschubst haben, oder er war von selbst auf dem warmen Plastiksitz gelandet. Die Frau war ungefähr zwanzig, und auf ihrer Stirn fing der Straßenbau mit den ersten Falten des Lebens gerade erst an.

»Ich weiß nicht, warum ich mich hier hingesetzt habe«, sagte Vladimir. »Ich stehe jetzt wieder auf.«

»Du hast mich erschreckt«, sagte die Frau. Ihre Stimme war tiefer als seine.

»Ich stehe schon wieder auf«, sagte er. Er legte eine Hand auf den Tisch. Das Buch war *Manhattan Transfer.* »Tolles Buch«, sagte er. »Ich gehe jetzt. Wollte mich gar nicht setzen.«

Er stand auf, und wieder wackelte die Landschaft. Da der Türknauf auf ihn zukam, streckte er vorsorglich die Hand aus.

Hinter ihm gluckste es. »Du siehst aus wie Trotzki«, sagte sie.

Lieber Himmel, dachte Vladimir, das wird eine Affäre.

Seine Zunge hatte einen Bourbonbelag. Er zupfte sich am Ziegenbärtchen, schob seine Schildpattbrille hoch und machte kehrt. Er ging wieder auf die Frau zu, drehte dabei die Fußspitzen betont nach innen, damit sie nicht judenartig zur Seite ausbüchsten, und grub die Innenkanten fest in den amerikanischen Boden (»Du musst den Boden stempeln, als würde er dir gehören!«, hatte Mutter ihn instruiert).

»Nur betrunken«, sagte er zu der jungen Frau und ließ das letzte Wort wie zu Demonstrationszwecken in der Luft hängen. »Nur wenn ich betrunken bin, sehe ich aus wie Trotzki.« Die traditionelle Art, sich vorzustellen, war vielleicht doch besser.

Er ließ sich wieder auf den Stuhl sacken. »Ich kann auch gehen. Du liest ja ein gutes Buch.«

Die Frau legte eine Serviette in ihr Buch und klappte es zu. »Woher kommst du, Trotzki?«, fragte sie.

»Ich heiße Vladimir«, sagte Vladimir in einem Tonfall, dass er am liebsten hinzugefügt hätte: und ich bereise im Namen von Mütterchen Russland die Welt. Er verkniff es sich.

»Ein russischer Jude«, sagte die Frau auffassungsschnell. »Was trinkst du?«

»Nichts mehr. Ich bin sturzbetrunken und völlig pleite.«

»Und du hast Heimweh«, sagte die Frau im Bemühen, auf seine Traurigkeit einzugehen. »Zwei Whiskey Sour«, bestellte sie bei einer vorbeikommenden Bedienung.

»Du bist aber nett«, sagte Vladimir. »Du bist bestimmt nicht von hier. Wahrscheinlich gehst du auf die NYU und stammst aus Cedar Rapids. Deine Eltern sind Farmer. Ihr habt drei Hunde.«

»Columbia«, korrigierte ihn die Frau. »Echte Manhattanerin, und meine Eltern sind Dozenten am City College. Eine Katze.«

»Besser geht's nicht«, sagte Vladimir. »Wenn du Tschechow und die Sozialdemokraten magst, können wir Freunde sein.«

Die Frau streckte ihm eine lange knochige Hand entgegen, die sich erstaunlich warm anfühlte. »Francesca«, sagte sie. »Du gehst also alleine in Bars?«

»Ich war mit einem Freund da, aber der ist dann gegangen«, sagte Vladimir und fügte nach kurzem Überdenken ihres Namens und ihres Äußeren hinzu: »Er ist Italiener.«

»Wie schmeichelhaft«, sagte Francesca.

Dann vollführte sie eine sehr unschuldige Geste – sie strich sich eine verirrte Zwirbellocke hinters Ohr. Dabei entblößte sie einen Streifen weiße Haut, an den die Sommersonne nicht gekommen war. Und der Anblick dieses Stückchens Haut wirbelte den betrunkenen, schwindeligen Vladimir hoch und über den wackeligen Holzzaun, hinter dem die Verliebtheit gehalten wird und die Fettschicht der Herzen abweidet. So eine dünne, durchscheinende Membran, dieses Stück Haut. Wie sollte die bloß den Intellekt vor der drückenden Sommerhitze schützen? Ganz zu schweigen von abstürzenden Gegenständen, lauernden Vögeln, böswilligen Menschen? Ihm kamen beinahe die Tränen. Das war alles so … Aber die Ermahnungen seines Vaters aus der Kindheit waren unmissverständlich: Geweint wird nicht. Er probierte es stattdessen mit Schielen.

»Was hast du?«, fragte Francesca. »Du siehst bekümmert aus, Darling.« Aus dem Nichts war eine weitere Runde Whiskey Sour aufgetaucht. Mit zitternder Hand griff Vladimir nach dem Drink, dessen Maraschino-Kirsche ihn anblinkte wie ein Landescheinwerfer.

Und dann schwebte ein kuschliger dunkler Schleier auf ihn herab, während sich gleichzeitig ein helfender Arm bei ihm einhakte … Sie standen draußen auf dem Gehweg, und in seinem Nebel sah er knapp hinter ihrer blassen Wange ein Taxi anhalten. »Taxi«, lallte Vladimir und versuchte, sich auf seinen frisch getauften Füßen zu halten.

»Bravo, mein Kleiner«, lobte ihn Francesca. »Taxi.«

»Bett«, sagte Vladimir.

»Und wo«, fragte sie, »steht Trotzkis Bett?«

»Trotzki kein Bett. Trotzki Kosmopolit ohne Wurzeln.«

»Na, heute ist dein Glückstag, Leon. Ich kenne eine hübsche Couch in der Amsterdam Ecke 72.«

»Verführerin …«, flüsterte Vladimir halblaut.

Und schon saßen sie im Taxi und fuhren uptown, vorbei an einem Deli, der Vladimir bekannt vorkam, weil er dort einmal irgendwas gekauft hatte, ein Roastbeef, das nicht ganz astrein war. Als er das nächste Mal hinaussah, rasten sie bereits auf der Empore des West Side Highway dahin, immer noch Richtung Norden.

Und mit welchem Ziel? überlegte er, bevor er endgültig im Schlummerland versank.

KAPITEL 7

Vladimir träumt von …

… einem Flugzeug, das durch osteuropäische Wolken trudelt, die aus Schichten von Kohle-, Benzol- und Acetatabgasen zusammengerollt sind wie Piroggen. Mutter brüllt über das Dröhnen der Propeller hinweg Mr Rybakow zu: »Das Halbfinale, ich weiß es noch so genau! Der kleine Versager holt sich den Turm, verliert die Königin, kratzt sich am Kopf, Schach und matt … Der einzige russische Junge, der es nicht bis zur staatlichen Meisterschaft geschafft hat.«

»Schach«, schnaubt der Ventilatormann und klopft an den Höhenmesser. »Ein Zeitvertreib für Idioten und Faulpelze. Erzähl mir bloß nichts von Schach, Mama.«

»Das war doch bloß ein Beispiel!«, schreit Mutter. »Um die Parallele zu ziehen zwischen dem Schauplatz Schach und dem Schauplatz Leben. Immerhin habe *ich* ihm das Laufen beigebracht, vergiss das nicht. Wo warst du denn, als er noch rumgehoppelt ist wie ein Jude? Ach, an der Mutter bleibt ja immer alles hängen. Wer macht ihnen denn ihren Salat Olivier? Wer verschafft ihnen den ersten Job? Wer hilft ihnen bei ihren College-Essays? ›*Thema zwei: Schildern Sie das größte Problem, das Ihnen bisher begegnet ist, und wie Sie es gemeistert haben.*‹ Das größte Problem? Ich laufe wie ein Jude und liebe meine Mutter nicht …«

»Jetzt halt aber mal die Luft an«, sagt Rybakow. »Mütter kümmern sich immer zu viel, Mütter halten ihren Jungs immer die Zitze hin … Da, mein Kleiner! Saug! Saug! Und dann wundern sie sich, wenn aus ihren Söhnen Schwachköpfe werden. Außerdem ist er jetzt mein Vladimir.«

Mutter seufzt und bekreuzigt sich, wie sie das neuerdings tut. Dann dreht sie sich um und grinst spöttisch, weil sich Vladimir im Laderaum mit den Fallschirmgurten abplagt, die ihm ins zarte weiße Schulterfleisch schneiden.

»*Nu*«, brüllt Rybakow Vladimir zu. »Sprungbereit, Flieger?« Die leere Landschaft unter den Tragflächen wird allmählich vom bläulichen Schein einer Stadt abgelöst. Eine dunkle Flussschleife, nur von den Lichtern einiger flussabwärts fahrender Schiffe beleuchtet, teilt die erstehende Stadt in zwei Hälften. Am linken Ufer prangt in riesigen kyrillischen Lettern und greller Neonschrift das Wort PRAWA.

»Mein Sohn erwartet dich ... da!« Der Ventilatormann deutet ungefähr zwischen das Neon-P und das Neon-R. »Du kannst ihn gar nicht verfehlen. Er ist ein stattlicher Mann und steht neben einer Reihe von Mercedessen. Sieht genauso gut aus wie sein Vater.«

Bevor Vladimir widersprechen kann, öffnen sich die Laderaumtüren, und über dem Fallschirmspringer schlägt die kalte Nachtluft zusammen ... Das nebelhafte Gefühl, in einen Traum zu plumpsen.

Ich falle! Zur Erde!, denkt Vladimir.

Fühlt sich gar nicht schlecht an.

KAPITEL 8

Der Volkssaab

Mittags um zwölf wachte Vladimir im Uptown-Appartement von Francescas Freund Frank auf. Dieser Frank, offensichtlich slawophil, hatte sein Zimmer mit einem halben Dutzend selbst gemachter Ikonen aus Goldkrepp ausstaffiert, dazu mit einem wandgroßen bulgarischen Touristenplakat, das eine ländliche Kirche mit Zwiebelturm und daneben ein sagenhaft wolliges Tier zeigte (bääh?). Vladimir sollte nie erfahren, was genau auf dieser langen Fahrt durch Manhattan passiert war, wie er am Portier vorbeigekarrt und das Appartement für seine Zwecke beschlagnahmt wurde, sowie all die anderen Details, die dem Bezechten verborgen bleiben. Einen schönen ersten Eindruck musste er da gemacht haben: fünf Minuten Konversation mit anschließendem leichten Koma.

Aber dann ...! Aber dann ... Auf dem Couchtisch schwedischer Fabrikation ... Was fand er da? Eine Packung Nat-Sherman-Zigaretten zum Mitgehenlassen, jawohl ... Und neben den Zigaretten ... Neben den Zigaretten lag ein Zettel. So weit, so gut. Und auf dem Zettel ... jetzt konzentrieren ... in verschnörkelter Mittelschichtschrift, Francescas Familienname (Ruocco) ... ihre Adresse in der Fifth Avenue und die Telefonnummer ... und, zum krönenden Abschluss, eine einfühlsame Einladung, um acht bei ihr zu Hause vorbeizukommen und dann gegen elf mit auf eine Party in TriBeCa zu gehen.

Erfolg.

Mit zitternden Fingern zündete Vladimir sich eine Nat Sherman an, einen langen braunen Zylinder, der nach Honig und Asche schmeckte. Er rauchte sie im Lift, obwohl das eines dieser neuen Gebäude war, die vor Rauchmeldern strotzten. Er rauchte sie auch, als er am Portier vorbeiging, und draußen auf der Straße, bis er im Central Park war. Erst dort fiel Vladimir sein ursprünglicher Plan wieder ein, der Suffplan, den er gefasst hatte, bevor er kühn den Platz gegenüber Francesca besetzte.

Vladimir lief durch den Park, glücklich, mit Hopsern und Sprüngen dazwischen. Was für schöne Füße er hatte! Was für wundervolle Russo-Judäo-Slawo-Hebräo-Füße ... Goldrichtig, um diesen Radweg entlangzusprinten. Oder für einen großen Auftritt in Francescas Fifth-Avenue-Appartement. Oder um sie bei einer TriBeCa-Party auf einen Couchtisch zu legen. Ah, wie ausgesprochen gründlich herrlich falsch Mutter doch lag, mit allem, mit dem ganzen Land, mit den trüben Aussichten für den jungen Einwanderer V. Girshkin. Falsch! Falsch! Falsch! dachte Vladimir, während er über die an einem trägen Montagnachmittag mit arbeitslosen Faulenzern gesprenkelte Sheep Meadow spurtete, auf die die Wolkenkratzer von Midtown mit konzernhafter Gleichgültigkeit herabblickten. Auch Mutter saß gerade in einem der Rauchglasungetüme, die vor der letzten Rezession gebaut worden waren, hinter Gittern: in einem Eckbüro, dekoriert mit amerikanischen Flaggen und einem gerahmten Foto des Girshkinschen Anwesens minus der drei Bewohner.

Und was für ein Tag zum Laufen. Kühl wie im Vorfrühling, grau und verhangen, ein Tag, der zum Schuleschwänzen einlud oder, wie in Vladimirs Fall, zum Arbeitschwänzen. Und ein Tag, der ihn an sie erinnerte – an Francesca. Das Grau, die Ambivalenz, die Ahnung von Intelligenz, die ein regnerischer englischer Tag so reichlich zu bieten hatte, und dazu die dampfige Feuchtigkeit ringsum ließen ihn daran denken, wie er sich im Taxi an ihre Schulter geschmiegt hatte. Ja, das war wieder ein wohlwollender Mensch, und bisher war Vladimir nur mit wohlwollenden Frauen zusammen gewesen. Vielleicht bedurfte es eines gewissen Wohlwollens, um Vladimir zu lieben. Falls ja: Glück gehabt!

Auf der nächsten Hügelkuppe hatte es sich jedoch ausgelaufen, da sich Vladimirs Lungen – echte Leningrader Wertarbeit – meldeten und den Sprinter dazu zwangen, eine rettende Bank aufzusuchen.

Gegen zwei erschien er endlich im Büro. Im Emma-Lazarus-Verein war Chinesische Woche, und hinter dem Chinacounter stand eine Schlange von Chinesen, die bis ins Wartezimmer reichte, wo Tee und ein Spielzeugpanda bereitstanden. Die wenigen Russen, die der nasse Nachmittag ausgespuckt hatte, kicherten über den Strom von Asiaten und versuchten, ihrem leisen Gesäusel mit einem Trommelfeuer an »Tsching tschang tschong tschung« zu begegnen. Schlägereien lagen in der Luft.

Obwohl Vladimir kraft seines Amtes die Multikulturalität fördern sollte, blickte er ausdruckslos in die spöttischen Gesichter seiner Landsleute, während er sich durch ihre Dokumentenberge stempelte. Wer konnte an einem solchen Tag schon an Einwanderer denken?

»Baobab, ich habe jemand kennen gelernt. Eine Frau.«

Verwirrung am anderen Ende der Leitung. »Wie? Sex?«

»Kein Sex. Obwohl wir vermutlich im selben Bett lagen.«

»Girshkin, du bist ein Sklave der Verhütung«, kicherte Baobab. »Okay, erzähl dem Onkel alles. Wie ist sie? Schlank? Eine Rubensfrau?«

»Weltgewandt.«

»Und wie hat Challah reagiert, als sie dahinter kam?«

Vladimir ließ sich dieses unschöne Szenario durch den Kopf gehen. Die kleine Challah-Zopfe. Sein kleiner Bondage-Bär. Wieder mal abserviert. Hm. »Und wie ging's mit Laszlo?«, machte Vladimir seinerseits einen Vorstoß. »Hast du ihm die Arbeiterfaust gezeigt?«

»Nichts Arbeiterfaust. Im Gegenteil, ich habe mich für sein neues Seminar eingeschrieben: ›Stanislawski und du.‹«

»Ach, Baobab.«

»Da kann ich Roberta am besten im Auge behalten. Und andere Schauspielerinnen kennen lernen. Außerdem meint Laszlo, er kriegt uns vielleicht in diese neue Produktion von *Warten auf Godot*, nächstes Frühjahr in Prawa.«

Prawa? Zipfel eines merkwürdigen Traumes schwirrten durch Vladimirs Gedächtnis; in kaleidoskopartiger Folge trudelten Mutter, der Ventilatormann und ein leerer Fallschirm vom Himmel. »So ein Quatsch«, murmelte Vladimir. »Ich will nicht mehr an diesen Rybakow denken, sondern nur noch an meine Francesca!« Zu Baobab sagte er: »Das Paris der 90er-Jahre, meinst du?«

»Das SoHo von Osteuropa, genau. Sag mal, wann stellst du mich deiner neuen Freundin vor?«

»Heute Abend ist eine Party in TriBeCa. Geht los um … Hey! Was? Sie, Sir. Sie im Kaftan … *Stellen Sie den Stuhl wieder hin!*« Beim Faxgerät hatte sich ein kleiner, aber lebhafter Rassenkonflikt entsponnen. Vladimirs haitianische Kollegin war bereits dort und brachte genüsslich Sicherheitspersonal in Stellung, als wäre sie wieder auf dem Gut ihres entmachteten Vaters in Port-au-Prince. Vladimir wurde aufgefordert, das Agenturmegafon zu holen.

»Ich komme aus Leningrad«, sagte er mit einem dankbaren Diener, als Francescas Vater Joseph ihm ein Glas Armagnac in die Hand drückte.

»St. Petersburg«, sagte ihre Mutter Vincie mit ungebührlichem Nachdruck, um anschließend laut über ihren eigenen Übermut zu lachen.

»Stimmt«, räumte Vladimir ein, obwohl er sich seine Geburtsstadt – wo Lenins großzügiges Antlitz aus jedem Kiosk und jedem Wasserklosett linste – nie unter einem anderen Namen vorstellen konnte. Er gab die Anekdote zum Besten, wie er bei seiner Geburt eine so hohe Stirn hatte, dass der Arzt seiner Mutter gratulierte, soeben den neuen Wladimir Iljitsch zur Welt gebracht zu haben.

Ihre Eltern gackerten halb echt, halb höflichkeitshalber. Noch ein paar Armagnacs, und sie würden sich auf Ersteres einpendeln, vermutete Vladimir.

»Sehr gelungen«, sagte Joseph und lockerte geistesabwesend sein stahlgraues Haar auf. »Die hohe Stirn haben Sie übrigens immer noch!«

Bevor Vladimir Gelegenheit zum Erröten hatte, betrat Francesca das büchergesäumte Wohnzimmer in einem schwarzen Samtkleid, das an ihr saß wie eine zweite Haut. »Hui, Frannie«, quiekte Vincie und schob die übergroße rosa Brille zurecht, »du siehst ja aus! Wohin wolltest du heute Abend noch mal, mein Schatz?«

»Auf eine kleine Party.« Francesca blitzte ihre Mutter an. Vladimir nahm an, dass sie nicht gern Frannie genannt wurde, und freute sich diebisch – noch ein Detail für ihre im Werden begriffene Akte, so wie die Kontaktlinsenflüssigkeit, die er auf der Toilette erspäht hatte (wieso denn keine Brille?).

»Und was machen Sie beruflich, Mr Girshkin?«, fragte Joseph übertrieben gewichtig, als nähme er sich selber nicht ernst, wobei Vladimir das seinetwegen aber gern tun könnte.

»Lass ihn in Ruhe, Dad«, sagte Francesca, und Vladimir wurde bei diesem freundlichen amerikanischen Wort warm ums Herz. Dad. Im russischen *Papa* schwang für seinen Geschmack immer etwas Peinliches, Abwertendes mit.

»Manchmal bist du als gönnerhafter Großfürst etwas zu überzeugend«, erklärte Francesca ihrem Vater. »Wie fändest du es denn, wenn wir den Kalten Krieg verloren hätten und nicht Vladimirs Land?«

Keine Frage, Vladimir mochte die Ruoccos. Beide waren Collegeprofessoren, und von denen hatte Vladimir in seiner Zeit auf der mathematisch-naturwissenschaftlichen Highschool, wo die Professorensprösslinge sich eine intellektuelle Elite zusammenklüngelten, schon eine Reihe kennen gelernt. Sämtliche heimeligen Elemente waren vorhanden: eine *New Left Revue* auf dem Couchtisch, unbegrenzte Alkoholvorräte in der Küche und die unverhohlene Freude der beiden, endlich einen intelligenten jungen Menschen kennen zu lernen, nachdem sie den lieben langen Tag vor Hunderten von Halbleichen doziert hatten und in der Sprechstunde auch noch von übereifrigen Baobab-Typen belämmert worden waren.

»Ich helfe Immigranten beim Einwandern.«

»Na klar, er kann ja Russisch«, kombinierte Vincie mit einem selbstgefälligen Lächeln um die spröden Lippen.

»Wir sollten allmählich los«, sagte Francesca.

»Einen kleinen Armagnac in Ehren kann niemand verwehren«, sagte Joseph, den Kopf über seine Tochter und ihre Bravheit schüttelnd.

»Hallo, du machst sie ja schon vor der Party besoffen!«, rief Vincie lachend und streckte ihm ihr Glas hin.

»Und was machen Ihre Eltern beruflich?«, fragte Joseph, während er Vladimirs Glas fast randvoll schenkte. Vladimir verschränkte die Arme und runzelte die Stirn – eine reflexartige Geste, sobald die Sprache auf seine Familie kam –, bis Joseph sichtlich fürchtete, er hätte einen empfindlichen Nerv getroffen, und Francesca aussah, als wollte sie ihm gleich den Bauch aufschlitzen oder ihn jedenfalls noch einmal einen gönnerhaften Großfürsten nennen. Schließlich enthüllte Vladimir jedoch die exklusiven Berufe der Girshkins, und alle hoben freundlich das Glas auf das Wohl der tüchtigen Einwanderer.

Wenn Vladimir auf diesen Sommer zurückblickte, was er in den rastlosen Jahren danach immer wieder minuziös tat, befand er, dass an diesem Abend irgendwie alles zusammenkam, obwohl dieser Abend nicht so viel anders war als andere, die folgen sollten. Es war nur der erste. Er gab den Ton an. Zunächst die schönen, interessierten Eltern. Dann die schöne, interessierte Tochter. Dann die schönen, interessierten Freunde. Und dann noch einmal die schöne, interessierte Tochter à la carte, auch im Bett noch schön und interessiert.

Schön? Kein Model: leichte Hakennase; den blassen Teint hätte man in einer Zeit, in der Farbe en vogue war, auch als kränklich bezeichnen können; außerdem hatte sie einen uneleganten Gang, die Füße traten unsicher auf, als wäre ein Bein kürzer als das andere und sie wüsste nicht mehr, welches. Andererseits war sie groß, hatte lange Haare, die ihr wie ein Cape über die Schultern fielen, und kleine Augen, die so gleichmäßig oval waren wie ein Fabergé-Ei und so nüchtern grau wie ein Petersburger Morgen über Meister Fabergés Werkstatt; und dann war da aus Vladimirs Blickwinkel an diesem ersten Abend das minimalistische Samtkleid, das ihre kleinen runden Schultern zur Geltung brachte, und die wiederum wirkten in der grellen Straßenbeleuchtung der Fifth Avenue zart und fast durchscheinend (ganz zu schweigen von ihrem glatten weißen Rücken, den zwei Samtträger kreuzten).

Und schließlich die schönen, interessanten Freunde. Man traf sich an diesem Abend bei Infrarotlicht und ohrenbetäubendem Jazz im obersten Stockwerk eines TriBeCa-Loftgebäudes. Bevor hier geputzt wurde, musste die Wohnung ausgesehen haben wie ein Viehwaggon auf Überlandtour, denn jetzt war sie praktisch leer – ein paar Sofas, eine Stereoanlage und offene Schnapsflaschen, die man entweder umschiffen oder in die Hand und in Gebrauch nehmen musste.

Die Bande sah recht angesagt aus, alle im neuen Edel-Nerd-Look, der sich rasant zu einem Muss in der Downtown-Etikette entwickelte. Ein Exemplar der Gattung im engen, schlecht geschnittenen, großgetupften Hemd mit breitem Kragen brüllte über die Köpfe der anderen hinweg: »Habt ihr schon gehört? Safi hat ein EU-Stipendium, um in Prawa Lauchzwiebeln zu studieren.«

»Schon wieder das bescheuerte Prawa«, sagte der Nächste, der eine brave braune Hose und Collegeschuhe trug – ausgerechnet Collegeschuhe! »Das ist doch die reinste Tabula rasa geistig minderbemittelter postsowjetischer Mutanten, wenn ihr mich fragt. Die Berliner Mauer hätte nie fallen dürfen.«

Vladimir sah sich das traurig an. Nicht nur weil er noch nie ein EU-Stipendium errungen hatte, sondern weil plötzlich jedes erbärmliche Kleidungsstück, das er seit seiner Emigration mühsam abgestreift hatte, ein Modehit war. Collegeschuhe! Unerträglich. Außerdem kam er sich unter diesen Edelspießern furchtbar alt vor, mit nichts als seinem mickrigen Goatee und dem übergestülpten Immigrantentitel, die seine prototypischen Vorstadtklamotten ein bisschen abmilderten.

Er trottete von dannen, ins nächste Zimmer, um sich mit Francescas Freund Frank, dem Slawophilen, bekannt zu machen. Frank war genauso klein wie Vladimir und sogar noch dünner. Über der Strichmännchenfigur wölbte sich allerdings ein Kopf, so blasig wie ein Poori-Brot – rötliche Clownsnase, Knollenkinn und Wangen mit schlaffen, schweren Hängefalten. »Ich zwinge die ganze Sippe dazu, diesen Sommer Turgenjews *Aufzeichnungen eines Jägers* zu lesen«, erklärte er Vladimir, während er eine Flasche Dry Sack mit Verve und mäßigem Erfolg in Pappbecher kippte. »Kein Mensch kann behaupten, kulturny zu sein, ohne die *Aufzeichnungen eines Jägers* gelesen zu haben. Oder siehst du das anders? Und wenn ja, wie?«

»Ich habe die *Aufzeichnungen eines Jägers* immer wieder zur Hand genommen«, sagte Vladimir, der hoffte, seine Kindheitsausflüge ins Kirow-Ballett und in die Eremitage hätten ihn kulturny genug für seinen neuen Freund gemacht. Tatsächlich hatte er die *Aufzeichnungen eines Jägers* ein einziges Mal überflogen, und das vor zehn Jahren. Sie spielten hauptsächlich im Freien, so viel wusste er noch.

»Molodez!«, sagte Frank. Den Ausdruck »Prachtkerl« gebrauchten ältere Männer gern, wenn sie Jüngeren auf die Schulter klopfen wollten. Wie alt war dieser Frank überhaupt? Seine stoppelkurzen Haare hatten Stufe zwei der männlichen Glatzenskala erreicht, das Stadium, wo zwei glatte Halbmonde die Schläfen krönen, im Gegensatz zu den Bögelchen, die Vladimirs Haaransatz in Schwung brachten. So um die achtundzwanzig, neunundzwanzig also. Und vermutlich im siebzehnten Semester.

Waren das vielleicht alles schon ältere Uni-Hasen, und nur Francesca war noch vor der Zwischenprüfung? Konnte sein. Die Altersklasse passte. Auch das, worüber sie sich amüsierten: Eine Schar umstand einen Fernseher mit einem indischen Film, in dem die beiden Hauptfiguren sämtliche Stadien der Verliebtheit durchliefen, ohne sich auch nur zu küssen. Und während sie sich zu Sitarklängen und Armreifengeklimper zart berührten und kokett beflirteten, dieses dunkelhäutige Romeo-und-Julia-Paar vom Subkontinent, rief die Menge »Zugabe!« und »Küssen, küssen!«. Dies spielte sich im einen Teil des Lofts ab …

In einem anderen redete Tyson, ein Adonis aus den Rocky Mountains, an die zwei Meter groß und mit einem nach links gestylten Eiszapfen Blondhaar auf dem Kopf, auf eine zierliche Frau im durchscheinenden Sarong und mit bestickten Flipflops an den Füßen ein. Auf Malaiisch, versteht sich.

Der umschwärmte Tyson nahm Vladimir sofort beiseite. »Schön, dass ich dich endlich kennen lerne«, sagte er, indem er sich auf Vladimirs Höhe herabneigte – eine fließende, natürliche Bewegung, wie bei einer sich senkenden Schranke. Er musste schon öfter mit so kleinen Menschen zu tun gehabt haben wie mit der ätherischen kleinen Kualalumpanerin. »Und Frank freut sich auch … Wir versuchen schon so lange, für Frank einen netten russischen Muttersprachler zu finden.«

»Ich bin einfach gern hier«, sagte Vladimir aus einem edlen Instinkt heraus.

»Hier? *In Amerika?*«

»Nein, nein. Auf der Party.«

»Ach so, auf der Party. Na dann. Darf ich ganz offen zu dir sein, Vladimir?«

Vladimir stellte sich auf die Zehenspitzen. Tysons Mund, eine große, vorspringende Schnute, sah danach aus, als würde er gleich ein offenes Wort ausspucken. Was mochte das sein? »Frank ist ganz schlimm beieinander«, sagte Tyson. »Er steuert auf einen Nervenzusammenbruch zu.« Beide drehten sich zu dem Slawisten um, der eigentlich sehr kregel aussah, umringt von einer Anzahl attraktiver, bebrillter Frauen, dazu Gelächter und Sherry in rauen Mengen.

»Der Arme!«, sagte Vladimir, und das war ernst gemeint. Irgendwie schien diese Turgenjew-Sache ein Menetekel zu sein.

»Er hatte eine desaströse Beziehung zu einer Russin, einer jungen Rechtsanwältin aus einer üblen Plünderersippe. Die Sache wurde richtig böse. Erst machte sie Schluss, und dann lauerte er ihr in einem Lokal in Brighton Beach auf, wo ihn die Kellner in den Hinterhof schleppten und mit Pfannen auf ihn losgingen.«

»So was kann passieren«, sagte Vladimir mit einem Seufzer über seine hitzigen Landesleute.

»Weißt du eigentlich, wie viel ihm alles Russische bedeutet?«

»Ich kriege allmählich ein Bild davon. Aber eins muss ich dir gleich sagen: Ich habe überhaupt keine weibliche russische Verwandtschaft, auf die man ein Auge werfen könnte.« Na ja, immerhin Tante Sonja, die sibirische Tigerin.

»Aber vielleicht könntest du ab und zu mit ihm Gassi gehen?«, fragte Tyson und drückte ihm beide Schultern, was ihn an seine freundlichen, wohlerzogenen Mitinsassen damals auf dem progressiven College im Mittleren Westen erinnerte, an die langen, bekifften Fahrten im Volkssaab seiner Chicagoer Exfreundin, an die Nächte, in denen er sich bis zur Bewusstlosigkeit besoffen hatte, mit menschlichen Dozenten, die ein Herz für Studenten hatten. »Du könntest mal wieder deine Muttersprache sprechen«, fuhr Tyson fort. »Noch besser wäre natürlich, wenn wir jetzt Winter hätten, dann könntet ihr beiden diese hübschen Fellmützen aufsetzen ... Was meinst du?«

»Ach.« Vladimir blickte weg, so geschmeichelt fühlte er sich. Kaum eine halbe Stunde auf der Party, und schon baten sie ihn, einem Freund in Not zu helfen. Schon war er selber ein Freund. »Das ließe sich machen«, sagte Vladimir. »Also, furchtbar gern.«

Auf diese Worte hin, diese ehrlich empfundenen, beseelten Worte, erstrahlte ein Heiligenschein um Vladimir. Wie sonst war es zu erklären, dass die gesamte Party plötzlich aus allen Ecken herbeiströmte, ihn ausfragte und mitunter sanft am Arm fasste? Die Wissensdurstigen interessierten sich für alles: Wie seine Prognose für Russland nach dem Zusammenbruch der Sowjetunion laute? (»Nicht gut.«) Ob er über die neue, unipolare Welt verbittert sei? (»Ja, sehr.«) Wer sein Lieblingskommunist sei? (»Bucharin, mit Abstand.«) Ob es eine Möglichkeit gebe, den Kapitalismus und die schleichende Globalisierung aufzuhalten? (»Meiner Erfahrung nach nicht.«) Und was sei mit Rumänien und Ceauşescu? (»Es wurden auch Fehler gemacht.«) Ob er mit Francesca gehe, und falls ja, wie weit er bislang gekommen sei?

An dieser Stelle wünschte sich Vladimir, er wäre schon betrunken gewesen, damit er mit diesen Menschen in ihren Islamabad-University-T-Shirts charmant und schwungvoll hätte mithalten können. Dummerweise brachte er jedoch nur ein paar schüchterne Gurgler heraus. Ach, wie gern hätte er eine Fellmütze besessen, eine waschechte Astrachan-Schapka. Zum ersten Mal im Leben wurde ihm folgendes nützliche Axiom bewusst: *Besser gönnerhaft bedacht als ignoriert werden.* Bevor er diesen Impuls weiter ausleben konnte, rief ihn Francesca zu sich in die Küche.

Hier herrschte schrilles Gewimmel; eine ganz andere Kaste von Leuten umschwänzelte einen mit Shrimp-Cocktails beladenen Tisch, und Francesca, die vor einer Reihe mattierter Edelstahlhängeschränke stand und in ihrem königlichen Samtkleid angenehm overdressed war, lachte einen betrunkenen Inder an, der ihr – ebenfalls viel zu elegant im Smoking – mit einem Paar aufblasbarer Plastikfühler auf den Hinterkopf drosch.

»Hallo«, sagte Vladimir verlegen zu dem Inder mit Fühlern.

»Jetzt ist gut, Rachiv«, sagte Francesca und streckte die Hand nach einem Fühler aus. Ein dunkles Haarbüschel starrte Vladimir aus ihrer Achsel entgegen.

Der indische Gentleman warf Vladimir einen verächtlichen Blick zu und verzog sich dann zu den Shrimps-Essern. Vladimir hatte also Konkurrenz. Wie aufregend. Er fühlte sich heute Abend ausgesprochen konkurrenzfähig, auch wenn der Inder das klassische Gesicht mitsamt dem so beliebten melancholischen Blick hatte.

»Einen Drink!«, sagte Francesca. »Ich mach dir einen Rob Roy. Meine Mutter hat mich praktisch mit Hochprozentigem großgezogen.« Sie machte den nächstgelegenen Schrank auf und nahm einen Cocktailshaker heraus, auf dem ein nachdenklich blickender Silberreiher auf ein flusskrebsartiges Tier herabstieß, das aus einem Sumpf hervorblubberte. Aus einem weiteren Schrank holte Francesca Limonen und eine verstaubte Flasche Glenlivet. »Du musst unbedingt die Libber-Schwestern kennen lernen«, sagte sie.

»Nach dem Drink könnten wir vielleicht mal einen Spaziergang machen«, schlug Vladimir vor.

Mit kalten, nach Scotch riechenden Fingern tätschelte Francesca ihm die Wange, als wollte sie ihm solche albernen Gedanken austreiben. »Von ihrem Vater hast du sicher schon mal gehört, Shmuel Libber?«, fragte sie. »Er hat den ältesten Dreidel der Welt entdeckt.«

Wie auf ihr Stichwort tauchten hinter einem Ficus die Libber-Schwestern auf – zwei blasse eineiige Schönheiten mit leicht asiatischem Einschlag –, um von einem uralten jüdischen Kreiselspiel zu künden.

»Ich habe von der Leistung eures Vaters gehört«, setzte Vladimir gerade an, als Tyson hereingestürmt kam, sich vehement räusperte und demonstrativ auf seine Zehen blickte.

»Vladimir, ein paar Freunde von dir sind da. Könntest du sie … bitte … begrüßen?«

Im großen Zimmer stieß Vladimir auf Baobab, der seine übliche Khakihose trug, dazu einen Tropenhelm mit Straußenfeder. Er hatte die kleine malaiische Studentin gepackt, die sich höflich verbeugte, gleichzeitig allerdings mit der freien Hand auf einen imaginären Fluchtweg deutete. »Für mich ist meine Syphilis eine Auszeichnung«, schrie Baobab ihr über die Sitarklänge aus dem Fernseher zu. »Geholt habe ich sie mir in Paris, stilecht an der Quelle. Nietzsches Schriften sind ja alle im Kern syphilitisch, falls dich das interessiert.«

Roberta, in einer Art Neon-Leoparden-Nachthemd mit Melone auf dem Kopf, hatte sich um Frank drapiert, kniff ihn in die Hamsterbacken und kreischte: »Du hast ja richtig Leben in dir, Pummelchen!«

Die verstummte Menge schlich auf Zehenspitzen davon; der Inhalt des Schmelztiegels ergoss sich zurück in die Küche. Der Auszug ging allerdings langsam vonstatten, und alle blickten starr auf den Grund ihrer Vertreibung: den kleinen Dicken mit dem Tropenhelm, den halbnackten Teenager und in der Ecke …

In der Ecke saß Challah, in derselben abgeschmackten Sadomaso-Aufmachung, in der Vladimir sie acht Monate zuvor aufgegabelt hatte. Saß da und suchte in ihrem Glas nach Gesellschaft, während die Jungintellektuellen mit bestürzt zitternden Gummifühlern an ihr vorbeidefilierten. Als sie Vladimir entdeckte, winkte sie ihn verzweifelt zu sich.

Da hatte Vladimir allerdings schon Baobab gepackt, der seinerseits den Griff um die Malaysierin lockerte. »Was soll das?«, flüsterte Vladimir. »Wieso hast du Challah mitgebracht? Was soll dieses Benehmen?«

»Welches Benehmen? Ich tu dir nur einen Gefallen. Wo ist denn die Neue?«

In der Küche braute sich lautstark ein basslastiger Mittzwanziger-Aufruhr zusammen, Francescas Stimme unverkennbar dabei. In der einen Wohnzimmerecke unterwarf sich indessen Frank der kleinen Jägerin mit Zahnspange und Negligé, in der anderen steckte Challah einen Finger in ihren Drink und sah zu, wie der rostbraune Sherry Wellen schlug.

Und Vladimir? Vladimir hatte noch knapp zwanzig Sekunden zu leben.

KAPITEL 9

Geschlecht und Imperialismus

Bitte binde mich jetzt los«, sagte Vladimir.

Das Taschentuch wurde aufgeknotet. Die Augenbinde machte Vladimir selber ab. Üppiges Fifth-Avenue-Licht strömte, gesund und gesprenkelt, durch die blassen Vorhänge herein.

»Tut mir Leid wegen dem Koitus gestern Nacht«, sagte Francesca. »Ich war zu heftig. Ich habe da was ausgelebt.«

»Nein, das war meine Schuld«, sagte Vladimir, während er sich ein Laken vor die unteren Regionen hielt und seine geschwollenen Handgelenke rieb. »Meine Freunde einzuladen war ein Akt der Aggression.« Mit zitterndem Zeigefinger fuhr er über die Beißspuren auf seinem Oberschenkel. »Dadurch, dass du dich mir gegenüber physisch ausgelebt hast, bist du von der Opferrolle in die Täterrolle übergewechselt. Du hast dir deine Macht zurückgeholt.« Diese befremdlichen, aber doch vertrauten Sprüche, seit seiner Amtszeit am progressiven College im Mittleren Westen völlig vergessen, waren ihm einfach herausgerutscht. Natürlich war er hinter dem Subtext her, diesem notorischen Wesen, dem Yeti der gebildeten Welt. Was war hier also der Subtext?

Er dachte gar nicht so sehr an das schmerzhafte Rollenspiel, die wohlüberlegten Demütigungen, mit denen sie ihn heimgesucht hatte (eine Weile war er splitternackt gewesen, während sie die Hörsaalmontur ihres Vaters trug, Rollkragenpullover und Tweedjackett), sondern eher an den physischen Aspekt des Ganzen. Zwei Menschen, gerade mal zweihundert Pfund über der Nichtexistenz, die sich ineinander verwühlten – eine heikle, spannungsträchtige Situation: das Scheuern von Schambein auf Schambein, das spürbare Fehlen des Geruchs, den lebensfähigere Wesen dabei ausströmen. Ach, die degenerierten Freuden der Leichtgewichte!

Fran zog sich ein T-Shirt über, und die zwei kleinen Brüste, kaum größer als Vladimirs weiches Duo, verschwanden hinter Baumwollstoff. »Deine Freunde sind wie junge Imperialisten auf dieser Party erschienen«, sagte sie, »wie kleine Eroberer. Sie haben die Integrität unserer eigenständig gewachsenen akademischen Kultur überhaupt nicht wahrgenommen und mussten sie in ihren eigenen verkümmerten Diskurs stellen. Es hätten genauso gut König Leopolds Truppen sein können, die den Kongo raufschippern.«

Vladimir verspürte den starken Drang, seine Unterhose anzuziehen, einfach aus Paritätsgründen. (Allmählich hatte er das Gefühl, ein unsichtbarer Tennis-Schiedsrichter riefe dauernd: »Vorteil Francesca.«) Leider hatte er keine Ahnung, wo seine Unterhose in dem betrunkenen Handgemenge vor ihrer ersten Paarung abgeblieben war. Und irgendetwas sagte ihm, dass seine Nacktheit und sein ergebenes Schweigen goldrichtig waren. Dass man im Umgang mit klügeren Frauen immer schön das Feld räumen und im Angesicht ihres selbstbewussten Vormarschs die eigenen Überzeugungen gleich selber in Schutt und Asche legen sollte.

Eines war ihm jetzt sonnenklar: Er hatte sie falsch eingeschätzt, das freundliche Geplänkel der Abende zuvor hatte dieser selbstbewussten Amerikanerin nur als Sprungbrett gedient, und ganz gleich, was sie wirklich von ihm wollte, er konnte es ihr ganz bestimmt nicht geben.

Denn früher oder später musste ihr doch die Begrenztheit eines Mannes ins Auge stechen, dem seine Mutter im reifen Alter von fünfundzwanzig das Laufen beigebracht hatte. Was machte man mit einem solchen Mann? überlegte Vladimir. Man brauchte die Geduld, vielleicht auch das Mitleid einer Challah, und dass diese raffinierte junge Frau auch nur eines von beiden besaß, schien eher zweifelhaft.

»Dieser fette, misogyne Idiot …«, sagte Fran gerade. »Ausgerechnet Syphilis als Aufreißerspruch zu nehmen. Die arme Chandra.

Und diese … Rubensfrau in ihrer Landei-Kluft. Was sollte die eigentlich?«

Vladimir schüttelte den Kopf, um ihn anschließend in einem von Frans Mammutkissen mit kunsthistorischem Aufdruck – Stiche venezianischer Veduten – zu vergraben. »Wir sind ja sehr aufgeschlossen, meine Freunde und ich«, sagte Fran, »aber alles hat Grenzen. Diese Leute waren einfach inakzeptabel.«

»Sie sind eben mit dem Fernseher aufgewachsen«, murmelte Vladimir in sein tröstliches Kissen. »Haben Cornflakes-Packungen nach Überraschungen durchwühlt. Sie sind ein Produkt ihrer Kultur, und die amerikanische Kultur des zwanzigsten Jahrhunderts ist per definitionem imperialistisch.« Aber jetzt schob er den Schwarzen Peter seinen Freunden zu, wo doch Selbstgeißelung auf der Tagesordnung stand. Er merkte sich das.

»Und ehrlich gesagt, ärgere ich mich nicht so sehr über deine Freunde«, sagte Fran. »Die waren ja bloß den einen Abend da, die sehe ich nie wieder. Aber was sagt das Ganze über dich aus? Über das Leben, das du bisher geführt hast? Du bist ein sehr intelligenter, außergewöhnlicher Mensch, belesen, gebildet, aus dem Ausland. Wie bist du bloß an diese Typen geraten?«

Vladimir seufzte. »Wie soll ich das formulieren?«, sagte er. Er dachte an Literatur, er dachte an Subtext, und schließlich ließ ihn seine Bildung nicht im Stich. »Kennst du die Hemingway-Geschichte *Die Killer*?«, fragte er. »Als der Boxer erfährt, dass die Killer hinter ihm her sind, was sagt er da?«

»Das war danebengehauen.«

»Eben.«

»Wenn wir uns jetzt auf Hemingway berufen, sanktionieren wir damit aber nicht die Frauenfeindlichkeit und die latent rassistischen Tendenzen, die einen wesentlichen Bestandteil seines Werkes konstituieren.«

»Aber nein«, sagte er. »Gott bewahre.«

Sie wuschelte ihm über den Hinterkopf mit seinen weichen Huppeln und knochigen Stellen. Die freundliche Berührung war nach dieser gemeinsamen Nacht mehr als willkommen. Sie grenzte ans Liebevolle, und sosehr Vladimir die ruppige Tour genossen hatte, ein bisschen was fürs Herz wollte er doch. »Und wie gedenkst du das jetzt zu handhaben?«, fragte sie.

»Das mit der Frauenfeindlichkeit?«

»Nein, das mit dem Danebenhauen. Willst du es bei dem Lebensstil belassen?«

»›Leben‹ und ›Stil‹, das trifft es wohl nicht so ganz«, sagte Vladimir.

»Sag ich doch.«

Sie legte sich auf ihn und bohrte ihm die Nase in den Nacken. Trotz der scharfen Kanten fühlte sich ihr Zinken warm und gemütlich an. »Weißt du, warum ich dich mag, Vladimir?«, flüsterte sie ihm ins Ohr. »Hast du das schon kapiert? Nicht, weil du so lieb bist oder ein so gutes Herz hast oder weil du mein Leben umkrempeln wirst, nachdem ich sowieso längst beschlossen habe, dass kein Mann mein Leben umkrempeln wird. Sondern ich mag dich, weil du ein kleiner verlegener Jude bist. Ich mag dich, weil du ein Ausländer mit einem Akzent bist. Mit anderen Worten, ich mag dich, weil du mein ›Signifikant‹ bist.«

»Ähm, danke«, sagte Vladimir. Boshe moi! dachte er. Sie durchschaut mich total. Kleiner, verlegener Jude, Ausländer, Akzent. Was war an ihm sonst noch dran? Das umfasste doch den ganzen Vladimir. Er drückte sich an sie und wäre beinahe geplatzt vor Glück. Vor Glück und dem dumpfen Schmerz, nicht zu genügen. Nur halbgar zu sein.

»Außerdem mögen dich meine Freunde. Sehr sogar«, fuhr sie fort. »Und meine Freunde bedeuten mir alles. Frank hat den ganzen Abend von dir geschwärmt. Sogar wie du mit deinen dämlichen Freunden umgegangen bist, hat uns beeindruckt. Du bist nicht abgehauen, sondern hast ihre schlechten Manieren mit voller Wucht über dich ergehen lassen.

Weißt du, Vlad, vielleicht müsstest du zur Abwechslung mal einen Treffer landen, statt immer danebenzuhauen. Dich mit Menschen deines Kalibers umgeben. Ich bin zwar keine professionelle Psychotherapeutin, und das brauchtest du auf die Dauer wahrscheinlich, aber vielleicht kann ich dir trotzdem helfen, wer weiß?«

Dabei sah sie in ihrem Prep-School-T-Shirt (sicher eine feine Ironie gegen Prep-School-Girls, folgerte Vladimir), der trendigen Riesenbrille und den unausgeschlafenen, dunkel umringten Augen eigentlich ausgesprochen professionell aus. Nach einer älteren Person. Einer Erwachsenen mit Kreditkarten. Ehrlich gesagt, ein wenig nach Mutter.

»Doch, du hast Recht«, flüsterte Vladimir. »Mit Menschen meines Kalibers. Schneller, höher, weiter, so die Richtung. Wär ja gelacht, oder?«

»Ich habe jetzt Hunger«, verkündete sie.

Unter einem Paar rostiger Goldlöwen im zweiten Stock einer Midtown-Absteige, von Geschirr, das mit dem orange-grünen Emblem der »Demokratisch-Sozialistischen Republik Sri Lanka« verziert war, saßen sie beim Brunch: teuflisch scharfes Curry und dazu eine süße Kokosbrühe.

»Nimm meine Hand«, sagte Francesca, nachdem die sozialistischen Teller abgeräumt waren und ihr käsiges Antlitz von Curry und Gewürztee Farbe bekommen hatte. Er nahm ihre Hand.

Sie führte ihn ins Whitney Museum, wo Vladimir drei aufrecht stehende Staubsauger in einem Plexiglaskasten bestaunte. »Aha«, sagte Vladimir zögerlich, »jetzt kapier ich's.« Er schmiegte den Kopf an ihre Schulter, und im Gegenzug zupfte sie ihn huldvoll am Ohr.

Sie führte ihn in eine Galerie, wo die beiden Ken Kiffs *Der Dichter Wladimir Majakowski lädt die Sonne zum Tee ein* bewunderten, auf dem eine lächelnde Sonne über den Horizont hüpft, um sich auf ein Tässchen Tschai und Gereimtes zu Majakowski zu gesellen. »Doch«, sagte Vladimir, der hier wieder festeren Boden unter den Füßen hatte, »absolut.« Und dann deklamierte er einen Vers des Meisters auf Russisch, wofür ihm gebührend aufs Hinterteil geklopft wurde.

Die beiden gingen durch den gelben Julismog, durch die marmorierten Schichten New Yorker Luftfeuchtigkeit, durch die wabernden Hitzeschleier – sie in ihrem strengen weißen T-Shirt, das sowohl ihre typisch europäischen Achselschweißflecken als auch die Konturen ihres Körpers sorgfältig zur Geltung brachte. Und wie sah Vladimir aus? Vladimir war egal, wie Vladimir aussah. Offenbar gut genug, um mit ihr gesehen zu werden (oder lief sie etwa nicht neben ihm?).

Aber da hatte er sich getäuscht, wie sich bald herausstellen sollte. In einem voll gestopften, räucherstäbchenverpesteten Laden im East Village wurde er gezwungen, sich ein glänzendes kubanisches Hawaiihemd mit art-nouveau-haften Schnörkeln zu kaufen. So eins hatte der Ventilatormann auch angehabt, nur dass dieses hier abartige fünfzig Dollar kostete. Eine braune Cargohose aus einem weiteren Etablissement komplettierte sein neues Outfit. »Pff, Jeans ... wie konnte ich nur?«, sagte er und gab dem toten Denim-Tier auf dem Fußboden einen Tritt. »Wieso hat mich keiner davon abgehalten?« Sie küsste ihn auf den Mund. Es schmeckte nach Curry und Koriander, dazu kam ihre natürliche Säure; Vladimir wurde schwindlig, und er wich zurück.

Sie schlenderten die breiten Boulevards entlang, und plötzlich lebte die Stadt auf, jetzt, da er mit einer ihrer Halbgöttinnen zusammen war. Er fragte sich, wieso das mit Challah eigentlich nie möglich gewesen war: Hand in Hand, zwei coole junge Leute, ihre Unterhaltung mal fröhliches Geplänkel, mal scharfsinnige Gesellschaftsanalyse ... Francesca besprühte ihn und seinen neuen Panamahut mit frisch geöffnetem Mineralwasser, und dann, in voller Sichtweite der Passanten auf der Fifth Avenue und der 19. Straße, am helllichten Samstagnachmittag (um fünfzehn Uhr), strich sie ihm mit beiden Händen über die mickrige Brust, umkreiste seinen Nabel und schließlich seinen verschreckten Schwanz. »Schau mal da rauf«, sagte sie. »Siehst du das? Ein zweistöckiges Mansardendach. Über einer gusseisernen Fassade und mit Marmorwänden. Es ist einmalig. Mein Großvater hat es 1875 gebaut. Was du sagen, hm?«

Aber noch bevor er antworten konnte, sprang sie schon auf die Straße und ließ ein Taxi wenden. Kurz darauf waren sie im Central

Park angelangt, im dichtesten Teil der Rambles, durch die sommerlichen Bäume abgeschirmt von sämtlichen Wolkenkratzern und gammelnden Touristen. »Hol ihn noch mal raus«, sagte sie.

»Schon wieder?«, sagte er. »Hier?«

»Dummerchen«, sagte sie. Und als die dunkelrosa Kreatur ans Tageslicht kam, mit ihrem feucht blinzelnden einen Auge, fasste sie mit Daumen und Zeigefinger zu und sagte: »Na, bisschen klein ist er schon, so bei Tageslicht, aber schau mal, wie schnittig der Kopf ist, wie die Lok an einem französischen TGV.«

»Ja«, sagte Vladimir und errötete, denn wer hätte gedacht, dass sein strapazierter kleiner Ameisenbär solche Komplimente einsacken würde. »Hui! Mach mal langsam. Da hinten stehen Leute … Bei dem Pavillon. Hui!«

Nach fünf Minuten Handarbeit war der billige Pornoteil vorüber, Vladimir zog mit einem seligen Seufzer den Reißverschluss seiner nagelneuen Cargohose hoch und betrachtete das verwahrloste kleine Blumenbeet, das er unabsichtlich befruchtet hatte.

Er brauchte ein paar selbstvergessene Minuten, bis er merkte, dass Francesca leise in ihre Armbeuge weinte. O nein! Was war das? Hatte er schon wieder versagt? Er strich mit den Lippen über ihr trockenes Haar, und sie putzte sich die Hand an seinem Hemd ab. »Was hast du denn?«, fragte er, und dann flüsterte er: »Nicht weinen«, fast im selben elegischen Ton wie sein Vater früher zu Mutter. (»Warum weinst du denn, mein Stachelschweinchen?«, hätte er beinahe hinzugefügt.)

Sie holte ein Alufolienpäckchen aus der Tasche, aus dem sie mehrere Pillen auspackte. Diese wurden routiniert ohne Wasser geschluckt. »Da, ein Taschentuch …«, murmelte er. Insgeheim befürchtete er, die Maße seines Gliedes hätten sie zum Weinen gebracht, deshalb drückte er sie besonders heftig an sich.

»Was ist denn, hm? Was hast du?«

»Ich sag dir ein Geheimnis«, sagte sie und vergrub das Gesicht in seinem besudelten Hawaiihemd. »Ein Geheimnis, das du nie, nie, nie verraten darfst. Versprochen?«

Versprochen.

»Das Geheimnis ist … Ach, aber hast du das nicht längst gemerkt? Ich habe Angst, dass du es schon erraten hast. Was ich da über die Staubsauger im Whitney abgelassen habe …«

Der besorgte Vladimir war nicht in der Stimmung für Frivolitäten. »Bitte«, sagte er mit einer abwehrenden Handbewegung. »Was ist das Geheimnis?«

»Das Geheimnis ist: Ich bin gar nicht besonders intelligent.«

»Du bist die klügste Frau, die mir je begegnet ist!«, protestierte Vladimir.

»Eben nicht«, sagte sie. »Schau mal, in mancher Hinsicht bin ich sogar dümmer als du. Du hast wenigstens keinen erkennbaren Ehrgeiz. Ich dagegen bin allzu offensichtlich das Produkt von zweihunderttausend Dollar, die Fieldston und Columbia in den Rachen geworfen wurden. Sogar mein Vater sagt, dass ich dumm bin. Und meine Mutter würde es bestätigen, wenn sie nicht selber so hirnlos wäre. Das ist der Fluch der weiblichen Ruoccos.«

»Dein Vater würde so was nie sagen«, tröstete sie Vladimir, der die Sache mit seinem mangelnden Ehrgeiz schnell verdrängte. »Schau dich doch an. Du bist noch im Grundstudium und hast schon lauter superschlaue Doktoranden-Freunde. Die übrigens mordsmäßig was von dir halten.«

»Viele Freunde zu haben ist schön und gut, Vladimir. Schlauer zu sein als der Durchschnitt auch. Unter uns gesagt, ist es sowieso erschreckend, was heutzutage noch als Durchschnitt durchgeht. Aber so brillant zu sein wie mein Vater! Weißt du eigentlich, was er am City College macht?«

»Er lehrt Geschichte«, sagte Vladimir munter. »Er ist Professor für Geschichte.«

»O nein, er ist noch viel mehr. Er etabliert eine ganz neue Fachrichtung. *Entwickelt* eine neue Fachrichtung, sollte ich eigentlich sagen. Kulturgeschichte des Humors heißt sie. Das ist mehr als brillant, das ist völlig verblüffend! Und er hat zwei Millionen New Yorker Juden vor der Haustür. Die perfekten Studienobjekte! Ihr seid traurig und lustig zugleich, du und dein Volk. Sieh dagegen mich an. Was mache ich? Ich pinkle Hemingway und Dos Passos aus feministischer Perspektive ans Bein. Das ist doch wie Brezelbacken. Ich habe null Originalität, Vladimir. Ausgelutscht mit zwanzig. Wahrscheinlich hast sogar du mit deinem unvermüllten Intellekt mehr zu sagen.«

»Nein! Nein! Bestimmt nicht!«, versicherte ihr Vladimir. »Ich habe überhaupt nichts zu sagen. Aber du ... Du ...« Und die nächste halbe Stunde lang tröstete er sie mit sämtlichem verfügbarem Charme: Aus Ehrfurcht vor ihrer Vorliebe für kleine Männer zog er den Kopf ein; um noch mehr wie ein Ausländer zu wirken, verschärfte er seinen Akzent. Das ging alles etwas mühsam, da er seinen Geist auf jenem progressiven College im Mittleren Westen ausschließlich mit bodenständigem Bratkartoffel-Marxismus genährt hatte, sie dagegen über einen sexy Postmodernismus verfügte, der noch die nächsten sechs Jahre angesagt bleiben sollte. Aber schließlich musste sie mitten in seiner Litanei doch lachen und küsste abwesend seine Hand, so dass er dachte: Jawohl, ich werde meine verfügbare Zeit jetzt nach Kräften dafür einsetzen, dass sie selbstbewusst wird, ihr Studium weiterverfolgt und ihre Träume wahr macht. Das ist meine Mission. Mein erkennbarer Ehrgeiz, wie sie es genannt hat. Nichts anderes soll mein Lebenszweck sein.

Aber ach, da machte er sich etwas vor. So nobel waren seine Beweggründe keineswegs. Der Immigrant, der Russe, der stinkende russische Bär, um genau zu sein, machte sich bereits Notizen. Liebe war Liebe, sie war aufregend und hormonträchtig und überwältigte ihn manchmal mit der eigenartigen Neuigkeit, dass Vladimir Girshkin nicht allein auf der Welt war. Aber sie bot auch die Gelegenheit, ein Stück Originalamerika zu klauen, ein wenig Insider-Wissen zu bunkern, von einer nichts ahnenden Amerikanka wie dieser Frau, an deren Blumenkohlohr er jetzt seine Nase rieb.

Vielleicht war Vladimir gar nicht so anders als seine Eltern. Für die bedeutete Amerikaner zu werden, sich den immensen Reichtum des Landes anzueignen, zweifellos ein schwieriges Unterfangen, aber nicht annähernd so komplex und absolut wie dieser heimliche Identitätsraub, den Vladimir hier betrieb. Egal, ob er es zugab oder nicht, eigentlich wollte er in die Haut dieser waschechten Manhattanerin Francesca Ruocco schlüpfen. *Das* war sein erkennbarer Ehrgeiz. Gut situierte Amerikaner wie Frannie und seine College-Mitinsassen im Mittleren Westen leisteten sich den Luxus einer verunsicherten Identität und durchblätterten einen endlosen Katalog an gesellschaftlichen Tendenzen und intellektuellen Posen. Vladimir Girshkin hatte dagegen keine Zeit mehr zu verlieren. Er war fünfundzwanzig. Anpassen oder abhauen – mehr Möglichkeiten hatte er nicht.

Mittlerweise war Fran die liebevolle Aufmerksamkeit, mit der er sie verwöhnte, offenbar peinlich geworden. Vorsichtig holte sie seine Nase aus ihrem Ohr. »Komm, gehen wir einen trinken«, sagte sie.

»O ja, einen trinken«, sagte Vladimir. Sie fuhren mit dem Taxi Richtung Downtown und machten in einer Sake-Bar im Village eine halbe Magnum Sake und ein daumennagelgroßes Stück Sushi nieder. Der Preis für diese kleine Nascherei betrug, wie Vladimir nach abgeklungenem Schwips registrierte, fünfzig Dollar. Das ließ die Gesamtrechnung des Tages (inklusive Hawaiihemd und Cargohose) auf etwas über zweihundert Dollar ansteigen – sein komplettes Budget für zwei Wochen. Was wohl Challah dazu sagen würde …

Challah. Die Bleibe in Alphabet City. Das billige Gewürzregal, das von der Wand fiel. Die Riesenpötte Gleitmittel im Flur. Ob sie auf ihrem verschwitzten Futon schon mit eingeschmiertem Gummiknüppel auf ihn wartete? Wurde es Zeit, nach Hause zu fahren?

Fran und er standen vor der Sake-Bar, beide leicht beduselt von Reiswein und Sushi, wobei Fran sich etwas sicherer auf den Beinen hielt. Nach ein paar Minuten Schweigen fing sie an, ihn spielerisch zu ohrfeigen, und er tat ausgiebig, als würde ihm das nicht gefallen. »Autsch«, sagte er mit seinem schönsten russischen Akzent. »Aftsch.«

»Möchtest du bei mir übernachten?«, sagte sie so beiläufig, wie sich derlei sagen ließ. »Meine Eltern machen Kaninchen.«

»Ich liebe Wild«, sagte Vladimir. Und damit war alles klar.

KAPITEL 10

Die Familie Ruocco

Und damit war für den restlichen Sommer alles klar, einen Sommer, den Vladimir in der Fifth Avenue Nummer 20, Appartement 8e verbrachte, der feudalen Wohnung der Ruoccos mit Blick auf den Washington Square Park. Aus dem richtigen Winkel betrachtet (also mit den Zwillingsklötzen des World Trade Center im Rücken), machte dieser Park einem weis, man blicke auf die ehrwürdige Piazza einer europäischen Hauptstadt und nicht auf das Manhattan der tausend offenen Lüftungsschächte und ständig fehlzündenden Fahrzeuge – das verdreckte, faszinierende Manhattan, in dem Challah und Vladimir gehaust hatten.

Ganz zu schweigen von den feinen Vorzügen der Familie, die ihm diese geografische Lage bescherte: Die Ruoccos schlemmten, schlemmten unablässig Köstlichkeiten aus den »Gourmet-Garagen«, die damals die Stadt im Sturm eroberten. Eine Heerschar von grünen Pfefferkörnern und gefüllten Weinblättern in geschmackvollen Schälchen lag wie hingetupft auf echten Tischen (solchen mit vier Beinen), die immer mit brennenden Kerzen geschmückt waren, beglänzt vom matten Schein der gedimmten Kronleuchter darüber.

Innerhalb von ein paar Wochen avancierte Vladimir zu einem Ehren-Ruocco. Es gab nicht einmal die Andeutung eines verlegenen Lächelns, wenn die Professoren ihm morgens um acht beim Zähneputzen im Bad begegneten oder wenn er mit Francesca am Frühstückstisch erschien. Doch, doch, die Ruoccos befürworteten Vladimir eindeutig als Freund für ihre »knospende junge Tochter« (wie

Mr Rybakow sagen würde). Bloß warum? Hatte der jüngst erfolgte Fall der Berliner Mauer Vladimir irgendwie zeitgemäß gemacht? Erschnüffelten sie an seinen alten Arbeitshemden den feuchtschwülen Hauch der St. Petersburger Intelligenzija? Wollten sie deshalb so unbedingt mit seinen Eltern dinieren, womöglich in der Erwartung, mit Brodsky und der Achmatowa das Brot zu brechen? Zu ihrer großen Bestürzung sorgte Vladimir jedoch dafür, dass dieses Diner nie zustande kam. Oh, er konnte es sich genau vorstellen:

MR RUOCCO: Und was halten Sie von der neuen russischen Literatur, Dr. Girshkin?
DR. GIRSHKIN: Also, ich interessiere nur für Hedgefonds und südostasiatische Währungsgeschäfte von meine Frau. *Literatura kaput!* Ist nur was für Dandys wie mein Sohn.
MRS RUOCCO: Haben Sie schon gehört, dass das Kirow-Ballett an die Met kommt?
MUTTER: Ja, ja, hübsch, hübsch, dieses Ballett. Und was für Karriere planen Sie für Francesca, Mrs Ruocco? Sie ist so groß und schön, kann ich mich vorstellen als Augenchirurg.
MRS RUOCCO: Eigentlich will Frannie mehr in unsere Fußstapfen treten.
DR. GIRSHKIN: Aber wie ist möglich? Professor hat keine Belohnung. Wer bringt Brot auf Tisch? Wer zahlt für Steuer? Für Rente?
MUTTER: Ruhe, Stalin. Wenn Francesca verdient keine Geld, Vladimir muss studieren Jura, damit er kann zahlen für Familie. Alles wird gut, oder?
MR RUOCCO (*lachend*): Na, als Anwalt kann ich mir Ihren Vladimir aber nicht gerade vorstellen.
MUTTER: Du liberale Schwein! Du Revisionist!

Auf dem Planeten Ruocco achtete Vladimir derweil aufmerksam auf Beweise für Joseph Ruoccos angebliche Geringschätzung seiner Tochter sowie für die Dummheit seiner Frau Vincie. Er fand weder noch. Vincie war butterweich zu dem heimatvertriebenen Vladimir, voll des schlechten Gewissens gegenüber der Putzfrau, insgeheim verstört über die Intelligenz ihrer Tochter und, trotz gelegentlicher spitzer Bemerkungen, ausgesprochen gehorsam gegenüber Frans Vater.

Was den Humorgelehrten betraf, so konnte man sich Joseph Ruocco schlecht als herablassend vorstellen. Gut, er schnitt Fran öfters das Wort ab und meinte: »Komm, trink noch einen Armagnac auf Kosten des Hauses, dann sind wir quitt.« Aber ein verdienstvoller Uniprofessor hatte, fand Vladimir, das Recht zu solch alkoholgetränkter Gönnerhaftigkeit, abgesehen davon, dass ältere Menschen am Familientisch sowieso einen gewissen Bonus bekommen sollten – auch Mutter ließ man ja die Zügel recht lang.

Ob solche kleinen Verstöße gegen die Etikette sich in Frans Kopf festgesetzt hatten? Womöglich, denn die einzige Währung, die am Herd der Ruoccos als Valuta galt, war nicht etwa die erdige, hemdsärmlige Liebe, die in so vielen amerikanischen Haushalten gang und gäbe ist, sondern *Respekt.* Respekt vor den Gedanken des anderen, Respekt vor dessen Stellung in der Welt – einer Welt, die die Ruoccos nur zu gern hinter sich ließen, um Zeit füreinander zu haben.

Schwer zu sagen also, warum Francesca solche Angst vor ihrem Vater hatte, warum ihr Psychiater ihr eine Batterie von gelben und rosa Pillen verschrieben hatte, warum an manchen Abenden der Sex zwischen ihr und Vladimir sanft, einfühlsam und politically correct war – Sex, bei dem zwei in seinem Namen versammelt sind, bei dem der Penis erst bis zu einem Viertel eingeführt wird und dann allmählich stufenweise weiter – und an anderen Abenden die Augenbinde und der väterliche Tweed herausgeholt werden mussten. Vladimirs Mission war, wie gesagt, sie zu trösten und zu bestätigen und gleichzeitig blitzschnell Zutritt zu ihrer hochkarätigen kleinen Welt zu bekommen. Die tieferen Rätsel würden irgendwann schon noch gelöst werden. Seiner jugendlichen Einschätzung nach hatten sie ein ganzes gemeinsames Leben dafür Zeit.

Aber dann schaffte sie es unabsichtlich eines Tages doch. Sie schaffte es, ihn so zu verletzen, dass es fast nicht wieder gutzumachen war.

Sie waren eine Zahnbürste kaufen gegangen. Nie war er glücklicher, als wenn sie auf so eine alltägliche Expedition gingen. Ein Mann und eine Frau mochten behaupten, sie liebten sich, mochten zum Zeichen ihrer Liebe sogar gemeinsam ein Haus in Brooklyn mieten, aber wenn sie sich in ihrem prall gefüllten Tag Zeit nahmen, um die klimatisierten Gänge eines Drogeriemarktes entlangzugehen und gemeinsam einen Nagelknipser auszusuchen, dann war das die Art von Beziehung, die, und sei es qua Banalität, einfach halten musste. Hoffte Vladimir jedenfalls.

Fran war eine unglaublich gewissenhafte Verbraucherin. Die Zahnbürste musste beispielsweise biologisch-dynamisch sein. In SoHo gab es tatsächlich eine rückstandskontrollierte Bürstenhandlung, doch dummerweise machte diese ausgerechnet heute dicht. »Komisch«, meinte Frannie, während eine mannshohe Zahnbürste von den keifenden Mitgliedern einer indischen Familie aus dem Schaufester entfernt und in einen Kombi mit New-Jersey-Nummernschild gequetscht wurde. »Die hatten doch so eine treue Kundschaft.«

»O weh, was tun?«, jammerte Vladimir an ihrer Stelle. »Wo kriegt man in diesem Kuhdorf eine glückliche Zahnbürste her?« Er drückte ihr einen spontanen Kuss auf die Wange.

»Chelsea«, sagte sie. »Achtundzwanzigste und Eighth Avenue. T-Brush heißt der Laden, glaube ich. Minimalistisch, aber eindeutig Bio. Und du brauchst nicht mitzukommen, das ist ja elend weit. Fahr lieber nach Hause und unterhalt dich mit meiner Mutter. Sie macht heute Baby-Tintenfisch in der eigenen Tinte. Da stehst du doch so drauf.«

»Nein, nein, nein!«, sagte Vladimir. »Ich habe versprochen, dass wir heute eine Zahnbürste für dich kaufen gehen. Und ich halte meine Versprechen.«

»Ich glaube, das kann ich ganz gut einsam und allein«, sagte sie. »Ich mag dich nicht immer hinter mir herzerren.«

»Bitte«, sagte Vladimir, »wieso denn zerren? Nichts ist mir lieber, als diese, ähm, trivialen Dinge mit dir zu erledigen.«

»Das ist mir klar.«

»Das ist dir klar?«

»Vlad, du bist echt too much!«, sagte sie lachend und knuffte ihn in den Bauch. »Manchmal scheinst du dich so zu freuen, dass du eine Freundin hast. Hast du davon immer geträumt? Eine New Yorker Freundin zu haben, der du durch die Stadt nachtrotten kannst. Der hingebungsvolle Freund, liebevoll und völlig ohne eigene Interessen, einfach dieser knuddelige, dusselige, glückliche Typ. Zahnbürste? Aber bitte, aber gern! Ist so trrivial!«

Sie sagte das letzte Wort vladimirartig, mit einem leisen Vogeltrillern. *Trr-trr*, sagte das Vögelchen Vladimir. *Trrivial.*

»Hm, stimmt irgendwo«, sagte Vladimir. Mehr fiel ihm nicht ein. In seinem Bauch gurgelte es, und er schmeckte Magensaft auf der Zunge. »Okay dann«, sagte er. »Kein Problem.« Er gab ihr einen Abschiedskuss auf die Wange. »Ciao, ciao«, zwitscherte er. »Viel Glück beim Zahnbürstenkauf. Und denk dran: mittelweiche Borsten …«

Auf dem Nachhauseweg hielt das innere Unwohlsein jedoch an, die Nervosität, die seine Eingeweide kitzelte, als musterten ihn die müden Gesichter der Kebabverkäufer und fliegenden Kunstbuchhändler des Lower Broadway, der honorigen Bürger im mittsommerlichen New York, mit offenem Abscheu, als wäre die Hiphop-Angeberei, die aus Ghettoblastern dröhnte, genau so bedrohlich, wie sie klang. Was war das, dieses mulmige Gefühl?

Wieder bei den Ruoccos, fand er dann in Frans Zimmer den üblichen Saustall aus samisdatartigen Büchern von scheiternden Verlagen, Haufen schmutziger Unterwäsche und hier und da verstreuten Antibaby- und Angstlöserpillen, einen Saustall, in dem der dicke Kater Kropotkin herumstrich, an allem schnupperte und seine grauschwarzen Haarbüschel gleichmäßig auf Literatur und Unterhosen verteilte. Und wie kalt es war … Der Mausoleumseffekt … Die Fenster geschlossen, die Vorhänge zugezogen, die Klimaanlage ständig auf Hochtouren, Licht nur von einer kleinen Schreibtischlampe. Hier herrschte der lange Winter von Oslo, Fairbanks oder Murmansk – der New Yorker Sommer hatte in diesem Zwielicht nichts zu suchen, in diesem Tempel für die seltsamen

Ambitionen der Fran Ruocco: Gefriertrocknung der Literatur des frühen zwanzigsten Jahrhunderts und Bildung sowie Umkrempelung eines verirrten Warschauer-Pakt-Immigranten.

Wieder gluckste sein Magen. Die nächste Welle Übelkeit ...

Ist so trrivial, sagte das Vögelchen Vladimir.

Manchmal scheinst du dich so zu freuen, dass du eine Freundin hast.

Der du durch die Stadt nachtrotten kannst ...

Hast du davon immer geträumt?

Und dann kapierte er, was es war, dieser Schluckauf in seiner Speiseröhre, diese heimatvertriebenen Säfte: Er war enttarnt! Sie wusste Bescheid! Sie wusste alles! Dass er sie so sehr brauchte, begehrte und nie bekommen würde ... alles. Der Ausländer. Der Austauschstudent. Der 1979er »Weizenjude« par excellence. Gut genug fürs Bett, aber nicht für den Biozahnbürstenladen.

Zahnbürste? Aber bitte, aber gern!

So war das also. Sie hatte ihn heimlich gedemütigt, und er, der beflissene Mitschreiber, war bei seiner Mission wieder gescheitert. Dabei hatte er sich diesmal solche Mühe gegeben, hatte einen solchen Aufwand betrieben, um in der Rubrik »Eltern & Töchter« alle zufriedenzustellen. Er war der gehorsame Sohn, den die Ruoccos nie gehabt hatten. Hatte Dads Kulturgeschichte des Humors gehuldigt: »Genau, Sir, der ernsthafte Roman hat in diesem Land keine Zukunft ... Wir müssen uns der Komik zuwenden.« Hatte Moms Meeresfrüchten gehuldigt: »Die besten *Geoduck Clams* der Welt, Miss Vincie. Höchstens noch einen winzigen Tropfen Essig mehr.« Und hatte weiß Gott der Tochter gehuldigt. Hatte ihr gehuldigt, war ihr nachgetrottet, Verinnerlichung durch Osmose.

Und genügte immer noch nicht.

Wieso denn?

Warum denn?

Weil er allein war, ganz allein mit dieser seltsamen Aufgabe, Vladimir Girshkin zu sein, weder hier noch dort hinzugehören, weder nach Leningrad noch nach SoHo. Klar, einem zeitgenössischen Statistiker in Sachen Rasse, Klasse und Geschlecht in Amerika kamen seine Probleme wahrscheinlich winzig vor. Und natürlich, in diesem Land litten an jeder Ecke Menschen, wurden ausgegrenzt und entrechtet, sobald sie nur auf einen Kaffee und einen Doughnut vor die Tür traten. Aber immerhin litten sie als Teil einer Einheit. Sie saßen alle im selben Boot. Sie waren durch Bande miteinander verbunden, die Vladimir nicht einmal richtig durchblickte: Inder aus New Jersey, die eine überdimensionale Zahnbürste in ihren Kombi luden, Dominikaner aus der Avenue B, die auf dem Gehweg Domino spielten, und sogar die einheimischen Judäo-Amerikaner, die in seinem Büro miteinander scherzten.

Wo aber gehörte Vladimir hin? Seine amerikanischen Freundschaften hatten sich immer auf einen Menschen beschränkt – Baobab –, und Baobab war laut Order von Fran tabu. Russische Freunde hatte Vladimir nicht. Trotz all der Jahre im Emma-Lazarus-Verein waren die Russen in Amerika für ihn bloß eine dunkle schwitzende Masse, die regelmäßig bis zu seinen Füßen brandete, klagend, drohend, schmeichelnd oder sich ins Zeug legend, um ihn mit bizarren lackierten Teetabletts und Krimsekt zu bestechen … *Was konnte er tun?* Nach Brighton Beach fahren und mit ein paar frisch aus dem Boot gekletterten Usbeken Hammel-Plow essen? Mr Rybakow anrufen und fragen, ob er bei der Taufe seines neuesten Ventilators dabei sein dürfte? Sich um ein Date mit irgendeiner Jelena Kuptschernowskaja aus Rego Parks, Queens, bemühen, einer zukünftigen Buchhalterin mit Baruch-College-Diplom, einer Frau, die, falls es sie tatsächlich gab, vermutlich im biblischen Alter von einundzwanzig eine Familie gründen und ihm in rascher Folge zwei Kinder gebären wollte – »Ach, Volodja, ein Mädchen und ein Junge, das wäre mein Traum«?

Und was war mit seinen Eltern? Erging es denen denn besser, jenseits der Maginotlinie der Vorstädte von Westchester? Dr. und Mrs Girshkin waren mit Anfang vierzig in den Staaten angekommen; ihr Leben war regelrecht zweigeteilt worden, so dass nur noch verblassende Erinnerungen an sonnige Ferien in Jalta geblieben waren, an selbst gebackene Marzipankekse und Kondensmilch, an kleine Privatpartys in irgendeiner Künstlerwohnung, mit schwarzgebranntem Wodka und hinter vorgehaltener Hand erzählten Breshnew-Witzen. Sie hatten ihre handverlesenen Petersburger Freunde, ihre Verwandten und sämtliche Bekannten von früher aufgegeben, eingetauscht gegen lebenslange Einzelhaft in einem Mini-Herrenhaus in Scarsdale.

Da saßen sie nun und fuhren einmal im Monat nach Brighton Beach, um eingeschmuggelten Kaviar und höllenscharfe Kielbasa zu besorgen, und um sie herum wimmelte es von diesen komischen neuartigen Russen in billigen Lederjacken, diesen Frauen mit hochzeitstortenartigen blonden Dauerwellen auf dem Kopf – eine vollkommen fremde Rasse, die nur zufällig in der Muttersprache gackerte und, zumindest theoretisch, derselben Religion angehörte wie die Girshkins.

Waren Vladimir und seine Eltern Petersburger Snobs? Vielleicht. Schlechte Russen? Vermutlich. Schlechte Juden? Ganz sicher. Normale Amerikaner? Nicht einmal annähernd.

Allein in dem dunklen fremden Zimmer, einem Zimmer, das er noch vor kurzem fälschlicherweise für seines gehalten hatte, nahm Vladimir Kropotkin auf den Arm und weinte schon bald in das hyperallergene Designerfell hinein. Das tröstete. In der eisgekühlten Hölle von Frans Zimmer fühlte sich der schlitzohrige Kater, Anarchist wie sein russischer Namenspatron, unglaublich warm und zärtlich an. Wenn Vladimir mit Fran im Bett lag, hatte er schon manchmal beobachtet, wie Kropotkin sie mit katzenhaftem Staunen betrachtete, als verstünde nur er die Dimensionen dessen, was sich da abspielte – wenn Vladimirs rechte Hand das blasse amerikanische Fleisch seines Frauchens streichelte, drückte, kniff, knetete und stupste.

Manchmal, wenn Fran nach einem Studiertag die Bücher zugeklappt und die Schreibtischlampe ausgeschaltet hatte, saß sie wenig später mit hochkompliziert verzerrtem Gesicht auf ihm und mahlte so energisch, dass er sich in ihr verlor, dass er unwillkürlich an das abfällige englische Sexverb »to screw« denken musste – sie *schraubte* sich Vladimir buchstäblich in den Leib, als könnte er sonst herausfallen, als hielte die beiden das, und nur das, zusammen. Und wenn sie mit ihm fertig war, wenn die langen Schauer ihres stummen Orgasmus abgeklungen waren, packte sie seinen Kopf und presste ihn an den knochigen Grat zwischen ihren kleinen Brüsten, deren aufrechte Nippel nach rechts und links standen, und dann lagen die beiden eine ganze Weile so da, postkoital zusammengekauert, und wiegten sich hin und her.

Den Teil ihrer Intimitäten mochte er am liebsten: wenn sie satt und still war, wenn er sich selig belämmert fragte, was zwischen ihnen gerade passiert war, und wenn sie sich aneinander klammerten, als würde jedes Loslassen für beide den schnellen Tod durch Austrocknung bedeuten. In der Umklammerung schnupperte und leckte er dann an ihr; auf ihrer Brust lag ein Schweißfilm, aber nicht jener füchselnde Schweiß, den Vladimir aus seiner Kindheit in Erinnerung hatte, sondern amerikanischer Schweiß, von Deodorant denaturierter Schweiß, der nur noch metallisch roch, wie Blut. Und erst wenn sie am nächsten Tag aufwachten, erst im schwachen, frühen Morgenlicht, schaute sie ihn überhaupt an und murmelte »danke« oder »tut mir Leid«, wobei er in beiden Fällen nicht wusste, weshalb und wofür.

Danke, dass du es mit mir aushältst, dachte Vladimir, während er seine Nase in den leise miauenden Kropotkin vergrub. *Tut mir Leid*, dass ich dich missbrauchen und demütigen muss. *Deshalb und dafür.*

An jenem Abend, nachdem Vincies exquisiter Tintenfisch verspeist und zwei Flaschen Crozes-Hermitage niedergemacht waren, ging Vladimir mit Fran aufs Zimmer und schockierte beide gründlich, indem er offen aussprach, was er dachte. »Fran, du hast mich heute beleidigt«, sagte er zu ihr. »Du hast dich über meine Gefühle zu dir lustig gemacht. Und dann hast du mein Englisch nachgeäfft, als könnte ich was dafür, wo ich geboren bin. Ich war wirklich geschockt. Du warst so anders als sonst, so unreif. Ich will …« Er hielt inne. »Ich hätte gern …«, sagte er. »Bitte, ich hätte gern eine Entschuldigung.«

Frannie wurde verlegen. Sogar ihre weinroten Rotweinlippen wurden noch röter. Vor dem Hintergrund ihrer dunklen Haare und des aschfahlen Gesichts sah das richtig gut aus. »Eine Entschuldigung?«, kreischte sie. »Unreif hast du mich genannt? Bist du jetzt komplett bescheuert?«

»Ich bin … Du hast … Ich kann gar nicht fassen, was du da sagst …«

»Oh, *entschuldige.* Die Frage war nicht wirklich als Frage gemeint. Ich wollte nur sagen, und hoffentlich ist das kein Zeichen für meine Unreife: Du bist wirklich bescheuert. Himmel, was haben sie auf diesem Mittelwesten-College bloß mit dir gemacht, auf diesem Pensionat für die zarten Söhne von Westchester?«

»Bitte …«, stammelte er. »Bitte spiel jetzt nicht den Klassentrumpf aus. Ja, deine Eltern sind wohlhabender als meine …«

»Ach, du armes Immigrantenschwein«, sagte sie, wobei sich auf ihrer Unterlippe ein Spuckekrönchen bildete. »Verschaff doch einer diesem Jungen ein Stipendium. Ein Guggenheim-Stipendium für Sowjetflüchtlinge, die zu sehr lieben. Das ist aber etwas für fortgeschrittene Semester, Vladimir. Du musst ein umfassendes Werk an Liebeserfahrung vorzeigen. Soll ich dir einen Antrag besorgen?«

Vladimir blickte auf seine Füße und rückte sie enger zusammen, als hätte schon die ganze Zeit Mutter über der Szene geschwebt. »Ich glaube, ich sollte jetzt lieber gehen«, murmelte er.

»Also, das ist doch total lächerlich.« Kopfschüttelnd tat sie diese Idee ab. Gleichzeitig ging sie zu ihm hin und schlang ihm die sommersprossigen Arme um den Hals. Sie roch nach Knoblauch und Paprika. Seine Knie knickten ein, obwohl sie wirklich nicht viel wog. »Komm, mein Schatz, setz dich hin«, sagte sie. »Was ist hier eigentlich los? Entschuldige. Bitte setz dich doch. Nein, nicht auf mein Notebook. Da drüben hin. Rutsch mal. Und erzähl, was dir über die Leber gelaufen ist …« Sie hob sein gesenktes Kinn, zupfte sanft an seinem Goatee.

»Du liebst mich nicht«, sagte er.

»Lieben«, sagte sie. »Was heißt das überhaupt? Weißt du, was das heißt? Ich weiß nicht, was das heißt.«

»Es heißt, dass du meine Gefühle nicht achtest.«

»Ach, *das* heißt Lieben also. Das ist ja eine raffinierte Definition. Ach komm, Vladimir, worüber streiten wir eigentlich? Du hast mir einen Riesenschreck eingejagt. Wieso machst du so was, Herzchen? Ob ich dich liebe? Das ist doch egal. Wir sind zusammen. Wir haben Spaß miteinander. Ich bin einundzwanzig.«

»Ich weiß«, sagte er traurig. »Ich weiß, wir sind jung und sollten nicht mit Wörtern wie ›Liebe‹ und ›Beziehung‹ und ›Zukunft‹ um uns werfen. Die Russen wollen sich immer gleich binden, das ist völliger Blödsinn. Sie sind noch gar nicht reif genug, und dann kommen lauter schwachsinnige Kinder dabei raus. Meine Mutter hat mich mit vierundzwanzig gekriegt. Ich widerspreche dir also gar nicht. Andererseits, was du gesagt hast …«

»Es tut mir Leid«, sagte sie. »Es tut mir Leid, dass ich heute so bissig zu dir war. Manchmal weiß ich einfach nicht, was ich von dir halten soll. Da ist dieser Typ, einigermaßen sozialisiert und kultiviert, und dann hat er den ganzen Tag nichts Besseres zu tun, als mit mir eine Zahnbürste zu kaufen. Was bedeutet das eigentlich?«

Vladimir seufzte. »Was das bedeutet?«, fragte er. »Dass ich einsam bin. Das bedeutet es.«

»Wie kommst du bloß dazu? Du bist jeden Abend mit mir zusammen, du hast lauter neue Freunde, die dich übrigens für die urbane Erfahrung par excellence halten, und das meine ich kein bisschen überheblich … Und dann meine Eltern. Da hast du deine Bindung. Meine Eltern lieben dich. Mein Vater liebt dich … Hey, pass auf.« Sie sprang aufs Bett und begann wie wild an die Wand zum Schlafzimmer ihrer Eltern zu hämmern. »Mom, Dad, kommt rüber! Vladimir hat eine Krise!«

»Was machst du da?«, rief Vladimir. »Hör auf! Ich nehme deine Entschuldigung an!«

Doch nach einem kurzen Tumult auf beiden Seiten der Wand kamen die Eltern in Frans Mausoleum marschiert, beide Professori in aufeinander abgestimmten Seidenpyjamas, Joseph Ruocco mit seinem Cognacschwenker für den Nachttisch in der Hand. »Was ist los?«, zirpte Vincie, während sie halbblind versuchte, die Szene durch ihre Lesebrille zu beurteilen. »Was ist denn passiert?«

»Vladimir meint, ich würde mir nichts aus ihm machen«, verkündete Fran, »und er wäre ganz allein auf der Welt.«

»So ein Unsinn«, donnerte Joseph. »Wer hat Ihnen denn das erzählt? Hier, Vladimir, trinken Sie einen Schluck Armagnac. Das ist gut für die Nerven. Ihr guckt ja beide ganz ... entgeistert.«

»Was hast du bloß mit ihm gemacht, Frannie?«, erkundigte sich Vincie. »Bist du wieder mal ausfallend geworden? Sie hat manchmal diese kleinen Anfälle.«

»*Ausfallend?*«, sagte Frannie. »Mom, sind wir mal wieder ein bisschen *verstört?*«

Joseph Ruocco setzte sich auf der anderen Seite von Vladimir aufs Bett und legte dem erstarrten Jungen den Arm um die Schulter. Obwohl er erheblich nach Alkohol roch, wirkte er ziemlich ruhig und sicher. »Erzählen Sie mir, was passiert ist, Vladimir«, sagte er, »dann werde ich versuchen zu vermitteln. Junge Menschen brauchen Führung. Erzählen Sie es mir.«

»Es war nicht so wichtig«, flüsterte Vladimir. »Ist schon wieder gut ...«

»Sag ihm, dass du ihn liebst, Dad«, sagte Fran.

»Frannie!«, rief Vladimir.

»Vladimir, ich liebe Sie«, sagte Professor Joseph Ruocco, betrunken, aber gewichtig jedes Wort betonend.

»Ich liebe Sie auch«, sagte Vincie. Sie schaffte auf dem Bett Platz für sich, streckte die Hand aus und strich Vladimir über die blasse, völlig blutentleerte Wange. Alle drei drehten sich zu Frannie.

Fran lächelte schwach. Sie nahm den vorbeistreichenden Kropotkin auf den Arm und kraulte ihm den dicken Bauch. Der Kater sah erwartungsvoll zu ihr hoch. Genau genommen warteten alle darauf, dass sie ein Urteil sprach. »Ich mag dich sehr«, sagte sie zu Vladimir.

»Na bitte!«, rief Joseph. »Alle lieben wir Vladimir oder mögen ihn jedenfalls sehr ... Hören Sie, Vlad, Sie sind dieser Familie sehr wichtig. Ich habe hier eine Tochter, meine einzige Tochter, sicher wissen Ihre Eltern genau, wie das ist, wenn man nur eine einzige Tochter hat … Und noch dazu eine hochintelligente Tochter … Du musst nicht rot werden, Frannie, lass mich ausreden, ich weiß schon, wann ich Recht habe.«

»Daddy, bitte«, flüsterte sie, nicht übermäßig vorwurfsvoll.

»… Aber Brillanz hat ihren Preis. Ich muss Vladimir keine Präzedenzfälle zitieren, er ist tief genug von unserer Kultur durchtränkt, um zu wissen, wo auf dem Totempfahl die amerikanische Intelligenzija steht. Er weiß, dass Menschen, die zu etwas Höherem erkoren sind, oft die unglücklichsten sind. Und Gott weiß, wo ich heute stünde, wenn Vincie nicht gewesen wäre. Vincie, ich liebe dich, das darf ich ruhig mal so sagen. Bevor ich Vincie gefunden habe, tja … da konnte ich ziemlich, na, nennen wir's: schroff sein. Viele Interessentinnen gab es nicht gerade. Und Frannie …«

»Dad!«

»Seien wir doch ehrlich, mein Schatz. Du bist nicht gerade ein einfacher Mensch. Und was du heute zu Vladimir gesagt hast, war sicher maßlos unpassend.«

»Maßlos«, sagte Vincie. »Das ist genau das Wort.«

»Danke, Vincie. Was ich sagen will: Es gibt nicht sehr viele Menschen, die mit unserer Frannie umgehen können. Aber Sie, Vladimir, Sie haben diese Engelsgeduld, diese übermenschliche Fähigkeit zum Ausharren … Vielleicht ist das ein russischer Zug, ihr musstet ja den ganzen Tag für ein paar Würste anstehen. Haha, das sollte natürlich ein Witz sein. Aber ein bisschen Ernst war auch dabei. Sie können mit Frannies Genie leben, Vladimir, vielleicht sogar hin und wieder seine Glut anfachen. Ich sage ja nicht, dass ihr heiraten sollt. Ich sage … Was sage ich eigentlich?«

»Dass wir ihn lieben«, sagte Vincie. Sie beugte sich vor und küsste Vladimir auf den Mund, so dass er Diverses zu schmecken bekam: Medizin. Lippenpflege. Tintenfisch. Alkohol.

Aber die Ruoccos hatten sowieso schon alles gesagt. Die Küsserei war fast überflüssig. Sie waren ehrlich zu ihm gewesen.

Endlich verstand er, was hier lief.

Es hatte ihrerseits schon eines ungewöhnlichen Weitblicks bedurft, aber nach sechs Wochen mit Vladimir im Haus hatten sie offenbar Folgendes vor:

Sie würden eine Familie sein. Eigentlich gar nicht so viel anders als eine traditionelle russische Familie: Man wohnt in einer Wohngemeinschaft, zwei Generationen, nur durch eine dünne Wand getrennt, so dass das Sexualleben der Jungen die Alten beruhigt; ihr Fortbestand ist gesichert. Vladimir würde seinen Platz an Frans Seite einnehmen. Ihr gemeinsames Leben würde zwar etwas unausgeglichen und seltsam aussehen, aber nicht viel seltsamer und bestimmt nicht so schlecht wie sein Leben davor. Immerhin galt bei den Ruoccos sein Mangel an Ehrgeiz nicht als Laster, sondern als Tugend. Immerhin konnte er hier nach Herzenslust im Judengang watscheln. Er konnte seine Füße in alle Himmelsrichtungen spreizen, er konnte sogar Clownsschuhe tragen, falls ihm danach war, und damit bis vor ihr Ehebett latschen, mit einem Schlummertrunk Armagnac in der Hand, und kein Mensch würde sich darüber aufregen.

Die Ruoccos hatten dickere Zucchini zu schälen, um aus Vincies Küchenweisheiten zu zitieren.

Das wäre also der Kompromiss, ein vergleichsweise gar nicht so fauler übrigens: Er würde in Amerika nie mehr einsam sein. Er müsste sich nie mehr zweifelhaften elterlichen Trost bei den Girshkins holen, müsste keinen Tag länger Mutters Kleiner Versager sein. Im Alter von fünfundzwanzig Jahren würde er in eine neue Familie hineingeboren.

Er hätte, und zwar aus eigener Kraft, die Endstation jeder Immigrantenreise erreicht: ein besseres Zuhause zum Unglücklichsein.

Nachdem die Professoren in ihr Schlafzimmer zurückgegangen waren, nachdem wieder Ruhe herrschte, nachdem die Biozahnbürste aus ihrem handbestickten Etui genommen worden war und ihre zarten Borsten beider Zahnfleisch gestreichelt hatten, deckte Fran Vladimir zu, stopfte ihm sein extrakuscheliges Lieblingskissen unter den Kopf und gab ihm einen Gutenachtkuss. »Entspann dich«, sagte sie. »Alles wird gut. Träum was Schönes. Träum von unserer Sardinienreise nächstes Jahr.«

»Mach ich«, sagte er. Von ihrer Sardinienreise hörte er zwar zum ersten Mal, aber das war schon okay. Solche Dinge galt es auf Treu und Glauben zu akzeptieren.

»Versprichst du mir das?«, fragte sie. »Und versprich mir, dass du mich nicht hasst.«

»Ich hasse dich nicht«, sagte er. Das stimmte ja.

»Und versprich mir, dass du mich nicht verlässt ... Versprich's einfach.«

»Ich verlasse dich nicht«, sagte er.

»Morgen gehen wir mit Frank einen trinken. Der liebt dich jedenfalls abgöttisch.«

»Ja, ist gut«, flüsterte Vladimir. Er schloss die Augen und träumte sofort los. Sie lagen an einem Strand im äußersten Süden von Sardinien, unter einem so wolkenlosen Himmel, dass Vladimir in der Ferne fast die Glockentürme von Calgari sehen konnte. Sie lagen nackt auf einer Stranddecke, er war steif, *maßlos* steif, um mit Joseph zu sprechen, und drang diskret von hinten in sie ein – erstaunt, wie trocken sie war und dass sie weder Laute des Protests noch der Leidenschaft von sich gab. Er spreizte mit beiden Händen die grübchenverzierten weißen Backen ihres kleinen Pos und manövrierte sich mühsam in ihren spröden Leib hinein. Währenddessen blätterte sie mit angelecktem Zeigefinger eine Seite in ihrer namenlosen Zeitschrift um und kritzelte gähnend ausführliche Kommentare an den Rand. Flamingos sahen ihnen mit sardischer Gleichgültigkeit zu, während ganz in der Nähe unter einem Strandschirm, auf dem der Name ihrer Pensione stand, Vincie Ruocco ihren Mann fellationierte.

KAPITEL 11

Vladimir Girshkins Debütantenball

Außerdem hatte Frannie ja Recht. Der slawophile Frank liebte ihn tatsächlich abgöttisch. Und nicht nur er.

Jenseits der Festungsmauern seiner neuen Familie, deren terrassierte Loggia die Weite des New Yorker Tollhauses überblickte, war Vladimir ein loyaler Kader von Downtown-Libertins zugelaufen, verrucht aussehende, zumeist weiße junge Leute mit unsäglichen Namen wie Hisham oder Banjana, mit der gelegentlichen Exilantin aus der Arbeiterschicht dazwischen, irgendeiner armen Tammi Jones. Bei diesen Vollzeit-Hipstern, die sich in ihrer Weltgewandtheit und dem berauschenden Blues extremer Jugend suhlten, war Vladimir so gefragt, dass er bald das Gefühl hatte, sein Arbeitstag sei eigentlich nur die Verlängerung seiner Schlafenszeit; das wahre Leben begann erst, wenn der letzte Flüchtling Punkt 16 Uhr 59 aus dem Emma-Lazarus-Verein zur Förderung der Immigranteninte-gration rausflog.

Den slawophilen Frank besuchte er regelmäßig. Die beiden machten von Franks Appartement, dieser Filiale der russischen Orthodoxie, Spaziergänge über den selbst im Spätsommer windgepeitschten Riverside Drive, und unterhielten sich dabei in der großen, allmächtigen Muttersprache. Manchmal gingen sie sogar bis zum Algonquin Hotel hinunter, wenn Fran dort auf sie wartete. Das Algonquin gehörte zu dem alten New York, das Fran so bewunderte, mit einer Nostalgie, die ihr Vladimir nur zu gut nachfühlen konnte, schließlich hatte er selber manchmal Heimweh nach dem vergilbten Russland seiner Eltern – einer verrußten und unbequemen Welt, aber einer mit Charme. Sie setzten sich an den Tisch, wo einst Dorothy Parkers Tafelrunde getagt hatte, und Vladimir lud Frank auf einen Sieben-Dollar-Martini ein. »Sieben Dollar«, jaulte Frank beim ersten Mal auf. »Mein lieber Schwan! Man macht sich was aus mir.«

»Sieben Dollar!«, sagte Fran. »Du verwöhnst Frank mehr als mich. Das ist ja schon ... homoerotisch.«

»Mag sein«, sagte Frank, »Vladimir hat eben eine überschwängliche russische Seele. Er denkt nicht ans Geld. Für ihn zählen Kameradschaft und Mitmenschlichkeit.«

»Immerhin ist er Jude«, erinnerte Fran die beiden.

»Aber ein *russischer* Jude«, sagte Frank triumphierend und schlürfte an seinem Gratis-Drink.

»Alles Geld dem Volk«, flüsterte Vladimir. Beim Anblick der Rechnung erschauerte allerdings seine überschwängliche Seele in der haarigen Enge seines Körpers. Genau genommen hatte Vladimir in den einunddreißig Tagen des Monats August fast dreitausend Dollar ausgegeben, eine Spur der Geldverwüstung, die sich folgendermaßen durch Manhattan zog:

BARS, ZECHE: $ 875,–
TASCHENBÜCHER UND WISSENSCHAFTLICHE ZEITSCHRIFTEN: $ 450,–
GENERALÜBERHOLUNG GARDEROBE: $ 650,–
RETRO-LUNCHES, ETHNO-BRUNCHES, SUSHI & SAKE: $ 400,–
TAXIKOSTEN: $ 350,–
DIVERSES (Augenbrauenzupfen, fassgereifter Balsamico für die Ruoccos, Calvados als Party-Mitbringsel): $ 275,–

Ende August war er pleite. Eine schmachvolle Kreditkarte (die erste, auf der jemals der Name Girshkin stand) machte sich in der Hauptstadt des Wuchers (Wilmington, Delaware) eilends auf den Weg Richtung Norden. Vladimir war ein deprimierender Gedanke durch den Kopf geschossen. Ob er Frannies Vater um eine kleine Zuwendung bitten sollte … so um die zehntausend Dollar? Andererseits: Schnorrte er von den Ruoccos nicht schon Unterkunft und Verpflegung? Ganz zu schweigen von den üppigen Umarmungen und feuchten Küssen auf den Mund seitens der ganzen Familie? Auch noch um Taschengeld bitten …? Welche Anmaßung.

Wie seine neuen Freunde – theoretisch alles notleidende Studenten – immer so unbekümmert eine Runde Drinks in der Monkey Bar ausgeben oder spontan im Vorbeigehen einen mobutumäßigen Leopardenhut erstehen konnten, war Vladimir schleierhaft. Die Ruoccos hatten natürlich ein halbes Dutzend gusseiserne Jahrhundertwende-Festungen in der ganzen Stadt geerbt, und Franks Familie besaß irgendwo im unübersichtlichen Landesinneren von Amerika ein paar Staaten. Trotzdem betrachteten sie ausgerechnet Vladimir als Vertreter der stinkreichen arbeitenden Bevölkerung – als philanthropischen Großverdiener mit lauter Stipendien im Rucksack.

Aber wieso sollte Vladimir nicht endlich mal Geld ausgeben?

Das musste man gesehen haben! Wie er so auf einer Vernissage in Williamsburg stand, höhnte, hetzte, herumhackte, eine Leidensmiene zog und subtil den Eigentümer der Galerie (einen gescheiterten Konzeptualisten) beleidigte, während ihn quer durch den Raum eine strahlende Francesca zu sich winkte und der betrunkene Adonis Tyson inständig seinen Namen unter einer Weinkarte hervorblökte, weil er Bulgakows genauen Vatersnamen bestätigt haben wollte …

Dreizehn Jahre war das mit dem Leningrader Krankenlager jetzt her, dreizehn Jahre, dass er endlose Stunden lang Tolstois Schilderungen der Bälle im Winterpalast las und dabei sein Taschentuch vollrotzte. Endlich, so mochte man meinen, hatte Vladimir seinen Weg in die große, weite Welt gefunden. Endlich spielte unser Debütant den Grafen Wronski für die Downtown-Noblesse in ihren karierten Bowlinghosen und dem golddurchwirkten Nylonputz. Die Berichte aus der Neuen Welt stimmten also: In Amerika waren die Straßen mit Goldlamé gepflastert.

Aber natürlich konnte er Challah nicht völlig streichen. Besser gesagt konnte er seinen Anteil an der Miete nicht streichen, denn sonst war Challah obdachlos. Sie konnte ja nicht bei Freunden unterschlüpfen; sie hatte keine. Zwei Monate waren vergangen, seit er das letzte Mal unter seiner offiziellen Adresse in der Avenue B übernachtet hatte. Alphabet City verblasste allmählich zu einer Erinnerung, nachdem ihm die romantische Armut dort jetzt nicht mehr das Herz wärmte.

Einen Tag später saß Vladimir also auf einmal in der Avenue B am Küchentisch und füllte den Antrag für eine zweite Kreditkarte aus. Irgendwo draußen wurde Hühnchen gegrillt, und wenn Vladimir die Augen zumachte und seine Ohren gegen die urbane Kakophonie abschottete, konnte er sich fast vormachen, er sei neun Pendlerstationen weiter in Westchester und würde bei den Girshkins Wiener Würstchen grillen.

Bis Challah hereinkam.

Sie hätte genauso gut von Atlantis heraufgeblubbert sein können, diese fremde Frau in XXL mit dem dunklen Make-up und der entblößten Taille, wo ihre neueste Selbstverstümmelung prangte: ein gepiercter Nabel, von dem ein schweres Silberkreuz bis zu ihrem Schritt hinunterbaumelte. Die arme Challah merkte eben nicht, dass kleine Nasenpiercings zwar sanktioniert waren, ein Kruzifix vom Nabel bis zum Schritt aber schon aus tausend Meilen Entfernung nach Landei roch.

Vladimir war über ihren Anblick so erschrocken, dass er automatisch aufstand und erst jetzt seine Umgebung in ihrer vollen Wirkung zur Kenntnis nahm: das Geschirr, die Peitsche, das Gleitmittel – der Inbegriff einer Lasterhöhle, bei dem Dorian Gray einen Herzinfarkt bekommen hätte. Das war also sein Zuhause gewesen! Vielleicht hatte Mutter mit manchem doch Recht gehabt.

Challah wirkte dagegen völlig unerschrocken. »Wo ist das Geld?«, fragte sie, stieg über ein undefinierbares Kunstpelzgebilde, das den Weg in die Küche versperrte, und drehte den Wasserhahn auf, um sich die Hände zu waschen.

»Welches Geld?«, fragte Vladimir. Geld, Geld, Geld, dachte er.

»Das Geld für die Miete«, antwortete es aus der Küche.

Ach so, das. »Zweihundert habe ich.«

Sie kam aus der Küche geschossen und baute sich mit eingestemmten Armen vor ihm auf. »Und wo sind die restlichen zweihundert?« Diese Haltung (ein so entscheidender Teil ihrer Arbeit) war ihm, an seine Adresse gerichtet, ganz neu. Für wen hielt sie ihn eigentlich? Für einen Klienten?

»Lass mir ein paar Tage Zeit«, sagte er. »Ich habe ein kleines Cashflowproblem.«

Sie machte einen Schritt auf ihn zu und er einen Schritt zurück Richtung Feuerleiter.

»Nix da, paar Tage«, sagte sie. »Wenn ich bis zum Fünften nicht bezahlt habe, schlägt Ionescu dreißig Dollar drauf.«

»So ein Schwein«, sagte Vladimir solidaritätsheischend.

»Schwein?«, sagte sie. Und machte dann eine Pause, als wöge sie das Wort in alle Richtungen ab. Vladimir streckte die Hände nach vorn, um die volle Wucht eines Vergleichs zwischen ihm und dem Schwein abfangen zu können. Aber Challah wurde nicht handgreiflich. »Ich schau mich wohl lieber nach einem neuen Mitbewohner um, oder?«, fragte sie.

Er war also zum Mitbewohner degradiert worden. Wann war das eigentlich passiert? »Schatz«, sagte er, einigermaßen unvermittelt.

»Das Schwein bist du«, sagte sie schließlich, aber die Gefühlsaufwallung hinter dem Begriff hatte sich im Lauf der letzten Wochen offenbar bereits gelegt. Inzwischen war es nur noch eine Feststellung. »Ich will nichts mehr von dir hören, bis ich das restliche Geld habe«, sagte sie und trat zur Seite, um Vladimir den Weg nach draußen freizumachen.

Als er an ihr vorbeiging, traf ihn ein spürbarer Temperaturunterschied; ihr Körper stand immer in eifrigen Verhandlungen mit seiner atmosphärischen Umgebung, und Vladimir hätte am liebsten tröstend den Arm um sie gelegt – den Arm, den er die letzten Wochen bei Francesca warm gehalten hatte. Stattdessen sagte er: »Morgen habe ich das Geld. Versprochen.«

Draußen war Sonntag, der erste September. Gewissermaßen

war er jetzt obdachlos, aber immerhin kleidete ihn die Hitze in mehreren Schichten, und natürlich waren da, nur sechs Avenues weiter westlich, Francesca und ihre Familie. Ach, Demütigungen. Sie hinterließen immer einen essigsauren Geschmack im Mund und weckten, sofern sie von einer Frau kamen, die Sehnsucht nach einem Besuch bei seinem Vater, der für Striemen auf dem Ego besonders viel Verständnis hatte.

Challah beherrschte inzwischen ihr Fach.

Und er brauchte Geld.

TEIL III

Mr Rybakows amerikanischer Mummenschanz

KAPITEL 12

Auf Geldsuche

Allmählich kam die Wahrheit ans Licht: Der staatlich subventionierte Sozialismus war eine gute Sache gewesen. Vladimir träumte, wenn er wach war, die meiste Zeit vom einfachen Leben seiner Eltern. Spaziergang an der Newa mit der Zukünftigen: kostenlos. Schachtel muffige Pralinen und eine welke Rose: fünfzig Kopeken. Zwei Eintrittskarten ins Allegorische Arbeiter-Puppentheater: ein Rubel, zehn Kopeken (Studententarif). Das war noch Brautwerbung! Leere Geldbeutel, leere Geschäfte, die Herzen überquellend vor … Wenn Frannie und er doch eine Zeitreise antreten könnten, fort von der kruden Habgier dieser kulturlosen Metropole, zurück zu diesen zärtlichen Chruschtschower Nächten.

Erschrocken fuhr Vladimir hoch. Ach? Und was zum Teufel war das? Eine waghalsige Küchenschabe kam aus dem todbringenden Schneidwerk des Aktenvernichters gekrochen. Ein unternehmungslustiges Pärchen im wallenden Ethnogewand raufte mit einem Akkulturationsmoderator wegen der abzunehmenden Fingerabdrücke. Ach so! Er war bei der Arbeit! Der Emma-Lazarus-Verein zur Förderung der Immigrantenintegration, dieser gemeinnützige Gulag, hatte seine Pforten geöffnet!

Doch alle Zeichen deuteten auf seinen schlafwandlerischen Alltagsjob hin, bei dem jede Stunde ihre acht US-Dollar einbrachte. Von neun bis zwölf hatte er geschlafen. Drei Stunden. Vierundzwanzig Dollar. Zwei Martini Dry und eine Serranoschinken-Tapa. Ein Tüchlein aus Bombayseide für Fran.

»Zu wenig«, sagte er laut. Unlängst hatte ein Tête-à-Tête mit seinem Taschenrechner ergeben, dass er 32 280 Dollar zusätzlich brauchte, um Challahs Miete und die elementarsten Fran-bezogenen Ausgaben zu bestreiten. Mit waidwundem Blick begutachtete er sein kleines Revier. Eine weibliche Hilfskraft am Nebentisch schaufelte gekonnt ihre hausgemachte Oktopus-Pasta in sich hinein und blickte alle Nudel lang ungeduldig auf ihre falsche Cartier-Uhr.

»Mpf«, machte die weibliche Hilfskraft.

Dieses gedankenlose Grunzen stieß in Vladimir ein Gedankenkarussell an und brachte ihn nach ein paar Runden wieder zu den geldzentrierten Träumen, die er die letzten drei Stunden lang geträumt hatte, und da, in mittlerer Entfernung, schwebte, trudelte durch die Luft … eine Idee. Eine Turboprop kurvte über einer verlassenen Landebahn, am Steuer ein gewisser sowjetischer Seemannsveteran.

Es klingelte achtmal, bis Mr Rybakow an sein Telefon gehumpelt war. »Hallo! Hallo!«, sagte der Ventilatormann atemlos. Im Hintergrund planschte es. Apparate surrten. Irgendwer jodelte. Na, da begann jemand seinen Nachmittag aber gutgelaunt.

»Hallo, Mr Rybakow. Vladimir Girshkin, Ihr Spezialist für Einbürgerungsfragen und ergebener Diener.«

»Das wurde auch Zeit«, rief Rybakow. »Der Ventilator und ich haben uns schon gewundert …«

»Ich bitte vielmals um Entschuldigung. Die Arbeit, die Arbeit. In Amerika kommt erst das Business und dann lange nichts, wie es so schön heißt. Hören Sie, ich habe mich gerade in Washington nach Ihrem Fall erkundigt –«

Vladimir hielt inne. Okay. Das war gelogen. Gar nicht so schwer. Genau wie Mutter anzulügen. Oder Challah was vorzuspielen. Und wie weiter?

»Washington«, sagte der Ventilatormann. »Columbia District. Unsere geliebte Hauptstadt. Du gerissener kleiner Scheißer … Gut gemacht!«

Vladimir holte tief Luft und zupfte an seiner Polyesterkrawatte. Jetzt punkten und kassieren. »Ich dachte«, sagte er, »ob Sie mir vielleicht das Flugticket erstatten könnten.«

»Aber klar. Flugticket. Peanuts. Wie viel?«

Vladimir probierte im Geist ein paar Beträge durch. »Fünfhundert Dollar«, sagte er.

»Wir fliegen erster Klasse, aha. Für meinen Girshkin nur vom Feinsten. Treffen wir uns doch so gegen fünf. Ich gebe dir das Geld, und wir schippern mit der *SS Breshnew* ein bisschen durch den Hafen.«

»*SS Breshnew?*« Hatte Mr Rybakow heimlich in Vladimirs sozialistische Träume geguckt?

»Mein neues Rennboot.«

»Kolossal«, sagte Vladimir.

Zur verabredeten Zeit zwängte sich Vladimir in einen Lift. Im Erdgeschoss wurde ein Strom zerlumpter Kollegen aus seinem Büro (abgestoßene, ungeputzte Slipper an den Füßen, diverse Acrylmischungen vom Grabbeltisch am Leib) raus auf den Broadway gespült: ein einsames gemeinnütziges Rinnsal im leuchtenden Meer der umliegenden Anwaltskanzleien und Investmentfirmen. Rasch durchquerte Vladimir den Wolkenkratzerfriedhof von Battery Park City und erreichte erhitzt und außer Atem den Jachthafen.

Die *SS Breshnew* war ein Cigarette-Boot – lang, schmal und schick, eine wahre Francesca der Meere – und dümpelte verspielt zwischen zwei gewaltigen Jachten, die beide unter blauer Hongkong-Flagge fuhren und beide im Vergleich zu ihrer Nachbarin aufgedunsen und schwerfällig wirkten.

»Ahoi«, rief Mr Rybakow und schwenkte seine Kapitänsmütze.

Vladimir kletterte aufs Boot und umarmte den glückstrahlenden Rybakow. Ihm fiel auf, dass sowohl er als auch sein Gastgeber eine Oldtimerhose, ein Karohemd und eine glänzende Krawatte trugen. Wenn man die Hawaiihemden und Cargohosen noch dazunahm, konnten sie bald ihr eigenes Mode-Label aufziehen.

»Willkommen an Bord, mein Freund«, sagte Rybakow. »Herrlicher Tag für eine Bootstour, was? Die Luft ist klar, das Wasser ruhig. Und hier habe ich ein Päckchen für dich bereitgelegt, mit deiner Aufwandsentschädigung und einer Gratis-Segelmütze.«

»Danke, Admiral. Hey, die passt ja prima.« Jetzt war der Look komplett.

»Auf die Rückseite habe ich Breshnews Konterfei drucken lassen. Und jetzt möchte ich dir Vladko vorstellen, meinen Seefahrer-Serben und Steuermann. Vladko! Komm und sag Vladimir Girshkin guten Tag!«

Eine Luke ging auf, und vom Unterdeck tauchte ein übernatürlich großer, brustbemuskelter, rotäugiger, fast nackter Mann auf, kerniger, als ihn jeglicher serbische Mythos hätte erschaffen können. Er hielt sich blinzelnd die Hand über die Augen. Hinter ihm strich eine große getigerte Katze (vielleicht auch ein kleiner Tiger) durch eine wüste Landschaft aus zerdrückten Tomatensuppendosen, leeren Benzinkanistern, schlappen Fußbällen und allerlei altem Balkan-Krimskrams: Wappen, Trikoloren, vergrößerte Fotos von bewaffneten Männern in Tarnkleidung, die feierlich vor Behelfsgräbern standen.

»Ach, ich glaube, wir haben praktisch den gleichen Vornamen«, sagte Vladimir zu Vladko.

»Nee, nee«, protestierte der Serbe, nach wie vor mit einem Gesichtsausdruck wie frisch aus dem Bunker gekrochen. »Ich heiße Vladko.« Vielleicht war sein Russisch begrenzt.

»Und das«, sagte Rybakow, während er auf einen Mini-Ventilator deutete, der auf dem Armaturenbrett angebracht war, »ist die kleine Nichte des Ventilators, Ventileska.«

»Ich hatte schon das Vergnügen, Ihren geschätzten Herrn Onkel kennen zu lernen«, sagte Vladimir.

»Die kann noch nicht sprechen, die ist doch viel zu klein.« Rybakow lachte. »Ach, du romantisches Kerlchen.« Er wandte sich an den Serben. »Vladko, altes Haus! Steuermann, auf die Brücke! Alle Maschinen starten! Volle Kraft voraus!«

Mit dem postindustriellen Summen eines hochfahrenden Desktop-Computers liefen die Motoren der *SS Breshnew* an. Vladko navigierte das Boot gekonnt an den klobigen Schaluppen des Jachthafens vorbei und nahm Kurs auf die Südspitze Manhattans. Eine Bootsfahrt! dachte Vladimir mit kindlichem Entzücken. Eines der tausend Dinge, die er noch nie gemacht hatte. Ah, der salzige Biss des offenen Meers!

»Was hast du dir in Washington denn angeschaut?«, brüllte Mr Rybakow über den knirschenden Wind und die strudelnde See hinweg, die der aerodynamische Bug der *SS Breshnew* mühelos teilte.

»Ihr Fall ist nach wie vor höchst umstritten«, flunkerte Vladimir munter weiter. Genau, das war der Schlüssel: immer schön fröhlich bleiben. Breites Lächeln. Sie spielten hier Realitätsflucht, ein reizendes Spielchen, ausdrücklich aus russischen Emigranten zugeschnitten. Vladimirs Großmutter war schließlich Landesmeisterin darin. »Ich habe mich mit mehreren Vertretern aus dem Rechtsausschuss des Repräsentantenhauses getroffen ...«

»Und dann hast du den Präsidenten in seinem Weißen Haus besucht, was?«

»Das hatte geschlossen«, sagte Vladimir. Und warum hatte es geschlossen? Ganz einfach. »Die Klimaanlage war kaputt.«

»Und da können die nicht einmal ein paar Ventilatoren aufstellen?« Kopf- und faustschüttelnd entsetzte sich Rybakow über die Belegschaft des Weißen Hauses. »Diese Amerikaner sind doch Schweinepriester. Klimaanlagen. Riesen-Einkaufszentren. Nutzloses Pack, dieses Volk. Ich sollte noch mal einen Brief an die *Times* schreiben, zum Thema ›Wohin steuert dieses Land?‹. Wobei ich als Staatsbürger natürlich mehr Einfluss hätte.«

»Kann sich nur noch um Tage handeln«, beruhigte ihn Vladimir. Solche Dinge ließ man am besten offen.

»Und hast du die knospende junge Tochter des Präsidenten gesehen? Diese entzückende Kreatur!«

»Ja, ganz kurz, im Kennedy Center. Sie entwickelt sich prächtig.« Das war ja nicht mal mehr Flunkern. Das war Märchenerzählen für Invaliden. Das war Sozialarbeit. Das war Seniorenhilfe.

Rybakow zwinkerte Vladimir händereibend zu. Dann befühlte er mit einem Seufzer die Insignien auf seiner Mütze und putzte die gischtverspritzte Sonnenbrille blank. So gegen den Bug seines Rennboots gelehnt, mit Sonnenbrille und Kapitänsmütze, kam Mr Rybakow dem Inbegriff des Mannes aus der Neuen Welt ziemlich nahe – reich, Amerikaner, Herr der Lage. Vladimir wurde an seine Tagträume aus der Jugend erinnert: Jung-Vladimir, einfältiger Sohn eines ortsansässigen Fabrikanten, spurtet auf dem üppig ausgestatteten Sportplatz seiner Jüdischen Schule triumphierend übers Spielfeld, und während die Blicke der Benetton-Maiden gebannt dem braunen eckigen Ei in seinen starken Armen folgen, fährt er das »Home Goal« oder den »Home Run« – oder was immer er einfahren sollte – ein. In der Gesamtschau beschrieben Vladimirs Träume einen eigenartigen Bogen. In seiner Jugend träumte er vom Akzeptiertwerden. In seiner kurzen College-Zeit träumte er von der Liebe. Nach dem College träumte er von einer eher unwahrscheinlichen Kombination aus Liebe *und* Akzeptiertwerden. Und jetzt, wo er das mit der Liebe und dem Akzeptiertwerden endlich unter Dach und Fach hatte, träumte er vom Geld. Welche Höllenqualen er wohl noch vor sich hatte?

»Wenn du das nächste Mal in Washington bist«, sagte Mr Rybakow, »könntest du mich ja vielleicht der Präsidententochter vorstellen. Dann gehen wir schön Eis essen. So eine junge Dame interessiert sich sicher für meine Seefahrergeschichten.«

Vladimir nickte beifällig. Die halbmondförmige Südspitze von Manhattan hinter ihnen wurde rasch kleiner. Es sah aus, als wüchsen die Wolkenkratzer, allen voran das World Trade Center, direkt aus dem Wasser – ein fast venezianischer Effekt – oder stünden auf einer Kuchenplatte.

»Da ist sie ja!«, rief Rybakow Vladko zu. Sie näherten sich mit hoher Geschwindigkeit einem Frachter, der mitten im Hafen ankerte, mit einem rostig roten Schiffsrumpf, am Bug in kyrillischen Buchstaben der Name eingestanzt: *Sowjetskaja Wlast*, oder Sowjetmacht. Das Schiff fuhr unter der düsteren rotschwarzen Flagge von Armenien, welches, wie Vladimir aus seiner verkürzten Leningrader Schulzeit wusste, ein Land ohne Meereszugang war. »Aha!«, sagte Vladimir in einem Tonfall gespielter Gutmütigkeit. »Ein Schiff unter armenischer Flagge. Das ist ja mal ein interessanter Anblick.«

Kaum hatte die *Breshnew* am Heck der *Wlast* längsgedreht,

wurde von einem unsichtbaren armenischen Matrosen ein Tau über Bord geworfen und von dem unersetzlichen Vladko hurtig an der *Breshnew* festgemacht. Ein Metallboot – nein, ein ausgesprochen unkompliziertes Floß, wie der Deckel einer Schuhschachtel – wurde ebenfalls heruntergelassen. »Ich sehe, die Armenier erwarten uns«, sagte Vladimir. Plötzlich musste er an Francesca denken, wie nahe sie war ... Bestimmt kam sie jetzt im Moment, jenseits der Bucht und nur zwei Kilometer weiter nördlich, aus dem College nach Hause in den freundlichen kleinen Adlerhorst der Ruoccos, ließ ihre Tasche neben dem Brotbackautomat fallen und wusch sich in der Katzentoilette, wo es immer so schön scheußlich roch, das verschwitzte Gesicht. Doch, sie machte aus Vladimir ein menschliches Wesen, einen echten Bürger dieser Welt.

»Wieso Armenier?«, fragte Rybakow. »Das sind Georgier.«

»Georgier«, sagte Vladimir. Es war besser, keine Fragen zu stellen. Aber in seinem Hinterkopf, dieser voll gestopften Kammer, wo auch seine Träume vom Geld ihre Zentrale hatten, klingelte eine leise Angst. Angst und Geld. Das passte gut zusammen.

Sobald das Rettungsboot längsseits der *Breshnew* vertäut war, stürzte Vladko herbei, um Rybakow beim Einsteigen zu helfen, doch der sportliche Siebziger katapultierte sich bereits mit Hilfe seiner Krücken an Bord. »Erster!«, rief er schadenfroh. »Euch beide steck ich immer noch in die Tasche!«

»Welche Waffe soll ich denn mitnehmen?«, nuschelte Vladko, traurig, weil er so überflüssig war.

Waffe? Vladimirs Angst-Geld-Drüse ringelte sich um sein Gehirn und drückte sanft zu. »Wir werden sicher gefilzt«, sagte Rybakow. »Also nimmst du am besten irgendwas, was man unmöglich verstecken kann, und gibst es sofort ab, um deine Gefügigkeit zu demonstrieren. Zum Beispiel die Kalaschnikow.«

Vladko verschwand unter Deck.

»Schiffsmaat!«, sagte der Ventilatormann zu Vladimir. »Beeil dich. Die Sendung mit dem komischen schwarzen Knirps fängt pünktlich um acht Uhr Ostküstenzeit an. Die will ich nicht verpassen.«

»Gehen Sie nur«, sagte Vladimir, der so tat, als würde er mit

Ventileska, dem kleinen Ventilator, spielen und könnte sich mit Mr Rybakows kleinen Erledigungen nicht lange aufhalten. »Ich warte hier auf Sie.«

»Oho, was ist denn das«, sagte Rybakow. »Deine Anwesenheit ist sowohl erwünscht als auch erforderlich. Schließlich veranstalten wir das alles für dich. Und du möchtest die Georgier sicher nicht enttäuschen.«

»Natürlich nicht«, sagte Vladimir. »Aber Sie müssen auch meine Sorge verstehen. Ich komme zwar ursprünglich aus Russland, aber andererseits auch aus Scarsdale. In Westchester.« Das schien seine Sorgen beredt zusammenzufassen.

»Na und?«

»Und ich mache mir Sorgen, weil ... na ja, Georgier, Kalaschnikows, Gewalt. Schließlich war auch Stalin Georgier.«

»Du bist vielleicht ein Pisdjuk«, schnaubte Rybakow. Ein vaginöses Naturell hatte Vladimir noch niemand nachgesagt. »Nur für dich haben sich die Georgier Zeit genommen, trotz ihrer vollen Terminkalender, sie sind mit ihren zollfreien Geschenken um die halbe Welt gesegelt, und du kneifst deinen Schlappschwanz ein. Rein jetzt mit dir!

Und über Stalin ziehst du mir auch nicht mehr her«, fügte er noch hinzu.

Die beiden Seemänner waren die dicksten Georgier, die Vladimir je gesehen hatte: Beide wogen um die hundert Kilo (die *Wlast* musste ganz schön viel Proviant dabeigehabt haben), und beide hatten das typische finstere, kantige Gesicht und den üppigen schwarzen Schnurrbart der Männer vom Kaukasus.

»Vladimir Girshkin, das sind Dauschwili und Puschka, beides Geschäftspartner von meinem Sohn, dem Murmeltier.«

»Hurra!«, sagten die beiden. Allerdings leise.

Der dunklere der beiden, der namens Puschka – wohl ein Spitzname, denn es hieß auf Russisch »Kanone« –, sagte kollegial-schulmeisterlich: »So, und jetzt gehen wir hinein zu den Sakuski. Du wirst deine Waffe abgeben müssen, Blondchen.«

Mit einer Verbeugung überreichte ihm Vladko seine riesige Kalaschnikow, das erste Gewehr, das Vladimir je in natura zu Gesicht bekommen hatte; die Georgier verbeugten sich ebenfalls, und dann verbeugte sich Vladko noch einmal – die Fusion zwischen zwei japanischen Banken schien perfekt. Während sie an der Steuerbordseite entlanggingen, wanderte Vladimirs Blick zur Freiheitsstatue über dem Hafen. Ob direkt unter ihren Augen eigentlich Verbrechen begangen werden konnten? Das Sowjetcafeteria-Grün, in dem sie gestrichen war, sah nicht vertrauenerweckend aus. Francesca durchforstete inzwischen vermutlich das Feuilleton, drehte sich auf dem Couchtisch eine Zigarette und plante einen triumphalen Abend für die beiden.

»Zieh dein Köpfchen ein, Freund«, sagte Dauschwili. Sie duckten sich in einen bescheidenen Raum, dessen Decke aus verkleideten Rohren bestand und dessen Wände mit Seiten aus deutschen Automobilzeitschriften und hier und dort einem Plakat der sowjetischen Diva Alla Pugatschowa dekoriert waren, wie sie beim Grand Prix d'Eurovision ihre erdbeerblonde Turmfrisur vorführte und ihren Sommerhit »Eine Million rote Rosen« schmalzte. Die Georgier saßen um einen langen, mit Sakuski beladenen Ausziehtisch. Von weitem glänzte schwarzer Billigkaviar herüber, flankiert von Platten mit nicht ganz taufrischem Hering. Vladimir hoffte auf Spieße mit georgischem Schaschlik, möglichst vom Lamm; ein Grill war allerdings nicht in Sicht.

Der Anführer der Gruppe war weder Kapitän noch sonstiger Seemann. Er trug erwartungsgemäß Sonnenbrille und Versace, ebenso wie seine zwei Kumpane rechts und links. Alle drei hatten klassische indogermanische Gesichter: hohe steile Stirnen, schmale krumme Nasen, leichte Bartschatten auf der Oberlippe. Der Rest der Clique sah wesentlich derber aus – kräftige Männer mit buschigen Schnurrbärten im Jogginganzug. Die einen ähnelten eher Stalin, die anderen Beria. Mehrere von ihnen trugen Matrosenmützen, von denen allerdings das Emblem der ursprünglichen Marine längst entfernt worden war.

»Ich heiße Valentin Melaschwili«, verkündete der Anführer in einem Bolschoi-würdigen Bass. »Die Mannschaft der *Sowjetskaja Wlast* spricht Ihnen ihre Bewunderung aus, Vladimir Borissowitsch. Wir haben soeben von Ihrem Washington-Feldzug im Namen von Mr Rybakow gehört. Und natürlich verfolgen wir alle die Großtaten Ihrer Mutter Jelena Petrowna in der *New Russian Word* und dem *Kommersant Bisness Daily*. Setzen Sie sich doch, setzen Sie sich … Nein, nein, nicht dorthin. Ans Tischende natürlich. Und wer ist dieser Herr?«

Der Serbe, mit seiner strohblonden Mähne ein Fremdkörper in einem Meer schwarzer Locken, winkte verlegen. »Vladko, geh raus«, befahl Rybakow. »Wir sind jetzt unter Freunden. Geh schon!«

Erst wird der Serbe entwaffnet, dann schmeißen sie ihn ganz raus. »Die Kehrseite des Geldes ist der Tod!«, zeterte Vladimirs Angst-Geld-Drüse.

»So, zuallererst einmal«, sagte Melaschwili, »ein Hoch auf das Murmeltier, unseren Wohltäter, unseren großen Adler, der über den Steppen kreist … Sa jewo sdorowje!«

»Sa jewo sdorowje! «, jubelte Vladimir und griff sich ein Schnapsglas vom Tisch. Ähm, was zum Teufel bejubelte er da eigentlich? Reiß dich zusammen, Volodja.

»Sa jewo sdorowje! «, jauchzte Rybakow.

»Sa jewo sdorowje «, sagten die übrigen Georgier schlicht.

»So, und jetzt haben wir eine Frage an Sie, Vladimir«, sagte der charmante Melaschwili. »Sie waren ja auf der Universität, da wissen Sie vielleicht gleich die Antwort. Die Frage lautet: Wer auf Gottes Erden kann es mit der Herzlichkeit und Großzügigkeit der Georgier aufnehmen?«

Eindeutig eine Fangfrage. »Keiner«, wollte Vladimir schon sagen, aber Melaschwili schnitt ihm das Wort ab. »Das Murmeltier!«, rief er. »Und zum Beweis schickt Ihnen das Murmeltier fünfzig Stangen Dunhill-Zigaretten. Puschka, hol die Fluppen! Schauen Sie mal, fünfhundert Packungen, zehntausend Zigaretten. In Zellophan verpackt, für optimale Frische.«

Dunhills. Die wurde Vladimir locker für zwei Dollar die Schachtel los. Er konnte einen kleinen Stand am Broadway aufmachen. Er konnte den überfütterten Massen mit seinem besten Immigrantenakzent zurufen: »Dunhill! Dunhill! 100 Prozent Top Marke Nummer eins! Geb ich Sonderpreis! Nur speziell für dich!« Glatte tausend Dollar konnte er damit verdienen, was zusammen mit den fünfhundert von Mr Rybakow den heutigen Tagesschnitt auf fünfzehnhundert Dollar steigen ließ. Wenn er die jetzt von den zweiunddreißigtausend abzog, die er brauchte, damit ihn Francesca auf ewig liebte, dann hätte er noch ... Also Moment, acht minus null ist acht, eins im Sinn ... Ach, Mathe war einfach zu vertrackt, Vladimir hatte nicht die Geduld dazu. »Danke, Mr Melaschwili, Sir«, sagte er, »aber ehrlich gesagt, verdiene ich eine solche Ehre nicht. Wer bin ich denn? Ich bin doch ein ganz einfacher junger Mann.«

Melaschwili streckte den Arm aus und wuschelte Vladimir durchs Haar, das dank der regelmäßigen Anwendung von Frannies australischem Ureinwohnersonnenaufgangsshampoo weich und geschmeidig geworden war. »Was für Manieren«, sagte der Georgier. »Das ist die echte St. Petersburger Schule. Bitte nehmen Sie die Dunhills an. Genießen Sie die europäische Qualität bei guter Gesundheit. Darf ich Ihnen jetzt noch eine Frage stellen? Was trägt unsere goldene Jugend heutzutage am Handgelenk?«

Da war Vladimir überfragt. »Schwierige Frage. Vielleicht –«

»Ich persönlich finde«, sagte Melaschwili, »es muss schon eine echte Rolex sein. So wie diese hier. Kürzlich erworben, stammt aus Singapur. Vollkommen legal. Die Kontrollnummer auf der Rückseite wurde entfernt.«

Noch besser. Mindestens fünfzehnhundert Dollar bei einem Hehler auf der Orchard Street. Zusammen mit der bisherigen Beute runde dreitausend. »Nur schweren Herzens kann ich diese Rolex annehmen«, sagte Vladimir, »denn wie soll ich mich für Ihre Freundlichkeit je revanchieren?« Hey, nicht schlecht! dachte er. Langsam kam er auf den Trichter. Er vollführte eine kleine Verbeugung, wie sie sie anscheinend alle so schätzten – ob Georgier oder Russen oder Serben.

Es war zugegebenermaßen ein Vergnügen, mit diesen Leuten umzugehen. Sie kamen ihm so viel höflicher und kultivierter vor als die arbeitsbesessenen Amerikaner, von denen es in New York überall wimmelte. Okay, nach Feierabend begingen sie vermutlich allerlei unselige Gewalttaten, aber andererseits musste man sehen, wie wortgewandt dieser Melaschwili war! Vermutlich besuchte er Vladimirs Onkel Lew, wenn er in Petersburg war, und dann gingen sie mit ihren Frauen in die Eremitage und danach vielleicht noch ein bisschen Jazz hören. Bravo! Doch, von diesen Menschen wollte Vladimir gern lernen. Vielleicht konnte er sie sogar Fran vorstellen. Er machte wieder seinen kleinen Diener. *Wie kann ich mich für Ihre Freundlichkeit revanchieren?* Gute Frage.

Melaschwili sträubte sich. »Ach was, unsere Freundlichkeit doch nicht«, sagte er. »Wir bereisen doch bloß die Meere. Dem Murmeltier! Dem Murmeltier ist hier zu danken. Ist doch so, Alexander, oder?«

»Jawohl«, sagte Mr Rybakow. »Danken wir alle meinem kleinen Nager.«

Die Georgier lispelten ihr Dankeschön, aber das genügte Mr Rybakow mitnichten. »Wandern wir doch alle mal im Raum herum«, rief er. »Wie sie das bei der dicken Schwarzen in der Talkshow machen. Sprechen wir aus, warum wir so gern für das Murmeltier arbeiten.« Rybakow warf Puschka ein imaginäres Mikrofon zu. »Puschka, was sagst du?«

»Hä?«

»Puschka!«

»Also«, sagte Puschka, »ich sage mal, ich arbeite gern für das Murmeltier.«

»Nein, nein, genauer. *Was* du daran magst«, sagte der Ventilatormann. »›Ich mag das Murmeltier, weil ...‹«

»Ich mag das Murmeltier, weil ...« Die folgenden zwei Minuten war es so still, dass Vladimir das maskuline Ticken seiner neuen Rolex hören konnte. »Ich mag ihn, weil ... Weil er barmherzig ist«, sagte Puschka schließlich zur allgemeinen Erleichterung.

»Gut. Jetzt bring ein Beispiel.«

Puschka zupfte an seinem Schnurrbart und wandte sich Melaschwili zu, der aufmunternd nickte. »Ein Beispiel. Ein Beispiel bringen. Lasst mich nachdenken. Doch, ich gebe euch ein Beispiel. Neunundachtzig hat mein Bruder in Moskau eine kleine Schwarzmarkt-Wechselstube am Arbat aufgemacht, obwohl er genau wusste, dass das Murmeltier das Gebiet schon für sich reklamiert hatte.«

»O nein!«, stöhnten mehrere Stimmen. »Gott steh ihm bei!«

»Genau, man erwartet das Schlimmste«, sagte Puschka, jetzt mit festerer Stimme, da er auf die Moral der Geschichte zusteuerte. »Aber das Murmeltier hat ihn nicht umgebracht. Hätte er tun können, aber er hat sich bloß seine Frau geschnappt. Und das war okay, denn die hat sich sowieso jeder geschnappt. So eine war das nämlich. Also –«

»Also hat er ihm eine Lektion erteilt, ohne Gewalt einzusetzen«, ergänzte Melaschwili schnell. »Du hast deine Behauptung bewiesen: Das Murmeltier ist barmherzig.«

»Jawohl«, murmelten die Georgier. »Das Murmeltier ist barmherzig.«

»Sehr gut!«, sagte Mr Rybakow. »Das war ein gutes Beispiel, und schön erzählt. Bravo, Puschka. Jetzt machen wir im Uhrzeigersinn weiter. Dauschwili, was sagst du?«

»Ich sage …« Der Hüne maß Vladimir von oben bis unten und runzelte eine räudige Augenbraue, bis sie Vladimir an ein Seepferdchen erinnerte, das gemütlich auf der Seite liegt, das hatte er nämlich einmal in einem Aquarium gesehen, oder vielleicht auch nur geträumt.

»Ich mag das Murmeltier, weil …«, soufflierte Rybakow.

»Ich mag das Murmeltier, weil … Weil er keine Vorurteile gegen die Kaukasier hat«, sagte Dauschwili. »Gut, manchmal nennt er mich einen georgischen Schwarzarsch, aber nur, wenn er mich ausschimpfen muss oder besonders gut aufgelegt ist. Und was Menschen der hebräischen Rasse betrifft, wie unseren werten Gast Vladimir Borissowitsch hier, würde ich sagen, da hat das Murmeltier gewaltig Respekt vor. ›Drei Juden‹, sagt er immer. ›Man braucht bloß drei Juden, dann beherrscht man die Welt …‹«

»Was uns zur wichtigsten Eigenschaft des Murmeltiers führt«, unterbrach ihn Melaschwili. »Das Murmeltier ist ein moderner

Geschäftsmann. Wenn der Markt keine Vorurteile duldet, wieso sollte er es dann tun? Er braucht die Schlauesten und Besten an seiner Seite, egal, welche Farbe ihr Hintern hat. Und wenn Vladimir die amerikanische Immigrationspolizei so weit zähmen kann, dass Mr Rybakow seine Staatsbürgerschaft kriegt, wer weiß, wie weit er mit der Hilfe des Murmeltiers noch kommen kann … Oder wo er im Endeffekt landet.«

»Genau«, sagte Vladimir und spielte am Verschluss seiner funkelnden Rolex. »Wer weiß.« Das war fast das Erste, was er während des gesamten Bewerbungsgesprächs von sich gegeben hatte, oder während der Vorstellungsrunde oder was immer das hier war. Den anderen musste das auch aufgefallen sein, denn sie blickten Vladimir erwartungsvoll an. Aber was sollte er sonst noch sagen? Er hatte ihnen mit großem Vergnügen zugehört.

Schließlich brach Vladimir das Schweigen. »Gibt es Butter?«, fragte er. »Ich esse meine Kaviarbrote gern mit ein bisschen Butter. So hat sie meine Mutter, die werte Jelena Petrowna, immer gemacht, als ich noch klein war.«

Ein frisches Päckchen Butter wurde gebracht. Melaschwili persönlich wickelte sie vorsichtig aus. Mehrere Crewmitglieder halfen Vladimir, ein Stück Schwarzbrot damit zu bestreichen.

Nicht mehr lange, und sie würden auf Mutters Gesundheit trinken.

KAPITEL 13

Auf Geldsuche in Westchester

Dr. Girshkin zählte achthundert Dollar in nagelneuen Zwanzigern ab, wobei er bei jedem einzelnen Schein den Finger ableckte. »Komm lieber mit deinen Geldsorgen zu mir«, sagte er zu Vladimir, »als dass du dir so eine verdammte Kreditkarte besorgst ...«

Mit geldgierig zitternden Fingern zählte Vladimir die Gabe seines Vaters durch. Er flüsterte die ansteigende Dollarsumme auf Russisch, in der Sprache der Sehnsucht, der Sprache von Vaterland und Mutter, seiner Geldzählersprache, vor sich hin. »*Wosem desjat dollarow ... Sto dollarow ... Sto dwadzat dollarow ...*« Dr. Girshkin flüsterte mit, so dass westliche Ohren hätten meinen können, Vater und Sohn wären ins fromme Gebet vertieft.

Hinterher war Vladimir gerührt darüber, wie sorgfältig sein Vater Servietten und Besteck auf einem Gartentisch verteilte, als empfinge hier ein alternder Guru einen der wenigen Besucher, die sich noch die Mühe machen, seinen Berggipfel zu erklimmen. Sein Vater hatte sogar ein nagelneues Polaroidfoto, auf dem ein strahlender Dr. Girshkin eine gewaltige schwarzglänzende Flunder inklusive Haken in der wulstigen Unterlippe hochhielt, von der Kühlschranktür genommen und Vladimir zum Zwecke der näheren Bekanntschaft auf den Teller gelegt. Der Fisch selbst brutzelte derweil in der Küche.

»Und jetzt erzähl mir von dieser neuen Frau«, sagte sein Vater und zog sich dabei die Hose aus, was er immer tat, wenn seine Frau das gemeinsame Anwesen verlassen hatte. »Ist sie besser als Challatschka?«

»Gar kein Vergleich«, sagte Vladimir, während er beobachtete, wie sich Großmutter im Rollstuhl heranschob und dann auf halber Strecke kehrtmachte, um ein Auge auf ihre wehrlosen Eichen zu werfen.

»Wirst du also eine Familie mit ihr gründen?«, fragte sein Vater. »Nein, wahrscheinlich nicht«, beantwortete er seine Frage selbst. »Es ist nicht klug, sich so früh im Leben zu binden. Weißt du, als ich ein junger Student an der staatlichen Universität in Leningrad war, hatte ich eine eigene Wohnung an der Moika, und das war ein erstklassiger Ort für Ausschweifungen. Zu jeder Tages- und Nachtzeit kamen Kommilitoninnen über die Schlossbrücke, um deinem Vater Gesellschaft zu leisten. Ich war bekannt, ein Jude, den man mochte.« Er blickte gen Himmel, der allmählich an Licht verlor, als ginge sein früheres Leben dort oben in einem Paralleluniversum weiter.

»Aber ich sag dir, das Beste war, wenn wir in den Sommerferien in den Kolchosen arbeiten mussten. Da wurden wir alle in Güterzüge verfrachtet, und zwar Frauen und Männer zusammen. Die Fahrt dorthin dauerte drei bis vier Tage, so dass man sich zum Pinkeln und Scheißen einfach aus der Waggontür hängte. Da saß man also mit seinen Kumpels beim Tratschen, und plötzlich tauchte links ein prachtvoller runder Hintern auf, um sein intimstes Geschäft zu erledigen. Und manche dieser Frauen waren groß und blond, Slawinnen halt, du weißt schon! Nicht, dass mit unseren jüdischen Frauen irgendwas nicht in Ordnung wäre, aber, ach, wenn man so eine Frau allein auf einer Wiese beim Heuen traf, dann sagte man: ›Entschuldigen Sie, darf ich mich vorstellen, Genosse Soundso!‹ Beide waren verschwitzt und verdreckt und betrunken, aber der frische junge Sex auf den Feldern war himmlisch.«

Plötzlich sprang er auf, sagte: »die Flunder«, und rannte in die Küche. Vladimir kaute am Brotkanten und schenkte sich einen Wodka ein. Er winkte Großmutter zu, die irgendetwas Unverständliches rief und sich bemühte, mit beiden zerbrechlichen Armen zurückzuwinken.

Sein Vater kehrte mit einer zischenden Pfanne zurück und schaufelte Fischfetzen auf ihre beiden Teller; die Kunst des Filetierens hatte beim Doktor noch nie Anklang gefunden. »Wofür ist denn das Geld?«, fragte sein Vater. »Musst du dieser Frau Geschenke kaufen, so Plunder, wie ihn Frauen mögen?«

»Ach was«, sagte Vladimir. »Sie geht eben gern aus. Sie erwartet auch gar nicht, dass ich sie einlade, aber wenigstens meine Zeche muss ich bezahlen.« Was er nicht erwähnte, war die Tatsache, dass ihn die Ruoccos adoptiert hatten. Immer schön getrennt halten, die Familien.

»Na, ob die Kleine was ist«, sagte Dr. Girshkin, während er sich Fisch und gebratenen Kohl in den Mund stopfte. »Challatschka war so lieb und genügsam. Mit der konntest du auf Sozialhilfe überleben. Aber vielleicht überdenkst du bei der Neuen mal deine Prioritäten. Du weißt ja bestimmt, dass du schlau genug bist, um in diesem Land eine Stange Geld zu verdienen. Und zwar durch ehrliche Arbeit, nicht wie …«

»Ich betrachte deine Arbeit als ehrlich«, sagte Vladimir, der während seiner Zeit an der Jüdischen Schule einmal einen langen Streit über die moralische Unbedenklichkeit der väterlichen Arztpraxis mit sich ausgefochten hatte. Der Streit war zugunsten seines Vaters ausgegangen, die Begründung dafür allerdings mit derart ausgeklügelten Talmudsprüchen durchsetzt gewesen, dass sich Vladimir bei späteren Nachvollziehungsversuchen regelmäßig verfranste. Irgendwas von wegen dem reichen Nachbarn die Kuh stehlen und ihn dann für die Steaks den vollen Ladenpreis zahlen lassen.

»Ehrlich, na ja«, sagte sein Vater. »Sieh dir nur mal an, was dem armen Schurik passiert ist.«

»Ach ja?« Vladimir entfernte eine lange Gräte, die zwischen zwei Backenzähnen saß. Als Junge war er mal von Onkel Schurik barsch zurechtgewiesen worden, weil er dessen dralle Frau aus Odessa vertraulich geduzt hatte. »Was ist denn mit Schurik?«

»Genaueres weiß ich nicht, will ich ehrlich gesagt auch nicht wissen, aber seine Geschäftsräume sind durchsucht worden, mit allen Schikanen.« Sein Vater erschauerte sichtbar und faltete zur

Beruhigung die Hände. Dann schenkte er sich einen Becher Wodka ein und trank einen Schluck. »Angeblich hat Schurik ein Schneeballsystem aufgezogen. Weißt du, was das ist, Volodja?«

Vladimir schüttelte den Kopf.

»Manchmal bin ich erschüttert, dass du dich in der Welt so schlecht auskennst. Also: Was ist ein Schneeballsystem, auch Pyramidenschema oder Ponzi-Schema genannt? In den 20er-Jahren kommt ein gewisser Carlo Ponzi als kleiner Immigrant aus Parma mit ein paar schlauen Ideen in dieses unser reiches Land. Er gründet einen kleinen Investment-Club, holt sich von habsüchtigen Trotteln Geld, verspricht ihnen unmöglich hohe Renditen, bezahlt sie eine Weile, indem er die nächste Runde Trottel ausnimmt, und damit legt er alle aufs Kreuz. Kannst du dir das vorstellen?«

Konnte Vladimir ohne Probleme. Pyramidenschema! Du gibst, ich nehme. Das klang nach einer feinen Idee. Aufregender Gedanke, dass seine Verwandten so lukrative Geschäfte machten. Vielleicht kannten sie sogar Mr Melaschwili und seine Hochsee-Georgier.

»Schurik nimmt sich sicher gute Anwälte, echte amerikanische Anwälte. Aber deine Mutter hat Angst, seine Akten könnten die Ermittler irgendwie zu mir führen, was sich allerdings eher nach Science-Fiction anhört. So wie die Dinge liegen, gehören schon gewaltige Schnüffelarbeit und ein Sack voller Patienten mit Selbstbezichtigungsdrang dazu, um mich hinter Gitter zu bringen.« Sein Vater lachte und hustete dann kräftig, um eine kleine Gräte nach oben zu holen, die sich in seinen Hals verirrt hatte.

Vladimir tat, als sei er mit seiner Flunder beschäftigt. Mit solcher Offenheit hatte sein Vater noch nie über seine Geschäfte gesprochen, auch wenn man vor Vladimir nichts geheim gehalten hatte. Vor allem da sich Mutter immer damit brüstete, dass sie es allein mit ihrer miserablen sowjetischen Kindergärtnerinnenausbildung auf legalem Weg zu einer solchen Spitzenposition in der Wirtschaft gebracht hatte, während der arme tumbe Vater sein Dasein fristen musste, indem er sich am paradoxen amerikanischen Gesundheitswesen bereicherte.

»Aber was dich betrifft, mein Sohn, kann ich dir nur eins raten: Tu, wozu *du* Lust hast. Und damit basta. Sieh mich an. Ich habe mir nie was aus Medizin gemacht, auch nicht daraus, das Leben meiner Patienten zu retten oder zu verlängern, und bin ich deswegen ein schlechter Mensch? Ich mache mir eben aus anderen Dingen was: Angeln, Gartenarbeit, der Oper. Fürs Doktorspielen habe ich mich höchstens damals bei den Frauen in den Güterwaggons interessiert. Aber dann hat deine Großmutter zu mir gesagt: Werd Arzt, du bist schlau, du hast bestimmt Erfolg. Na, und als lukrativ hat sich der Beruf in Amerika ja entpuppt, jedenfalls so, wie wir ihn hier praktizieren.« Mit weit ausholender Armbewegung machte er deutlich, dass er die Festung Girshkin meinte und das kleine Arztschild, das unter einer Antiklampe im Wind baumelte.

Vladimirs Vater trank seinen Becher aus und griff wieder nach der Wodkaflasche. »Doch«, sagte er. »Mach du bitte aus deinem Leben, was *du* willst. Was willst du überhaupt?«

»Weiß ich nicht so genau«, sagte Vladimir. »Vielleicht unterrichten.« Unterrichten? Woher kam denn der Quatsch?

»Unterrichten, na, das ist ja ein seltsamer Beruf«, sagte sein Vater. »Bei den Lehrern gibt es sehr durchschnittliche Gestalten. Und wenn sie dich dann nach Harlem schicken? In die Bronx? Nach Brooklyn? Oder nach Queens? Die reißen dich in Stücke, diese kleinen Bestien. Ich hab mir vielmehr gedacht, kannst du eigentlich gut mit Computern umgehen? Ach nee, sieh einer an. Und schon sage ich dir, was du tun sollst. Nein, komm, wir trinken auf deine süßen, wirklichkeitsfernen Erzieherträume.«

»Und auf Großmutters Gesundheit«, sagte Vladimir.

»Jawohl, auf die verrückte Alte.« Dr. Girshkin trank seinen Becher leer und drückte die letzten verirrten Tropfen aus seinem Schnurrbart. Seufzend stieß er Feuerwasseratem aus. »Weißt du, Vladimir, eigentlich lebe ich nur für dich und deine Großmutter, na ja, falls man das überhaupt sagen kann, dass man für einen anderen Menschen lebt – wie heißt es doch so schön? Niemand ist eine Insel. Deine Mutter, nu, die wird wohl bis zum Ende bei mir bleiben. Wir sind so was wie diese vielen unseligen Firmenfusionen, die es in den letzten zehn Jahren gegeben hat, wir sind wie Jugoslawien. Aber wenn ich die Frage beantworten müsste, für wen ich sterben würde, wenn es, sagen wir, bei einer Flugzeugentführung hieße, einer von uns wird jetzt erschossen, dann würde ich, ohne zu zögern, für dich oder für Großmutter sterben.«

Vladimir wackelte mit den Zehen in den engen Kinderpantoffeln, die seine Eltern aufgehoben hatten und ihm bei jedem Besuch aufzwangen (aus strapazierfähigem Moleskin, das den Füßen einen lebhaften Tiergeruch verlieh). »Wieso würdest du für Großmutter sterben?«, fragte Vladimir. »Sie ist doch älter als du.«

»Gute Frage«, sagte Vladimirs Vater, konzentrierte sich ein Weilchen darauf und knabberte dazu an der schlaffen Haut unter seinem Daumen. Dieses Entführungsszenario hatte er offenbar schon oft durchgespielt. »Ich könnte mit Bestimmtheit sagen, dass ich nicht so arg viel in meinem Leben habe, wofür es sich zu leben lohnt. Das soll jetzt nicht traurig klingen, sicher würden viele Männer in meinem Alter zu demselben Schluss kommen. Der einzige Grund, mein Leben nicht für Großmutter zu geben, wäre wohl, dir ein Vater zu sein, aber mir scheint, dazu brauchst du mich schon seit einer Weile nicht mehr. Dein Leben hat so wenig zu tun mit diesem Haus, das deine Mutter und ich uns so hart erarbeitet haben, dass ich mich manchmal frage ... wozu das alles gut war.«

Vladimir dachte an sein neues Leben bei den Ruoccos. Wie weit er es gebracht hatte. Genau. Wozu war all die harte Arbeit überhaupt gut? »Na, hoffentlich werden wir nie entführt«, sagte er, schob den Teller mit dem zerstückelten Fischskelett beiseite und wischte sich mit einer Serviette über die trockene Stirn.

»Das hoffe ich auch«, sagte Vladimirs Vater, was ihm sein Sohn nicht ganz abnahm. Wenn schon nicht in seinem Berufs- oder Privatleben, dann könnte Dr. Girshkin wenigstens durch den Opfertod von der Hand ruchloser, schnauzbärtiger Entführer vor aller Augen ein Stück Würde zuteil werden. »Denk also an das, was wir heute besprochen haben«, sagte sein Vater. »Das Wichtigste zuerst: Tu nur, wozu *du* Lust hast. Und: Heirate nicht, bis du bereit bist, deine glückliche Jugend aufzugeben. Diese zwei Lektionen haben wir heute gelernt.«

Vladimirs Vater stand auf und stützte sich auf den Gartentisch aus Plastik. Er schüttelte sein Bein aus, das während des Abendessens eingeschlafen war, und warf einen Blick nach hinten, ob Großmutter auch gesund und munter durch den Girshkinschen Garten rollte. Zufrieden mit dem Befinden seiner Mutter, humpelte Dr. Girshkin zurück in die Küche, um Kuchen und Tee zu holen. Vladimir hoffte einstweilen, sein Vater hätte alles gesagt, was er ihm sagen wollte.

Hatte er aber nicht.

Eine Stunde später wurde Vladimir, dessen Wangen noch von den Küssen seines Vaters brannten, mit dem 20-Uhr-12-Zug der Metro-North-Linie vom Dorf in die Stadt befördert, und falls er sich auf sein peripheres Sehvermögen verlassen konnte, hätte er geschworen, er hätte Mutters Brosche, ein billiges baltisches Kleinod, im Gegenzug aufblitzen sehen. Dann war sie jetzt vermutlich schon zu Hause, lag halb schlafend auf der Couch und zählte ihrem Mann tonlos auf, welche Schmach sie an ihrem Vierzehnstundentag wieder hatte erdulden müssen: das Gewisper amerikanischer Unterlinge hinter ihrem Rücken, die mysteriösen Kabalen auf der Herrentoilette, die sicher auf einen Aufstand hinausliefen, einen firmeninternen Putsch. Sie konnten den Hals nicht voll kriegen, diese Originalamerikaner. Mehr Geld, eine bessere Krankenversicherung, endlose zwei Wochen Urlaub. Das kam davon, wenn Eltern ihren Kindern keine Grenzen setzten, wenn man in eine schrankenlose Welt hineingeboren wurde.

»Ich bitte dich, Stachelschweinchen, deine primitiven Mitarbeiter fürchten sich doch zu Tode vor dir«, beruhigte der Doktor seine Frau, während er ihr kleine Teller mit Auberginenmus und Fischsalat auftischte, dazu eine Tasse Kräutertee für die Nerven. Er legte ihr ein Kissen unter die Füße und schaltete die Fernsehsendung ein, die sie beide so mochten: die ganze Wahrheit über die Machenschaften krimineller Filmstars.

Oben in ihrem Zimmer träumte Großmutter indessen von einer einsamen Eiche, die in einem Garten voller Seidenpflanzen und Nachtkerzen thront, und im Schatten der Eiche blickt der krummbeinige Goi aus dem Dorfregiment mit dem glänzenden Stern auf der Soldatenmütze von seiner Schüssel Kascha auf und lächelt sein breites Landlächeln für sie. Plötzlich tanzen sie im Kulturpalast einer großen Stadt eine Mazurka, er drückt sie an die Brust und küsst sie auf den Mund, zuerst keusch, dann weniger ... Denn hier in der Einsiedelei von Großmutters Träumen, in den sensiblen Kraftfeldern aus Sehnsucht und Vergangenheit, die über amerikanischen Suburbs schweben, wird sie von dem freundlichen Sergeanten Jascha endlich geliebt, und das Glück reicht für alle.

Dr. Girshkin unten im Erdgeschoss war noch wach. Er betrachtete seine schlafende Frau auf der Couch, erwog die Schwierigkeiten eines Transports nach oben in ihr Schlafzimmer und zog sich mit einem bedauernden Kopfschütteln in seine Kellerbehausung zurück.

Im Keller, umgeben von bröckelndem Putz und losen Stromkabeln, hatte der Doktor versucht, die schäbige Dorf-Isba nachzubauen, in der er seine Kindheit verbracht hatte: raue, altweiß gestrichene Holzpaneele an den Wänden sollten an die russische Birke erinnern; eine Hockergruppe aus rohem Holz um einen dreibeinigen Küchentisch zeugte von tapferer Armut. Auf dem Tisch lagen ein paar Bücher von Puschkin, zwei von Lermontow und aus unerfindlichen Gründen ein verirrtes Exemplar des *New England Medical Journal*, das der Doktor schnell unter sein Bett verfrachtete. Der große warme Ofen, der Mittelpunkt seiner Jugend, fehlte zwar, aber was wollte man machen?

Der Doktor schaltete einen Ventilator ein, zog sich aus, aß ein griffbereit platziertes Stück Käse und legte sich ins Bett. Ich werde vom Wohlergehen meines Sohnes träumen, sagte er sich. Doch leider Gottes wollte sich der Traum nicht einstellen. Irgendetwas bremste ihn, eine schlechte Erinnerung an das kleine Abendessen, das er gerade für Vladimir gegeben hatte. Was war es denn? Er hatte über die großen Themen gesprochen – die Sinnlosigkeit der Liebe und die Vergänglichkeit der Jugend. Aber eigentlich hatte er nur vor sich hin geplappert. Dieses ganze Geschwafel, diese russische Melancholie und Nostalgie brachten doch nichts. Wie üblich hatte er das Entscheidende nicht gesagt … Eigentlich hätte er sagen sollen … Moment. Also vor allem hätte er Vladimir erzählen sollen, dass er müde war. Mit genau diesen Worten: »Vladimir, ich bin müde.« Jawohl, das hätte er sagen sollen. Wie zur Bestätigung gähnte Dr. Girshkin.

Und warum bin ich müde, Vladimir? Na, wenn du es unbedingt wissen willst, sollst du eine Antwort bekommen. Ich bin müde, weil das Auswandern in ein fremdes Land, das Zurücklassen seiner Hütte, seiner Jurte, seines sowjetischen Wolkenkratzers einen Ehrgeiz verlangt, einen Wahn, eine Dickköpfigkeit und eine Zähigkeit, die ich nie hatte.

Ach. Dr. Girshkin zupfte seine klammen Bettlaken zurecht und schob das Kopfkissen hierhin und dorthin. Nein, das klang zu pathetisch, zu defätistisch. Er hätte lieber theoretischer an die ganze Sache herangehen sollen. »Weißt du, Volodja«, hätte er sagen sollen, »in der alten Welt gibt es zwei Sorten von Bauern: die Alpha-Bauern und die Beta-Bauern. Der Alpha-Bauer, der sieht die trockene Erde unter seinen Füßen rissig werden und packt sofort die Koffer seiner Familie, um aufzubrechen in die Neue Welt, während der Beta-Bauer, der arme Mensch mit seinem schwachen, sentimentalen Herzen, bleibt, wo er ist, und das hoffnungslose Land bestellt. Nicht schwer zu erraten, dass deine Mutter in unserer Familie die Alpha-Bäuerin ist, eine unerschütterliche, unüberwindliche, erbarmungslose Kraft. Kannst du mir folgen, Volodja?

Gut! Denn eins will ich dir sagen: Im Widerspruch zur Flüchtlingscharta deiner Mutter ist es vollkommen in Ordnung, geringer zu sein als dein Nachbar, ein Beta-Immigrant zu sein, auch hier in Amerika, wo Alpha-Immigranten die Regel sind. Es ist in Ordnung, wenn man zulässt, dass stärkere Menschen die Verantwortung für das eigene Leben tragen, dass sie einen an schönere Orte verschleppen, einem zeigen, wo es langgeht. Denn im Endeffekt ist es wohl notwendig, Kompromisse zu machen, mein Sohn; nur wenn man immer wieder an diesen Kompromissen zweifelt, wird das zu einer Krankheit.«

Vor Vergnügen über diese Erkenntnis lief Dr. Girshkin ein Schauer den Rücken hinunter. »Zu einer Krankheit.« Genau! Oder vielleicht: »Zu einem Wahn.« Das war noch besser.

Er überlegte, wie er Vladimir diese Einsicht nahe bringen konnte – vielleicht sollte er ihn mit der Aussicht auf noch mehr Geld wieder nach Scarsdale locken oder einen Ausflug ins berühmte New Yorker Metropolitan Museum planen (die Nahost-Abteilung dort war sehr beeindruckend). Jawohl, ein Museum. Der perfekte Ort, um wichtige Lektionen zu erteilen.

Schließlich nickte Dr. Girshkin ein und träumte von Vater und Sohn, wie sie auf einem geflügelten assyrischen Löwen über den Antennen und Stacheltürmen dieses unschönen Landes durch die Lüfte sausten. Der Doktor konnte sich zwar nicht vorstellen, wohin das antike Tier sie brachte, aber nach so einem langen, leidensreichen Tag tat es gut, einfach abzuheben.

KAPITEL 14

Auf Geldsuche downtown

Am nächsten Morgen in Manhattan befreite sich Vladimir von den Fesseln des Schlafes, putzte energisch die Zähne, duschte lange und kathartisch und machte Bestandsaufnahme: Er hatte achthundert Dollar von seinem Vater plus die fünfhundert von Rybakow plus die noch nicht verkaufte Rolex und zehntausend Dunhill-Zigaretten. »Nicht schlecht für den Anfang«, sagte Vladimir zu Francescas schlafender Gestalt, »aber ich will höher hinaus.« Und mit diesem gatsbyhaften Vorsatz auf den Lippen machte er sich wieder an sein fideles Tagwerk im Emma-Lazarus-Verein. Kaum war er am Empfang vorbei, kam Zbigniew, der Akkulturationszar, aus dem Schmelztiegelraum gesprungen und überfiel ihn mit den Worten: »Girshkin. Er ist da.«

»Himmelhilf! Was ist da?«

»Der FOIA von deinem hirnrissigen Landsmann mit dem Ventilator, Rybakow.«

»Feuer?«

»Der *Freedom of Information*-Antrag. Er hat doch das Recht auf Akteneinsicht. O moi boshe! Seit wann arbeitest du hier, Girshkin?« Zbigniew packte seinen Angestellten am Ärmel und zog ihn in seine Höhle, das Büro des Chefakkulturators. Hier winkte von der einen Wand Lech Wałęsa begeisterten Dockarbeitern zu, daneben lächelte Johannes Paul II. schwach hinter seinem Bischofsstab hervor, und an prominentester Stelle hing gerahmt der Buchumschlag von Zbigniews selbst verlegtem Meisterwerk *Zwischen den Polen: Vater und Sohn reisen ins Herz Poloniens.*

»Er hat es nur bis zur Einbürgerungszeremonie geschafft«, flötete Zbigniew munter und winkte mit der amtlichen Akte. Vladimir hatte ihn direkt nach dem Mittagessen erwischt – der befriedigendste, gleichsam postkoitale Augenblick im armseligen Tagesablauf des Akkulturationszaren.

»So weit schon?«

»Mal dir dieses kleine Szenario aus. Rybakow leistet den Eid, er ist gerade an der Stelle, wo man schwören muss, das Land gegen alle Feinde, sei es von außen oder von innen, zu verteidigen, da ... na ja, wahrscheinlich hat er das in den falschen Hals gekriegt, oder noch wahrscheinlicher war er betrunken, jedenfalls geht er plötzlich auf Mr Jamal Bin Rashid aus Kew Gardens, Queens, los. Attackiert ihn mit beiden Krücken, heißt es hier, und schreit rassistische Sprüche.«

»Aha.«

»Mr Rashid konnte die Anklageerhebung ausgeredet werden, aber –«

»Die Staatsbürgerschaft.«

»Genau.«

»Können wir da nicht irgendwas tun?«, fragte Vladimir. »Ich meine, der Mann ist ein ärztlich anerkannter Spinner, und für Geisteskranke gibt es doch sicher Ausnahmen?«

»Was wir für ihn tun können? Wir können ihn in ein Heim einweisen, wo er keinen Schaden mehr anrichten kann. Wir können die Visaabteilung in Moskau schließen lassen, damit ihr russischen Schweinehunde daheim bleibt.«

Alles klar. »Danke, Pan Direktor«, sagte Vladimir und zog sich in die gemütliche Unordnung seines eigenen Schreibtischs zurück. Er legte den Kopf auf die kühle Metallplatte. Das waren keine guten Neuigkeiten.

Er hatte gewollt, dass Rybakow seine Staatsbürgerschaft bekam.

Er hatte die Georgier um weitere Waren und Dienstleistungen erleichtern wollen.

Er hatte das Murmeltier in Prawa besuchen wollen, um ihm persönlich noch ein paar Geschenke aus dem Kreuz zu leiern.

Immerhin stand noch das tägliche Abendessen mit den Ruoccos bevor. War schon wieder Bouillabaisse-Abend? Moment, mal schauen ... Montag – Polenta, Dienstag – Gnocchi ... Was kam nach Dienstag? Laut Terminkalender ein Abend mit einem anachronistischen Clown. Einem ehemaligen besten Freund.

Jawohl, es war Baobab-Abend. Nachdem Vladimir fast zwei Monate lang Baos Anrufe ignoriert hatte, verspürte er einen Schmerz in der Herzgegend, eine leise Mahnung seines Feingefühls: Mitleid, stummes Mitgefühl, Großherzigkeit.

Nein, das stimmte nicht. Natürlich ging es um Geld. Bao hatte Mittel und Wege, an welches zu kommen. Verzweifelte Mittel und Wege.

Das Kadaver veranstaltete gerade eine Woche der Modernen Musik. Beim heutigen Ausflug in die Moderne hatten die Band und ihre Zuhörer die Kluft zwischen Künstler und Mäzen bereits überbrückt: Beide Seiten hatten sich dem Flanellhemd-und-Stiefel-Look angeschlossen, der allmählich aus der Unplugged-Ecke im Nordwesten des Landes herübersickerte: Seattle. Portland, Oregon. Irgendwer oder irgendwas namens Eugene. Für Vladimir, der weder Flanellhemden noch Stiefel tragen wollte, schon gar nicht im Sommer, war das eine Besorgnis erregende Entwicklung. Er zupfte nervös an seinem flatterigen Kuba-Hemd. Das würde er mit Fran durchdiskutieren müssen.

Baobab indessen grinste »von einem Ohr zum anderen«, wie es so schön heißt; sein ganzes Gesicht, sogar die dicke, mehrfach krumme Nase war an diesem Akt des Strahlens beteiligt. Traurig daran war nur, dass Vladimir (der einfach dastand und sein Bier trank) der einzige Grund für die Fröhlichkeit des einsamen Baobab war.

Vladimir musste an ihre Highschoolzeit denken: wie die beiden Freunde nach einem langen Tag des Abblitzens bei jungen Frauen und Männern von ihrer mathematisch-naturwissenschaftlichen Highschool mit dem Zug nach Hause fuhren und sich darüber unterhielten, wie sie sich als Vorstädter besser am sternenbesetzten

Firmament von Manhattan platzieren könnten. Wo war der Baobab geblieben, den er einst so gemocht hatte?

»Doch, Roberta schläft immer noch mit Laszlo«, begann Baobab sein Update, »aber Laszlo will anscheinend jetzt auch mit mir schlafen. Das wäre dann eine nette Art, uns alle zusammenzubringen. Außerdem sitze ich an einem Entwurf für mein eigenes Denksystem. Ach ja, und ich glaube, ich habe endlich mein Hauptfach gefunden: Kulturgeschichte des Humors.«

»Aber du bist doch nicht besonders witzig.«

»Echter Humor soll auch nicht witzig sein«, sagte Baobab. »Sondern tragisch, wie bei den Marx Brothers. Ich habe einen super Professor gefunden, Joseph Ruocco. Hast du von dem schon mal gehört? Er wird mein Vertrauensdozent. Er ist witzig und traurig zugleich. Außerdem bleibe ich garantiert in New York. Ich mache nicht mit beim Exodus nach Prawa, dem bescheuerten Paris der 90er. Der ganze Spuk ist in einem halben Jahr vorbei, das sage ich dir. Nein, ich bleibe bei diesem Ruocco. Ich halte mich lieber an die Realität.«

»Baobab, ich brauche Geld.« Vladimir wechselte das Thema.

Er gab einen baobabgemäßen Überblick über seine Probleme.

»Das klingt mir verdammt nach Klassenkampf«, bestätigte Baobab. »Wieso erzählst du dieser Frannie nicht einfach, wie arm du bist? Das ist doch keine Schande. Manche Frauen finden das sexy.«

»Baobab, hast du mir überhaupt zugehört? Ich werde sie nicht um Almosen bitten.«

»Na gut«, sagte Baobab. »Darf ich ganz direkt sein?«

»Bitte«, sagte Vladimir. »Ich nehme sowieso alles wörtlich. Mich bringen sogar Schlagzeilen zum Heulen.«

»Okay, dann ganz direkt gesagt: Mein Boss, Jordi, ist ein sehr netter Mensch. Glaubst du mir das?«

»Keine Drogengeschichten.«

»Er hat einen Sohn, der ist zwanzig. Ein Schwachkopf. Eine Null. Will aber auf dieses riesige Privat-College bei Miami. Ist zwar nicht gerade Yale, aber sie haben trotzdem eine Art Auswahlverfahren. Jordi hat einen Inder angeheuert, damit er für den Jungen den Einführungstest macht. Der Hindustani hat richtig gut abgeschnitten, was nicht ganz dazu passt, dass der Junge sechs Jahre für die Highschool gebraucht hat. Jetzt will das College ein Vorstellungsgespräch mit ihm. Also müssen wir jemand runterschicken, der eindrucksvoll reden kann.«

»Dich?«

»Hatten wir ursprünglich gedacht. Aber wie du siehst, bin ich weiß wie ein Bettlaken. Du dagegen hast diese Olivenhaut, und mit dem Bartwuchs siehst du aus wie ein junger Arafat.«

»Aber ich bin doch kein ... was ist Jordi? Spanier?«

»Nenn ihn mir bloß nie einen Spanier. Jordi ist *glühender* Katalane.«

»Und was passiert, wenn der Junge nächstes Jahr auftaucht? Oder muss ich auch für ihn studieren?«

»Dieses College ist so gigantisch, dass der Mensch von dem Vorstellungsgespräch den Jungen nie zu Gesicht kriegen wird. Glaub mir, das ist idiotensicher und wahrscheinlich nicht mal furchtbar illegal. Sich als Highschoolbubi auszugeben: nicht unbedingt die Straftat des Jahrhunderts, eher ziemlich lahm. Aber für 20 000 Tacken ...«

»Wie, Moment.« Zwei Summen schwebten durch die stickige Downtown-Luft. Sie gingen nicht sofort auf, aber klar war, dass 20 000, abgezogen von den benötigten 32 200, eine einigermaßen überschaubare Summe ergaben. »Sag das noch mal.«

Baobab legte Vladimir die verschwitzten Handflächen auf die schmächtigen Schultern und schüttelte ihn. Er zog Vladimirs Borsalino hinunter, bis es wehtat. Er blies Vladimir seinen Mundgeruch entgegen und ohrfeigte ihn, nur halb gutmütig. Seine Nase wirkte immer fleischiger, und er schwitzte wie ein Mann, der doppelt so alt war wie er und noch dazu herzkrank. »Lern du mal lieber unsere Freundschaft schätzen«, sagte er.

Und dann fügte er etwas hinzu, was direkt aus Girshkinland stammte, vielleicht auch aus jeder familiären Beziehung: »In Frauen verliebst du dich, und dann lässt du sie wieder sausen, aber dein bester Freund Baobab ist immer für dich da, auch wenn er nicht immer der attraktivste Umgang ist. Du weißt nie, wann du den guten alten Baobab wieder brauchst.«

»Danke«, sagte Vladimir. »Echt.«

KAPITEL 15

Auf Geldsuche in Florida

Ein altrosa Cadillac.

Vladimir hatte zwar noch nie einen gesehen, wusste aber, dass diese Fahrzeuge in der kulturellen Entwicklung der Vereinigten Staaten eine wichtige Rolle gespielt hatten. Dieses Exemplar eines altrosa Cadillacs schnurrte im Leerlauf vor dem Miami International Airport und gehörte einem Mann, der, ähnlich wie die meisten Mongolen und Indonesier, nur einen Namen führte, in diesem Fall: Jordi.

Jordi hatte netterweise Vladimirs riesigen, mit reichlich College-Kluft beladenen Seesack durch das Flughafenlabyrinth getragen und äußerte sich lobend darüber, dass Vladimir so schlau gewesen war, vorbereitet anzukommen, obwohl er ihm durchaus gern ein Tweedjackett und eine Vertreterkrawatte besorgt hätte. »Das mag ich so an euch Immigrantenvolk«, sagte er. »Ihr seid nicht verwöhnt. Ihr arbeitet hart. Bis euch der Schweiß in Strömen runterläuft. Mein Vater war auch Immigrant, weißt du? Er hat unser Familienunternehmen mit eigenen Händen aufgebaut.«

Unternehmen aufgebaut? Mit eigenen Händen? Nein, Jordi klang weder wie ein Bilderbuch-Dealer, noch sah er so aus, was Vladimir nämlich insgeheim befürchtet hatte. Er sah nicht einmal aus wie Picasso, obwohl doch bestimmt alle Katalanen diesen Look anstrebten. Jordi sah eher aus wie ein Jude mit einem Stoffgeschäft, vom Alter her näher an der Rente als an seiner Glanzzeit: Sein breites Gesicht war tief zerfurcht und sonnengegerbt, und so zügig er ausschritt, ein bisschen stolzierte er auch in seinen blank geputzten

Straußenlederschuhen, wie ein Mann, der auf eine reife Leistung im Leben zurückblicken kann. »Ich wollte schon immer gern mal nach Spanien«, erklärte ihm Vladimir.

»Si ma mare fos Espanya jo seria un fill de puta«, sagte Jordi. »Weißt du, was das heißt? ›Wenn Spanien meine Mutter wäre, wäre ich ein Hurensohn.‹ Jetzt weißt du, was ich von den Spaniern halte. Weiße Latinos, alle miteinander.«

»Ich würde ja nur nach Barcelona fahren«, versicherte Vladimir dem Katalanen.

»Na, der Rest von Katalonien ist auch nicht schlecht. Ich hab mal eine Kleine in Tartosa gevögelt. Die war wirklich klein, eine echte Zwergin.«

»Kleine Frauen haben oft was«, sagte Vladimir, ohne dabei an jemand Bestimmtes zu denken.

»Den Ziegenbart müssen wir abnehmen«, sagte Jordi, sobald sie in seinem eisgekühlten Wagen saßen. »Mit dem Ziegenbart siehst du zu alt aus. Der Junge soll jetzt erst mal aufs College. Mit dem Jurastudium beschäftigen wir uns später.«

Was für ein Zufall: Jordi und Mutter hatten für ihren Nachwuchs ähnliche Pläne. Vielleicht sollte man die beiden mal bekannt machen. Aber wie furchtbar, dass Vladimir seinen heiß geliebten Goatee drangeben sollte, mit dem er fünf Jahre älter und zehn Jahre klüger aussah. Zum Glück ließen die gleichen Hormone, die ihm allmählich die Schädeldecke abräumten, überall darunter wirkungsvoll die Haare sprießen. Außerdem war da noch die Sache mit den zwanzigtausend Dollar. »Ich werde mich sofort rasieren«, sagte Vladimir.

»Brav«, sagte Jordi, griff über den Sitz und drückte Vladimirs Schulter. Seine Hände rochen nach Babypuder; ansonsten bestand sein Duft, den die Klimaanlage in Sturmstärke durch den Wagen blies, aus neun Zehntel zitruslastigem Parfüm und einem Zehntel Mann. »In der Kühlbox ist Cola, wenn du möchtest«, sagte er. Er hatte diesen ulkigen Arbeiterklassenakzent aus Queens, der aus »Cola« »Coler« machte, aus »Florida« »Florider« und aus den Vereinigten Staaten ein mythopoetisches Land namens »Ameriker«.

Draußen rauschte eine ramponierte Landschaft aus Motels mit deutschen und kanadischen Flaggen, scheußlichen Kettenrestaurants mit elektrifizierten Kühen und Hummerschwänzen und natürlich den unvermeidlichen Palmen vorbei, diesen lieben alten Freunden des gemäßigten Nordostküstlers. »Ein schöner Wagen ist das«, sagte Vladimir, um Konversation zu machen.

»Ein bisschen aufgeniggert, findest du nicht? Getönte Scheiben, superdicke Reifen ...«

Aha, eine Portion Rassismus vor dem Mittagessen. Also wirf deine progressiven Instinkte an, Vladimir. Die Girshkins haben hunderttausend Dollar springen lassen, um dich zu diesem vierjährigen sozialistischen Powwow im Mittleren Westen zu schicken. Jetzt blamier deine Alma Mater nicht. »Mr Jordi, woran liegt das wohl, dass Menschen dunkler Hautfarbe getönte Scheiben und Ähnliches bevorzugen? Ich meine, falls das tatsächlich der Fall ist.«

»Weil sie Affen sind.«

»Ach so.«

»Aber ein altrosa Cadillac ohne die getönten Scheiben und dicken Reifen ist ein Auto mit Klasse, oder? Ich sag dir was: Ich miete im Jahr vierhundert von denen. Alle, die für mich arbeiten, ob in New York, Miami oder an der Côte d'Azur, alle kriegen den altrosa Caddy. Wenn dir mein Stil nicht gefällt, geh woanders arbeiten, Barrada. Pendejo. Thema beendet.«

Inzwischen wurden die billigen Motels im Norden von Miami abgelöst von den würdigen Art-déco-Fassaden in South Beach, und Jordi bat Vladimir, Ausschau zu halten nach dem New Eden Hotel & Cabana, das Vladimir von früheren Reisen noch in Erinnerung hatte als großen, leicht angegammelten Kasten neben dem modernistischen Rundbau des Fontainebleau Hilton, dem Flaggschiff aus der Ära der Nerzstolas.

Die hohe, einstmals opulente Lobby des New Eden war um einen peinlich sauber geputzten Leuchter herumgebaut, der aus einer Höhe von mehreren Stockwerken über einem kreisförmigen Arrangement von abgewetzten Samtsesseln hing. »Eleganz ist einfach zeitlos«, sagte Jordi. »Hey, schau dir die Sportsfreunde an!« Er winkte mit solcher Begeisterung einer Schar Rentner zu, dass Vladimir schon dachte, sie seien alle gemeinsam aus dem alten Europa gekommen. Zu Jordis Enttäuschung rührte sich die Rentnergang aber kaum, vielmehr frönten sie alle genüsslich der Nachmittagslethargie. Für die paar, die wach waren, tönte Bunny Berrigan aus den Lautsprechern, und im Konferenzraum wurde vegetarische Leber serviert – zu viele Ablenkungen, als dass man die Ankunft von Jordi und Vladimir, dieses doch sehr ungewöhnlichen Duos, bemerkt hätte.

Jordi kehrte mit weiteren schlechten Nachrichten von der Rezeption zurück. »Meine Sekretärin hat unsere Reservierungen verbaselt, die Kuh«, sagte er. »Macht es dir was aus, ein Zimmer mit mir zu teilen, Vladimir?«

»Aber ich bitte Sie«, sagte Vladimir. »Das wird wie auf einer Pyjamaparty.«

»Pyjamaparty. Das gefällt mir. Ja, so könnte man es nennen. Wieso sollen sich immer nur die kleinen Mädchen amüsieren?« Wieso? Es gab einen triftigen Grund, wieso sich kleine Mädchen, und nur kleine Mädchen, auf Pyjamapartys amüsieren durften. Aber den musste Vladimir selbst herausfinden.

Vladimir legte Jordis verklebten Elektrorasierer wieder hin und betrachtete im dreiteiligen Badezimmerspiegel sein blank gescheuertes, juckendes Gesicht aus verschiedenen Perspektiven. Die reinste Katastrophe. Erst blickte ihm der kränkliche Vladimir aus Leningrad entgegen, dann der verschreckte Vladimir von der Jüdischen Schule und schließlich der desorientierte Vladimir von der mathematisch-naturwissenschaftlichen Highschool: ein Triptychon seiner gesamten verhunzten Jugendlichenkarriere. Was so ein kleines, schamhaarperückenartiges Haarbüschel um seine dicken Lippen alles ausmachte!

»Na?« Vladimir trat ins sonnige Zimmer, das mit einem reichhaltigen Sortiment an Blumenmustern und Holzmobiliar zugewuchert war – ein neuenglisches Bed-&-Breakfast-Ensemble, das sich bis weit unter die Mason-Dixon-Linie verirrt hatte. Jordi schaute von seiner Zeitung auf. Er hatte sich auf einem der beiden Betten ausgestreckt, mit nichts als einer Badehose am Leib. Sein Körper uferte aus wie eine boomende Südstaatenmetropole; suburbartige Speckröllchen quollen in alle Richtungen.

»Plötzlich steht ein attraktiver junger Mann vor mir«, sagte er. »Was so eine kleine Rasur alles ausmacht!«

»Ist das Vorstellungsgespräch eigentlich morgen?«

»Hm?« Jordi begutachtete immer noch Vladimirs jungfräuliches Gesicht. »Ja, ja. Wir besprechen noch, was du zu sagen hast. Aber später. Jetzt geh erst mal raus an die Sonne, damit dein Kinn braun wird und nicht so vorsticht. Und trink einen Schluck von diesem teuren Champagner. Du glaubst gar nicht, wie viel der kostet.«

Vladimir fuhr mit dem Lift nach unten und folgte dem Schild »Cabana und Pool«. Draußen wurde ihm sofort klar, warum die Liegestühle leer waren und die bulligen Cabana-Boys faul herumgammelten: Florida in der Zwischensaison bei Fiebertemperaturen war ein gewagtes Unterfangen.

Trotz der Affenhitze prostete Vladimir dem Küstenstreifen mit seiner Champagnerflöte zu. »Wasche sdorowje«, sagte er zu den kreischenden Möwen am Himmel. Die ganze Szenerie kam ihm heimatlich vor. In seiner Jugend hatten die Girshkins jeden Sommer die Kiesstrände von Jalta geentert. Dr. Girshkin hatte dem kränkelnden Vladimir eine tägliche Dosis Sonne verschrieben, und Mutter parkte ihn stundenlang unter dem gleißenden gelben Gestirn, damit er schwitzte und Schleim abhustete.

Er durfte weder mit anderen Kindern spielen (die hatte seine Großmutter als Spione und Informanten abgestempelt), noch durfte er im Schwarzen Meer baden, da Mutter befürchtete, ein ausgehungerter Delphin könnte ihm den Garaus machen (mehrere Exemplare der flaschennasigen Spezies waren mit ihren glitzernden Sprüngen vor der Küste gesichtet worden).

Zum Trost hatte Mutter sich ein Spiel ausgedacht, das die beiden zusammen spielten. Es hieß »Harte Währung«. Mutter trank vormittags immer Tee mit einer alten Freundin, die zufälligerweise im Intourist-Hotel an der Rezeption saß und sie über die neuesten

Wechselkurse informierte. Die Zahlen prägten sich Vladimir und Mutter ein, und dann ging es los: »Sieben britische Pfund Sterling sind gleich …«

»Dreizehn amerikanische Dollar!«, rief Vladimir.

»Fünfundzwanzig holländische Gulden.«

»Dreiundvierzig Schweizer Franken!«

»Neununddreißig finnische Markka.«

»Fünfundzwanzig Deutsche Mark!«

»Einunddreißig schwedische Kronen.«

»Sechzig … dreiundsechzig … norwegische …«

»Falsch, mein kleiner Dummerjan …«

Die Strafe fürs Versagen (und die Belohnung für erfolgreiches Umrechnen) betrug zwar nur eine lumpige sowjetische Kopeke, aber einmal erspielte Vladimir glatt ein ganzes Fünf-Kopeken-Stück, das Mutter dann traurig aus ihrer Geldbörse fischte. »Jetzt kannst du dir eine Fahrt mit der Metro leisten«, sagte sie. »Jetzt wirst du in die Metro steigen und mich für immer verlassen.«

Über diese Ankündigung war Vladimir so schockiert, dass er in Tränen ausbrach. »Wieso soll ich dich denn verlassen, Mamotschka?«, wimmerte er. »Wo soll ich denn ganz allein mit der Metro hinfahren? Nein, ich fahre überhaupt nicht mehr mit der Metro!« Er weinte den ganzen Nachmittag, dass ihm die Sonnencreme die Wangen hinabrann. Nicht einmal die meisterliche Akrobatik der Menschen fressenden Delphine konnte ihn aufheitern.

Ach, die Kindheit und ihre Widrigkeiten. Gott sei Dank war er jetzt viel älter und glücklicher. Vladimir beschloss, eine Postkarte an Fran zu schreiben. Der Geschenkshop des New Eden hatte ein eindrucksvolles Sortiment an nackten, mit Sand bepappten Hinterteilen, Variationen der Rundschwanzseekuh beim Betteln darum, vor dem Aussterben bewahrt zu werden, und Nahaufnahmen von plastikrosa Flamingos, die in floridianischen Vorgärten rasteten. Vladimir fand Letztere am repräsentativsten. »Mein lieber Schatz«, schrieb er auf die Rückseite. »Die Integrations-Konferenz langweilt mich zu Tode. Manchmal hasse ich meine Arbeit.« Das mit der Konferenz war eine geniale Idee von ihm gewesen. Er hatte Fran sogar erzählt, er würde einen Vortrag halten, der auf dem Beispiel seiner Mutter beruhe: »Das Piroggen-Prinzip: Sowjetische Juden und die freundliche Übernahme des amerikanischen Marktes.«

»Sooft es geht, spiele ich Scrabble und Mah-Jongg«, schrieb er Fran, »damit ich für unsere gemeinsamen goldenen Jahre schon mal einen Vorsprung habe. Aber bevor du deine Babuschka aufsetzt und ich in eine bequeme weiße Rentnerhose steige, sollten wir kreuz und quer durch dieses Land reisen, irgendwann bald mal, und dann will ich alles aus deinem Leben erzählt kriegen, bis ins kleinste Detail. Wir könnten uns als Touristen verkleiden. Ich kann zwar nicht Auto fahren, lerne es aber gern. Freu mich schon auf dich, sind aber noch drei Tage und vier Stunden!«

Er warf die Postkarte ein und schaute kurz in der Eden Roc Bar vorbei, wo man ihn streng nach seinem Alter befragte, bis der Barmann auf Grund von Vladimirs schütter werdendem Haupthaar kapitulierte und ihm ein lausiges Bier hinstellte. Schon war dieses nackte Kinn, das vorstand wie ein kleines gekochtes Ei, zur Belastung geworden. Nach weiteren zwei Bieren beschloss er, sich seiner zweiten New Yorker Verpflichtung zu stellen; diesmal eindeutig Pflicht, nicht Vergnügen.

Ein verärgerter Mr Rybakow kam unmittelbar ans Telefon: »Wer? Verflixt noch mal! Welche Hemisphäre ist das?«

»Rybakow, ich bin's, Girshkin. Habe ich Sie geweckt?«

»Ich brauche keinen Schlaf, Herr Kommandant.«

»Sie haben mir nie erzählt, dass Sie bei der Einbürgerungszeremonie Mr Rashid verprügelt haben.«

»Was? Ach so, das ist doch längst gegessen. Mein Gott, das war ein Ausländer! Mein Englisch ist zwar nicht so gut, aber ich weiß genau, was der Richter zu mir gesagt hat: ›Zu schützen mein Land … gegen Feinde von außen und innen … Ich schwöre …‹ Dann schaue ich nach links, und wer sitzt da? Ein Ägypter, wie der an meinem Zeitungsstand, der für die russische Zeitung immer fünf Cent draufschlägt. Schon wieder so ein Ausländer, der die Arbeiter- und Bauernmassen betrügt und uns alle zu seinem Islam bekehren will, dieser lausige Türke! Also habe ich getan, was der

Richter gesagt hat: Ich habe mein Land verteidigt. Wenn man einem Soldaten einen Befehl gibt, kann man doch nicht erwarten, dass er sich widersetzt. Das wäre ja Meuterei!«

»Sie haben mich aber in eine verzwickte Lage gebracht«, sagte Vladimir. »Ich bin gerade in Florida beim Tennis mit dem Direktor der Einwanderungs- und Einbürgerungsbehörde und flehe ihn an, dass er Ihren Fall noch einmal aufnimmt. Wir haben hier vierzig Grad Celsius, und ich kriege bald einen Herzinfarkt. Hören Sie, Rybakow? Einen Infarkt.«

»Oi, Volodetschka, bitte, bitte, bring mich noch mal rein in diese Zeremonie. Diesmal bin ich brav. Sag dem Direktor, er soll mir diesen Ausrutscher ausnahmsweise verzeihen. Sag ihm, dass ich hier oben nicht ganz dicht bin.« Bestimmt tippte sich Rybakow neunhundert Meilen weiter nördlich jetzt mit Nachdruck an die Stirn.

Vladimir stieß den tiefen Seufzer eines Vaters aus, der sich mit den Unzulänglichkeiten seiner Nachkommenschaft abfindet. »Also gut, ich rufe Sie an, wenn ich wieder in New York bin. Üben Sie schon mal vor dem Spiegel, sich anständig zu benehmen.«

»Ich befolge Ihre Anweisungen strikt, Herr Kapitän! Alle Macht der Einwanderungs- und Einbürgerungsbehörde!«

Jordi lag auf dem Bauch, sah sich eine Sendung über eine Model-Agentur an und kommentierte grunzend, was an schwachen Sprüchen geklopft wurde und an Negligés zu Boden glitt. Die Überreste seines vorzeitigen Abendessens standen neben zwei leeren Champagnerflaschen auf einem kleinen Tisch, der für Kartenspiele oder Ähnliches gedacht war; eine weitere Champagnerflasche schwamm in einem Kübel mit geschmolzenem Eis. Es fehlte nur noch, dass ein Silbertablett von der *Lusitania* mit einer hastig hingekritzelten Champagnerrechnung hereingeschwebt kam und sich zu diesem hedonistischen Verfall gesellte.

»Ich mag die Brünetten«, sagte Vladimir, während er sich auf sein Bett setzte und den Sand aus den Turnschuhen schüttelte.

»Brünette sind enger als Blondinen«, postulierte Jordi. »Hast du eine Freundin?«

»Ja«, sagte Vladimir stolz. Bei diesem Geständnis fühlte er sich gleich noch jünger als sein glattrasiertes Gesicht.

»Haarfarbe?«

Komischerweise fielen Vladimir Challahs orangerote Locken ein, aber dann fing er sich und antwortete wahrheitsgemäß: »Dunkel, sehr dunkel.«

»Und wie nimmt sie ihn?«, wollte Jordi wissen. Mit Zucker oder mit Milch, war das die Frage?

»Sie nimmt ihn gern«, sagte er.

»Ich meine, wie … Ach, egal, Kleiner, trink einfach. Wenn du mein Freund sein willst, musst du genauso blau sein wie ich.«

Vladimir tat, wie ihm geheißen, und erkundigte sich dann nach Jordis Sohn, dem Vollidioten.

»Ah, mein kleiner Jaume.« Der stolze Papa setzte sich aufrecht hin und klatschte sich geschäftsmäßig auf die Oberschenkel. Er drehte den Fernseher leiser, bis das Quieken der Models so leise war wie die Wellen, die draußen an den Sandstrand rauschten. »Ist ein schlauer Junge, er kommt bloß im schulischen Umfeld nicht zurecht. Also vielleicht packst du nicht dein ganzes Bücherwissen aus, aber ein paar Bücher kannst du ruhig erwähnen, wenn du willst. Er ist ein großer Football-Fan, auch wenn er letztes Jahr aus dem Team geflogen ist.« Diese nüchterne Tatsache löste bei Jordi offenbar eine kleine Träumerei aus. Irgendwann sagte er schließlich: »Aber ich gebe dem Trainer, der Schule und dem Erziehungsministerium die Schuld, weil sie auf die Bedürfnisse meines Jungen nicht eingehen. Also trinken wir auf meinen kleinen Jaume, den Rechtsanwalt. Mit Gottes Hilfe natürlich.« Wie auf Kommando leerte er die nächste Champagnerflasche mit zehn unglaublich präzise bemessenen Schlucken.

»Das ist eine wichtige Information«, sagte Vladimir. »Von Sport verstehe ich nicht viel. Wie heißt zum Beispiel die hiesige Mannschaft?«

»O Mann. Ihr Manhattan-Bubis seid doch manchmal ganz schön schwul. Hier heißen sie Dolphins, und in New York haben wir zwei Mannschaften: die Giants und die Jets.«

»Die Namen habe ich schon mal gehört«, sagte Vladimir. Noch langweiligere Bezeichnungen hätten sich diese Mannschaften nicht aussuchen können. Sollte Vladimir je eine Lizenz besitzen, würde er seine Mannschaft die New York Jiddels nennen, oder die Brighton Beach Itzigranten.

Jordi diktierte ihm weiteres Trivialwissen über den Super Bowl, die Dallas Cowboys und ihre sagenumwobenen Cowgirls, und unterdessen brachte der Zimmerservice einen Schwertfisch, der trotz seiner alles erstickenden Pfefferdecke unerträglich fade schmeckte. Vladimir mampfte dieses mediokre Mahl, während Jordi die lobenswerteren Eigenschaften seines Sohnes aufzählte: Zum Beispiel schlage er seine Freundin nie, selbst wenn die Umstände es erforderten, und er wisse sehr wohl, dass Geld nicht auf Bäumen wachse, dass harte Arbeit noch keinem geschadet habe und dass es ohne Fleiß keinen Preis gebe. Vladimir ließ sich diese fragwürdigen Wesenszüge durch den Kopf gehen und schlug dann ein paar handfestere Aktivitäten für den kleinen Jaume vor: Dass der Junge in seiner Freizeit den katalanischen Kulturclub an seiner Schule leite, dass er polnischen Mütterchen helfe, nach der Kirche ihre Wochendosis Teufelssoße vom Markt nach Hause zu tragen, und dass er Briefe an seinen Kongressabgeordneten schreibe, um eine bessere Beleuchtung für das örtliche Softballfeld zu erwirken (siehe Interesse an Sport weiter oben).

»Auf den kleinen Jaume, der sich um alte Polackinnen kümmert!«, sagte Jordi. »Wieso trinkst du eigentlich nichts, Süßer?«

Vladimir deutete auf seine Blase und verschwand ins rosarote Bad, um sich zu erleichtern. Als er wieder herauskam, erwarteten ihn zwei Zimmerkellner – ein junges, verpickeltes Südstaatenpärchen –, um ihm eine weitere Flasche mit Serviettenschleife zu überreichen. »Ein Geschenk des Hauses, Sir.«

Die Sonne war längst untergegangen, als Vladimir so richtig schlecht wurde und er sich zwang, mit dem Champagner aufzuhören. Er setzte sich schwer auf sein Bett an der Balkonseite und spürte, wie es nach allen Himmelsrichtungen schwankte. Irgendetwas war aus dem Lot, und nicht nur, weil sich die ganze Welt drehte. Vor dem Zulassungsfunktionär von einem College zu stehen und ihm den Sohn eines Armleuchters vorzuspielen kam ihm plötzlich so leicht vor, wie eine Kuh auf der Weide zu erschießen. Ja, ein ganz neues moralisches Universum tat sich vor Vladimir auf, ein alternatives Amerika, bevölkert mit Beta-Immigranten wie ihm, die harte Drinks und weiche Betten genossen und Schneeballsysteme ersannen wie Onkel Schurik, während sich der Rest des Landes an so unattraktiven Orten wie Erie und Birmingham, in so abgelegenen Nestern wie Fairbanks und Duluth für Ledersofas und Daisy-Duck-Platzdeckchen krummlegte. Er drehte sich um, halb in der Erwartung, Jordi würde ihm verständnisvoll zunicken, musste aber feststellen, dass der Mann durch seinen beschlagenen Champagnerkelch Vladimirs untere Hälfte musterte. Konzentriert, mit zusammengekniffenen Augen. Dann sah er hoch, stieß drei Sekunden lang künstliches Gelächter aus und sagte: »Nur keine Angst.«

Aber Vladimir hatte große Angst, so als wäre das finnische Sicherheitsschloss an der Girshkinschen Festung plötzlich von Expertenhand geknackt worden, zugleich die Alarmanlage ausgefallen und der scharfe Nachbarshund schlafen gegangen. Die Angst-Geld-Drüse hatte zwar noch nichts mitgekriegt, aber der Rest von ihm wusste Bescheid. »Klär mich auf, wenn ich mich irre, ja«, setzte Jordi an und schwang die Beine zwischen ihre beiden Betten. Durch die Badehose zeichnete sich sein Schaft ab, verdreht und von dem elastischen Stoff eingezwängt. »Aber du hast doch schon mal mit Baobab, oder? Ich meine, du hast doch schon mal mit Jungs?«

Vladimir starrte auf den haarsträubenden feuchten Fleck, der sich am Bund von Jordis Badehose ausbreitete. »Wer, ich?«, sagte er und hechtete vom Bett, so durcheinander, dass er es gleich noch mal sagte: »Wer, ich?«

»In dieser Beziehung bist du Baobab ja so ähnlich«, sagte Jordi mit einem wohlwollenden Kopfschütteln, als verstünde er nur zu gut, dass die Jungs daran nun mal nichts ändern könnten. »Das heißt doch nicht gleich, dass du homosexuell veranlagt bist, Coco, obwohl du beim Football ein bisschen aufzuholen hast. Das ist einfach eine Frage des Naturells. Schau mal, ich verstehe dich ja, und du wirst es morgen nicht gleich in der *Post* lesen.«

»Nein, nein, ich glaube, hier liegt ein Missverständnis vor«, begann Vladimir in der irrigen Annahme der Mittelschicht, in einer Bredouille drücke man sich am besten gewählt aus. »Ich erwähnte vorhin bereits meine Freundin –«

»Ja, okay, schon gut«, sagte Jordi. »Schluss mit der Debatte, Prinz.« Und dann sprang er in einer einzigen Bewegung, deren technische Einzelheiten Vladimir verborgen blieben, auf und riss sich die Badehose herunter, so dass sein Penis erst nach oben schwang und anschließend in Position wippte. Vladimir wandte den Blick ab und betrachtete stattdessen den aufragenden Schatten auf dem ordentlich gemachten Bett, das Jordi und ihn trennte. Ohne Vorwarnung passierte dann alles zugleich: Jordi klatschte sich an die Stirn und rief: »Moment mal! KY!« Vladimir dachte an den Badezimmerschrank mit Challahs Gleitmittelpötten und verscheuchte das Bild sofort wieder, weil irrelevant. Dann machte er einen Rückwärtsschritt Richtung Balkon und Sturz aus dem vierten Stock und wägte schon ab zwischen dem wahrscheinlichen Tod hinter ihm und dem, was vor ihm lag.

Als Jordi sich jedoch bückte und in seinen Koffer griff, fiel Vladimirs Blick auf die Eichentür hinter ihm – so eine ehrbare, wohlanständige Tür, die jedes bessere Haus in Erie und Birmingham, Fairbanks und Duluth hätte zieren können. Da war sie, die Barriere, die ihn von der Außenwelt der Hotelangestellten, sonnengetrockneten Rentner und vertretbaren zwischenmenschlichen Beziehungen trennte. In dem Sekundenbruchteil, den es dauerte, um sein Verhältnis zu der Tür zu klären, rannte er los.

Eine Faust packte den Zipfel seines schlackernden T-Shirts, zerrte daran und rammte ihn mit der Schulter gegen die Wand. Erst kam der Schmerz, dann presste sich Jordi, genauer gesagt, pressten sich Teile seines verschwitzten Körpers – hier eine Achsel, dort eine Brustwarze – in Vladimirs Gesicht, bis er schließlich seinem Peiniger direkt gegenüberstand. »Au va!«, brüllte Jordi, spuckte ihm in die Augen und hieb ihm die Krallen ins Fleisch. »Verdammter Fogo! Zwanzigtausend sind dir wohl nicht genug, du Schlampe?«

Vladimir schloss die Augen ganz fest, so dass der fremde Speichel brennende Achterschlieren zog. »Ich habe nie –«, setzte er an, vergaß aber sofort wieder, was er nie hatte. Stattdessen kam ihm ein Bild von Fran in den Sinn, ihre ausgeprägten Schlüsselbeine, ihre nach außen zeigenden, in einen Sport-BH gepackten Brüste, ihr offenes Lächeln, wenn sie ein Zimmer mit Freunden betrat. Fran würde einen Menschen aus ihm machen, einen echten Bürger dieser Welt.

Und dann schlug Vladimir zu.

Er hatte noch nie einen Menschen geschlagen, noch nie das Knirschen gehört, wenn Knöchel auf Knorpel traf; lediglich einmal hatte er dem dämlichen Collie ihres Gärtners mit einem Badmintonschläger aufs flauschige Hinterteil geklopft. Zu mehr Gewalttätigkeit hatte es bei ihm nie gereicht.

Vladimir hatte die Nase oder sonst etwas Knorpeliges getroffen, doch da war kein Blut, da war nur der glotzäugige Blick eines verwirrten Kleinkinds, dem gerade einer das Xylophon weggenommen hatte, noch dazu ohne ersichtlichen Grund.

Der Druck der Fingernägel auf Vladimirs Schultern ließ kurz nach. Nicht, dass Jordi die Pfoten weggenommen hätte, aber sein Gesichtsausdruck verriet, dass er unkonzentriert war – einen Moment lang.

Vladimir rannte los. Die Tür ging auf und fiel krachend hinter ihm zu, der Teppich war pfeilrot und schien in Richtung Lift zu weisen, aber auf den zu warten, konnte er sich nicht leisten. Neben dem Lift: die Treppe. Er stürmte ins schwüle Treppenhaus und lief im Kreis nach unten; seine Füße agierten dabei zeitweise als heldenhafte Fluchthelfer, dann wieder als zwei tote Objekte, über die der Rest seines Körpers zu stolpern drohte, schwungvolle Kopflandung auf dem Beton inklusive.

Dankenswerterweise blieben Verfolgergeräusche aus, aber das konnte eigentlich bloß heißen, dass Jordi im Lift nach unten fuhr und Vladimir ihm in der Lobby in die Arme laufen würde. »Da bist du ja, Junge«, würde Jordi mit einem schleimigen Grinsen sagen und dem Hotelpersonal von ihrer kleinen Auseinandersetzung unter Liebhabern erzählen. Doch, von so was hatte Vladimir schon einmal gelesen, und da war doch glatt ein verurteilter Kannibale im Spiel gewesen.

Er landete hart auf der letzten Stufe, so dass eine Oberschenkelsehne fast zu reißen schien. Humpelnd lief Vladimir in die Samt- und Glitzer Lobby, wo sein Gesicht, dank Sauerstoffmangel und gespenstischer Hautfärbung, die komplette geriatrische Besatzung der Sessel zu neugierigen Blicken hinriss. Ganz zu schweigen von dem an der Schulter zerrissenen T-Shirt.

Vladimir spähte zu der Reihe der Liftanzeigen, von denen eine nachdrücklich eine Talfahrt registrierte: »Drei … zwei …«

Wie gebannt stand er davor, bis er eine ältere Stimme ein lang gezogenes »Waas?« sagen hörte.

Dann war er draußen vor den Palasttoren, ließ die Auffahrt hinter sich und rannte ohne Rücksicht auf bewegliche oder feststehende Objekte los. Rannte in den Abend hinaus, wie es so schön heißt, und der Abend von Miami, der nach Abgasen stank, nach Fast-Food-Zwiebeln und vielleicht ein Spürchen nach Meer, nahm ihn auf und umhüllte ihn mit seiner brütend heißen Dunkelheit.

KAPITEL 16

Danebengehauen

Jetzt war alles anders. Sein Körper war einem Menschen in die Finger geraten, der die Absicht hatte, ihn zu verletzen. Und dieser Mensch hatte ihn verletzt, hatte ihn gegen die Wand gerammt und ihm in die Augen gespuckt. Wie läppisch wirkten die Demütigungen seiner Jugend im Vergleich zu dem, was gerade passiert war. All die elenden Jugendjahre, die täglichen Abreibungen von Eltern und Gleichaltrigen waren nur eine Generalprobe gewesen; all die Jahre hatte sich Jung Vladimir lediglich auf seine Opferrolle vorbereitet.

Er massierte die lädierte Schulter und rieb seine Wange daran. Es war eine Zeit lang her, dass er sich selber hatte streicheln müssen, und dieses Selbstmitleid fühlte sich ungewohnt an, wie aus einer längst vergangenen Phase seines Lebens. Er lehnte halb nackt an einer kleinen Palme in einem Areal, das zu einem Nationalpark hätte gehören können, in Wirklichkeit aber der Vorgarten eines riesigen Appartementkomplexes war. Und er bekam immer noch kaum Luft: Es kitzelte im Hals wie bei einem nahenden Hustenanfall, und er versuchte mit aller Kraft, das zu ignorieren. Ein renommierter Kinderarzt aus der Park Avenue hatte ihm schließlich einst erklärt, ein Asthmaanfall sei zur Hälfte psychologisch bedingt. Man musste sich ablenken, an etwas anderes denken.

Das andere bestand in diesem Fall darin, Miami zu verlassen, also ein Taxi aufzutreiben und zum Flughafen zu kommen. Zwar war Jordi vermutlich schon auf dem Weg dorthin, um seinen trennungswilligen Liebhaber am Gate Nummer sowieso, Abflug nach

La Guardia, abzufangen. Aber der Moloch Miami hatte mehr als einen Ausschlupf. Es gab noch einen Flughafen, fiel Vladimir ein, von dem aus seine Eltern immer Billiglinien wie SkyElegance oder Royal American Air nahmen: in Fort Lauderdale, ein Stück die Küste hinauf.

Was tun? Vladimir zog die Reste seines T-Shirts an und hustete einen schwammdicken, mit Blutgerinnseln durchzogenen Schleimball aus. In seiner Geldbörse fand er, was von dem Beutezug bei seinem Vater und Mr Rybakow noch übrig war: zwölfhundert Dollar in großer und kleiner Stückelung. Glücksfall Nummer zwei war ein einsames Taxi, das vor der Einfahrt des Appartementhauses herumkurvte und darauf wartete, dass man in luftigem Leinen und schickem Schuhwerk zum Spielen herauskam. Vladimir schlug sich durch die Büsche und schlenderte dann betont langsam auf das Taxi zu – ein Millionär, der sich am Sonntagabend den Luxus eines zerrissenen T-Shirts gönnt. Der Taxifahrer, ein nahöstlicher Hormonbolzen ungewisser Nationalität, prüfte Vladimirs Aufzug trotzdem eingehend im Rückspiegel und wollte wissen, ob seine Freundin ihn so zugerichtet hätte. Auf der Taxiplakette stand Ben-Ari, also Sohn eines Löwen, wie Vladimir von der Jüdischen Schule noch wusste. Dort hatten sich viele dieser ausgewachsenen Löwenbabys getummelt.

»Und jetzt verlass ich die Schlampe endgültig«, sagte Vladimir (nach den Ereignissen der letzten Stunde tat es irgendwie gut, sich dieses Wort – »Schlampe« – anzueignen). »Zum Flughafen von Fort Lauderdale!«, befahl er.

Erst als sie am Eden vorbei und in North Beach waren, ließ er den Fahrer an einem Telefon unter dem schwankenden Schatten von O'Malley's Blarney-Faun anhalten, der mit einer Guinness-Happy Hour warb: »Drei-für-eins«. »Bitte warten Sie hier«, sagte Vladimir.

»Nein, ich fahre ohne mein Geld weg«, antwortete der Löwensohn mit einem freundlichen Israeli-Knurren, das als Lachen durchgehen sollte.

Vladimir rief bei der Royal American Air an, musste allerdings feststellen, dass diese letzten Dienstag Pleite gemacht hatte. SkyElegance flog inzwischen nur noch zwischen Miami und Medellín, bemühte sich aber um die Nonstopstrecke nach Zürich. Schließlich verkaufte ihm eine ganz normale Airline ein Ticket für den nächsten Flug nach New York, zum Preis seines halben Monatslohns.

Vladimir zuckte mit keiner Wimper – immerhin war er noch am Leben, und das kehrte vermutlich bald wieder zum Normalzustand zurück. Zu Fran, um genau zu sein (die Tage strukturiert durch Zigaretten, Schokolade und Kaffee; Frank, der morgens am Frühstückstisch über Kerenskis Übergangsregierung schwadronierte; die Wonnen, wenn er im Integrationsverein eine von Vincie gepackte Lunchbox aufmachte: Carpaccio mit Chicorée auf Siebenkorntoast, ein üppiger Zweig balkongezüchteter Minze plus zwei Tickets für ein mittägliches Konzert in der Trinity Church, von einem gastierenden Quartett aus Prawa – doch, er musste jetzt vierzig Tage und Nächte lang mit allen drei Ruoccos im Bett kuscheln, um sich von den letzten beiden Stunden reinzuwaschen).

Die jüngsten Verhandlungen mit den Fluggesellschaften hatten ihn gestärkt, und jetzt war er bereit, mit Baobab eine Runde Klartext zu reden. Er rief den Saftsack per R-Gespräch an, und als die vertraute schusselige Stimme zögernd die Gebühren akzeptiert hatte, legte Vladimir ungebremst los: »Ich habe mir jetzt also Jordis Schwanz mal genauer angesehen und wollte dich fragen: ›Wie nimmst *du* ihn am liebsten?‹«

Am anderen Ende der Ostküste war Schweigen. »Und trotzdem hat er dir immer noch nicht die Lizenz fürs Brooklyn College gegeben?«, fragte Vladimir. »Ich finde, für die ganze Schufterei hättest du wenigstens Brooklyn verdient. Verkauf dich bloß nicht zu billig, Junge.«

»Er hat doch nicht etwa?«, fragte Baobab.

»Nein, hat er nicht, du lebender Beweis für den Sozialdarwinismus. Ich stehe hier an der Straße zum Flughafen, meine Schulter ist halb zerschmettert, ich kann kaum laufen, aber mein Arsch ist immer noch Jungfrau, danke der Nachfrage.«

»Hör zu.« Baobab machte eine Pause, als würde er selber zuhören. »Damit habe ich wirklich nicht ... Mich hat er zwar ein paar Mal angegrabbelt oder mir den Hintern getätschelt, aber ich habe gedacht –«

»Du hast gedacht?«, sagte Vladimir. »Bist du sicher? Weißt du noch, wie du bei den Klassenarbeiten immer mehr Zeit als die anderen gekriegt hast, weil du diesen Wisch vom Arzt hattest, dass du angeblich Legastheniker bist? Der Wisch war gefälscht, oder? Gib's zu. Du bist gar kein Legastheniker, sondern einfach bescheuert, stimmt's?«

»Ähm –«

»Ähm, jetzt ziehen wir mal Bilanz, ja? Du bist fünfundzwanzig Jahre alt, studierst im Hauptfach Kulturgeschichte des Humors, deine Freundin darf ohne Babysitter nicht mal ins Kino, und dein Boss ist scharf drauf, dich zum Spaß in den Hintern zu ficken. Und du wunderst dich, wieso ich dich nicht öfter mit Fran und ihren Freunden zusammenbringe? Da hätte ich Fran die längste Zeit gesehen, das kannst du mir glauben. Irgendwo hat ihre anthropologische Neugier Grenzen.«

»Okay«, sagte Baobab. »Ich hab dich verstanden. Okay. Wo genau bist du?«

»Willst du jetzt alles wieder gutmachen, Süßer?«

Baobab blieb gefasst. »Wo bist du, Vladimir?«

»Hab ich dir doch gesagt, auf dem Weg zum Flughafen. Die Taxiuhr läuft.«

»Und wo ist Jordi?«

»Tja du, wahrscheinlich hinter mir her, bei so viel unerwiderter Liebe ...«

»Lass den Blödsinn«, sagte Baobab. »Also er hat versucht, dich zu ... Und du bist getürmt?«

»Erst hab ich ihn verprügelt«, sagte Vladimir. »Ihm satt eine reingedroschen!« Satt eine reingedroschen? Wann war dieser Abend endlich vorbei?

»Himmelarsch, du bist wirklich jenseits von dämlich. Hör zu. Flieg auf keinen Fall nach New York. Flieg nach Wichita, nach Peoria –«

»Ach, leck mich am Arsch!«, brüllte Vladimir, dessen nicht zu lokalisierende Angst-Geld-Drüse bereits leise zwickte. »Wie, wird er mich vielleicht in New York aufspüren und umbringen?«

»Ich bezweifle, dass er dich persönlich aufspüren wird, aber doch, er wird sich womöglich die Zeit nehmen, dich umzubringen, und vorher gibt's zur Abrundung vielleicht noch einen Abschiedsfick. Vlad, hör zu! Er hat allein in der Bronx hundert Leute, die für ihn arbeiten. Mein Freund Ernest, dieser verrückte Latino, der die Lizenz fürs La Guardia College hatte, hat Jordi letztes Jahr einen Maricón genannt, als Witz natürlich ...«

»Und?«

»›Und?‹, fragst du? *Und?* Was glaubst du, wer diese Leute sind?«, schrie Baobab. »Das katalanische Kartell! Mein Gott, wie die killen, mit welcher Inbrunst die gewalttätig sind ... Der reinste Modernismo! Von denen könnt sogar ihr Russen noch was lernen. Und dazu kommt, dass er versucht hat ... Das heißt, du weißt, dass er –«

»Jetzt begreif ich allmählich, was du mir da erzählst. Du hast also gewusst, dass der Mann ein Killer und ein Päderast ist, hast mich aber trotzdem zu ihm nach Florida geschickt. Mich mit ihm in einem Hotel übernachten lassen.«

»Woher sollte ich das wissen? Ich wusste zwar, dass er auf diesen Waisenknabentypus steht, aber du hast doch das ganze Gestrüpp im Gesicht ...«

»Nicht mehr, du Dämlack!«

»Hey, du hast Geld gebraucht!«, sagte Baobab. »Ich dachte, ich könnte damit deine Achtung wiedergewinnen. Du bist mein einziger Freund, und plötzlich hattest du nur noch Zeit für –«

»Ach, jetzt bin ich dran schuld! Du bist doch ein verblendeter Trottel, Baobab. Es fällt mir schwer, überhaupt noch sauer auf dich zu sein, denn wenn man bedenkt ... Wenn man bedenkt, dass es für mich hier bloß um eine Nacht geht, du aber dein ganzes Leben in dem Zustand leben wirst ... Leb wohl, du armes Schwein.«

»Hey, warte! Wahrscheinlich hört er mein Telefon ab. Wahrscheinlich lässt er den Flughafen von Miami umstellen.«

»Na, dann erlebt er eine schöne Überraschung, ich fahre nämlich nach Fort Lauderdale.«

»Himmelarsch! Erzähl das doch nicht! Mein Telefon ist verwanzt!«

»Aber klar, und ganz Lauderdale wimmelt vor wütenden Katalanen mit einer Halbautomatik und einem Hochglanzporträt von mir. Gibt es am City College eigentlich kostenlos Therapie? Probier's doch mal damit, nach deinem Proseminar in Humor.«

»Warte! Busbahnhöfe und Bahnhöfe sind tabu! Und kein Auto mieten! Er kann das alles ...«

Vladimir legte auf und spurtete zu seinem ungeduldigen Israeli.

»Los!«, brüllte er.

»Du hast gewaltig Ärger, Nachon?«, sagte der Löwe und lachte so heftig, dass der Rückspiegel unter seinen Händen wackelte.

Vladimir hob den Kopf. Er hatte glatt ein paar Minuten geschlafen. Das geschah bei extremer Angst, wenn ihre unmittelbare Wirkung abgeklungen war: Sie machte ihn müde. Versetzte ihn in einen zutiefst panischen, aber traumlosen Schlaf, vor dem Hintergrund einer bodenlosen Leere.

Ein Blick aus dem Fenster bewies, dass vom fahrenden Auto aus ganz Florida gleich aussah. Auf dem Schild gegenüber stand BAL HARBOUR 20. Bal Harbour lag unmittelbar nördlich von Miami Beach. Das war schon mal gut. Sie fuhren also in der richtigen Richtung, und der Highway war leer.

So. Was zum Teufel hatte der Löwe gerade gesagt? Das letzte Wort kannte Vladimir noch von der Jüdischen Schule. »Nachon meod«, erwiderte er.

»Hab ich's mir doch gedacht!«, sagte der Israeli. »Du bist tatsächlich ein russischer Jude. Kein Wunder, wenn du Ärger hast. Ihr habt ja immer Ärger. Gegen euch sind die Latinos noch Engel.«

Hey, was hatten denn alle gegen die bettelarmen, immer sehnsuchtsvollen Russen? »Ach komm, Chawer«, sagte Vladimir, dem rechtzeitig das hebräische Wort für »Freund« eingefallen war. »Warum musst du mir weh tun?«

»Ich bin nicht dein Chawer, du Arschloch. Was hast du denn angestellt? Deine Freundin umgebracht?«

Vladimir ignorierte diese Bemerkung. Er war unterwegs. Bald war sein langer Florida-Alptraum vorbei. Und dann musste er nie wieder im Leben eine Palme anschauen oder sich mit einem protzigen, ungehobelten, übergewichtigen Bauern herumschlagen.

»Hey, steht auf dem Schild nicht ›Flughafen‹?«

Der Löwe drückte auf die Hupe, um ein Moped vor der drohenden Katastrophe zu warnen, und schwenkte dann auf die rechte Spur. Eine Zeit lang fuhren sie stumm dahin; das Dröhnen von Jet-Turbinen über ihren Köpfen war für Vladimir ein beruhigender Begleitsound und erinnerte ihn daran, dass er in weniger als einer Stunde selbst im Flugzeug sitzen würde. Auf sämtlichen Schildern, an denen sie vorbeikamen, stand jetzt entweder »Flughafen«, »Motel« oder »Hummer«. Fressen, Vögeln, Abflug: Das war das Motto dieses Highways.

Allmählich wurde der Verkehr dichter, und der Löwe begann auf Hebräisch vor sich hin zu fluchen – nichts Unvertrautes für Vladimir, da seine Kenntnisse dieser Sprache sich mehr oder weniger auf diesen Bereich beschränkten. Hurerei war bei den Israeliten ein großes Thema. »Fick deine Mutter und bring mir die Quittung« war zum Beispiel so ein beliebter Spruch. In dem war alles drin: Sex, Familie, Handel.

Inzwischen krochen sie nur noch dahin. Der tief stehende pinkfarbene Mond passte perfekt zu diesem Szenario (wieso stand der New Yorker Mond eigentlich immer so hoch und war so grau?).

Vor ihnen fuhren zwei altrosa Cadillacs und links neben ihnen noch einer. Offenbar hatte er ein Ticket für eine Art fliegender Kaffeefahrt gebucht. Er warf einen Blick auf die Flugdaten, die er sich auf die Hand gekritzelt hatte, und auf die noch unverkaufte Rolex. Flug Nummer 320, Abflug Fort Lauderdale 20 Uhr 20, Ankunft New York La Guardia 22 Uhr 35. Nicht mehr lange, und der offizielle Schlusspunkt unter seine südstaatlichen Irrungen und Wirrungen wurde auf ein Kärtchen gedruckt und in eine Papiertasche mit dem Logo der Airline gesteckt.

Und dann ein Gedanke. Eigentlich mehr als ein Gedanke. Vier Gedanken. Die sich zu einem vereinigten.

Abflug Fort Lauderdale;

altrosa Cadillac;

zwei vorn, einer links;

Jordis Badehose, die sich über seinem Schaft spannt, dazu ein haarsträubender feuchter Fleck, der sich am Bund ausbreitet.

Er ließ sich nach unten gleiten. Zur Hälfte war ein Asthmaanfall rein psychisch bedingt. Man musste klar denken. Man musste sich sagen: Ich werde weiteratmen.

»Was soll das?«, rief der Löwe. Er stellte den Rückspiegel so, dass er den zusammengekauerten Vladimir vollständig im Blick hatte, und drehte trotzdem den Hundertpfundkopf nach hinten. »Was machst du da? Was soll der Quatsch?«

Einatmen, ausatmen, eins, zwei, drei. Mit zitternder Hand warf Vladimir dem Löwen zwei Hundertdollarscheine zu. »Kehren Sie bei der nächsten Ausfahrt um«, flüsterte er. »Es war ein Missverständnis … Ich will nicht zum Flughafen … Die wollen mich umbringen.« Der Löwe glotzte ihn an. Aus seinem klaffenden großgeblümten Hemd starrte Vladimir eine schlaffe Brust entgegen und ließ ihn aus unerfindlichen Gründen an einen Herzinfarkt denken. Vladimir warf noch einen Hundertdollarschein. Und noch einen.

»Verdammt!«, schrie der Löwe. »Verdammt, verhurt, verfickt.« Er fuhr ein paar Meter. Er setzte den Blinker. Vladimir tauchte vorsichtig auf und warf einen Blick in das Auto links. Heruntergelassene Fenster; ein junger Mann mit einem schütteren Schnauzer, sichtbar schwitzend in Seidenjackett und zugeknöpftem Hemd, brüllte in sein Handy. Sein Begleiter, vom Look her identisch, ließ irgendetwas zwischen seinen Beinen klicken. Die Sprache klang nach Spanisch. Nein, nach Französisch. Vladimir hörte beides, Spanisch und Französisch. Er verkroch sich wieder zwischen den Sitzen. Und kam wieder hoch, um aus dem Rückfenster zu schielen. Direkt hinter ihnen fuhr ebenfalls ein altrosa Cadillac. Und noch einer. Und noch einer. Auf jeder Spur ein altrosa Cadillac. Sie steckten in einem altrosa-Cadillac-Stau.

Der Löwe ordnete sich stückweise weiter rechts ein. »Ich fahre Taxi«, betete er. »Ich weiß von nichts. Bin Fahrer. Doppelte Staatsbürgerschaft. Acht Jahre hier, bin begeistert.«

Vladimir deckte sich mit einer Straßenkarte von Georgia zu, die auf dem Boden herumlag. Eine Stunde lang musste er so ausgeharrt haben: gebadet in seinem eigenen Schweiß, Blutgeruch in der Nase, von der Crown-Victoria-Limousine des Löwen in die plüschigen Arme geschlossen. Alle paar Sekunden glaubte er das Klicken oder ein »Girshkin« in der internationalen Unterhaltung von nebenan zu hören. Er war zu erschöpft, um sich darüber Gedanken zu machen. Die träumerische Leere tauchte vor ihm auf, aber Einschlafen durfte er sich nicht erlauben. Bleib wach! Atme! Denk an die Turboprop, wie sie über der Landebahn kurvt, ganz tief, viel zu tief ... und doch wusste Copilot Rybakow genau, was er tat, das furchtlose Grinsen auf diesem Kürbisgesicht erzählte von lauter knapp verhinderten Bruchlandungen.

Am Boden lauschte er dem beruhigenden mechanischen Klacken des Blinkers – für Vladimir das Glockengeläut der amerikanischen Zivilisation. Der Wagen schwenkte auf die äußerste rechte Spur und dann weiter auf die Parallelstraße. »Aiaa!«, brüllte der Löwe.

»Was ist los?«, kreischte Vladimir.

Aber das musste ein Kampfschrei gewesen sein, zum Spannungsabbau, denn im selben Moment trat der Löwe aufs Gas, und der Wagen schoss mit quietschenden Reifen an folgendem Ensemble vorbei: einem selbst ernannten Pfannkuchenpalast, einem Millenniums-Tempel & Spa der Neuen Auffahrenden Seelen, einem undefinierbaren Laden in Igluform, zwei kleineren Landstraßen, fünfzig Hektar Ackerland, einem Palmenhain und dem riesigen Parkplatz einer Scheußlichkeit namens Strud's.

Bei Strud's kam der Löwe schließlich zum Stehen. Der Stoßdämpfer des Wagens gab ein unheimliches Knarzen von sich, was Vladimir sofort mit einem blutverschleimten Ächzen beantwortete. »Raus!«, sagte der Löwe.

»Was?«, japste Vladimir. »Ich habe Ihnen gerade vierhundert Dollar gegeben.«

»Raus! Raus! Raus! Raus!«, brüllte der Löwe, die ersten beiden Male auf Hebräisch, die letzten beiden in seiner neuen Muttersprache.

»Aber Moment!«, schrie Vladimir, bei dem die Entrüstung die Oberhand über das Asthma gewann. »Wir sind hier ...« Schwer zu sagen, wo. »Was soll ich hier tun? Fahren Sie mich wenigstens zum Bus. Oder zum Bahnhof, halt, nein ... Ich muss überlegen. Fahren Sie einfach nach Norden.«

Der Löwe wirbelte herum und packte Vladimir am T-Shirt. Sein Gesicht – bewegliche Knollennase, graue, schweißnasse Tränensäcke – erinnerte Vladimir an Jordis vermaledeite Physiognomie. Dabei gehörte der hier zu *seinem* Stamm! Sie sprachen dieselbe Sprache, hatten denselben Gott und dieselbe Hinternfarbe. Einen Augenblick war es still im Wagen, bis auf das Ratschen von Vladimirs T-Shirt, das in den Pranken des Israeli weiter zerriss, und bis auf das Keuchen des Löwen, der nach Worten rang, um den Schlussstrich unter ihre Fahrer-Fahrgast-Beziehung zu ziehen. »Okay«, kam ihm Vladimir zuvor. »Jetzt weiß ich, wohin ich will. Ich habe noch neunhundert Dollar übrig. Fahren Sie mich nach New York.«

Der Löwe packte seinen schwitzenden Passagier noch fester und hauchte ihm Zwiebeln und Tahini ins Gesicht. »Du«, sagte er. Das nächste Wort hätte gut und gerne »kleines« heißen können, aber der Löwe zog es vor, seine Beschimpfung auf Pronomenebene ausklingen zu lassen.

Er schubste Vladimir weg, drehte sich um und verschränkte die Arme auf dem Lenkrad. Er grunzte. Er löste die Arme und tippte ans Lenkrad. Er zog einen goldenen Davidstern aus seinem behaarten Dekolleté und hielt ihn zwischen Daumen und Zeigefinger. Dieses kleine Ritual musste seine Sinne geklärt haben. »Zehntausend«, sagte er. »Plus die Kosten für den Auto-Reisezug zurück.«

»Aber ich habe bloß noch neunhundert«, sagte Vladimir, doch da fiel sein Blick auf sein Handgelenk, das in der Abendsonne glänzte. Erfolg! Er warf dem Löwen seine Rolex über die Schulter, und sie landete mit einem wohltönenden, vielversprechenden Klatschen in seinem wabbeligen Schoß.

Der Löwe schüttelte die Uhr kräftig durch und hielt sie sich ans Ohr. »Keine Seriennummer«, überlegte er. »Automatik.« Noch einmal konsultierte er seinen Davidstern. »Neunhundert Dollar plus die Rolex plus noch mal fünftausend, die du aus dem Geldautomaten ziehst.«

»Mein Kreditrahmen ist dreitausend«, sagte Vladimir.

»Uffa«, sagte der Löwe mit einem Kopfschütteln. Er öffnete die Fahrertür und fing an, seine Körpermasse aus dem Wagen zu wuchten.

»Warten Sie! Wo gehen Sie hin!«

»Ich muss meine Frau anrufen und ihr alles erklären«, sagte der Löwe. »Sie glaubt, ich habe eine Freundin.« Und dann trabte der Löwe, mit hochgezogenen Schultern und die Hände in den Taschen seiner Seidenhose, zur wüsten Discount-Einöde von Strud's.

Vladimir verschlief die gesamte Ostküste.

Dabei war die Fahrt keineswegs ereignislos. Der geplättete Vladimir verpasste, während er im Schlaf tröstliche Kindheitsworte (Kascha, Mascha, Baba) vor sich hin murmelte, immerhin eine Reifenpanne, eine halbherzige Verfolgungsjagd durch ein paar träge Highwaypolizisten in South Carolina sowie den schreiend um sich schlagenden Löwen, mit dem eine freundliche Südstaatenkreatur, vermutlich ein Backenhörnchen, bei einer Pinkelpause in Virginia hatte schmusen wollen.

Fünfundzwanzig Stunden ununterbrochen schlafen, mehr hatte Vladimir von seiner Reise in den Norden nicht gehabt.

Im Lincoln Tunnel wachte er auf und wusste komischerweise sofort, wo er war. »Guten Morgen, Ganove«, knurrte der Israeli auf dem Fahrersitz. »Guten Morgen, und das war's. Sobald wir aus dem Tunnel sind, sag ich dir Schalom.«

»Für fünftausend Dollar können Sie mich ruhig zu Hause absetzen«, sagte Vladimir.

»Ai! Hört euch den Ganeff an! Und wo bist du zu Hause? Auf Riker's Island?«

Tja, wo war er zu Hause? Vladimir musste tatsächlich einen Augenblick überlegen. Aber als es ihm einfiel, konnte er ein Lächeln nicht unterdrücken. Laut Armaturenbrett war es drei Uhr nachmittags, und Francesca saß vermutlich zu Hause in ihrem Mausoleumszimmer, umringt von Text und Gegentext. Hoffentlich hatten achtundvierzig Stunden ohne Vladimir, achtundvierzig Stunden ohne seinen nächtlichen Atemhauch in ihrem Nacken, ohne seine ständige aufmerksame Begleitung und seine »übermenschliche Fähigkeit zum Ausharren«, um Joseph Ruocco zu zitieren, ihre Wirkung auf Fran nicht verfehlt, so dass, sobald er die Wohnung betrat, auf ihrem Gesicht ein gänzlich untypischer Ausdruck erscheinen würde – ungetrübte Freude darüber, Vladimir Girshkins Freundin zu sein.

Sie bogen in die Fifth Avenue ein, und Vladimir rutschte unruhig auf seinem Sitz hin und her. Nur noch ein paar Minuten. Los, Löwe! Der Israeli fädelte sich geschickt durch die Yellow Cabs und hinterließ eine Spur von emporgereckten Fäusten und wütendem Gehupe (schaut euch den Neureichen mit dem Crown Victoria und dem Nummernschild aus Florida an!). Die Namen an den Läden hier kamen Vladimir vor wie Verwandte – Matsuda, Mesa Grill … In einem früheren Leben hatte er dort überall ein kleines Vermögen gelassen.

»Der Ganeff kehrt heim«, sagte der Löwe, als er vor dem sandfarbenen Art-déco-Gebäude der Ruoccos hielt. »Trinkgeld nicht vergessen«, fügte er hinzu.

Halb verdattert, halb kultiviert angelte Vladimir einen letzten Fünfzigdollarschein heraus und streckte ihn seinem Fahrer hin.

»Behalt den mal lieber«, sagte der Löwe, plötzlich onkelhaft. »Und bemüh dich um ein anständiges Leben, wenn du kannst, das ist mein einziger Rat an dich. Du bist noch sehr jung. Du hast jüdischen Grips. Noch ist nicht alles verloren.«

»Schalom«, sagte Vladimir. Seine seltsamen Abenteuer mit dem dicken Israeli gingen nun zu Ende. Nur noch eine Liftfahrt, dann waren sie endgültig ad acta gelegt. Und wer kam da in die Lobby geschlendert, mit seinem unverwechselbaren Dinosauriergang? Joseph Ruocco, und er setzte der New Yorker Hitze ein Khaki-Ensemble entgegen, das zu kolonialzeitartig war, als dass es hätte bequem sein können (»conradianisch« hatte Fran es genannt). Vladimir wollte ihn schon mit einem herzhaften »Priwjet!« überraschen, einem vertraulichen russischen Gruß, den er den Ruoccos beigebracht hatte, als er sah, dass neben dem Professor –

Moment, das wäre nicht ganz zutreffend. Als Erstes hörte er die Stimme. Nein, als Erstes hörte er das Gelächter. Sie lachten. Nein, das stimmt auch nicht. Zuerst hörte er die Stimme des Professors, dann hörte er das künstliche Lachen, dann hörte er die andere Stimme, und erst dann sah er überhaupt was.

Eine riesige Pranke mit goldenen Manschettenknöpfen, Florida-Bräune und vermutlich Babypudergeruch patschte dem Professor mannhaft auf die Schultern.

Eine altrosa Limousine einer vertrauten Marke parkte mit blinkendem Warnlicht am Straßenrand vor der Fifth Avenue Nummer 20.

Jordi hatte einen neuen Freund gewonnen. Einen, der traurig und witzig zugleich war.

»Was ist denn mit Ihrem T-Shirt passiert?«, setzte der junge brasilianische Portier an, beinahe so laut, dass der Professor und Jordi am anderen Ende der Lobby es hätten hören können.

Aber bevor er ausreden konnte, war dieser geprügelte Hund, dieser mal zu unterwürfige, mal zu arrogante Jüngling, der die Ruocco-Tochter in letzter Zeit immer begleitet hatte … war also dieser schlotternde Romeo mit dem nackten Gesicht schon aus der Tür, über die Avenue, um die Ecke und außer Sichtweite. Und tschüss, dachte der Portier und grinste über den Ausdruck, den er in der *Post* aufgeschnappt hatte.

»Nach Wichita gehe ich garantiert nicht«, sagte Vladimir, und mit seinem Akzent klang das Wort »Wichita« so abgrundtief ausländisch, wie ein Wort auf Englisch nur klingen kann. »Ich bleibe hier bei Fran, und alles wird gut. Du *machst* es nämlich wieder gut.« Aber sogar während er dieses Machtwort sprach, zitterten seine Hände so stark, dass es schwierig wurde, den ollen Telefonzellenhörer zwischen Ohr und Mund zu balancieren. Tränen verschmierten ihm die Sicht, und am liebsten hätte er Baobab lang gezogen und krampfartig vorgeschluchzt, à la Roberta. Lumpige zwanzigtausend Dollar hatte er doch bloß gewollt. Keine Million oder so. Nur so viel, wie Dr. Girshkin im Schnitt mit zwei seiner nervösen Goldzahnpatienten verdiente.

»Okay«, sagte Baobab. »Ich erklär dir jetzt, wie. Hier sind die neuen Spielregeln. Merk sie dir oder schreib sie auf. Hast du was zum Schreiben? Hallo? Okay. Spielregel eins: Du darfst dich bei niemandem blicken lassen – weder bei Freunden noch bei Verwandten noch in der Arbeit, nirgends. Du darfst mich nur von der Telefonzelle aus anrufen, und wir können nicht länger als drei Minuten reden.« Er hielt inne. Vladimir kam es vor, als läse er von einem Zettel ab. Plötzlich zischte Baobab: »Baum, morgen, halb zehn.«

Dann, laut: »Wir beide dürfen uns nie persönlich treffen. Wir bleiben nur übers Telefon in Verbindung. Wenn du ins Hotel gehst, zahl unter allen Umständen bar. Nie mit der Kreditkarte. Noch mal: Baum, morgen, halb zehn.«

Baum. Ihr Baum? *Der* Baum? Und halb zehn? Vormittags etwa? Schwer vorzustellen, dass Baobab zu dieser gottlosen Stunde schon auf sein wollte.

»Spielregel fünf: Du musst immer unterwegs sein oder wenigstens versuchen, unterwegs zu sein. Was uns zu …« Aber gerade als Spielregel sechs ebenso ungefragt wie die anderen in Erscheinung treten wollte, balgte man sich am anderen Ende um den Hörer, und Roberta kam an die Strippe, mit ihrer schönsten Bowery-Nuttenstimme, die neunhundert Meilen gegen den Wind nach Gin stank. »Hi Vladimir, Schätzchen!« Na, wenigstens *ein* Mensch, der Vladimirs Untergang feierte. »Hör zu, ich hab mir überlegt, hattest du eigentlich mal mit der russischen Unterwelt zu tun?«

Vladimir wollte schon auflegen, aber beim aktuellen Stand der Dinge war sogar Robertas Stimme noch relativ menschlich. Mr Rybakows Sohn fiel ihm ein, das Murmeltier. »Prawa«, nuschelte er, außerstande, mehr zu artikulieren. Eine U-Bahn rumpelte unter ihm dahin, als müsste noch betont werden, wie wackelig es um seine Existenz bestellt war. Zwei Blocks weiter südlich wurde ein jammernder Banker von zwei Straßenräubern fröhlich hin und her geschubst.

»Prawa, das ist ja ultrahip!«, sagte Roberta. »Laszlo will dort eventuell eine Akademie für Darstellende und Bildende Kunst aufziehen. Wusstest du, dass es in Prawa dreißigtausend Amerikaner gibt? Da sind mindestens ein halbes Dutzend astreine Hemingways dabei, meinst du nicht?«

»Danke für deine Anteilnahme, Roberta. Wirklich rührend von dir. Aber im Moment habe ich andere ... Es gibt ein paar Probleme. Außerdem müsste ich erst mal nach Prawa kommen ... Wie soll ich das anstellen? ... Da ist dieser alte russische Seebär ... So 'n alter Spinner ... Der braucht unbedingt seinen amerikanischen Pass.«

An dieser Stelle kam eine längere Pause, und Vladimir wurde klar, dass sein hektisches Gestammel nicht viel Sinn ergab. »Das ist eine lange Geschichte ...«, begann er, »aber im Grunde ... muss ich ... O Gott, was ist bloß mit mir los?«

»Erzähl's mir, großer Bär!«, ermunterte ihn Roberta.

»Im Grunde ist es so, wenn ich diesem alten Spinner den amerikanischen Pass verschaffe, dann bringt er mich mit seinem Sohn in Prawa zusammen.«

»Alles klar«, sagte Roberta. »Also, einen amerikanischen Pass kann ich ihm bestimmt nicht verschaffen.«

»Nein«, stimmte Vladimir zu. »Kannst du nicht.« Was sollte das, wieso redete er überhaupt mit einer Sechzehnjährigen?

»Aber«, sagte Roberta, »einen ziemlich guten Ersatz.«

KAPITEL 17

Der amerikanische Mummenschanz

Der Baum war eine ziemlich kränkliche, ramponierte Eiche, deren knorrige Äste seine nicht minder verlebte Cousine beschattete: die Bank. Baum und Bank existierten seit Urzeiten gemeinsam in dem kleinen Park hinter der mathematisch-naturwissenschaftlichen Highschool, wo man Baobab und Vladimir vor ihre ersten wissenschaftlichen Herausforderungen gestellt hatte und wo die beiden, statt diesen Herausforderungen zu begegnen, sich lieber auf die Bank unter dem Baum zurückgezogen hatten. Während eines besonders schief gelaufenen Acid-Trips hatte Baobab seine Initialen zusammen mit denen von Michel Foucault in die Bank geritzt und wie eine Fünftklässlerin »Ewige Freundschaft« darunter geschrieben.

In einem Anfall von Sehnsucht nach diesen unkomplizierten, vergeudeten Zeiten bückte sich Vladimir und fuhr mit einem Finger nostalgisch über die Initialen, riss sich aber schnell wieder zusammen. Was für ein Quatsch!

Hinter ihm hupte es.

Roberta saß in einem Taxi und winkte mit einem großen gelben Strohhut. »Steig ein!«, rief sie. »Baobab lenkt sie ab! Los, mach schon!«

Vor einem alten Lagerhaus beim Holland Tunnel hielten sie an. Die Halle hatte eine niedrige Decke, der löchrige Dielenboden war stellenweise mit Linoleumstreifen verpflastert, und an der Tür klebten noch Folienreste des Vormieters, einer Firma namens »Pfeil –

Umzüge und Einlagerung«. Vladimir und Roberta wurden auf ihre Plätze im hinteren Teil der Halle geführt, der mit einem Seil für »Gäste von Einbürgerungskandidaten« abgetrennt war. Die anderen »Gäste«, alles ganz tolle Schauspieler und liebe Freunde von Roberta, wie sie Vladimir erklärte, waren herausgeputzt wie für eine Hochzeit, und zwar eine in Islamabad oder Kalkutta – die Anzahl der Saris und Turbane hatte schon fast die kritische Masse erreicht. Keine Spur zu sehen war jedenfalls von der Einheitskluft aus dunklem T-Shirt und enger Hose, die der junge arbeitslose Mime sonst so gern trägt.

Es herrschte eine festliche Atmosphäre: Die schönen Menschen wuselten hierhin und dorthin, spielten mit den Luftballons, diskutierten über die besten Kaffeesorten und die Frage, ob ein Umzug nach Queens eine vertretbare Alternative zu einem Freundeskreis sei.

»Was die nicht alles tun würden, um in Laszlos Koje zu landen«, sagte Roberta und legte Vladimir eine klamme Hand auf die Linke. Sie trug einen männlichen Fischgräthosenanzug und eine durchsichtige weiße Bluse mit einer hochkomplizierten BH-Kreation in Schwarz darunter, die das Beste aus ihrem mickrigen Busen machte. Ihre Haare waren mit kleinen Seidenschleifen zurückgebunden, die hageren Wangen mit Rouge betupft. Kein Mensch hätte sie für sechzehn halten können, höchstens wenn sie den Mund aufmachte und ihre Dentalbaustelle entblößte. »Ich«, sagte sie zu Vladimir und deutete auf ihr Namensschild, »bin Katerina Nieholtz-Praga, Spross einer alten österreichischen Familie und Frau des italienischen Industriellen Alberto Praga. Al kriegt heute seine Staatsbürgerschaft, natürlich rein aus Business-Gründen, du verstehst … Sein Herz schlägt nach wie vor für die Toskana, seinen Olivenhain, seine zwei Araberhengste und seine Mamma.«

»Na, Gott steh uns bei!«, sagte Vladimir, der unrasiert und mit eingezogenem Kopf dasaß, in dem übergroßen Sakko, das Roberta ihm mitgebracht hatte. Er hatte versucht, sich im Bad des vergammelten Motelzimmers zu rasieren, das bei seinen restlichen fünfzig Dollar gerade noch drin war, hatte aber weder die Hände noch das Gesicht ruhig genug halten können.

Laszlo kam aus der Künstlergarderobe. Er war spindeldürr und trug eine Richterrobe, die seine Oberschenkel knapp bedeckte – eine Art richterlichen Minirock. Wirre graue Haarflusen standen ihm in Form einer schief sitzenden Krone vom Kopf ab. »Bist du der Kunde?«, fragte er Vladimir in erstaunlich sauberem Englisch. Er musste an seinem ungarischen Akzent jahrelang mit Stahlwolle herumgeschrubbt haben. Inzwischen konnte er wahrscheinlich nicht mal mehr »Paprika« sagen.

»Jawohl«, sagte Vladimir. »Wie geht's unserem Patienten?«

»Sehr gut, hundert Prozent bestens. Er sitzt gerade in der Garderobe und macht sich mit den anderen, du weißt schon, den Bürgern, bekannt.« Laszlo klappte seinen Oberkörper zu Vladimir herunter und legte ihm beide Hände auf die Schultern. Vladimir zuckte zusammen. Das weckte ungute Erinnerungen.

»Das ist also unser Standard-Einbürgerungs-Event«, sagte Laszlo, »der SEE, wie wir in unserer Branche dazu sagen. Den machen wir ein paarmal pro Jahr, dazu ein paarmal die Luxusausgabe, also dasselbe wie hier, bloß auf einem Schiff und mit Nutten.« Hier zwinkerte Laszlo und verzog eine seiner mächtigen Brauen. Roberta zwinkerte ebenfalls, und Vladimir fühlte sich bemüßigt, es den beiden mit heftigem Geblinzel nachzutun.

»Roberta meinte, ich kann dir die dreitausend von Prawa aus überweisen«, sagte Vladimir mutig.

»Genau, plus hundert Prozent Eilzuschlag auf das SEE-Standardpaket, also noch mal dreitausend Dollar. Wie abgesprochen.«

»Aha«, sagte Vladimir. »Macht sechstausend Dollar.« Die Ungarn kamen ganz ordentlich auf dem freien Markt zurecht. Er würde sich von Mr Rybakows Sohn Geld leihen müssen. Aber es war schon sehr nett von Roberta gewesen, dass sie das Ganze hier so kurzfristig auf die Beine gestellt hatte.

»Richtig«, sagte Laszlo. »Gäste, bitte alle auf die Plätze!«

Die falschen Zimbabwer, Ecuadorianer und dergleichen stolperten über ihre Klappstühle, rempelten sich an und kicherten. Laszlo erklomm die provisorische Bühne und trat ans Rednerpult, genauer gesagt, an mehrere Pappschachteln, die fachmännisch mit einer amerikanischen Flagge verhängt und mit einem tragbaren Mikrofon ausgestattet waren. Im Hintergrund prangte ein buntes Siegel mit der Aufschrift »Justiezministerium« – glänzend nachgebildet auch das, abgesehen von dem kleinen Rechtschreibfehler und dem etwas verzagten Blick des amerikanischen Adlers. »Und nun begrüßen wir ganz herzlich unsere … EINBÜRGERUNGSKANDIDATEN!«, donnerte Laszlo.

Applaus vom Gästesektor, während die Kandidaten einzeln hereinmarschierten: dunkel geschminkte Jüdinnen und Angelsächsinnen mit bizarr aufgedonnerte Kopfputz aus Trauben und Minzblättern, Männer mit gewelltem Blondhaar und einer harmlosen Vorstadtphysiognomie, aber kostümiert, als müssten sie gleich in »Don Quichotte« auftreten, sowie weitere Erscheinungen dieser Art.

Mr Rybakow kam hereingehumpelt. Er trug einen dunkelblauen maßgeschneiderten Zweireiher, der seinen Bauch geschickt kaschierte. Seine Brust war fast vollständig mit rot-gelben sowjetischen Abzeichen bedeckt, die Krawatte allerdings war aus Sternenbannerstoff, um seinen bevorstehenden Fahnenwechsel zu unterstreichen. Er lächelte mit gesenktem Blick in sich hinein und bemühte sich, der Kimono-Dame vor ihm im Gleichschritt nachzutrippeln.

Vladimir konnte nicht anders: Als er den Ventilatormann sah, sprang er auf, klatschte am allerlautesten und brach in russische Hurrarufe aus: »*Ura! Ura, Alexander!*« Roberta zupfte ihn am Jackett, denn es ging ja darum, Rybakow nicht zu reizen, aber der Seemann schenkte seinem Freund nur ein lammfrommes Lächeln und setzte sich dann auf seinen Platz unter einem überdimensionalen Kreppbanner mit der Aufschrift »HERZLICHEN GLÜCKWUNSCH UNSEREN NEUAMERIKANERN«. Sie hatten ihn zwischen dem italienischen Industriellen Alberto Praga und einem weiteren weiß und westlich aussehenden Kandidaten geparkt, um einen Vorfall wie mit dem Araber zu vermeiden. Vor ihm saß allerdings eine »Ghanaerin« mit einem riesigen Obstkorb auf dem Kopf, die ihm vermutlich teilweise die Sicht versperrte. Das hatte jemand übersehen.

Die Nationalhymne wurde gesungen, und anschließend erhob sich Richter Laszlo und wischte sich mit dem Handrücken über die Augen, tief gerührt von der eben gehörten Darbietung. »Amerika!«, sagte Laszlo und nickte verständnisinnig.

»Amerika!«, rief Rybakow von seinem Platz aus und nickte ebenso. Er drehte sich zu Vladimir um und reckte den Daumen.

Laszlo lächelte den Ventilatormann an und legte den Finger auf den Mund. »Amerika!«, wiederholte er. »Wie Sie an meinem Akzent hören, saß auch ich einst dort, wo Sie jetzt sitzen. Ich kam als kleines Kind in dieses Land, lernte Sprache und Sitten, finanzierte mir durch eigene Arbeit mein, ähm, Richterstudium, und jetzt habe ich die Ehre, Ihnen beim letzten Schritt auf Ihrem langen Weg zur amerikanischen Staatsbürgerschaft behilflich zu sein.«

Spontaner Applaus kam auf, bei dem der Ventilatormann hochsprang und rief: »Erst ich komme nach Wien, und dann ich gehe nach Amerika!«

Laszlo bedeutete ihm, sich wieder zu setzen, und legte noch einmal den Finger an die Lippen. »Was ist Amerika?«, nahm er den Faden wieder auf, drückte die Brust heraus und blickte in kindlichem Staunen an die schmutzige Decke. »Ein Hamburger? Ein Hot Dog? Ein nagelneuer Cadillac mit einer hübschen jungen Frau unter einer Palme?«

Die Gäste blickten sich achselzuckend an. Qual der Wahl.

»Ja, Amerika ist all das«, erklärte Laszlo. »Aber es ist mehr, noch viel mehr.«

»Ich kriege Sozialhilfe«, verkündete Mr Rybakow und winkte, um sich bemerkbar zu machen.

Diesmal ignorierte ihn Laszlo. »Amerika«, fuhr er fort und ruderte mit beiden Robenärmeln, »ist ein Land, in dem Sie ein sehr langes Leben führen können, und wenn es Zeit ist zu sterben, wenn es Zeit ist zurückzublicken, dann können Sie eines mit Sicherheit sagen: All meine Fehler, all meine Triumphe, all die Cadillacs und die hübschen Frauen und die Kinder, die mich so hassen, dass sie mich beim Vornamen nennen und nicht ›Daddy‹ sagen, nicht einmal ›Vater‹, all das habe ich selbst geschaffen! Ich!«

Laszlos Schüler pflichteten ihm bei, lüpften schwungvoll die Sombreros, winkten mit ihren afrikanischen Tüchern und riefen sich gegenseitig zu: »Ich! Ich!«

»Diesen Teil der Stanislawski-Methode kenne ich ja gar nicht«, sagte Vladimir.

»Ignorant«, sagte Roberta.

Der Eid auf die Verfassung wurde abgenommen; der Ventilatormann murmelte brav mit und passte auf, dass er bei der Stelle mit dem »gegen alle Feinde, sei es von außen oder von innen« keinen Mitkandidaten angriff. Schließlich wurden alle einzeln aufgerufen, um sich ihre Urkunden abzuholen: »Efrat Elonsky ... Jenny Woo ... Abdul Kamus ... Ruhalla Khomeini ... Phuong Min ... Alexander Rybakow ...«

Rybakow stieg aufs Podium, warf die Krücken weg und schlang die Arme um Laszlo, der unter seinem Gewicht fast einknickte. »Danke, Mister«, flüsterte er ihm ins Ohr. Dann drehte er sich zu Vladimir um und schwenkte mit tränenüberströmtem Gesicht seine Urkunde. »Ura!«, rief er. »Ura für Amerika! Bin ich Amerika!« Vladimir winkte zurück und machte mit der Polaroidkamera des Ventilatormanns einen Schnappschuss. Obwohl die Ghanaerin nun das Zeremonienobst aus dem Korb auf ihrem Kopf verteilte, obwohl Roberta den adretten Alberto Praga geräuschvoll abknutschte – ja, trotz alledem war Vladimir bewegt. Er schnäuzte sich in das grobe Acryltaschentuch, das in Robertas Sakko gesteckt hatte, und schwenkte seine kleine amerikanische Flagge aus ähnlicher Kunstfaser.

Sie stippten Salzbrezeln in den Lachssalat, den Laszlos Crew auf den uralten Aluminiumtischen der Umzugsfirma verteilt hatte. »Das ist ja nicht sehr üppig«, sagte Mr Rybakow zu Vladimir. »Wir können zu mir gehen. Ich habe Hering.«

»Ach, ich habe Ihnen schon genug Fisch weggegessen«, sagte Vladimir.

»Bist du still«, sagte Rybakow. »Sämtliche Fische des Kaspischen Meeres wären nicht Belohnung genug für dich, junger König Salomon. Weißt du, wie das für mich all die Jahre war? Weißt du, wie das ist, wenn man kein Vaterland hat?«

Vladimir griff quer über den Tisch nach einem weiteren Lachsschälchen, entschlossen, sich seinen Verrat nicht anmerken zu lassen. Außerdem wusste er ganz genau, wie das war.

»Was ist denn, wenn es Krieg gibt?«, fragte Mr Rybakow. »Wie willst du dann dein Vaterland verteidigen, wenn du keines hast?«

»Stimmt, das geht nicht«, sagte Vladimir.

»Sieh mich an. Ich bin ganz allein in diesem Land, ich habe keine Familie, keine richtigen Freunde. Du – du gehst ja nach Prawa. Der Ventilator – bisher hatte ich bloß den Ventilator, aber jetzt habe ich das!« Er zog die Urkunde aus der Jackentasche. »Jetzt bin ich Bürger des tollsten Landes der Welt, mal abgesehen von Japan. Weißt du, ich bin nicht mehr jung, ich habe praktisch alles gesehen, was ein Mensch sehen kann, ich kenne mich aus: Du wirst geboren, du stirbst, und das war's. Du musst irgendwohin gehören, zu irgendeiner Gruppe. Was bist du denn sonst? Ein Nichts.«

»Ein Nichts«, wiederholte Vladimir. Laszlo deutete auf die Uhr. Die Show war fast vorbei.

»Aber du, Vladimir, mein lieber Junge, du wirst in Prawa zu etwas gehören, was so groß ist, so engmaschig, dass du dich nie mehr fragen musst, zu welcher Gruppe du gehörst. Mein Sohn wird sich um dich kümmern, als wärst du sein eigener Sohn. Und wenn ich die Verhandlungen mit Miss Harosset über diese verdammten Kandansky-Bilder hinter mir habe, hol sie alle der Teufel, dann komme ich und besuche dich und meinen Tolja. Wie wär's?«

»Wir hätten sicher viel Spaß zusammen, wir drei«, sagte Vladimir und stellte sich vor, wie sie mit einem Picknickkorb voller Brathähnchen und eingelegtem Hering einen Fluss hinunterschipperten.

»Und ich werde mit stolzgeschwellter Brust durch die Straßen von Prawa gehen ...« Er demonstrierte es. »Als großer, schöner Amerikaner werde ich durch Prawa gehen.«

Vladimir legte Mr Rybakow den Arm um die Schultern und

drückte den alten Seemann an sich. Der Geruch erinnerte ihn an seinen Stiefgroßvater, der in Amerika nach einer längeren Erkrankung an Leberzirrhose, Nierensteinen und, wenn man Dr. Girshkins Diagnose glauben durfte, an einer implodierten Lunge gestorben war. Nichts fehlte – der Wodkaatem, das muffige Aftershave und dieser ganz bestimmte beißende Industriegeruch, der Vladimir an Maschinenöl denken ließ, wenn man es großzügig auf Eisen sprühte, etwa auf das rostige Getriebe der sowjetischen Schrottpresse, an der Vladimirs Stiefgroßvater früher angeblich gearbeitet hatte. Vladimir freute sich, dass der Ventilatormann genauso roch. »Und jetzt, Genosse Rybakow«, sagte er, »oder, wie wir in diesem Land sagen, Mister Rybakow, erlauben Sie mir, dass ich Sie zu einigen Drinks einlade.«

»Oho«, sagte Rybakow und zwickte Vladimir mit seinen vielfältig duftenden Fingern in die Nase. »Na, dann suchen wir uns mal eine Flasche!« Sie traten gemeinsam nach draußen auf die merkwürdig stille Straße, wo die Nachmittagssonne auf die gusseisernen Fassaden und eine Reihe ausrangierter Umzugslaster niederbrannte.

Seine letzten paar Stunden in Manhattan verbrachte Vladimir in einem Taxi mit getönten Scheiben; Roberta hatte ihm netterweise von ihren beträchtlichen Ersparnissen tausend Dollar vorgestreckt und ihm geraten, mobil zu bleiben und niemanden anzurufen (vor allem nicht »die Frau«). Baobab war laut Roberta bei Verwandten in Howard Beach untergetaucht, während sein Onkel Tommy sich bemühte, mit Jordi einen Waffenstillstand auszuhandeln.

Inzwischen fuhr Vladimir für zweihundert Dollar im Kreis, zuerst um das Flatiron Building mit seiner dreieckigen Kalksteinfassade, dann die Fifth Avenue hinunter, vorbei am Appartementhaus der Ruoccos und weiter durch die kleineren Seitenstraßen des Village bis zur U-Bahn-Station Sheridan Square. Hier stieg Fran jeden Tag aus, wenn sie von der Columbia-Universität zurückkam, und Vladimir hoffte wider besseres Wissen, sie zu sehen, einfach noch einmal einen Blick auf sie werfen zu können, zur Erinnerung. Fünfzigmal fuhr er die Runde, immer wieder vergeblich. Ein Wunder, dass der Taxifahrer ihn nicht direkt in die Klapsmühle karrte.

Die Fifth Avenue am ersten Freitag im September, in der Hitze und Geschäftigkeit eines Spätnachmittags: Die Shishkebab-Stände machten bis morgen dicht, Frauen mit kess gerundeten Waden kamen im Sturmschritt aus ihren Büros, und wieder stand ein grandioser Abend bevor, hier im amtlichen Epizentrum des Nabels der Welt, der erste New Yorker Abend, an dem Vladimir nicht mehr teilnahm. Goodbye, ihr Abende im Village. Goodbye, Amerika mit deinen hoch aufragenden Wahrzeichen und abgestandenen Gerüchen. Goodbye, Mutter und Dr. Girshkin und euer Tomatenbeet. Goodbye, ihr komischen Käuze von Freunden, ihr minderwertigen Waren und mageren Dienstleistungen, die hier Leib und Seele zusammenhalten sollten, und schließlich, goodbye, letzte Hoffnung, die Neue Welt zu erobern: Fran und die Ruoccos, goodbye.

Und goodbye, Großmutter. Wenn er an Amerika dachte, musste er eigentlich bei ihr anfangen – bei ihr, die als Einzige immer versucht hatte, ihm den Aufenthalt hier zu versüßen, die ihm auf der Datscha im New Yorker Umland durch Berg und Tal nachgelaufen war, nur um ihn mit Melonenschnitzen oder schüsselweise Hüttenkäse zu mästen … Wie einfach das Leben doch wäre, wenn es nur darum ginge: Essen als Liebesbeweis und den feuchten Kuss einer alten Frau.

Und Fran? Bei seiner letzten Runde durchs Village war ihm, als hätte er sie gesehen, ein Strohhut, eine Tüte Paprikaschoten fürs abendliche Festmahl bei den Ruoccos, ein lässiges Winken, weil eine Bekannte entgegenkam. Irrtum. Sie war es nicht. Aber während er sich noch in der Illusion wiegte, wäre er am liebsten aus dem dahinschleichenden Taxi gestürzt, hätte den Mund an ein ohrsteckerverziertes Ohr gepresst und geflüstert … Tja, was? »Bin fast von ’nem Drogenbaron vergewaltigt worden. Steh auf der Todesliste. Muss abhauen.« Selbst heutzutage, wo man sich fast alles leisten konnte, ging das einfach zu weit. Oder hätte er es so formulieren können, dass es ihr gefallen hätte? Mit den Worten des schwedischen Boxers in der Hemingway-Geschichte zum Beispiel:

»Hab danebengehauen, Fran.«

Doch nachdem ihm Fran nicht über den Weg gelaufen war, dirigierte er den Fahrer zum Flughafen. Ihm blieb nichts mehr zu tun. Amerika war offenbar nicht ganz wehrlos gegen Menschen vom Schlag eines Vladimir Girshkin. Hier war ein Aussiebverfahren am Werk, das den Beta-Immigranten aufspürte, mit einem unsichtbaren β auf der Stirn brandmarkte und schließlich mit dem Lasso einfing und ins nächste Flugzeug in irgendein nasskaltes Anatewka setzte. Die Ereignisse der letzten paar Tage waren kein reiner Zufall, sondern der natürliche Kulminationspunkt von Vladimirs dreizehn Jahren als missglückter Yankee Doodle, ein trauriger Strich auf der Liste seines Assimilationsmoderators.

Ach, scheiß auf Amerika. Oder poetischer, auf Russisch: Na chui, na chui. Fast war er froh, dass er Fran nicht mehr gesehen hatte, dass die Vergangenheit, die gestern noch Gegenwart hieß, vorbei war. Er hatte wieder versagt, aber diesmal seine Lehre daraus gezogen. Die Konsequenzen aus all den Demütigungen durch Mutter, Freundin und diese Wahlheimat voller emsiger Elritzen waren jetzt sonnenklar. Nie wieder würde er so leiden. Genauer gesagt, nie wieder würde er den *Immigranten* abgeben, nie wieder ein Mensch sein, der es mit den Einheimischen nicht aufnehmen konnte. Von heute an war er Vladimir, der Exilant, ein Titel, der nach Luxus, Dekadenz und Rüschenkolonialismus roch. Oder vielmehr Vladimir, der Exilheimkehrer, der zurückging zu seinen Wurzeln, der sich aussöhnte mit der Geschichte. Wie auch immer … Marsch zurück ins Flugzeug, Volodja! Marsch zurück in den Teil der Welt, wo die Girshkins ihren Namen herhatten!

Er grub die Fingernägel in die Handballen und sah zu, wie das greifbare Manhattan hinter ihm zur Papp-Skyline wurde. Bald würde ihm nur zu deutlich werden, was er zurückließ (alles; sie), und er würde sich einen kleinen Heulanfall im Flugzeug gönnen.

Aber ein paar Stunden später würde er bereits auf der anderen

Seite sein, der Seite des Planeten mit den niedrigen Mieten, würde sich dem Auskurieren und Auskundschaften widmen, über Schneeballsysteme nachdenken und über reiche Amerikaner, die sich unter einem mitteleuropäischen Dunstschleier über Schweinefleisch und Kohl hermachten.

Würde darüber nachdenken, wie man einen Volltreffer landet.

TEIL IV

Prawa, Republika Stolowaja, 1993

KAPITEL 18

Die Heimkehr des Vladimir Girshkin

Dreizehn Jahre zuvor, auf dem Weg vom einen zusammengeschusterten Leben zum nächsten, von dem trostlosen, desorganisierten Flughafen in Leningrad mit seinen flau fäkalischen Schwaden und dem giftig süßen Gestank sowjetischer Putzmittel zu seinem trostlosen, durchorganisierten Pendant in New York, wo die PanAm-Jumbos wie geduldige Wale an den Abfluggates lagen, dreizehn Jahre zuvor hatte Vladimir Girshkin das Unfassbare getan und geweint. Derartige Ausbrüche hatte ihm sein Vater nach abgeschlossener Sauberkeitserziehung verboten: Es gebe nicht mehr viel, was die Geschlechter voneinander unterscheide, aber Rumgeheule stehe ganz oben auf der Liste. Damals in der stupsnasigen Aeroflot-Maschine, wo sie zwischen amerikanischen Touristen eingekeilt saßen, die mit ihren Dollarsamowaren Teatime spielten und die amüsante Verkleinerungslogik der russischen Matrjoschka erforschten, hatte ein wutentbrannter Dr. Girshkin, der den Westlern ringsum bestimmt lächerlich vorkam mit seinem zerrissenen Lederparka und der ramponierten Hornbrille (beides Opfer von Last-Minute-Attacken seiner Frau), seinen Sohn am Kragen gepackt und in die Bordtoilette befördert, damit er sich gefälligst dort auswinselte.

Als nun der ältere Vladimir mehrere tausend Meter über Deutschland auf einem ähnlichen Aluminiumklo saß, die Jeans um die Knöchel, die triefende Nase in ein Erfrischungstuch versenkt, waren seine Gedanken schnell wieder bei jenem früheren Anfall transatlantischer Verzweiflung: in der Zollabfertigungshalle, Flughafen Pulkowo, Leningrad, Frühjahr 1980.

Erst am Vorabend ihrer Abreise hatten die Girshkins Vladimir endlich die merkwürdige Wahrheit eröffnet: Die Familie würde nicht, wie versprochen, mit dem Zug nach Jalta in ihre kleine Datscha fahren, sondern an einen geheimen Ort fliegen, dessen Name allein schon unaussprechlich sei. Ein geheimer Ort! Ein unaussprechlicher Name! Ui! Jung Vladimir hüpfte durch die Wohnung, von einem Koffer zum nächsten, machte den Wandschrank zum Fort und seine schweren Galoschen zu dessen Zinnen, bis sein kindisches Herumtoben in einem Asthmaanfall zu enden drohte. Mutter befahl den Rückzug auf das Wohnzimmersofa, das nach Kinderschweiß roch und zum Bett umfunktioniert wurde, sobald es zehn schlug, aber Vladimir ließ sich nicht so leicht bändigen. Er packte Juri die Giraffe, den Kriegshelden aus Plüsch, dessen gefleckte Brust mit Großvaters Großen Vaterländischen Kriegsorden übersät war, und schleuderte die scheppernde Kreatur immer wieder an die Decke, bis die ständig schlecht gelaunten Georgier im Stockwerk darüber mit den Füßen trampelten. »Wo fahren wir hin, Mama?«, schrie Vladimir. »Ich such's dir auf der Karte!«

Und Mutter, die eine Heidenangst hatte, ihr begeisterungsfähiger Sohn könnte das Reiseziel bei den Nachbarn ausplaudern, sagte nur: »Weit weg.«

Und Vladimir, durch die Gegend hüpfend, sagte: »Moskau?«

Und Mutter sagte: »Weiter.«

Und Vladimir, immer höher hüpfend, sagte: »Taschkent?«

Und sie sagte: »Weiter.«

Und Vladimir, der inzwischen fast dieselbe Höhe erreichte wie die fliegende Giraffe, sagte: »Sibirien?« Denn weiter als Sibirien gab es nicht, doch Mutter sagte, nein, es sei noch weiter. Vladimir breitete seine geliebten Landkarten aus und fuhr mit dem Finger weiter als Sibirien. Da war ja nicht mal mehr Sowjetunion. Sondern irgendwas anderes. Ein anderes Land! Aber in andere Länder fuhr doch kein Mensch. Und so rannte Vladimir die ganze Nacht mit Bänden der Großen Sowjetenzyklopädie durch die Wohnung und krähte in alphabetischer Reihenfolge: »Afghanistan, Albanien, Algerien, Argentinien, Australien, Bermuda ...«

Doch am nächsten Tag beim Zoll nahm die Abreise der Girshkins eine ungute Wendung. Die wohlgenährten, in Polyesteruniformen gezwängten Männer des Innenministeriums, die jetzt keinen Grund mehr hatten, ihren Hass auf die zukünftige exsowjetische Familie zu verbergen, nahmen ihr Gepäck auseinander, rissen die breitkragigen finnischen Hemden und die paar passablen, über das Baltikum eingeschmuggelten Business-Anzüge auf, von denen sich Vladimirs Eltern zumindest für die ersten Vorstellungsgespräche in New York etwas versprochen hatten. Offiziell ging es natürlich darum, versteckte Gold- oder Diamantenschätze zu finden, die die winzige erlaubte Ausfuhrmenge überschritten. Während die Beamten Mutters Adressbuch zerfledderten und alle Seiten mit einer amerikanischen Adresse vernichteten, auch die Wegbeschreibung zu Macy's von ihrer Cousine aus Newark, sagte ein besonders fettleibiger Herr, unvergesslich wegen seiner beängstigenden Zahnlücken (er hatte nicht mal die silbernen Zähne, die für Warschauer-Pakt-Bürger mittleren Alters zur Standardausstattung gehörten) und seines kaviargeschwängerten Mundgeruchs, zu ihr: »Du kommst wieder, Jud.«

Der Beamte erwies sich als vorausschauend, denn nach dem Zusammenbruch der Sowjetunion kehrte Mutter tatsächlich ein paarmal zurück, um ihrem Unternehmen ein paar ausgewählte Stücke des ehemaligen Weltreichs einzuverleiben, aber damals fiel Vladimir nur eins auf: Mutter – das Bollwerk gegen den Sturm draußen, die Frau, deren Wort im Haus Gesetz war, aus deren Hand entweder ein nächtelang quälender Senfumschlag kam oder ein Prachtband über die Schlacht von Stalingrad, der das nächste Jahr auf seinem Nachttisch lagern würde –, Mutter war Jüdin. Gut, er war auch schon Jude genannt worden; genauer gesagt, jedes Mal, wenn seine Gesundheit ihm einen Abstecher in die graue Welt der sowjetischen Bildungsanstalten erlaubte. Und sich selbst hatte er immer als klassischen Juden gesehen – klein, krumm, kränklich und stets ein Buch dabei. Nur, wie konnte jemand das von Mutter behaupten, die Vladimir nicht nur die Schlacht von Stalingrad vorlas, sondern so aussah, als würde sie sie jederzeit im Alleingang schlagen!

Zu Vladimirs Überraschung unternahm Mutter nichts, als die Seiten ihres Adressbuchs durch die Gegend flogen und die Zollbeamten den Genossen Kaviaratem anerkennend bejohlten. Sie schlang nur die Träger ihrer kleinen Lederhandtasche enger um ihre weiß gewordene Hand, während Dr. Girshkin dem verängstigten Blick seines Sohnes auswich und kleine vieldeutige Bewegungen in Richtung Abfluggate und Flucht machte.

Dann saßen sie auch schon angeschnallt auf ihren Sitzen, das schneebedeckte, abgasgemaserte Russland rauschte unter den Tragflächen des Flugzeugs dahin, und erst jetzt gestattete sich Vladimir den Luxus, den notwendigen Luxus der Tränen.

Heute, dreizehn Jahre später, während der Jet in die entgegengesetzte Richtung flog, kam es Vladimir vor, als schrumpften die dazwischenliegenden Jahre unversehens zu einem belanglosen Intermezzo. Er war derselbe kleine Volodetschka mit dem jüdischen Nachnamen, den verheulten, geschwollenen Augen und der nassen Triefnase. Nur war ihm diesmal keine sorgfältig auf ein Parkgrundstück in Scarsdale designte Jüdische Schule bestimmt, gefolgt von einem progressiven College im Mittleren Westen. Sondern ein Gangster, der sich mit dem Namen eines pelzigen Nagetiers anreden ließ.

Und diesmal durfte er sich keinen dummen Schnitzer leisten, keinen lebensgefährlichen Ausrutscher eines Amateurassimilationisten wie letzte Woche, als er dem qualligen nackten Alten in seinem angestaubten Hotelzimmer in Florida gegenüberstand; diesem kurzen Anfall von Schwachsinn und Selbstgefährdung hatte er seine peinliche Flucht mit der Lufthansa zu verdanken, weg aus New York und weg von seiner gebieterischen Francesca. Solche Schnitzer gehörten zu einem früheren Vladimir, der lieb und leicht durchschaubar war und den die Welt nicht gebrauchen konnte.

Es klopfte an der Tür. Vladimir wischte sich das Gesicht ab, stopfte sich die Taschen voll mit Papiertüchern für den Notfall und ging hinaus, vorbei an einer Reisegruppe knurrender Rentner aus Virginia, die in der Toilettenschlange standen, einige mit Kameras um den Hals, allzeit bereit für den ganz besonderen Kodak-Moment, selbst auf dem Weg zum Klosett. Er nahm seinen Fensterplatz wieder ein. Das Flugzeug flog über einen Flickenteppich aus dünnen Federwolken, die, so hatte ihm sein Vater einmal beim Landfrühstück auf der Datscha beigebracht, ein untrügliches Zeichen für einen bevorstehenden Wetterumschwung waren.

Vladimir stand auf der Gangway und atmete europäische Luft, die Ärmel gegen den Herbstwind hinuntergerollt. Die Virginia-Gruppe kriegte den Mund nicht mehr zu, dass es hier keine modernen Verbindungsrüssel zwischen dem Flugzeug und dem müden grünen Terminal gab, den Vladimir nostalgisch als spätsozialistische Architektur identifizierte, wie sie die hiesigen Architekten bauten, nachdem sie den Konstruktivismus längst aufgegeben hatten und nur noch sagten: »He, Leute, hier haben wir grünes Glas und etwas, das Zement ziemlich ähnlich kommt. Los, wir bauen einen Terminal.« Über dem Gebäude stand in großen weißen Lettern: PRAWA, REPUBLIKA STOLOWAJA. Komischerweise hätte das, wenn es russisch gewesen wäre, »Prawa, Kantinenrepublik« bedeutet. Vladimir lächelte. Er war ein großer Fan der fleischigen slawischen Sprachen: Polnisch, Slowakisch, und jetzt das.

Dann kam die Passkontrolle, wo er seinem ersten stolowakischen Einheimischen begegnete, einem hellhaarigen stämmigen Burschen mit einem wunderschönen goldenen Schnurrbart. »Nein«, sagte er zu Vladimir und zeigte zuerst auf das Passbild, den College-Vladimir mit voll erblühtem Goatee, die dunklen, flusigen Haare nach hinten gestrichen, und dann auf den frisch rasierten Kurzhaar-Vladimir vor ihm. »Nein.«

»Doch«, sagte Vladimir. Er versuchte, dasselbe blasierte Lächeln aufzusetzen wie auf dem Passbild und zerrte an seinen sprießenden Kinnhaaren, um den zu erwartenden Wald anzudeuten.

»Nein«, sagte der Passbeamte ergeben und stempelte Vladimirs Pass trotzdem ab. Der Sozialismus war eindeutig abgeschafft.

Vladimir nahm seinen Koffer vom Gepäckband und wurde zusammen mit den Amerikanern in die Ankunftshalle geschleust, wo ein schimmernder Geldautomat von American Express ihrer harrte.

Die Moms und Dads auf Besuch pickten ihre Sprösslinge aus einem Aufmarsch gestylter junger Großstadttypen heraus, die angezogen waren, als hätten sie gerade New Yorks In-Boutique Screaming Mimi's überfallen. Vladimir bahnte sich einen Weg zwischen mütterlichen Umhalsungen und väterlichem Schulterklopfen hindurch zum Ausgang, wo ein kryptischer roter Pfeil einen Fluchtweg versprach. Aber er registrierte durchaus die Situation: junge Amerikaner, die von ihren betuchten alten Herrschaften besucht wurden. Betucht? Na, zumindest Mittelschicht, diese Fünfziger in Waschcord und täppischen XXL-Pullovern. Heutzutage guckte sich ja die Oberschicht bei der Mittelschicht ab, wie man sich lässig kleidete, also wer weiß.

Und dann wurde die Szene schlagartig russisch, so jäh, wie ein Flugzeug abstürzt.

Draußen knallten Schüsse.

Ein Dutzend Autoalarmanlagen heulten los.

Ein Trupp Männer, jeder mit einer kleinen Kalaschnikow auf Hüfthöhe, teilte die Amerikaner zügig in zwei kreischende Haufen.

Der unvermeidliche rote Teppich wurde zwischen ihnen ausgerollt.

Ein Konvoi aus 7er-BMWs und gepanzerten Range Rovers fuhr in Schutzformation vor.

Ein Spruchband aus Krepp mit der kuriosen Aufschrift PRAWAINVEST NR. 1 FINANZKONZERN BEGRÜSSEN DEN GIRSHKIN wurde hochgehalten.

Und erst jetzt fiel das Auge unseres Helden auf seinen neuen Wohltäter.

Flankiert von drei Geschäftspartnern in leuchtenden Nylonsportjacken und passenden Raumfahrthosen aus Alpaka oder vielleicht auch Silikon, näherte sich feierlich das Murmeltier: ein stämmiger, pockennarbiger, leicht schielender kleiner Mann mit einer Frisur, die vor allem zur Verdeckung einer fortschreitenden Stirnglatze diente.

Das Murmeltier legte Vladimir eine schwere Tatze auf die Schulter (als hätte der gewagt, sich zu rühren), streckte dann die andere

Hand aus und verkündete mit schönstem ukrainischem Akzent: »Du bist Girshkin.«

Girshkin war er allerdings.

»Nun denn«, sagte das Murmeltier, »ich bin Tolja Rybakow, der Präsident von PrawaInvest, auch genannt …« Er sah sich nach den beiden Geschäftspartnern in seiner Nähe um – der eine hatte eher Vladimirs Größe, der andere Murmeltiermaße –, aber beide waren zu sehr damit beschäftigt, Vladimir anzustarren, um ihren Boss zu beachten. »Wie mein Vater dir erzählt haben dürfte, nennt man mich auch … das Murmeltier.«

Vladimir schüttelte die Hand immer weiter und versuchte, das schmächtige Format seiner eigenen durch Kraft und Beweglichkeit wettzumachen, während er murmelte: »Ja, ja, das habe ich gehört. Sehr erfreut, Sie kennen zu lernen, Mr Murmeltier.«

»Murmeltier reicht«, sagte das Murmeltier kurz angebunden. »In dieser Firma gibt es keine förmlichen Anreden. Jeder weiß, wer der andere ist. Das hier …« – er deutete auf den bulligen Mann mit kleinen Tatarenaugen und einer Platte voller Faltenringe, die fast nach den Baumringen eines Sequoia aussahen – »… das ist unser Erster Betriebsoffizier, Mischa Gussew.«

»Nennt man dich auch die Gans?«, fragte Vladimir, eine Schlussfolgerung aus der russischen Bedeutung des Namens und der Vorliebe des Murmeltiers für Tiernamen.

»Nein«, sagte Gussew. »Nennt man dich den Juden?«

Das Murmeltier lachte und drohte Gussew mit dem Finger, während der dritte Mann – klein, aber robust, mit feinen blonden Babyhaaren und Augen, so kobaltblau wie der Baikalsee vor Jahrhunderten – den Kopf schüttelte und sagte: »Du musst entschuldigen, Gussew ist eingefleischter Antisemit.«

»Ja, klar«, sagte Vladimir. »Wir alle haben unsere –«

»Konstantin Bakutin«, sagte der dritte Mann und streckte ihm die Hand hin. »Nenn mich Kostja. Ich bin der Erste Finanzoffizier. Meinen Glückwunsch zu deinem Erfolg bei der Einwanderungs- und Einbürgerungsbehörde. Diese Nuss ist nicht leicht zu knacken, und wir haben es weiß Gott versucht.«

Vladimir begann seinem Landsmann in gewichtigstem, ausgesuchtestem Russisch zu danken, aber das Murmeltier zog sie nach draußen, wo zwischen Trauben von Reisebussen und verlorenen Taxis *Made in Poland* die BMW-Karawane stand, jeder Wagen mit einem gelben PrawaInvest-Logo quer über der Schnauze und jeder umgeben von großen Männern in weinroten Jacketts, deren ungewöhnlicher Schnitt auffiel, ein lässiger Spagat zwischen Business-Anzug und Smokingjacke. »Das sind hauptsächlich Stolowaken«, erklärte das Murmeltier. »Wir stellen viele einheimische Arbeitskräfte ein.« Er winkte seinem Gefolge zu, während Gussew beide Daumen in den Mund steckte und pfiff.

In eindrucksvoller postmoderner Choreografie wurden zwölf Autotüren simultan von zwölf schlaksigen Stolowaken aufgerissen. Ein Geschäftspartner nahm Vladimir das Gepäck ab. Das nüchterne deutsche Wageninterieur wurde, jeden Maßstab sprengend, von vorstadtspießigen, zebragemusterten Sitzen und wolligen Tassenhaltern vergewaltigt.

»Sehr angenehmes Dekor«, sagte Vladimir. »Sehr, wie es in amerikanischen Computerkreisen heißt, benutzerfreundlich.«

»Ach, die macht Esterházy für uns«, sagte das Murmeltier und pfiff einem behaarten kleinen Mann zu, der im Schatten eines Range Rovers herumschlich. Esterházy, barbrüstig unter seiner schwarzen Lederjacke und mit Wildleder-Capezios als krönendem Abschluss seiner Lederhose, winkte Vladimir mit einer Schachtel Camel und reckte dem Murmeltier den erhobenen Daumen entgegen. »Ja, die Ungarn sind schon immer ihrer Zeit voraus gewesen«, seufzte das Murmeltier geradezu eifersüchtig.

Nach Abschluss dieser internationalen Betrachtungen setzte sich die Prozession Richtung Autobahn in Bewegung, und Vladimir hielt nach den ersten charakteristischen Kennzeichen – Flora und Fauna, Stein und Mörtel – seines neuen Landes Ausschau. Binnen Minuten tauchten Stein und Mörtel zu beiden Seiten der Straße auf wie ein großes Schild mit der Aufschrift ZU VLADIMIRS KINDHEIT – DIE NÄCHSTEN HUNDERT AUSFAHRTEN: eine endlose Ausdehnung heruntergekommener Gips-Mietshäuser aus der Sowjetära, ausnahmslos abblätternd und voll feuchter Flecken, in denen ein fantasievolles Kind die Umrisse von Tieren und Sternbildern hätte entdecken können. In den Lücken zwischen diesen Mammuts befanden sich die winzigen Grünflächen, wo Vladimir manchmal gespielt hatte, ausgestattet mit einer Hand voll Sand und ein paar rostigen Schaukeln. Gut, dies war Prawa und nicht Leningrad, aber andererseits bildeten diese Häuser eine lange irrwitzige Linie von Tadshikistan bis Berlin. Dagegen war kein Kraut gewachsen.

»Erste Lektion im Stolowakischen«, sagte Kostja. »Diese Mietskasernen nennen die Stolowaken ›Plattenaks‹. Leuchtet ein, wieso, oder?« Als keine Antwort kam, sagte Kostja: »Weil sie aus lauter Platten zusammengebaut sind.«

»Aber wir halten uns nicht damit auf, Stolowakisch zu lernen«, sagte das Murmeltier. »Die Drecksäcke können alle Russisch.«

»Wenn du irgendwelche Probleme mit ihnen hast«, sagte Gussew, »dann ruf mich an, und wir machen sie platt, wie damals '69. Ich war nämlich dabei.«

Die Wohnblocks gingen noch mindestens zehn Minuten weiter, gelegentlich unterbrochen von dem schmierigen Sarkophag eines ausgepowerten Kraftwerks oder einer orwellhaften Skyline aus Fabrikschornsteinen, die inmitten ihrer eigenen Abgaswolken kaum sichtbar waren. Hin und wieder zeigte Vladimir auf einen emporwachsenden Büroturm, der als der zukünftige Sitz einer österreichischen Bank ausgewiesen war, oder auf ein altes Lagerhaus, das für ein deutsches Autohaus aufgemotzt wurde, und seine Gastgeber intonierten jedes Mal im Chor: »Wo du hinschaust, liegt das Geld auf der Straße.«

Gerade wollten die Plattenaks die Bühne räumen für das Prawa der Reiseprospekte und sein Versprechen von Kopfsteinpflasterstraßen mit silbern eingekerbten Tramgleisen, da kurvte die Prozession nach rechts auf einen gewundenen Sandweg, auf dem gelegentlich der Asphalt durchkam, wie um der Autokolonne zu demonstrieren, dass das Leben auch zivilisiert sein konnte. In der Ferne, vor einen schroffen, erodierten Felsen gesetzt, wartete des Murmeltiers eigener

Plattenak-Komplex, mit Balkonen wie Brustwehre eines riesigen sozialistischen Forts. »Vier Gebäude, zwei Baujahr '81, zwei Baujahr '83«, ratterte das Murmeltier herunter.

»'89 haben wir das ganze Ding für weniger als dreihunderttausend Dollar gekriegt«, fügte Kostja hinzu, und Vladimir fragte sich, ob er sich diese Zahlen merken sollte, falls er später mal gefragt wurde. Das machte ihn augenblicklich müde.

Sie erreichten den Innenhof des Komplexes, wo mehrere amerikanische Jeeps neben einem Panzer mit einem gähnenden Loch anstelle des Kanonenrohrs Habacht standen. »Bestens«, sagte das Murmeltier gut gelaunt. »Gussew und ich müssen in die Stadt, deshalb zeigt dir Kostja deine Wohnung. Morgen haben wir einen Bisnesmeny-Lunch, wie ich das nenne. Das ist übrigens eine wöchentliche Einrichtung, also bring ein paar Ideen mit, schreib dir was auf.«

Gussew höhnte einen Abschiedsgruß herüber, und die Autokolonne ging an die komplizierte Aufgabe, den Panzer zu umrunden und sich ins Goldene Prawa aufzumachen, während Kostja, ein russisches Volkslied über Brombeeren pfeifend, Vladimir zum Eingang eines Gebäudes winkte, das umstandslos mit »Nr. 2« beschildert war.

Die Lobby war rappelvoll mit zwei Dutzend Männern und ihren Gewehren. Schweißgebadet saßen sie unter einer nackten Glühbirne; einzelne Spielkarten und leere Schnapsflaschen bedeckten den Boden, und diverse Fliegen, fett und dösig vor Übersättigung, taumelten lethargisch in der Gegend herum. »Das ist Vladimir, ein wichtiger junger Mann«, verkündete Kostja.

Vladimir machte eine leichte Verbeugung, in der Art eines wichtigen jungen Mannes. Er drehte sich im Kreis, um sicherzugehen, dass er niemanden ausließ. »Dobry den«, sagte er.

Ein Mann unbestimmten Alters, dessen Gesicht von einem roten Bart und reflektierenden Kinderpflastern bedeckt war, hob seine Kalaschnikow und erwiderte murmelnd den Gruß. Offensichtlich sprach er für alle.

»Gussews Spitzenmänner«, sagte Kostja, als sie einen Korridor betraten. »Alles frühere Truppen vom sowjetischen Innenministerium, ich würde ihnen also nicht auf die Füße treten. Frag mich nicht, wofür wir sie genau brauchen. Und Gussew frag schon gar nicht.«

Der Korridor endete bei einer angelehnten Tür, auf der mit Industrieschmiere das Wort KASINO geschrieben war; von drinnen ertönte »Money for Nothing« von den Dire Straits. »Renovierungsbedürftig«, warnte Kostja, »aber immer noch ein Goldesel.«

Das Kasino hatte die Größe der Turnhalle von Vladimirs mathematisch-naturwissenschaftlichem Gymnasium und schien ungefähr so viel mit Glücksspiel zu tun zu haben wie die andere Räumlichkeit mit Sport. Ansammlungen von Klapptischen und -stühlen waren besetzt von jungen Blondinen, die rauchten und versuchten, im spärlichen Licht mehrerer Halogenlampen verworfen auszusehen.

»Dobry den«, sagte Gentleman Vladimir, obwohl aus dem Tag draußen vor der fensterlosen Trübnis des Kasinos inzwischen wohl schon Abend geworden war. Ein Schwall ungefilterten Rauchs waberte ihm aus den Lungen einer Frau mit zwiebelgrüner Haut entgegen, deren schmächtige Gestalt scheinbar nur durch das Gewicht ihrer Schulterpolster am Davonschweben gehindert wurde.

»Das ist Vladimir«, sagte Kostja. »Er soll Geschäfte mit den Amerikanern auf die Beine stellen.«

Der Bann war gebrochen: Die Frauen richteten sich auf und schlugen die Beine übereinander. Es wurde gekichert, und das Wort »Amerikanets« fiel häufig. Die Hexe mit den Schulterpolstern stand mühsam auf, hielt sich an ihrem Klapptisch fest und sagte auf Englisch: »Ich bin Lidia. Ich fahre Ford Escort.«

Die anderen fanden das überaus geistreich und applaudierten. Vladimir wollte gerade einige ermutigende Worte an alle richten, doch da nahm Kostja ihn am Arm und eskortierte ihn aus dem Kasino hinaus. »Komm, du musst ja müde von der Reise sein.«

Sie gingen zwei Stockwerke nach oben, durch ein Treppenhaus, in dem der Wohlgeruch von Rindereintopf und andere stärkehaltige Düfte aus dem russischen Familienleben hingen, und traten auf einen hell beleuchteten Korridor voller Wohnungstüren. »Nummer dreiundzwanzig«, sagte Kostja und klingelte mit seinem Schlüsselbund wie ein Pensionswirt.

Sie traten ein. »Wohnzimmer«, sagte Kostja mit einer episch schweifenden Armbewegung. Der Raum wurde komplett von einem olivgrünen schwedischen Sofa, einem klobigen Fernseher und Vladimirs geöffnetem, durchwühltem Koffer ausgefüllt. Die Zeitschriftenartikel über Prawas Exilamerikanerszene, die er fotokopiert hatte, lagen verstreut herum; seine Shampooflasche lag punktiert unter dem Sofa und gab ein grünes Rinnsal von sich. Ach, diese neugierigen Russen. Es war schön, wieder in einem Land der Transparenz zu sein.

»Nächste Haltestelle Schlafzimmer, mit einem wunderbaren großen Bett«, sagte Kostja. Dazu kamen eine einfache Eichenkommode und ein Fenster mit Aussicht auf die Schornsteine, die den Horizont beherrschten. »Hier ist eine Küche mit guter Ausstattung, und da ist ein kleines Zimmer, wo du arbeiten und wichtige Gedanken denken kannst.« Vladimir lugte in einen begehbaren Schrank, wo ein Arbeitstisch in Pultgröße mit einer kyrillischen Schreibmaschine darauf stand. Er nickte.

»In Moskau wäre das eine Wohnung für zwei Familien«, sagte Kostja. »Hunger?«

»Nein, danke«, sagte Vladimir. »Im Flugzeug habe ich –«

»Vielleicht was zu trinken?«

»Nein, mir ist eher nach –«

»Dann ab ins Bett.« Kostja legte Vladimir die Hände auf die Schultern und führte ihn ins Schlafzimmer. Ach, wie ungezwungen sich die Russen berührten! Welche Umstellung nach seinem zweiten Heimatland jenseits des Ozeans, wo selbst sein Vater, der einst erdverbundene Freund der Kolchosbauern, in letzter Zeit brav den amerikanischen Abstand eingehalten hatte. »Hier ist meine Karte«, sagte Kostja. »Du kannst mich jederzeit anrufen. Ich bin zu deinem Schutz da.«

Schutz? »Sind wir denn nicht alle Genossen?«, fragte der reisemüde, schlafäugige Vladimir, als wäre er beim Vorsprechen für die sowjetische Sesamstraße.

Auf diese Frage wurde ihm keine Antwort zuteil. »Nach dem Bisnesmeny-Lunch«, sagte Kostja, »werden wir beide Prawa besichtigen. Ich kann mir vorstellen, dass du die Schönheit der Stadt zu schätzen weißt, was unseren restlichen Kadern eher … Ach, was soll ich sagen. Ich hole dich morgen ab.«

Nachdem Kostja gegangen war, suchte Vladimir in seinem Gepäck nach der Flasche Minoxidil. Dank Francescas Warnung vor frühzeitiger Kahlköpfigkeit war er allmählich geradezu haarwassersüchtig geworden. Er ging auf die triste Toilette, deren einzige Zierde der Duschvorhang mit einem überlebensgroßen Pfau drauf darstellte: grellbunt und mit lüsternem Schnabel, als wollte das Vieh mit allem vögeln, was auch nur von weitem nach Federn und Eierlegen aussah.

Vladimir schob das Haar an den Schläfen zur Seite, legte die bedürftigen Gegenden frei und rieb eine üppige Portion Minoxidil ein, um das Quantum auszugleichen, das er durch den Flug versäumt hatte. Er beobachtete im Badezimmerspiegel, wie er die Augen zusammenkniff, als ein einzelner verirrter Tropfen des Mittels über seine Stirn rann, unterwegs, seinen Goatee zu düngen.

Im Schlafzimmer betastete er die dicke Daunendecke, deren Bezug blumenbestickt war, genau wie seine damals in Leningrad. Vladimir wollte gerade darunter kriechen, als etwas passierte – seine Knie gaben irgendwie nach, und er fand sich auf dem Teppich wieder, der so kratzig war wie sein Kinn. Mehrere Dinge fielen ihm gleichzeitig ein. Fran, Challah, Mutter, Zuhause. Er versuchte, die Augen offen zu halten, und konzentrierte sich auf die weiße Zimmerdecke über ihm, doch am Ende hielt ihn nicht mal die Aussicht auf die Daunendecke mit ihren mütterlichen Eigenschaften mehr wach, und er schlief auf dem Boden ein.

KAPITEL 19

Neue Freunde

Der Bisnesmeny-Lunch war in vollem Gange. Ein rotnasiger, fettbäuchiger Kretin, der Vladimir als der stellvertretende Unterassistent des außerordentlichen Direktors für Finanzverplanung vorgestellt worden war, hatte einige fragwürdige Details über die ukrainische Freundin des Murmeltiers von sich gegeben und wurde gerade von ein paar riesigen Männern in weinroten Jacketts hinausgeworfen. Seine Schreie wurden noch lauter, als sich die Türen hinter ihm geschlossen hatten, aber Vladimirs Tischgenossen schien das ziemlich egal zu sein – weitere Kisten Jack Daniel's wurden vom Kasinopersonal hereingekarrt, das sich für den Anlass bis zum Gehtgradnoch entblättert hatte.

Überall auf dem Tisch lag ein Dutzend verwüstete Hühnchen à la Kiew, deren Überreste ein Geflügel-Borodino aus Knochensplittern und Butterlachen abgaben. Man stritt sich wortreich darum, ob die Würste in der Innenstadt besser auf Brötchen im amerikanischen Stil schmeckten oder auf einer traditionellen Scheibe Roggenbrot, und jede Stellungnahme dazu wurde durch scharfes Ausstoßen von Zigarettenrauch und einen gemächlichen Griff nach der Flasche unterstrichen.

Vladimir hustete und wischte sich die Augen. Am einen Ende des Tisches vertilgte Kostja in aller Ruhe eine Hammelseite; am anderen Ende röhrte ein slawischer Elch – einer von mehreren, die zu dem schwer bedröhnten Hofstaat um Gussew gehörten – das Loblied von Roggenbrot und Wodka und Gurken, die so frisch aus seinem Garten kämen, dass sie noch nach Scheiße röchen.

Dann hieb das Murmeltier mit der Faust auf den Tisch, und Schweigen trat ein. »Okay«, sagte das Murmeltier. »Bisness.«

Das Schweigen dauerte an. Der Herr mit den buschigen Augenbrauen neben Vladimir wandte sich ihm zu, zum ersten Mal während der gesamten Mahlzeit, und beäugte ihn wie eine zweite Portion Hühnchen. Irgendwann taten es ihm die anderen nach, bis sich Vladimir mit zitternden Händen einschenkte. Er hatte sich vor lauter Nervosität schon den ganzen Nachmittag das Essen und Trinken verkniffen, aber das kam ihm jetzt alles andere als ratsam vor. »Hi«, sagte Vladimir zu den Anwesenden. Er starrte in sein Whiskeyglas, als wäre dort ein Teleprompter, aber die transparente Flüssigkeit hatte ihm nichts zu geben außer Mut. Er trank. *Wuffta!* Auf leeren Magen wirkte das ungefähr wie eine Wasserbombe.

»Keine Angst, trink ruhig noch einen Schluck«, sagte das Murmeltier. Höfliches Gelächter ertönte, angestimmt von Kostja, der versuchte, der allgemeinen Heiterkeit eine freundliche Wendung zu geben.

»Ja«, sagte Vladimir und trank erneut. Der zweite Schluck Whiskey machte einen solchen Eindruck auf seinen leeren Schlund, dass er aufsprang. Die Russen lehnten sich zurück; Hände tasteten unter dem Tisch auf der Suche nach Holstern.

Vladimir warf einen Blick auf seine Notizen, die in riesigen Blockbuchstaben geschrieben und mit Ausrufezeichen zugemüllt waren wie Agitprop-Slogans auf einer Parade zum 1. Mai. »Meine Herren«, verkündete Vladimir. Doch dann brach er ebenso abrupt wieder ab, wie er angesetzt hatte … Er musste tief Luft holen. Es war so weit! Der nebulöse Plan, den er an seinen letzten Tagen in New York zusammengeschustert hatte, gerann gerade zu etwas ähnlich Greifbarem wie eine österreichische Bank oder ein deutscher Autohandel. »Angeblich hat Schurik ein Schneeballsystem aufgezogen«, hatte sein Vater ihm mitgeteilt, während er im fruchtbaren Garten des Girshkinschen Anwesens seinen Sohn mit Flunderstücken fütterte. »Weißt du, was das ist, Volodja?«

Inzwischen wusste er es. Schneeballsystem. Auch Pyramidenschema oder Ponzi-Schema genannt, nach einem gewissen Carlo

Ponzi, Vladimirs neuem Schutzheiligen. Das war der Alpha-Immigrant aus Parma, der kleine Ganeff, mit der großen Klappe.

Vladimir betrachtete die Russen, die vor ihm saßen. Diese herzigen Elche. Sie rauchten zu viel, tranken zu viel, töteten zu viel. Sie sprachen eine aussterbende Sprache und ehrlich gesagt, war auch ihre Zeit auf dieser Welt fast abgelaufen. *Das war sein Volk.* Ja, nach dreizehn Jahren in der amerikanischen Wüste war Vladimir Girshkin auf eine andere Art Niedergang gestoßen. Einen besseren Ort zum Unglücklichsein. Er hatte endlich nach Hause gefunden.

»Meine Herren«, sagte Vladimir erneut, »ich habe ein Pyramidenschema entwickelt!«

»Oh, Pyramidenschema, das gefällt mir, Brüder«, sagte einer der liebenswürdigeren Elche, der ein retuschiertes Bild seines aufgedunsenen, räudigen kleinen Sprösslings auf dem Revers trug. Doch anderswo hatte das Grummeln und Augenverdrehen schon eingesetzt. Pyramidenschema? Nicht schon wieder.

»Vielleicht hört sich das nicht besonders originell an«, fuhr Vladimir fort. »Aber ich habe ein bisschen recherchiert und die perfekte Population für genau dieses Projekt aufgetan. Und zwar hier in Prawa.«

Offen stehende Münder und verwirrtes Gemurmel rund um den Tisch. Die Bisnesmeny schauten sich an, als bestünde diese mysteriöse Population womöglich aus Grischa, dem Kasinomanager, oder Fedja, dem Abteilungsleiter für Verkauf und Werbung. Sonst kannten sie ja keinen in dieser Stadt.

»Meinst du die Stolowaken?«, sagte das Murmeltier. »Weil wir die nämlich schon gründlich ausgenommen haben. Das Finanz- und das Gesundheitsministerium ermitteln gegen uns und das Ministerium für Fischerei und Fischzucht auch.«

»Ja, keine Stolowaken mehr«, murmelten die Geschäftspartner.

»Meine Herren, wie viele Amerikaner kennen Sie?«, fragte Vladimir.

Das Gemurmel brach ab, und alle Augen wandten sich einem dünnen, verschüchterten jungen Mann namens Mischka zu, der die meiste Zeit des Lunches auf der Toilette verbracht hatte. »He,

Mischka, was ist mit deinem Mädchen?«, rief Gussew. Es gab einiges Gelächter und männliches Herumalbern; auch Vladimir kriegte ein paar freundliche Tritte vors Schienbein und einen Ellbogen in die Rippen.

Mischka versuchte, seinen großen dicken Kopf zwischen die schmalen Schultern zu ziehen. »Hört auf. Haltet den Mund«, sagte er. »Ich wusste nicht, dass das so eine Bar ist. Murmeltier, bitte sag ihnen …«

»Mischka hat ein amerikanisches Mädchen mit einem Penis kennen gelernt«, erläuterten mehrere Anwesende Vladimir bereitwilligst. Weitere Flaschen wurden entkorkt und Trinksprüche auf den unglücklichen Mischka ausgebracht, der hastig aus dem Zimmer huschte.

»Nein, nein, ich meine nicht diesen Anteil der Population«, sagte Vladimir. »Ich meine die gesamte englischsprachige Exilgemeinde in Prawa. Das heißt, wir reden von grob fünfzigtausend Leuten.« Na ja, plus/minus dreißigtausend. »Und wisst ihr, wie viel Geld die im Durchschnitt haben?« Er sah jedem der Männer in die Augen, bevor er antwortete, dabei hatte er selbst keinerlei Ahnung. »Zehnmal so viel wie der Durchschnittsstolowake. Wiederum grob geschätzt. Das Schöne an diesem Projekt ist im Wesentlichen eines: die Fluktuation. Amerikaner kommen, Amerikaner gehen. Sie bleiben ein paar Jahre, dann gehen sie zurück nach Detroit und nehmen lausige Dienstleistungsjobs oder ein Pöstchen in Papas Firma an. Während sie hier sind, melken wir sie bis auf den letzten Tropfen. Wir versprechen ihnen, die Dividenden über den Ozean zu schicken. Und wenn kein Geld fließt, was tun sie dann? Zurückkommen und die Sache strafrechtlich verfolgen? Währenddessen reißt hier der Nachschub nicht ab, Flugzeug um Flugzeug um Flugzeug.«

Die Männer drehten ihre Drinks hin und her und klopften mit ihren Hühnerknochen nachdenklich ans Porzellan. »Na schön. Ich habe eine Frage«, sagte Gussew. Er drückte seine Zigarette mit einem brüsken Stoß aus – an sich schon ein hübscher Ausdruck von Zielstrebigkeit. »Wie kriegen wir die Amerikaner überhaupt dazu, ihr Geld zu investieren? Soweit ich weiß, sind das meistens junge Leute, also leichtgläubig, aber trotzdem nicht gerade die klassischen Investoren.«

»Eine gute Frage«, sagte Vladimir. Er ließ den Blick durch den Raum schweifen, wie ein Vertretungslehrer, der neues Terrain erobern will. »Hat jeder die Frage gehört? Wie kriegen wir die Amerikaner überhaupt dazu, ihr Geld zu investieren? Die Antwort lautet: Wir packen sie beim Selbstwertgefühl. Die meisten dieser jungen Männer und Frauen versuchen verzweifelt, ihren Aufenthalt in Prawa zu rechtfertigen, die Unterbrechung ihrer Ausbildung, ihrer Berufskarriere und so weiter … Wir geben ihnen das Gefühl, an der Auferstehung Osteuropas mitzuwirken. Es gibt ein amerikanisches Sprichwort, das von einem berühmten Schwarzen stammt: ›Wenn du kein Teil der Lösung bist, bist du ein Teil des Problems.‹ Dieses Sprichwort spielt in der amerikanischen Psyche eine große Rolle, vor allem unter den liberalen Amerikanern, die von dieser Stadt angezogen werden. Und wir machen sie nicht nur zu einem Teil der Lösung, wir lassen sie dabei auch noch Geld verdienen. Glauben *sie*.«

»Und du hältst das tatsächlich für machbar?«, fragte das Murmeltier ruhig, aber direkt.

»Ja, und ich sage euch auch, was wir dazu brauchen!«, rief Vladimir seinen Jüngern zu, wobei er die Arme mit zeltmissionarischem Furor und dem Eifer der Wiedergeborenen hochriss. »Wir brauchen Hochglanzbroschüren. Wir müssen sie absolut professionell machen lassen, nicht hier, vielleicht in Wien. Ah, und wir brauchen kunstvolle Darstellungen der Fünf-Sterne-Hotelanlage am Boloto-See, die wir niemals bauen werden, und dann einen Jahresbericht darüber, wie die qualmenden Fabriken abgerissen werden, um hübschen kleinen Firmenparks mit Recyclingtonnen für Glas und Papier Platz zu machen … Genau, Umweltzeugs. So was verkauft sich. Und ich sehe holistische Zentren und Reiki-Kliniken vor mir.«

Er war voll in Fahrt. Das Grummeln hatte sich gelegt. Gussew kritzelte auf seine Serviette. Kostja flüsterte mit dem Murmeltier. Das Murmeltier schien zunächst Kostjas Ratschlägen zuzustimmen, doch kurz darauf hieb der quecksilbrige Nager erneut auf den Tisch. »Warte mal«, sagte das Murmeltier. »Wir kennen doch gar keine Amerikaner.« Kostja hatte ihn bestens präpariert.

»Deshalb, meine Freunde«, sagte Vladimir, »bin ich heute bei euch. Ich schlage vor, dass ich eigenhändig die amerikanische Gemeinde in Prawa infiltriere. Trotz meines fließenden Russisch und meiner Trinkfestigkeit kann ich ohne weiteres als erstklassiger Amerikaner durchgehen. Mein Leumund ist makellos. Ich habe eins der ältesten liberalen Colleges in den Staaten besucht und weiß Kleidung, Manieren und Weltsicht der zynischen jungen Szene bestens einzuschätzen. Ich habe viele Jahre in New York, der Hauptstadt der Zynikerbewegung, gelebt, ich habe viele zornige, entrechtete Freunde mit künstlerischer Berufung und soeben eine Romanze mit einer Frau hinter mir, die in Aussehen und Temperament die Avantgarde dieser einzigartigen sozialen Gruppierung personifiziert. Meine Herren, ich möchte nicht unbescheiden wirken, aber ich versichere Ihnen – ich bin der Beste, den es gibt. Und damit basta.«

Kostja, der Gute, fing an zu klatschen. Das war zuerst ein vereinzeltes Geräusch, doch dann hob das Murmeltier eine Hand und betrachtete sie, als stünden hinten irgendwelche Anweisungen drauf, dann seufzte er, hob die andere Hand, seufzte erneut und führte sie schließlich zusammen. Schlagartig klatschten Dutzende fette, verschwitzte Handflächen aufeinander, »Ura!«-Rufe ertönten, und Vladimir wurde tiefrot.

Diesmal ließ Gussew die Faust niedersausen und brachte den Tisch zum Schweigen. »Was willst du?«, fragte er. »Für dich, meine ich.«

»Gar nicht so viel eigentlich«, sagte Vladimir. »Ich brauche eine bestimmte Summe pro Woche für Drinks, Drogen, Taxis und so weiter, damit ich mich bei der Exilgemeinde einschmeicheln kann. Die Erfahrung hat mich gelehrt, dass es am besten ist, sich in so vielen Clubs, Bars und Cafés wie möglich blicken zu lassen und dadurch eine VIP-Aura zu kreieren, die zum Selbstläufer wird. Was das in Prawa kostet, weiß ich nicht. In New York würde ich, Wohnkosten nicht gerechnet, drei- oder viertausend Dollar die Woche veranschlagen. Hier werden zweitausend wohl genügen, denke ich. Plus sechs- oder siebentausend zu Beginn, für die Umzugskosten.« Das würde seine kleinen Schulden bei Laszlo und Roberta abdecken.

»Ich glaube, Gussew meinte, wie viel Prozent du vom Profit willst«, sagte das Murmeltier und sah Gussew Bestätigung heischend an.

Vladimir hielt die Luft an. Meinten die etwa, *zusätzlich* zu seiner absurden Zweitausend-pro-Woche-Forderung? Wussten die überhaupt … Aber, Moment mal, hatte er womöglich seine Ignoranz in Sachen Bisnes-Etikette dadurch verraten, dass er keine Prozente verlangte? Genug Geld schienen die hier ja zu haben; der Speisesaal sah aus wie ein Showroom von Versace. Da blieb ihm nichts anderes, als nonchalant die Achseln zu zucken und zu erklären: »Was immer euch vernünftig erscheint. Zehn Prozent?«

Im gesamten Raum herrschte Konsens. Das erschien ganz sicher vernünftig. Wenn diese Männer normalerweise über Prozentanteile nachdachten, dann offenbar eher oberhalb von fünfzig. »Genossen«, sagte Vladimir. »Meine lieben Mit-Bisnesmeny, auf eines könnt ihr euch verlassen – ich habe nicht vor, euch über den Tisch zu ziehen. Ich bin das, was in Amerika ein ›Mannschaftsspieler‹ genannt wird. Also …«

Also? Er suchte nach einer passenden Überblendung. »Also trinken wir auf den Erfolg!«

Es folgten noch viele Trinksprüche auf den Mannschaftsspieler. Eine Schlange bildete sich, um ihm die Hand zu schütteln. Mehrere unbändige Unternehmer mussten des Zimmers verwiesen werden, weil sie sich vorgedrängelt hatten.

Jetzt lag der Plattenak-Komplex hinter ihnen. Es war ein wunderschöner, luftiger Tag, selbst der Chemiedunst kam Vladimir angenehm vor: er war dazu da, die ewig lächelnde, selbstgefällige Sonne mit einer Dosis historischer Präzision zu korrigieren. Kostja saß vorne und spielte mit den Filzwürfeln, die vom Rückspiegel baumelten. Ihr Fahrer, ein Tschetschene in der ganzen Pracht seiner mammutwolligen tschetschenischen Nationalmütze, hatte tomatenpüreerote Augen und sah aus, als würde er bereitwilligst das Hinterteil eines jeden polnischen Papp-Fiats zermalmen, der langsamer als Schallgeschwindigkeit fuhr. »Guck mal«, sagte Kostja.

Breite neoklassische Fassaden, lückenlos aneinander gereiht, erstreckten sich cremefarben und friedlich zur Rechten, obgleich dahinter ein kriegerisches Paar Wachtürme aufragte. Mitten in dem Gemisch fügten sich hochfliegende Strebepfeiler und Turmspitzen zu einer rußigen gotischen Kirche, die das sie umgebende Ensemble mit ihrer Präsenz und Größe in den Schatten stellte. »Himmel«, sagte Vladimir, das Gesicht an die Scheibe gepresst. »Was für ein wunderschönes Durcheinander.«

»Die Burg von Prawa«, sagte Kostja bescheiden.

Zur Feier dieses schamlos touristischen Augenblicks zündete sich Vladimir eine der muffigen einheimischen Zigaretten an, die ihm das Murmeltier am Ende des Lunchs überreicht hatte. Als er seine Scheibe herunterkurbelte, winkte ihm prompt ein Paar lächelnder M & Ms mit ihren weiß behandschuhten Händen zu – die sympathischen Bonbons befanden sich auf der seitlich an eine Straßenbahn geschweißten Werbefläche. »Ah!«, sagte Vladimir, als das alte Viech vorbeirumpelte. Er drehte sich nach der Burg um, die auf der rechten Seite immer noch weiterlief, dann wieder nach den winkenden M & Ms, die links verschwanden. Er war wunschlos glücklich. »Fahrer, mach Musik!«, sagte er.

»ABBA, Greatest Hits?«, fragte der Bursche. Eine rhetorische Frage.

»Spiel ›Super Trooper‹«, sagte Kostja.

»O ja. Das mag ich«, sagte Vladimir. Eine nach Platanen duftende Brise wehte durch den Wagen, als die nordischen Schätzchen aus dem Kassettenrekorder krähten, und die drei Exsowjets stimmten in Akzenten von unterschiedlicher Qualität ein. Jetzt ging es abwärts, in Serpentinen um den Hügel herum, auf dem die Burg saß, genau in dem Augenblick, als eine entgegenkommende Straßenbahn um die Kurve sauste und sie nur um Zentimeter verfehlte. »Scheißstolowaken!«, brüllte der Tschetschene.

Und dann sah Vladimir nach unten. Er hatte den Ausdruck »Meer der Kirchtürme« in irgendeinem Reiseprospekt an der Touristeninformation des Flughafens aufgeschnappt, und obgleich es in dem Architektureintopf da unten durchaus goldene Kirchtürme gab, in denen sich die Spätsommersonne spiegelte, fand er es doch ziemlich parteiisch von dem Pamphlet, nicht die schrägen roten Dächer zu erwähnen, die wie ein Erdrutsch den Hügel hinunterliefen, bis in die graue Wasserschleife hinein, die Kostja als den Fluss Tavlata vorstellte. Oder die umwerfenden gotischen Pulvertürme, die strategisch über die Stadtlandschaft verteilt waren, als wollten dunkle mittelalterliche Wächter die Stadt vor dem gängigen Irrsinn beschützen, der anderswo mit der Zeit so manche europäische Skyline ruiniert hatte.

Nur ein Gebilde passte nicht dazu, es hockte riesig und brütend im Hintergrund und schaffte es, ganz allein die halbe Stadt zu überschatten. Zuerst tippte Vladimir auf einen zu groß geratenen Pulverturm, der vom jahrelangen Gebrauch schwarz geworden war ... nur ... na ja ... Nein, die schmerzliche Wahrheit ließ sich einfach nicht leugnen. Das Gebilde war eine Art riesenhafter Schuh, eine Galosche, genauer gesagt. »Was ist das?«, rief Vladimir über ABBA hinweg Kostja zu.

»Was? Noch nie von dem FUSS gehört?«, rief Kostja zurück. »Das ist eine ziemlich lustige Geschichte, Vladimir Borissowitsch. Soll ich sie erzählen?«

»Ich bitte darum, Konstantin Iwanowitsch«, sagte Vladimir. Er hatte vergessen, woher er Kostjas Vatersnamen eigentlich kannte, aber dieser erdverbundene Mann musste einfach der Sohn eines Iwan sein.

»Also, als der Krieg zu Ende ging, erbauten die Sowjets das größte Stalin-Denkmal der Welt in Prawa, ja? Das war schon unglaublich. Die gesamte Altstadt klemmte wie ein Brötchenbelag zwischen Stalins beiden Füßen; ein Wunder, dass er nicht draufgetreten ist.« Kostja belohnte seinen eigenen Scherz mit einem kleinen Lacher. Er genoss es sichtlich, mit Vladimir zu reden. Dem war klar, dass Kostja, zu einer vernünftigeren Zeit in einem anderen

Land geboren, ein heiß geliebter Volksschullehrer in irgendeiner freundlichen langsam denkenden Provinz geworden wäre.

»Dann, nachdem der Große Vater der Völker dahingeschieden war«, fuhr Kostja fort, wieder in seinem offiziellen Belehrungston, »durften die Stolowaken, seinen Kopf sprengen und durch den Chruschtschows ersetzen, was ihnen ganz sicher ein großer Trost war. Und zwei Jahre nach der Gabardine-Revolution haben die Stolowaken Nikita endlich in die Luft gejagt, das heißt weitgehend … Frag mich nicht, was genau passiert ist … Die Burschen, die den Auftrag für den linken Fuß zugesprochen bekamen, hat man zum letzten Mal zusammen mit Trata Schiklaja in der Karibik gesehen, mehr muss ich ja wohl nicht sagen. Kannst du dich an die erinnern? Sie hat in *Komm heim, Schütze Mischa* mitgemacht und in, wie hieß das andere, das in Jalta spielte? *Mein Albatros.*«

»PrawaInvest könnte doch den FUSS sprengen«, schlug Vladimir vor und vergaß kurzfristig die unerträgliche Leichtigkeit des Seins seiner Firma.

»Das ist sehr kostspielig«, gab Kostja zu bedenken. »Der FUSS steht genau am Fuß der Altstadt. Wenn du den Sprengstoff nicht genau richtig dosierst, liegt die halbe Stadt in der Tavlata.«

Wenn PrawaInvest es nicht schaffte, dann würde eben Vladimir höchstselbst, so schwor er sich, den FUSS aus seiner Wahrnehmung streichen, so imposant dessen Galoschensilhouette auch über der architektonischen Anmut der Stadtlandschaft dräute.

Ja, abgesehen vom Riesenfuß übte Prawa durchaus seinen goldenen Zauber auf ihn aus, diese Stadt hatte wirklich ihren Charme; mochte es auch keine Weltstadt wie, sagen wir, Berlin sein, ein verschissenes Bukarest war es auch nicht. Was also, konsequent weitergedacht, wenn die Amerikaner hier eher etwas raffinierter waren, wie Fran und Tyson, und nicht so desillusioniert wie Baobab zum Beispiel? Vladimirs Magen fing sorgenvoll an zu rumpeln. Und Kostja, als hätte er Vladimirs Bedenken gespürt, sagte: »Eine hübsche Stadt, oder? Aber New York ist bestimmt noch viel schöner.«

»Machst du Witze?«, sagte Vladimir. Sie überfuhren eine Reihe roter Ampeln und schlingerten über die Straßenbahnschienen auf der Brücke, die die beiden Teile der Stadt miteinander verband. Es rumpelte heftig, und der Fahrer verfluchte ein weiteres Mal die Stolowaken wegen ihrer miesen Infrastruktur.

»Na ja«, sagte Kostja, ganz Diplomat, »aber New York ist bestimmt größer.«

»Das stimmt«, sagte Vladimir, »es ist die größte Stadt von allen.« Aber beruhigt war er nicht.

Sie bogen schwungvoll vom Ufer in eine Straße mit barocken Wohnhäusern in unterschiedlichen Stadien des Verfalls, aber immer noch mit allen Verzierungen, Giebeln und Wappen, die auffielen wie die Rüschen an einem abgetragenen Habsburgergewand.

»Hier anhalten«, sagte Kostja. Der Fahrer donnerte auf das nächstgelegene Stück Bürgersteig.

Draußen vollführte Vladimir einen kleinen Glückstanz, eine Mischung aus Jitterbug und Kasatschok; er hatte das Gefühl, dass Kostja seinen momentanen Verstandesaussetzer für sich behalten würde. Der Russe lächelte voller Sympathie und sagte: »Ja, es ist ein schöner Tag.«

Sie gingen in ein Café, eins der vielen, aus denen weiße Plastiktische auf den Bürgersteig quollen, die Tische voll mit Schwein, Knödeln, Bier und lauter Deutschen. Eigentlich waren überall Touristen. Die Deutschen traten phalanxweise auf, fröhlich betrunkene Schwaben und zielstrebig ausschreitende Frankfurter. Horden benommener bayrischer Großmütter auf Kirchenfahrt taumelten aus Kneipen und stolperten über hechelnde Dackel, die gerade von ihren grimmigen stolowakischen Pendants ausgeführt wurden: den Babuschkas. Auf den ersten Blick spürte Vladimir eine Nähe zu diesen verwitterten Überlebenden von Faschismus *und* Kommunismus, denen ganz offensichtlich ihre Stadt nicht mehr gehörte und die unter schäbigen Kopftüchern hervor voller Verachtung auf ihre schmuckbehangenen Nachbarn von jenseits der Grenze starrten. Er konnte ohne weiteres seine eigene Großmutter an ihre Stelle setzen, nur dass sie nie darauf gekommen wäre, sich einen gefräßigen Hund zu halten, sondern lieber ihren Sohn mit Extraportionen gefüttert hätte.

Die Deutschen waren zwar überall, aber nicht allein. Trauben modischer junger Italiener bummelten über den Boulevard, gefolgt von Schwaden aus Dunhill-Rauch. Ein Knäuel Französinnen mit identischen Stoppelfrisuren stand vor einer Café-Karte und beäugte sie skeptisch. Und dann hörte Vladimir endlich auch den Singsang einer großen, kernigen amerikanischen Familie, die sich darüber stritt, wer gerade dran war, die verdammte Videokamera zu tragen. »Aber wo sind die *jungen* Amerikaner?«, fragte er Kostja.

»Die Jungen sind nicht allzu oft in den touristischen Ecken unterwegs. Die trifft man eher auf der Emanuelbrücke, wo sie singen und betteln.«

»Krüppel können wir aber nicht gebrauchen«, sagte Vladimir.

»Also, ein bekanntes Amerikaner-Café kann ich dir zeigen«, bot Kostja an, »aber zuerst sollten wir auf deine Ankunft anstoßen. Ja?«

Ja. Sie griffen nach der Getränkekarte. »Meine Güte«, sagte Vladimir, »fünfzehn Kronen für einen Cognac.«

Kostja erklärte ihm, dass das umgerechnet fünfzig Cent waren.

Ein Dollar war dreißig Kronen wert? Zwei Drinks für einen Dollar? »Ja, klar«, sagte Vladimir Girshkin, der versierte internationale Businessman. »Darf ich dich einladen?«, fügte er großzügig hinzu. Und er trieb das Gedankenspiel noch weiter: Bei einem Budget von zweitausend Dollar die Woche waren das viertausend Drinks für ihn. Natürlich durfte er selber nicht zu gierig werden, er würde eine Menge Leute zu einer Menge Drinks einladen müssen, und dazu kamen noch Taxis und Abendessen und was nicht alles, aber trotzdem, auch fünfhundert Drinks pro Woche war ziemlich anständig.

Ein Kellner mit hängendem Dackelgesicht, dem weinroten Jackett in Übergröße und einem preußischen Schnurrbart schleppte sich an ihren Tisch. »Dobry den«, sagte er. Aha, die Begrüßung war dieselbe wie auf Russisch, stellte Vladimir fröhlich fest. Aber dann gab Kostja einen Mund voll Worte von sich, die der russischen Version von »Zwei Cognacs, bitte« nur sehr entfernt ähnelten.

Sie tranken. Eine Gruppe italienischer Schulmädchen marschierte die Straße entlang und fuchtelte mit irgendwelchen Puppen, die krähende Hähne darstellten, in ihre Richtung. Zwei der bronzenen Nymphen ließen sich Zeit, als sie an Kostjas und Vladimirs Tisch vorbeikamen, und betrachteten die beiden nacheinander mit ihren großen runden Augen, die zwei Schattierungen dunkler waren als der Cognac. Die peinlich berührten Russen wandten sich schnell ab und einander zu, um dann den italienischen Mädchen verstohlen hinterherzuschauen, als sie um die Ecke bogen. »Du sagst, du warst mit einer außergewöhnlichen amerikanischen Frau in New York zusammen«, sagte Kostja mit bebender Stimme.

»Mit mehreren Frauen«, sagte Vladimir lässig. »Aber eine war besser als die anderen, wie das wahrscheinlich meistens so ist.«

»Stimmt«, sagte Kostja. »Ich habe immer davon geträumt, nach New York zu fahren, mir die netteste Frau dort auszusuchen und mit ihr in einem großen Haus außerhalb der Stadt zu leben.«

»Es ist immer am besten, im Zentrum zu wohnen«, korrigierte Vladimir, »und die netteste Frau ist in den seltensten Fällen die interessanteste. Das ist eine Frage des Gleichgewichts, meinst du nicht?«

»Ja«, sagte Kostja, »aber für Kinder ist es am besten, eine nette zu finden, und auf den Rest pfeife ich.«

»Kinder?«, fragte Vladimir und lachte.

»Klar, ich werde nächstes Frühjahr achtundzwanzig«, sagte Kostja. »Guck«, er beugte den Kopf nach vorn und zog an den grauen Haaren, die in der Mitte seines Hinterkopfs schon ziemlich zahlreich waren. »Mir würde natürlich eine Frau gefallen, die mit mir ins Konzert und ins Museum geht, wenn sie drauf besteht, auch ins Ballett. Und sie sollte belesen sein und natürlich Kinder lieben. Und gut den Haushalt führen, denn ich hätte gern ein großes Haus, wie ich schon sagte. Aber das ist ja sicher nicht zu viel erwartet von einer schönen Amerikanerin wie der, die du beschrieben hast, oder?«

Vladimir lächelte höflich. Er hob zwei Finger zum vorbeikommenden Kellner und zeigte auf die leeren Gläser. »Und, hast du jemanden in Petersburg?«, sagte er.

»Meine Mutter. Sie ist ganz allein. Mein Vater ist tot. Sie stirbt langsam. Zirrhose. Emphysem. Demenz. Sie kommt auf dreizehn Dollar Rente im Monat. Ich schicke ihr meinen halben Lohn, aber ich mache mir immer noch Sorgen. Vielleicht sollte ich sie irgendwann da rausholen.« Und nun seufzte Kostja das altbekannte Seufzen von Vladimirs russischen Klienten im Emma-Lazarus-Verein; das lungenleerende Seufzen, das von einem Mühlstein um den Hals kommt. Der flachshaarige Gangster wurde ziemlich weich bei seiner Mama.

»Denkst du manchmal daran, nach Russland zurückzugehen?«, fragte Vladimir und hätte diese Worte am liebsten auf der Stelle zurückgenommen, denn dass Kostja fortging, war das Letzte, was er wollte.

»Jeden Tag«, sagte Kostja. »Aber ich konnte nie etwas in Petersburg oder Moskau finden, das so gut bezahlt wurde. Natürlich gibt's da die Mafija ...« Kostja brach ab, und beide dachten über dieses Tabuwort nach. »Aber dort ist es viel gefährlicher. Jeder greift immer gleich zur Waffe. Hier läuft alles gelassener, und die Stolowaken können auch besser Ruhe und Ordnung halten.«

»Ja, das Murmeltier kommt mir tatsächlich wie ein freundlicher Mensch vor«, sagte Vladimir. »Ich kann mir kaum vorstellen, dass jemand vorhat, ihm zu schaden. Oder seinen Geschäftspartnern.«

Kostja lachte und wickelte sich seine Krawatte um die Finger wie ein kleiner Junge, der seinen ersten Ansteckschlips bekommen hat. »War das eine Frage?«, sagte er. Eine dritte unaufgeforderte Runde Cognac war gerade eingetroffen. »Ehrlich gesagt, es gibt ein paar Bulgaren, die nicht furchtbar glücklich darüber sind, wie er die Stripperszene von oben her aufgerollt hat, aber das sind nur kleine Meinungsverschiedenheiten, die man mit ein paar Flaschen hiervon ausräumen kann ...« Er hob sein Glas. »Keine Kugeln nötig.«

»Überhaupt nicht«, sagte Vladimir.

Kostja sah auf seine Uhr. »Ich habe einen Termin«, sagte er. »Aber wir sollten das wiederholen. Ach so, läufst du auch?«

»Wie, laufen?«, fragte Vladimir. »Um einen Bus zu kriegen und so?«

»Nein, um die Kondition zu verbessern.«

»Ich habe keine Kondition«, sagte Vladimir.

»Na, dann ist ja alles klar. Nächste Woche laufen wir. Es gibt eine nette kleine Strecke hinter dem Komplex.« Sie schüttelten sich die Hand, und Kostja notierte die Wegbeschreibung zu der Amerikaner-Kneipe auf einer Serviette. Sie hieß Eudora Welty's. Dann sprang der junge Mann auf und lief, à propos, die Straße entlang und war im Nu um die Ecke.

Vladimir gähnte spektakulär, trank seinen Cognac aus und winkte dem Kellner, um zu zahlen: gut drei Dollar. Es wurde Zeit, den Gringos gegenüberzutreten.

KAPITEL 20

Cohen, der Schriftsteller

Als er endlich das unterirdische Eudora's gefunden hatte, steckte Vladimir bereits im unüberbrückbaren gastronomischen Abgrund zwischen Mittag- und Abendessen. Fünf einsame Seelen saßen noch in dem Restaurantgewölbe, dessen Räumlichkeiten andeuten sollten, dass dies früher mal etwas anderes gewesen war als das heutige Exilantenforum mit Cajun-Küche – vielleicht eine Folterkammer, wo sich Katholiken und Hussiten gegenseitig an den Nasenhaaren von der Decke baumeln ließen. Heute war der einzige Anklang an gequälte Religiosität der angepriesene Mönchsfisch am Spieß auf Fenchelbett.

Eine Kellnerin kam Vladimir entgegen. Sie war jung, nervös, Amerikanerin, hatte einen kurzen gräulichen Haarschnitt und trug eine Art Kilt. Obendrein hatte sie die Unart, Vladimir »Honey« zu nennen. »Setz dich doch, Honey.« Auch noch Südstaatlerin.

Vladimir musterte sowohl die Karte als auch seine Landsmänner und -innen beim verspäteten Mittagessen. An einem Tisch gleich links von ihm befanden sich vier Frauen und ein Dutzend leerer Bierflaschen. Die Frauen trugen, bei 21 Grad im Schatten, Motorradstiefel, Kordhosen und T-Shirts in diversen düsteren Farbtönen: Krankenhausschmuddel, Narkolepsiegrau und das Schwarz der gähnenden Leere. Sie sprachen so leise, dass Vladimir trotz ihrer Nähe kein einziges Wort mitkriegte, und sie kamen ihm allesamt entsetzlich bekannt vor, als wären sie auf Vladimirs College im Mittleren Westen gewesen. Am liebsten hätte er mal den Namen fallen lassen, um ihre Reaktion zu sehen.

Der verbleibende Kunde war ein gut aussehender Bursche: schlank und blass, mit breiten Schultern und einer löwenhaften, glockig geschnittenen Mähne aus schwerem hellbraunem Haar, unfehlbares Anzeichen für einen gesunden Organismus. Hätten Schönheitsexperten irgendwelche Einsprüche gegen diesen Herrn erheben wollen, dann höchstens gegen die leicht gebogene Adlernase – was braucht der Löwe schon vom Adler? – und auch gegen den unbeholfenen Flaum auf seinem Kinn; man konnte sich seine Züge entweder mit einem richtigen oder gar keinem Bart vorstellen, aber doch nicht mit diesem tristen Moos da.

Der Bursche kritzelte wild auf einen Notizblock, die unvermeidlichen leeren Bierflaschen standen aufgereiht neben ihm, seine Zigarette kokelte auf Autopilot in den Furchen des Aschenbechers vor sich hin, und ab und zu schweifte sein Blick durch das Restaurant und streifte beiläufig den Tisch, den das andere Geschlecht bevölkerte.

Vladimir bestellte Spanferkel und einen Mint Julep. »Und was für ein Bier trinken die alle hier?«, fragte er die Kellnerin.

»Unesko«, sagte sie lächelnd. Er hatte sich als Neuling verraten.

»Ja, davon nehme ich auch eins.«

Er wühlte in seiner Tasche nach dem dicken, fleddrigen Notizbuch, einem Überbleibsel vom College: ein Gedicht hier, ein Prosaversuch dort. Er knallte es auf den Tisch, damit die Spiralbindung vernehmlich klirrte, und tat dann, was er konnte, um das Starren vom Frauentisch und vom jungen Hemingway am anderen Ende des Raums zu ignorieren. Er holte seinen Parker im Marmordesign heraus, auf dem das Logo von Mutters Firma stand, und belächelte ihn. Oder vielmehr, lächelte ihn an.

Wer Vladimir seit Jahren kannte, hätte es für sein Standardlächeln gehalten, dessen Gewichtigkeit sich in der vorgeschobenen Unterlippe und den umwölkten, friedlichen grünen Augen ausdrückte. Doch Vladimir glaubte (vielleicht durch die Lektüre zu vieler schlechter Romane), ein Lächeln könne eine ganze Geschichte erzählen, wenn er es nur mit gezielt eingesetztem Kopfschütteln und humorvollem Seufzen garnierte. Im vorliegenden Fall hoffte er, dass sein Lächeln Folgendes mitteilte: »Ja, wir haben eine Menge gemeinsam durchgemacht, dieser Füller und ich. Wir haben einander vor dem Zusammenbruch bewahrt, in all den seltsamen, selbstquälerischen Jahren. Portland, Oregon; Chapel Hill, North Carolina; Austin, Texas; dann natürlich Sedona, Arizona. Und vielleicht Key West. Ich weiß nicht mehr genau. Haufenweise altersschwache Autos, gleichgültige Frauen, Bands, die zerbrachen, weil die Persönlichkeiten einfach zu stark waren. Und die ganze Zeit: der Füller. Schreiben. Ich bin Schriftsteller. Nein, Dichter.« Er hatte gehört, dass Lyrik hier Prestige genoss. Alle reimten, Jazzclubs erweiterten ihr Programm um Poetry Slams. Aber er musste sich ja auch abheben ... »Ich bin Schriftsteller-Poet. Nein, Romancier-Poet. Aber mein Geld verdiene ich mit Investments. Ich bin Romancier-Poet-Investor. Und Tanzimprovisationen mache ich auch.«

Vladimir lächelte seinen Füller inzwischen schon zu lange an. Schluss jetzt mit dem Füller. Er vertiefte sich in sein Gedicht. Es handelte von Mutter; das fiel ihm leicht, Mutter eignete sich gut für Verse. Seine beiden Drinks kamen, und die Kellnerin lächelte, als sie seine Bemühungen sah. Ja, sie saßen alle im selben Boot.

Er kriegte ordentlich was geschafft, beschrieb seine Mutter in einem Chinarestaurant, mit Bildern wie »schlichte Perlen aus ihrem Mutterland«, für die er damals am College im Mittleren Westen gute Noten von seinem Komparatistik-Prof bekommen hatte. Dann schlug das Schicksal zu. Sein Globetrotter-Füller war offenbar leer. Vladimir schüttelte ihn, so anmutig es ihm möglich war, dann begann er den anderen Künstler im Eudora Welty's anzuräuspern. Der Bursche wollte nicht reagieren, versunken (oder vorgeblich versunken) in seine Arbeit, kniff er die Augen zusammen und schüttelte den Kopf über die Worte vor ihm, als wären sie sein Untergang. Er raffte seine Mähne mit beiden Händen und ließ sie wieder hinabgleiten – und sie glitt sehr elegant, wie ein sich öffnender chinesischer Fächer. Vladimir seufzte und schüttelte seinerseits tapfer den Kopf.

Das Frauenkollektiv jedoch reagierte, indem es die Unterschallqualitäten seiner Unterhaltung weiter reduzierte. Die Frauen betrachteten Vladimir und seinen Füller mit großer Verwirrung und Sorge, als wären sie verirrte Touristinnen, die sich, weit weg von der Sicherheit ihres Hilton, plötzlich mit einem Spontantanz der Eingeborenen konfrontiert sehen. Vladimir nahm sein Bier, seine einzige Referenz, und ging zu den Frauen hinüber. »Stift?«, fragte er.

Eine der Frauen hatte eine Handtasche; sie öffnete sie und durchwühlte Haufen von frischen und gebrauchten Kleenextüchern. Währenddessen warf sie ihren Landsmänninnen panische Blicke zu, bis eine von ihnen, deren blonde Igelstoppeln vor Autorität knisterten, an ihrer Stelle das Wort ergriff: »Sie hat keinen Stift.« Die anderen nickten.

»Du brauchst einen Stift?« Das war der Schriftsteller. Er hielt seine Bierflasche an die Wange gepresst, was Vladimir als internationales Symbol freundlicher Absichten bei milder Trunkenheit interpretierte.

»Ich brauche einen Stift«, sagte Vladimir, der das Drama langsam zu seinem Ende kommen sah. Er ging unter Dankesgemurmel an die Adresse der Frauen (keine Antwort) zu dem Schriftsteller hinüber und nahm einen Kugelschreiber entgegen. »Mein Scheißding ist leer«, sagte Vladimir.

»Ein Schriftsteller hat zwei dabei!«, bellte der Schriftsteller. »Immer.« Er stellte das Bier ab und musterte Vladimir, das runde narbenkraterige Kinn gereckt, wie ein Grundschuldirektor seinen tollpatschigsten Anbefohlenen.

»Der zweite ist auch leer«, sagte Vladimir, den sein bemühter Tonfall schuldig sprach – schuldig, nur einen Stift mitgenommen zu haben. »Ich habe heute zu viel geschrieben.«

Zu viel geschrieben? Zu viel war nie genug. Jetzt hatte er sich bestimmt mit diesem idiotischen Quatsch um Kopf und Kragen geredet, doch der Schriftsteller sagte nur: »Irgendwas Gutes dabei?«

»Dieses Gedicht über meine russische Mutter in Chinatown«, sagte Vladimir und versuchte sich mit einem Maximum an ethnischen Bezügen exotisch zu geben. »Aber ich kriege es einfach nicht richtig hin. Ich bin hergekommen nach Prawa, um Abstand zu gewinnen, aber ich habe immer noch nicht zu mir gefunden.«

»Wie kommst du denn zu einer russischen Mutter?«, fragte der Schriftsteller.

»Ich bin Russe.«

»Pssst.« Sie sahen sich um. »Die Tresenkraft ist Stolowakin«, erklärte der Schriftsteller.

Zwei ungleiche Saloon-Schwingtüren teilten den Barbereich von der restlichen Kneipe ab; die russophobe Stolowakin war gerade irgendwo dahinter zugange. Vladimir sah peinlich berührt auf seine Füße und nahm an Stelle einer Antwort einen Schluck von seinem Bier. Ja, er verlor wirklich stetig an Boden, so sehr holperten und stolperten seine Versuche, mit dem literarischen Gott ins Gespräch zu kommen. So beschloss er, gegen seine deutlichen Instinkte, es mal mit Ehrlichkeit zu versuchen, der Todfeindin des Pyramidenschematikers. »Ich bin erst vor kurzem angekommen«, sagte er. »Was die Einheimischen betrifft, kenne ich mich noch nicht so gut aus.«

»Die kannst du vergessen«, sagte der Schriftsteller. »Das ist eine amerikanische Stadt hier. Setz dich doch. Komm, mach mal Pause mit deinem Gedicht über die russische Mama. Und guck nicht so mürrisch. Mann, an das Mutter-als-Muse-Stadium kann ich mich gut erinnern. Glaub mir, die Mutterbrust ist morgen früh auch noch da.«

Da wusste Vladimir, dass er sich mit diesem Typen verstehen würde. Die hilfreichen Hinweise, Stichwort zwei Stifte, die weltgewandte Haltung gegenüber den Stolowaken und nun das erfahrene Lob der Mutterbrust, all das bestätigte nur, dass der Schriftsteller zu denen gehörte, die jeder Nichteingeweihte als Arschloch bezeichnet hätte. Aber Vladimir kannte diese hübschen Außenseiter des gut situierten Amerika, wie sie durch ihren Fünfjahresplan der alkoholischen Selbstfindung segelten und dann verzweifelt eine fünfjährige Verlängerung anzupeilen versuchten. *Mann, an das Mutter-als-Muse-Stadium kann ich mich gut erinnern.* Welch entwaffnende Attacke. Da war es wieder, das progressive College im Mittleren Westen. Dieser Adonis passte eindeutig in Vladimirs Konzept, das war sein »Patient Zero«.

Vladimir setzte sich, gerade als ein zweiter Mint Julep von der Kellnerin gebracht wurde, die ein trockenes Lächeln für die geistige Begegnung ihrer Landsmänner übrig hatte. Er leerte sein erstes Bier und stellte die Flasche auf das entschwindende Tablett. »Noch eins?«, fragte sie.

»Bitte.«

»Nüsse?«

»Keine Nüsse.«

»Zitrone?«

»Never.«

»Das geht auf mich«, sagte der Schriftsteller, beeindruckt von der Knappheit und Aufrichtigkeit des Austauschs. Jetzt befanden sie sich auf Raymond-Carver-Gelände. »Hast du vor, heute abzustürzen?«, fragte er, als Vladimir nach seinem Julep griff.

»Jetlag. Bin etwas neben mir«, sagte Vladimir. Denk nach. Carver-Dialog. Scheinbar schlicht und doch tiefsinnig. »Ich hab noch nicht alles auf der Reihe«, sagte Vladimir und schaute geheimnisvoll beiseite.

»Schon Wohnung gefunden?«

»Mein Boss hat mir eine in der Vorstadt besorgt.«

»Boss?« Der Mund des Schriftstellers klappte auf und präsentierte Yankee-Kieferorthopädie vom Feinsten. Er schüttelte den Kopf, dass die Mähne flog; man hätte die seidige Matte am liebsten angefasst. »Das heißt, du arbeitest? Für wen?«

Offenbar hatte diese Erwähnung der materiellen Welt den bilderstürmenden Kritzler ordentlich aufmerken lassen. Vladimir stellte sich seinen Hintergrund vor, sorgenvolle Eltern, wütende Transatlantikgespräche am Telefon, Säcke voller Bewerbungsformulare für Studienplätze in Jura, die von erschöpften stolowakischen Postboten durch die Straßen von Prawa gezerrt wurden. »Eine Development-Firma«, sagte Vladimir.

»Development-Firma? Was entwickelt ihr denn? Ich heiße übrigens Perry.« Er streckte die Hand aus. »Perry Cohen. Ja, ein überraschender Name. Ich verrate dir, dass ich der einzige Jude bin, den Iowa je hervorgebracht hat.«

Vladimir lächelte und dachte: Was passiert, wenn bei einer solchen Selbstdarstellung noch ein Jude aus Iowa im selben Raum ist? Peinlich, peinlich. Er speicherte die Idee als zukünftig anzusetzenden Hebel. »Was hat euch Juden denn so weit weg nach Iowa verschlagen?«, fragte er. (Und fügte zur Beruhigung hinzu: »Ich bin auch Jude.«)

»Mein Vater ist der Jude«, erklärte Perry. »Meine Mutter ist die Tochter des Bürgermeisters.«

»Und der Bürgermeister hat sie einen Juden heiraten lassen. Wie nett.« So. Langsam traf er den Zungenschlag. Den typischen, knallhart-direkten Exilanten-Zungenschlag. »Dein Vater ist bestimmt blond wie du. Und voll assimiliert auch.«

»Er ist Hitler, nur beschnitten«, sagte Cohen. Und als er das sagte, geschah etwas Unpassendes, vielleicht sogar Spontanes: Sein Kopf beugte sich vor, so dass ihm die Mähne ins Gesicht fiel, und unter der Mähne bemerkte Vladimir – was? Ein rasches, nasales Ausatmen, um einem Wimmern zuvorzukommen? Ein geschwindes Blinzeln, um ein, zwei Tröpfchen zu verscheuchen? Ein harter Biss auf eine bebende Unterlippe, um sie zur Räson zu bringen? Doch bevor Vladimir zur Vertiefung der Frage kam, ob dies ein echter Ausdruck von Gefühl oder eine kleine Show zu seinen Ehren gewesen war, strich sich Cohen das Haar zurück, räusperte sich laut und fasste sich wieder.

»Hitler, aha«, sagte Vladimir, der auf jeden Fall absolut unbekümmert wirken wollte. »Erzähl.«

Und so erzählte Cohen Vladimir die Geschichte von seinem Vater. Die beiden Männer kannten sich jetzt gerade mal seit zwei Minuten; ein Stift war vom einen zum anderen übergegangen; Herkunft und Hintergrund waren benannt worden; und zu einigem Geplänkel war es gekommen. Mehr brauchte es also nicht – ein kurzes Hinternbeschnüffeln unter Rüden –, um dem Schriftsteller Cohen die Geschichte von seinem Vater zu entlocken?

War diese Geschichte vielleicht Cohens Markenzeichen? Sein Leitmotiv? In den Wanderjahren seiner Selbsterfindung hatte Vladimir eins gelernt, nämlich dass es wichtig war, ein Leitmotiv zu haben. Eine zusammenhängende Geschichte, die man abspulen konnte, sobald sich die Gelegenheit dazu bot. Eine Chance, sich in den Köpfen der Leute einzunisten. Ironischerweise war Cohens Geschichte nicht mal seine eigene, sondern die seines Vaters. Aber Cohen versuchte verzweifelt, sie zu der seinen zu machen.

Er setzte sogar visuelle Hilfsmittel ein! Ein Polaroidfoto von seinem Vater, der ein besonders rosiger und schwergewichtiger amerikanischer Jude war, mit kleinen, zum Teil von buschigen, verschwitzten Brauen verdeckten Augen, ansonsten in einem zu engen grün karierten Anzug, einen Arm um Richard Nixon gelegt, vor einem Schild mit der Aufschrift »Des Moines Handelskonferenz 1974«. Beide lächelten einander an, als wäre es nicht 1974, sondern irgendein anderes, belangloses Jahr im Laufe dieser amerikanischen Präsidentschaft.

»Da-ddy«, sagte Cohen, die Stimme eines Dreijährigen imitierend, und rieb mit dem Daumen über den kahlen Hinterkopf seines Vaters. Na, das war vielleicht ein Papa. An Perrys dreizehntem Geburtstag, als ihm nach den Vorschriften der Thora die dubiose Verantwortung eines Mannes hätte aufgebürdet werden sollen, hatte sein Vater ein Geschenk für ihn. »Ich ändere deinen Namen«, erklärte er. »Du sollst nicht als Cohen durchs Leben gehen müssen.« Und überreichte seinem Sohn einen Haufen Papiere zur Unterschrift. Von nun an sollte er Perry Caldwell heißen.

Nun war das nicht Cohens erste Begegnung mit dieser Selbsthass-Kiste. Schließlich war er *Perry* genannt worden. Wenn sie an hohen Feiertagen, und auch nur dann, zum Gottesdienst ins entfernte St. Louis fuhren, nannte Perrys Vater den Rabbi immer Reverend Lubofsky. »Hoffentlich lässt der Reverend dieses Jahr Reagan mal in Ruhe«, sagte er etwa und verzog sein großes trauriges Gesicht mit den fleischigen Lippen, in der ängstlichen Erwartung, irgendein Einheimischer aus Iowa könnte sie auf dem kleinen Parkplatz der Synagoge bemerken.

Und so landete Cohen auf dem progressiven geisteswissenschaftlichen College im Mittleren Westen, eng verwandt mit dem Vladimirs, wo allgemeiner Vaterhass die Norm war und Cohen hervorragende Leistungen erbrachte. In den frühen Neunzigern diente dieses College Hunderten unglücklicher junger Männer und Frauen aus dem Mittleren Westen auch als Etappe auf dem Weg ins rettende Land: Prawa. Cohen, wütend und verwirrt, hörte schon in seinem ersten Jahr die Signale. Und nun war er hier.

Das war also seine Geschichte! Das war Cohens Leitmotiv! Sein Vater war ein reiches Arschloch. Wie schockierend. Vladimir war im Begriff, Cohen mit seiner eigenen Geschichte zu attackieren, von den Schikanen gegen Juden in Leningrad bis zu seinen Jahren als »stinkender russischer Bär« im New Yorker Umland. Assimiliert, von wegen. Was weißt du schon von Assimilation, du verwöhntes Ami-Schwein? Ha, dir werd ich's zeigen ... euch allen werd ich's zeigen!

Ja, und *wie* Cohen die Geschichte erzählt hatte. Bei der Stelle mit Reagan die Stimme senkend, um bei der Erinnerung an die Fehlgriffe seines Vaters verletzt, aber tapfer zu klingen. Krokodilstränen, mein Freundchen aus der schicken Vorstadt. Dein Vater könnte ein Regenwaldkiller und ein Hutu-Schlächter sein, aber letzten Endes wird dein Schicksal doch vom Inhalt deines Aktiendepots bestimmt, von der Linie deiner Nase und der Qualität deines Akzents. Immerhin hatte sein Daddy ihm nicht vorgeworfen, wie ein Jude zu *gehen*. Himmelarsch! Vladimir hätte diesen Cohen am liebsten umgebracht! Doch stattdessen schüttelte er nur trübselig den Kopf und sagte: »Mein Gott. Schwer zu glauben, dass solche Dinge heutzutage noch passieren.«

»Ich kann es auch nicht glauben«, sagte Cohen. »Ich hoffe, es macht dir nichts aus, dass ich mir getraut habe, dir davon zu erzählen.« *Mich* getraut habe, korrigierte Vladimir ihn im Geist (Ami-Idioten, beherrschten nicht mal ihre eigene Sprache). Und nein, solange unterm Strich harte Dollars herauskamen, machte es ihm überhaupt nichts aus.

»Die Beziehung zu meinem Vater ist etwas, was meine Arbeit ganz stark prägt«, fuhr Cohen fort. »Und ich dachte, du bist der Typ Mensch ...«

Hallo? Was für ein Typ Mensch war er denn?

»Du wirkst so abgeklärt und der Welt überdrüssig.«

»Aha«, sagte Vladimir. Abgeklärt und der Welt überdrüssig. Na, da hatte er ja mal einen Treffer gelandet, der kleine Wichser. Doch dann wurde der hochmütige Girshkin etwas milder. Recht bedacht, war »abgeklärt und der Welt überdrüssig« wahrscheinlich das Netteste, was man zu einem Fünfundzwanzigjährigen sagen konnte. Und außerdem war der Typ aus Iowa, wie gesagt, ein großer, attraktiver Kerl, ein Knurrlöwe (hätte Vladimir doch nur ein bisschen mehr wie er ausgesehen), selbstbewusst genug, um bei einem einzigen Bier seine Privatangelegenheiten auszubreiten. Außerdem hatte er schöne, schwere, bäurische Hände, richtige Männerhände, und wahrscheinlich hatte er schon mit allen möglichen Frauen geschlafen. Vladimir erhob auch gewisse Ansprüche auf Männlichkeit, und zu diesem Zweck wollte er Cohens Freund sein. Dass sich das Bedürfnis nach Freundschaft und Nähe so bald nach seiner unsäglichen Flucht aus den Staaten wieder einstellen würde, hätte Vladimir nicht gedacht, aber vorhanden war es auf alle Fälle; Vladimir war immer noch ein Herdentier und musste ab und zu in Berührung mit seinesgleichen kommen. Und nun hatte er diesen Löwen vor sich. Dieses täppische nomadische Vieh.

Cohen schloss mit der Frage, ob er wohl Vladimirs Mutter-Gedicht einmal sehen dürfte. »Es ist noch nicht fertig«, sagte Vladimir. »Tut mir Leid.«

Dieser Entschuldigung folgte ein langes Schweigen. Vielleicht fühlte sich Cohen nach seiner eigenen Viertelstunde der Offenherzigkeit jetzt abgewiesen. Doch alsbald kam das Spanferkel, und die Kellnerin räusperte sich, um sie daran zu erinnern, dass es eine Kellnerin gab.

»Ach ja, du hast noch gar nicht erzählt, was deine Firma entwickelt«, sagte Cohen schließlich.

»Talent«, sagte Vladimir. »Wir entwickeln Talent.«

Vladimir und Cohen waren dabei, sich das Schwein wieder runterzuspazieren, während die Sonne in ihre allnächtliche Ohnmacht im

Fluss sank. Zum Klang der Straßensaxofonisten, die hinter samtausgeschlagenen Bata-Schuhkartons standen, überquerten sie die Emanuelbrücke; ein blinder Akkordeonspieler und seine Frau blökten inbrünstig deutsche Trinklieder, begleitet vom Klingeln größerer Münzen; ein Paar quirliger kalifornischer Jungblondinen rezitierte *Hamlet*, was ihnen viele Blicke und Pfiffe stolowakischer Burschen, aber wenig Hartgeld von ihren peinlich berührten Landsleuten einbrachte. Auf Vladimir wirkte diese Brücke mit all ihrem Low-Tech-Handel und Unterhaltungsangebot wie die älteste denkbare Straßenkreuzung, wie ein Steinteppich, der von der alles überragenden Burg, einer einteiligen Skyline, herab entrollt worden war. Auf beiden Seiten standen rußige Heiligenstatuen, zu heroischen Posen verrenkt. »Guck mal.« Cohen zeigte auf drei undeutliche Figuren, die fast in den Gewändern von zwei der größeren Heiligen verschwanden. »Das ist der Teufel, das ist ein Türke und das ist ein Jude.«

Ah, da waren sie wieder bei Cohens großartigem Leitmotiv. Vladimir versuchte sich ein Lächeln abzuringen. Er war glücklich und mit sich zufrieden nach ihrem Essen, wusste aber, dass seine Stimmung unter Alkoholeinfluss schnell umschlagen konnte, und hatte keine Lust, sich über die tragische Kurve der Historie aufzuregen. »Warum stehen sie denn *unter* den Heiligen?«, fragte er aus Pflichtgefühl.

»Sie stützen sie«, sagte Cohen. »Sie sind das Unterstützungsteam.«

Vladimir wollte dem nicht weiter nachgehen. Das war wohl irgendeine Art von mittelalterlichem Humor, aber was wussten diese treuen Anhänger des Christentums schon, deren Erde eine Scheibe war, so dass die Vernunft immer über den Rand fiel? Schließlich schrieb man jetzt das Jahr 1993, und abgesehen von dem einsetzenden Abschlachten auf dem Balkan, vom Horn von Afrika, der exsowjetischen Peripherie und natürlich dem üblichen Blutbad in Afghanistan, Burma, Guatemala, der West Bank, Belfast und Monrovia herrschte Vernunft in der Welt.

»Jetzt zeige ich dir meinen Lieblingsort in dieser Stadt«, sagte

Cohen. Und dann schlug der Getriebene ohne Vorwarnung einen derartigen Sturmschritt an, dass sie in kurzer Zeit die Emanuelbrücke hinter sich gelassen und die Uferstraße erreicht hatten. Sie hetzten an den Kirchen vorbei, den herrschaftlichen Häusern und dem vereinzelten Pulverturm, der beschlossen hatte, sich auf diese Seite der Stadt zu flüchten, und landeten schließlich in einer gemütlichen Gasse, die parallel zur Burg zu den Höhen der Stadt emporstieg. Hier standen niedrige Kaufmannsvillen, deren Ziermosaiken frühere Zünfte ebenso wie Familienschrullen abbildeten: drei kleine Geigen, eine Gans, durch jahrhundertelange Trägheit gemästet, ein unglücklich aussehender Frosch. Vladimir hielt nach einer sauren Gurke Ausschau: Vielleicht hatte ja auch seine Familie eine Vergangenheit in Prawa gehabt.

Er musste kämpfen, um bergauf nicht zurückzufallen. Die Luftverschmutzung war tödlich; das ganze Leben schien nach Braunkohle zu stinken. Cohen aber legte ein ordentliches Tempo vor, obwohl Vladimir nun, da sein Freund nicht mehr saß, feststellen konnte, dass er doch hecklastiger war als der Durchschnitt und das meisterliche Schweinefleisch der Stadt auch darunter, an den Oberschenkeln, seine Spuren hinterlassen hatte.

Cohen tauchte in eine noch schmalere Gasse ein, die bald in etwas auslief, das man schon nicht mehr als Gasse bezeichnen konnte, sondern eher als das Zusammentreffen der pastellfarbenen Rückseiten von vier Häusern. Er setzte sich auf eine Stufe der Treppe, die zu einem seit langem zugemauerten Phantomeingang führte, und erklärte Vladimir, dass dieser besondere, zum Himmel hin offene Raumwürfel die allerbesonderste Ecke von Perry Cohens persönlichem Prawa darstellte. Hier kam er immer her, um seine Kolumnen und Gedichte für eine der englischsprachigen Zeitungen der Stadt zu schreiben, die den kläglichen Unnamen *Prawadentia* trug.

Das war also Cohens Lieblingsort? Dafür waren sie die vier Hügel von Prawa rauf- und runtergehetzt? Der Rest der Stadt (abgesehen von dem FUSS) bestand aus einer Panoramaaussicht nach der anderen, und Cohen hatte sich die engste, prosaischste Ecke von ganz Osteuropa ausgesucht … Da hatte ja selbst Vladimirs Plattenak mehr Charakter. Aber Moment mal. Vladimir sah noch einmal hin. Er musste lernen, wie Cohen zu denken. Das war der Schlüssel. Vor einer halben Ewigkeit hatte er sich beigebracht, wie Francesca und ihre Stadtgötter-Freunde zu denken. Nun musste er sich ein weiteres Mal anpassen. Was machte diesen Ort so besonders für Cohen? Sieh genau hin. Denk wie Cohen. Er mag diesen Ort, weil …

Na klar! Er ist besonders, weil er nichts Besonderes an sich hat, und deshalb fühlt sich Cohen besonders, wenn er ihn auswählt. Besonders und anders. Er war anders, weil er nach Prawa gegangen war, und jetzt hatte er sein Anderssein noch einmal beglaubigt, indem er sich diesen Ort aussuchte. Vladimir war bereit für den nächsten Schritt. »Perry, ich möchte, dass du mich zum Schriftsteller machst«, sagte er.

Augenblicklich stand Cohen wieder und ragte mit erwartungsvoll erhobenen Händen über Vladimir auf, als würden sie sich jeden Moment zu irgendeiner Deklaration um den Hals fallen und vor lauter Einverständnis gegenseitig die Haare verwuscheln. »Schriftsteller oder Dichter?«, fragte er und keuchte kurzatmig wie ein älterer, korpulenter Mann.

Vladimir dachte darüber nach. Lyrik brauchte wahrscheinlich weniger Zeit pro Einheit. Bestimmt hatte sich Cohen deshalb für Lyrik entschieden. »Dichter.«

»Hast du viel gelesen?«

»Na ja …« Vladimir konnte eine Lyrikliste vorweisen, die Baobabs ganzer Stolz gewesen wäre: »Achmatowa, Walcott, Miłosz …«

Nein, nein. Cohen wollte nichts davon hören.

»Brodsky? Simic?«

»Halt, stopp«, sagte Cohen. »Siehst du, wie die meisten Dichter in ihren Anfängen hast du schon viel zu viel gelesen. Sieh mich nicht so an. Es stimmt, du bist überbelesen. Das ist doch der springende Punkt, wenn man die Alte Welt betritt: den Ballast aus der Neuen Welt abzuwerfen.«

»Aha«, sagte Vladimir.

»Lesen und Schreiben haben nichts miteinander zu tun. Sie sind sogar diametral entgegengesetzt, sie annullieren sich gegenseitig. Pass auf, ich muss wissen, Vladimir, ob du wirklich möchtest, dass ich dein Mentor werde. Denn falls ja, solltest du dir im Klaren sein, dass das mit einem gewissen Risiko verbunden ist.«

»Kunst ohne Risiko ist Stillstand«, sagte Vladimir. »Ich hab dir doch gesagt, dass ich Dichter werden will, also werde ich mich in deine Hände begeben, Perry.«

»Vielen Dank«, sagte Cohen. »Das ist nett von dir. Und sehr mutig. Darf ich ...?« Jetzt kam die Umarmung, zu der Cohen schon die ganze Zeit angesetzt hatte, und Vladimir erwiderte sie, so fest er konnte, erfreut darüber, dass der Tag ihm schon zwei gute Freunde eingebracht hatte (der erste war Kostja). In Cohens wohlriechenden Armen beschloss Vladimir, den Juden aus Iowa in das Fundament der Pyramide seines Pyramiden-Schemas einzubauen, unten, wo sich Dollars und D-Mark unter den Schuldscheinen stapeln würden.

»Perry«, sagte er. »Es ist keine Frage, dass wir Freunde werden. Du hast mich in deine Welt eingeführt, das will ich jetzt erwidern. Wie es sich ergibt, bin ich nämlich ziemlich reich und nicht ganz ohne Einfluss. Ich hatte keine Witze gemacht, als ich sagte, meine Firma entwickelt Talent.«

Die nächsten zwei kryptischen Sätze waren ihm bei dem Bisnesmeny-Lunch eingefallen. Und er war geistesgegenwärtig genug gewesen, sie auf seiner Handfläche zu notieren. »Talent, Perry, ist vielleicht ein Ozeandampfer mit nur wenigen Luxuskabinen, aber deshalb brauche ich doch nicht zuzulassen, dass Leute wie du ihr Leben im Zwischendeck verbringen. Erlaubst du mir, dich wohlhabend zu machen?«

Cohen kam wieder näher, in der Einflugschneise für die nächste Umarmung. Meine Güte, noch eine! So einer war Cohen also, wenn er nicht im Eudora's herumsaß und sich über Arrivisten lustig machte, die weniger als zwei Stifte dabeihatten und noch an der Mutterbrust saugten – Cohen, der sanfte Literatenlöwe, der reizende Bummler von Stolowaja. Vladimir war plötzlich glücklich, dass er sich seiner Mentorenschaft untergeordnet hatte. Mehr brauchte es nicht, um Cohen in einen liebesbedürftigen Trottel zu verwandeln? Hatte Vladimir gerade im Schnellverfahren hier, in dieser engen, banalen Ecke von Prawa, dem Aufenthalt des jungen Mannes einen Sinn gegeben? Und einen Freund fürs Leben gefunden?

Inzwischen hatte der Schriftsteller schon fast seine Arme wieder um ihn geschlossen, doch als er merkte, dass da nichts zurückkam (schließlich hatte auch Vladimir seine Grenzen), klopfte ihm Cohen stattdessen auf die Schulter und sagte: »Nun denn, mein finanzieller Sherpa. Dann wollen wir mal wieder in die Stadt gehen, und ich stelle dich meinen Freunden vor.«

Bergab nahmen sie eine Straßenbahn, und wieder ragte die Burg über ihnen auf. Jetzt waren die Palastfassaden in künstlichem Gelb beleuchtet, während die Kathedrale ihre Turmspitzen und Kreuze in gespenstischem Grün ausstreckte – zwei Liebhaber, die nicht dieselbe Sprache sprachen.

Vladimir bat um eine Lektion in Geografie, während die Straßenbahn sie auf ihrem Weg über die Tavlata hin und her schaukelte und in die gepflegten Oldies hineintaumeln ließ, die per Gesetz ein Anrecht auf ihre Sitze hatten und ein großes, stilles Vergnügen aus dem Anblick der beiden ständig in die Knie gehenden Ausländer zogen.

Cohen machte es Spaß, den Stadtführer zu spielen, genau wie Kostja. Er zeigte mit nikotingelben Fingern auf die vorbeikommenden Wahrzeichen. Dort, auf dem Hügel, links von der Burg, wo sie gerade »das Gespräch« geführt hatten, wie es später heißen sollte, dort, wo die Dächer mit roten Ziegeln gedeckt waren und sich die wichtigsten Botschaften und Weinkneipen konzentrierten, das hieß Malenka Kvartalka. »Die kleine Seite!«, sagte Vladimir angenehm überrascht, wie immer, wenn seine Muttersprache sich mit dem Stolowakischen überschnitt. »Kleinseite«, korrigierte Cohen. Aber woher dieser abwertende Name für eine so großartige Gegend? Darauf wusste Cohen keine Antwort.

Und wo sie hinfuhren – das »Meer aus Türmen«, wie er es am

Morgen, beim ersten Abstieg in die Stadt gesehen hatte, das war die Altstadt. Südlich von der Altstadt, in dem Teil, wo die Türme etwas spärlicher wurden, die Dächer etwas zurückhaltender schimmerten und die einsame Riesengalosche über dem Treiben aufragte wie das Phantom eines Generals in Gummistiefeln, das war Neustadt – die so neu auch nicht war, erklärte Cohen, sondern nur auf das vierzehnte Jahrhundert oder so zurückging. »Und was ist in der Neustadt?«, fragte Vladimir.

»Der K-Mart«, flüsterte Cohen in gespielter Ehrfurcht.

Nachdem sie die Altstadt erreicht hatten, tranken sie viele Kaffees in dem plüschenen, wenn auch abgewetzten Interieur des Café Nouveau, das ein einziger Amoklauf aller Exzesse der namengebenden Ära war: Die Spiegel waren vergoldet, alle Sitzgelegenheiten und Böden erstickten in rotem Samt, dazu kam die unvermeidliche Nymphe aus weißem Marmor. Der Abend wurde lang, während Vladimir den Weitschweifigkeiten des jungen Amerikaners zum Thema zeitgenössische Lyrik und Kunst zuhörte und sich glücklich schätzte, dass er in Wahrheit keinerlei literarische Neigungen hegte, keinerlei schwachsinnige künstlerische Ambitionen, denn sonst hätte sein mäanderndes Leben ganz sicher ein schlimmes Ende genommen. Man brauchte sich schließlich nur anzuschauen, wo Cohen mit seinen Illusionen jetzt stand, und Cohen war ein reicher Dandy, kein jämmerlicher Russe mit miserablen Startchancen.

Während Vladimir diesen Gedanken nachhing und zu Cohens Vorträgen nickte, wurde ihre Umgebung allmählich immer spannender. Eine Dixieband (alles Stolowaken) erklomm die Bühne, der Laden fing an zu swingen, die hübschen Marmortische füllten sich bald mit hübschen Jungs und Mädchen, und Cohens Ecke erfreute sich wachsender Beliebtheit.

Es fiel Vladimir später schwer zu rekonstruieren, wie viele von Amerikas besten Söhnen und Töchtern er an diesem ersten Abend kennen gelernt hatte. In dessen Verlauf, das wusste er nachher noch, gab er sich ausgesprochen kühl und distanziert, während ihm massenweise Hände zum Schütteln entgegengehalten wurden und Cohen ihn als Vladimir Girshkin, den internationalen Magnaten, Talentscout und Poeta laureatus in spe vorstellte.

Nur wenige wussten, was sie von ihm halten sollten; das akzeptierte Vladimir. Und was hielt Vladimir von ihnen? Nun, zunächst einmal bildeten sie eine ziemlich homogene Gruppe – weiße amerikanische Mittelschicht voll modischem Trotz, das war der kleinste gemeinsame Nenner. Originalamerikaner, die nie mit dem Dilemma des Alpha-Bauern oder des Beta-Immigranten hatten kämpfen müssen, denn nach fünf Generationen hatte jeder wohlhabende junge Amerikaner das Recht auf den Luxus der Zweitklassigkeit. Und hier, im Märchenland Prawa, gluckten sie zusammen im klebrigen Mief ihres Mittelmaßes, als stammten sie allesamt aus demselben Stall in Fairfax County, hätten alle an den Zitzen derselben Baby-Boom-Wölfin gesaugt wie eine Horde Romulusse und Remusse. Nur für eindeutige Außenseiter wie Vladimir galten andere Regeln, die mussten irgendeine große Geste vollbringen – das Bolschoi leiten, einen Roman schreiben, ein Pyramidenschema lancieren –, um wenigstens ansatzweise akzeptiert zu werden.

Er registrierte ihre Kleidung. Einige trugen die Flanellsachen, die sich, wie Vladimir bemerkt hatte, in seinem letzten Monat in Amerika verbreitet hatten. Aber auch der Edel-Nerd-Look, Francescas konkretestes Geschenk an Vladimir, war zu sehen. Viel zu enge Hemden, viel zu flauschige Pullover, viel zu horngerahmte Brillen, die Haare entweder mit der Extravaganz der Siebziger oder der Zurückhaltung der Fünfziger gestylt. Aber man musste sich mal angucken, wie viel jünger als Vladimir diese Gestalten hier waren! Einundzwanzig, höchstens zweiundzwanzig. Ein paar von ihnen würden in amerikanischen Bars wahrscheinlich keinen Drink kriegen. Er war alt genug, um der Assi ihrer Profs zu sein.

Trotzdem, er würde dranbleiben. Die Weisheit kam mit dem Alter. Vladimir sah sich schon zum Elder Statesman erklärt. Anders betrachtet: Trotz ihrer relativen Jugend stand diesen Neo-Nerds ihr unauffälliges Vorstadtprofil im Wege, Vladimir als Ex-New Yorker war dagegen von Natur aus ein Freak. Aber er war nicht der Einzige. Ganz besonders abheben wollte sich zum Beispiel auch Plank, ein dünner, nervöser Mann, der einen hechelnden Happen von Hund – eine Art Kreuzung zwischen Chihuahua und Mücke – in einem kleinen, selbst gemachten, mit silberner Spitze gesäumten Täschchen mit sich herumtrug. Vorbeikommende Frauen sagten ihm eine nach der anderen, wie süß sein Hund sei, während dessen kläglicher kleiner Kopf die ganze Zeit aus seiner Mobilwohnung herausragte wie eine pelzige Ohrmuschel mit zwei Augen. Aber Plank zog sein Spielchen durch und verweigerte ihnen das Lächeln ebenso wie jede andere Reaktion, bis auf ein Nicken, da er wusste, wie schnell so etwas überholt wirken konnte. Cohen erzählte Vladimir, dass Plank diese maßgeschneiderten Minitölen für alte stolowakische Damen in seinem Plattenak züchtete, aber Plank wurde nicht mit Vladimir warm und verkündete nur knapp: »Das bringt nicht sehr viel Geld, weißt du.« Hoppla, sollte das etwa ein Ausfall gegen ihn, den Geschäftsmann, sein? Hatte er nicht begriffen, dass Vladimirs wahre Liebe der Muse galt?

Mit Alexandra kam Vladimir besser zurecht: Sie war groß, schlank, dunkelhaarig, hatte ein weiches, mediterranes Gesicht und eine kleine, intelligente Busenrundung. Im Grunde war sie (kaum wagte Vladimir, es zu denken) Francesca nicht unähnlich, nur dass ihr Gesicht mit den hohen Wangenknochen und den langen natürlichen Wimpern, die sich in zwei Parabeln emporreckten, viel zu konventionell hübsch war. Bei Fran musste man die Schönheit entdecken und sich in ihre Makel verlieben, während Alexandras Covergirl-Attraktivität körperlich das perfekte Pendant zu Cohen abgab. Und dass Cohen die Augen nicht von ihrer Silhouette lösen konnte, die von einem eng anliegenden schwarzen Rolli und der passenden schmalen Hose betont wurde (keine Edel-Nerd-Fummel für sie, besten Dank), lieferte gleich die Bestätigung dieses Eindrucks von betroffener Seite.

Bevor Vladimir noch richtig vorgestellt werden konnte, packte Alexandra seinen Kopf und presste das pelzige Etwas in die weiche Beuge ihres Halses. »Hi, Honey!«, sagte sie. »Ich habe schon alles von dir gehört!« Ach ja? Wie denn? Vladimir hatte Cohen doch erst vor drei Stunden kennen gelernt.

»Komm! Komm mit!« Sie legte ihren Arm um seinen und führte ihn auf einen Art-nouveau-Gobelin zu, der vor einer Samtwand hing – lange Wirbel aus vielfarbigen Schwanfedern umgaben eine, ja, es schien eine stilisierte Pietà zu sein. Ach, gute alte Art nouveau, dachte Vladimir. Zum Glück hatten der abstrakte Expressionismus & Co. diese Kitschkuh geschlachtet. »Guck mal! Guck dir das an!«, schrie Alexandra mit ihrer kehligen, rauchigen Stimme. »Ein Pstrucha!«

Ein was? Ach, wen juckt's ... Sie war himmlisch. Dieses Schlüsselbein. Man konnte es durch den Rollkragen erkennen. Roter Lippenstift. Rollkragenpullover schwarz. Sie war wie ein Schwan. Bitte sehr, ein Haiku.

»Sagt dir Adolf Pstrucha was? Ich habe zurzeit ständig Pstrucha im Kopf. Guck dir meine Büchertasche an. Guck sie dir an!« Die war in der Tat gestopft voll mit mindestens einem Dutzend Bücher über diesen P-Burschen da. »Pstrucha war eigentlich gar kein Stolowake. Er gehörte zur slowenischen Moderna. Sagt dir slowenische Kunst was? Aber, Lieber, da müssen wir unbedingt nach Ljubljana fahren. Das darfst du dir nicht länger entgehen lassen. Jedenfalls haben sie unseren guten Pstrucha praktisch aus Prawa weggespottet. Anfang des Jahrhunderts war alles dermaßen reaktionär hier, da warst du am Arsch der österreichisch-ungarischen Welt. Aber ...«

Sie beugte sich verschwörerisch vor und streifte mit ihrem Schlüsselbein Vladimirs Schulter, und er spürte ein unwahrscheinliches Gewicht. Das war ihr Körperpanzer, ihre ganz natürliche Brünne. »Ich persönlich glaube ja, die Stolowaken haben ihn wegen seines Namens verspottet. Pstruch. Das bedeutet ›Forelle‹ auf Stolowakisch. Adolf Forelle! Das ist doch too much! Findest du nicht auch? Sag mal, hast du je Forellen geangelt? Ich weiß, ihr Russen angelt gerne. Ich bin mal in den Karpaten angeln gewesen, mit einem französischen Typen, der Jitomir Melnik kennt, den Premierminister, und ich weiß ganz genau, der Franzkittel wäre bestimmt interessiert an deiner PrawaInvest. Soll ich euch bekannt machen? Willst du dich mit ihm zum Abendessen treffen? Oder zum Lunch, wenn du keine Zeit hast. In letzter Zeit versuche ich auch, rechtzeitig zum Frühstück wach zu werden.«

Ja, ja, ja. Dreimal ja, dachte Vladimir. Frühstück, Lunch und Abendessen. Und dann können wir vielleicht zusammen ein Nickerchen machen. Nein, sie soll lieber wach bleiben und weiterreden. Ihre Worte, so weich, so leicht, wie ein Flan ... Vladimir hätte am liebsten zugegriffen und ihr Geplauder aufgegessen. Wäre ihm am liebsten direkt in ihren kleinen Mund hineingefolgt. Aber, Schreck lass nach, Alexandra hatte einen Freund, oder was als ein solcher galt – ein stämmiger Bursche aus Yorkshire namens Marcus, der aussah, als wäre er Rugby-Spieler gewesen, bevor der ganze Ostblock-Hype losging. Während Alexandra Vladimir charmant nach seinem Gedicht ausfragte (»Über deine Mutter? Oh, wie interessant!«), attackierte ihr Freund lautstark die anderen Gäste des Cafés mit seiner hippen »Ich bin ein durchgeknallter Britannierproll«-Masche (Wat? Wat sachst du? Ey, komm her, Fotze!), was Cohen und Plank verkrampftes Gelächter entlockte. Alle schauten eindeutig zu diesem Rottweiler Marcus auf; und sie schauten nur zu ihm auf, weil er mit Alexandra zusammen war, dem Kronjuwel von Prawa.

Dann war da Maxine, die ihm als Studentin amerikanischer Kulturgeschichte vorgestellt wurde, von Kopf bis Fuß in Polyester gekleidet war und im warmen Koffeindunst des Nouveau entsprechend schwitzte. Ihre kurzen Haare hatte sie zu einem blonden nach oben spitz zulaufenden Kloß gegelt, der aussah, als würde er jeden Moment Richtung Weltall abheben, und sie hatte feuchte blaue Augen, die alles, eingeschlossen Vladimir, voller Erstaunen anstarrten. Sie verstand außerdem etwas von diplomatischer Gesprächsführung, denn sie redete mit allen nacheinander, zuerst Cohen, dann Plank, dann Marcus, dann Alexandra und schließlich Vladimir. »Ich schreibe eine Abhandlung über die Mythopoetik der Autobahnen in den Südstaaten«, sagte sie zu ihm. »Schon mal da gewesen?«

Vladimir mochte ihre Expressivität und die Wärme ihrer Hand.

Er erzählte ihr von seinen Erfahrungen mit den Autobahnen im Mittleren Westen. Wie er mit dem Saab seiner Chicagoer College-Freundin fast eine Familie Streifenhörnchen totgefahren hätte. Das war risiko- und zweckfreie Konversation, ganz sicher risikofreier als Vladimirs Fahrstil, bis er sich keck traute, sie danach zu fragen, warum sie als selbst erklärte Studentin *amerikanischer* Kulturgeschichte in Prawa lebte. Sie hob ihren Milchkaffee, um etwas vor dem Mund zu haben, und murmelte, sie hätte Distanz gebraucht. Ach ja, die gute alte Distanz.

Alles in allem hatte Vladimir das Gefühl, bei dem Café-Teil des Beliebtheitswettbewerbs gut abzuschneiden, abgesehen von Marcus und Plank, die sich zusammentaten, um gegen reiche kleine Pisser zu hetzen, womit sie, tja, wohl Vladimir meinten. Aber der hatte nicht vor, sich unterkriegen zu lassen. Seine geistigen Reflexe, geschärft durch das anfängliche Training mit Cohen am Nachmittag, ließen ihn ein weiteres Mal punkten, als er ankündigte, was er mit seinen Reichtümern anfangen wollte. Na, keine Frage, er würde eine Literaturzeitschrift gründen. Cohen wirkte zunächst beleidigt, dass er nicht vorab über diesen Plan informiert worden war, aber bald drang das Gewisper von einem Lit-Mag durch den ganzen Raum, und im Handumdrehen legten sich die Stammgäste in Cohens Ecke so richtig gönnerhaft ins Zeug, damit auch ja kein literarischer Aspirant einen Fuß in die Tür kriegte.

Vladimir, immer noch verblüfft über seine eigene Idee, hielt den Ball flach. Wie zum Teufel sollte er das dem Murmeltier verkaufen? Doch dann fiel ihm wieder ein, dass die Studenten an seinem College im Mittleren Westen damals nicht nur eine, sondern zwei literarische Zeitschriften herausgegeben hatten, also konnte es ja wohl nicht so schwer sein, einen kleinen Verlag in Prawa auf die Beine zu stellen. Außerdem waren sowieso schon Hochglanzbroschüren für die »Firma« geplant. Viel mehr konnte es nicht kosten, ein paar hundert Exemplare von irgendwas halbwegs Anständigem mitzudrucken. »Hat hier irgendwer Redaktionserfahrung?«, fragte er sein neues Publikum. Hatten sie natürlich alle.

Nachdem sie genug Kaffee getrunken hatten, um die nächste Woche auf Armeslänge unter der Decke zu schweben, zog sich die Mannschaft nach unten zurück, wo in einer primitiv aussehenden Disco etwas aus den Boxen donnerte, das nicht ganz zur Avantgarde gehörte. »Reinstes Cleveland«, höhnte Plank, als er Musik vom letzten Jahr hörte, aber keiner kehrte dem Ort den Rücken (gab es etwa Alternativen?), jeder steuerte seinen jeweiligen wackligen Seitentisch an, einen von vielen, die am Rand der amorph geformten Tanzfläche standen. »Bier!«, schrie Maxine. Und schon bald reihten sich die Unesko-Flaschen auf den Tischen aneinander – eine zusätzliche Verteidigungslinie gegen die Körper, die sich ohne Anmut oder Treffsicherheit in den herumwirbelnden Polizeisuchscheinwerfern und dem lethargisch pumpenden Stroboskoplicht bewegten. »Sonst haben wir hier nichts«, sagte Plank zu Vladimir, dem er seit der Ankündigung der Literaturzeitschrift ganz eindeutig mehr abgewinnen konnte. »Hoffentlich hattest du nicht New York an der Tavlata erwartet.«

»Na, das kriegen wir auch noch hin«, sagte Vladimir mit frisch gestärktem Selbstvertrauen. »Worauf du dich verlassen kannst.«

Alexandra zupfte ihn am Ohr, ganz erpicht darauf, ihm eine Bestandsaufnahme des Ortes zu liefern. »Guck dir mal die Rucksacktypen an! Wie fett die sind! Und dieses Schweinchen von der Studentenverbindung mit dem Ohio-State-T-Shirt! Der ist ja unbezahlbar!«

»Was für eine Funktion haben die hier?«, fragte Vladimir.

»Überhaupt keine«, sagte Cohen und wischte sich Bier vom Kinn. »Das sind unsere Todfeinde. Die sollte man alle vernichten, von den Babuschkas verschlingen lassen wie Schinken zu Weihnachten, von den Straßenbahnen über die zwölf Brücken von Prawa schleifen lassen und an den höchsten Turm von St. Stanislaus hängen.«

»Und wo sind unsere Leute?«, rief Vladimir Alexandra über das Getöse hinweg zu.

Sie zeigte auf die hinteren Tische, die, wie Vladimir begriff, für ihre Künstlerclique reserviert waren. Da zischte man gelassen sein Bierchen, unberührt vom entfesselten Suburbia ringsum.

Ein Botschafter von einem dieser Tische, ein großer Jungbock in einem Warhol-T-Shirt, brachte eine schlanke blaue Wasserpfeife mit Haschisch. Vladimir wurde mittlerweile als »Magnat, Talentscout, Poeta laureatus *und* Verleger« vorgestellt. Sie rauchten das süße, pfeffrige Hasch und füllten die Pfeife so oft wieder auf, dass ihre Finger ganz braun und klebrig wurden, denn das war die feuchte, tödliche Sorte Hasch, deren Vorkommen hier nur durch die Nähe der Türkei zu erklären war. Der Bursche bot Vladimir davon an, für sechshundert Kronen pro Gramm, aber der war zu breit, um sich mit Kronen und metrischem System gleichzeitig auseinander zu setzen. Er kaufte trotzdem Stoff für zweitausend Dollar, was ihm gleich noch einen Freund fürs Leben einbrachte.

Was dann geschah, hatte er nachher nur noch verschwommen in Erinnerung. Es wurde mit Maxine und Alexandra getanzt, wahrscheinlich auch mit den Jungs. Ein breiter Streifen der Tanzfläche wurde von braun behemdetem Discopersonal rucksackfrei gemacht, und Vladimirs Clique wurde aufgefordert, sich ordentlich auszutoben. Ungefähr zu diesem Zeitpunkt brach ein größerer Tumult aus. Eine angepasste Studentin ging unter lautem Protestgezeter auf Vladimir los, ausgerechnet. Vladimir, schlimmer stoned, als die Polizei erlaubt, glaubte an eine Flirtattacke, als er das süße amerikanische Fleisch roch und die manikürten Klauen in der Seite spürte. Erst als Alexandra das graue Mäuschen an den Haaren wegzerrte, ging Vladimir auf, dass er sich gerade im Mittelpunkt irgendeines Klassenkampfs befand.

Alexandra konnte sehr energisch an den Haaren ziehen, und Vladimir, von seiner Last befreit, muss ihr wohl sehr überschwänglich gedankt haben, denn er konnte sich später noch erinnern, wie sie nur »Achhhh« sagte in dem lila-grau-grünen Dunst aus Discolichtern und Haschischqualm und ihn auf beide Wangen küsste. Plötzlich fand er den ganzen ungeschickten Zwischenfall prima, denn er hatte die Menge noch weiter in »Wir« versus »Die« polarisiert und sich im Verlauf eines kurzen Abends mitten in der »Wir«-Gruppe etabliert.

Dann, irgendwann auf der Taxifahrt zu seinem Komplex, stupste er den dösenden Cohen an und versuchte, ihm die Stadt da unten zu zeigen, deren Flutlichter zwar ausgeschaltet waren, doch der Mond zog immer noch über die Tavlata-Biegung, die Warnleuchten für den Flugverkehr blinkten am Knöchel vom FUSS, und ein einsamer Fiat röchelte am stillen Flussufer entlang. »Perry, schau mal, wie wunderschön«, sagte Vladimir.

»Ja, gut«, sagte Cohen und schlief wieder ein.

Schließlich schaute er hoch zu den Mauern seiner Plattenak Burg und dachte daran, wie imposant die Casa Girshkin ihm in seiner Highschool-Zeit erschienen war, wenn er spät in der Nacht aus Manhattan nach Hause kam, berauscht, verwirrt und nicht empfänglich für die sowohl auf Russisch als auch auf Englisch vorgebrachten Nachfragen seiner stets wachsamen Mutter. Er betrat die Halle des Komplexes, wo Gussews Männer im Schlaf lagen, einige immer noch mit Spielkarten in der Hand. Weitergetrieben vom Gestank in der Halle, kroch er nach oben, auf der Suche nach seinem Bett, und verpasste sein Stockwerk zweimal. Schließlich fand er sein Zimmer, dann sein Bett.

Sie war hübsch – Alexandra, dachte er, bevor er sich mit Minoxidil begoss und in aller Stille ohnmächtig wurde.

KAPITEL 21

Die Körperkultur und ihre Anhänger

Geweckt wurde nicht. Nie. Vladimir hatte seinen Wecker vergessen, und das Murmeltier und die menschlichen Tentakeln seines Riesenapparats lagen offenbar bis weit in den Nachmittag hinein gemütlich mit Freundin und Gewehr im Bett. Kostja dagegen verbrachte, wie sich herausstellte, seine Vormittage in der Kirche.

Dieses ekklesiastische Detail erfuhr Vladimir an seinem fünften Tag in Prawa. Er wachte spät auf, möglicherweise durch eine Explosion in einer der Fabriken aus dem Paläolithikum, die flach vor dem samtenen Horizont lagen, aber ebenso gut hätte es eine Explosion in Vladimir selbst sein können – Piwo und Wodka und Schnaps von gestern Abend hatten sich als ungemütliche Bettgenossen in seinem Magen breit gemacht, und Vladimir sah sich leider gezwungen, sein steriles Fertigteilbad vollzureihern, was der lüsterne Pfau auf dem Duschvorhang mit einem wissenden Grinsen quittierte. Vladimir bemerkte, dass das Vieh enge Boxershorts in den Farben der stolowakischen Trikolore anhatte, die obendrein mit einer Vögelbeule ausgestattet war.

Die Nacht davor, Folge Nummer drei der Café-Nouveau-Saga, war daran schuld, dass Vladimir sich jetzt an die Seite griff, dorthin, wo er seine geplagte Leber vermutete, also zog er das T-Shirt vom New York Sports Club an (sie hatten im Emma-Lazarus-Verein Mitglieder werben wollen – als hätte irgendwer dort Geld für so was!), in dem irrigen Glauben, schon die Kraft der Einbildung könnte ihn wieder fit machen. Er ging nach unten ins leere Kasino, wo er hoffte, dass Marussja, die stets betrunkene alte Dame hinter dem Tresen, ihm Zigaretten und ihr spezielles Anti-Kater-Gebräu verkaufen würde. Vergebens.

Aber Kostja war da, in einem dermaßen fluoreszierenden Jogginganzug, dass der Pfau sich beschämt verkrochen hätte, und mit einer schweren Goldkette, an der ungefähr auf Magenhöhe ein Kreuz und ein anatomisch korrekter Jesus baumelten. »Vladimir! Was für ein schöner Tag! Bist du draußen gewesen?«

»Hast du Marussja gesehen?«

»An einem Tag wie heute brauchst du sie nicht«, sagte Kostja und zerrte an seinem Jesus. »Tu deinen Lungen mal was Gutes, sag ich dir.« Er schaute sich Vladimirs T-Shirt so lange näher an, bis es Vladimir vorkam, als wäre eher seine hagere Gestalt der Untersuchungsgegenstand, und er defensiv die Schultern nach vorn zog. »Sports Club« las Kostja in der falschen Reihenfolge vor, »New York«.

»Das war ein Geschenk.«

»Nein, du bist sehr schlank, du joggst bestimmt.«

»Ich bin einfach von Natur aus ein sehr gesunder Mensch.«

»Komm mit«, sagte Kostja. »Hinter den Häusern ist Platz. Wir werden joggen. Du wirst Unterleibsstärke aufbauen.«

Unterleib? Also – unterhalb vom Mund? Was waren das denn für Sprüche? Natürlich hatte seine Chicagoer Freundin, damals am College im Mittleren Westen, ihn um einen hochraffinierten, computerüberwachten Sportplatz laufen lassen – das war die Konzession der Uni an ihre sportlichen Randgruppen. »Eines Tages wirst du mir dafür dankbar sein«, hatte die Exfreundin immer gesagt. Aha. Vielen Dank, mein Schatz. Dank dir für das Geschenk von Schmerz und Schweiß.

Doch dann legte Kostja eine seiner schönen Pranken mit den sorgfältig manikürten Fingernägeln auf Vladimirs Schulter und führte ihn nach draußen wie eine rebellische Kuh, die sich in den schimmligen vier Wänden ihrer dunklen Scheune allzu wohl fühlt, hinaus in den dunstigen Sonnenschein und das kränkliche Gras des frühherbstlichen Prawa.

Hier war es sehr datschenhaft: Trauerweiden hatten Trauer

unter dem Tetra-Hydro-Petra-Carbo-Dings, das die Schornsteine ausrülpsten; postkommunistische Kaninchen hopsten lethargisch herum, als erfüllten sie irgendeine schwachsinnige Parteirichtlinie, die zurückzunehmen sich niemand die Mühe gemacht hatte; und Kostja strahlte wie ein Bauer, der froh ist, wieder auf dem Hof zu sein, nachdem er sein Korn in der Stadt verkauft hat. Er zog den Reißverschluss seines Jogginganzugs auf, enthüllte eine haarlose Brust und sagte Dinge wie: »Oooh« und »boshe moi« und »jetzt sind wir in Gottes Land«.

Eine Lichtung. Ein ovaler Sandparcours war dort hingestreut worden, wahrscheinlich von dem Joggingfanatiker höchstselbst, und die Sonne, von keinerlei Weiden gehindert, brannte gnadenlos auf den Schauplatz nieder. *Wenn es eine Hölle auf Erden gibt …*, dachte Vladimir und bedeckte seinen sengend heißen Kopf mit der Handfläche, um zu verhindern, dass das Minoxidil sich entzündete, falls so etwas überhaupt möglich war. Und nun?

»Herumstehen bringt gar nichts!«, schrie Kostja, womit er Jahrhunderte russischer Bauernweisheit leugnete, und fing an, wie ein Wilder den Sandweg entlangzulaufen. »Vorwärts! Vorwärts!«

Vladimir schlug einen lahmen Trott an. Da sollte man doch noch irgendwas mit den Armen machen; er schaute zu Kostja, der auf der ganzen Fläche Staub aufwirbelte und mit Schwung in die Luft boxte, links, rechts, links, rechts. Meine Güte. Vielleicht hätte er doch den Collegeabschluss machen sollen, nur um diesen Wahnsinn zu vermeiden. Andererseits wurden Graduierte oft zwangsverpflichtet, in den Fitnessstudios der Wall Street Racketball zu spielen. Na, es gab ja immer noch die Sozialarbeit … für ruhige Menschen, die sich gern im Schatten aufhielten.

Er umrundete das Feld, und jeder vollendete Schritt machte ihn drei Jahre älter. Er rang nach der dünnen stolowakischen Luft. Er spürte eine Schweißschicht, so zähflüssig wie Shampoo, zwischen seinem Haut-und-Knochen-Körper und dem fipsigen Baumwollhemdchen. Er spürte, wie sich Schleimbatzen in seinen schadhaften Lungen ansammelten, während er wie einer von diesen ungeschickten Vögeln in Florida von einem Fuß auf den anderen stakste.

Kostja wurde langsamer, damit sie im Gleichschritt liefen. »Und? Spürst du es?«

»D… da«, bestätigte Vladimir.

»Du fühlst dich gut?«

»D… da.«

»Besser denn je?«

Vladimir wand sich und fuchtelte mit den Händen, um anzuzeigen, dass er nicht reden konnte. »Ein gesunder Geist in einem gesunden Körper«, dröhnte sein Peiniger. »Na, welcher Grieche hat das gesagt?«

Vladimir zuckte die Achseln. Alexis Sorbas? Wohl kaum. »Sokrates, glaube ich«, rief Kostja. Er stürmte Vladimir voraus, als wollte er ihm zeigen, wie es ging. Bald war er ganz verschwunden. Vladimir keuchte. Seine Augen waren tränenverhangen, sein Puls ging schneller als der Ventilator des Ventilatormanns, wenn er auf schnell stand. Dann verschwand auch der Sandweg. Es wurde dunkel, vielleicht war am Himmel eine Wolke vor die Sonne gezogen. Gras und Zweige knirschten. Ein Ruf ertönte: »He!« Sein Kopf knallte gegen etwas.

Vladimirs Kehle schied einen Schleimball von der Größe eines Frosches aus. Da lag er neben ihm im Gras. Kostja tupfte ihm die Stirn mit einem Taschentuch ab. »Na und, bist du halt gegen einen Baum gelaufen«, sagte er. »Ist doch nicht schlimm. Dem Baum ist nichts passiert. Und du hast da bloß einen blutigen Kratzer. Im Haus haben wir amerikanische Pflaster. Gussews Männer verbrauchen die schneller als Wodka.«

Vladimir blinzelte ein paarmal und versuchte dann, sich umzudrehen. Dieser Teil gefiel ihm ganz gut, das Ruhen unter einem Baum, viel besser als das Herumrennen in der Sonne. Kam er sich dumm vor? Kein bisschen – Uni-Sportarten standen nicht in seinem Lebenslauf. Vielleicht würde ihn Kostja, dieser Idiot, jetzt mit seinem Asthma und seinem Alkohol allein lassen. »Okay, nächstes Mal fangen wir langsam an«, sagte Kostja. »Wie ich sehe, haben wir gewisse Grenzen.«

Wir? Vladimir versuchte, seinen Abscheu auf den Wahnsinnigen abstrahlen zu lassen, aber das Gesicht über ihm war zu sehr damit beschäftigt, ganz lieb und gluckenhaft dreinzuschauen, während die Hände behutsam seine Wunde versorgten, als wäre Vladimir Kostjas liebster Kumpel und gerade vor Stalingrad verwundet worden. Vladimir stellte sich diese Szene auf einem Anwerbeplakat für Rekruten vor, mit dem Slogan: »Jetzt bist du in der Mafija!«

»Genau«, sagte Vladimir. »Nächstes Mal langsam anfangen. Vielleicht machen wir ein bisschen ...« Ihm fiel kein russisches Wort für Power-Walking ein. »Gemäßigtes Gewichtheben oder so.«

»Gewichte hab ich«, sagte Kostja. »Leicht und schwer, was du willst. Aber ich glaube, du solltest eher Herz und Kreislauf trainieren.«

»Nein, ich glaube, ich sollte ein paar ganz leichte Gewichte heben«, sagte Vladimir, aber mit Kostja konnte man nicht streiten. Sie würden langsam ihre Strecke laufen und dabei leichte Gewichte tragen, und zwar immer montags, dienstags, donnerstags und samstags um die Mittagszeit. »An den anderen Tagen bin ich in der Kirche«, erklärte Kostja.

»Ja, klar«, sagte Vladimir und starrte mit leerem Gesichtsausdruck sein eigenes Blut an, wie es dunkel und finster auf den hemmungslosen Violett- und Pinktönen von Kostjas Laufzeug saß. Leck mich. Aber dann fiel ihm etwas ein: »Ist Kirche nicht nur an Sonntagen?«

»Mittwochs und freitags helfe ich morgens aus«, erklärte der Cherub. »Die russisch-orthodoxe Gemeinde hier ist sehr klein und braucht wirklich eine Menge Hilfe. Meine Familie hat sehr starke religiöse Wurzeln, weißt du, die älter als die Revolution sind. Wir hatten Priester, Diakone, Mönche ...«

»Du, mein Großvater war auch Diakon«, sagte Vladimir, der gar nicht richtig zugehört hatte.

Und schon hatte er eine Einladung in die Kirche.

An der amerikanischen Front kamen die Dinge in Bewegung. Wenn die Lungernachmittage im Komplex, an denen Vladimir offiziell seine Geschäftsstrategie entwickelte und die Sprache der Einheimischen lernte, sich neigten, rauschte er zusammen mit Jan, dem jüngsten, vergleichsweise sparsam beschnurrbarteten stolowakischen Fahrer, an der Burg vorbei in die Goldene Stadt. Der BMW, der ihm zugeteilt worden war, gehörte nicht zu den Topmodellen, die Gussew und einige seiner direkten Untergebenen beanspruchten, ganz zu schweigen vom Murmeltier, der zwei spezialangefertigte 7er hatte, eine Limousine und ein Cabrio. Vladimir lernte überhaupt eine Menge über Autos von Jan, an dem er auch sein Stolowakisch erproben konnte. Während sein neuer Freund Straßenbahnen zum Entgleisen brachte und Dackel wie Babuschkas zu Tode erschreckte, lernte Vladimir, auf Stolowakisch zu sagen: »Dieses Auto ist schlecht. Es hat keinen 5-Disk-CD-Wechsler.« Oder, alternativ: »Du hast ein Gesicht, das ich anziehend finde. Komm mit in mein schönes Auto.«

Sein Netzwerk erweiterte sich vom Eudora Welty's und dem Nouveau auf den Luftschutzkeller, den Boom-Boom Room, Jim's Bar und sogar, nach einem irrtümlichen Beutezug, auf den Club Man. Überall wurde geflüstert:

»Das ist der Verleger, der neue.«

»Das ist der Talentscout. Für diesen multinationalen Konzern. PrawaInvest.«

»Der Romanschreiber, du musst von ihm gehört haben ... Klar, er hat überall publiziert.«

»Ich habe ihn mit Alexandra gesehen! Sie hat mich mal im Nouveau um Feuer gebeten ...«

»Wir sollten ihm ein Unesko ausgeben.«

»O Gott, jetzt guckt er so spöttisch zu uns rüber.«

Mittlerweile hatte Vladimir sich so richtig handfest in Alexandra verguckt. Er musterte ihren unleugbar gelungenen Körper, wenn ihre Augen die Speisekarte überflogen, die Bierkarte, die Weinkarte, oder anderweitig beschäftigt waren, und dann nahm er die kleinen Erinnerungsfetzen mit zurück in seinen Plattenak, wo sie bei Nacht seine Träume befeuerten und bei Tag der Kontemplation dienten: Lippen, weich und maraschinorot vor dem grauen Backsteinhintergrund des Altstadt-Rathauses; Busen, von oben gesehen, über einem rechteckigen Marmortisch schwebend; lange braun gebrannte Arme, die sich ständig öffneten, um irgendeine lokale Berühmtheit zu umschließen und an ihr Markenzeichen, das prominente Schlüsselbein, zu drücken. Es war nichts Schwerwiegendes, anders als bei Francesca. Nur ein erfrischend ehrliches (wenn auch lächerliches), der sexuellen Bestätigung dienendes Unterfangen, und er ging ganz methodisch dabei vor. Er lud sie zum Mittagessen ein, aber um jeden Verdacht auf romantische Absichten zu zerstreuen, musste er reihum alle einladen, und oft wurde sie auch von Marcus begleitet. Das waren Geschäftsessen, bei denen nichts herauskam, Ideen für die Zeitschrift wurden herumgeschoben wie Mah-Jongg-Steine, aber letzten Endes war das Einzige, was in der süßlichen, verrauchten Café-Luft veröffentlicht wurde, der atemlose Klatsch, die neuesten Beischlafmeldungen. In Sachen Beischlaf gab es für Alexandra leider nur Marcus, den Rugby-Rottweiler, auch noch ein ausgemachtes Arschloch, wie Vladimir merkte, das ihm tagtäglich in den Hintern zu kriechen versuchte, um den begehrten Chefredakteursposten zu ergattern.

»Oi, wat Pisser«, sagte Marcus gern in seinem Pseudo-Cockney, das er sich in der von körperlicher Größe und künstlerischer Geringfügigkeit geprägten Zeit im Londoner Westend zugelegt hatte, und ließ den Blick über die sauertöpfischen Kunden des Cafés, der Bar, der Disco, des Restaurants schweifen. »Halten sich alle für den nächsten Hemingway.« Das war nämlich Marcus' Problem: Er schrieb nicht. Er war Schauspieler, und im Bemühen, die Kluft zwischen dem, was er konnte, und dem, was Prawa ihm gestattete, zu überbrücken, hatte er mit dem Malen angefangen und mit etwas, das Alexandra hoffnungsfroh als »grafische Kunst« bezeichnete. Vladimir dachte sich, er könnte ihn als Art Editor platzieren, was theoretisch hieß, dass Marcus so viele seiner eigenen Werke »edieren« könnte, wie er Lust hatte.

Nein, als Chefredakteur tickerte Vladimirs Protektionssystem ihm nur einen Kandidaten durch, Cohen, sowohl kursiv als auch fett. Als Chefredakteur, besten Freund, Vertrauten, Kumpel, so die

Hausnummer. Cohen war unentbehrlich, und die Krösusse mochten Cohen, merkte Vladimir, weil er oft danebengriff und absolut falsche Wörter wie »Schwuchtel« oder »Jemine« sagte, und er sah auch noch danach aus – nach einem beschränkten Bauern aus Iowa nämlich. Zugleich war er ein zorniger, verächtlicher jüdischer Bursche, der insgeheim befürchtete, der Mohel des Mittleren Westens, leicht außer Übung, hätte ihm am achten Tag seines Lebens womöglich ein bisschen zu viel von seinem Schniepel entfernt – ein Trauma von annähernd gleichem Format wie das Schicksal, der angeblich einzige Jude von Iowa zu sein (ganz zu schweigen davon, Hitler zum Vater zu haben), womit ein für alle Mal bewiesen war, dass die Welt es auf ihn abgesehen hatte, weshalb er nun hier in Prawa saß, am scharfen Rand der vertrauten Welt.

Cohen hatte auch gute Beziehungen rauf nach Amsterdam und runter nach Istanbul, was zu kleinen Par-avion-Päckchen mit dem Allerneuesten in Sachen Hydrokultur und türkischem Know-how führte, und im nächsten Schritt dann zu vielen friedlichen, wenn auch tief verschuldeten Gesichtern auf beiden Ufern der Tavlata. Vladimirs alter Freund Baobab, der Narr von der anderen Seite des Ozeans, war ja einer ähnlichen Beschäftigung nachgegangen, aber nicht aus sozialem Verantwortungsbewusstsein, sondern aus kruder, eigennütziger Profitgier (noch dazu war sein Stoff ständig voller Samen und Zweiglein).

Außerdem, nicht zu vergessen, war Cohen Vladimirs Mentor, eine Position, die Cohen nie zu erwähnen versäumte, »Morgen haben Vladimir und ich eine Mentoratssitzung« oder »Unser Mentoratsverhältnis ist sehr befriedigend«. Sie trafen sich immer in der beengten Gasse der Kleinseite, wo sie ihr literarisches Einverständnis entdeckt hatten. Vladimirs Versuche, den Ort zu wechseln, zum Beispiel zugunsten des traumhaften Parks, der sich ausgehend von der Kleinseite bergan zog und sogar einen Blick auf die Burg bot, nicht nur auf Altstadt und Neustadt jenseits des Flusses, waren vergebens. Das war Cohen zu platt. »Die Kreativität blüht nur in kleinen heruntergekommenen Ecken – in Pförtnerlogen, Wohnungen ohne Warmwasser, Kaninchenställen …«

Warum debattieren? Sie gingen Cohens einzigartiges Werk durch (»Und in dem Schlafzimmer, na und / lesen Geliebte Ezra Pound«), wie zwei rabbinische Gelehrte, denen endlich Zugang zur Kabbala gewährt wurde, bis Cohen eines Tages sagte: »Vladimir, freu dich auf ein Hauptvergnügen. Es gibt eine Lesung.«

Hauptvergnügen? Konnte man das 1993 überhaupt noch sagen? Also, Vladimir hätte sich nicht drauf verlassen. »Aber ich bin doch noch gar nicht so weit zu lesen«, sagte er.

»Allerdings, das weiß ich«, lachte Cohen. »Da lese ja auch ich. Komm, guck nicht so traurig, Grashüpfer. Deine Zeit kommt schon noch.«

»Verstehe«, sagte Vladimir. Aber es war seltsam entmutigend zu hören, er sei noch nicht so weit zu lesen, auch wenn der Richter über seinen Wert dieser räudige Löwe aus dem amerikanischen Hinterland war. Vladimir wusste, dass er kein Dichter war, aber *so* schlecht war er bestimmt auch wieder nicht.

»Morgen drei Uhr. Im Café Joy in der Neustadt, das ist einen Block vom FUSS entfernt. Wir könnten uns auch einfach beim linken Zeh treffen. Und, Vlad ...« Cohen legte einen Arm um ihn, was dem scheuen Vladimir immer noch einen Schrecken einjagte. »Es gibt natürlich keine Kleiderordnung, aber ich achte immer darauf, mich besonders gut anzuziehen, wenn ich mich vor dem Publikum des Joy zeige.«

Das Joy. Vladimir lag in seinem kleinen Hellholzboudoir auf dem Bauch und meditierte über diesen sagenumwobenen Veranstaltungsort und seine Chancen, dem Publikum dort *eigene* Verse zu servieren, die Masse wohlhabender Anglos, allesamt potenzielle Investoren, mit seiner Künstlerschaft zu beeindrucken und (endlich!) Phase zwei des Masterplans einzuleiten.

Phase eins war reibungslos gestartet. Er hatte sich eingeführt, vielmehr *eingeschlichen* in diese ungeschliffene Masse Westler auf dem Kulturtrip. Aber jetzt musste er die Sache richtig eintüten. Dem Hundezüchter Plank, dem Rugby-Rottweiler Marcus und ihresgleichen beweisen, dass er mehr war als ein Geschäftsmann, der sich mit einem Lit-Mag und tausend spendierten Drinks in die Boheme einkaufen wollte. Und wenn er eine Lesung im Joy auf die Beine stellen konnte, tja, dann ... auf zu Phase drei! Zur eigentlichen »Führ die Esel an der Nase herum«-Phase. (Hey, vielleicht konnte er dem Rottweiler dabei auch noch Alexandra ausspannen, sagen wir, irgendwo um die Phase zweieinhalb herum.)

In der Zwischenzeit waren die PrawaInvest-Aktien – verziert mit all den Schnörkeln und dem Pomp eines Grüner-Gürtel-Zertifikats für Karate-Rowdys – frisch aus der Druckerei gekommen und standen für nur neunhundertsechzig Dollar das Stück zum Verkauf. Gewitzte Investoren aller Länder, aufgepasst!

Also, an die Arbeit. Er nahm sein Notizbuch heraus, das in einem wenig beeindruckenden Maß Mitschriften von Cohens Unterweisungen enthielt, und beugte sich über das »Mutter in Chinatown«-Gedicht, das er an jenem schicksalhaften Tag im Eudora Welty's angefangen hatte.

Er las sich die ersten Zeilen vor. *Schlichte Perlen aus ihrem Mutterland* ... Albern, das schon. Aber absolut zeitgemäß.

Andererseits, was, wenn ...? Was, wenn Cohen und die ganze Clique ihn total durchschauten? Wenn sie Vladimir nur deshalb ins Joy lockten, weil sie den internationalen Magnaten-Talentscout-Poeta-Laureatus-Verleger als den schamlosen Spekulanten, der er ja war, entlarven wollten? Vladimir schnüffelte in der Luft ringsum, ob es wohl nach Betrüger roch. Schnüffel-schnüffel ... Nichts als der Geruch nach feuchtem Staub und der betäubend penetrante Gestank eines Kabelbrands nebenan. Und weiter: Was, wenn Cohen Anstoß daran nahm, dass er bei der Lesung ausgestochen wurde? Was, wenn er seine Speichellecker – Marcus, Plank und diesen anderen ausgemergelten Typen, wie hieß er noch – versammelte und Vladimir so richtig in die Parade fuhr? Wen konnte Vladimir ins Feld führen? Sicher, Alexandra würde ihn vielleicht verteidigen, die goldige Irre. Außerdem hatte sie uneingeschränkten Einfluss auf Marcus und wurde zutiefst von Maxine und dieser anderen Blondine verehrt, die immer in Anglerhosen herumlief und einen chinesischen Sonnenschirm trug ... Aber das würde die Clique nur spalten. Was sollte er mit einer halben Clique anfangen?

Wenn ihn nur jemand Kompetentes beraten hätte.

Wenn Mutter nur dagewesen wäre.

Vladimir seufzte. Er kam nicht darum herum. Er vermisste sie. Zum allerersten Mal waren Mutter und Sohn fünftausend Meilen weit voneinander entfernt, und der Verlust war deutlich spürbar. Mutter hatte Vladimir in guten wie in schlechten Tagen gemanagt, als wäre er ihr eigenes, einssiebzig großes Lehen, bis heute. Jetzt, da Vladimir sie verlassen hatte, war er vollkommen allein. Mit anderen Worten, wenn man Mutter von Vladimir abzog, was kam dann heraus? Eine negative Zahl, jedenfalls nach Vladimirs Berechnungen.

Sie war vom bitteren Anfang an bei ihm gewesen. Er erinnerte sich an Mutter, die neunundzwanzigjährige Xylofonlehrerin, die pflichtbewusst ihren asthmakranken Sohn für den Kindergarten fertig machte, fünf Monate nachdem die gesünderen Kinder in die Schule gekommen waren. Der erste Schultag war für jeden sowjetischen Buben ein unermesslich angstbesetztes Erlebnis, aber für den halb toten Vladimir galt das in gesteigertem Maß, denn er fürchtete, seine rabaukigen neuen Spielkameraden würden ihn über den Schulhof jagen, ihn zu Boden schubsen, sich auf seine geplagte Brust setzen und das letzte bisschen Luft aus ihm herauspressen. »Also, Serjosha Klimow ist der schlimmste Rüpel«, gab Mutter ihrem Vladimir mit auf den Weg. »Das ist der Große mit den roten Haaren. Von dem hältst du dich fern. Er wird sich nicht auf deine Brust setzen, aber er kneift die anderen gerne. Wenn er versucht, dich zu kneifen, sag es Maria Iwanowna oder Ljudmila Antonowna oder irgendeiner anderen Lehrerin, dann komme ich gerannt und verteidige dich. Dein bester Freund wird Ljonja Abramow sein. Ich glaube, du hast in Jalta mal mit ihm gespielt. Er hat einen aufziehbaren Hahn. Du darfst mit dem Hahn spielen, aber pass auf, dass du nicht mit den Manschetten in den Zahnrädern hängen bleibst. Sonst geht dein Hemd kaputt, und die anderen Kinder werden denken, du bist ein Idiot.«

Am nächsten Tag fand Vladimir, Mutters Anweisungen gemäß, den blassen, zitternden Ljonja Abramow in einer Ecke, und eine große grüne Ader pochte quer über seiner monumentalen jüdischen Stirn; mit anderen Worten: Das war ein Leidensgenosse. Sie gaben sich die Hand wie Erwachsene. »Ich habe ein Buch«, keuchte Ljonja, »in dem versteckt sich Lenin, und er baut ein Tarnzelt bloß aus Gras und einem Pferdeschwanz.«

»So eins habe ich auch«, sagte Vladimir. »Zeig mal deins.«

Ljonja zog den Band hervor. Wirklich hübsch, aber mit seinem winzig gesetzten Text eindeutig für jemanden gedacht, der doppelt so alt war wie sie. Trotzdem konnte Vladimir nicht widerstehen, er musste Lenins kahle Platte im angemessenen Rot-Ton kolorieren. »Nimm dich vor Serjosha Klimow in Acht«, informierte ihn Ljonja. »Er kann so fest kneifen, dass du blutest.«

»Ich weiß«, sagte Vladimir. »Hat mir meine Mama schon gesagt.«

»Deine Mama ist sehr nett«, gestand Ljonja scheu. »Sie ist die Einzige, die aufpasst, dass die anderen mich nicht schlagen. Sie sagt, wir werden bestimmt gute Freunde.«

Ein paar Stunden später lagen sie beim Mittagsschläfchen auf einer Matte, und Vladimir umarmte das winzige zusammengerollte Wesen neben ihm, seinen ersten besten Freund, genau wie Mutter es versprochen hatte. Vielleicht konnten sie morgen zusammen mit ihren Großmüttern zu dem Massengrab in Piskarjowka fahren und dort Blumen für ihre Toten ablegen. Vielleicht würden sie sogar Seite an Seite bei den Jungen Pionieren aufgenommen. Was für ein Glück, dass er und Ljonja sich so ähnlich waren und beide keine Geschwister hatten … Jetzt hatten sie einander! Es war, als hätte Mutter jemanden nur für ihn erschaffen, als hätte sie erraten, wie einsam er sich in seinem Krankenbett mit der Plüschgiraffe gefühlt hatte, während die Monate in trübem Zwielicht dahinrasten, bis es wieder Zeit war, ins sonnige Jalta hinunterzufahren und den Schwarzmeerdelphinen bei ihren Freudensprüngen zuzuschauen.

Vladimir japste im gleichen Rhythmus wie sein neuer Freund und bemerkte kaum, dass Mutter ins Zimmer geschlüpft war und sich über ihre daliegenden Körper beugte. »Ach, Drushki«, wisperte sie ihnen zu, was »kleine Freunde« bedeutete, und bis heute war dieses Wort für Vladimir eines der zärtlichsten seiner Jugend. »Hat euch schon jemand angegriffen?«

»Niemand hat uns angerührt«, wisperten sie zurück.

»Gut ... Dann ruht euch mal schön aus«, sagte sie, wie zu zwei schlachtgestählten Kameraden, die gerade von der Front zurückgekehrt waren. Sie gab jedem eine Rotkäppchen-Schokowaffel, die so gut schmeckte, wie eine Waffel nur schmecken konnte, und rollte sie in eine Decke ein. »Ich mag das Haar von deiner Mama, das ist so schwarz, dass man sich fast darin spiegeln kann«, sagte Ljonja nachdenklich.

»Sie ist wunderschön«, stimmte Vladimir zu. Mit schokoladeverklebtem Mund schlief er ein und träumte, dass sie sich alle drei – Mutter, Ljonja und er – mit Lenin in seinem Pferdeschwanzzelt versteckten. Es war eng. Es war nicht viel Platz für Tapferkeit oder irgendwas sonst. Sie konnten sich nur aneinander kuscheln und ihre ungewisse Zukunft erwarten. Als Zeitvertreib flochten sie abwechselnd Mutters prachtvolles Haar und achteten stets darauf, dass es ihre feinen Schläfen genau richtig einrahmte. Selbst W. I. Lenin musste seinen jungen Freunden gegenüber zugeben: »Es ist immer eine große Ehre, Jelena Petrowna Girshkina aus Leningrad die Haare flechten zu dürfen.«

Vladimir, wieder in seinem Plattenak in Prawa, erhob sich vom Bett. Er versuchte so zu gehen, wie es ihm seine Mutter vor ein paar Monaten in Westchester gezeigt hatte. Er straffte sich, bis ihm der Rücken wehtat. Er stellte seine Füße nebeneinander wie ein echter Christ, wobei er fast seine glänzenden neuen Mokassins zerkratzte, ein Abschiedsgeschenk aus SoHo. Doch letzten Endes fand er die ganze Übung sinnlos. Wenn er einen sowjetischen Kindergarten überlebt hatte, dann konnte er ja wohl die kritischen Blicke eines dahergelaufenen Clowns aus dem Mittleren Westen überleben, der auch noch Plank hieß.

Und doch, selbst einen halben Erdball entfernt, spürte er immer noch, wie ihm Mutters Finger ins Rückgrat piekten, wie ihre Augen feucht wurden und ihre lyrische Hysterie so richtig durchstartete … Wie hatte sie ihn einst geliebt! Wie hatte sie auf ihr einziges Kind gesetzt! Welch absoluten Maßstäben hatte sie sich selbst unterworfen: Ich werde einfach alles für ihn tun, mich zwischen ihn und Serjosha Klimow und so weiter werfen, fünfjährige Spielgefährten für ihn rekrutieren, meine sterbende Mutter verlassen, um in die Staaten auszuwandern, meinem Taugenichts-Gatten ein Leben im Zeichen gesetzwidriger Profite aufzwingen, nur damit mein kleiner Vladimir auch garantiert jeden seiner flachen Atemzüge in Sicherheit tun kann.

Wie überschreibt ein Mensch sein ganzes Leben einem anderen? Das konnte sich der selbstsüchtige Vladimir kaum vorstellen. Dabei hatten Generationen jüdisch-russischer Frauen genau das für ihre Söhne getan. Vladimir entstammte einer großartigen Tradition aus äußerster Selbstaufopferung und grenzenlosem Wahnsinn. Nur dass er es irgendwie geschafft hatte, sich aus dieser Sohnesverstrickung zu befreien, und jetzt stand er mutterseelenallein da, bestraft und geläutert.

Was soll ich jetzt tun? fragte Vladimir die Frau auf der anderen Seite des Ozeans. *Hilf mir, Mama …*

Inmitten des unheimlichen Getrillers alter sowjetischer Satelliten, die über Prawa kreisten, gab Mutter ihre Antwort. *Schreite zur Tat, mein kleiner Schatz!* sagte sie. *Hol aus diesen unkultivierten Volltrotteln heraus, so viel du kannst!*

Was? Er sah zu der Pappdecke über ihm hoch. So viel offenherzige kriminelle Energie hatte er nicht erwartet. *Aber wie kannst du so sicher sein? Was ist mit Cohens Zorn …*

Cohen ist ein Ignorant, kam die Antwort. *Er ist kein Ljonja Abramow. Nur ein x-beliebiger Amerikaner, genau wie das grinsende Nilpferd-Mädchen in meinem Büro, das mich letzte Woche reinlegen wollte. Und, wer grinst jetzt, du fette Suka? … Nein, die Zeit für Phase zwei ist gekommen, mein Sohn. Geh mit deinem kleinen Gedicht zu der Lesung. Hab keine Angst …*

Dankbar für das Imprimatur, hob Vladimir die Hände gen

Himmel, als könnte er sie über den Äther aus ungewissem Kosmos und falscher Erinnerung hinweg ausstrecken und noch einmal Mutters Haar auf der langen Zugfahrt nach Jalta flechten, die weiße Kopfhaut zwischen ihren gescheitelten Locken massieren … *Wenn ich morgen Erfolg habe*, sagte Vladimir zu ihr, *dann verdanke ich das nur dir. Du bist die Meisterin des Wagemuts und der Zähigkeit. Egal, wie ich meine Füße setze, ich bin mit allem ausgestattet, was du mir beigebracht hast. Bitte mach dir keine Sorgen um mich …*

Mein ganzes Leben besteht aus Sorge um dich, erwiderte Mutter, aber in diesem Augenblick tat es einen großen deklarativen Schlag. Unter der Gewalt zweier Gewehrkolben zersplitterte beinahe seine Wohnzimmertür.

KAPITEL 22

In der Sauna

Vladimir Borissowitsch!« Ein Duo kehliger russischer Stimmen brüllte auf dem Flur und unterbrach Vladimirs transatlantische Séance. »He du! Oppa! Aufgewacht da drinnen!«

Vladimir watschelte schnell zur Tür und verlor in der Eile beide Pantoffeln. In den Ohren klang ihm immer noch Mutters gottesähnliche Stimme. »Was hat das zu bedeuten?«, rief er. »Ich bin ein Geschäftspartner des Murmeltiers!«

»Das Murmeltier will dich sehen, Mäuschen«, rief einer der Rüpel zurück. »Zeit für die Banja!«

Vladimir öffnete die Tür. »Wieso Banja?«, sagte er zu den beiden massigen Bauern, deren Gesichter durch lebenslangen Suff ganz gelb geworden waren und in dem fahlen Dämmer des Flurs grünlich schimmerten. »Ich habe heute Morgen schon gebadet.«

»Das Murmeltier hat gesagt, bringt Vladimir Borissowitsch in die Banja, also schling dir ein Handtuch um und komm«, sagten sie einstimmig.

»Was soll der Quatsch.«

»Willst du dich dem Murmeltier widersetzen?«

»Ich befolge die Anweisungen des Murmeltiers blind«, sagte Vladimir zu den Eindringlingen, die beide wirkten wie erwachsene Ausgaben von Serjosha Klimow, dem Rüpel aus dem Kindergarten. Was, wenn sie versuchten, ihn zu Tode zu kneifen? Mutter konnte ihm hier wirklich nicht helfen, und Ljonja Abramow managte wahrscheinlich irgendeinen anrüchigen Nachtclub in Haifa. »Wo ist diese Banja?«, verlangte Vladimir zu wissen.

»Haus 3. Es gibt keinen Umkleideraum, also schling dir das Handtuch hier um.«

»Ihr erwartet, dass ich nur mit einem Handtuch bekleidet von hier bis Haus 3 gehe.«

»So läuft das, ja.«

»Wisst ihr, mit wem ihr es zu tun habt?«

»Ja«, antworteten die beiden Männer, ohne zu zögern. »Wir sind Gussew unterstellt!«, fügte einer von ihnen hinzu, als reichte das schon, um ihre Unverschämtheit zu erklären.

Während Vladimir in seinem Handtuch über den Hof auf das dritte Plattenak zuging, flankiert von seiner bewaffneten Eskorte, lugte eine Gruppe Kasinonutten aus ihrem trüben Loch hervor, um dem nahezu nackten jungen Mann hinterherzupfeifen. Dieser bedeckte instinktiv seine Brust mit beiden Händen, so wie er es bei den drallen Mädchen der pornografischen Filmliteratur gesehen hatte. Das Ganze war also ein abgekartetes Spiel! Gussew war darauf aus, ihn zu demütigen, der Drecksack. Vielleicht hatte er vergessen, dass Vladimir der Sohn von Jelena Petrowna Girshkina war, der gnadenlosen Zarin von Scarsdale und den sowjetischen Kindergärten zugleich ... Na, dachte Vladimir, wir werden ja sehen, wer hier wen flachlegt, oder, wie es auf Russisch mit drei schlichten, eleganten Silben heißt – Kto kowo.

Die Banja war kein echtes russisches Dampfbad mit abblätternden Wänden und holzkohlefleckigen Öfen, sondern eher eine winzige schwedische Sauna von der Stange (so öde und hölzern wie Vladimirs Möbel), die provisorisch an Plattenak 3 angebaut worden war wie ein Weltraummodul an die Mir. Hier saßen und sotten das Murmeltier und Gussew neben einer Platte Trockenfisch und einem kleinen Fass Unesko.

»Der König der Amerikaner lässt sich dazu herab, mit uns zu schwitzen«, verkündete Gussew, als Vladimir hereinkam, und fächelte sich mit einem großen salzverkrusteten Flussbarsch zu. Ohne Kleider war Gussews Körper ein Abbild des Murmeltiers, Kurve für Kurve, und eine Vorschau darauf, wie Vladimir in zehn Jahren aussehen würde, falls er sich nicht Kostjas Trainingsplan unterwarf. »Und, haben wir ausgeschlafen?«, fragte Gussew. »Meine Männer sagen, dein Wagen und dein Fahrer hatten den ganzen Tag nichts zu tun.«

»Und was geht das dich an?«, sagte Vladimir wegwerfend und griff nach dem traditionellen Bündel Birkenzweige, mit denen sich der russische Badehausgast peitschte, angeblich, um die Durchblutung zu steigern. Er schwang das Bündel durch die Luft, was eine Drohgeste sein sollte, aber die feuchten Zweige fiepten nur traurig und lethargisch »Pffff«.

»Was es mich angeht?«, blökte Gussew. »Laut unserem Finanzmann hast du allein in den letzten zwei Wochen fünfhundert Dollar für Drinks ausgegeben, eintausend für Essenseinladungen und zweitausend für Haschisch. Für Haschisch, wohlgemerkt! Wo unsere Marussja gleich hier auf dem Gelände ihren kleinen Opiumgarten hat. Aber vielleicht ist unser Opium nicht gut genug für dich, eh, Volodetschka? Da haben wir uns aber einen sparsamen Juden an Land gezogen, Murmeltier. Er hält sich für den Partyking von Odessa.«

»Murmeltier –«, setzte Vladimir an.

»Das reicht, ihr zwei!«, brüllte das Murmeltier. »Ich will mich in der Banja erholen, nicht solchen Kleinkram hören.« Er streckte sich bäuchlings auf der Bank aus, wobei seine Wampe an beiden Seiten herunterhing und der Schweiß über die pockennarbige Weite seiner Rückenfläche lief. »Zweitausend für Haschisch, zehntausend für Nutten … Wen juckt's? Melaschwili hat gerade von der *Sowjetskaja Wlast* angerufen, sie laufen mit Zeugs im Wert von neunhunderttausend aus Hongkong aus. Alles bestens.«

»Klar, alles bestens«, höhnte Gussew und biss dem Flussbarsch den Kopf ab, um ihn auf die dampfenden Holzklötze in der Ecke zu spucken. »Melaschwili, dieser nette georgische Zigeuner, muss sich am anderen Ende der Welt abrackern, nur um unseren Girshkin hier bei Laune zu halten –«

Vladimir sprang wütend auf, wobei ihm fast das Handtuch runterfiel, das seine kleine Männlichkeit verdeckte, eine Schwachstelle, die er nicht entblößt sehen wollte. »Kein Wort mehr!«, schrie er. »In den letzten beiden Wochen habe ich mich mit fast jedem Amerikaner in Prawa angefreundet, ich habe die Arbeit an einer neuen Literaturzeitschrift aufgenommen, die das westliche Element im Sturm erobern wird, mein Name ist zweimal in *Prawadentia* erschienen, was immerhin die Chronik der Exilamis ist, und morgen bin ich Ehrengast bei einer wichtigen Lesung, wo lauter reiche Anglos sitzen. Nach all dieser Arbeit, die zum größten Teil dumm und degradierend war, wagst du mich zu beschuldigen ...«

»Aha! Hörst du das, Gans?«, sagte das Murmeltier. »Er bringt Zeitschriften heraus, freundet sich mit Reichen an, geht zu Lesungen. Guter Junge! Weiter so, dann kann ich stolz auf dich sein. Sag, Gussew, erinnerst du dich an die Lesungen, wo wir als Jugendliche hingegangen sind? Diese Gedicht-Wettbewerbe ... Schreibt ein Gedicht über das Thema ›Die oft erprobte Männlichkeit der Brigade Roter Traktor‹. Hat das einen Spaß gemacht! Da hab ich mal ein Mädchen gebumst, die hätte Armenierin sein können, so dunkel war sie. O ja.«

»Ich stelle deine Autorität nicht in Frage«, setzte Gussew an, »aber ich –«

»Ach, halt den Mund, Mischa«, sagte das Murmeltier. »Heb dir dein Gejammer für den Bisnesmeny-Lunch auf.« Er griff rüber nach der Fischplatte und schob sich ein kleines Exemplar in den Mund. »Vladimir, mein Freund, komm her und schlag mich mit den Zweigen. Ich muss mein Blut in Gang halten, sonst schmelze ich auf der Stelle.«

»Wie b-«, wollte Vladimir sagen.

»He, he, Bürschchen!«, rief Gussew und sprang auf. »Was hat das zu bedeuten? He! Ich bin der Einzige, der das Murmeltier peitschen darf. Das ist praktisch Diktat hier. Da kannst du jeden in der Organisation fragen. Leg die Zweige wieder hin, sag ich, sonst hast du nichts zu lachen.«

»Sei nicht so kleinlich, Michail Nikolajewitsch«, warnte das Murmeltier. »Warum soll er mich nicht mal peitschen? Er ist ein starker junger Bock. Er hat hart gearbeitet. Er hat es sich verdient.«

»Guck ihn dir doch an!«, brüllte Gussew. »Er ist schlaff und hat weiche Handgelenke. Er ist halb so alt wie ich, und seine Brust hängt schon runter wie zwei Kuheuter. Ha, der wird dich peitschen wie ein kleiner Päderast, das ist mal sicher! Und du hast etwas Besseres verdient, Murmeltier.«

Sollte Vladimir bei der Aussicht, seinen Arbeitgeber zu peitschen, ein leises Unwohlsein verspürt haben, schwand es mit Gussews Worten. Ohne nachzudenken, vollführte seine Hand schon eine wütende Bewegung durch die Luft, und auf den Rücken des Murmeltiers ging ein Donnerschlag nieder. »Mwwwaaarf!«, jaulte das Murmeltier. »Uga. He da. So ist's recht!«

»Peitscht so ein Päderast?«, schrie Vladimir, dem die Unlogik dieser Frage schockierend gleichgültig war, und geißelte das Murmeltier erneut.

»Boshe moi, das sind echte Schmerzen«, grunzte das Murmeltier genüsslich. »Aber nächstes Mal etwas höher, bitte. Ich muss auf dem Ding noch sitzen.«

»Zum Teufel mit euch beiden«, flüsterte Gussew lautstark. Er trat bei seinem Abgang vor Vladimir, ganz offensichtlich in der Absicht, ihm einen unvergesslichen Blick zuzuwerfen, aber Vladimir, der so etwas ahnte, konzentrierte seine Augen auf die rote Topografie des Rückens vor ihm, eine Herausforderung für jeden werdenden Kartografen. Trotzdem war Gussews Hals nicht zu übersehen, ein dickes sehniges Stück Anatomie, ganz gleich, wie fett und vermurkst es darunter aussah.

Erst als Gussew die Tür hinter sich zugeknallt hatte, fiel Vladimir wieder seine Kindheitsangst vor Banja ein, das paranoide Gefühl, dass jemand die Tür abschließen und ihn drinnen zu Tode braten lassen könnte. Er stellte sich vor, wie er und das Murmeltier gemeinsam in der Falle saßen, ihre Haut so glänzend wie gedünstete Knödel und darunter nichts als Siedefleisch: Einen schlimmeren Tod konnte er sich nicht vorstellen.

»Oh, warum hast du denn aufgehört«, stöhnte das Murmeltier.

»Nein, ich werde stärker sein als dieser dickhalsige Wichser«, murmelte Vladimir mit zusammengebissenen Zähnen, und er machte sich so wild an die Arbeit, dass bei seinem nächsten Schlag ein Pickel mit violettem Häubchen explodierte, und das schwere Blut des Murmeltiers spritzte durch die fischige Saunaluft, die so zäh und undurchdringlich war wie Gussew selbst.

»Ja, ja«, brüllte das Murmeltier. »So ist es richtig! Wie schnell du lernst, Vladimir Borissowitsch.«

TEIL V

Der König von Prawa

KAPITEL 23

Die unerträgliche Weißlichkeit des Seins

Das Joy war ein vegetarisches Restaurant, aber darunter gab es eine Disco, einen wahren Fleischmarkt, wo die ständig abgebrannten Stammgäste vertrauensselige Rucksacktouristen, von denen viele noch ihre Uni-T-Shirts trugen, in Nächte des Vergessens und Morgen des Erwachens auf einem Futon in den elendsten Ausläufern von Prawas Vorstädten lockten. Verzweifelte Versuche, mit einem antiquierten Telefon, das kaum bis über die Tavlata reichte, Kontakt mit einer Autoritätsperson daheim in den Staaten aufzunehmen, waren die Folge. Sonntags gab es im Joy Lesungen.

Vladimir ging die abgetretene Treppe hinunter. Die kleine Tanzfläche in Pink und Mauve wurde von einer Reihe viel zu heller Halogenscheinwerfer beleuchtet, was den Raum nach einem ziemlich ungemütlichen Mutterleib aussehen ließ. Jetzt beherbergte diese Arena drei ringförmige Reihen aus Plastikstühlen, verwitterten Sofas und Sesseln; willkürlich dazwischen gestellte Couchtische boten Platz für bunte, ansehnliche Drinks von der Bar; Künstler und Zuschauer erschienen in ihrem Sonntagsstaat – Jacketts, so weit das Auge reichte, und zurückgebundenes oder -gegeltes Haar. Ohrringe und Piercings blitzten friedlich aus ihren eifrig geschrubbten Fleischeinfassungen, Rauchwolken von selbst gerollten American-Spirit-Zigaretten entströmten frisch bemalten Lippen oder hingen in kürzlich gestutzten Goatees.

Die jungen Männer und Frauen, die zu den Auserwählten dieser postmodernen Belle Époque gehörten, wandten sich dem Neuankömmling zu und ließen die Augen nicht von ihm, während er den inneren Stuhlkreis ansteuerte, wo für ihn ein Platz zwischen Cohen und Maxine reserviert war.

Vladimir kam mit weichen Knien herein. Er hatte gleich bei der Ankunft einen schlimmen Fehler begangen: Jan hatte ihn am Eingang vom Joy abgesetzt, wo die Einlass begehrenden Horden sich das Spektakel eines Künstlers, der einem BMW mit Chauffeur entstieg, natürlich nicht entgehen ließen. Sicher, offiziell galt er als *wohlhabender* Künstler, aber diese arrogante Show war zweifellos ein Fehler, und so ein ausgemachter Fauxpas würde sich binnen Minuten durch Marcus und seine Marx-Anhänger bis Budapest verbreiten.

Außerdem bereitete Vladimir Sorge, dass die wenigen Vortragenden in der Gruppe an einem Spiralheft zu erkennen waren, wie auch er eines bei sich trug. Das wiederum Cohen entging keineswegs, der mit offenem Mund Vladimirs Exemplar anstarrte, bevor er sich, die Augenlider verachtungsvoll auf Halbmast, seinem Besitzer zuwandte.

Bislang handelte es sich um eine schweigende Versammlung. Plank schlief auf einem riesigen importierten Lazyboy-Sessel und träumte vom Bacchanal der letzten Nacht. Cohen war zu beleidigt, um einen Mucks von sich zu geben. Selbst Alexandra hielt, anders als sonst, den Mund. Sie war zu sehr damit beschäftigt, Vladimir und Maxine zu mustern, wahrscheinlich um ihre Paartauglichkeit einzuschätzen; die blonde, lebhafte Maxine war von dem informellen Verkupplungsrat der Clique vor kurzem zu Vladimirs Gefährtin auserkoren worden. Dabei begehrte Vladimir natürlich die hübsche lange Alexandra. Ihre Schönheit und ihre ungebremste Begeisterungsfähigkeit trugen heftig zu dieser Verliebtheit bei, und das war noch nicht alles: Er hatte vor kurzem erfahren, dass sie aus einer Unterschichtfamilie stammte! Halb analphabetische portugiesische Hafenarbeiter aus einem Ort namens Elizabeth in New Jersey. Die Vorstellung, dass sie aus einem lärmigen, schummrigen, zutiefst katholischen Haus voll übergriffiger Männer und schwangerer Frauen (anders konnte es doch gar nicht gewesen sein) nach Prawa gekommen war, stellte einen Großteil von Vladimirs beschädigtem Glauben an die Welt wieder her. Ja, es war möglich. Man konnte seine Lebenschancen mit ein paar eleganten Pinselstrichen ändern und dabei schön und lässig und freundlich und zugewandt bleiben. Alexandras Welt war, trotz ihrer künstlerischen Prätentionen, eine Welt der Möglichkeiten; sie hätte ihm so vieles beibringen können, sie mit ihren Nylonstrümpfen, die genau dort eine Laufmasche hatten, wo der eine Weltklasseschenkel sich formvollendet in die Kurve legte.

Währenddessen zog sich das Schweigen weiter hin, abgesehen vom Gekritzel in letzter Minute, das einige der Künstler noch für nötig hielten. Vladimir wurde flau. Dachten sie immer noch an seinen BMW? Alles sah danach aus, als könnte jederzeit ein stalinistischer Schauprozess beginnen, mit ihm auf der Anklagebank.

Künstler 1, ein großer Junge mit ungepflegten Haaren und colaflaschenbodendicken Brillengläsern: »Bürger V. Girshkin wird beschuldigt, sich antisozial zu betätigen, eine abscheuliche Persönlichkeit zu sein, eine nichtexistente Literaturzeitschrift zu verbreiten und unter Verstoß gegen § 112, Abs. 43.2 des Strafgesetzbuches der UdSSR ein vom Feind erhaltenes Automobil zu besitzen.«

Girshkin: »Aber ich bin Geschäftsmann ...«

Künstler 2, ein Rotschopf mit großen Ohren und aufgesprungenen Lippen: »Genug geredet. Zehn Jahre Zwangsarbeit im volkseigenen Kalksteinbruch in Fsišč, Slowakei. Und, Girshkin: Verschone uns mit deinem Gelaber von wegen ›russischer Jude‹!«

Stattdessen tauchte ein sehniger älterer Herr aus dem Dunkel auf. Er war kahl, bis auf zwei Büschel überlanger Locken, die sich über seinem Kopf erhoben wie zwei Teufelshörner, und trug schlabbrige Kordhosen, in denen auch der dazu passende Teufelsschwanz Platz gehabt hätte. »Hi, ich heiße Harold Green.«

»Hi, Harry!« Alexandra, klar.

»Hi, Alex. Hi, Perry. Wach auf, Plank.« Harry Greens Augen – freundlich und onkelhaft, aber auch mit dem erforderlichen Exilantenschimmer, der jeden Anglo in Prawa prägte – hefteten sich auf Vladimir, langsam blinkend wie die Warnlichter an einem Wolkenkratzer.

»Der Laden gehört ihm«, flüsterte Maxine Vladimir ins Ohr. »Seine Eltern sind steinreiche Kanadier.«

Sofort verlor Harry jedes Geheimnis, er war eine Variable weniger in Vladimirs Übernahmeformel. Er stellte sich vor, wie er dem netten Burschen die Platte tätschelte, ihm Minoxidil empfahl, einen neuen Innenarchitekten für den Club, eine neue Weltsicht für seine Cocktail Hour, eine beträchtliche Investition in die Murmeltier AG …

»Also, wir haben hier eine Liste.« Harold griff nach einem Klemmbrett. »Hat irgendwer seinen Karl-Otto noch nicht draufgesetzt – oder seinen Karel-Ota, für die Anwesenden stolowakischer Glaubensrichtung?«

Vladimir sah seine Hand in die Höhe gehen, dieses kleine blasse Geschöpf.

»VLADIMIR«, las Harold einen Moment später von seinem Klemmbrett vor. »Ein stolowakischer Name, nicht? Bulgarisch, nicht? Rumänisch, nicht? Nicht? Also, wen haben wir denn für den Anfang? Lawrence Litvak. Ich rufe Mr Litvak auf. Bitte komm doch nach vorn, Larry.«

Mr Litvak steckte sich sein Warhol-T-Shirt in die Hose; griff prüfend an seinen Reißverschluss; strich eine Ranke seiner blonden Dreadlocks zurück und machte sich auf zu dem magischen Ort, von wo aus Harold gesprochen hatte. Vladimir kannte ihn vom Nouveau und ähnlichen Adressen, wo er nie ohne seinen besten Kumpel, eine riesige blaue Haschpfeife, auftauchte und alle Vorbeikommenden mit Abenteuern aus seinem kurzen Durchschnittsleben überschüttete.

»Dies ist eine Geschichte«, sagte Larry, »mit dem Titel ›Juri Gagarin‹. Juri Gagarin war der sowjetische Astronaut, der als erster Mensch in den Weltraum flog. Später ist er bei einem Flugzeugabsturz gestorben.« Er räusperte sich, etwas zu heftig, und schluckte die Früchte seiner belagerten Lunge hinunter.

Der arme tote Juri Gagarin war eingeschrieben in eine Saga über Larrys stolowakische Freundin, eine wahre Rapunzel, deren nie geschnittene Haare und Neigung zu Tony Bennett sie zu einer

Außenseiterin in ihrem Plattenak machte. Genauer gesagt, bis Prinz Larry des Weges kam, direkt von der Universität Maryland: »›Prawa wird dir gut tun‹«, *postulierte* mein Creative-Writing-Prof. ›Aber verlieb dich bloß nicht‹, sagte er und *legte dar*, was im gegenteiligen Fall passieren würde, so wie es ihm 1945 gegangen war, als jungem G.I., der …« und so weiter.

Der Erzähler installiert seine Heldin Tavlatka – eine Flussnymphe, wie der Name schon nahe legt und wie eine lange, anschauliche Szene im städtischen Schwimmbad genüsslich ausmalt – in seiner Wohnung, die günstig in der Altstadt gelegen ist. (Woher hatte Larry das Geld, um in der Altstadt zu wohnen? Vladimir machte sich im Geiste eine Notiz, für PrawaInvest-Zwecke.) Sie rauchen eine Menge Hasch und frönen dem Sex, »nach Art der Stolowaken«. Will sagen? Unter einer Decke aus Schinken?

Doch letztlich stolpert die Beziehung über ein Hindernis. Irgendwann mitten beim Sex entspinnt sich ein Gespräch über den Wettlauf im Weltraum, und Tavlatka, verseucht von einem Lebensjahrzehnt voller Agitprop, beharrt darauf, dass Juri Gagarin der erste Mann auf dem Mond gewesen sei. Unser Erzähler ist zwar ein Links-Softie, aber immer noch Amerikaner. Und ein Amerikaner kennt seine Rechte: »›Es war Neil Armstrong‹, zischte ich ihr ins Kreuz. ›Und ein *Kosmo*naut war er schon gar nicht.‹ Da fuhr meine Tavlatka herum, mit gar nicht mehr steifen Brustwarzen und einer Träne in beiden Augen. ›Schaff dich hier raus‹, sagte sie in ihrer komischen und doch tragischen Art.«

Danach bricht alles so richtig auseinander. Tavlatka schmeißt unseren Helden aus seiner eigenen Wohnung, und er, der nicht weiß, wo er hin soll, schläft jetzt auf einer kleinen Tatamimatte beim K-Mart in der Neustadt und verkauft Aktaufnahmen von sich an alte deutsche Damen auf der Emanuelbrücke (komm, lass stecken, Larry!), womit er gerade genug Geld für die eine oder andere Knackwurst und ab und zu einen K-Mart-Pullover verdient. Was Tavlatka tut, bleibt unerwähnt, aber sie wird Larrys Altstadtbude schon sinnvoll nutzen.

An dieser Stelle verlor Vladimir vorübergehend den Erzählfaden, während seine Augen auf eine Baedekertour von Alexandras Fesseln gingen, aber die Szene, wo Tavlatka und der Erzähler sich auf der Suche nach der Wahrheit in eine alte stolowakische Bibliothek begeben, die »säuerlich nach Büchern roch«, bekam er doch mit, ebenso das großartige Finale im Bett, dem sowohl Tavlatka als auch Larry mit »triefendem, befriedigtem Körper« entsteigen und »das erkannt haben, was dem Geist verschlossen bleibt«.

ENDE und BRAVO! BRAVO! Der Kreis schloss sich um Litvak und lobte ihn gebührend. Cohen nahm sich das Wunderkind vor und schloss es frontal in die Arme, inklusive Haareverwuscheln, doch Larry wollte einen größeren Fisch an die Angel kriegen: Er stürzte sich mit allen Ködern bewaffnet auf den großen Girshkin-Hecht, der lässig abwartend im tieferen Wasser stand. »Erinnerst du dich an mich?«, krächzte er, immer noch in Cohens Anakondagriff, Vladimir zu. Der schloss die Augen halb, schaffte es, diskret seinen obersten Hemdknopf zu öffnen, und ließ den Kopf hin und her rollen, seine übliche spätnächtliche Attitüde.

»Ja«, sagte Vladimir. »Luftschutzkeller, Repré, Martini-Bar …«

»Du hast mir noch gar nicht erzählt, dass du ein Lit-Mag planst«, sagte Larry, und sein Befreiungsmanöver aus Cohens Armen brachte den verschmähten Iowaner fast aus dem Gleichgewicht.

»Na, du hast mir noch gar nicht erzählt, dass du schreibst«, sagte Vladimir. »Was mich übrigens ein bisschen verletzt. Du hast schockierendes Talent.«

»Komisch«, sagte Larry, »normalerweise erwähne ich das immer als Erstes.«

»Macht nichts«, sagte Vladimir. »Diese Erzählung gehört absolut in …« Sie hatten sich noch gar nicht auf einen Namen für die Zeitschrift geeinigt. Irgendwas Lateinisches, Französisches, Mediterranes … genau, die mediterrane Küche wurde weltweit immer populärer, bestimmt würde die Literatur da bald folgen. Wie hieß dieser berühmte sizilianische Alchimist und Scharlatan noch mal? »*Cagliostro.*«

»Cooler Name.«

Allerdings. »Nur dass eine solche redaktionelle Entscheidung eigentlich gar nicht ich treffen kann«, sagte Vladimir. »Da musst du mit meinem Chefredakteur Perry Cohen da drüben reden. Ich bin nur der Verleger.« Doch bevor Vladimir seine abstürzenden Aktien bei Redakteur & Freund Cohen wieder aufwerten konnte, brachte Harry Green sie alle mit einem energischen kanadischen Prärie-Muhen zur Ruhe. »Vladimir Girshkin«, rief er. »Wer ist Vladimir Girshkin?«

Wer wohl?

Vladimir Girshkin war der Mann, der früher stets instinktiv in die falsche Richtung lief und unweigerlich jedes Mal umgeschubst wurde, wenn ihm jemand entgegenkam. Vladimir Girshkin sagte früher stets »Danke sehr« und »Tschuldigung«, auch wenn das absolut unnötig war, und legte häufig eine so tiefe Verbeugung an den Tag, dass sie an Kaiser Hirohitos Hof übertrieben gewirkt hätte. Früher hielt Vladimir Girshkin Challah in seinen schilfrohrdünnen Armen und gelobte, ihr würde niemand etwas zu Leide tun, denn von nun an sei er ihr Beschützer und Gönner.

Heute aber hielt er ein einzelnes Blatt Papier vor sich, sein rechter Arm entfaltete sich, so selbstverständlich wie die Gelenklampe eines Architekten … immer schön Kurs halten …

Er las:

So sehe ich meine Mutter –
In einem schmutzigen Resopalrestaurant
Schlichte Perlen aus ihrem Mutterland
Um den zarten Hals voll Sommersprossen.
Schweißgesprenkelt
Bestellt sie mir einmal Lo Mein für drei Dollar
Strahlt über die goldene Armbanduhr
Die wir billig gekriegt haben.
Hinter uns liegen vier Nachmittagsstunden
Hitzschlag in Chinatown. Und sagt errötend:
»Für mich bitte nur Wasser.«

Bitte sehr. Ein Gedicht, das wenig zu sagen hatte, aber klare Linien aufwies wie ein gutes Bed-and-Breakfast: schlichte Holzmöbel, über dem Sofa ein geschmackvoll gerahmter Druck mit irgendeiner Waldszenerie – Elch-im-Bach, Hütte-unter-Bäumen, was immer. Mit anderen Worten, dachte Vladimir, es war eigentlich überhaupt nichts. Die Sorte Müll, die sich ihre Lücke sucht, um lautlos darin zu verschwinden.

Pandämonium! Standing Ovations! Ein regelrechter Tumult! Die Bolschewiken stürmten den Winterpalast, die Vietcong zogen sich um die amerikanische Botschaft zusammen, Elvis hatte gerade das Gebäude betreten. Offenbar war noch niemand im Joy auf die Idee gekommen, ein kleines Gedicht zu schreiben, das nicht nur aus der Bauchnabelperspektive über den eigenen Bauchnabel schrieb. Noch waren keine NATO-Flugzeuge gerufen worden, um die Stadt einem Flächenbombardement mit William Carlos Williams' Gesammelten Werken auszusetzen. Es war ein ganz schöner Coup für Vladimir.

Während der Applaus donnerte und Maxine mit ihrem Trompetenmund zum öffentlichen Frontalkuss schritt, fiel Vladimir ein weiteres vielversprechendes Phänomen ins Auge: eine zutiefst amerikanisch wirkende junge Frau (dabei war sie gar nicht blond) mit heller Haut, rundem Gesicht und braunen Haaren, die Land's End-Hosen und eine Leinenbluse (ebenfalls Katalogware) trug, wahrscheinlich nach einem ökologisch korrekten Apfel-Zitrus-Shampoo mit einer Unterströmung von Regenwaldseife roch und die ganze Zeit begeistert klatschte, wobei ihr rotwangiges Gesicht nur umso rotwangiger wirkte vor lauter schlichter, ungezügelter Anbetung. Hoch lebe Vladimir Girshkin. Unser Mann in Prawa.

Später wurde oben, in der vegetarischen Abteilung des Joy, ein runder Metalltisch von stolowakischer Wackeligkeit für die siegreichen Helden herangerollt; er schwankte hin und her, beladen mit schwarzem Hummus von lehmiger Konsistenz und Terrinen voll rotebeteroter Gemüsesuppe mit echten Roten Beten obendrauf. Vladimir wurde in einen kleinen männlichen Halbkreis platziert, gemeinsam mit Cohen (der es vermied, ihn anzuschauen), Larry Litvak (der sich nicht damit aufhielt, irgendjemand anders anzuschauen) und Plank (bewusstlos). Vladimir sah sich mit unsteten Blicken um, als ihm aufging, dass hier gerade eine heterosexuelle Gelegenheit versiebt wurde. Die adrette junge Amerikanerin, die er mit seinen Versen beeindruckt hatte, war dem Treck nach oben gefolgt. Sie saß an der »Möhren-Bar« mit dem restlichen Fußvolk und plauderte mit einem Touristenbubi. In regelmäßigen Abständen spähte sie zu Vladimirs Tisch herüber und lächelte mit ihren balsamgepflegten Lippen und milchweißen Zähnen, als müsste sie das Gerücht entkräften, sie hätte womöglich keinen Spaß.

König Vladimir winkte sie zu sich – das war etwas Neues, er lernte gerade, wie man das machte mit der Hand. Und er hatte es langsam raus, denn sie nahm augenblicklich ihre Handtasche von der Bar und ließ den Touristenbubi mit seinem Bier und seinem Stoppelhaarschnitt und seinen Geschichten von »wie der Gouverneur neulich auf der Hochzeit von meiner Schwester war« einfach sitzen.

»Rückt mal«, sagte Vladimir zu den Jungs, Stühle wurden gerückt, Wasser verschüttet, Beschwerden laut.

Sie war ungeschickt beim Ansteuern ihres Platzes (»Tschuldigung, tschuldigung, tschuldigung«), und Vladimir machte ihr die Sache nicht leichter, indem er näher heranrückte, weil er an ihrer Leinenbluse riechen wollte. Genau, Regenwaldseife. Treffer. Aber was war mit dem Rest? Sie hatte das, was bei den Girshkins als »Andeutung von Nase« bezeichnet worden wäre, eigentlich eine Art Vorsprung, einen kleinen Aussichtspunkt, der ihre langen, schmalen Lippen überragte, ihr kreisrundes Kinn und darunter die volle Büste, die von einer erfolgreichen amerikanischen Adoleszenz zeugte. Vladimir hatte nur einen Gedanken: Warum waren ihre Haare länger als schulterlang, bei den derzeitigen urbanen Konventionen, die Kürze und Knappheit verlangen? War ihr womöglich Hipness fremd? Fragen über Fragen.

Aber wie die meisten hübschen Menschen erweckte sie einen positiven Eindruck, auch bei der Clique. »Hi«, sagte Alexandra zu ihr, und nach ihrem funkelnden Gesichtsausdruck hätte sie genauso gut ausrufen können: »*Landsmännin!*«

»Hi«, sagte die Neue.

»Ich heiße Alexandra.«

»Ich heiße Morgan.«

»Freut mich, Alexandra.«

»Freut mich, Morgan.«

Und dann war erstmal Schluss mit der Freude, an deren Stelle ein allgemeiner Aufschrei darüber trat, wie unbegabt Harry der Kanadier war und wie viel besser und würdevoller das Leben sein könnte, wenn sie (die Clique) die neuen Besitzer des Joy und seines literarischen Vermächtnisses würden. Hier wanderten alle Augen zu Vladimir. Vladimir seufzte. Das Joy? Reichte ihnen die verfluchte Literaturzeitschrift denn nicht? Was denn noch, ein Gertrude-Stein-Themenpark? »Hört zu«, sagte Vladimir, »bei *Cagliostro* müssen wir mal langsam den Ball ins Rollen bringen.«

»Ca... – was?«, fragte Cohen.

»Die Zeitschrift«, sagte Larry Litvak und verdrehte die Augen. Wenn er nicht völlig stoned in der Birne war, fand er Ignoranz offenbar ziemlich schockierend.

»*Wie* nennen wir sie?«, fragte Cohen und wandte sich Vladimir zu.

»Weißt du noch, wie du dieses obskure, metahistorische Mailänder Blatt gelesen hast, über den sizilianischen Scharlatan und Alchimisten Cagliostro, und gesagt hast: ›Hey, sind wir nicht alle auch ein bisschen so, wie wir hier in der postsozialistischen Wildnis unsere ersten Pflöcke in den Boden rammen?‹ Weißt du noch?«

»Cag-li-ostro!«, sagte Alexandra stimmungsvoll. »Hmmm, das gefällt mir.«

Beipflichtendes Gemurmel.

»Stimmt«, sagte Cohen. »Ich hatte mir zwar noch ein paar andere Namen überlegt, *Beef Stew* oder so, aber ... Du hast Recht. Egal. Bleiben wir einfach bei meiner ersten Idee.«

»Das soll also keine Mainstream-Zeitschrift werden«, sagte Morgan. Sie wirkte sehr nüchtern, die Hände im Schoß, die Augen weit aufgerissen, die säuberlich gezupften Augenbrauen hochgezogen, während sie versuchte, inmitten der lauten, unbändigen Clique auch ihr Scherflein beizutragen. Es war verblüffend für Vladimir, einen schönen Menschen zu sehen, der nicht versuchte, sich auf die eine oder andere Weise in den Mittelpunkt zu spielen (Alexandra kriegte das immer so gut hin!), und er machte es auch nicht besser, als er sagte: »Main*stream*? Wir sind noch nicht mal in denselben Gewässern unterwegs wie die anderen.«

Doch bevor ihr das peinlich werden konnte, wechselte schon das Gesprächsthema zu der Frage des Aufhängers für die Nullnummer. L. Litvak brachte unverschämt seine Juri-Gagarin-Weltraumodyssee ins Spiel, doch da wandte sich Cohen ihm zu und sagte: »Wie können wir auch nur daran denken, Vladimirs Gedicht in dieser Frage zu übergehen?«

Alle verstummten. Vladimir suchte in Cohens Gesicht nach Sarkasmus, doch es wirkte unaufgeregt, weniger resigniert als vielmehr hellsichtig, verständig. Wie er so dasaß, die leeren Bierflaschen vor sich und einen Klacks Hummus im Flaum seines Pseudobarts, verewigte ihn Vladimir auf einem mentalen Schnappschuss, so wie er es vorgeblich mit Mutter in dem nichtexistenten Chinarestaurant gemacht hatte. Freund Cohen wird weise, kapiert was.

»Ja, natürlich, Vladimirs Gedicht.« Plank war aufgewacht.

»Natürlich«, sagte Maxine. »Das war die reinste Erlösung, so was habe ich noch nicht gehört, seit ich in Prawa bin.«

»Auf alle Fälle, Vladimirs Gedicht!«, rief Alexandra. »Und Marcus kann es gestalten. Du kannst was zeichnen, Schatzi.«

»Dann könnt ihr doch meine Geschichte gleich danach bringen«, sagte Larry. »Das ergibt ein gutes Gegengewicht.«

Vladimir griff nach einem Glas Absinth. »Ich danke euch allen«, sagte er. »Ich würde mir ja gern die Feder dieses Gedichts allein an den Hut stecken, aber leider geht das nicht. Ohne Perry als Mentor wäre ich nie zum Kern der Sache vorgedrungen. Ich würde immer noch pubertären Mist schreiben, krampfhaft witzige Gedichtchen. Also, trinken wir auf Cohen!«

»Auf mich!« Cohen lächelte sein »So oder so ist das Leben«-

Lächeln, ganz der ältliche Papa, und streckte die Hand aus, um Vladimirs Kopf zu tätscheln.

»Wisst ihr was ...«, sagte Morgan, nachdem der Trinkspruch verebbt war und kurze Zeit niemand etwas zu sagen hatte. »Mensch, Leute. Diese Lesung. Das ist alles so neu für mich. Wo ich herkomme ... also niemand ... Irgendwie hatte ich mir Prawa ja genau so vorgestellt. Weil deshalb bin ich irgendwie hergekommen.«

Vladimirs Kinn klappte herunter, als er diese ungefragte Ehrlichkeit hörte. Was zum Teufel machte sie da? So was gibt man doch nicht einfach zu, egal, wie wahr es ist. Brauchte die junge Schönheit (mit dem langen braunen Haar) einen Einführungskurs in Selbstdarstellung? Den Ego-Bausatz für Anfänger?

Aber die Clique stieg voll darauf ein, alle schlugen sich scherzhaft gegenseitig auf die Schulter. Ja, also irgendwie wussten sie so ungefähr, wovon sie sprach, diese goldige, bildhübsche Neue in ihrer Mitte.

Sie nahmen Morgan mit, als sie das Joy verließen. Später, als Alexandra Gelegenheit hatte, mit ihr unter vier Augen in einem einsturzgefährdeten Damenklo auf der Kleinseite persönlich zu werden, stellte sich heraus, dass Morgan Vladimirs Gedicht »brillant« gefunden hatte und ihn selbst »exotisch«. Na, da bestand ja vielleicht doch noch Hoffnung für sie.

Doch Vladimir wandte sich wichtigeren Dingen zu. Jetzt stand ernsthafte Arbeit an. Phase zwei war reibungslos gestartet; er hatte mit schlechter Lyrik gepunktet; die Scheckbücher saßen schon lose. Harold Green drängte sich gerade großspurig an den Bittstellern an der »Möhren-Bar« vorbei, die alle eins der beträchtlichen Hausautoren-Stipendien des Joy erbetteln wollten. So wie der aussah, befand er sich auf der wichtigsten Mission seines Lebens. Ziel: Girshkin.

Kein Zweifel, die Zeit für Phase drei war gekommen.

Die Nuckelphase.

KAPITEL 24

Cole Porter und Gott

Aufwachen, duschen und ab in die Kirche. Vladimir gehorchte seinem kieselsteingroßen jüdisch-christlichen Gewissen. Er schluckte Vitamine und trank mehrere Glas Wasser. Sein neuer Wecker jaulte immer noch. Er zog seinen einzigen Anzug an, den er spontan für zigtausend Kronen im neuen deutschen Kaufhaus erstanden hatte und in den zwei Vladimirs reingepasst hätten. »Dobry Scheiß-*den*«, sagte er zu seinem Spiegelbild.

Auf dem seitlichen Gelände, beim Opiumgarten, standen sein Wagen und Jan im Leerlauf. Der Himmel war von einem desolaten, ausgebleichten Blau mit rostbraunen Wolkenflecken dazwischen, die so dick wie Rinde waren und aussahen, als könnte man Werbeplakate draufkleben und über die Stadt segeln lassen. Kostja machte irgendwas Naturbezogenes mit einem Rosenbusch, vielleicht Beschneiden; die Gärtnerlektionen von Vladimirs Vater waren seit langem in der Belanglosigkeit versunken.

»Guten Morgen, Zarewitsch Vladimir«, sagte Kostja, als er ihn erblickte. Er sah noch würdevoller aus als ohnehin schon – kein Nylon, nur Khakihosen, Lochmusterschuhe und ein weißes Baumwollhemd.

»Zarewitsch?«, fragte Vladimir.

Kostja schlenderte herüber und schnappte mit dem Scherendings nach Vladimir, nur Zentimeter an ihm vorbei. Die Aussicht auf einen russisch-orthodoxen Sonntag schien ihn richtig zu beglücken. »Der Scheck, den du von dem Kanadier eingesackt hast!«, rief er. »Wie hieß er? Harold Green. Der Clubbesitzer.«

»Die ganze Viertelmillion? Du meinst ... Gott im Himmel ... Willst du etwa sagen ...?« Wollte er etwa sagen, dass 250 000 Dollar, der Gegenwert von fünfzig Jahren Lohn des Durchschnitts-Stolowaken, bereits in die Kasse des Murmeltiers gerauscht waren wie die schmelzende Newa im Frühling? Und all das durch Vladimirs Freie-Markt-Intrige? Nein, das konnte nicht sein. Die Welt ruhte auf festeren Polen: Nord und Süd; Dow Jones und Nikkei; Lohn der Sünde und Mindestlohn. Aber zweihundertsechzig Aktien von PrawaInvest für 960 Dollar das Stück zu verkaufen ... Das gehörte ins Land der Durchgeknallten, wo Jim Jones, Timothy Leary und Friedrich Engels auf ihren Einhörnern in den rosaroten Himmel ritten.

Sicher, Vladimir konnte sich noch an Harry erinnern, wie er im Suff und Wahn an der Martini-Bar des Nouveau gesessen hatte, den Kopf auf die Hände gestützt, seine kahle, feuchte Platte glänzend wie die Martini-Karaffen, die oberhalb der Bar aufgereiht standen. Sabbernd, heulend: »Ich habe kein Talent, mein junger russischer Freund. Nur Auslandskonten.«

»Ach, hau doch ab!«, bellte Vladimir ohne Vorwarnung, was ihn selbst überraschte. Das war Mutters Tonfall, wenn sie einen ihrer originalamerikanischen Untermenschen anherrschte, irgendeinen armen Buchhalter mit Billigausbildung. War Vladimir betrunken? Oder nüchterner denn je? Es fühlte sich ein bisschen wie alles beides an.

»Was?«, sagte Harry.

»Hau ab aus diesem Land! Hier will dich keiner.«

Harry drückte seinen Drink an die Brust und schüttelte verständnislos den Kopf.

»Sieh dich an«, tönte Vladimir weiter. »Du bist ein kleiner weißer Junge im Körper eines großen weißen Mannes. Dein Vater und seine Kapitalistenkumpel haben mein Vaterland zerstört. Sie haben das friedliebende sowjetische Volk so richtig flachgelegt.«

»Aber Vladimir!«, jaulte Harry. »Was sagst du denn da? Welches Vaterland? Die Sowjets sind doch 1969 in die Stolowakische Republik einmarschiert –«

»Brauchst gar nicht mit deinen gemütlichen kleinen Fakten anzufangen. *Wir beugen uns euren Fakten nicht.*« Vladimir setzte seine Schmährede einen Moment aus und holte tief Luft. *Wir beugen uns euren Fakten nicht?* Hatte er diese Parole nicht einmal in seiner Jugend gesehen, auf einem kommunistischen Propagandaplakat in Leningrad? Was zum Teufel wurde da gerade aus ihm? Vladimir, der herzlose Apparatschik?

»Du bist doch selber reich«, protestierte Harry unter Tränen. »Du hast einen Chauffeur, einen BMW, einen schönen Filzhut.«

»Das ist auch mein gutes Recht!«, trompetete Vladimir und ignorierte die freundlichen Impulse, die sein besseres Organ – das Herz – zusammen mit Litern schäumenden Blutes, Blutgruppe 0, durch die linke Herzkammer pumpte. Mr Herz konnte später gestreichelt werden ... Jetzt war Krieg! »Noch nie was von Identitätspolitik gehört?«, brüllte Vladimir. »Bist du doof, Mann? In meiner eigenen Umgebung reich zu sein, an der wirtschaftlichen Wiedergeburt meiner Heimat mitzuwirken, also, wenn das nicht zu meiner Geschichte gehören soll, was zum Teufel dann?« An dieser Stelle bekam Vladimir beinahe feuchte Augen, als er sich Francesca vorstellte, die Frau, zu deren Füßen er weltgewandt geworden war, Francesca, die durch die vergoldeten Türen des Nouveau trat und wehmütig lächelte, während Vladimir dieses arme Geschöpf hier in ähnlicher Weise einen Kopf kürzer machte, wie sie die politisch überforderten Massen in New York zu kastrieren pflegte. Ach, Frannie! Das tue ich für dich, mein Schatz! Möge das Große und Schöne stets den Glatzen und Nullen überlegen sein ...

»Meine Geschichte!«, tobte Vladimir weiter. »Da geht es um mich, nicht um dich, du amerikanisches Imperialistenschwein.«

»Ich bin Kanadier«, flüsterte Harry.

»O nein, von wegen«, rief Vladimir und griff in die Falten des übergroßen Rugby-Pullovers vor ihm. »Versuch's gar nicht erst damit, Freundchen.«

Und später, auf der streng riechenden Toilette des Nouveau, wo sich die Pisse der englischsprachigen Welt auf dem mackenübersäten

Marmor mischte, applizierte Vladimir höchstpersönlich Minoxidil auf die arktischen Außenposten von Harrys Resthaar, während ein einsamer besoffener Tourist aus Neuseeland zuschaute, die Hand schon auf der Türklinke, falls hier irgendwas zu weit gehen sollte.

Inzwischen wurde Vladimir von Wogen des Mitleids hin- und hergerissen. Oh, der arme Harry Green! Oh, warum war Betrug nur so grausam? Warum konnten reiche Leute nicht einfach spontan Geld weggeben wie dieser nette Soros da? Vladimir lehnte sich sogar vor und küsste Harry auf die feuchte Stirn wie ein besorgtes Elternteil. »Na, na«, sagte er.

»Was soll ich tun?«, fragte Harry und rieb sich die roten Augen, putzte sich die winzige krumme Nase und versuchte, die stille Würde wiederzuerlangen, die bis zu diesem jämmerlichen Abend stets sein Markenzeichen gewesen war. »Selbst wenn mein Haar nachwächst, ist das erst die halbe Miete. Alt bin ich dann immer noch. Und ein … wie hast du mich genannt?«

»Ein Einschleicher.«

»O Gott.«

»Harry, mein Kleiner«, sagte Vladimir und schraubte den Deckel wieder auf die Minoxidil-Flasche, seinen tragbaren Jungbrunnen. »Was mache ich nur mit dir, hm?«

»Was? Was?« Vladimir betrachtete Harrys Spiegelbild. Diese großen roten Augen, das sommersprossige Kinn, die frei liegenden Zahnhälse. Es war fast zu viel. »Was machst du mit mir, Vladimir?«

Und zwanzig Minuten später, als sie sich durch die dunklen Straßen an der Burgmauer schlängelten, deren Brüstung mal ins Blickfeld rückte, mal wieder verschwand, zur lautstarken Begleitung von Beethovens Siebter im CD-Player, hielt Vladimir dem heulenden Kanadier das Scheckbuch auf dem Schoß fest. Ehrlich gesagt, zitterte Vladimir auch ein bisschen. Es war nicht leicht, damit klarzukommen, was er gerade getan hatte. Aber es gab noch schlimmere Verbrechen, oder? Schließlich würden sie eine Literaturzeitschrift drucken! Eine Zeitschrift, in der Harrys Name an prominenter Stelle stehen würde. Das gehörte alles zum klassischen kulturellen

Ponzi-Schema, das auf der ganzen Welt angewandt wurde – von drittklassigen Tanztheatergruppen bis hin zu den idiotischsten Creative-Writing-Kursen. Die Teilnehmer steckten Geld und Zeit hinein, ließen pflichtschuldig die Unmengen von Lesungen und Gedichtvorträgen der anderen über sich ergehen, und das Einzige, was der ganzen Sache unterm Strich fehlte, war das eigentliche Talent (so wie bei einem echten Ponzi-Schema das eigentliche Kapital fehlt). Aber war es denn so furchtbar falsch, wenn man den Leuten ein wenig Hoffnung schenkte ...?

»PrawaInvest wird für dich dasselbe leisten wie für mich der kulturelle Relativismus«, sagte Vladimir und tätschelte den weichen Kopf, der warm an seiner Schulter ruhte. »Also, zweihundertsechzig Aktien ist nicht sehr viel. Ich hab ein paar Schweizer an der Hand, die mit dreitausend rangehen wollen. Aber es ist ein Einstieg in das globale Kontinuum. Es ist ein Anfang.«

»Boah, wenn mein Vater wüsste, wo sein mistiges Geld hingeht!«, lachte Harry. »Ich kann's gar nicht erwarten, ihm dieses *Cagliostro*-Journal zu faxen. Und Bilder von dem Krankenhaus in Sarajevo! Und von der Reiki-Klinik auch!«

»Na, na«, sagte Vladimir. Die Scheinwerfer des Wagens beleuchteten einen bogenförmigen Durchbruch in der Burgmauer, und dahinter arrangierte sich die Unterstadt so, dass ihre Kirchtürme Vladimir direkt zu Füßen lagen. »Jetzt wollen wir mal nicht so verächtlich sein, Harry.« Und er zwickte seinen neuen Investor freundlich, bevor er Jan anwies, Kurs auf Harrys Villa zu nehmen, wo sein brabbelnder Freund, der nach Minoxidil und Selbstmitleid zum Himmel stank, für die Nacht deponiert werden konnte.

Und das war das. Die Kasse sprang auf, die Zahlen klackerten, und in Prawa brach ein neuer Tag an.

»Ja, die ganze Viertelmillion«, sagte Kostja und bestätigte die wundersamen Neuigkeiten des gestrigen Tages, dann fiel er vor dem jungen Zaren auf die Knie und küsste ihm mit trockenen, aufgesprungenen Lippen die Hand.

»Und zehn Prozent davon gehören mir«, sagte Vladimir. Er hatte nicht vorgehabt, es laut zu sagen, aber so eine starke Regung ließ sich einfach nicht unterdrücken.

»Das Murmeltier hat gesagt, du kriegst zwanzig Prozent als Anreiz«, sagte Kostja. »Hast du nach der Kirche Zeit für ein Mittagessen mit ihm?«

»Na klar!«, sagte Vladimir. »Dann beeilen wir uns! Jan, lass den Wagen an!«

»Kein teures Auto, bitte«, sagte Kostja.

»Wie bitte?«

»Wir zeigen unsere Frömmigkeit, indem wir wie alle anderen Gläubigen für den Weg zur Kirche öffentliche Verkehrsmittel benutzen.«

»O Gott! Im Ernst?« Das war ein bisschen viel. »Können wir nicht einfach einen Fiat nehmen oder so was?«

Jan lächelte und ließ die Autoschlüssel um seinen fleischigen Zeigefinger kreisen. »Ich fahre die Herren einfach bis zur U-Bahn-Station«, sagte er. »Jetzt seid mal gute Christen und macht eure Türen freundlicherweise selber auf.«

Die U-Bahn sah aus, wie man sich Lenins Raumschiff vorstellen würde: Die Wände waren in futuristischen Schattierungen der sozialistenfreundlichen Farbe Ekrü chrombeschichtet; die Kameras am Bahnsteigrand zeichneten die reaktionären Tendenzen der Passagiere auf; die Züge sowjetischer Bauart hatten schon manch besoffenen Slawen aus dem ganzen Ostblock zu einer Ode an das Mobile Metall inspiriert; aus den Lautsprechern ertönte vom Band die Stimme einer stämmigen Heldin der sozialistischen Arbeit, die keinen Spaß verstand: »Unterlassen Sie das Ein- und Aussteigen! Vorsicht, Türen schließen.«

Und sie schlossen tatsächlich, so schnell wie der Blitz aus irgendeinem totalitären Kraftwerk draußen im Walde. Mensch, guck mal! Wo Vladimir auch hinschaute, Stolowaken, Stolowaken, Stolowaken! Stolowaken in Prawa, ausgerechnet! Dobry den, Milan! Wie geht's, wie steht's, Teresa? Hast du dir die Haare schneiden lassen, Bohumil? Panko, kletter nicht auf die Sitze!

Die stolowakische Völkerwanderung auf Rädern rumpelte in Richtung Tavlata. Bei der Station »Burg« kamen ein paar britische Volksschüler in Uniform dazu, die sich zügig in eine Ecke begaben und sich wie brave kleine Gentlemen benahmen. Sie wurden bei der Station »Altstadt« wieder ausgespuckt, dem letzten Außenposten des touristischen Prawa, und von einheimischen Teenagern mit wild wuchernder Akne, Polyester-Freizeitanzügen und High-Top-Sneakern ersetzt.

Sie fuhren immer weiter und weiter. Die Abstände zwischen den Stationen wurden länger und länger. Die gelangweilten Teenagerbubis richteten inzwischen laute Schlabbergeräusche an die Adresse einer ihrer Freundinnen, einer großen verpickelten Schönheit in einem Lycrarock, die ein Buch herausholte und geschäftig in den Seiten blätterte, während eine Babuschka ihre fleischtomatengroße Faust schüttelte und den Jungen etwas von »unsozialistischer Erziehung« zukeifte.

»Rüpel!«, sagte Kostja. »Und das an einem Sonntag.« Vladimir nickte und tat so, als schliefe er ein. Bei dem derzeitigen Tempo seines Aufstiegs musste irgendwann der Zeitpunkt kommen, wo er Kostja den Engel abschütteln und fortan seine gesamte Wachzeit mit Orgien und anderen Ausschweifungen ausfüllen konnte. Aber er brauchte einen Freund in den russischen Kreisen, einen Schutzschild gegen Gussew und seine fröhlichen Männer mit den Kalaschnikows. Kostja wurde von allen hoch geschätzt, das wusste Vladimir. Wenn Kostja in die Kirche ging, dann tat er das irgendwie für sie alle. Außerdem kannte er sich mit Computern aus – das sollte man nie unterbewerten.

Und noch etwas. Zwar machten die Keuch-und-Schnauf-Aktionen in der prallen Sonne Vladimir weiterhin keinen Spaß, ebenso wenig der Wahnsinn mit den Zehnpfünder-Hanteln, aber die frisch erworbene körperliche Vitalität, die gut zu seinem neuen Zampano-Image passte, war ihm durchaus nicht entgangen. Zum Beispiel ging er aufrechter und wirkte infolgedessen größer. Seine Brüste, Objekt von Gussews Belustigung, die schon einmal einen solchen Verfallszustand erreicht hatten, dass Vladimir selbst sie sogar ein bisschen erotisch zu finden begann, verwandelten sich allmählich in zwei harte kleine Hügel, die sich sogar anspannen ließen. Auch seinen Lungen ging es besser – er hinterließ nicht mehr bei jeder Runde eine Schleimspur im Sand; wenn er Haschisch rauchte, konnte er den Rauch länger inhalieren und ihn in alle Winkel seiner asthmavernarbten Lungenverästelungen ziehen lassen.

Aber er wünschte sich trotzdem mehr Unabhängigkeit vom Mann Gottes in Prawa, zumindest einen lockerer gestrickten Trainingsplan. Mehr Zeit, um sich am Morgen Wasser ins Gesicht zu spritzen und sich zu sammeln.

Als sie endlich ausstiegen, war der Zug leer. Oben, auf Straßenniveau, ragte der Hauptschornstein einer Fabrik dramatisch über ihnen auf wie eine NASA-Rakete mit einem ernst zu nehmenden Brand in der Kapsel. Auf der einen Seite schillerte in der Ferne ein aneinander gekauertes Häufchen Plattenaks im durchscheinenden Chemiedunst. Auf der anderen schien es nur eine endlose Ausdehnung von Nichts zu geben. Dort schaute Kostja hin, seine Hand als Sichtschutz gegen die Spätvormittagssonne benutzend. Vladimir lächelte den Cherub an, darum bemüht, begeistert und verblüfft zugleich zu erscheinen. Mit ein paar epischen Schwüngen der Hand deutete er an, dass er das »Nichts« nicht schätzte und die Pulvertürme und die Jazzclubs der Goldenen Stadt viel eher sein Fall waren, oder vielmehr: sein Aufstieg.

Kostja zeigte sich ungerührt. Er entdeckte einen Busfahrplan, der an einen riesigen Elektrozaun rings um die Fabrik getackert war. »Da«, sagte er. »Da sollte jetzt bald einer fahren.«

Und dann schickte Gott, Kostjas Mitverschwörer, einen vollkommen leeren Gelenkbus vorbei, dessen zwei Riesenhälften durch eine dicke Gummiziehharmonika verbunden waren, er bog um die Ecke und wirbelte mächtig Staub hinter sich auf. Der Bus hielt an, stieß einen langen melancholischen Seufzer aus und öffnete seine vielen Türen.

Sie rumpelten durch Felder der Leere, und die monströse Fabrik rückte in dem schmutzigen Rechteck des Heckfensters in die Ferne. Die leeren Felder kamen Vladimir vor, als hätte Rumäniens gefürchtete Securitate sie gefoltert, die Erde willkürlich aufgewühlt und zu Hügeln aufgetürmt oder zu Mini-Schluchten zerfurcht.

Kostja saß nachdenklich da, die Hände gefaltet, als betete er schon, was ja der Fall sein konnte. »Weißt du, meine Mutter ist sehr krank«, sagte er ohne weitere Vorrede.

»Wie furchtbar«, reagierte Vladimir schnell.

»Ja. Ich weiß nicht, was daraus werden wird. Ich werde für sie beten.«

»Natürlich.« Vladimir wand sich diskret. »Ich werde auch für sie beten.«

Kostja bedankte sich und wandte sich dem Fenster und der leeren Aussicht zu. »Wenn du möchtest«, sagte Vladimir, »kann ich dir Geld geben, damit du sie nach Österreich fliegen lassen kannst, wo sie eine bessere medizinische Behandlung bekommt. Falls du das Geld brauchst, meine ich.«

»Ich hatte schon daran gedacht. Also, es mit meinem eigenen Geld zu tun. Aber ich möchte, dass sie in Russland ist, falls sie … Ich möchte, dass sie von ihren eigenen Leuten umgeben ist.« Vladimir nickte, als schätzte er diese Empfindung, aber irgendwie rief ihm die Phrase »von ihren eigenen Leuten« in Erinnerung, dass diese besorgten und hilfreichen (und mythischen) Russen aus den medizinischen Berufen Lichtjahre von *seinen* eigenen Leuten entfernt waren, deren Anwesenheit Kostjas Mutter wahrscheinlich an ihrem Sterbebett ganz und gar nicht schätzen würde, mit ihren legendären großen Nasen und schmutzigen Händen. Doch das war wiederum nur eine Vermutung. Es gab auch ein paar Russen, die nicht so waren. Kostja zum Beispiel wusste von Vladimirs fehlender Vorhaut und hatte nie etwas Abfälliges gesagt. Auf der anderen Seite nahm er ihn gerade mit zur Kirche.

Mitten in den leeren Feldern stießen sie auf »Das Joint Venture Internationaler Technologie – FutureTek 2000«, angekündigt von einem frisch gepinselten Schild am Straßenrand. Es ähnelte einer

Fabrik aus dem viktorianischen Zeitalter, gekreuzt mit einem Getreidesilo, und war im Grunde nur eine Ansammlung dicker rostiger Rohre und knolliger Metallcontainer, die in komischen Winkeln aneinander geschweißt waren. Die Vorstellung, dass inmitten dieser Parodie auf den industriellen Verfall ein neues Faxmodem den Tag seiner Geburt erwartete, verlangte allzu viel Glauben an die Beweglichkeit des menschlichen Geistes.

Also, dachte Vladimir, man nehme ein paar weiße Gipswände, die rings um die Fabrik hochgezogen werden, dann durchbreche man eine der Seiten mit einem pseudo-getönten Fensterglas, stelle ein paar Recyclingtonnen davor, und hopp! Warum sollte man den Stolowaken wertlose Aktien für zehn Kronen pro Stück verkaufen, wenn man sie bei den Amerikanern für zehn *Dollar* loswerden konnte? Er machte sich eine Notiz.

Die Kirche versteckte sich hinter der Fabrik, dazwischen ein kleines Feld schwächelnder Möhren. Sah ziemlich nach den Appalachen aus, die Kirche – ein kleiner verrosteter Blechschuppen mit einem orthodoxen Kreuz aus Metall, das in der leeren Umgebung glänzte wie eine Fernsehantenne, für Nachrichten aus der jenseitigen Zivilisation. »Bitte sehr«, sagte Kostja und hielt ihm die Tür auf.

Die Gemeindemitglieder waren eindeutig Russen. Müde, ernste Gesichter, die selbst im meditativen Akt des Gebets aussahen, als wären sie jederzeit bereit, irgendwem für ihren gerechten Anteil an Rüben, Zucker und einem Parkplatz für die verbeulte Lada-Minilimousine in den Arsch zu treten. Breite, schwere Körper, aus denen dicke Adern und reichlich Schweiß quollen und die einem vorkamen, als wären sie durch lange Fleisch-Butter-Kost unwiederbringlich aus der Fasson geraten – konkurrenzfähig nur in einer Welt, wo man gewaltig wie ein Panzer wirken musste, um den Verteilungsapparat in Gang zu setzen.

Kostja verbeugte sich vor einigen von ihnen und zeigte auf Vladimir, was mehrere zähe Ansätze von Lächeln und den Hauch eines Flüsterns hervorrief. Vladimir hoffte, dass er in ihren Augen eher Jesus als Trotzki ähnelte, aber eine Ikone über dem Altar zeigte den

Prototyp desjenigen, dessen Wiederkehr erwartet wurde – und das war wirklich ein sehr christlicher Christus, mit hellbraunen, fast dunkelblonden Haaren, der traditionellen Weichzeichner-Physiognomie und natürlich einem Blick von äußerster Transzendenz, den Vladimir gar nicht erst ergründen wollte. Jawoll, er war in der Kirche.

War aber gar nicht so übel, der Gottesdienst. Die Botschaft blieb etwas ungewiss, wenn man es recht bedachte; der Priester, so bärtig und robengewandet und runzlig wie nur irgend möglich (da wusste man, bei diesem Burschen kriegte man eine anständige Dosis Frömmigkeit), blökte seinen Singsang heraus: »Christus ist auferstanden!«, und dann antwortete die Gemeinde einstimmig: »Er ist wahrhaftig auferstanden.« Sehr schön, wie diese zentrale Tatsache immer wieder bestätigt werden musste. Aber *natürlich* ist Er auferstanden. Was für einen Sinn hätte das denn alles, wenn Er nicht auferstanden wäre, hm, Iwan?

Und das Bekreuzigen war auch super, endloses Knien und Bekreuzigen. Das fühlte sich gut an – schnell und kraftvoll. Das hatten die Gojim gut drauf, diese Schnell-und-kraftvoll-Nummer. Kolumbus, der mit seiner hölzernen Armada von einer atlantischen Brise und einem Gebet in die Neue Welt getragen wurde; die Engländer im Mittelalter, die gepanzert mit einer Tonne Eisen durch das heiße, staubige Palästina galoppierten. Und bekreuzigen, immer bekreuzigen. Vor dem Gott der Hebräer konnte man sich nur wiederholt verbeugen und sich für den Platz unter Ihm bemitleiden, aber bei Christus war alles schnell getan, mit der eigenen Hand – hoch, dann runter, dann rechts, dann links. Christus ist auferstanden? Klar doch, wahrhaftig.

Vladimir musste sich in beeindruckender Weise bekreuzigt haben, denn mehreren Babuschkas, deren blaue Augen aus ihren Kopftüchern leuchteten, fielen ganz offensichtlich seine energischen Bewegungen und lautstarken Proklamationen auf. Kostja schenkte ihm ein dermaßen breites Lächeln, dass es schon fast einen Platz im Himmel ersetzen konnte. Das zog sich eine Weile hin. Der kleine Raum war durchdrungen von der Helligkeit der Kerzen und zwei übergroßen, unpassenden Halogen-Stehlampen, ähnlich den Ausstellungsstücken, die Vladimir im deutschen Kaufhaus gesehen hatte. Der Geruch nach Schweiß und dem Weihrauch, den der Priester herumschwenkte, stieg einem ziemlich zu Kopf, und gerade als Vladimir sich noch einmal vergewisserte, dass die Hintertür immer noch vorhanden und erreichbar war, wurde Christus ein letztes Mal auferweckt, und alles war vorbei.

Sie stellten sich in eine Schlange vor dem Priester, der sie nacheinander küsste und jedem Gemeindemitglied kurz etwas sagte. Beim Warten stellte Kostja Vladimir ein paar netten alten Damen vor, deren Zweifel über »diesen Dunklen da« sich im Laufe des Gottesdienstes so schnell verzogen hatte wie der Schwall abgestandener Luft, als die Vordertür aufgestoßen wurde. Der Priester küsste Vladimir auf die linke Wange, dann auf die rechte, sein Atem roch erstaunlicherweise nach Dillgurken, und er sagte: »Willkommen, mein lieber Junge. Christus ist auferstanden.«

»Ja, äh«, sagte Vladimir, obwohl man das natürlich hätte besser sagen können; sie hatten es ja gerade dreihundertmal geübt. Aber Seine Heiligkeit, breitschultrig und aufrecht trotz seines beträchtlichen Alters, konnte mit seiner donnernden Stimme und seinen stachligen Küssen selbst den gottlosesten Spartakisten in knöchelhohen Doc Martens zum Zittern bringen. »Du musst Grieche sein«, sagte der Priester.

»Halb Grieche, halb Russe«, sagte Vladimir. Es kam einfach so heraus.

»Wunderbar. Bleibst du da, um eine Kleinigkeit mit uns zu essen?«

»Leider kann ich nicht. Meine Familie in Thessaloniki erwartet mich. Ich bin schon auf dem Weg zum Flughafen. Aber nächste Woche ganz sicher.«

»Wunderbar«, sagte der Priester wieder und wandte sich dann Kostja zu, der ihm etwas ins Ohr flüsterte, dass der Priester in heftiges Gelächter ausbrach, wobei sein Bart, so groß und weiß wie der ganze Mensch, ein haariges Eigenleben entwickelte. Diese Erheiterung begriff Vladimir nicht, denn Gottes Geschäft war doch ganz sicher ein ernsthaftes, vor allem wenn sich eins der Schäfchen als ein Jude im Griechenpelz entpuppte.

Er dienerte sich an der Gemeinde vorbei und zur Tür hinaus, wo ein stetiger Herbstregen an Kraft gewann und der Himmel aussah wie eine unbarmherzig graue Tischdecke.

Na, das war jetzt Gott sei Dank überstanden, und ab die Post in seinem Paradestück bayrischer Bastelarbeit, das am Ostufer der Tavlata entlangraste. Schneller! Schneller, Jan! dachte er, denn das Murmeltier und das teuerste Restaurant von Prawa erwarteten ihn. Oh, er war so doppelzüngig wie immer zu seinem Engel gewesen, als er irgendwo in der Vorstadt aus der U-Bahn ausstieg, »für einen kurzen Besuch bei einem amerikanischen Freund, einem frommen Mann serbischer Herkunft …« Und dort hatten, verabredungsgemäß, Jan und der sündige 7er auf ihren Herrn gewartet. Mit der U-Bahn zum Lunch? Etwas unter der Würde eines Aufsteiger-Ganeffs wie Vladimir.

Das Restaurant lag gegenüber der Burg und hatte eine prächtige Aussicht auf den im Herbstregen anschwellenden Fluss, auf die Emanuelbrücke und die dahingaloppierenden Touristen, deren Regenschirme der Wind zerfetzte, ein Wind, der mit seiner Stärke hundert Golems hätte Leben einhauchen können. Das Restaurant war beliebt bei reichen Deutschen und den amerikanischen Mamas und Papas, die ihre frei flottierenden Sprösslinge besuchten, und außerdem, jawohl, bei einem gewissen russischen »Unternehmer«.

Das Murmeltier küsste Vladimir auf beide Wangen und hielt ihm dann die eigenen, pockennarbigen hin. Vladimir schloss die Augen und stieß bei jedem Kuss ein albernes »Mwa!« aus.

Nach vollendeter männlicher Liebesouvertüre im osteuropäischen Stil durfte Vladimir Platz nehmen; gegenüber zappelte das Murmeltier wie ein glückliches kleines Indianerbaby in seiner Wickeldecke, nur dass es sich hier um einen korpulenten Mafioso in einem wenig schmeichelhaften, eng sitzenden braunen Anzug handelte. »Schau mal«, sagte er, »deine Appetithäppchen sind schon da!«

In der Tat, da lag ein Kreis fettiger Tintenfischringe auf einem Bett von Flaschenkürbis, ausgerechnet, und dazwischen irgendein hingestäubtes Pulver, das vage nach Parmesan und Knoblauch roch. Für zwanzig Dollar pro Teller versprach das Restaurant, keinen Karpfen zu servieren; die Weinkarte war frei von den ekelsüßen mährischen Tropfen, die Prawas Schädel brummen ließen, und die Besitzer hatten sogar einen echten alten Pianeur aus Paris einfliegen lassen, der unter einem gigantischen Art-nouveau-Schinken mit herumkalbernden Nymphen das Elfenbein des Steinways kitzelte. Bon appétit!

Das Murmeltier mampfte mit prallvollen Backen. »Spitzenleistung mit diesem kanadischen Esel«, sagte er, als sein Tintenfisch schließlich verputzt war. »Stimmt ja auch, warum nicht gleich groß einsteigen? Warum nicht mit einer Viertelmillion?«

»Das ist gutes Geld«, sagte Vladimir. »Die Welt schuldet uns was für die letzten siebzig Jahre. Das ist sehr gutes Geld.«

Sie tranken Chardonnay flaschenweise und strahlten einander im nonverbalen Jargon des Erfolgs an. Bei der vierten Flasche, als der in Cayennepfeffer geschmorte Hase schon gut unterwegs war, wurde das Murmeltier gefühlsduselig. »Du bist der Beste«, sagte er. »Mir ist egal, wer du bist und von welchem Stamm du herkommst. Du bist einfach der Größte.«

»Hör schon auf.«

»Stimmt doch«, sagte das Murmeltier und pflügte durch Brot und Meerrettich, die das Haus stetig nachlieferte. »Du bist der Einzige, um den ich mir keine Sorgen zu machen brauche. Du bist ein Erwachsener, ein Businessman. Hast du eine Ahnung, was für einen Ärger ich mit Gussews Leuten habe?« Er reckte den Mittelfinger auf Russisch – Daumen zwischen Zeige- und Mittelfinger gesteckt – zu einem Tisch nahe der Küche, wo seine toupierten Bodyguards in Nadelstreifen über ihren leeren Jim-Beam-Flaschen hingen.

»Oi, erzähl«, sagte Vladimir und schüttelte den Kopf.

»Mach ich«, sagte das Murmeltier. »Du weißt ja, dass ich Probleme mit den Bulgaren habe, oder? Wegen dem Strip-und-Strich-Geschäft am Stanislaus-Platz? Also, Gussews Männer, diese Scheißkretins, stürmen die Bar der Bulgaren, und gleich geht der übliche Blödsinn mit den Freundinnen los, wer hat wen zuerst gebumst, welche hat wem zuerst einen geblasen und wo. Und als sie damit durch waren, haben sie den einen Typen, Vladik, den Knödel, der bei den Bulgaren übrigens die Nummer Zwei ist, ja ... den haben sie an den Füßen überm Tresen aufgehängt, ihm den Schwanz und die Eier abgeschnitten und ihn ausbluten lassen! Da hast du Gussews Scheißbande! Kein Hirn, kein Know-how, nichts. Die schneiden einfach einem Typen den Schwanz und die Eier ab. Ich sage zu ihnen: ›Was glaubt ihr, wo ihr seid – in Moskau?‹ Wir sind hier in Prawa, im Wartezimmer zum Westen, und die rennen rum und schneiden –«

»Klar«, sagte Vladimir.

»Die schneiden –«

»Ja, Verstümmelung der Genitalien, ich hab's gehört«, sagte Vladimir. »Wo sind die Toiletten?«

Nachdem er sich der Unversehrtheit seiner Hoden versichert und sie mit einer Schicht knisterfrischen stolowakischen Klopapiers gepolstert hatte (als würde das die rachsüchtigen Bulgaren abhalten!), spürte Vladimir, wie die gute Laune auch in seine unteren Regionen zurückkehrte. Als er schließlich wieder an den Tisch stapfte, war sie nachgerade überschäumend. »Du musst mal mit Gussew reden!«, tönte er über die Teller hinweg. »Wir sind doch Businessmen!«

»Red du mit ihm«, sagte das Murmeltier und riss die Hände hoch. »Sag ihm: ›So werden in Amerika Geschäfte gemacht, und *so nicht.*‹ Wir müssen diesen Simpeln zeigen, wo ihre Grenze ist.«

»Korrekt, Murmeltier, korrekt«, sagte Vladimir und erhob eilfertig sein Schnapsglas zum Anstoßen. »Nur, glaub mir eins, du solltest derjenige sein, der es ihnen sagt. Vor mir haben sie keine Angst.«

»Sie werden aber Angst vor dir kriegen«, sagte das Murmeltier. »So viel Angst wie vor Gott. Und wo wir gerade davon sprechen: Auf Kostja und die Gesundheit seiner Mutter!«

»Auf ihre baldige Genesung.«

Mit einem Mal schaute das Murmeltier ernst drein. »Volodja, lass mich ganz offen sprechen. Du und Kostja, ihr seid die Zukunft dieser Organisation. Das sehe ich jetzt. Früher hatten wir viel Spaß, klar, herumlaufen und ein paar Läden in die Luft jagen, ein paar Schwänze abschneiden, aber langsam müssen wir mal erwachsen werden. Wir schreiben die Neunziger. Wir sind jetzt im ... ›Informationszeitalter‹ angelangt ... Wir brauchen ›Amerikanismen‹ und ›Globalismen‹. Kannst du mir folgen?«

»O ja«, sagte Vladimir. »Ich würde sagen, wir berufen eine Versammlung ein, und zwar die gesamte Organisation.«

»Mit Nutten und allen«, sagte das Murmeltier.

»Wir werden ihnen Amerika beibringen.«

»*Du* wirst ihnen Amerika beibringen.«

»Ich?«, fragte Vladimir und schluckte Cognac runter.

»Du«, sagte das Murmeltier.

»Ich?«, fragte Vladimir erneut mit gespielter Überraschung.

»Du bist der Beste.«

»Nein, du bist der Beste.«

»Nein, du.«

Und es gab eigentlich kein besseres Argument für Abstinenz als das, was als Nächstes passierte.

»*You're the top*«, sang Vladimir und kippte noch schnell einen Birnenschnaps hinterher, bevor er den Cole-Porter-Song fortsetzte. »*You're the Colosseum.*«

Offenbar war er lauter geworden, als er dachte, denn der Pianist modulierte auf der Stelle aus seinem Dr.-Shiwago-Repertoire zu Vladimirs Melodie. Wie fast jeder in Prawa hatte auch der Pianist ein offenes Ohr für neue Vorschläge.

»*You're the top*«, fuhr Vladimir noch lauter fort, und die Deutschen ringsum lächelten wohlwollend, wie immer begeistert ob der Aussicht auf fremdländische Gratisunterhaltung bei Tisch. »*You're the Louvre Museum.*«

»Steh auf und sing, Towarischtsch Girshkin!« Das Murmeltier trat ihm ermutigend unterm Tisch vors Schienbein.

Vladimir stand schwankend auf, kippte aber sofort um. Ein

weiterer Tritt von seinem Chef brachte ihn wieder hoch. »*You're the melody from a symphony by Strauss! You're a Bendel bonnet, a Shakespeare sonnet, you're Mickey Mouse!*«

Das Murmeltier beugte sich mit fragendem Gesichtsausdruck vor und zeigte auf sich. »Nein, nein, du bist das Murmeltier, nicht Mickymaus«, flüsterte Vladimir beruhigend auf Russisch. Das Murmeltier stieß einen gespielt erleichterten Seufzer aus. Hey, der Typ war ja lustig!

»*You're the top*«, krackste Vladimir. »*You're a Waldorf salad. You're the top. You're a Berlin ballad …*« Das Personal mühte sich ab, ein Mikrofon in seine Richtung zu bugsieren.

»*You're the purple light of a summer night in Spain … You're the National Gallery, you're Garbo's salary, you're cellophane.*« Er hätte liebend gern ein paar Zeilen ins Deutsche übersetzt, um sich von den rotgesichtigen Teutonen einen zusätzlichen Kick abzuholen, vielleicht ein Trinkgeld oder ein Rendezvous abzustauben. »*I'm a lazy lout who's just about to stop …*«

Mann, bist du eine Knattercharge, Vladimir Borissowitsch.

»*But if, baby … I'm the bottom … You-ou-ou're the top.*«

Die Standing Ovations übertrafen noch die Gedichtlesung im Joy. Die Bodyguards warfen dem Murmeltier, ihrem Herrn und Meister, unsichere Blicke zu, als warteten sie auf das Geheimzeichen, um schlagartig in Aktion zu treten und den ganzen Saal im Kugelhagel untergehen zu lassen, bis kein einziger Zeuge dieser kleinen Musicalnummer mehr übrig war. Schließlich bestand durchaus ein gewisser Anlass zur Sorge, denn das Murmeltier krümmte sich vor Lachen und rutschte unter den Tisch wie ein Surfer, den eine gefährliche Strömung in die Tiefe riss. Da unten blieb ihr Chef einige Zeit, lachte und schlug mit dem Kopf gegen die Tischplatte. Vladimir musste ihn mit den Hummerscheren hervorlocken, die, wie auf der Karte versprochen, tatsächlich auf einem Bett aus limettengrünem Kiwipüree thronten.

KAPITEL 25

Der glücklichste Mensch auf Erden

Er beschloss, etwas mit Morgan anzufangen, dem netten Mädchen, das die Clique im Joy aufgetan hatte.

Das war keine strategische Entscheidung und auch nicht so sehr eine erotische. Obwohl: Ihre Gestalt und ihre Blässe zogen ihn durchaus an, und vielleicht, aber nur vielleicht, wäre sie auch eine gute Eva zu seinem Juan Perón gewesen. Doch seine romantischen Aufwallungen reichten noch über die PR-Ebene hinaus. Er sehnte sich nach der Gesellschaft einer Frau. Wenn er aus seinem leeren Bett aufstand, erschien ihm der Morgen seltsam und zerfasert; und wenn er jeden Abend irgendwann unter seiner Steppdecke in der Ohnmacht versank, fühlte sich das zwar weich und sinnlich an, aber irgendwie reichte es ihm nicht. Schwer zu begreifen. Trotz all der Komplikationen, die ihm amerikanische Frauen aufgezwungen hatten (wäre er ohne Frannie überhaupt hier in Prawa gelandet?), war er abhängig von ihrer Gesellschaft, um sich wie ein junges Säugetier fühlen zu können – lebensfroh, voller Zuneigung und Sperma. Aber diesmal würde *er* die Beziehung steuern. Über das »Anhängsel«-Stadium war er hinaus, in dem er Fran hinterhergelaufen und bei der bloßen Erwähnung des Wortes Semiotik schon ins Schwärmen geraten war. Zeit für jemand Unschuldiges und Formbares wie diese Morgan, als wer immer sie sich am Ende auch entpuppen mochte.

Er hatte mehrere Möglichkeiten, ihr den Hof zu machen. Zum größten Teil bestanden sie aus Zufallstreffen in diversen Varianten: in Clubs, bei Lyriklesungen, auf Spaziergängen über die Emanuelbrücke oder während der Wartestunden im einzigen Waschsalon der Stadt, einem belebten Treffpunkt der Exilgemeinde. An jedem dieser Orte würde er, Vladimir, sich als überlegen in Intellekt, Anmut, Geselligkeit und Namedropping erweisen und dadurch genügend Sozialpunkte sammeln, die sich später gegen ein Rendezvous eintauschen ließen.

Oder er könnte die Dinge auf die altmodische, proaktive Weise angehen und sie anrufen. Er beschloss (da laut Alexandra, seiner Sozialkoordinatorin, alles für die Mondlandung bereit war), Letzteres auszuprobieren, und rief sie von seinem Autotelefon aus an. Doch das Fernamt aus der Stalin-Ära wollte die beiden Geliebten in spe partout nicht miteinander verbinden; an Stelle von Morgan kriegte er immer eine ehrbare Babuschka an den Apparat, die beim fünften Anruf schnarrte, er sei ein »ausländischer Schwanz« und sollte sich »zurück nach Deutschland verpissen«.

Also rief Vladimir stattdessen Alexandra an. Sie und Morgan hatten schon zweimal einen »Frauenabend« gemacht und sich schnell angefreundet. Alexandra, die gähnte und wahrscheinlich in Marcus' Armen lag, lieferte ihm Morgans Adresse irgendwo jwd und ein paar Sprüche in Bezug auf die Tugend junger Mädchen. Am liebsten hätte er mit seinem Wagen Alexandras Vorstadt angesteuert und *sie* ins Kino eingeladen, oder wo immer die Leute bei ihren Dates hingingen. Aber er fuhr weiter, weit über den Fluss und die anschließende Fabriklandschaft hinaus, bis zu einem stillen Straßenstück, wo ein einzelnes, einsames Wohnhaus stand. Es sah aus, als hätte irgendein bürokratischer Sturm es ein paar Ka-Emm von seinen Plattenak-Geschwistern weggefegt.

Morgan wohnte im sechsten Stock.

Er nahm einen Fahrstuhl, in dem es gemütlich nach Kielbasa roch und dessen Eisentür er nur unter Einsatz seiner ganzen Persönlichkeit öffnen und schließen konnte (das Training mit Kostja zahlte sich aus), dann klopfte er an die Tür der Wohnung 714-21G.

Drinnen rührte sich etwas, leise knarrten Sprungfedern vor dem Hintergrundgeplapper eines Fernsehers, und Vladimir hatte sofort Angst, irgendein bulliger American Boy könnte ihm zuvorgekommen sein, was sowohl die knarrenden Federn als auch den laufenden Fernseher an einem Freitagabend erklärt hätte.

Morgan öffnete die Tür, ohne »Wer da?« zu fragen (eine schockierende Tendenz von Nicht-New Yorkern), und zu Vladimirs willkommener Überraschung war sie allein. Sie war sogar äußerst allein, allein mit zwei pausbäckigen Fernsehmoderatoren, die den Nachrichtenüberblick auf Stolowakisch brachten; auf dem Couchtisch lag eine kleine Pizza aus dem Laden in der Neustadt, der mit gewagten Belagkombinationen wie »Äpfel und Wurstsoße, überbacken mit Edamer« glänzte; auf der Fensterbank saß eine gelangweilte Katze, eine stämmige Russisch Blau, die miaute und die Freiheit auf der anderen Seite der Scheibe mit scharfen Krallen attackierte.

Morgans Stirn schmückte ein rosa Ausschlag in Form eines Seesterns (ein entfernter Vetter des rotweindunklen Flatschens auf Gorbatschows Kopf), den sie mit einer dicken Cremeschicht beschmiert hatte, und sie selbst war in einen lila Frotteebademantel geschlungen, der einige Größen zu klein war und nach dem Begrüßungsgeschenk eines extrabilligen Pflegeheims aussah. »Hey, du bist das!«, sagte sie mit einem strahlenden Lächeln auf ihrem runden amerikanischen Gesicht. »Was machst du denn hier draußen? Hier besucht mich nie einer.«

Vladimir war sprachlos. Bei ihrem derzeitigen Anblick hatte er ein paar Minuten peinlichen Berührtseins erwartet. Er erinnerte sich an ihre ungefragte Ehrlichkeit im Joy, als sie zum ersten Mal der Clique begegnet war. Und jetzt gab es noch einige Portionen Nachschlag davon. *Was für ein unverfrorenes Krankheitsbild war das denn?*

»Tut mir Leid, dass ich unangekündigt reinplatze«, sagte Vladimir. »Ich hatte in der Gegend zu tun und dachte …«

»Schon gut«, sagte sie. »Ich freue mich so, dass du da bist. Bitte, *entrez.* Oje, dieses Durcheinander. Entschuldige mich mal kurz, bitte.« Sie ging zum Sofa, und dank des knappen Bademantels bemerkte Vladimir nun, dass ihre Oberschenkel und ihr Hintern, an und für sich gar nicht so ausladend, doch ausladender waren als ihr restlicher Körper.

Ja, rannte sie nicht los, um sich umzuziehen und diesen lächerlichen Bademantel möglichst schnell loszuwerden? Wollte sie ihren Gast nicht beeindrucken? Hatte sie Alexandra nicht erzählt, dass sie Vladimir exotisch fand? Andererseits war auch Ravi Shankar exotisch, und wie viele Frauen aus Vladimirs Generation würden schon mit *dem* schlafen? Kurz erwog Vladimir den Gedanken, dass sich Morgan so, wie sie war, in ihren eigenen vier Wänden wohl fühlte, aber dann wies er so etwas Absonderliches weit von sich. Nein, da lief irgendetwas anderes.

Sie schloss die Pizzaschachtel und warf dann eine Zeitschrift drauf. Als würde das den vernichtenden Beweis ihrer Einsamkeit verbergen, dachte Vladimir. »Hier«, sagte sie. »Mach es dir bequem. Setz dich. Setz dich hin.«

»Wir modernisieren eine Fabrik hier in der Gegend«, sagte Vladimir und zeigte undeutlich Richtung Fenster, wo bestimmt irgendeine der vielen Fabriken, die eine Generalüberholung gebrauchen konnten, in Wartestellung lag. »Das ist eine furchtbar öde Arbeit, wie du dir denken kannst. Alle paar Wochen muss ich hin und mich mit dem Vorarbeiter darüber streiten, dass das Budget wieder überzogen wurde. Aber gute Arbeiter sind sie, die Stolowaken.«

»Ich hab gerade auch nicht besonders viel gemacht«, rief sie, wohl aus der Küche, denn Vladimir hörte laufendes Wasser. Wahrscheinlich beschäftigte sie sich gerade mit den Cremeschichten auf ihrer Stirn. »Ich wohne so weit vom Zentrum entfernt. Und hier wegzukommen ist so ein Umstand.«

So ein Umstand. Der Satz eines älteren Menschen. Aber mit der Nachlässigkeit eines jüngeren gesagt. Vladimir hatte dieses Paradox von den jungen Originalamerikanern aus dem Mittleren Westen in Erinnerung, denen er in seinem einen Jahr an der Uni begegnet war, und diese Erinnerung entspannte ihn. Nachdem sie einen traurigen einheimischen Wein und einen Papierbecher für Vladimir geholt hatte (der Klecks auf der Stirn war geblieben!) und sie nun beide auf dem Sofa saßen, folgte eine Frage-und-Antwort-Phase, die Vladimir so vertraut vorkam wie die Internationale.

»Was hast du für einen Akzent?«

»Ich bin Russe«, sagte Vladimir, mit der ernsten Stimme, die ein solches Geständnis erforderte.

»Ach, stimmt ja, Alexandra hat so was erzählt. Ich habe ein bisschen Russisch auf dem College gehabt, weißt du.«

»Wo warst du?«

»OSU«, sagte sie. »Ohio State.« Aus ihrem Mund klang das vollkommen vernünftig, aber Vladimir musste an das »Schweinchen von der Studentenverbindung« im Café Nouveau denken, über dessen Ohio-State-T-Shirt sich Alexandra mokiert hatte.

»Also war Russisch dein Hauptfach?«

»Nein, Psychologie.«

»Ahh …«

»Aber ich habe viele Kurse bei den Geisteswissenschaftlern belegt.«

»Ohhh …«

Stille.

»Wie viel Russisch kannst du denn noch?«

Sie lächelte und zog eine größer werdende Öffnung in ihrem Bademantel zurecht, die Vladimir schon die ganze Zeit im Auge gehabt hatte. In seinem Voyeurismus kam er sich vor wie ein Sittenstrolch. »Eigentlich nur ein paar Wörter …«

Vladimir wusste schon, welche. Aus irgendeinem Grund neigten Amerikaner, die sich auf seine unmögliche Sprache eingelassen hatten, fast zwanghaft dazu, »Ich liebe Sie« zu sagen. Vielleicht war das ein Vermächtnis des Kalten Krieges. All das Misstrauen und der Mangel an kulturellem Austausch nährten vielleicht das Bedürfnis junger wohlmeinender Amerikanerinnen und Amerikaner, die Kluft zu überbrücken, diese Atombomben abzurüsten, indem sie in die Arme irgendeines seelenvollen, rätselhaften russischen Matrosen oder seines Pendants, des warmen, süß schmeckenden ukrainischen Bauernmädchens, sanken. Die Tatsache, dass in Wirklichkeit der seelenvolle russische Matrose die meiste Zeit besinnungslos besoffen war und es mit einer ziemlich lockeren Definition von Vergewaltigung beim Rendezvous hielt, während das süß schmeckende ukrainische Bauernmädchen sechs Tage die Woche durch Schweinekot watete, diese Tatsache war zum Glück durch jenes graue, undurchlässige Gebilde namens »Eiserner Vorhang« verdeckt.

»Ja was ljublju«, sagte sie prompt.

»Ach, danke schön!«, sagte Vladimir.

Sie lachten und erröteten, und Vladimir merkte, wie er ganz von selbst etwas näher an sie herangerückt war, obgleich immer noch genug Sicherheitsabstand blieb. Wie ihr unmodisch langes braunes Haar sich schlaff um ihren Hals ringelte, wie es etwas verfitzt auf dem verwaschenen Lila ihres Bademantels hing, erregte Mitleid bei Vladimir; es erregte ihn auch. Morgan hätte so schön sein können, wenn sie nur gewollt hätte. Warum war sie es dann nicht?

»Und, was machst du heute Abend?«, fragte er. »Lust, dir einen Film reinzuziehen?«

Einen Film. Dieses heilige Ritual des Ausgehens, das er noch nie vollzogen hatte. Nicht mit seiner Freundin vom College, der Chicagoerin (direkt ins Bett), nicht mit Frannie (direkt in die Bar) und auch nicht mit Challah (direkt zu nervösen Weinkrämpfen und Schluckauf).

Und »sich reinziehen«, wie war das? Man konnte doch nichts falsch machen mit einem Jungen, der so redete und sich wahrscheinlich auch ganz brav mit den Worten »Pass auf dich auf, hörst du« verabschiedete, wenn Onkel Trent sich in den Rotary Club aufmachte. Scheiß auf den Akzent, bei Vladimir Girshkin war man sicher.

Sie spähte auf ihre Armbanduhr und klopfte entschlossen darauf, als hätte sie einen vollen Terminkalender, den Vladimir rücksichtslos durcheinander gebracht hatte mit seinen Träumen von Kino und womöglich einem seiner mageren Arme um ihre Schultern. »Ich war noch nicht im Kino, seit ich hier bin«, sagte sie.

Sie griff nach der aktuellen Ausgabe der *Prawadentia* und beugte sich zu Vladimir, um die Zeitung für sie beide hochzuhalten. Obwohl sie so verwuschelt und gestrandet wirkte, und das an einem Freitagabend, entströmte ihren erhobenen Armen ein sauberer Geruch. Waren amerikanische Frauen eigentlich irgendwann nicht so außerirdisch sauber gewesen? Er wollte sie jetzt wirklich unbedingt küssen.

Der Zeitung nach gab es in Prawa eine Schwemme von Hollywoodfilmen, und einer war dämlicher als der andere. Schließlich einigten sie sich auf ein Drama über einen schwulen Anwalt mit Aids, das anscheinend ein Riesenerfolg in den Staaten war und von vielen sensiblen Menschen dieses Landes sehr geschätzt wurde.

Morgan verschwand im Bad, um sich umzuziehen (endlich!), und Vladimir ließ ihr Zimmer auf sich wirken, in dem der liebevolle Nippes aus der Neuen wie der Alten Welt gleich mehrere Instantregale aus Sperrholz füllte: eine verblasste Kohlezeichnung von Prawas Burg, eine kleine moosgrüne Meerjungfrauen-Statue aus Kopenhagen, ein Bierkrug (angeschlagen) mit dem Schriftzug »The Great Lakes Brewing Company«, das vergrößerte Foto einer dicken Hand ohne Körper, von der ein Streifenbarsch baumelte (Dad?), ein gerahmter Werbeprospekt für die Industrial-Noise-Band »Marty und der Pilz« (Exfreund?) und ein Exemplar von Dr. Seuss' »Katze im Hut«. Das einzige unpassende Stück war ein großes Poster, auf dem der FUSS in all seiner stalinistischen Pracht zu sehen war, darunter arg überschattet das Alte Rathaus. Am unteren Rand des Posters stand eine stolowakische Parole: »*Graždanku! Otporim vsyechi Stalinski çudoviši!*« Vladimir fühlte sich zwar nie ganz sicher in der kuriosen stolowakischen Sprache, aber wenn er das direkt ins Russische übertrug, konnte das eine Aufforderung sein, die sinngemäß etwa lautete: »Bürger! Schlagen wir alle Stalin-Monster kurz und klein!« Hm. Das kam ein bisschen unerwartet.

Er schloss die Augen und versuchte, diese Frau in ihrer Gesamtheit auf sich wirken zu lassen. Das warmherzige runde Gesicht, der ernste Blick, der unbeholfene kleine Mund, der weiche, in Frottee geschlungene Körper, die harmlosen Varia et Curiosa auf ihrem Regal. Ja, wahrscheinlich hatte ihre Persönlichkeit einige Marotten und Widersprüche, mit denen sich Vladimir irgendwann würde auseinander setzen müssen, aber im Augenblick entsprach sie auf jeden Fall wunderbar einem demografischen Profil. Das galt eigentlich auch für Vladimir: Sein aktuelles Einkommen ließ ihn bei den obersten zehn Prozent der amerikanischen Haushalte rangieren, und er glaubte mit einer traurigen Art von romantischer Intensität an die Monogamie, wodurch er wahrscheinlich die meisten Männer in den Umfragen überholt hätte. Ja, die statistischen Daten stimmten; jetzt musste nur noch dieses magische amerikanische Liebesding passieren, was es normalerweise tat, wenn die Daten stimmten.

Und dann fiel ihm auf, dass sie aus dem Bad gekommen war und irgendetwas zu ihm sagte über ... was? Über den FUSS? Er hatte zu dem Plakat vom FUSS hochgeschaut. Was sagte sie gerade? Nieder mit Stalin? Hoch lebe das Volk? Sie sagte ganz eindeutig etwas über den FUSS und das seit langem ausgebeutete stolowakische Volk. Doch trotz ihres beharrlichen Tonfalls war Vladimir zu beschäftigt damit, sich eine Strategie auszudenken, wie sie ihn lieben könnte, um zu hören, was sie im Einzelnen sagte. Ja, es wurde Zeit, dass das Liebesding passierte.

Mann, sah sie gut aus nach ihrer Generalüberholung! Sie trug eine knappe Seidenbluse, die, wie ihr garantiert klar war, ihre Formen betonte, sie hatte sich das Haar hochgesteckt, abgesehen von ein paar störrischen Strähnen, die göttlich herunterfielen, genau wie er es von der New Yorker U-Bahn-Werbung her kannte. Vielleicht konnte er sie nachher noch auf Larry Litvaks Cocktailparty mitnehmen – auf die er telefonisch, per Postkarte und bei mehreren klebrigen Begegnungen mit dem Mann höchstpersönlich eingeladen worden war – und ihr dort vorführen, welchen Platz Vladimir Girshkin an Prawas gesellschaftlichem Firmament genau einnahm.

Das Kino befand sich auf der Kleinseite, nur wenige Meter von der Emanuelbrücke entfernt und nah genug bei der Burg, um in Hörweite der Domglocken zu sein. Wie alle Immobilien seines Kalibers war es voll gestopft mit jungen Ausländern, von denen die meisten Daunenjacken in Schwarz und Orange trugen, dazu Basecaps mit den Logos amerikanischer Mannschaften und nach hinten gedrehtem Schirm. Das war das diesjährige Modestatement jener furchtbar sterilen Menschenmasse, die sich via Satellit von Laguna Beach bis in die Provinz Guangdong ausgebreitet hatte – *die internationale Mittelschicht* – und in Vladimir die Sehnsucht nach dem Winter, nach schweren Mänteln und nach dem Ende der Touristensaison weckte, als ob die je zu Ende ginge.

Auf der Habenseite stand die Tatsache, dass sämtliche globalen Männer Vladimirs Begleiterin anstarrten, als wäre sie die lebende Verkörperung dessen, wofür sie Tag und Nacht über ihren Ingenieurslehrbüchern und ihrer Buchhaltungssoftware brüteten, und die Blicke, die sie für *ihn*, den goateebärtigen Dichtershrimp, übrig hatten, wären für jeden Anhänger des katholischen Glaubens die ideale Illustration der Todsünde Nr. 7 – »Neid« – gewesen.

Und die Frauen, pah! All diese klingelnden Goldarmbänder und eng anliegenden V-Ausschnitt-Pullover waren für die Katz – keine, nicht die bengalische Erbin und nicht die Anwältin aus Hongkong, trug ihren Putz mit solchem Selbstvertrauen und solch lässiger Anmut wie die Kandidatin aus Shaker Heights, Ohio. (Auf der ungeduldigen Fahrt ins Zentrum hatte er den Namen desjenigen Suburbs von Cleveland erfahren, wo Morgan so groß und schön geworden war.)

Jawoll! Egal von welchem Geschlecht die Menschen waren, denen er heute Abend begegnete, es sah alles danach aus, als wäre das ganze Unterfangen, dieses Rendezvous, auf dem richtigen Fuß gestartet, und um das zu feiern, kaufte Vladimir an dem Stand mit Alkohollizenz eine Miniflasche Becherovka, diesen furchtbaren tschechischen Schnaps, der nach verbranntem Kürbis schmeckte. Und für die Dame ein kleines Fläschchen von dem ungarischen Sprit namens Unikum, der trotz seiner linguistischen Ähnlichkeit mit einer Hilfsorganisation der UNO für zahllose Gräueltaten dem Magen und seiner sensiblen inneren Auskleidung gegenüber verantwortlich war.

»Cheers!« Sie stießen an, und wie nicht anders zu erwarten, würgte und hustete Morgan, wie jeder Sterbliche diesseits der Donau, während Vladimir sie mit improvisierter Männlichkeit tröstete, sogar vor lauter Sorge ihre verschwitzte Hand ein wenig berührte und sich ein paar Sekunden lang wünschte, diese Situation möge ewig andauern (will sagen, männlich zu sein; beneidet zu werden; sie zu berühren, selbst wenn es nur an den äußeren Gliedmaßen war). Doch dann wurde es dunkel, und das Balzritual als solches trübte sich für Vladimir etwas ein, da er wenig Gelegenheit bekam, geistreiche Aperçus anzubringen, und noch weniger Gelegenheit, Hand anzulegen. Wie konnte er auch, wenn das halbe Publikum schniefte und heulte, weil der attraktive Leinwandheld mit dem Fortschreiten der grauenhaften Krankheit immer mehr abmagerte, schließlich sein Haar verlor und pünktlich zum Abspann dahinschied?

Was für ein Anblick! Als der Vorhang sich wieder schloss, trompeteten unzählige Nasen im Kino, als umschlössen die Burgmauern da draußen das alte Jericho. Morgans Gesichtsausdruck war friedlich, höchstens etwas verhangen, und wortlos taumelten sie auf das »Ausgang«-Schild zu, auf die Straße. Da standen sie, immer noch schweigend, und sahen sich an, wie die aufbrechenden Kinobesucher Fiat-Taxis herbeiwinkten und die ersten Prozessionen betrunkener italienischer Studenten sich lautstark an dem ominösen Schatten eines nahen Pulverturms vorbeidrängten, unterwegs zu irgendeinem Disco-Wunderland dahinter.

Vladimir platzte schier. »Ich fand es grässlich!«, schrie er. »Grässlich! Grässlich!« Er vollführte einen kleinen Tanz zwischen den flimmernden Straßenlaternen, als wollte er die Urkraft seines Abscheus demonstrieren. Aber dann wurde es Zeit, eine Art intellektueller Aufschlüsselung nachzuliefern, also sagte er: »Wie platt. Wie abstoßend einfältig. Aus AIDS das hunderttausendste Gerichtsdrama zu machen. Als wäre die juristische Auseinandersetzung die einzige verbliebene Ausdrucksform der Amerikaner. Ich bin zutiefst unterwältigt.«

»Ich weiß nicht«, sagte sie. »Ich finde es schon gut, dass dieser Film überhaupt gemacht wurde. Es gibt so viele Menschen, die Vorurteile haben. Besonders da, wo ich herkomme. Mein kleiner Bruder und seine Freunde können so was von homophob sein. Die wissen es einfach nicht besser. Immerhin thematisiert dieser Film AIDS. Findest du das nicht wichtig?«

Was? Was quakte sie da? Wen juckte das denn, was ihr Bruder von Schwuchteln hielt. Entscheidend war doch, dass der Film als Kunstwerk gescheitert war. Kunst! Kunst! Waren die Amerikaner in Prawa nicht wegen der Kunst hier? Warum war *sie* eigentlich hier? Ein bisschen wohldosierte Rebellion, bevor sie an die Uni zurückging? Eine Chance, den Vorstadt-Losern in Shaker Heights gegenüber anzugeben: »Das hier bin ich mit meinem russischen Exfreund vor dem Hotel, wo Kafka 1921 einen ganz besonders wichtigen Schiss abgelassen hat. Seht ihr diese Tafel da an der Tür? Ziemlich edel, oder?« Er hatte sich nicht mal die Mühe gemacht, Morgan zu fragen, was sie in Prawa machte, aber die traurigen Alternativen – Unterricht in amerikanischem Englisch für heimische Geschäftsleute oder Kellnern in der Frühstücksschicht des Eudora's – lagen sowieso auf der Hand. Oh, es gab so vieles, was er ihr unbedingt zeigen musste. So vieles, was sie unbedingt über die Gesellschaft erfahren musste, in der sie gelandet war. Ja, für diese süße Cleveland-Biene würde er sich ganz besonders ins Alte-Welt-Zeug legen. Diese gesunden Bäckchen. Diese Nase.

»Na«, sagte er, nachdem etwas Zeit vergangen war. »Nach der Pleite brauch ich aber was zu trinken.«

»Wie wär's mit Larry Litvaks Cocktailparty?«, sagte sie.

War sie also auch eingeladen, verflucht! Dann lautete die brennendste Frage der Gegenwart doch: Warum hatte sie dann früher am Abend allein in ihrem Plattenak zusammen mit ihrer Katze vor dem Fernseher gesessen? Vielleicht war sie gerade dabei gewesen, sich fertig zu machen – die Dusche, der Bademantel, die Salbung auf der Stirn. Oder noch schlimmer, Larry Litvaks Party war ihr vollkommen egal. *Hol's der Teufel!* dachte Vladimir auf Russisch, ein Fluch, der ihn jedes Mal mit Gebrüll bestürmte, wenn die Schieflage seiner Welt wieder mal dostojewskisches Gefälle bekam.

»Ich kenne da auch einen kleinen Club, einen richtigen Geheimtipp«, schlug er vor. »Von dem hat noch keiner gehört, und er ist voller echter Stolowaken.« Aber sie wollte auf die Cocktailparty, also blieb ihm nichts anderes übrig als hinzugehen. Und wie zur

Bekräftigung tauchte Jan aus dem Nichts mit dem 7er hinter ihnen auf und fing an, mit dem Aufblendlicht auf sich aufmerksam zu machen. Der Abend war gelaufen.

Aber nicht alles war verloren, bei weitem nicht. Als sie durch die Tür von Larrys Bude traten, ließen die versammelten Massen ein »VLAAAAD!« los, das die Gläser zum Klirren brachte, und schrien natürlich kein Wort zur Begrüßung der kaum bekannten Morgan, obwohl sie der eine oder andere sicher im Stillen bewunderte.

Larry Litvak wohnte, gemäß seiner Astronautengeschichte, in der Altstadt, genauer gesagt, an deren Außenrand, in der Nähe von Prawas ausgedehntem Busbahnhof, der wie alle Busbahnhöfe nichts als Gestank und Kränklichkeit verströmte und eine drehbuchfähige Ansammlung kurioser Gestalten beherbergte.

Das Licht war schummrig, äußerst schummrig, was Vladimir an College-Partys erinnerte – je weniger man von den Mitfeiernden erkannte, desto lauter knarrten im Morgengrauen die Betten. Doch Vladimir konnte durchaus erkennen, dass die Wohnung geräumig war, erbaut in der Boomphase der Stadt zwischen den Kriegen, als die Wohnungen der Stolowaken noch größer sein sollten als ihre Dackelkörbchen. Hier war die Decke so hoch, dass man sich in einen Loft in SoHo versetzt fühlen konnte, doch beim sozialistischen Mobiliar schlug die Wirklichkeit durch – grausige, ausschließlich praktische Diwane und Liegesessel, überzogen mit demselben pelzigen Kammgarnstoff, den die Babuschkas gern an kalten Tagen trugen. Als wollte er das Kratzige seiner Möbel noch unterstreichen, hatte Larry mitten im Wohnraum drei Bergamotten und darunter Mini-Flutlichter aufgestellt, so dass ihre gakeligen Äste beunruhigende Schatten auf Decke und Wände warfen.

»Ganz schön heftig, was?«, rief Vladimir Morgan über das Getöse hinweg zu, um anzudeuten, dass er schon oft hier gewesen sei. Sie sah ihn verständnislos an. Alles ging viel zu schnell: Von links und rechts wurden Hände nach Vladimir ausgestreckt, einige schon nass und nach Gin stinkend, ganz abgesehen von den vielen Umarmungen und Küssen auf den Mund, die er von inbrünstigen

Sympathisanten bekam. Die junge Dame war einen Salonlöwen im Girshkin-Format eindeutig nicht gewöhnt. Hatte sie denn jetzt noch irgendeine andere Wahl, als ihn zu lieben?

Das Gedränge der Leute schob die beiden bis in eine von weichem Kerzenlicht erleuchtete Küche, wo sich Larry befand, umringt von einigen der eher hippiehaften Bewohner Prawas, die mit ausdruckslosen Gesichtern und lässigen, laschen Körpern im Takt zu Jerry Garcia wippten wie Palmen im Wind. »Hey, Mann«, sagte Larry. Er trug einen durchscheinenden schwarzen Kimono, der seine drahtige, muskulöse Gestalt lückenlos zur Schau stellte – Angeber. Er umarmte Vladimir so lange, bis der auch seinen letzten Körperteil noch gespürt hatte.

»Hey, Mann«, sagte er die ganze Zeit, während seine Wasserpfeife Überstunden machte, und Vladimir erinnerte sich wohlig an seine Highschool-Zeit, als er und Baobab und die anderen ständig high waren und den ganzen Tag rumbrabbelten: »Hey, Mann … iss das Ding nicht, Mann … das Ding ist für nachher, Mann …« Ach, die Unschuld jener Zeiten, die kurze Zeit in der Reagan/Bush-Ära, als die Sixties mit Macht an die amerikanischen Highschools zurückgekehrt waren. Die gekrümmte Haltung, die halb geschlossenen Augen, der Hundert-Worte-Sprachschatz. Ach.

Die Hippies wurden vorgestellt, ihre Namen waberten ins Gedächtnis und wieder hinaus. Das Prachtstück, die fast einen Meter lange Wasserpfeife, wurde für den Ehrengast herumgerollt. Larry beugte sich hinunter, um sie zu entzünden, während Vladimir an dem siffigen Mundstück nuckelte und es dann an Morgan weiterreichte, die das Ganze sportlich anging.

Vladimir war zufrieden, hakte sie unter und flanierte mit ihr in den Wohnraum zurück, wobei er fast versäumt hätte, die »Bin gleich zurück«-Partylüge bei Larry & Co. zu hinterlassen. Schon bildete sich der nächste Pulk um Vladimir und sein Date, diesmal lauter große, elegante Männer in Chinos, mit Drahtgestellbrillen und Nasenringen, die Vladimir mit Drinks versorgten und sowohl *Cagliostro* als auch (überraschenderweise) PrawaInvest namentlich erwähnten. Dann schubsten sie fröhlich ihre Begleiterinnen in den Vordergrund und stellten sie kurz vor. Die ganze Szenerie erinnerte an einen Ball aus dem neunzehnten Jahrhundert in der russischen Provinz, wo die einheimischen Herren der Gesellschaft den frisch aus Petersburg eingetroffenen General entdeckten und sofort mit Plattitüden und Geschäftsgerede bestürmten, ihre hübschen Frauen zum Zeichen ihres Rangs und Stammbaums im Schlepptau.

Und das im Jahr 1993? Nun, derlei Anachronismen waren vielleicht ein Zeichen für das viel diskutierte viktorianische Revival. Zwar fand es Vladimir schockierend, diesen Nicht-Bohemiens zu begegnen, die ihre Nasenringe aus rein modischen, nicht protestlerischen Motiven trugen, doch zugleich schlug es eine alte aristokratische Saite in ihm an (im frühen zwanzigsten Jahrhundert hatten die Girshkins immerhin drei Hotels in der Ukraine besessen), und er reagierte mit einem wachsenden Gefühl von Noblesse oblige: »Ja, sehr erfreut ... Freilich hab ich von Ihnen gehört ... Wir sind uns mal in der Martini-Bar im Nouveau über den Weg gelaufen ... Ja, es ist wirklich nett dort ... Das ist Morgan, ja ... Und Sie heißen? ... Und das ist? ...«

Natürlich sorgte die befreiende Wirkung von ungefähr einem Meter Dope für zunehmende Fröhlichkeit in der Runde, und Vladimir entspannte sich, schwebte über den Massen und ihrem Gebabbel und Gekrächze und Gezwitschere. Bald kam sein russischer Akzent kräftig zum Vorschein, was Graf Girshkin erst die rechte Aura von Authentizität verlieh, so dass sich die Vertreter aus Houston und Boulder und Cincinnati doppelt in den kleinen Dichter und Geschäftsmann verliebten, um den sich augenscheinlich die ganze Welt von Prawas Exilgemeinde drehte.

Morgan, der es keinen Spaß mehr machte, ständig übersehen zu werden, zupfte ihn am Ärmel. »Komm, wir suchen Alexandra«, flüsterte sie und berührte dabei, ob absichtlich oder nicht, Vladimirs Ohr mit ihrer samtweichen Nase.

»Machen wir«, sagte Vladimir, legte seinen Arm um sie und drückte die breiten Schultern aus Ohio, die so gesund und so geeignet zum Drücken waren.

Sie durchbrachen den Sympathisantengürtel und gelangten zu den Bergamotten, die sich im Luftzug eines entfernten Ventilators wiegten und Vladimir ins Gesicht piekten, bis er stutzte und ganz dumm auf seine pflanzlichen Angreifer starrte, als wollte er sagen: »Wisst ihr nicht, mit wem ihr es zu tun habt?«

Hinter den kleinen Bäumchen stand ein langes Satinsofa, flankiert von passenden Liegesesseln, wo sich die Clique, umgeben von mehreren Martini- und Curaçao-Karaffen, niedergelassen hatte. Lachend saß man da und gab pausenlos Urteile über alle ringsum ab, wie ein hastig zusammengewürfeltes Preisgericht für Stilfragen. Ab und zu wurden auch Außenseiter zugelassen, die sich mit kleinen Papierstapeln voller Texte oder Zeichnungen näherten, manchmal auch mit kleinen Computerdisketten. Offenbar war die bevorstehende erste Ausgabe von *Cagliostro* der Clique ganz schön zu Kopf gestiegen; selbst eine gezielte Wodka-Attacke hätte nicht eine so durchschlagende Wirkung erzielt.

Cohen erspähte unsere beiden auf der anderen Seite des Gebüschs: »Da ist er ja! Vladimir!«

»Morgan!«, rief Alexandra mit nachgerade ehrfürchtigem Unterton, entschlossen, das Renommee ihrer neuen Freundin aufzuwerten.

Das Paar näherte sich, und ein glitzernder himmelblauer Diwan rollte heran, als hätte ihn der Teufel bestellt. Alexandra küsste Morgan auf beide Wangen, während Vladimir den Jungs die Hand schüttelte und Alexandra ein liebes Küsschen auf die Wange drückte, was sie mit zwei Bussis erwiderte.

Die Jungs hatten sich selbst übertroffen und den Edel-Nerd-Look in eine formellere Richtung weiterentwickelt: aschbraune Sportjacketts und Hemden in Trauerfarben mit kränklichen dünnen Krawatten, die sich über Brust und Bauch schlängelten. Alexandra trug eine neue maulwurfsgraue Reitjacke, eindeutig von einem von Prawas besser sortierten Trödlern, darunter den üblichen schwarzen Rolli und die passende hautenge Hose.

Doch eine fehlte in der Gruppe. »Und wo ist Maxine?«, fragte Vladimir und biss sich gleich auf die Zunge, als ihm einfiel, dass der Verkupplungsrat der Exilgemeinde die Girshkin-Maxine-Vermählung schon fürs nächste Frühjahr angesetzt hatte, und hier bespielte er mit Morgan das Parkett.

Und prompt zog, als er Maxine erwähnte, ein Blick über Morgans Gesicht, der Blick eines Kindes, das sich auf einem überfüllten Bahnhof verlaufen hat, und Larrys Party war natürlich unendlich befremdlicher als jeder fremde Bahnhof auf der Welt, aber ebenso überfüllt. »Maxine ist krank geworden«, sagte Alexandra. »Nichts Ernstes. Morgen ist sie wieder auf den Beinen.«

Mit »wieder auf den Beinen« wollte sie Vladimir eindeutig davor warnen, den derzeitigen horizontalen Zustand der Frau etwa in irgendeiner Weise auszunutzen. Keine Frage, Alexandra hatte Morgan bereits alles über Vladimirs heiße Nichtaffäre mit Maxine erzählt, was sie wissen musste.

Die Situation wurde unbewusst entschärft von dem aufgeregten Cohen, der Vladimir ein paar Tage nicht gesehen hatte und am liebsten auf der Stelle über ihn hergefallen wäre. »Mein Freund muss kurz an die Bar«, brüllte er sturzbetrunken. »Ihr Mädels unterhaltet euch jetzt mal alleine.« Vladimir betrachtete Morgan, etwas besorgt bei der Vorstellung, sie unbewacht zurückzulassen. Doch zum Glück hatte der Anblick zweier attraktiver Frauen, Morgan und Alexandra, die vergnüglich miteinander plauderten, die Wirkung, potenzielle Verehrer auf Abstand zu halten. Die beutelustigen jungen Männer von Prawa ließen sich von dem Phänomen, dass Frauen auch mal ohne sie auskommen konnten, leicht aus dem Konzept bringen.

An der Bar, einem winzigen Ding, das aus einem Eichenregal mit den gesammelten Werken von Papa Hemingway, dem Schutzpatron der Exilgemeinde, hervorragte, versuchte der nicht zu bremsende Cohen Vladimir einen Gin Tonic zu machen, wobei er seine neuen, importierten Slipper mit Wodka überschüttete. Als Vladimir ihn lachend informierte, dass zu einem Gin Tonic *Gin* und nicht Wodka gehörte, kippte Cohen den Gin gleich hinterher.

»Also, du säufst dir hier die Hucke voll«, stellte Vladimir fest.

»Das mache ich seit fünf Jahren«, sagte Cohen. »Ich bin das, was die Schnapsindustrie einen Alkoholiker nennt.«

»Ich auch«, sagte Vladimir. Er hatte nie besonders darüber nachgedacht, aber es klang plausibel. »Komm, darauf trinken wir!«, rief er, um das aufziehende unbehagliche Gefühl zu verscheuchen, und sie stießen miteinander an.

»A propos Hucke voll«, sagte Cohen, »Plank und ich wollen uns morgen mit der Pulle in den Ring begeben. Bis zum K.o.!« Er zwinkerte in Richtung Bar.

»Verstehe«, sagte Vladimir. Er sah Cohen und Plank vor sich, zwei Faustkämpfer am Werk, in Zeitlupe, mit einer schwitzenden Flasche Stoli, eine Art Performance-Stück.

»Lust, mitzukommen? Nicht wie die Scheiße hier. Nur wir drei. Männersache.« Dann, ohne Vorwarnung – wann hätte er je schon mal vorgewarnt? –, schlang Cohen die Arme um Vladimir und drückte zu. Inzwischen war das Licht so weit runtergedimmt worden, dass die beiden wie ein weiteres Paar auf der Überholspur aussahen, nächste Ausfahrt Bett. Der verängstigte Vladimir lugte aus der Umklammerung seines Freundes hervor und versuchte, einen Arm freizustrampeln, um der Menge und Morgan irgendwie zu signalisieren, dass er nicht unbedingt einverstanden war, aber es überforderte ihn, sich das passende Signal auszudenken. Cohen ließ sowieso irgendwann los, und Vladimir sah zu seiner Erleichterung, dass in dem Raum die kritische Masse erreicht war und eigentlich keiner mehr was auf den anderen gab. Selbst homosexuelle Handlungen und deren Begleitgrunzer über Lautsprecher wären ein paar Minuten lang nicht weiter aufgefallen.

»Mensch, du fehlst uns, Mann«, sagte Cohen. »Du hast immer so viel zu tun und ...« Er brach ab, weil er es leid war, sich wie ein verschmähter Liebhaber anzuhören.

Gegenüber sah Vladimir Plank, der angewidert in seinen Drink starrte, als hätte ihm einer was Harntreibendes reingetan, während Alexandra und Morgan auf dem Sofa daneben auf das Stürmischste gestikulierten. Was war bloß los mit diesen untröstlichen jungen Männern? Reichte es ihnen nicht, der Eckstein von Prawas Elite zu sein? Erwarteten sie zusätzlich auch noch ein sinnvolles Leben? »Okay«, sagte Vladimir. »Wir werden allein ausgehen. Wir werden uns amüsieren. Wir werden trinken. Wir werden uns betrinken. Okay?«

»Okay!«, brüllte Cohen. Aufgemuntert griff er zur Abwechslung nach der Flasche. Da sah Vladimir allerdings, wie Morgan in seine Richtung schaute und diskret auf ihre Armbanduhr zeigte. Wollte sie schon gehen? Mit Vladimir im Schlepptau? Hatte sie keinen Spaß? Keiner verdrückte sich von einer Larry-Litvak-Party, bevor die Uhr drei schlug. Das gehörte sich einfach so.

»Und, wie läuft's mit dem Schreiben bei dir?«, fragte Vladimir Cohen.

»Erbärmlich«, sagte Cohen mit einem typischen Beben seiner großen Lippen. »Ich bin viel zu verliebt in Alexandra, um über sie schreiben zu können …«

Das war also die Crux – die Liebe hatte Einzug gehalten. Plank und Cohen hatten sich in das rapide expandierende Unternehmen eingekauft. Nach Cohens zitternden Lippen und feuchten Augen zu urteilen, war er schon im dritten Stadium angelangt, am plätschernden Pool des Golfplatzes designed by Jack Nicklaus.

»Dann schreib eben nicht über sie«, ertönte eine strenge, raue Stimme, bei der Vladimir zuerst dachte, sie gehörte womöglich Cohens Großvater jüdischerseits, der für die bevorstehenden hohen Feiertage nach Prawa gekommen war. Er sah sich nach der Geräuschquelle um, bis Cohen nach unten zeigte und sagte: »Ich möchte dir gern den Dichter Fish vorstellen, ebenfalls aus New York.«

Der Dichter Fish war kein Zwerg, aber er schrammte knapp dran vorbei. Er sah aus wie ein ungewaschener Zwölfjähriger, seine Haare waren eine dicke Mähne, wie eine umgedrehte Schale Ramen-Nudeln; und alldem zum Trotz hatte er die Stimme von Jack Lemmon. »Entzückt«, sagte der Dichter und streckte Vladimir die Hand hin, als erwartete er einen Handkuss. »Hier ist nur von Vladimir Girshkin die Rede«, sagte er. »Das war das Erste, was ich am Gepäckband gehört habe.«

»Hör auf!«, sagte Vladimir. Und dachte dabei: *Was sagen sie denn?*

»Fish wohnt für ein paar Tage bei Plank«, sagte Cohen. »Er hat was in einer Literaturzeitschrift in Alaska veröffentlicht.« Und dann wurde Cohen urplötzlich blass, als hätte er gerade jemanden am anderen Ende des Zimmers gesehen, der auf das Unangenehmste an seiner Erinnerung herumzerrte. Vladimir folgte sogar dem trüben Licht seines Blicks, um zu sehen, wer das wohl war, aber dann sagte Cohen nur: »Ich muss mal eben kotzen gehen«, und das Geheimnis war gelüftet.

»Also«, sagte Vladimir, nachdem Cohen ihm den Zwerg aufgehalst hatte (er hoffte, dass wenigstens die anderen den kleinen Burschen exotisch fanden). »Dichter, wie?«

»Pass auf«, sagte der Dichter und stellte sich auf seine schmächtigen Zehenspitzen, auf Augenhöhe mit Vladimirs Kinn. »Ich hab gehört, du hast hier so 'n kleines Ding laufen, diese PrawaInvest-Nummer.«

»Klein?« Vladimir spreizte sich wie ein Pfau im Angesicht seiner Zukünftigen. »Wir haben eine Kapitaldecke von über fünfunddreißig Milliarden US-Dollar …«

»Ja, ja, ja«, sagte der Dichter Fish. »Ich hab einen geschäftlichen Vorschlag für dich. Schon mal Horse Tranquilizer geschnupft?«

»Wie meinen?«

»Horse Tranquilizer. Ein Beruhigungsmittel für Pferde. Wie lang bist du jetzt genau aus der City weg?«

Vladimir ging davon aus, dass er New York City meinte, und war wieder einmal schockiert, als ihm einfiel, dass The City – dieses lang gestreckte Netz aus fluchbeladenen Straßen mit Freibrief –, ganz gleich, was sie hier in Prawa, Budapest und Krakau machten, das Bullauge der Galaxie blieb. »Zwei Monate«, sagte er.

»Es ist überall«, sagte Fish. »In jedem Club. Du kannst kein Künstler in New York sein, ohne Horse zu schnupfen. Glaub's mir, ich weiß es.«

»Und wie wirkt das?«

»Wie eine Frontallobotomie. Es räumt deinen Kopf aus, wenn du blockiert bist. Du denkst an gar nichts mehr. Und jetzt kommt das Beste – es dauert nur eine Viertelstunde pro Dosis. Danach machst du ganz normal weiter. Einige sagen, es erneuert das Bewusstsein von einem selbst. Aber das sind natürlich vor allem die Prosaschreiber. Die würden dir alles erzählen.«

»Gibt es irgendwelche Nebeneffekte?«, fragte Vladimir.

»Keine. Komm, wir gehen auf den Balkon. Ich zeig's dir mal.«

»Lass mich überlegen –«

»Nee, genau das tust du nicht. Hör zu, ich hab einen Tierarzt in der Nähe von Lyon an der Hand, der sitzt da unten bei einem großen Pharmakonzern im Aufsichtsrat. Wir können mit deiner PrawaInvest den ganzen osteuropäischen Markt beherrschen. Und welche Stadt wäre besser zur Verteilung geeignet als Prawa?«

»Ja, schon«, sagte Vladimir. »Ist es denn legal?«

»Klar«, sagte Fish.

»Warum sollte es das nicht sein?«, fügte er hinzu, als er sah, dass die Sache damit noch nicht erledigt war.

»Na ja, es ist schon nicht schlecht, wenn du ein Pferd besitzt«, sagte er schließlich. »Ich hab mir gerade ein paar kränkelnde Viecher in Kentucky gekauft. Jetzt komm endlich.« Und er führte ihn aus dem Zimmer. Alexandra und Morgan starrten ihnen vom Sofa aus hinterher, besorgt über den merkwürdigen Anblick – der Vizepräsident von PrawaInvest lief so einem Kobold aufmerksam hinterher?

Vom Balkon aus sah man den Busbahnhof, trotz des majestätisch schimmernden Vollmonds immer noch ein malträtiertes Patchwork aus Zement und Rost.

Und dann die Busse:

Aus dem Westen kamen die zweistöckigen De-Luxe-Modelle mit flimmernden Fernsehschirmen und Klimaanlagen, die ihre grünen Abgase gegen den Asphalt bliesen. Aus diesen Bussen strömten propere junge Rucksacktouristen aus Frankfurt, Brüssel und Turin, die sich umgehend daranmachten, ihre neu entdeckte Ostblockfreiheit zu feiern, indem sie sich mit an der Straße gekauftem Unesko-Bier überschütteten und die wartenden Taxis mit Friedenszeichen beglückten.

Aus dem Osten kamen die passend benannten Ikarus-Busse:

mit todkrankem Zittern schlichen ihre niedrigen grauen Karosserien über die Ziellinie; die Türen öffneten sich langsam und beharrlich, um müde Familien aus Bratislava und Košice oder alternde Angestellte aus Sofia und Chişinău aussteigen zu lassen, die ihre Aktentaschen an glänzende Polyesteranzüge pressten, während sie zu der nahe gelegenen U-Bahn-Station strebten. Vladimir konnte diese Aktentaschen beinahe riechen, die, wie bei seinem Vater, höchstwahrscheinlich die Reste ihres fleischreichen Reiseproviants enthielten, Reste, die nun als Abendessen dienen konnten – das Goldene Prawa wurde allmählich teuer für den Durchschnittsbulgaren.

Doch Vladimirs Analyse dieser unglücklichen Dichotomie, die in gewisser Weise seine Lebensgeschichte war und Freude und Bedauern zugleich in ihm wachrief – Freude darüber, ein besonderes, privilegiertes Wissen über den Osten *und* den Westen zu besitzen, und Bedauern darüber, weder hier noch dort dazuzugehören –, wurde unterbrochen von dem beißenden, kristallkantigen Pferdepulver, das ihm der Dichter Fish gerade durch die Nase zuführte, und dann

passierte

nicht

viel.

Das ist vielleicht übertrieben. Etwas passierte natürlich schon, auch als sich Vladimir in die oberen Stockwerke seines Gehirns zurückzog, wo die dünne Bergluft dem kognitiven Prozess nicht zuträglich war. Die Busse kamen an und fuhren ab, ohne Unterlass, aber jetzt waren es einfach nur Busse (Busse, ja, Transport, von A nach B), und Fish, der nackt und heulend über den ganzen Balkon kugelte und mit seinem winzigen knallroten Penis in Richtung Mond wedelte, war einfach nur ein junger Mann mit knallrotem Penis, der heulte. *Nicht viel passierte, und zwar im großen Stil.* Tatsächlich war die Nicht-Existenz gar nicht mehr so unvorstellbar (und wie oft hatte er als trübsinniges Kind die Augen geschlossen, seine Ohren mit Watte verstopft und versucht, sich Die Leere vorzustellen), sondern eher eine ziemlich natürliche Fortschreibung dieser täppischen Glückseligkeit. Die schwebende, bodenlose Freude der Anästhesie.

Und dann war die Viertelstunde um, und mit uhrwerkhafter Präzision wurde Vladimir geräuschlos in seinen Körper zurückbefördert; Fish zog sich an.

Vladimir stand auf. Er setzte sich hin. Er stand wieder auf. Egal, Hauptsache Sinneserfahrung. Er ritzte ein bisschen mit seiner Visitenkarte am Finger herum, bevor er sie dem Dichter hinhielt. Sehr angenehm. Er war bereit, sich in die Tavlata zu stürzen.

»Ich schicke dir eine Anfängerausrüstung mit Gebrauchsanweisung«, sagte Fish gerade. »Und ein paar von meinen Gedichten.«

»Ich bin neuerdings dem Einfluss von John Donne verfallen«, fügte er noch hinzu, während er seinen flippigen Elfenkittel zuknöpfte.

»Und, bist du ein guter Mensch?«, fragte Morgan.

Es war fünf Uhr morgens. Nach der Party. Eine Insel inmitten der Tavlata, mit der Kleinseite durch eine einspurige Fußgängerbrücke von ungewisser Herkunft verbunden; eine Insel, die aussah, als hätte Prawas schlaffe öffentliche Hand sie fallen lassen; ein überwucherter Dschungel aus Mammutbäumen und den kleinen Büschen, die sich genauso an sie schmiegen wie Elefantenbabys an die Füße ihrer Mütter. Sie saßen im Gras hinter einer riesigen Eiche, deren Äste trotz des fortgeschrittenen Herbstes noch voll im Laub standen; dieser Ehrfurcht einflößende Veteran beging die Jahreszeiten nach eigener Lust und Laune. Auf der anderen Seite der Fußgängerbrücke fiel hoch über ihnen das Mondlicht auf die spirreligen Strebepfeiler der Burgkathedrale, was St. Stanislaus nach einer riesigen Spinne aussehen ließ, die irgendwie über die Burgmauern gekrabbelt war und es sich für die Nacht bequem gemacht hatte.

Die Frage lautete, ob er ein guter Mensch war oder nicht.

»Dem muss ich vorausschicken, dass ich betrunken bin«, sagte er.

»Ich bin auch betrunken. Sag einfach die Wahrheit.«

Die Wahrheit. Wie war es dazu gekommen? Noch vor einer Minute hatte er ihren alkoholgetränkten Mund geküsst, unter ihren Achseln nach der Feuchte getastet, die er so liebte, sich an ihrem Oberschenkel gerieben und sich voyeuristisch erregt an den vorbeiziehenden Lichtstrahlen der BMW-Scheinwerfer – denn der treue Jan hatte vom Ufer aus ein Auge auf sie.

»Im Vergleich bin ich ein besserer Mensch als die meisten, die ich kenne.« Das war gelogen. Er brauchte nur an Cohen zu denken, dann war es eindeutig. »Na gut, ich bin an und für sich kein so toller Mensch, aber ich will zu dir ein guter Mensch sein. Ich bin früher schon ab und zu gut zu Leuten gewesen.«

Was für ein Gespräch sollte das denn sein, zum Teufel? Sie lehnte an einem verrottenden Holzklotz neben einer Art Opferhaufen aus leeren Fantadosen und Kondomverpackungen; in ihrem Haar hing Unkraut; die kleine Stupsspitze ihrer Nase war lippenstiftverschmiert; und etwas Spucke von Vladimir klebte an ihrem Kinn.

War Vladimir ein guter Mensch? Nein. Aber er behandelte andere nur schlecht, weil die Welt ihn schlecht behandelt hatte. Moderne Gerechtigkeit für die postmoralischen Gesellschaftsschichten.

»Du willst gut zu mir sein«, wiederholte sie gerade mit erstaunlich fester Stimme, obwohl sie von der kleinsten Brise vor und zurück schwankte.

»Ja«, sagte Vladimir. »Und ich möchte dich gern besser kennen lernen. Ohne jede Frage.«

»Du willst wirklich hören, wie es war, in Cleveland aufzuwachsen? In einem Suburb? In meiner Familie? Die Älteste zu sein? Das einzige Mädchen? Ähmmm … Basketball-Ferienlager? Kannst du dir ein Basketball-Ferienlager für Mädchen vorstellen, Vladimir? In Medina County, Ohio? Und selbst wenn, interessiert es dich überhaupt? Willst du wissen, warum ich manchmal lieber zelten würde, als stundenlang in einem Café zu sitzen? Wie ich es hasse, die Gedichte anderer Leute zu lesen, bloß weil ich soll? Und wie ich es hasse, die ganze Zeit Leuten wie deinem Freund Cohen zuzuhören, während er sich über sein blödes Paris in den zwanziger Jahren ausbreitet?«

»Ja«, sagte Vladimir. »Ich will das alles wissen. Unbedingt.«

»Warum?«

Das war keine leichte Frage. Es gab keine echten Antworten. Er würde sich was ausdenken müssen.

Während er überlegte, kam ein frischer Wind auf und die Wolken rollten gen Norden, und wenn er den Kopf hob und ausblendete, dass er sich genau im Epizentrum der Stadt befand, konnte er sich vorstellen, wie die Insel gen Süden segelte, durch die Krümmungen und Schleifen der Tavlata, bis sie endlich in die Adria mündete. Noch ein Stückchen weiter, und sie könnten ihr Inselschiffchen an den Gestaden Korfus stranden lassen; und dann zwischen den raschelnden kleinen Olivenbäumen herumtollen, wo die Goldfinken mehrstimmig sangen. Egal was, Hauptsache, er überstand diese Ausfragerei.

»Schau mal«, sagte Vladimir. »Du hasst es, wenn Cohen von Paris redet, du hasst diesen ganzen Kult der Exilgemeinde. Aber ich muss sagen: Das hat schon was. Die schönsten drei Zeilen der Weltliteratur, die ich je gelesen habe, sind die allerletzten im *Wendekreis des Krebses*. Aber zuerst die Vorbehalte: Mit dem, was ich sage, will ich nicht den misogynen, rassistisch provozierenden Henry Miller als menschliches Wesen affirmieren, und ich habe auch weiterhin ernste Zweifel an seinen Fähigkeiten als Schriftsteller. Ich will nur meine Bewunderung für die letzten paar Zeilen dieses besonderen Romans ausdrücken … Wie auch immer, Henry Miller steht am Seine-Ufer, er hat gerade so ungefähr jede Spielart von Armut und Demütigung hinter sich. Und er schreibt Folgendes (entschuldige, falls ich es falsch zitiere): ›Die Sonne geht unter. Ich spüre, wie dieser Fluss durch mich hindurchströmt – sein Boden, sein wechselndes Klima, seine alte Vergangenheit. Die Hügel säumen ihn sacht: sein Lauf ist festgelegt.‹«

Er schlängelte sich mit einer Hand zwischen ihre beiden warmen Handflächen. »Ich weiß nicht, ob ich ein guter oder ein schlechter Mensch bin«, sagte Vladimir. »Vielleicht kann man das gar nicht sagen. Aber jetzt in diesem Augenblick bin ich der glücklichste Mensch auf Erden. Dieser Fluss – sein Boden, sein Klima, seine alte Vergangenheit –, um fünf Uhr morgens mit dir mitten in diesem Fluss zusammen zu sein, mitten in dieser Stadt. Da fühle ich mich –«

Sie hielt ihm den Mund zu. »Hör auf«, sagte sie. »Wenn du meine Frage nicht beantworten willst, dann lass es. Aber ich hätte gern, dass du darüber nachdenkst. Ach, Vladimir! Wie du dich anhörst! Du willst irgendeinen armen Henry Miller nicht *als menschliches Wesen affirmieren.* Ich bin mir nicht mal sicher, was du genau meinst, aber ich weiß, dass es nicht sehr nett ist …« Sie wandte sich von ihm ab, und ihm blieb nur, auf den strengen kleinen Dutt ihrer Haare zu starren.

»Pass auf, ich mag dich«, sagte sie plötzlich. »Wirklich. Du bist klug und süß und clever, und ich glaube, du willst anständig mit den Menschen umgehen. Mit *Cagliostro* hast du die Gemeinde wirklich zusammengebracht, weißt du. Vielen Leuten ihre erste Chance gegeben. Aber ich habe das Gefühl … auf lange Sicht … wirst du mich nie richtig in dein Leben lassen. Das Gefühl habe ich, nachdem ich gerade mal einen Tag mit dir verbracht habe. Und ich frage mich, ob das daran liegt, dass du mich für ein dummes Gänschen aus Shaker Heights hältst, oder ob es etwas Schreckliches gibt, wovon ich nichts wissen soll.«

»Verstehe«, sagte Vladimir. Seine Gedanken suchten fieberhaft nach einer Antwort, aber ihm fiel wenig ein, was sie dazu gebracht hätte, ihm zu glauben. Vielleicht war es zum ersten Mal seit langem das Beste, nichts zu sagen.

Am Ufer gegenüber der Burg ließen die ersten Strahlen des Sonnenaufgangs die goldene Kuppel des Nationaltheaters blitzen, die wie eine heilige Fußballenentzündung über den schwarzen Zehen von Stalins Fuß aufleuchtete; eine Straßenbahn voller Frühschichtarbeiter fuhr über eine Brücke in der Nähe, und ihr Gerumpel brachte auch die kleine Insel zum Erzittern. Und in genau diesem Augenblick wurde der Wind bösartig und konspirierte mit Vladimirs Absicht, Morgan in die Arme zu schließen. Ihre Seidenbluse lieferte seiner Umarmung wenig Haftung, aber er konnte sie spüren, unendlich warm und fest, und sie roch nach Schweiß und geküssten Küssen. »Schsch«, flüsterte sie, in der richtigen Annahme, dass er etwas sagen wollte.

Warum konnte sie es ihm nicht leicht machen? Waren seine Lügen und Ausflüchte nicht triftig genug? Und doch war sie da, Morgan Jenson, eine zarte verunsichernde Zukunftsaussicht, und erinnerte Vladimir daran, wer er war, bevor Mr Rybakow in sein Leben stapfte und ihn eine Welt jenseits von Challahs verzweifeltem Klammergriff erahnen ließ: ein weicher, unschlüssig auftretender Vladimir, dessen Vormittage ein doppelt gepökeltes Soppressata-Avocado-Sandwich krönte. Mutters kleiner Versager. Der Mann auf der Flucht.

TEIL VI

Das Problem mit Morgan

KAPITEL 26

Der lange Marsch

So kräftige Beine hatte er noch nie gesehen.

Ein Monat war seit Larry Litvaks Party vergangen, aber diese Beine – festes weißes Fleisch, gemasert von jungen blauen Adern, jeder Schenkel eine Strophe des sozialistischen Realismus – verzauberten und entzückten Jung Vladimir immer noch. Als er zu einer gottlosen siebten Morgenstunde in Morgans Plattenak-Wohnung aufwachte, hatte Vladimir besagte Beine vor sich, dick, muskulös, vielleicht ein wenig unweiblich in seinen unaufgeklärten Augen und, wie war das richtige Wort – federnd? Sie federte auf diesen Beinen aus den Federn, sauste ins Bad und schrubbte, wusch und machte sich fertig für einen langen Arbeitstag. Diese Beine waren seit dem frühesten Alter äußersten Anforderungen ausgesetzt gewesen, und jeder Tag im Basketball-Ferienlager hatte ihre Beweglichkeit und Muskelkraft nur gesteigert. Und heute hätte ihre Besitzerin Vladimir, falls erforderlich, auf diesen Beinen huckepack über den Elbrus tragen können.

Doch statt am Berg Elbrus kamen besagte Beine, prall wie Auberginen, schon bald in Jeans und Wanderschuhen in einem stolowakischen Nationalpark zum Einsatz, einer grünen Senke zwischen zwei Felsklippen zweihundert Kilometer nördlich von Prawa. Überraschend wurde der Stubenhocker Vladimir aufgefordert, sie in diese Wildnis zu begleiten. Jan musste Morgan und ihn am Eingang zum Park absetzen, und dann durchquerten sie ein endloses Panorama aus unterholzreichem Wald, Bächlein, die zu richtigen Flüssen wurden, ab und zu unterbrochen von dampfenden Wasserfällen, einer Wiese mit einem unberechenbaren rehartigen Tier darauf, das dort äste und mit seinen dunklen, feuchten Augen aus dem hohen Gras lugte. Morgan mit den stämmigen Beinen trug die ganze Zeit ein Campingzelt auf dem Rücken. Und schließlich stand der schwitzende, grunzende Vladimir, der sich mit einer Hand an einem Wanderstock, mit der anderen an einer kleinen Tüte chinesischer Äpfel festhielt, auf einem Granitvorsprung über einem Mini-See, zwischen dessen diversen moosigen Ufern Fische, Frösche und Libellen hin und her pendelten. Er atmete die saubere Luft ein, sah Kostjas Geist wohlwollend von einem Baum in der Nähe herablächeln und beobachtete Morgan dabei, wie sie ihr Zeltbündel abschnallte und das verdammte Ding aufbaute.

»Hallo Schöpfung!«, rief er und spuckte auf eine Liliengruppe, die gleichgültig vor sich hin wippte. Obwohl die Natur ein diktatorisches Regime war und aus der Farbe Grün einen Kult machte, hatte ihm die zweistündige Wanderung gefallen. Wie die Landschaft vor ihm vibrierte, die Tiere davonhuschten, die Äste den Weg freigaben – und jetzt kam die eigentliche Belohnung: die heiß ersehnte Gelegenheit, mit seiner neuen Freundin an einem schrägen, wunderschönen Ort ganz allein zu sein.

Es wurde auch langsam Zeit. Sie hatten in den Wochen nach Larrys Fete kaum eine Stunde bei Tageslicht miteinander verbracht. Morgan arbeitete tatsächlich als Englischlehrerin, mit einem zehnstündigen Arbeitstag, an dem sie einem vorwiegend proletarischen Publikum in der Vorstadt ihre Sprache nahe brachte, zukünftigen Kandidaten für Prawas aufstrebende Dienstleistungsindustrie, die gern auf Englisch sagen können wollten: »Hier haben Sie ein sauberes Badehandtuch« und »Soll ich sofort die Polizei rufen, Sir?«.

Englischunterricht war der Standardjob für diejenigen Amerikaner in Prawa, die nicht umfassend von ihren Eltern unterstützt wurden. Morgan ging typisch methodisch an die Sache heran – Verantwortlichkeit über alles – und ignorierte Vladimirs sämtliche Angebote, die Schule zu schwänzen und den Tag mit ihm zu verdaddeln. Er war überzeugt, dass all ihre männlichen Schüler in sie verliebt waren und sie schon oft zu Kaffee oder Drinks eingeladen hatten, mit dem automatischen Sperrfeuer des europäischen Mannes, der eine amerikanische Frau verführen will. Er war auch überzeugt, dass ihr augenblickliches Erröten alle Schwerenöter bis auf die hartgesottensten zum Rückzug bewegen würde, und dann würde sie, langsam und lehrerinnenhaft wie immer, sagen: »Ich habe schon einen Freund.«

Er beobachtete, wie sie die Fersen in die trockene Herbsterde bohrte und dann die Zeltleinwand über ein paar Stöcke zerrte. Am schönsten fand Vladimir ihre Beine, wenn sie unter ihrem großen dicken Hintern in der Hocke saßen, so wie jetzt. Schon meldete sich die Erregung, und er presste eine Handfläche in die Leistengegend, doch da wurde er von einem Ding mit Federn abgelenkt: Vogel.

»Ein Falke!«, schrie Vladimir auf, während der Raubvogel über seinem Kopf kreiste und seinen Furcht erregenden Schnabel auf ihn richtete.

Morgan hieb gerade mit einem Stein einen weiteren Stock in den Boden. Sie wischte sich die Stirn ab und blies sich heißen Atem ins Hemd. »Ein Rebhuhn«, sagte sie. »Hilf mir doch mal beim Aufbauen. Du magst körperliche Betätigung nicht besonders, wie? Du bist eher eine Art ... wie soll ich das beschreiben ... ein Wiederkäuer.«

»Ich bin eine Totalpleite«, bestätigte Vladimir. *Ein Wiederkäuer.* Das war schlau! Langsam kam sie auf den Trichter. Die magische Wirkung der Clique.

Er hielt die Zeltleinwand fest, während sie mit Steinen und Stöcken hantierte. Er beobachtete sie in stiller Bewunderung und versuchte sich die braunhaarige Kleine vorzustellen, hübsch, aber nicht die Hübscheste ihrer sechsten Klasse; da zerdrückte sie auf der hinteren Veranda Mücken an ihrer Stirn; zu ihren Füßen lag ein aufblasbares Gummispielzeug, das schon etwas Luft verloren hatte, ein Dinosaurier aus einem TV-Zeichentrickfilm; auf dem Verandatisch wassergewellte, etwas glitschige Spielkarten, die Rot- und Gelbtöne verliefen ineinander, ein Karo-Bube ohne Kopf; oben im Elternschlafzimmer die letzten Nachbeben eines belanglosen Streits zwischen Mutter und Vater, eine kleine Eifersucht, eine kleinliche Demütigung oder vielleicht nur die Langeweile ihres Lebens mit sommerlichen Hot Dogs, Meisterschaftskämpfen, starken Winden vom See, Novemberdemokratie, dem Großziehen von drei Kindern mit starken, federnden Beinen und großen Händen, die zum Berühren und Streicheln ausgestreckt wurden, die ihre pummeligen kleinen Körper in Ulmen hochhievten, um Eichhörnchen aus Vogelnestern zu verscheuchen, die dem dauergrauen Himmel Basketbälle darbrachten und Zeltstangen in den Boden rammten …

Hier hielt Vladimir inne. Was wusste er schon? Was konnte er von ihrer Kindheit wissen? Es war reines Pech, ein sonnengeblendeter Storch, der ihn in dem Geburtshaus auf dem Tschaikowski-Prospekt statt in der berühmten Cleveland Clinic abgesetzt hatte. Ach, die alten Fragen des Beta-Immigranten: Wie schaffte man es, seine gurgelnde Aussprache, seine halb kaputten Eltern, ja den Gestank des eigenen Körpers zu verändern? Oder, persönlicher gefragt: Wie kam es, dass er, Vladimir, hier gelandet war, ein drittklassiger Ganove mitten im knackfrischen europäischen Wald, und sich anschaute, wie ein Zelt am See emporwuchs, wie eine zähe, gut aussehende und doch absolut unbesondere Frau still ein vorübergehendes Zuhause für sie beide errichtete?

»Wirst du langsam müde?«, fragte er mit, wie er glaubte, echter Zuneigung, hielt mit einer Hand die Leinwand fest und langte mit der anderen nach unten, um ihr das feuchte Haar zu tätscheln. Sie fummelte mit einer Zeltstange, einem Hering und irgendeinem anderen Zubehörteil herum, und der Anblick eines anderen, viel plausibleren Körpers als seines eigenen berührte ihn, der Anblick dieser Frau, die sich der Erde von gleich zu gleich annäherte; alles an ihr – Füße, Bizepse, Kniescheiben, Wirbelsäule –, alles diente einem Zweck, sei es, dass sie mit drei verschiedenen Straßenbahnlinien bis in die äußersten Ausläufer von Prawa fahren musste, dass sie auf dem Zigeunermarkt den Preis für ein Wurzelgemüse heruntergestikulierte oder sich einen Weg durch strohfarbenes Laubwerk hackte.

Fran, Challah, Mutter, Dr. Girshkin, Mr Rybakow, Vladimir Girshkin, jeder von ihnen hatte seine Lebenszeit investiert, um sich eine Zuflucht vor der Welt aufzubauen, ob das ein Bett aus Geld, ein sprechender Ventilator, ein Sicherheitsgürtel aus Büchern, eine wacklige Keller-Isba, ein Regal mit halb leeren KY-Pötten oder ein prekäres Pyramidenschema war … Diese Frau aber, wie sie hier eine Art Ahle über einer widerstrebenden Zeltstange schwang, brauchte vor nichts Besonderem davonzulaufen. *Sie war im Urlaub.* Sie hätte ebenso gut in Thailand Hasch rauchen, in Ghana eine Fahrradtour machen oder über dem infernalischen Barrier Reef herumschnorcheln können, aber zufällig war sie nun hier und tanzte zu dem kulturellen Beat eines gescheiterten Großreichs, mit ihren kraftvollen Beinen und ihren guten Genen. Bis eines Tages ihr Urlaub zu Ende und sie nach Hause gehen würde. Er würde ihr zum Abschied zuwinken, vom Rollfeld aus.

»Ich bin fast fertig«, sagte sie.

Sie war fast fertig, was Vladimir traurig machte, er fühlte sich vorzeitig verlassen, wütend, ehrfürchtig, verliebt, ratlos – viele Dinge, die irgendwie zusammenkamen und sich als Erregung äußerten. Wieder diese dicken Beine. Erdverschmierte Jeans. Das war ein komisches Gefühl, aber seltsam natürlich, elementar. »Gut«, sagte er und langte wieder nach unten, streifte eine warme Schulter. »Das ist gut.«

Sie sah ihn an. Sie brauchte ein paar Sekunden, bis sie begriffen hatte, warum er so von einem Fuß auf den anderen trat, mit munteren Augen und schwerem Atem, aber dann war es ihr plötzlich peinlich, auf eine blutjunge Weise peinlich. »Junge, Junge«, sagte sie und schaute lächelnd weg.

Sie kletterten in das hübsche kleine Zelt, und er schmiegte sich schnell an sie, seine Hände versanken in ihren Rundungen, und er drückte und drückte, keuchte vor Freude, betete, all dieses Drücken möge gelingen. Und dann fiel es ihm ein … Ein Wort.

Normalität. Was sie hier taten, war zutiefst normal und richtig. Das Zelt war ein besonderer Raum, wo das Begehren ein ganz normales Bedürfnis war. Hier zog man sich aus, der Partner tat dasselbe, und dann kam es, hoffentlich, zu großer Erregung, gemischt mit Zärtlichkeit. Diese Vorstellung, so klar wie der See, der draußen vor ihrem Zelt glitzerte, erschreckte Vladimir dermaßen, dass er fast impotent wurde. Umso fester drückte er Morgan an sich, und dann wurde seine Kehle trocken, und er musste plötzlich pinkeln.

»Na du«, sagte er unbeholfen. Das wurde langsam zu einem Lieblingsspruch. Er fühlte sich ganz unfeierlich verliebt dabei, als wären sie schon die besten Freunde, nicht nahezu Fremde, die sich gleich nackt ausziehen würden.

»Na du«, erwiderte sie genauso. Er betastete ihre Brust mechanisch ein paar Minuten lang, während sie seinen Hals und seine zitternde Kehle streichelte, sein glänzendes Nylonhemd hob und ihm in den blassen Bauch kniff, und die ganze Zeit musterte sie ihn mit einem Gesichtsausdruck, der vor allem tolerant, aufmerksam und mit dem Problem Vladimir Girshkin beschäftigt war. Im flachen Licht der stolowakischen Sonne, die das Zelt mit bräunlichem Gelb durchdrang, kam sie ihm älter vor, das Fleisch in ihrem Gesicht roh und durchgeknetet, die Augen zogen sich langsam zusammen, vielleicht ein Anflug von Müdigkeit, vielleicht auch Erregung (Vladimir wollte das gern als Freundlichkeit, ja als Wohlwollen interpretieren). Als er sie an der Stirn berührte, gab es einen kleinen elektrischen Schlag, und sie lächelte mitfühlend, dass ihr Körper elektrisch gegen seinen aufgeladen war, und wisperte »autsch« an seiner Stelle.

Das ständige Streicheln machte sie träge. Sie stützte den Kopf auf eine Hand, bürstete ein paar Disteln von Vladimir ab, erwog die Situation und erkannte, dass sie die Dinge in die Hand nehmen musste. Sie zog Vladimirs Reißverschluss auf und entledigte ihn seiner Cargohose, dann schälte sie sich aus ihren Jeans, ihre weiche sommersprossige Haut tönte die Luft mit dem erdigen Duft der Wanderer, und sie half Vladimir auf sich herauf.

»Na du«, sagte Vladimir.

Geistesabwesend berührte sie sein Gesicht und schaute weg. Woran dachte sie? Erst gestern hatte sie gesehen, wie Vladimir und

Cohen den armen kanadischen Clubbesitzer, den unglücklichen Harry Green, anlässlich des aufziehenden Jugoslawienkrieges praktisch ausgepeitscht hatten, und jetzt war er hier, Vladimir, der Eroberer, zitterte in der Herbstkühle des Zeltes und rieb sich an ihrem Bauch, als wüsste er nicht so recht, wie er sich mit einer Frau vereinigen sollte, dieser Mann, der kein Zelt aufbauen konnte, der nach eigenen Angaben eigentlich nichts so richtig konnte, außer reden und lachen und mit seinen kleinen Händen fuchteln und andere dazu bewegen, ihn zu mögen. Sie griff zu und zwickte, eine vertraute leichte Auf-und-ab-Bewegung, das schien er zu mögen, so einen kleinen festen Kniff hin und wieder. Er schloss die Augen, hustete dramatisch, dass tiefes Schleimrumpeln durch das Zelt hallte, und stieß eine Art Stöhnen aus. »Ma-hmmm«, machte Vladimir. Und schloss mit: »Aaf.«

»Na du, komischer Bursche«, sagte sie. So kam es einfach heraus, und an ihrem unbeholfenen Grinsen sah Vladimir, dass sie es gern zurückgenommen hätte, denn sie musste wohl Mitleid verspüren, er bemerkte eine Art Heiligenschein des Mitgefühls, vielleicht war es auch ein langer Strahl der voyeuristischen Sonne, die sich zwischen sie schlängelte; aber nein, eindeutig Mitgefühl ... Ach, hätte er ihr nur sagen können ... Liebe Morgan ... In jener Nacht mitten in der Tavlata hatte sie die falschen Fragen gestellt. Er war weder ein guter noch ein schlechter Mensch. Der Mann, der auf ihr lag, dem Gänsehaut die Brust tüpfelte, dem kleine struppige Bartranken in alle vier Himmelsrichtungen abstanden, dessen Augen um Erlösung flehten, dessen feuchte, zitternde Hände ihre Schultern umfassten – das war ein abgewrackter Mensch. Wie sonst konnte jemand so clever und zugleich so begriffsstutzig sein? Wie sonst konnte jemand so furchtbar und so aufrichtig vor einer anspruchslosen Frau wie ihr erschauern?

Er wollte ihr gerade eine längere Rede halten, aber genau in diesem Augenblick hob sie ihn hoch, nahm sein Glied von ihrem Bauch und führte es hin, wo es hingehörte. Er tat den Mund auf, und bestimmt sah sie Bläschen, die sich hinten in seiner Kehle bildeten, als ränge er unter Wasser nach Atem. Er starrte sie ungläubig an. Er sah aus, als würde er gleich noch einmal »na du« sagen. Vielleicht um dieser Möglichkeit zuvorzukommen, packte sie seinen Hintern und beförderte ihn nach vorn, und sein glücklicher Aufschrei erfüllte das Zelt.

KAPITEL 27

Und wenn Tolstoi Unrecht hatte?

Es lief gut mit ihnen.

Alexandra hatte die Beziehung von Anfang an unter ihre Fittiche genommen. Als eine Art freiberuflicher Jente telefonierte sie sowohl mit Vladimir als auch mit Morgan täglich, damit die emotionale Gemengelage im Gleichgewicht blieb. »Die Situation sieht positiv aus«, schrieb sie Cohen in einem vertraulichen Kommuniqué. »Vladimir erweitert Morgans Bezugsrahmen, ihr Zynismus regt sich langsam, sie betrachtet die Welt nicht länger nur vom Standpunkt amerikanischer Mittelschichtprivilegiertheit, sondern zumindest teilweise mit den Augen Vladimirs, des unterdrückten Immigranten, der die Hürden systemischer Zugangsbeschränkungen zu überwinden hat. V wiederum lernt die Notwendigkeit eines zupackenden Dialogs mit der konkreten Welt. Ob man ihn frühmorgens auf der Emanuelbrücke beim Knutschen mit M erwischt oder beim diskreten Begrabbeln auf der Premiere von Planks Cinema-Vérité-Posse, diese Seite von Vladimir nehmen wir überglücklich zur Kenntnis! Was kommt als Nächstes für die beiden, Cohey? Ein Leben in Sünde?«

In Morgans Wohnung gab es durchaus genug Platz für ein Zusammenleben, zwei winzige Schlafzimmer, falls man das so nennen konnte, und ein weiteres mysteriöses Zimmer, das mit Isolierband abgeklebt und mit einem Sofa verbarrikadiert war. Ein Bild von Jan Žopka, dem ersten stolowakischen »Arbeiterpräsidenten« unter den Kommunisten, hing über der Tür zu dem verbotenen Raum. Žopkas Gesicht, eine große Rote Bete mit mehreren funktionalen Löchern, etwa um bourgeoise Anwandlungen auszuschnüffeln oder Agitprop-Liedchen zu schmettern, wurde zusätzlich durch einen plump aufgemalten, im Hitler-Stil gestutzten Schnurrbart verunstaltet.

Vladimir hatte Morgan immer nach ihrer Meinung zu den seltsamen Zeiten, in denen sie lebten, fragen wollen, nach dem Kollaps des Kommunismus nach Reagans überraschendem K.o.-Schlag Mitte der Achtziger, aber er war besorgt, dass ihre Antwort allzu typisch ausfallen würde, reaktionär, Mittlerer Westen eben. Warum ein Anti-Žopka-Poster aufhängen, wenn die coolen Kids sich alle auf die Weltbank eingeschossen hatten? Er beschloss, sie stattdessen nach dem versiegelten Zimmer zu fragen.

»Durch die Decke da drin regnet's so was von rein«, erläuterte Morgan, typisch, wie ihr der Schnabel gewachsen war. Sie saßen auf dem Wohnzimmersofa, Morgan wie ein Huhn auf ihm drauf, um ihn warm zu halten (wie die meisten Russen der besseren Schichten fürchtete Vladimir Zugluft in geradezu unnatürlicher Weise). »Der Vermieter schickt alle paar Wochen diesen Typen vorbei, um alles zu flicken«, sagte sie, »aber das Zimmer ist und bleibt verbotenes Gelände.«

»Europa, Europa«, murmelte Vladimir und verschob Morgan von einem Oberschenkel auf den anderen, um ihre Wärme am Zirkulieren zu halten. »Der halbe Kontinent ist eine Baustelle. Apropos, da hat gestern irgend so ein Stolowake, ein Tomasch, glaube ich, hier geklingelt. Er hat die ganze Zeit gerufen: ›Tomasch hier! Tomasch hier!‹ Ich sag ihm, kein Interesse an irgendwelchen Tomaschen, vielen Dank. In dieser Gegend wimmelt es von Spinnern, übrigens. Du solltest hier draußen nicht allein wohnen. Warum lassen wir dich nicht von Jan fahren?«

»Vlad, hör zu!« Morgan fuhr herum und packte ihn bei den Ohren. »Du darfst nie jemanden in die Wohnung lassen! Und bleib von diesem Zimmer weg!«

»Au, bitte, nicht die Ohren!«, jaulte Vladimir. »Dann sind sie stundenlang rot. Ich muss heute Abend die Veganer-Olympiade eröffnen. Was ist denn mit dir los?«

»Versprich mir das!«

»Aua, lass los … Ja, natürlich mach ich das nicht, ich schwör's dir. Du dickes maisgemästetes Vieh du!«

»Hör auf, mich so zu nennen.«

»Das ist zärtlich. Und du *bist* auch dicker als ich. Und viel maisgemästeter. Das ist eine Frage der Identitäts-«

»Ja, ja, Identitätspolitik«, sagte Morgan. »Wie auch immer, du hast doch gesagt, wir würden dieses Wochenende in deine Wohnung gehen, du Arsch. Du hast gesagt, du würdest mir endlich deine russischen Freunde vorstellen. Dieser Typ, der gestern angerufen hat, war so süß und so verschüchtert. Und so einen exotischen Namen habe ich noch nie gehört: *Surok*. Klingt fast indisch. Ich hab im Lexikon nachgeschaut, und ich glaube, auf Stolowakisch heißt das ›Maulwurf‹ oder ›Murmeltier‹ oder so was. Was heißt es auf Russisch? Und wann lerne ich ihn kennen? Und wann nimmst du mich mit zu dir? Hmm, du Arsch?« Sie zog ihn an der Nase, aber sachte.

Vladimir stellte sich vor, wie Morgan und das Murmeltier beim wöchentlichen *Bisnesmeny*-Lunch das Brot brachen, worauf zum Nachtisch das übliche Abfeuern der Waffen und die entjungferten Kasinogirls folgten, die untermalt von ABBAs »Take a Chance on Me« dem Murmeltier einen blasen mussten, und zu allem noch Gussews besoffene Tiraden gegen die jüdisch-freimaurerische Weltverschwörung.

»Kommt nicht in Frage«, sagte Vladimir. »Bis Dezember hat der gesamte Plattenak kein warmes Wasser, aus dem Boiler sickern irgendwelche Schwefelsalze, und im Fahrstuhl hängt Hepatitis in der Luft …«

Und der ganze Laden ist ein Reservat für bewaffnete Räuber und Banditen, die zum größten Teil aus den Rängen der früheren sowjetischen Zehenbrecher-Elektroschockanhänger-Staatssicherheit stammten. »Ich muss da sowieso raus, weißt du«, sagte Vladimir. »Vielleicht sollte ich einfach hier einziehen? Wir würden Miete sparen. Was zahlst du? Fünfzig Dollar im Monat? Wir könnten teilen. Fünfundzwanzig für jeden. Was meinst du?«

»Na ja«, sagte Morgan. »Das wäre schon gut, denke ich.« Sie zupfte eine Fluse aus Vladimirs Brusthaaren, untersuchte sie genau und setzte sie dann auf ihren Schoß, wo sie verträumt an der Innennaht ihrer Jeans entlangschwebte. »Nur …«

Minuten vergingen. Vladimir piekte ihr in den Bauch. Ihre Beziehung war wortkarger als die meisten, die er kennen gelernt hatte, und das war ihm nur Recht – fehlende Worte ließen auf fehlende Konflikte schließen, und die schläfrigen Umarmungen und das gemeinsame morgendliche Gurgeln im Badezimmer sprachen für eine eher schlichte, arbeiterklassenmäßige Liebe. Und doch fand er ihr Schweigen manchmal fehl am Platz, wenn sie Vladimir dieselben skeptischen Blicke zuwarf wie sonst ihrer Katze, einer misshandelten einheimischen Streunerin, die dank Morgans Pflege zu westlichen Proportionen herangewachsen war und nun ein düsteres Dasein auf der Fensterbank fristete.

»Nur«, sagte Vladimir.

»Tut mir Leid …«, sagte sie. »Ich –«

»Du willst nicht, dass ich bei dir einziehe?« Sie wollte Vladimir Girshkin nicht von morgens bis morgens? Sie wollte ihm nicht zeigen, wie man Schimmel vom Duschvorhang kratzt? Sie wollte nicht zusammen mit ihm träge und fett werden wie alle anderen Paare in den Plattenaks? »Ich wohne doch sowieso schon so gut wie hier«, flüsterte Vladimir und erschrak selbst über die Traurigkeit in seiner Stimme.

Sie erhob sich aus ihrem Kuschelnest und setzte Vladimir der Killer-Zugluft aus. »Ich muss zur Arbeit«, sagte sie.

»Es ist Samstag«, protestierte Vladimir.

»Ich habe eine Stunde bei diesem reichen Typen am Breshnewska-Ufer.«

»Wie heißt der?«, fragte Vladimir. »Noch so ein To-masch?«

»Wahrscheinlich«, sagte sie. »Die Hälfte der Männer in diesem Land heißt Tomaš. Irgendwie ein hässlicher Name, findest du nicht auch?«

»Allerdings«, sagte Vladimir und zerrte eine riesige Steppdecke aus Gänsedaunen über sich. »O ja. In allen Sprachen.« Er sah ihr zu, wie sie eine lange Unterhose anzog. Er versuchte, weiter böse auf sie zu sein, aber das *Tschwock* des Gummibands auf ihrem runden kleinen Bauch erweckte Begehren und zugleich eine Sehnsucht nach Häuslichkeit in ihm. Bauch. Lange Unterhose. Gänsedaunendecke. Er gähnte und sah, wie Morgans Katze am anderen Ende des Zimmers unisono mitgähnte.

Er würde das verbotene Zimmer ein anderes Mal aufbrechen müssen, wenn er nicht so müde war. Keiner hatte Geheimnisse vor Vladimir Girshkin. Er würde sich von Jan helfen lassen; Jan drückte für sein Leben gern Sachen mit der Schulter ein. Ständig mussten Autofenster ersetzt werden und so.

Und früher oder später würde er auch bei ihr einziehen. Cohen hatte ihm Alexandras vertraulichen Bericht gezeigt. Da ging kein Weg dran vorbei.

Nach der Arbeit fuhren Vladimir und Morgan für gewöhnlich in die Stadt und aßen Sauerkraut und Sojasprossen in dem neuen Hare-Krischna-Schuppen oder steuerten das Nouveau an, wo sie türkischen Kaffee bestellten und wach und aufgedreht wurden und zum Dixieland-Jazz mit seinem Uptempo füßelten. Aber die meiste Zeit spazierten sie umher, was schon fast Power-Walking war, weil die Novemberkälte sie antrieb. Gegen den Wind ankämpfend, erklommen sie den Repin-Hügel, Prawas höchste Erhebung, eine grüne Akropolis, die nach einem Parthenon schrie. Von dieser Höhe aus sah die Altstadt am anderen Flussufer aus wie ein Haufen Flohmarkttrödel, die Pulvertürme wie geschwärzte Pfefferstreuer, die Art-nouveau-Paläste wie eine Sammlung vergoldeter Spieldosen.

»Das ist echt ein Ding«, sagte Morgan einmal. »Guck dir bloß mal diese ganzen Baukräne beim K-Mart an. In zwanzig Jahren werden die Leute hierher kommen und keine Ahnung haben, wie es heute aussah. Dann müssen sie deine oder Cohens Gedichte oder Maxines Meta-Essays lesen …«

Vladimir blickte gar nicht auf die goldene Stadt, sondern vielmehr in die Gegenrichtung, auf einen improvisierten Wurststand, einen fettigen kleinen Bratwurst-Imbiss, den die Einheimischen eilig aufgestellt hatten, um die hungrigen Deutschen zu füttern. »Klar, ist schon eine besondere Zeit«, sagte er und spähte nach einer plumpen kleinen Wurst, die sich auf einer Scheibe Roggenbrot kringelte, »aber wir müssen uns vor dem Vormarsch der … äh … der Multinationalen hüten.«

»Ich bin hier so unglaublich entspannt«, sagte Morgan und ignorierte ihn. »So stressfrei. Letztes Jahr auf der Uni hatte ich Tage, da stand ich einfach im Postraum und kriegte plötzlich eine Wahnsinnspanik. Einfach so eine … unmotivierte … Verrücktheit. Kennst du das, Vladimir?«

»Ja, klar«, sagte Vladimir und beäugte sie skeptisch. Panik? Was konnte sie schon von Panik wissen? Die Welt lag ihr zu Füßen. Als einer von den großen Vögeln, eine Eule oder so, im Wald versucht hatte, Vladimir zu fressen, hatte sie mit ihrer festen Der-Kunde-hat-immer-Recht-Stimme nur »Böse!« zu der Kreatur sagen müssen, schon schwirrte diese unter jämmerlichem Geschrei ab in das Blätterdach. Panik? Unwahrscheinlich.

»Das Blut rauscht dir aus Händen und Füßen«, sagte Morgan gerade, »und dann auch aus dem Kopf, so dass dir schwindlig wird. Der Uni-Therapeut sagte, das wäre ein klassischer Panikanfall gewesen. Warst du mal bei einem Therapeuten, Vlad?«

»Russen halten nicht viel von Psychiatrie«, erklärte Vladimir. »Das Leben ist traurig für uns, und wir müssen es ertragen.«

»War ja nur eine Frage. Jedenfalls kriegte ich mitten am Tag diese Panikanfälle, auch wenn absolut nichts los war. Das war komisch. Ich wusste, dass ich meinen Abschluss machen würde, meine Noten waren nicht schlecht, ich hatte ein paar ziemlich coole Freunde, ich war mit einem Typen zusammen, der zwar nicht der hellste war, aber na ja … Ein Studi halt.«

»Ohio«, sagte Vladimir und versuchte, sich selbst irgendwo zu verorten. Er dachte an das progressive College im Mittleren Westen, das er eine Zeitlang besucht hatte. Nackter Staffellauf beim Arbeiter-Solidaritäts-Festival, heiße Kennenlern-Duschen im Studentenwohnheim, die massive Krise der sexuellen Identität zu den

Osterferien. An dem College war der Panikanfall praktisch erfunden worden.

»Ja, Ohio«, sagte Morgan. »Also, wie auch immer, mein Leben war okay. Kein Problem. Ich kam ziemlich gut mit meinen Eltern klar. Meine Mutter fuhr immer von Cleveland runter, und am Schluss brachte ich sie zu ihrem Auto, ja, und sie fing an zu heulen und sagte, was für ein Glück ich hätte und wie hübsch ich wäre, rundum perfekt. Das war irgendwie ganz süß, aber auch ganz schön komisch. Manchmal ist sie die hundertfünfzig Meilen nach Columbus runtergebrettert, nur um mir eine neue Nordstrom-Kundenkarte zu geben oder ein Sixpack Cola, und dann wendete sie und fuhr wieder nach Hause. Was weiß ich. Ich glaube, sie hat mich echt vermisst. Im Jahr davor hatten sie es mit meinem Bruder voll verkackt. Dad hat ihn praktisch dazu gezwungen, den Sommer in der Firma zu arbeiten, und das war dann das Ende … Ich glaube, jetzt ist er in Belize. Seit letzte Weihnachten haben wir nichts mehr von ihm gehört. Fast schon ein Jahr her.«

»Mütter«, sagte Vladimir kopfschüttelnd. Er streckte die Hand aus und zog den Reißverschluss von Morgans Jacke hoch, gegen den auffrischenden Wind.

»Danke«, sagte Morgan. »Also, der Therapeut hat mich gefragt, ob ich wegen irgendwas deprimiert wäre? Ob ich mir wegen meiner Noten Sorgen machen würde? Ob ich kurz vorm Vorexamen wäre? Oder schwanger? Und natürlich war es nichts davon … Ich war einfach nur ein braves Mädchen.«

»Hmmm.« Vladimir passte nicht besonders gut auf. »Was meinst du denn, was es war?«

»Na ja, er hat mir im Grunde gesagt, die Panikanfälle wären eine Art Vertuschungsmanöver. In Wirklichkeit wäre ich wahnsinnig wütend, und die Panikanfälle würden mich nur daran hindern, voll um mich zu schlagen. Wie ein Warnsignal, und wenn ich das nicht hätte, würde ich irgendwas Unpassendes tun. Vielleicht … ähm … was Rachsüchtiges.«

»Aber so bist du doch überhaupt nicht!«, sagte Vladimir. Mittlerweile war er richtig verwirrt. »Voll um dich schlagen – wogegen denn, zum Teufel? Hör zu, ich weiß nicht viel über den Kopf, ich weiß nur, was uns die Moderne lehrt: Immer wenn es Probleme gibt, sind normalerweise die Eltern dran schuld. Aber in deinem Fall klingen Mama und Papa nach absolut vernünftigen Leuten.« Ja, nach dem, was sie ihm erzählt hatte, wohnten sie in einem Split-Level-Haus auf dem South Woodland Boulevard, wo sie Morgan und zwei weitere kleine Mittelwestler aufgezogen hatten.

»Ich finde sie auch ziemlich in Ordnung«, sagte Morgan. »Sie haben eigentlich nur die Jungs unter Druck gesetzt, obwohl ich die Älteste war.«

»Aha!«, sagte Vladimir. »Und dein anderer Bruder, versteckt der sich auch in Belize?«

»Der ist an der Indiana. Macht seinen Abschluss in Marketing.«

»Na bitte! Da lässt sich absolut kein Muster drin erkennen.« Vladimir seufzte glücklich. Er war selber ein bisschen panisch geworden. Wenn mit Morgan etwas nicht stimmte, was für eine Hoffnung gab es da noch für ein Kind sowjetischer Juden wie Vladimir Girshkin? Da hätte sie ja gleich sagen können, dass Tolstoi sich irrte, dass keineswegs alle glücklichen Familien gleich wären. »Nun, Morgan«, sagte er, »und diese Panikanfälle? Würdest du sagen, sie sind in letzter Zeit besser oder schlimmer geworden?«

»Eigentlich hab ich keine mehr gehabt, seit ich in Prawa bin.«

»Verstehe ... verstehe ...« Vladimir faltete die Hände, so wie Dr. Girshkin, wenn er über eine Anfrage vom Gesundheits- und Sozialministerium nachdachte. Dies war wahrlich ein schwieriger Moment, obwohl sich schwer sagen ließ, warum. Sie redeten doch bloß. Zwei Geliebte im Ausland. Ohne Druck.

»Dann lass uns doch mal rekapitulieren, was dein Psychiater gesagt hat ...«, drängte Vladimir weiter. »Er sagte, deine Panikanfälle wären eine Art Vertuschungsmanöver, die dich daran hinderten, wie hast du es genannt, ›voll um dich zu schlagen‹. Sag doch mal, hast du, seit du in Prawa bist, irgendwas, hmmm, ›Unpassendes‹ oder ›Rachsüchtiges‹ getan, wie du es nennst?«

Morgan überlegte. Sie ließ den Blick über die mythische Skyline der Stadt schweifen und sah dann wieder auf die Erde. Anscheinend stand ihnen mal wieder einer ihrer stummen Momente bevor. Sie spielte am Reißverschluss ihrer Jacke herum, was Vladimir an das russische Wort dafür denken ließ, »molnija«, das auch »Blitz« bedeutete. Ein hübsches Wort. »Hast du voll um dich geschlagen?«, soufflierte Vladimir wieder.

»Nein«, sagte sie schließlich. »Hab ich nicht.« Plötzlich umschlang sie ihn, und dann spürte er die münzengroße Kuhle in ihrem Kinn an seiner stachligen Wange, eine kleine Delle, die Vladimir anfangs irgendwie als sexuell begriffen hatte, jetzt aber als vielsagende Unvollkommenheit betrachtete, ein kleines Schlagloch, das er mit seiner Liebe und seinem analytischen Zugriff ausbessern konnte.

»Na also, mein Zuckerschnütchen«, sagte er und küsste das riesige Grübchen. »Also, heute haben wir gelernt, dass dein Psychiater – wahrscheinlich sowieso ein zweitklassiger Mann; ich meine, nichts für ungut, aber welcher Therapeut arbeitet schon in *Ohio*? –, ja, heute haben wir gelernt, dass dein Therapeut mit absolut allem schief gelegen hat. Die Panikanfälle haben nicht deine Wut unterdrückt und dich an irrationalen Handlungen gehindert, denn wie wäre dann ihr plötzliches Verschwinden hier in Prawa zu erklären? Vielleicht, wenn ich mich da einmischen darf, hast du einfach eine Luftveränderung gebraucht, sozusagen, einige Zeit fern vom heimischen Herd, von der Alma Mater, und – wäre das ein allzu vermessener Gedanke? – vielleicht auch eine neue Liebe? Hab ich Recht? Na? Na klar hab ich Recht.«

Er erzitterte förmlich von dem manischen Gefühl, Recht zu haben. Er riss die Hände hoch. »Na hallelluja!«, sagte er. »Gott sei Lob und Dank! Dann können wir jetzt deine vollständige Heilung im Stolowakischen Weinarchiv feiern gehen. Ja, natürlich, im Blauen Salon. Nein, Leute wie wir müssen da nicht reservieren ... Wo denkst du hin? Komm schon!« Er packte sie am Arm und zog sie den Repin-Hügel hinunter, wo Jan mit dem Wagen wartete.

Zuerst sträubte sie sich ein bisschen, als käme ihr der Übergang von der Amateurpsychologie zu einem wilden Besäufnis im Weinarchiv irgendwie unpassend vor. Vladimir konnte sich dagegen nichts Schöneres vorstellen. Ein, zwei Drinks! Genug geredet. Panikanfälle. Um sich schlagen. Von wegen. Der Geist regierte. Noch angesichts der schlimmsten Umstände konnte er sagen: Nein! Ich bestimme hier! Und was waren diese Umstände, in Morgans Fall? Die Unsicherheit einer jungen Frau kurz vor ihrem Universitätsabschluss? Die Sehnsucht einer einsamen Mutter nach ihrer Tochter? Ein Vater, der das Beste für seine Jungen wollte? Ach, die Amerikaner waren viel zu sehr darauf erpicht, sich ihre Probleme auszudenken. Um ein altes russisches Sprichwort zu zitieren, sie schmorten in ihrem eigenen Saft und machten sich selber verrückt.

Ja, das war ziemlich widerwärtig. Auf der ganzen Fahrt zum Weinarchiv staute sich in Vladimir ein immer deutlicherer Ärger auf Morgan an. Wie konnte sie ihm das antun? Er dachte an das Zelt im Wald, als wäre es ein halbes Jahrhundert her. Normalität. Erregung. Zuneigung. Das war ihre unausgesprochene Verheißung gewesen. Und jetzt dieses verunsichernde Gerede, und in ihre Wohnung sollte er auch nicht einziehen. Na, scheiß auf sie. Die Normalität war schon unterwegs. Die vertrauten plüschigen, fast pneumatischen Bänke des Weinarchivs würden schon bald bedeutungsvoll unter seinem Hintern aufseufzen. Grant Green würde aus den Lautsprechern hervorklimpern. Irgendein Stolowake mit Pferdeschwanz würde eine Flasche Portwein bringen. Vladimir würde Morgan einen hübschen kurzen Vortrag darüber halten, wie sehr er sie liebte. Sie würden nach Hause fahren und zusammen schlafen, denn betrunkener, nicht ganz standfester Sex hatte seinen eigenen Charme. Und damit basta.

Aber Morgan war noch nicht mit ihm fertig.

KAPITEL 28

Hinterhalt beim Großen Zeh

Das Stolowakische Weinarchiv war direkt beim FUSS zu finden, im Schatten des so genannten Großen Zehs. Der Zeh war der Schauplatz täglicher Proteste von wütenden Babuschkas, die Porträts von Stalin und Benzinkanister schwangen und drohten, sich auf der Stelle anzuzünden, falls irgendjemand jemals den FUSS abrisse oder ihre heiß geliebte mexikanische Soap-Opera *Auch die Reichen weinen* absetzte.

Nu, Vladimir fand, auch die Senioren des Landes mussten sich beschäftigen, und ihre Disziplin und ihr Eifer waren irgendwie herzig. Die selbst ernannten Hüter des FUSSes bestanden aus verschiedenen Abteilungen. Die resolutesten Omas bildeten die Speerspitze und fuchtelten mit ihren hochkonzeptionellen Schildern (»Zionismus = Onanismus = AIDS«) den Kunden des Stolowakischen Weinarchivs und des örtlichen Factory Outlets von Hugo Boss vor der Nase herum. Eine Ironie des Schicksals, dass ausgerechnet diese beiden Institutionen zu beiden Seiten des FUSSes blühten und gediehen. Wenn man die roten Hängebacken der Babuschkas betrachtete und einiges an Schlaffheit und Restwut abzog, konnte man sie sich fast als arschkriecherische Jungpioniere in den 40er-Jahren vorstellen, die ihre Lehrer mit Kartoffelknödeln und Kopien der Liebesgedichte von Arbeiterpräsident Jan Žopka überhäuften: *Genosse Jan schaut in den Mond*. Ach, wo sind die Jahre hin, meine Damen? Wie konnte es so weit kommen?

Hinter den singenden Omas war niedrigeren Kadern die Aufgabe übertragen worden, nach den Dackeln der Agitatorinnen zu schauen, die vierbeinigen Agit-(Wonne-)Proppen mit Mineralwasser und Schälchen voll ausgesuchtester Innereien zu verwöhnen. Schließlich gab es noch die künstlerischen Babuschkas in der dritten und letzten Reihe: Sie fabrizierten immer wieder neu eine riesige Pappmachépuppe von Margaret Thatcher, die sie jeden Sonntag wie entfesselt verbrannten. Dazu wurde die frühere stolowakische Nationalhymne gegrölt: »Unsere Lokomotive rast vorwärts, vorwärts in die Zukunft.«

Logisch, dass diese Alten restlos aus ihrem muffigen Häuschen gerieten, wenn vor dem Weinarchiv jemand einem BMW mit Chauffeur entstieg, aber Vladimir machte es immer Spaß, sie ein bisschen aufzumischen, bevor er die Treppen zum Blauen Salon emporstieg, um dort Austern und Muscadet zu schlürfen.

Sie hatten auf dem Weg durch die Altstadt geschwiegen, Morgan spielte immer noch am Reißverschluss ihrer Jacke herum, schlug die Beine mal hierhin, mal dorthin übereinander und rieb die Flanken an dem geschmeidigen Montanaleder des Wagens. Vielleicht dachte sie darüber nach, was sie auf dem Repin-Hügel gesagt hatte, all den Blödsinn über ihre panikgeschüttelte Studienzeit; vielleicht akzeptierte sie auch endlich, wie viel schwerer es Vladimir im Leben gehabt hatte als sie. Er hätte ihr aber wirklich ein paar Geschichten erzählen können; das wäre mal ein interessantes Gesprächsthema fürs Abendessen. Sollte er mit den Wundern des sowjetischen Kindergartens beginnen oder gleich bei den Florida-Abenteuern mit Jordi? »Sieg über alle Widrigkeiten« wäre sein Schlusswort. »Das ist die Geschichte des Vladimir Girshkin, sonst säße er nicht hier und würde dir Chutney-Mayo von deinem Knopfnäschen wischen …«

Doch dieses Gespräch sollte nicht sein. Stattdessen passierte Folgendes.

Kaum fuhren sie am Weinarchiv vor, umringten schon blutrünstig kreischende Omas den Wagen. Die Babuschkas waren heute lebhafter als sonst, aufgestachelt vom kürzlichen Wetterumschwung, von dem Bedürfnis, sich durch Agitation warm zu halten. Vladimir konnte ein paar ihrer Gesänge verstehen, darunter die olle Kamelle »Tod den Poststrukturalisten!« und das immer gern genommene »Epikuräer, go home!«. Schon bemerkenswert, wie viele sperrige Wörter ein gastfreundliches Zuhause im Mund dieser Bauern gefunden hatten und wie absolut ähnlich kommunistische Parolen in allen slawischen Sprachen klangen.

Morgan öffnete ihre Tür. Einen kurzen Augenblick lang war es relativ ruhig, als sie aus dem Wagen stieg, und Vladimir nutzte diesen Augenblick, um zu bemerken, dass Morgan – trotz ihres absurden Geredes von Panikanfällen und Um-sich-Schlagen – einfach eine ruhige, zuverlässige Frau in billigen Abendschuhen war. Diese Erkenntnis sprach sein weiches Herz und seinen Beschützerinstinkt an. Das erinnerte ihn an den Führerschein aus Ohio, den er in ihrem Portemonnaie gefunden hatte. Porträt eines Highschool-Mädchens mit einer Akne-Milchstraße über der Nase, der trüben Gesichtsfarbe eines Teenagers und hochgezogenen Schultern, um den peinlichen Inhalt eines ausgebeulten Vorstadt-Sweatshirts zu verbergen. Ein neuer Quell der Zärtlichkeit tat sich in ihm auf. »Komm, wir gehen nach Hause, Morgan«, hätte er am liebsten gesagt. »Du siehst so müde aus. Schauen wir, dass du ein bisschen Schlaf kriegst. Vergessen wir all das.«

Zu spät.

Gerade als Vladimir die Autotür hinter ihnen zuschlug, drängte sich eine der Omas an ihren Kolleginnen vorbei, die größte Hüterin des FUSSes, mit einem langen Hundegesicht, einem Haarbüschel auf dem Kinn und einer roten Medaille in Diskusgröße um den Hals, räusperte sich und spuckte das zutage Geförderte körperwarm auf Morgan. Der beachtliche Kloß flog knapp an ihrer rechten Schulter vorbei und landete auf der getönten Scheibe des 7ers.

Erstauntes Nach-Luft-Schnappen. Ein deutsches Auto im Wert von zwei Millionen Kronen derart raffiniert zu entstellen! Nun hatte die Konterrevolution aber wirklich begonnen! Die Geschichte, diese Schlampe, stand endlich auf ihrer Seite. Die Hüterinnen des FUSSes stellten sich auf die Zehenspitzen, die Invaliden-Helden beugten sich auf ihren Krücken nach vorn. »Sprich, Baba Véra!«, feuerte die Menge die Spuckerin an. »Sprich, du Lamm Lenins!«

Das Rote Lamm sprach. Es sagte nur ein Wort. Ein vollkommen unerwartetes, unnötiges und entschieden unkommunistisches Wort. »Morgan«, sagte Baba Véra, und der englische Name ging ihr ziemlich leicht von der Zunge, beide Silben blieben intakt. Mohr. Gahn.

»Morgan na gulag!«, schrie eine andere Alte.

»Morgan na gulag! Morgan na gulag!«, griffen die anderen Omas den Kriegsruf auf. Jetzt hüpften sie wie Jugendliche auf einem 1. Mai-Festwagen herum – ach, glückliche Tage! –, bespuckten ungehemmt das Auto, rauften sich das spärliche Haar, wedelten mit ihren flotten Wollmützchen herum, alle bis auf eine schmuddlige Babuschka mit traurigen Augen, die ungerührt versuchte, Vladimir einen Pullover zu verkaufen.

Was zum Teufel war denn hier los? Was riefen die da? Morgan ins Lager? Das konnte nicht sein. Das musste ein furchtbares Missverständnis sein. »Genossen Rentner!«, setzte Vladimir auf Russisch an. »Im Namen des sowjetischen Brudervolkes …«

Morgan stieß ihn zurück.

»Halt dich da raus«, sagte sie.

»Zuckerschnütchen«, murmelte Vladimir. So hatte er sie noch nie erlebt. Diese toten grauen Augen!

»Hier geht es nicht um dich«, sagte sie.

Aber es ging doch immer um ihn. Er war der König von Prawa, also war sie qua Ableitung seine jeanstragende Königin. »Ich finde«, sagte Vladimir, »ich finde, wir sollten nach Hause fahren und in der Videothek –«

Aber heute Abend würde es keinen Kurosawa geben. Mit gebleckten Zähnen stürzte sich Morgan auf ihre Peinigerinnen. Die Ereignisse überschlugen sich. Die Zunge fest an den Gaumen gepresst … mit gründlich gerolltem R … Dann folgten mehrere schaumig explodierende Č, Š und Ž …

Die Omas wichen entsetzt zurück.

Es war, als spräche ein Teufel, irgendein slawischer Teufel mit einem schauderhaften amerikanischen Akzent. »Shaker Heights«, wisperte Vladimir und versuchte, sich mit Hilfe von Geografie zu trösten. *South Woodland Boulevard.*

Aber er dachte an jemand anders, eine andere Morgan, denn an Stelle dieses warmherzigen, naturliebenden Wesens brüllte jetzt eine völlig abstruse, weltliche Person die Omas in erstaunlich fließendem Stolowakisch an und ließ das Wort »polemisch« dabei ebenso mühelos fallen, wie die echte Morgan Zeltstangen in den Mutterboden rammte.

»*Šmertí k nogù!*«, polterte die falsche Morgan, das Gesicht zu unglaublicher Wut verzerrt, eine weißknöchlige Faust gereckt, solidarisch mit einer mysteriösen Lebenskraft, ganz untypisch für Ohio. *Tod dem FUSS!*

»He«, sagte Vladimir und zog sich instinktiv zum Wagen zurück.

Währenddessen hatte sich Baba Véra Schnauze an Schnauze vor Morgan aufgebaut und spuckte Gift und Galle, während ihre rote Medaille der sozialistischen Arbeit im Wind flatterte. Vladimir verstand so gut wie gar nichts von dem Gefühlsausbruch. Der Name Tomaš tauchte immer wieder auf, und Vladimir nahm an, dass »bljad« auch auf Stolowakisch »Nutte« bedeutete, nicht nur in seiner Muttersprache.

»Morgan!«, rief Vladimir verzweifelt. Fast schon wollte er Jan befehlen, den 7er zu starten und ihn ins Joy oder Repré wegzubeamen, irgendwohin, wo es von samtigen Sofakissen und wuschigen Exilamis nur so wimmelte, irgendwohin, wo der Entropiefaktor gegen Null ging und alles darauf getrimmt war, nach Vladimirs Kopf zu laufen.

Weil er, ehrlich gesagt, diese Hochstaplerin nicht mehr ertragen konnte, die eine obskure osteuropäische Sprache beherrschte, die sich mit kommunistischen Omas einen Kampf auf Leben und Tod über eine hundert Meter hohe Galosche lieferte, die eine (sexuelle?) Beziehung zu irgendeinem mysteriösen Tomaš unterhielt, die ein versiegeltes Geheimzimmer in ihrer Plattenakwohnung hatte und deren Leben sich ganz eindeutig nicht auf die Affäre mit Vladimir und den Englischunterricht für Hotelangestellte beschränkte.

»Morgan!«, rief er erneut, diesmal ohne jede Überzeugung.

Und dann, gerade als Morgan sich zu ihrem verdatterten Vladimir umdrehte, gab ihr Baba Véra hinterrücks einen Stoß mit der knorrigen Pfote.

Morgan taumelte zurück, einen Augenblick lang schien sie aus dem Gleichgewicht zu kommen, aber dann hielten sie doch ihre starken dreiundzwanzigjährigen Beine aufrecht. Als Nächstes stellte Vladimir fest, dass Jan sich irgendwie zwischen Morgan und die alte Frau gedrängt hatte. Dann ein Laut, hart auf weich. Ein Aufschrei. Vladimirs Augen waren nicht so schnell wie seine Ohren. Er brauchte einen Moment, um die Sachlage am Boden wahrzunehmen.

Baba Véra lag auf den Knien.

Kollektives ungläubiges Grummeln.

Ein schwarzer Gegenstand blitzte auf.

Baba Véra fasste sich an die Stirn. Kein Blut. Nur ein roter Kreis, eine kleinere Version der Medaille, die sie zwischen ihren Brüsten wiegte.

Die Hüterinnen des FUSSes wichen wortlos von ihrer gefallenen Genossin zurück. Die Würstchenköter kläfften sich ihre kleinen Lungen aus dem Hals.

Jan erhob den glänzenden schwarzen Gegenstand, als wollte er sie noch einmal schlagen, aber Baba Véra war zu benommen, um auch nur zusammenzuzucken. »Jan!«, sagte Vladimir. Er konnte nur an seine eigene Großmutter denken, wie sie ihm ein rotes Tuch um den Hals band und eine der hochgeschätzten kubanischen Bananen zum Frühstück gab. »Jan, nein!«

Jan hatte sie mit seinem Radardetektor niedergeschlagen.

In den nächsten paar Sekunden drehte sich die Erde weiter um die Sonne. Jan ragte weiter über der gestürzten Großmutter auf. Baba Véra kniete weiter vor ihm. Vladimir zog sich weiter in die Sicherheit des BMWs zurück, obwohl sein Auto sich jetzt in einer anderen, nicht-bayrischen Dimension verlor, und Morgan … Morgan stand da, mit gerecktem Kinn und geballten Fäusten, pflegte ihren riesigen, unverständlichen Groll, vorläufig verstummt, aber bereit für die Fortsetzung.

Alle waren sie zu einer einzigen Geste verknüpft.

Wenige Minuten später aß Vladimir kleinlaut seine Austern, und Morgan bediente sich aus einem großen Krug lauwarmer Sangria. Vladimirs persönlicher Tisch befand sich unter dem Skylight des Blauen Salons, so dass er beim Hochschauen wogenden Kohlenqualm sehen konnte, der den FUSS umhüllte wie ein riesiges ausgestelltes Hosenbein. Wirklich unheimlich: Dieser verdammte FUSS war anscheinend fest entschlossen, ihm überallhin zu folgen. Er fühlte sich wie einer dieser geplagten amerikanischen Hinterwäldler, die sich auf ihren endlosen Opossumjagden immer von schwarzen UNO-Hubschraubern verfolgt glauben.

Der Oberkellner, ein glatter, moderner Mann in Vladimirs Alter, kam ständig zu ihrem Tisch, um sich bei Morgan und Vladimir »im Namen aller jungen Stolowaken« zu entschuldigen. Er hatte nämlich den Showdown am Großen Zeh beendet, indem er die Omas mit einem knotigen Seil blitzschnell in panische Flucht geschlagen hatte. »Ja, die Alten ... Die Alten sind unser Unglück«, sagte er, schüttelte den Kopf und prüfte zwischendurch kurz sein an den Gürtel geschnalltes Handy. »Die lieben Großmütter! Es reicht nicht, dass sie uns die Kindheit gestohlen haben. Das reicht denen nicht ... Die verstehen nur die Sprache der Peitsche.«

Schon bald wurde ein gebratenes Wildschwein aufs Haus zwischen Vladimir und Morgan gestellt, aber der verstörte Vladimir verbrachte den Hauptgang damit, in seinen keramikverblendeten Zähnen zu stochern, während der kleine Schweinskadaver langsam in Wacholderöl und Trüffelschaum ersoff. Vladimir versuchte, seinen Ärger zu modulieren, ihn ins Reich der Traurigkeit umzuleiten, und fragte sich, ob er sich im edlen Allerheiligsten des Blauen Salons wohl eine Rumpelstilzchennummer leisten konnte.

Erst zum Nachtisch, als ihr tiefes Schweigen mehr als ungemütlich geworden war, tat Vladimir den Mund auf und fragte sie endlich, was das heißen sollte: *Morgan ins Lager.*

Sie sprach, ohne ihn anzuschauen. Sie sprach in mürrischem Ton, nicht so furchtbar anders als mit den Hüterinnen des FUSSes. Sie sprach im Gewand der anderen Morgan, der Morgan, die unseren Vladimir offensichtlich nicht vertrauenswürdig fand, unsympathisch oder, noch schlimmer, stockbelanglos. Und dies erzählte sie ihm: Sie habe einen stolowakischen Freund, dessen Eltern unter dem alten Regime im Gefängnis gesessen hätten und dessen Großeltern in den frühen 50er-Jahren exekutiert worden seien. Einmal habe ihr guter Freund sie mit zum FUSS genommen, und sie hätten sich furchtbar mit den Großmüttern angelegt. Die Babuschkas hätten seither offenbar nur darauf gewartet, ihr heimzuleuchten.

Hieß ihr Freund vielleicht zufällig Tomaš?

Sie beantwortete diese Frage mit weiteren Fragen: Ob Vladimir andeuten wolle, sie dürfe keine eigenen Freunde haben? Ob sie dafür jetzt seine Zustimmung brauche? Oder sei sie verpflichtet, all ihre Zeit damit zuzubringen, Cohen und Plank beim Gejammer über ihre kleine Fettlebe zuzuhören?

Vladimir sperrte den Mund auf. Natürlich hatte sie Recht, aber er merkte, dass er ein seltsames Bedürfnis hatte, die Clique in Schutz zu nehmen. Wenigstens war ein weicher und desorientierter Bursche wie Cohen nicht zu Verrat in der Lage. Cohen war Cohen, sonst nichts. Er beherrschte die amerikanische Kunst, ganz und gar er selbst zu sein. Und apropos Verrat, *wo sie eigentlich ihr tadelloses Stolowakisch gelernt habe?*

Sie gestattete sich ein winziges Siegerlächeln und informierte ihn, dass sie an ihrer polyglotten Universität in Ohio viele Kurse in Stolowakisch belegt habe. Ob Vladimir etwa überrascht sei, dass sie eine fremde Sprache beherrsche? Ob er das Monopol darauf besitze, Ausländer zu sein? Ob er sie für eine Idiotin halte?

Vladimir erschauerte. *Nein, nein. Nichts dergleichen. Er habe doch nur gefragt …*

Folgendes lief ab: Er war auf dem besten Wege, sie zu verlieren. Er saß in der Schmollecke des verschmähten Liebhabers und wartete unterwürfig darauf, dass sie ihn beruhigte. »In der Liebe gibt es immer einen, der küsst, und einen, der geküsst wird.« Dieser Aphorismus fiel ihm ein.

Ja, er hielt es für aus und vorbei. Es wurde Zeit, die heilige Dreifaltigkeit aus Erregung, Zuneigung und Normalität zu vergessen, ihre kleine Einkehr im Zelt zu vergessen und wie sie liebevoll die Disteln von ihm runtergebürstet, den Reißverschluss seiner Cargohose aufgezogen, ihn auf sich draufgesetzt und in Position geschoben hatte. Zeit zu vergessen, wie sie mit seinen Schwächen umgegangen war, freundlich und einfühlsam zugleich.

Stattdessen saß er nun da und grübelte über ein neues Wort nach, das die letzten drei Monate mit dieser Frau praktisch annullierte. Das Wort lautete »Distanz«, und während er in seinem Espresso rührte und in seinem Birnenstrudel herumstocherte, überlegte er, wie es sich in einem Satz verwenden ließe. *Ich spüre immer stärker eine gewisse Distanz zwischen uns* … Nein, das war es noch nicht.

Zwischen uns herrscht Distanz, Morgan.

Das konnte man wohl sagen. Aber selbst das war eine Untertreibung.

Und schließlich kam er darauf. Auf die Worte, die er nicht sagen konnte.

Wer bist du, Morgan Jenson? Ich glaube nämlich, ich habe einen Fehler gemacht.

Ja. Genau. Schon wieder. Auf einem anderen Kontinent, aber mit demselben blindwütigen, dummen Elan, mit demselben hirnrissigen Glauben des Beta-Immigranten, der wie ein Jude watschelte.

Einen Fehler.

KAPITEL 29

Die Männernacht

Bevor es besser wurde, musste es erst mal schlechter werden. Am Tag nach dem Debakel am FUSS kam die Zeit für einen Abend voller Schmerz und Unsicherheit, die lang erwartete *Männernacht* – Plank, Cohen und Vladimir zogen um die Häuser, im Gepäck die Y-Chromosome, den Dreitagebart und den 90er-Jahre-Ennui des weißen Mannes. Bier her, Bier her …

In Wahrheit hatte Vladimir überhaupt nichts gegen diese männliche Unternehmung. Nach der vorherigen Nacht des Küssens und Nicht-geküsst-Werdens wollte er sich wieder mal in eine Umarmung sinken lassen, die auch erwidert wurde, und genau das konnte jetzt die Clique leisten, die letzte Bastion der Berechenbarkeit.

Am selben Morgen hatte es allerdings einen Hoffnungsschimmer an der Morgan-Front gegeben. Nach Zahnseide und Mundwasser vor der Arbeit war sie zu Vladimir gekommen (der finster in der Badewanne saß und seine Brust mit seifigem Wasser besprenkelte) und hatte seine kleine kahle Stelle auf dem Kopf geküsst, geflüstert »tut mir Leid wegen gestern Abend« und ihm geholfen, seine Tagesdosis Minoxidil ins nicht mehr so schwarze Schwarze einzumassieren. Vladimir, erschrocken über ihre unerwartete Zuneigung, drückte ihren Schenkel ein bisschen, zog sogar irgendwie halbherzig an einem Büschel Schamhaar, das aus ihrem Morgenmantel schaute, reagierte ansonsten aber mit keinem Wort. So weit war es noch nicht. Und ob es mir Leid tut.

Was die Männernacht betraf, war der Ort der Wahl eine von Jan empfohlene Bar, und zwar eine gute. So stolowakisch, wie das neue, verbesserte und europawillige Prawa dieser Zeit werden konnte, mit Tischen voller dünner verpickelter Wehrpflichtiger und Polizeibeamten außer Dienst; das war der Hauptbestandteil der Kundschaft. Alle trugen immer noch Uniform und schluckten literweise gutes Bier, das aus einer langen Reihe Zapfhähne quoll. Die waren so geübt in der Kunst der Bierausgabe, dass sie auch im abgeschalteten Zustand noch nässten. Es gab keine Inneneinrichtung, nur Mauern, ein Dach und einen Handtuchgarten, wo Klappstühle herumstanden und unter dem Gewicht der sie besetzenden Militär- und Sicherheitsorgane ächzten. Ein rosa Plastik-Flamingo, mitgebracht vom »ersten modernen Stolowaken, der Florida besuchte«, wie die Bardame berichtete, stand einbeinig Wache über dem allgemeinen Zuprosten und dem fröhlichen Hin und Her von Beschimpfungen.

Cohen und Plank schienen sich zuerst etwas unsicher in der einheimischen Szene zu fühlen. Vladimir beobachtete, wie sie ihre American-Express-Karten in der Hose umklammerten, als hätten sie Angst, die Eingeborenen würden sie bei lebendigem Leibe fressen, falls sie die Zeche nicht begleichen könnten. Eine verständliche Befürchtung, denn die Soldaten wirkten hungrig, und die Küche war geschlossen. Doch während die Zeche stetig anstieg, ließen die Jungs ihre Schultern hängen und nahmen ihre freie Hand – die keinen Krug zu halten hatte – aus den Hosentaschen und legten sie neben dem Bier auf den Tresen, wo sie im Takt zu Michael Jacksons Gesamtwerk trommelte. Klang immer noch gut, nach all den Jahren, dieser schräge Vogel.

Unter sich kamen sie nicht über ein paar oberflächliche Grunzer und »Mann, ist das Bier gut« hinaus, aber dann ließen die Wehrpflichtigen neben ihnen, ein Jan und ein Vojček, deutsche Pornos rumgehen und wollten ihr Englisch auffrischen. Schnell landeten die nackten Frauen bei Cohen und Plank; gemeinsam seufzten sie jedes Mal, wenn der geifernde Jan oder sein kichernder jüngerer Begleiter wieder eine Seite umdrehten. »Die sieht total wie Alexandra aus«, sagten sie und versuchten dann, den beiden Soldaten in einer Mischung aus Englisch, Stolowakisch und Männlisch zu erklären, dass sie eine ebenso göttliche und begehrenswerte Frau wie die auf dem Foto kannten. Jan und Vojček waren gehörig beeindruckt.

»Echt, so?«, fragten sie und zeigten auf Brüste und Schamlippen und schauten dann wieder ehrfürchtig zu den Amerikanern zurück, die, zumindest in puncto weiblicher Begleitung, immer noch die Bürger einer großen Weltmacht zu sein schienen.

Was Vladimir verblüffte, der, abgesehen von ein bisschen simuliertem Gesabber, nicht viel zum Gespräch beitrug, war die Tatsache, dass die germanischen Walküren in dem Magazin Alexandra nicht im Geringsten ähnlich sahen. Die Models waren blond und unglaubwürdig groß, ihre Beine waren gespreizt wie eine offene Schere und entblößten monoton haarlose rosa Spalten, die von mehreren Fingern auseinander gezerrt wurden. Alexandra war zwar weder klein noch dick, aber kaum auffallend blond oder groß oder bohnenstangendünn. Ihre portugiesischen Ahnenmütter hatten ihr eine gesunde mediterrane Fülle von Hüften, Lippen und Brüsten mitgegeben. Nur ein Kriterium erfüllten sowohl sie als auch die Frauen in dem Magazin: Sie waren alle begehrenswert.

Für Plank und Cohen reichte das. Alles hätte ausgereicht, um sie aufzuheizen und durcheinander zu bringen. Bald dämmerte den Soldaten auch, was es mit Planks und Cohens Notlage genau auf sich hatte, und sie entschuldigten sich damit, dass sie ihre Freundinnen abholen müssten, »für Prophylaxe«.

»Okay, Männer«, sagte Vladimir, als in ihrer Ecke der Bar Standardenglisch wieder Standard war. »Noch eine Runde, was meint ihr?«

Zustimmendes Grunzen, etwa so begeistert wie das Muhen von Kühen.

»Na schön«, sagte Vladimir. »Hört zu, ich hab auch eine Schwäche für Alexandra.«

Fröhliches Erstaunen. Er auch! Ein Universaldilemma! »Und was ist mit Morgan?«, fragte Plank und kratzte sich seinen riesigen rasierten Schädel.

Vladimir zuckte die Achseln. Was war mit Morgan? Sollte er sich vor den Jungs offenbaren? Nein, ausgeschlossen. Sie waren zu labil und zu konservativ. Die Nachricht von Morgans Doppelleben hätte leicht zu einem doppelten Herzanfall führen können.

»Es ist möglich, zwei Frauen zu lieben«, erklärte Vladimir als Antwort. »Insbesondere, wenn man nur mit einer von ihnen schläft.«

»Ja, ich glaube, das trifft zu«, sagte der gelehrte Cohen, als wären diese Gesetze in schriftlicher Form zugänglich im Rimbaud-Institut für Begehren. »Obwohl sich früher oder später alles auflöst.«

Vladimir ignorierte das und drängte weiter wie eine besorgte Herbergsmutter: »Jungs, ihr müsst einfach eine andere Beute jagen. Und ich meine wirklich jagen, nicht bloß warten und jammern.« Gelächter. »Ich mein's ernst. Schaut euch doch mal an, in welcher Lage ihr hier seid: ganz oben. Mehr Respekt werdet ihr im Leben nicht erwerben.«

Ganz so ehrlich hatte er gar nicht sein wollen. »Euch wird Respekt entgegengebracht, weil ihr jung seid und die volle Reichweite eurer künstlerischen Neigungen noch gar nicht ganz ermessen könnt«, verdeutlichte er, obwohl es nicht nötig gewesen wäre. Sie wussten, dass sie toll waren. »Ihr könnt doch in dieser Stadt so ziemlich jede haben, die ihr wollt!«, rief er aus.

»So ziemlich«, sagte Cohen und kaute traurig auf seinem Bier herum.

»Dein Wort in Gottes Ohr, Bruder«, murmelte Plank zu Cohen.

Die Jungs versuchten zu lächeln und gutmütig die Achseln zu zucken, wie es Senioren aus der Alten Welt gerne mal tun, wenn sie erfahren, dass ihre tägliche Mahlzeit aus Fondue und Blutwurst weit reichende Folgen haben kann.

Vladimir seinerseits war bereit, den ganzen Abend mit dem Einbläuen seiner Botschaft und dem Leertrinken der ergiebigen Zapfhähne zu verbringen. Doch ohne sein Wissen hatten sich Gerüchte verbreitet, von heimwärts taumelnden Kunden in die gesamte Nachbarschaft getragen, dass eine Gruppe seltsam gekleideter amerikanischer Dandys in der hiesigen Tränke herumhingen, und diesen Gerüchten folgte alsbald ein Besucher auf dem Fuße.

Er war ein ziemlich gut aussehender Stolowake – groß und, wie es schien, aus denselben Jahrtausendziegeln erbaut wie die Emanuelbrücke. Sein Haar war kurz geschoren und mit einer Tolle verziert, entsprechend der aufkommenden Mode in westlichen Hauptstädten; auch die Kleidung, grauer Rolli und schwarze Kordjacke, war auf der Höhe der Zeit. Noch dazu war er schon Anfang vierzig, und Männer in dieser Altersgruppe genossen ja einigen Spielraum, was ihre Garderobe betraf; will sagen, schon für das ehrliche Bemühen konnte es Punkte geben.

»Hallo, liebe Gäste«, sagte er mit einem ähnlich leichten Akzent wie Vladimir. »Ihre Gläser sind fast leer. Darf ich?« Er rief der Bardame eine Bestellung zu. Die Gläser wurden aufgefüllt.

»Ich heiße František«, sagte er, »und ich bin seit langem Bürger dieser Stadt und dieses Viertels. Jetzt erlauben Sie mir zu raten, wo Sie herkommen. Ich habe eine natürliche Gabe für Geografie. Detroit?«

Er lag nicht völlig daneben. Plank stammte ja tatsächlich aus einem Suburb der Autostadt. »Was an mir sieht denn nach Detroit aus?«, wollte der Hundezüchter regelrecht entrüstet wissen.

»Ihre Größe, Ihre Schlaksigkeit und Ihr Teint sind mir aufgefallen«, sagte František und trank ohne Hast einen Schluck Bier. »Aus diesen Eigenschaften schließe ich, dass Ihre Vorfahren aus unserem Teil der Welt kommen. Vielleicht stammen Sie nicht direkt von Stolowaken ab, aber von Mähren vielleicht?«

»Kann schon sein, aber lassen Sie das bloß meine Mutter und Großmutter nicht hören«, sagte Plank.

Sein Witzchen blieb unbeachtet. František fuhr fort: »Also denke ich an Teile der USA, wo besonders viele Osteuropäer leben, und dann fallen mir sofort die großen Städte des Mittleren Westens ein, aber wenn ich Sie anschaue, ist es irgendwie nicht Chicago. Sondern eher … Detroit.«

»Sehr gut«, sagte Vladimir, bereits damit beschäftigt, den sozialen Teint ihres neuen Bekannten zu ergründen, um seine bemerkenswerte Klugheit besser einordnen zu können. »Doch in meinem Fall, wie Sie deutlich sehen können«, sagte Vladimir, »stammen die Vorfahren nicht aus diesem Teil der Welt, daher ist es auch unwahrscheinlich, dass ich aus Detroit komme.«

»Ja, Sie kommen vielleicht nicht aus Detroit«, sagte František, weiterhin gut in Form. »Doch wenn ich kein kompletter Idiot bin, was durchaus sein könnte, meine ich doch, dass Ihre Vorfahren sehr wohl aus diesem Teil der Welt stammen, denn in meinen Augen sehen Sie jüdisch aus!«

Cohen sträubten sich die Nackenhaare bei diesem Wort, aber František redete weiter: »Und außerdem sagt mir Ihr Akzent, dass *Sie* und nicht Ihre Vorfahren diesen Teil der Welt verlassen haben, genauer gesagt, Russland oder die Ukraine, denn leider haben wir hier ja keine Juden mehr, außer auf den Friedhöfen, wo sie zu zehnt in einem Grab gestapelt liegen. Also ist es New York, wo Sie sich niedergelassen haben, und Ihr Vater ist entweder Arzt oder Ingenieur; und nach Ihrem Goatee und Ihren langen Haaren zu urteilen, sind Sie Künstler oder noch wahrscheinlicher Schriftsteller; und Ihre Eltern sind entsetzt, weil sie das nicht als Beruf betrachten; obwohl die Uni in den Staaten so teuer ist, haben sie sich vermutlich nur mit dem teuersten College zufrieden gegeben, weil Sie bestimmt Einzelkind sind; liegt ja nahe, denn die meisten weltoffenen Moskowiter oder Petersburger (da kommen Sie doch her, oder?) haben nur ein Kind, höchstens zwei, um ihre knappen Ressourcen zu konzentrieren.«

»Sie sind Professor«, sagte Vladimir, »oder Reisender und gefräßiger Zeitschriftenleser.« Es überraschte ihn nicht, dass er den Tonfall des Stolowaken so schnell imitierte. Der Mann war ansteckend.

»Tja«, sagte František. »Professor bin ich nicht. Nein.«

»Na schön«, sagte Cohen, offenbar befriedigt, dass der Mann kein Antisemit war. »Ich sorge für die nächste Runde Bier, wenn Sie uns dafür mit Ihrer Lebensgeschichte unterhalten.«

»Holen Sie das Bier, und ich lade Sie alle zum Wodka ein«, empfahl František. »Sie werden sehen, wie gut sich das ergänzt.«

So wurde es gemacht, und auch wenn der Wodka zunächst kratzte, gewöhnte sich der softe amerikanische Gaumen bald daran oder wurde vielmehr mit einsetzender Trunkenheit ausgehebelt. Währenddessen erzählte der stolowakische Gentleman äußerst gut gelaunt seine Geschichte – ganz eindeutig genoss er die Gelegenheit, sie jungen, draufgängerischen Amerikanern zu erzählen; ältere Amerikaner, vor allem solche, die in moderner Ironie ungeschult waren, wären womöglich weniger angetan gewesen.

Als junger Mann hatte der gut aussehende František Sprachwissenschaft studiert und, wie nicht anders zu erwarten, Spitzenleistungen geboten. Das war etwa fünf Jahre nach der sowjetischen Invasion von 1969 gewesen, als die so genannte Normalisierung bequem im Sattel saß und Breshnew noch vom Mausoleum herunter Traktoren zuwinkte.

Františeks Vater war ein großes Tier im Innenministerium, jener munteren Behörde, deren gesichtslose Bürokraten Hubschrauber zu den Beerdigungen von Dissidenten schickten und in wenigen Metern Höhe über dem offenen Grab schweben ließen. Františeks Vater mochte solche Manöver besonders gern. Sein Sohn hatte hingegen eine gewisse moralische Unruhe aufgeschnappt, vermutlich auf der Universität, wo solche Dinge meistens lauern. Allerdings handelte es sich um eine leise Variante davon, denn obgleich František eine Senkrechtstarter-Karriere im Innenministerium verweigerte, brachte er es nicht über sich, mit Samisdat-Pamphleten herumzuschleichen, Untergrundtreffen in schwefelstinkenden Kellern zu besuchen oder sich notgedrungen auf einen Job als, sagen wir, städtischer Klomann einzustellen – denn das waren die Grundfesten jeder dissidentischen Tätigkeit.

Stattdessen wurde er stellvertretender Assistent des Chefredakteurs bei der Lieblingszeitung des Regimes mit dem passenden Namen *Rote Gerechtigkeit.* Da gab es zwar einige stellvertretende Assistenten, aber egal. František mit seinem Talent, seinem stattlich-guten Aussehen und seinem Vater im Innenministerium hatte schon bald die begehrte Position des Kulturredakteurs für sich erkungelt, was gleichbedeutend war mit Auslandsreisen auf den Fersen der Stolowakischen Philharmoniker, der Oper, des Balletts und jeder Kunstausstellung, die es schaffte, vom Majakowski-Flughafen abzuheben.

Ausland! »Mein Leben folgte dem Exportkalender von Prawas Renommierhäusern«, sagte František und blickte wehmütig zurück auf das, was einmal die freie Welt war. Konnte man jedenfalls meinen. »Manchmal spuckte sogar die Provinz irgendwas aus, das man nach London schicken konnte, wenn auch häufiger nach Moskau oder, Schreck lass nach, Bukarest.«

František begehrte den Westen wie eine Geliebte, die man nur treffen kann, wenn ihr verantwortungsbewusster Ehemann drauf angesetzt worden ist, die Buchhaltung in der Filiale Milwaukee in Ordnung zu bringen. Paris liebte er ganz besonders, was allerdings nichts Ungewöhnliches für einen Stolowaken war; die hiesigen Künstler hatten sich Anfang des Jahrhunderts stets von Gallien inspirieren lassen. Sobald er die albernen Verpflichtungen in der Botschaft und die eigentlichen Kulturtermine hinter sich hatte, flanierte er ziellos durch die Straßen, wechselte von Taxis zur Métro und von Spaziergängen an der Seine zum Totalabsacker in Montparnasse, wobei er stets die beträchtliche stolowakische Exilgemeinde mied, die ihn vermutlich zusammen mit ihren Karpfen und Knödeln in die Pfanne gehauen hätte.

Bei Westlern hatte er großen Erfolg. Nach der sowjetischen Invasion mangelte es nicht an Sympathie für »einen jungen, unterdrückten Stolowaken, der für einen kurzen Blick auf die Freiheit herausdurfte, nur um danach wieder in seine stalinistische Koppel getrieben zu werden«. Und wenn die gelenkigen französischen Frauen ihn beknieten oder indignierte junge Briten von ihm verlangten, dass er sein Land verließ, dann wischte er sich die Tränen ab und erzählte ihnen von Mama und Papa, den schwer drangsalierten, rußverschmierten Schornsteinfegern, die ihre restlichen Tage unter Garantie im Lager würden verbringen müssen, falls er den 14-Uhr-Flug verpasste.

»Wenn Sie Autoren wie Hrabal oder Kundera lesen«, erklärte František, während er ihnen kommentarlos und pünktlich zur frisch eingetroffenen Runde des polnischen Wyborowa zuprostete, »dann wird Ihnen auffallen, dass Sex für den osteuropäischen Mann nicht unwichtig ist.« Und dann ging er auf diesen Sex ein und erzählte, was er in Tudorhäusern in Hampstead und Fabriketagen in TriBeCa erlebt hatte; man brauchte sich nur diesen gesunden breitgesichtigen Jungbock anzuschauen, um ihn ohne allzu viele Verrenkungen der Fantasie mit so ziemlich jeder Frau in so ziemlich jeder Position vor Augen zu haben, stets mit demselben faszinierten und entschlossenen Gesichtsausdruck und ordentlich schweißnassem, durchgerütteltem Körper.

An diesem Punkt versanken Plank und Cohen in Träumereien, glücklich in die Tiefen ihrer Wodkagläser starrend, während František seine Techtelmechtel aufzählte. Vladimir war froh, dass sie all das mit einer gesunden Verwunderung aufnahmen. Vielleicht griffen sie diesmal nicht so schnell zu der Alexandra-Schablone, bei der Politaktivistin Cherice und der Performancekünstlerin Marta, die sich im Amsterdamer Jordaan-Viertel ein Zimmer und später, auf der Welttournee des Kinderpuppentheaters von Prawa, auch František geteilt hatten. Schwer zu sagen, was das aufkeimende Interesse der beiden Amerikaner ausgelöst hatte: vielleicht Vladimirs Aufmunterungssprüche vorher, vielleicht die Mischung aus Bier und Wodka, vielleicht der Charme des Exapparatschiks, der sich ohne Punkt und Komma, aber immer noch mit dem Glauben an die Unbegrenztheit der Möglichkeiten über seine internationalen Sinnenfreuden ausließ.

Aber natürlich beschränkte sich das Revier des Kulturredakteurs nicht auf holländische Tulpen und Lady Godiva. Es ging auch um die Heimatfront, und sie beobachteten, wie sich František mit einem lang gezogenen Schluck Bier für diesen Teil bereit machte. »Und wie die gelaufen kamen«, sagte er. »Aus jeder Gegend von jedem Distrikt in jedem verdammten slawischen Land … ›Bürger, wir freuen uns, euch den Bauernchor aus der Region Stawropol vorstellen zu können!‹ Diese blöden Bauernchöre alle! Diese Kack-Balalaikas! Und immer singen sie von irgendeiner Katjuscha, die am Flussufer Brombeeren pflückt, und dann wird sie von den Dorfjungs entdeckt, die sie zum Erröten bringen. Also echt! Versuchen Sie mal, darüber eine Kritik zu schreiben, aber ohne Zynismus. ›Gestern Abend im Kulturpalast haben uns unsere sozialistischen Brüder aus Minsk einmal mehr die progressive bäuerliche Kultur vorgestellt, die seit den unbeschwerten Tagen der Revolution nicht aufhört, die Heimatforscher zu faszinieren.‹«

Er griff in sein Glas und spritzte sich ein bisschen Wodka ins Gesicht. »Was soll ich sagen«, blinzelte er. »So war dieser ganze Mist, aber dann brach ja sowieso alles zusammen ...«

»Schluss mit der *Roten Gerechtigkeit*?«, fragte Vladimir.

»O nein, die gibt es immer noch«, sagte František. »Ein paar von den Alten lesen sie weiterhin. Die mit einem festen Lohn, von dem sie sich nicht mal mehr ein Würstchen leisten können, was sie langsam echt ankotzt, die so genannten Hüter des FUSSes, die haben Sie vielleicht schon mal beim Großen Zeh rumjammern hören. Ja, die bezahlen mich für einen Artikel ab und zu. Oder ich halte eine Rede über die glorreiche Kultur der Breshnew-Ära und unseren ersten Arbeiterpräsidenten Jan Žopka für die alten Knaben in der Großen Halle der Völkerfreundschaft. Die kennen Sie doch, oder, dieses Riesending, wo die alte Sozialistenflagge aus dem Fenster hängt wie Dreckwäsche.«

»Wo ist das noch mal?«, fragte Vladimir. »Das sagt mir was.«

»Am Ufer, gegenüber der Burg, gleich bei dem teuersten Restaurant von Prawa.«

»Ja, da bin ich schon mal gewesen«, sagte Vladimir und errötete beim Gedanken an seine Cole-Porter-Revue mit dem Murmeltier.

»Aber das ist nicht fair«, sagte Plank. »Sie sind so klug und vielgereist. Sie sollten für eine der neuen Zeitungen schreiben.«

»Das, fürchte ich, geht nicht. Nach unserer letzten Revolution kam ein ausführliches Nachschlagewerk über die verlorenen Jahre heraus: Wer hat damals was getan? Offenbar ist meiner Familie ein ganzes Kapitel gewidmet.«

»Vielleicht könnten Sie für *Prawadentia* schreiben«, schlug Cohen vor.

»Ach, das ist doch der reinste Schrott«, sagte František. (Zum

Glück war Cohen zu blau, um pikiert zu reagieren.) »Eigentlich will ich ja einen Nachtclub eröffnen.«

»Super Idee«, schrie Plank. »Manchmal erwischt mich das Nachtleben hier echt auf dem falschen Fuß.« Er hielt inne. »Entschuldigung«, sagte er dann, »ich fühl mich gerade nicht so gut.«

Sie ließen ihn durch, ohne sich große Sorgen zu machen. »Ja«, sagte František. »Ihr Freund mit dem schwachen Magen hat Recht. Im Augenblick gibt es hier bloß ABBA. ABBA und einige jämmerliche Versuche, modern zu sein. Als ich noch ...« Wieder blickte er wehmütig ins Ungefähre, vielleicht Richtung Flughafen diesmal. »Als ich noch durch die Welt reiste, ja, da wurde ich immer in die neuesten Discos mit den schicksten Männern und Frauen mitgenommen, solchen wie Ihnen natürlich. Und jetzt wäre mir so richtig nach einem guten, wie heißt das noch mal? ...«

»Rave«, sagte Cohen hilfreich.

»Einem guten Rave. Ha, ich kenne sogar einen Wahnsinns-DJ, einen Finnen. MC Paavo. Haben Sie von dem schon gehört? Nein? Er ist der Hit in Helsinki, aber nicht besonders glücklich da. Zu clean, sagt er, ich weiß nicht, war nie da.«

»Dann soll er hierher kommen!«, tönte Cohen und zerdepperte sein Wodkaglas an der Bar. Vladimir warf schnell einen Hundertkronenschein für den Schaden hin.

»Ich glaube, das würde er auch gerne, aber er braucht was Sicheres, einen Vertrag. Da laufen sowohl bedürftige Exfrauen als auch einige kleine MCs in Lappland herum. Die Finnen sind sehr familienbewusst, deshalb haben sie wahrscheinlich die höchste Selbstmordrate der Welt.« Er kicherte und winkte nach der nächsten Runde, zeigte aber zugleich auf Planks leeren Hocker und wackelte dazu mit dem Finger, als wollte er sagen: »Ein Glas weniger.«

»Tja, wussten Sie, dass Vladimir der Vizepräsident von PrawaInvest ist?«

»Ähm«, sagte Vladimir.

»Es gibt wirklich eine Firma, die sich PrawaInvest nennt?« Der Stolowake hielt sein maliziöses Lächeln im Zaum, aber unübersehbar mit einiger Anstrengung und einer Menge Zwinkern. »Schicken

Sie mir auf der Stelle einen Prospekt, meine Herren.« Er schaute Vladimir lange und unverwandt an, als wollte er sagen: »Ach, sooo eine Firma ...«

»Ähm«, sagte Vladimir wieder. »Das klingt alles großartiger, als es ist.«

»Aber verstehen Sie nicht?« Cohen war aufgebracht. »Er wird Ihnen Ihren Nachtclub finanzieren! Schaffen Sie einfach den Finnen her, und wir können loslegen.«

Vladimir seufzte über seinen voreiligen jungen Geschäftspartner. »So einfach läuft da natürlich gar nichts«, sagte er. »In der wirklichen Welt gibt es Hindernisse. Die in den Himmel schießenden Immobilienpreise im innerstädtischen Prawa zum Beispiel.«

»Das würde ich nicht als Problem werten«, sagte František. »Wissen Sie, wenn Sie so etwas in der Innenstadt aufmachen, kriegen Sie hauptsächlich die reichen deutschen Touristen. Aber wenn Sie irgendwo an den Stadtrand gehen und gleichzeitig mit dem öffentlichen Nahverkehr gut zu erreichen oder per Taxi nicht allzu weit vom Zentrum entfernt sind, dann ziehen Sie eine exklusivere, interessantere Klientel an. Ich meine, wie viele wirklich angesagte Clubs gibt es denn auf den Champs-Élysées? Oder auf der Fifth Avenue in Midtown? Das macht einfach keiner.«

»Er hat Recht! Er hat Recht!«, sagte der nicht zum Schweigen zu bringende Cohen. »Warum investierst du nicht einfach in dieses Ding, hmmm? Komm schon, tu uns den Gefallen. Du weißt genau, im Nouveau oder im Joy macht es einfach keinen Spaß mehr, samstags, mit diesen Scheiß-Muttersöhnchen und Papiprinzessinnen, und was die für einen Schrott spielen ... Der reine Schrott! Wie können die so einen Schrott spielen und dann noch fünfzehn Kronen Eintritt nehmen?«

»Das sind fünfzig Cent«, erinnerte ihn Vladimir.

»Na ja, wie auch immer«, sagte Cohen, mittlerweile fast nur noch an Františeks Adresse, so wie ein Kind sich an das andere Elternteil wendet, wenn das erste Nein gesagt hat, »aber das spricht trotzdem nicht gegen diese Idee, vor allem nicht mit MC Pavel an Bord.«

Vladimir hob sein Bier an den zuckenden Mund. »Ja, aber sehen Sie, Mr František, PrawaInvest ist ein sehr engagierter, sozial bewusster multinationaler Konzern. Er hat die Philosophie, sich auf die wesentlichen Bedürfnisse zu konzentrieren, auf der Grundlage der Basissituation eines Landes, im cartesianischen Sinn natürlich, bei dem, was wir den ›Einstiegspunkt‹ nennen. Und glauben Sie mir, dieses Land braucht ein vor Ort produziertes gutes Faxgerät dringender als einen weiteren Tanzclub oder ein Kasino.«

»Na, ich weiß nicht«, sagte František. »Ein Kasino vielleicht nicht, das ist ja eher ein Ort der Verzweiflung, aber ein netter neuer Tanzclub könnte doch als, wie nennen Sie das in Amerika ... als ›Stimmungsaufheller‹ funktionieren?«

Vielleicht war es Františeks Akzent, der sich nach dem vielen Alkohol langsam durchsetzte, ähnlich wie es oft Vladimir ging, aber als ihr neuer stolowakischer Freund Kasino sagte, brachte sein Zungenschlag Vladimir ganz natürlich das Kasino in seinem Plattenak vor Augen, dann die freundlichen russischen Frauen, die dort bedienten, und schließlich die immense Platzverschwendung dort. Ein Nachtclub.

Er nahm das nächste Glas von der Bardame entgegen, deren Gesichtsausdruck in dem schwachen Licht schwer einzuschätzen war; man konnte nur mutmaßen, dass sie dringend und ausdrucksstark etwas zu sagen hatte. »Diese Runde geht aufs Haus«, übersetzte František und lächelte stolz über die Großzügigkeit seiner Landsmännin.

»Stimmungsaufheller«, sagte Vladimir, nachdem der Wodka unten war und seine Eingeweide mit dem konzentrierten Furor von tausend polnischen Kartoffelfeldern versengt hatte. »Wie gut ist denn dieser MC Paavo, verglichen mit dem, was es in London und New York gibt?«

»Er ist besser als Tokio«, sagte František mit der Selbstsicherheit eines Connaisseurs und kippelte mit seinem Barhocker auf Vladimir zu, so dass ihre roten und feierfeuchten Augen einander so nahe kamen, wie es die Etikette erlaubte. »Mir gefällt, wie Sie reden, Mr Basissituation«, sagte er. »Und ich weiß von Ihrem kleinen

Geschäft mit Harry Green. Vielleicht sollten wir uns mal treffen und weitere Möglichkeiten durchsprechen.«

In der Zwischenzeit war Michael Jackson verstummt. Draußen in der Eiseskälte sangen die Soldaten bei Mondlicht irgendein stolowakisches Lied mit einem Umpapa-Rhythmus, dem die Unterstützung einer Kapelle unleugbar gut getan hätte. Plank war von der Toilette her zu hören, wo er Besorgnis erregende Geräusche von sich gab. »Ah«, sagte František und vergrößerte den Abstand zu Vladimir ein wenig, denn er wusste, Westler hauchen sich nicht gerne an, »apropos Bauernchor, da fällt mir ein Liedchen ein. Es handelt von einer kleinen Stute, die sehr böse auf ihren Herrn ist, weil er sie zum Schmied geschickt hat, zum Beschlagen. Und jetzt weigert sie sich, ihn zu küssen.«

Cohen nickte Vladimir zu, die Augen verständnisvoll zusammengekniffen, als läge darin eine Weisheit für alle. Sie hörten, wie Plank mit dem Schloss der Toilettentür kämpfte und sich verfluchte, blieben aber trunken und reglos sitzen, bis die Bardame ihm zu Hilfe eilte.

KAPITEL 30

Eine kleine Nachtmusik

Wie es dazu kam, dass sie Jan und den Wagen verpassten, war für Vladimir eine bittere Lektion in Sachen Alkohol und seine bösen Folgen. Anscheinend waren er und Cohen in den Biergarten getaumelt und hatten dort den falschen Ausgang genommen; anstatt über Jan und den Wagen zu stolpern, stolperten sie in eine stille, rußfleckige Straße hinein, deren Stille nur von dem Bimmeln einer Tramglocke und dem Quietschen der Schienen zerrissen wurde. »Ah!«, riefen sie aus, weil sie die vorbeifahrende Tram irrtümlich für ein Zeichen des Himmels hielten, und torkelten hinterher, winkend, als müssten sie einen Ozeandampfer verabschieden. Bald schon kam die gelb beleuchtete Wärme näher, und sie kletterten auf allen vieren hinein und beglückten die hinten dösenden Fabrikarbeiter mit einem lautstarken »Dobry den!«.

Erst nachdem sie mehrere Viertel weit in irgendeine Richtung gefahren waren, fielen Vladimir Jan und der BMW wieder ein. »Oh«, sagte er und stieß Cohen in die Rippen, worauf der eine frisch glänzende Flasche Wodka hervorzog. Dieses Geschenk hatte František ihnen zusammen mit seiner Telefon- und Faxnummer überreicht, bevor er den Biergarten verließ, den außer Gefecht gesetzten Plank im Schlepptau, den er zu einem Auffrischungskurs in Sachen Nüchternheit in eine nahe gelegene Wohnung mitnahm. Bei dieser letzten Tatsache hatte Vladimir ein ungutes Gefühl. Sein Bild von einem Besuch bei älteren Männern in deren Schlafquartier – und das in promillestarkem Zustand – war vorbelastet. Doch was tun?

»Wirr trrinken«, sagte Cohen mit misslungenem russischem Akzent.

»Wir sind betrunken«, sagte Vladimir und schraubte ungerührt die Flasche auf. »Wo sind wir?« Er drückte die Nase an die kalte Fensterscheibe und betrachtete die Linden und die kleinen Mietshäuser, die hinter manikürten Hecken hervorlugten.

Sie drehten sich wieder um und sahen einander an. Das war eine ernste Frage um drei Uhr morgens, und vor lauter Verzweiflung balgten sie sich um die Flasche.

Die Tram hatte den Fluss überquert und fuhr nun bergauf. Kaum hatten sie das mittlere Plateau des Repin-Hügels erreicht, wo die Österreicher einen Familienpark rund um die Zeichentrickfigur Günter Gans bauten, da hielt die Tram zitternd wieder an.

Vor dem Fenster wippten zwei Köpfe in der Nacht, weiß wie der Mond, und die wenigen, willkürlich sprießenden Härchen konnten durchaus als Kraterumrisse und andere Details der lunaren Topografie durchgehen. Zwei Skinheads, deren relative Größe und Gestalt in etwa dem Verhältnis zwischen Dick & Doof entsprachen, kamen an Bord. Zahlreiche Ketten klirrten gegen ihre Gürtelschnallen, die Nachbildungen der Konföderiertenflagge waren. Sie lachten, süffelten aus Becherovka-Flaschen und kalberten die ganze Zeit herum, so dass Vladimir erst annahm, sie wären zwei stolowakische Schwule, die die Südstaatenflagge irrtümlich für irgendein neutrales Amerika-Symbol gehalten hatten. Schließlich war der Glatzenlook längst ein Muss auf der Christopher Street geworden.

Doch als sie Vladimir sahen und dann auch Cohen, riss das Gelächter abrupt ab. Zwei Paar Fäuste ballten sich, und in dem überhellen Licht der Tram bildeten ihre nackten Schädel, die Akne, die Schlachtwunden und zuckenden Grimassen eine unverkennbare Landkarte halbstarken Hasses.

Etwas krachte gegen das Fenster rechts von Vladimir, im selben Augenblick hatte er Alkohol in den Augen und kleine Glasscherben auf der Haut. Das brannte wie kleine Rasierschrammen, dazu kam der unverwechselbare Geruch des Kürbisschnapses; der kleine Dicke hatte offenbar seine Flasche geworfen. Vladimir kriegte die Augen nicht auf. Wenn er es versuchte, war da nur die Verschwommenheit wie nach eingeträufelten Augentropfen, und eigentlich wollte er auch gar nichts sehen. Im Dunkel bildete sich eine amorphe Gedankenkette entlang der Begriffe Schmerz, Ungerechtigkeit und Rache, aber letzten Endes lief alles auf die therapeutischen Qualitäten des alten rauen russischen Kissens seiner Oma hinaus – hart, aber nachgiebig –, an dem er seine ersten Liebesversuche unternommen hatte. Mehr fiel ihm im Moment nicht ein. Sein instinktiver Überlebenswille, mariniert in Wodka und Unesko-Bier, ließ nur die Traurigkeit über den bevorstehenden Verlust von Leib und Leben – eine Traurigkeit, die eigentlich erst nachträglich hätte aufkommen dürfen – an die Oberfläche. Das musste wohl so sein, denn Vladimir sagte nur ein Wort als Reaktion auf den Flaschenangriff. »Morgan«, sagte er, und er sagte es zu leise, als dass es irgendwer hätte hören können. Aus irgendeinem Grund sah er sie vor sich, wie sie ihre ausgebüxte Katze über den Hof trug und das rebellische Tier wiegte, eine nur allzu gern verzeihende Mutter.

»Ausländer raus!«, schrie der Kleine. »Raus! Raus!«

Cohens kalte, feuchte Hand griff nach Vladimirs Hand. Vladimir wurde auf die Füße gezerrt, dann stieß er (vermutlich) an die scharfe Kante eines Tramsitzes, aber er tat, was er konnte, um nicht das Gleichgewicht zu verlieren, denn in diesem Augenblick wurde ihm klar, dass er ja das einzige Kind seiner Eltern war und dass sie seinen Tod unmöglich verwinden würden. Deshalb setzte schließlich die Panik bei ihm ein – und öffnete ihm die Augen, so dass er die Stufen, die immer noch offene Tür und den schwarzen Asphalt dahinter doch ziemlich deutlich erkennen konnte.

»Ausländer raus!«, schrie der andere Skinhead auf Englisch; inzwischen hatten sie gemeinsam die gewünschten Vokabeln in den gewünschten europäischen Sprachen zusammengeklaubt. »Zurück nach Turkestan!«

Der vom Fluss herbrausende Wind klatschte ihnen in den Rücken wie ein besorgter Freund, der ihnen den Weg zeigen wollte. Hinter ihnen hörten sie ihre Angreifer lachen, die soeben aufgewachten Fabrikarbeiter stimmten ein, und dazu ertönte, leiser werdend, die monotone Stimme vom Band: »Unterlassen Sie das Ein- und Aussteigen! Vorsicht, Türen schließen.«

Sie rannten im Zickzack an den geparkten Fiats und den nach Zufallsprinzip funktionierenden Straßenlaternen vorbei, auf den vertrauten Brocken der Burg in der Ferne zu. Sie rannten, ohne sich anzuschauen. Einige Straßen weiter ließ Vladimirs Panik nach, die Traurigkeit kehrte zurück und äußerte sich körperlich als riesiger Schleimkloß, der in Magen und Lungen emporstieg, an seinem rasenden Herzen vorbei. Seine Füße knickten unter ihm weg, recht anmutig sogar, und er landete erst auf den Knien, dann auf den Handflächen und kippte schließlich auf den Rücken.

Als Vladimir zu sich kam, herrschte großes Autogetöse. Zwei Polizeiwagen kamen nur wenige Zentimeter vor seiner polierten Fresse zum Halten, elektrisch-blau und rot vor der rosa Barockkulisse blinkend, wo die beiden Jungs gestrandet waren. Im Nu waren sie umringt von schwitzenden Riesen. Schlagstöcke wippten gegen uniformierte Schenkel, der bier- und schweinslendchengeschwängerte Atem überdeckte das Kohle-Diesel-Gemisch der Straße, und sie hörten Gelächter, das lautstarke, anarchische Männerritual des slawischen Polizisten um drei Uhr morgens.

Ja, das waren lustige Gesellen, die da um unsere gefallenen Helden herumstolzierten, und die zuckenden Stroboskoplichter ihrer Autos verstärkten noch die karnevaleske Atmosphäre. Fast schien es, als käme der Rave, von dem František vor ein paar Stunden geschwärmt hatte, jetzt tatsächlich in die Hufe.

Vladimir lag zerknittert in einem Nest, das er instinktiv aus seinem Parka und Pulli gemacht hatte. »Budu jasem Americanko«, flehte er zaghaft, mehr Stolowakisch konnte er nicht: »Ich bin Amerikaner.«

Das sorgte nur für allgemeine Heiterkeit. Eine Verstärkungsschwadron von Polizei-Trabants knatterte aus den Nebenstraßen heran, ein Dutzend weitere Beamte stießen hinzu. Im Handumdrehen sangen auch die Nachzügler das Mantra des Exilanten: »Budu jasem Americanko! Budu jasem Americanko!«

Einige hatten ihre Mützen abgenommen und angefangen, die ersten Takte der amerikanischen Nationalhymne zu summen, die sie beim jahrelangen Olympiade-Gucken aufgeschnappt hatten.

»Amerikanischer Geschäftsmann«, erläuterte Vladimir, doch auch das steigerte seinen Wert in den Augen des Gesetzes nicht. Die Polizistenparty ging weiter, minütlich traf Verstärkung ein, bis es so aussah, als wäre die Nachtschicht der städtischen Ordnungskräfte komplett anwesend. Einige brachten sogar Fotoapparate mit, und bald schon standen Vladimir und Cohen im Blitzlichtgewitter; eine Flasche Stoli wurde Cohen in die schlaffe Hand gedrückt, und er verfiel halb unbewusst in die Vorführhaltung eines Werbespots, während er seine sämtlichen Stolowakischkenntnisse herunterstammelte: »Ich bin Amerikaner ... ich schreibe Gedichte ... Es gefällt mir hier ... Zwei Bier, bitte, und die Forelle teilen wir uns, ja ...«

Und dann krächzten plötzlich jäh die Walkie-Talkies los, Vorgesetzte brüllten Befehle, Autotüren wurden zugeknallt. Irgendwas passierte anderswo, und die Straße leerte sich. Der Letzte, der ging, ein junger Rekrut in einer viel zu großen rot-goldenen Mütze mit dem Furcht erregenden stolowakischen Löwen drauf, kam vorbei, verwuschelte Cohen das Haar und riss ihm die Flasche aus dem Arm. »Sorry, amerikanischer Freund«, sagte er. »Stoli kostet Geld.« Er tat auch etwas Nettes: Er hob die Jungs hoch, einen in jedem Arm, und zog sie von den Straßenbahnschienen herunter (ah, das war der scharfe Schmerz in Vladimirs Rücken gewesen) und auf den Bürgersteig. »Ciao, Geschäftsmann«, sagte er zu Vladimir, und sein redlicher kleiner Schnurrbart zuckte beim Sprechen. Dann stieg er in seinen Trabant und sauste los, und die Sirene jaulte durch die Nacht.

Die Nacht. Wäre sie hier zu Ende gewesen, gut. Aber kaum war die Polizia fort und Vladimir und Cohen trauten sich wieder zu atmen, tauchte ein weiterer Autokonvoi auf und nahm ihren Platz ein, diesmal eine BMW-Kavalkade, auf beiden Seiten von amerikanischen Jeeps flankiert.

Gussew.

Er krabbelte aus dem Flaggschiff der Flotte heraus, aus Wettergründen eingemummelt in einen glänzenden bodenlangen Nutriamantel. Darin sah er aus wie ein abgesetzter König, der vor einer Flinten schwingenden Bauernhorde flieht, oder wie ein glatzköpfiger Disco-Animateur, der sein Verfallsdatum bereits überschritten hat. »Schande!«, brüllte er.

Hinter ihm standen mehrere Männer, alle aus der Extruppe des Innenministeriums, einige in Drillich, einige mit Nachtsichtbrillen. Aha, so eine Nacht also.

»Ts ts«, sagten die Soldaten im Hintergrund, die Köpfe gen Himmel gereckt, als wäre es ihnen zu peinlich, zu Vladimir und Cohen hinunterzuschauen. Letzterer hatte den Kopf fötal zum Bauch hin eingezogen und sah aus wie ein halb zusammengerollter Schlafsack.

»Wir haben es mit dem Radio-Scanner gehört!«, schrie Gussew. »Die Durchsagen im Polizeifunk. Zwei Amerikaner kriechen durch die Ujezd-Straße, einer von ihnen dunkelhaarig und hakennasig … Da wussten wir gleich Bescheid!«

»Guck dir die an … wie besoffen die sind!«, sagte einer der Soldaten und schüttelte den Kopf, als wäre das ein nie da gewesener Anblick.

Vladimir, in vielerlei Hinsicht ein junger Gentleman, jedenfalls dazu erzogen, anständiges Benehmen und den Wert nüchtern wirkenden Auftretens zu schätzen, überlegte sich ernstlich, ob ihm das jetzt peinlich sein sollte. Vor allem sein Geschäftspartner Cohen machte gerade wirklich keine gute Figur, so zusammengerollt und vor sich hin stöhnend: »Das ist nicht wahr, das ist einfach nicht wahr.« Aber dass Gussew und seine Männer Vladimir jetzt geißeln mussten, nachdem sie wahrscheinlich gerade irgendwelche Bulgaren neutralisiert hatten, das kam ihm doch ungerecht vor. »Gussew!«, sagte er und versuchte, seine Stimme herrisch und herablassend klingen zu lassen. »Das reicht jetzt. Bestell mir sofort ein Taxi!«

»In deiner Position kannst du wohl kaum Befehle erteilen«, sagte Gussew. Er wedelte wegwerfend mit der Hand; offenbar hatten ihn seine Kundschafter nicht darüber informiert, dass speziell diese

Ausdrucksform absoluter Macht vor ungefähr einem Jahrhundert eindeutig aus der Mode gekommen war. »Steig sofort in meinen Wagen, Girshkin«, herrschte er ihn an und schüttelte seinen Mantelkragen, dass die unkenntlichen Überreste toter Pelztiere im Licht der Straße schillerten. Kein Zweifel: In einer anderen Welt, unter einem anderen Regime, aber mit denselben bewaffneten Männern unter sich wäre Michail Gussew ein sehr wichtiger Mann gewesen.

»Mein amerikanischer Geschäftspartner und ich weigern uns!«, sagte Vladimir auf Russisch. In seinem Magen wirbelte etwas, die tägliche Zufuhr von Gulasch, Kartoffelknödeln und Alkohol schlug Wellen, und er betete zu Gott, dass er nicht hic et nunc kotzen musste, denn damit hätte er die Auseinandersetzung garantiert verloren. »Du hast mich schon genug blamiert. Mein amerikanischer Geschäftspartner und ich waren auf dem Weg zu einer spätabendlichen Verabredung. Was der jetzt von uns Russen denken muss.«

»Du, Girshkin, hast uns zum Gespött von ganz Prawa gemacht. Und das, wo wir gerade unser Einvernehmen mit der Polizei zementiert hatten. Nein, nein, Freundchen. Heute fährst du mit mir nach Hause. Und dann werden wir ja sehen, wer das Murmeltier in der Banja peitscht …«

Cohen musste das Böse in seiner Stimme gehört haben, denn obwohl er absolut kein Russisch verstand, kam ein Muh-Geräusch aus seinem fötalen Ball. »Nein!«, übersetzte Vladimir. Und bekam selber immer mehr Angst. Was hatte Gussew mit ihm vor? »Deine Befehlsverweigerung habe ich zur Kenntnis genommen, Gussew. Wenn du dich weigerst, mir ein Taxi zu rufen, dann gib mir das Handy, und ich tue es selbst.«

Gussew drehte sich zu seinen Männern um, die noch unsicher waren, ob sie lachen oder diesen kleinen Säufer ernst nehmen sollten, aber nachdem Gussew ihnen zugenickt hatte, ging das Gelächter richtig los. Gussew lächelte zuvorkommend.

»Weißt du, was ich mit dir machen werde, kleines Erpelchen?«, flüsterte er mit unüberhörbaren, zähen russischen Zischlauten. »Weißt du, wie lange es in dieser Stadt dauert, ein Verbrechen aufzuklären, wenn du Freunde im Rathaus hast? Erinnerst du dich an das Bein, das auf dem Grabbeltisch vom K-Mart gefunden wurde, unter den Socken? Ich weiß gar nicht mehr, wen wir an dem Tag amputiert hatten. Seine Exzellenz den ukrainischen Botschafter? Oder war das der Tag der Beschneidung des Ministers für Fischerei und Fischzucht? Soll ich dir das verraten? Soll ich für dich in meinem Logbuch nachschauen? Oder noch besser, soll ich dich und deinen kleinen Freund wegpusten? Warum hundert Worte verschwenden, wo für euch Päderasten eine Kugel reichen würde?«

Er stand nah genug, dass Vladimir den intensiven Gestank der Schuhwichse auf seinen Motorradstiefeln riechen konnte. Vladimir tat den Mund auf – was sollte er tun? Puschkin rezitieren? Gussew ins Bein beißen? Er, Vladimir, hatte doch damals in dem Hotelzimmer in Florida irgendwas mit Jordi gemacht … genau …

»Hopphopp, Jungs!«, brüllte Gussew seinen Männern zu. »Seht ihr schon den Artikel im *Stolovenský Ekspress* morgen? ›Zwei Amerikaner sterben durch Selbstmordpakt wegen steigender Bierpreise.‹ Was meint ihr, Brüder? Da soll noch einer sagen, dass ich heute Abend nicht witzig bin!«

Dann setzte ein Streit zwischen Gussew und einem seiner Gewehr schwingenden Geschäftspartner ein, ob man die beiden Ausländer vom FUSS herunterstoßen sollte. Plötzlich wurde Vladimir seltsam träge. Die tränenden Augen fielen ihm einfach zu …

Die Minuten vergingen, und die Stimmen der Männer verschwammen, klangen eher nach dem beharrlichen Hupen von Gänsen als nach dem hektischen Rüpelrussisch, das Gussews Burschen vorzogen. Und dann …

Dann gab es ein unerwartetes Geräusch. Das filmreife Geräusch eines Fluchtautos, das mit quietschenden Reifen um die Ecke bog und in den schmalen Zwischenraum zwischen Gussew und seine Truppen zischte.

Jan sprang aus Vladimirs 7er. Er sah aus wie ein gebändigter Irrer in einer Kombination aus mehreren kratzigen Winterpyjamas. »Ich habe Befehle«, rief er Gussew und den Extruppen des Innenministeriums zu. »Direkte Befehle vom Murmeltier. Ich bin exklusiv ermächtigt, Girshkin nach Hause zu bringen!«

Gussew zog in aller Ruhe seine Waffe.

»Gehen Sie zur Seite, Sir«, sagte Jan zu Gussew. »Ich will Mr Girshkin aufhelfen. Wie gesagt, ich habe Befehle ...«

Gussew griff sich den jungen Stolowaken. Er wirbelte ihn herum, packte ihn mit einer Hand am Pyjamakragen und bohrte ihm die Waffe mit der anderen in die Halsbeuge. »Was für Befehle?«, fragte er.

Eine Weile war das Gurgeln in Vladimirs Magen das Einzige, was ihm das Verstreichen der Zeit ins Bewusstsein brachte. Jedes Mal, wenn der Magen sich umdrehte, war er eine weitere Zeiteinheit lang am Leben geblieben, während Gussew Jan in seinem Klammergriff festhielt. Schließlich holte der Chauffeur, kein kleiner Mann, aber doch klein unter Gussews aufgedunsenem Gesicht, mit nur leichtem Zittern ein Handy aus dem Lederhalfter unter seinem Pyjama. »Das Murmeltier hat deinen Aufenthaltsort mit dem Radio-Scanner verfolgt«, sagte Jan zu Gussew, und sein normalerweise stockendes Russisch kam jetzt lupenrein und präzise. »Um die Wahrheit zu sagen, macht er sich Sorgen um Mr Girshkins Sicherheit, solange sich dieser in deinen Händen befindet. Wenn du nichts dagegen hast, rufe ich jetzt das Murmeltier direkt an.«

Das Schweigen zog sich weiter hin, abgesehen vom metallischen Klicken einer Waffe. Dann ließ Gussew los. Er wandte sich schnell ab und überließ die Niederlage in seinem Blick Vladimirs Fantasie. Das Nächste, was unser Held wahrnahm, war das Knallen einer Autotür. Ein Dutzend Motoren wurden fast gleichzeitig gestartet. Eine einsame Babuschka riss gegenüber ihr Fenster auf und schrie, sie sollten Ruhe geben, sonst würde sie noch mal die Polizei holen.

Vladimir, horizontal auf den Rücksitz seines Wagens drapiert, während Cohen aufrecht auf dem Schleudersitz hockte, Vladimir befahl sich sofortige Ohnmacht, Abtauchen wenn nicht in ewigen Schlaf, so doch in eine Unterspezies der Ewigkeit. Es war unmöglich. Sein Kopf war ein Castingbüro, in dem sich aknenarbige

Skinheads, hysterische Polizisten, Drillich tragende Helden vom Innenministerium und natürlich der komische sowjetische Zollbeamte mit dem Kaviaratem tummelten.

»Du kommst wieder, Jud«, hatte der Zollbeamte zu Mutter gesagt.

TEIL VII

Die Verwestlichung der Bojaren

KAPITEL 31

In der Hauptrolle: Vladimir als Peter der Große

Er war wieder da.

Natürlich hatte er über Flucht nachgedacht. Warum auch nicht? Auf seinem Konto bei der Deutschen Bank lagen zirka fünfzigtausend Dollar – seine Kommission aus dem Harold-Green-Luftgeschäft –, was irgendwo in Nordwest-Kanada eine Zeit lang gereicht hätte. Aber nein, das wäre eine Überreaktion gewesen. Um nicht zu sagen Feigheit.

Ein lebenserfahrener Russe, der faul im Gras liegt, am Klee schnüffelt und Brombeeren mampft, rechnet damit, dass jeden Augenblick die Macht der Geschichte vorbeikommt und ihm diskret in den Hintern tritt.

Ein lebenserfahrener Jude in ähnlicher Position rechnet damit, dass ihm die Geschichte den Schmu erspart und ihm direkt ins Gesicht tritt.

Ein *russischer Jude* dagegen (ob lebenserfahren oder nicht) rechnet damit, dass ihm sowohl die Geschichte als auch ein Russe in den Hintern, das Gesicht und jeden anderen Körperteil tritt, wo sich anständig hintreten lässt. So viel war Vladimir klar. Sein Ansatz lautete: He, Opfer, hör auf, faul im Gras herumzuliegen.

Am nächsten Tag wachte er im Bett neben Morgans ätherisch blassem Rücken auf, und ihre Brüste rundeten sich unter ihr wie zwei kleine Häufchen aufgehender Hefe. Seine Süße hatte absolut keine Ahnung von der denkwürdigen Nacht ihres Volodetschka.

Seine Süße hatte von so einigem absolut keine Ahnung. Denn egal welche politischen oder romantischen Albernheiten sie mit ihrem Tomaš verzapfte (der wahrscheinlich irgendein verarmter junger Stolowake war und nach nassen Schuhen und Knoblauch stank), egal, ob ein geflügelter Löwe oder Minotaurus oder Greif in ihrem verrammelten Geheimzimmer hauste, und egal, ob ihr irgendwelche modischen amerikanischen Panikanfälle die Erlaubnis zur Ungehörigkeit lieferten – letzten Endes würde Vladimirs Welt mit ihrem moralischen Relativismus und ihrer animalistischen Verehrung des nackten Überlebens Morgan den Atem verschlagen.

In gewisser Weise wiederholte sich hier Vladimirs großer Kampf mit Fran, ein Kampf zwischen dem Luxus des Denkens und der ersten Priorität des Flüchtlings, nämlich am Leben zu bleiben, ein Kampf zwischen nebulösen historischen Begriffen (Tod dem FUSS!) und den komplizierten Fakten der Basissituation – den Gussews und ihren Kalaschnikows, den Männern mit den rasierten Schädeln, die über die Straßen des Kontinents zogen. Und gerade Vladimirs Realismus machte ihn zu einem besseren Menschen als Morgan, überzog ihn mit der Patina des Tragischen und entschuldigte *seine* Abweichungen von der Normalität, Morgans dagegen verdammte er.

Ob er ein guter oder ein schlechter Mensch war?

Kindische Frage.

Er setzte sich in Gang.

Eine halbe Stunde nach dem Aufwachen, fünf Stunden nachdem er fast umgebracht worden wäre, stand Vladimir vor dem Murmeltier, ohne anzurufen, ohne anzuklopfen, tauchte einfach auf und machte sich bemerkbar – soll die ganze Welt ruhig merken, wer dieser Girshkin ist, der weder anrufen noch anklopfen muss.

Ein Besuch bei seinem Boss war mittlerweile ein kulturelles Crossover-Erlebnis. Das Murmeltier hatte den Gangsta-Komplex verlassen und seine neueste Freundin sowie einige Zweit- und Drittgespielinnen mitgenommen, Ziel: eine neue Reihenhaussiedlung, die sich aufs Scheußlichste in einer grünen Ecke der Großregion Prawa ansiedelte. Die Brookline Gardens. Wer das echte Brookline in Massachusetts kannte, würde nicht enttäuscht sein. Die Prawa-Version stellte die Apotheose nordamerikanischer Oberklassigkeit dar, in zehn Reihen dunkler Backsteinvillen und weinberankter Bogengänge hineindestilliert. Beim Eingang war ein riesiger Rasen in Hanglage mit rosa, roten und weißen Pfingstrosen bepflanzt worden und bildete den Schriftzug »Welcome« auf Englisch nach; und in einer hinteren Ecke war eine autarke Markthalle im Bau und streckte erste Fühler nach dem Rest der noch hypothetischen Mall aus. Das einzige Zugeständnis an die heimische Wirklichkeit bestand in der Tatsache, dass der ganze Laden bis zur Jahrtausendwende auseinander fallen würde.

In dieses exklusive Habitat kam Vladimir mit verschränkten Armen und finsterer Miene im Anschlag. Jan Ohnegleichen (zum Ritter geschlagen, selig gesprochen und mit einem hübschen Bonus belohnt) setzte ihn vor der Einheit des Murmeltiers ab, Ecke Glendale Road und MacArthur Place. Die Bodyguards des Unternehmers schliefen in einem Kombi, der in der Einfahrt stand, und ihre Arme hingen aus den heruntergelassenen Fenstern wie nadelgestreifte Tentakel. Wie versprochen, klopfte Vladimir nicht an. Er durchschritt das leere Wohnzimmer, sein Handy griffbereit, dessen Antenne zum modernen Pallasch ausgefahren, und fand das Murmeltier beim Frühstück in seiner kleinen Frühstücksecke.

Das Murmeltier schaute von seinen Cornflakes auf. »Ah! Welch Überraschung!«, sagte er, obwohl er das gar nicht hatte sagen wollen, es sei denn, zur Beschreibung seines eigenen Zustands. »Boshe moi!«, fügte er hinzu, was der Wahrheit schon näher kam. »Was tust du hier?«

»Das muss aufhören«, sagte Vladimir. Er piekste mit seiner Handyantenne in das Dreieck aus Fleisch und Haaren, das der Morgenmantel des Murmeltiers nicht bedeckte. »Ich kann morgen in einem Flugzeug nach Hongkong sitzen. Oder nach Malta. Ich habe tausend Pläne. Ich habe eine Million Verbindungen.«

Das Murmeltier versuchte ungläubig dreinzuschauen. Das Resultat war der Gesichtsausdruck von Mr Rybakow auf dem Porträt über ihm. Der Ventilatormann in den mittleren Jahren, in voller Militäruniform, versuchte sich an einem würdigen Aussehen für den Fotografen, doch aus dem wilden Glimmen in seinen Augen sprach schon der Irrsinn des sowjetischen Lebens, so als wollte er sagen: »Leg deine Kamera weg, Zivilist! Du wirst mich nicht vergessen, dafür sorge ich schon!«

»Vladimir, hör auf«, sagte das Murmeltier. »Was soll dieser Wahnsinn?«

»Dieser Wahnsinn! Soll ich dir mal was von Wahnsinn erzählen? Dass ein Jeep-Konvoi mit bewaffneten Truppen vom Exinnenministerium durch eine nahezu westliche Stadt rauscht, das nenne ich Wahnsinn. Dass ihr kommandierender Offizier das Leben des Vizepräsidenten einer wichtigen Investmentfirma bedroht – auch das nenne ich Wahnsinn.«

Das Murmeltier grunzte und rührte in seinen Cornflakes herum. Aus irgendeinem Grund aß er sie mit einem schweren Holzlöffel, wie er besser zu einer Schüssel zähe russische Buchweizengrütze als zu amerikanischen Cornflakes gepasst hätte. Hinter leicht angelehnten Türen mit Butzenscheiben sah man das rosige Hinterteil einer Frau, die in der Holz-und-Chrom-Küche neben der Frühstücksecke herumrumorte.

»Okay«, sagte das Murmeltier, vermutlich nachdem sein Rühren die Cornflakes genau richtig arrangiert hatte. »Was willst du von mir? Willst du Amerikanismen und Globalismen? Willst du bestimmen? Dann nur zu! Gussew wird dir keine Schwierigkeiten machen. Dem kann ich seine Jeeps und Waffen einfach so wegnehmen …« Er vergaß, mit den Fingern zu schnippen. Seine Augen klebten an dem funktionalen Fühler von Vladimirs Handy, und sie schauten müde und trübe drein, als wäre das Einzige, was ihren Besitzer noch wachhielt, die Möglichkeit, dass ihm die Antenne ins Auge piekste.

»Ich will, dass jeder in der Organisation zum amerikanischen Geschäftsmann trainiert wird«, sagte Vladimir. »Ab morgen.«

»Wir machen es genau so, wie du willst.«

Vladimir trommelte mit seiner Antenne auf den Esstisch, einen Halbmond aus Eschenholz in computerperfektioniertem Design. Irgendetwas schien noch nicht geklärt zu sein, und da er sich in den prompten Zugeständnissen des Murmeltiers etwas verhedderte, fiel

Vladimir nicht gleich ein, was es war. »Ach ja«, sagte er schließlich. »Wir eröffnen einen Nachtclub.«

»Wunderbar«, sagte das Murmeltier. »Eine nette Disco können wir alle gebrauchen.« Er schaute einen Moment lang nachdenklich drein. »Vladimir, bitte sei mir nicht böse«, sagte er schließlich, »aber wenn wir offen miteinander reden, muss ich dir etwas gestehen. Vladimir, mein Freund, warum bist du so weit weg von uns? Warum verbringst du nie Zeit mit deinen russischen Brüdern? Ich meine nicht Gussew und Konsorten, sondern mich, was ist mit dem Murmeltier? Ich höre zum Beispiel, du hast eine attraktive amerikanische Freundin. Warum habe ich sie noch nicht gesehen? Ich liebe hübsche Mädchen. Und warum sind wir noch nie zusammen ausgegangen, du und dein Mädchen und ich und meine Lena? Nächsten Monat wird ein neues Restaurant mit amerikanischem Flair hier in der Mall eröffnet. Es soll Road 66 heißen oder so ähnlich. Bestimmt wird sich dein Mädchen an so einem Ort zu Hause fühlen, und meine Lenotschka liebt Milkshakes.«

Das unmoralische Angebot hing zwischen ihnen in der Luft und ließ sich schließlich auf dem ergonomischen Esstisch zwischen Cornflakes und Air-France-Kaffeebecher nieder. Ein Doppeldate. Mit dem Murmeltier. Und Morgan. Und einer Kreatur namens Lenotschka. Doch noch bevor Vladimir die Einladung des Murmeltiers höflich ablehnen konnte, kam ihm ein weiterer Gedanke: Morgan ins Lager! Natürlich dachte er an Rache. Rache für Morgans FUSS-Fetischismus, Rache für ihre mörderischen Babuschkas, Rache für ihren schleimigen Tomaš. Ja, die Zeit war reif, seiner verwöhnten kleinen Agitatorin mal ein paar nützliche Dinge über den grausamen, hohlen Kosmos ringsum beizubringen. Also – ein Doppeldate! Eine kleine Kostprobe aus Girshkins Welt. Das richtige Gegengift gegen den Highschoolball von Shaker Heights. *Mein Essen mit Murmeltier.*

»Mein Mädchen ist sehr neugierig auf meine russischen Freunde, weißt du«, sagte Vladimir.

»Na, dann abgemacht!« Das Murmeltier patschte ihm glücklich auf die Schulter. »Wir werden zusammen auf deine amerikanische

Schönheit anstoßen!« Er wandte sich zu den Schiebetüren Richtung Küche und schob sie mit den Füßen auf, die beide in förstergrünen Godzilla-Pantoffeln steckten. »Hast du meine Lena schon kennen gelernt?«, fragte er, denn gerade wurde noch mehr von der Rückseite seiner Freundin sichtbar. »Soll sie dir einen Haferbrei machen?«

Wieder zu Hause, tigerte Vladimir in seinem Wohnzimmer auf und ab, in einer Art wütender Benommenheit. Globalismen? Amerikanismen? Wovon zum Teufel hatte der geredet? Glaubte er allen Ernstes, Vladimir würde Gussew die Feinheiten von Business-to-Business-Marketing und PR näher bringen? Der reine Irrsinn!

Wie die Dinge lagen, konnte ihm nur ein Mann in Prawa helfen. František. Der glückliche Apparatschik, über den Vladimir in der Männernacht gestolpert war.

»Hallo?« František war da. »Vladimir? Ich wollte dich auch gerade anrufen. Hör zu. Ich muss irgendwo dreihundert Perry-Ellis-Windjacken unterbringen. Schwarz mit orangen Applikationen. Praktisch neu. Mein Vetter Stanka hat irgend so 'nen idiotischen Deal mit einem Türken gemacht ... Fällt dir was ein?«

»Äh, nein«, sagte Vladimir. »Eigentlich hab ich selber gerade ein Problem hier.« Er erklärte das Wesen seiner Notlage, mit einem geradezu schrillen Unterton.

»Verstehe«, sagte František. »Wenn ich dir einen Rat geben darf ... Und vergiss nicht, ich habe mein ganzes erwachsenes Leben lang mit Moskau zu tun gehabt, ich kenne also Gussew und seine Freunde ziemlich gut.«

»Schieß los«, sagte Vladimir.

»Russen dieses Kalibers verstehen nur eins: Grausamkeit. Freundlichkeit wird als Schwäche aufgefasst; Freundlichkeit muss bestraft werden. Begreifst du? Du hast es hier nicht mit Petersburger Akademikern oder aufgeklärten Medienvertretern zu tun. Sondern mit genau den Leuten, die vor nicht allzu langer Zeit noch den halben Kontinent in die Knie gezwungen hatten. Räuber und Mörder sind das. Jetzt sag mir, wie grausam kannst du sein?«

»Ich habe eine Menge Wut aufgestaut«, gestand Vladimir, »aber ich bin nicht sehr gut darin, sie rauszulassen. Andererseits bin ich heute zum Beispiel auf meinen Boss losgegangen –«

»Gut, das ist ein guter Anfang«, sagte František. »Ach, Vladimir, wir sind gar nicht so verschieden, du und ich. Zwei Männer mit Geschmack in einer geschmacklosen Welt. Weißt du, wie viele Kompromisse ich schon in meinem Leben machen musste? Weißt du, was ich alles tun musste ...«

»Weiß ich«, sagte Vladimir dem Apparatschik. »Und ich verurteile dich nicht.«

»Gleichfalls«, sagte František. »Also, merk es dir: Grausamkeit, Wut, Rachsucht, Demütigung, das sind die vier Ecksteine der sowjetischen Gesellschaft. Wenn du die beherrschst, wirst du klarkommen. Erzähl diesen Leuten, wie sehr du sie verachtest, und sie bauen dir Denkmäler und Mausoleen.«

»Danke«, sagte Vladimir. »Danke für die Gebrauchsanweisung. Die Russen mach ich fertig, František, und zwar nach Strich und Faden.«

»War mir ein Vergnügen. Also, Vladimir ... sag doch mal ... Was zum Teufel soll ich mit diesen verdammten Windjacken anfangen?«

Die Amerikanerlektionen begannen am nächsten Tag. Das Kasino war zu einem Hörsaal umarrangiert worden, endlose Reihen von Plastikklappstühlen. Als alle Plätze besetzt waren, musste Vladimir zweimal hinschauen: Das Gefolge des Murmeltiers konnte sich zahlenmäßig mit dem Parlament einer Republik von anständiger Größe messen.

Die Hälfte davon hatte Vladimir noch nie gesehen. Neben den Kerngruppen Soldaten und Ganoven gab es die Fahrer der BMW-Armada; die Stripperinnen, die in den eher zwielichtigen Clubs der Stadt das Geschäft ankurbelten; die Prostituierten, die im Kasino anschafften, in mageren Zeiten auch auf Nachtschicht am Stanislaus-Platz; die Köche der allgemeinen Kantine, die sich nebenbei noch um den internationalen Kaviarschmuggel kümmerten; die jungen Männer, die auf der Emanuelbrücke riesige Pelzmützen mit den Insignien der Sowjetmarine an Kaltekriegsfans verkauften; die Taschendiebe, spezialisiert auf ältere Deutsche, die von ihren Touristengruppen abkamen – und das war lediglich das Personal, das Vladimir durch die jeweilige Kombination aus Alter, Geschlecht, Auftreten und Gang identifizieren konnte. Die restlichen Versammelten waren für ihn einfach soundso viel Exemplare osteuropäischer Ausschuss, in ihren billig geschnittenen Anzügen und Nylonparkas, mit Igelhaarschnitten und tabakgeschwärzten Zähnen (filterlose Spartas, drei Packungen per diem, auf Verordnung des Lebens).

Vergesst Gussew. Vergesst das Murmeltier. Von nun an, hätte Vladimir am liebsten gesagt, von nun an gehört ihr alle mir.

Er startete einen Überraschungsangriff. Er rannte von der Seite herein und gab dem Eichenpult, das im Sheraton gestohlen worden war und immer noch dessen vornehme Insignien trug, einen schwungvollen Tritt. »Hol euch der Teufel!«, brüllte er auf Russisch. »Guckt euch bloß mal an!«

Die allgemeine Ungläubigkeit und Belustigung, die alle Versammelten ergriffen hatte, brach abrupt ab. Kein Gekicher mehr, kein lautes Schlürfen des imaginären letzten Tropfens Cola aus einer leeren Dose. Selbst die alte Marussja wachte aus ihrem Opiumnickerchen auf. Gussew, der allein in der letzten Reihe saß, stierte Vladimir an und betastete sein Hüftholster. Seine Truppen waren zusammen mit dem Murmeltier nach vorn verfrachtet worden. *Ja*, dachte Vladimir und lächelte Gussew gebieterisch an. Jetzt werden wir sehen, wer das Murmeltier in der Banja peitscht …

»Wir haben es wirklich geschafft, liebe Landsleute«, brüllte Vladimir, und sein ganzer Körper bebte von dem Adrenalin, das sich in ihm aufgebaut hatte, seit der erste Sonnenstrahl durch die Jalousien gekrochen war und ihn unwiderruflich geweckt hatte, um halb acht in der Früh. »Wir haben uns vor ganz Europa blamiert, wir haben unser schlichtes Wesen so richtig offen gelegt … Siebzig Jahre lang haben wir sorgfältigst ein Arschloch sauber geleckt, und jetzt stellt sich heraus, dass es das falsche war!« Stille, abgesehen von einem aufsprudelnden Lacher, der von den Umsitzenden sofort im Keim erstickt wurde. »Was kann einen solchen Fehlgriff rechtfertigen, das frage ich euch? Wir haben der Welt Puschkin und Lermontow geschenkt, Tschaikowski und Tschechow. Wir haben Tausenden linkischer Jungwestler den Weg zur Stanislawski-Methode gezeigt, und seien wir ehrlich, selbst der verdammte Moskauer Zirkus ist nicht übel ... Wie kommt es, dass wir uns heute in dieser Situation befinden? So lächerlich angezogen, dass selbst ein Landei aus Nebraska allen Grund hätte, uns auszulachen! Wir geben all unser Geld für elegante Autos aus, nur um dann deren Innenleben mit unserem schlechten Geschmack zu ruinieren, unsere Frauen tragen Waschbärpelze, spazieren über den Stanislaus-Platz und schenken alles, was ein junges Mädchen zu geben hat – nämlich seine Jungmädchenschaft –, denselben Deutschen, von deren Hand unsere Väter und Großväter bei der Verteidigung des Mutterlandes gestorben sind ...«

Als er das erwähnte, kam prompt patriotische Inbrunst in den Reihen auf: frustrierte Bärengrunzer, Ausspucken auf den Betonboden und hie und da ein gemurmeltes »Schande«.

Das griff Vladimir auf. »Schande!«, brüllte er. In seinen Ohren klingelte immer noch Františeks Vortrag über die vier Ecksteine der sowjetischen Gesellschaft. Grausamkeit. Wut. Rachsucht. Demütigung. Er holte eine Packung Taschentücher heraus, das Einzige, was er überhaupt in der Tasche hatte, und schleuderte sie effektbewusst zu Boden. Dann spuckte er drauf und kickte sie quer über die Bühne. »Schande! Was tun wir, Freunde? Während die Stolowaken, dieselben Stolowaken, die wir '69 platt gemacht haben, da draußen Wohnanlagen und moderne Fabriken hochziehen, die funktionieren, knipsen wir ein paar Bulgaren die Eier ab wie Radieschen! *(Gelächter)* Und womit haben die Bulgaren das verdient, frage ich euch? Sie sind Slawen wie wir ...«

(*Slawen wie wir: Die Geschichte des Vladimir Girshkin.* Zum Glück war die Menge zu aufgebracht, um sich über seine mangelhafte Slawizität lustig zu machen.)

»Nun, ab jetzt lernt ihr, was es heißt, ein Westler zu sein, und zwar in aller Härte. Wisst ihr noch, Peter der Große, der den Männern aus dem Osten die Bärte schor und die Bojaren entehrte?« Hier warf er einen Blick, nur einen, auf Gussew und die Männer ganz in seiner Nähe, so schnell, dass sie kaum reagieren konnten. »Ja, ich würde vorschlagen, ihr schaut noch mal in eure Geschichtsbücher, denn genau so wird es ablaufen. *Wer nicht für uns ist, ist gegen uns!* Und Folgendes, meine armen, schlichten Freunde, Folgendes werdet ihr als Erstes tun …«

Und dann legte er los.

Es war einer der Tage, die den Übergang von November zu Dezember markieren, die heimischen Bäume klammerten sich an den letzten Rest Gelb, der bleierne Himmel wurde von lichtblauen Linien durchschnitten, wo die peitschenden Winde eine Schneise in die Abgaswolken gefegt hatten. Die Russen, allesamt in die schwarz-orangen Perry-Ellis-Windjacken gekleidet, die Vladimir neuerdings zur Dienstkleidung erhoben hatte, hockten rund um die Lichtung (dieselbe Lichtung, wo Vladimir und Kostja immer trainierten), wie ein Ring dunkler Schmetterlinge. Im Hintergrund wurde eine Armada von zwanzig BMWs und ein Dutzend Jeeps von einer Mannschaft deutscher Automechaniker in Arbeitskitteln auseinander genommen.

Raus mit den zebragestreiften Sitzen, den wolligen Tassenhaltern, den atemberaubenden Unterbodenleuchtröhren in Neon-Pflaumenlila – alles wurde nach Art einer Löschkette an einer Reihe wippender Blondschöpfe entlang auf den Mittelpunkt der Lichtung geworfen. Dort hatten sich schon die persönlichen Opfergaben für den Gott des Kitsches angesammelt: die Trainingsanzüge aus Nylon, die Rod-Stewart-Kollektionen, die abgetragenen rumänischen Turnschuhe, alles, was den großen Personalbestand des Murmeltiers als Ostler, Sowjets, Kaltekriegsverlierer brandmarkte – alles Brennstoff für das große Feuer.

Als die Untersten in der Totempfahl-Hierarchie Benzin über diesen Leichenhaufen aus rosenwangigen Matrjoschkas und riesigen lackierten Suppenkellen schütteten, fingen einige der älteren

Frauen – vor allem Marussja, die Opiumlady, und ihre Clique – an zu wimmern und leise Schnalzlaute des Bedauerns auszustoßen. Sie wischten sich die Augen und richteten einander die Kopftücher, oft fielen sie sich auch voll Trauer in die Arme.

In Sekundenschnelle setzte das knisternde Raunen des Feuers ein. Und als eine leicht brennbare Substanz (möglicherweise die riesige Dose voll Brillantine, mit der Gussews Männer immer ihr schütter werdendes Haar zurückgestrichen hatten) mit einem orangefarbenen Schweif in den dämmernden Himmel hinein explodierte, starrte die Menge gebannt auf die Pyrotechnik, und die abenteuerlustigeren jungen Männer streckten die Hände aus, um sie am Feuer zu wärmen.

Das Murmeltier seufzte aus der Tiefe seiner weichen Brust, nahm einen ordentlichen Schluck aus der Wodkaflasche, griff in die Tasche seiner Windjacke und holte die beiden Filzwürfel heraus, die einst am Rückspiegel seines BMWs hingen und um einander kullerten wie zwei Welpen, die nur den anderen zum Spielen haben. Er rieb sie aneinander, als wollte er ein zweites Feuer entzünden, dann versenkte er die Nase in ihnen. Nach einigen Minuten der Melancholie lehnte er sich zurück, lächelte, schloss die Augen und schleuderte die Würfel in die Flammen.

Im Verlauf der Ereignisse im Hörsaal und im Wald hätte jeder, den es interessierte, umdrehen und einen attraktiven Mann im mittleren Alter sehen können, der, mit einem PrawaInvest-Besuchersticker ausgestattet, abseits von der Horde saß und auf einen kleinen Notizblock kritzelte. Mit seinem weißen Hemd und der Kordjacke, dazu dem freundlichen, etwas verdutzten Gesichtsausdruck wirkte er ziemlich harmlos. Innerhalb der Organisation galt das streng befolgte Axiom, dass harmlose Leute auf jeden Fall ins Krankenhaus gehörten. Und trotzdem wagte keiner, sich diesem seltsamen professoralen Herrn zu nähern, der auf seinem Stift herumkaute und grundlos lächelte. Er war mehr als harmlos. Er war František.

Und er war beeindruckt. »Brillant!«, sagte er zu Vladimir, führte ihn von der Lichtung fort und auf eine ramponierte Vorstadtschnellstraße, wo Jan und der Wagen warteten. »Du bist ein wahrhaft postmoderner Mann, mein Freund. Der Scheiterhaufen und der Wettbewerb in Selbstanklage … Clown und Ringrichter in einem, ich muss schon sagen! Und danke, dass du mir geholfen hast, diese infernalischen Windjacken loszuwerden.«

»Ach«, sagte Vladimir und verschränkte die Hände vor der Brust. »Du weißt nicht, wie glücklich du mich machst, František. Ich kann dir nicht sagen, wie unvollständig ich ohne dich war. Seit vier Monaten arbeite ich an diesem doofen Pyramidenschema, und mehr als eine lächerliche Viertelmillion von einem kanadischen Trottel hab ich nicht zustande gekriegt.«

Jan öffnete den Schlag, und die beiden rutschten auf den warmen Rücksitz. »Na, das wird sich bald ändern, junger Mann«, sagte František. »Ich habe nur ein eigenartiges Problem …«

»Du hast ein Problem?«

»Ja, ich leide an Visionen.«

»Du leidest an Visionen«, wiederholte Vladimir. »Ich kann dir einen Arzt in den Staaten empfehlen …«

»Nein, nein, nein«, lachte František. »Ich leide an guten Visionen! Letzte Nacht zum Beispiel habe ich geträumt … Ich sah eine Kongresshalle, hier bei uns, die für einen Kaviarbrunch angemietet wurde … Ich sah einen Werbefilm über PrawaInvest, der auf eine Leinwand von immensen Ausmaßen projiziert wurde … Gegen Morgen träumte ich von zwanzig Brunches dieser Art, mit jeweils fünfhundert Gästen. Zehntausend Anglos, grob geschätzt ein Drittel der hiesigen Exilgemeinde. Alles Kinder von Mamas und Papas aus glücklicheren Landen. Alles potenzielle Investoren.«

»Aha«, sagte Vladimir. »Solche Wunder sehe ich auch vor mir, aber ich sehe noch nicht ganz, wie dieser Film finanziert werden soll.«

»Nun, du hast Glück«, sagte František, »denn ich habe Freunde in der großen und unausgelasteten Filmindustrie dieses Landes. Außerdem managt mein Kumpel Jitomir ein elefantöses Konferenzzentrum im Distrikt Gorograd. Was den Kaviar betrifft, tja, mit dem Problem stehst du wohl alleine da, fürchte ich.«

»Kein Thema!«, sagte Vladimir und machte František vertraut mit dem internationalen Kaviarschmuggel, den das Murmeltier und seine Männer aufgebaut hatten. Während er die finsteren Einzelheiten ausführte, wurde das Wetter draußen wechselhaft, spielte zunächst mit einer Palette lockerer Wolken in Babyrosa und tilgte dann alles von der Leinwand, um die näher kommende goldene Stadt in gleißendes Sonnenlicht zu tauchen. Jeder Umschwung zwischen Hell und Dunkel steigerte Vladimirs Aufregung, denn er bestätigte ihm, dass Veränderungen unmittelbar bevorstanden. »O Gott!«, rief er aus. »Ich glaube, wir sind startbereit!«

»Nein, warte«, sagte František und schloss die Augen. »Das war noch lange nicht alles. Ich sehe mehr. Ich sehe uns eine Fabrik kaufen. Eine, die Pleite gemacht hat natürlich.«

»Mir ist neulich eine am Stadtrand aufgefallen«, sagte Vladimir. »Die FutureTek 2000. Die sah aus, als hätte sie vor hundert Jahren Pleite gemacht.«

»Stimmt. Meinem Vetter Stanka gehört ein Teil der FutureTek. Das ist eine Chemieanlage, die nicht nur vor hundert Jahren Pleite gemacht hat, sondern letztes Jahr tatsächlich in die Luft geflogen ist. Perfekt. Ich muss mich zum Abendessen mit Stanka treffen. Aber ich sehe noch mehr. Ich sehe den Nachtclub, von dem wir sprachen ...«

»Den sehe ich auch«, sagte Vladimir. »Wir nennen ihn *Lounge der Verwandlung*, frei nach Kafka und seinem starken Einfluss auf die ausländische Fantasie. Außerdem ist Lounge derzeit ein Modewort.«

»Ich höre Drum n Bass. Ich sehe softe, samtige, elitäre Prostitution. Ich spüre was in der Nase. Kokain?«

»Viel besser«, sagte Vladimir. »Ich habe von einem revolutionären neuen Rauschmittel gehört, einem Beruhigungsmittel für Pferde, das wir en gros über einen französischen Tierarzt beziehen können.«

»Vladimir!«

»Was? Ist Horse Tranquilizer zu überdreht?«

»Nein, nein ...« František hatte immer noch die Augen zu; die

Adern auf seiner Stirn blähten sich vor lauter ausgefeilten Konzepten. »Ich sehe, wie wir an der Frankfurter Börse gehandelt werden.«

»Boshe moi!«

»Ich sehe NASDAQ.«

»Gott steh uns bei.«

»Vladimir, wir müssen bald handeln. Nein, nicht bald. Heute. Sofort. Dies ist ein magischer Augenblick für alle, die das Glück haben, jetzt in diesem Teil der Welt zu sein, aber es ist nicht mehr als ein Augenblick. In drei Jahren ist Prawa out. Dann ist die Exilgemeinde abgezogen und der stolowakische Staat eine Miniaturausgabe von Deutschland. Gelebt wird jetzt, junger Freund!«

»He, wo fährst du mich hin?«, fragte Vladimir, der plötzlich merkte, dass sie die Neustadt durchquert hatten und sich einem mysteriösen, ausgebrannten Viertel dahinter näherten.

»Wir werden einen Film drehen!«, rief František aus.

Vladimirs Lieblingszufall aus dem Kalten Krieg? Die unheimliche Ähnlichkeit zwischen dem Stil sowjetischer Architektur in den 80er-Jahren und den Pappkulissen von *Raumschiff Enterprise*, der großen amerikanischen Kitschserie aus den 60ern. Betrachten wir beispielsweise den 1987 erbauten Palast für Handel und Kultur im Distrikt Gorograd, den František für seine wöchentlichen Kaviarbrunches und für Aufführungen von *PrawaInvest: Der Film* organisiert hatte. Captain Kirk höchstselbst hätte sich in dieser riesigen Annäherung an einen Heizkörper des 25. Jahrhunderts zu Hause gefühlt. Er hätte sich in einen der Weltraumsessel aus orange Plastik plumpsen lassen, die den sternenübersäten Hauptsaal füllten, dann mit übertriebenem Entsetzen zugeschaut, wie die riesige Leinwand mit einem Rauschen zum Leben erwachte und die Stimme einer Furcht einflößenden feindlichen Weltraumkreatur Folgendes ansagte:

»In den sechs Jahren seiner Existenz ist PrawaInvest EZKB zu dem mit Abstand führenden Konzern geworden, der aus den Trümmern des früheren Sowjetblocks entstanden ist. Wie haben wir das geschafft? Gute Frage.«

Endlich wurde die Wahrheit offenbart!

»Talent. Wir haben erfahrene Profis aus den industrialisierten Ländern des Westens zusammengebracht mit aufgeweckten und motivierten jungen Spezialisten aus Osteuropa.«

Bitte sehr: Vladimir und ein afrikanischer Schauspieler rauschten in einem Golfwagen an einer riesenhaften weißen Mauer entlang, auf der in der futuristischen Firmentype die Worte FutureTek 2000 standen. Die Mauer endete, und der Golfwagen bog auf eine Wiese ab, wo glückliche Arbeiter von mannigfacher Herkunft und sexueller Orientierung unter einem immer höher steigenden, aufblasbaren Phönix herumwuselten. Der war PrawaInvests ziemlich schamloses Firmensymbol.

»Interessenvielfalt. Von der Modernisierung der staatlichen Filmstudios in Usbekistan bis hin zu unserem nagelneuen High-Tech-Industriepark und Kongresszentrum – der FutureTek 2000 –, das schon bald dem stolowakischen Kapital offen steht: PrawaInvest ist in jedem Marktsegment führend.«

Nicht schlecht, usbekische Filmstudios, oder? Und das maßstabsgetreue Modell des baumbestandenen FutureTek-Campus, ein postindustrieller Tadsch Mahal!

»Weitblick. Haben wir schon die FutureTek 2000 erwähnt? Natürlich! Bei uns sind Sie ein Teil der technologischen Avantgarde, ob Sie ein modernes Hotelhochhaus in der albanischen Hauptstadt Tirana leiten, eine Berufsschule für die Yupik-Eskimos in Sibirien oder eine kleine, aber einflussreiche Literaturzeitschrift in Prawa. Und die Ziele von PrawaInvest sind ebenso solide wie unser Ruf, den wir uns mit wohlüberlegten Investitionen erworben haben. Wir wollen bleibenden Frieden auf dem Balkan schaffen, wir wollen eine saubere Donau, *und* wir wollen unseren Investoren die außergewöhnlichsten Dividenden bieten. Holen Sie sich Ihr Stück von dem Kuchen, *noch heute.*«

Bevor ein Bosnier zu sehen war, der seine Torte aß, und nachdem die Yupik-Eskimos mit ihren Reißschienen und Winkelmessern in die Kamera gewinkt hatten, tauchten Cohen und Alexandra auf, über die Druckfahnen von *Cagliostro* gebeugt und hitzig debattierend (zum Glück ohne Ton). Durch die Kamera gesehen, wirkte Cohen wie ein Pummel in den Dreißigern, während Alexandra mit ihrem runden Gesicht und den dunklen langen Wimpern wie eine Perserin aussah. Lauter Jubel begrüßte das literarische Paar, ein Jubel, der alle jugendlichen Zonen im Saal erfasste, nicht nur die Clique (die in der ersten Reihe saß und sich mit Kaviar voll stopfte). Selbst Morgan – deren Beziehung zu Vladimir weiterhin kabbelig und ungeklärt war – konnte nicht anders, sie musste den Anblick ihrer lieben Freundin Alexandra beklatschen, auch wenn sie selbst heute Abend eher an eine gelangweilte junge Botschaftersgattin erinnerte, die irgendwo in Kinshasa oder Phnom Penh festsaß. Ja, *Cagliostro* war ein Geniestreich gewesen, ein Marketinginstrument, das man durchaus an der Wharton School auf den Lehrplan hätte setzen können. Schade nur, dass das verdammte Ding immer noch nicht existierte.

»Also, worauf warten Sie noch? PrawaInvest-Anteile waren bereits an der tansanischen Börse für ca. 920 US-Dollar im Handel. Wir freuen uns, sie Ihnen heute fast für die Hälfte anbieten zu können. Wir wollen uns bei denjenigen, die unseren kometengleichen Aufstieg ermöglicht haben, revanchieren: bei den Bürgern des ehemaligen Warschauer Pakts. Für Informationen über unsere derzeitige Dividendenerwartung rufen Sie bitte unseren geschäftsführenden Vizepräsidenten Vladimir Girshkin in unserer Konzernzentrale Prawa an: Tel. (0789) 02 36 21 59, Fax 02 36 21 60. Oder Sie melden sich bei seinem Partner František Kral unter (0789) 02 33 65 12. Beide sprechen fließend Englisch und helfen Ihnen gern weiter.

Revanchieren auch Sie sich. Jetzt! PrawaInvest EZKB.«

Inzwischen war, besten Dank an den Dichter Fish, ein Paket aus Lyon eingetroffen, das zwanzig Ampullen flüssigen Horse Tranquilizer enthielt, außerdem ein Kochrezept, nach dem der Inhalt in schnupfbares Pulver umgewandelt werden konnte, und die allererbärmlichste Lyrik, die je in einer Literaturzeitschrift Alaskas erschienen war. Vladimir schleppte seine Beute zu Marussja und erklärte ihr die Lage. Sie schüttelte den Kopf, als wollte sie sagen:

»Nu, was hab ich davon?« Ihre Antidrogenprinzipien waren dabei nicht das Problem, das war Vladimir klar. Die schöpfte garantiert sowohl im Garten als auch an ihrem kleinen Verkaufsstand ihre Dosis ab. Und um neun Uhr morgens, wenn Vladimir zum täglichen Joggen mit Kostja aufbrach, war die alte Marussja schon so bedröhnt, dass sie über das obligatorische Dobry den stolperte.

Man kam sich also in harter Währung entgegen, und Marussja, die wie ein siecher Hobbit voraushumpelte, nahm ihn mit in den Keller des Hauptgebäudes, wo mehrere Gasöfen aufgereiht standen und darauf warteten, ihren krummen Zweck zu erfüllen. Lange mussten sie nicht ausharren. Der flüssige Horse Tranquilizer wurde in ihrem gesprungenen Keramik-Inneren bei immensen Temperaturen in einem Sortiment Töpfe und Pfannen eingekocht und gebacken. Dabei kam eine Oblate heraus, die Marussja so fröhlich wendete, als stellte sie Bliny her, und dann zum Abkühlen auf ein Metalltablett legte. Als Nächstes ging sie mit einem Stampfer darauf los, bis nur noch ein kleines Häufchen schnupfbares Pulver übrig war, das sie zu kleinen Zellophanklumpen verpackte und Vladimir zur Inspektion entgegenhielt. Dazu strahlte sie mit handwerkerlichem Stolz, dass ihr Mund voller Goldzähne in der staubigen Kellerluft nur so blitzte.

Vladimir zog mit einem hübschen Stapel der kleinen Horse-Klumpen von dannen, obwohl er im Augenblick noch gar nicht wusste, wohin er damit sollte oder was der richtige nächste Schritt wäre, um diese Viertelstunden-Lobotomie der Clique und weiteren Kundenkreisen anzubieten. Dafür würde er seinen Club brauchen, die Lounge der Verwandlung.

Einige Tage später traf in einer kleinen Turboprop-Maschine, die das finnische Kreuz auf der Heckflosse trug, MC Paavo ein. Er war noch nicht ganz ausgestiegen, da stand schon fest, dass er nicht den Mund halten konnte. Von draußen auf dem Rollfeld hörten sie seine tiefe Stimme im Flugzeug herumrappen: »*MC Paavo in da house! In da pan-European 'hood! Got da Helsinki beat you all can't fuck wid!*«

Er war nicht älter als František, hatte sich nur nicht besonders gut gehalten: Runzeln so tief wie der San-Andreas-Graben, ein Haaransatz auf dem Rückzug, aber nicht im anmutigen Bogen typisch männlicher Allopezia, sondern im Zickzack, wie Soldaten auf der Flucht von der Front. Um diesem Eindruck entgegenzuwirken, schwallte er wie ein Fünfzehnjähriger auf Crack und schnüffelte an seinen Achselhöhlen, als verströmten die das Elixier ewiger Jugend. Der Finne, nur mit gutem Willen als groß zu bezeichnen, umarmte František, verwuschelte ihm die Haare und nannte ihn »my boyyy«, was der exsozialistische Globetrotter, der mit Hiphop-Sprüchen zwar nicht vertraut war, sich aber nicht lumpen lassen wollte, mit »my girl« quittierte, worauf die allgemeine Heiterkeit einen Zwischenhöchststand erreichte.

Als sie Paavo das Kasino zeigten, fiel er auf die Knie, robbte ein bisschen herum und faselte von Verstärkern, Wattzahlen und anderen technischen Details, mit denen unsere Ostblockfreunde nicht viel anfangen konnten. »Super«, sagte er. »Haut die zwei Etagen hier drüber raus, und wir können losgrooven.«

Diese Bitte gab Gussews Männern tatsächlich mal was Konstruktives zu tun: Sie nahmen sich die verleimten Pappwände und Zwischendecken mit elektrischen Tackern und Macheten vor, mit Äxten und Granatwerfern, mit Schutzbrillen und vor allem mit der unerschütterlichen Hoffnung des Russen, dass der liebe Gott aus Zerstörung Neues erschaffen wird. Als sie fertig waren, hatten sie nicht nur die beiden Etagen über dem Kasino entsorgt, sondern auch noch ein Skylight ins Dach und durch sämtliche Stockwerke darunter gebrochen. Vladimir, der im Kasinogebäude wohnte, wurde vorübergehend obdachlos und musste entweder in Morgans Bleibe kampieren oder sich ein Zimmer im Interconti nehmen. Trotz Beziehungsstress entschied er sich für Ersteres.

Die Hoffnungen der Russen auf die göttliche Vorsehung erwiesen sich als nicht völlig unberechtigt. Zwar kümmerte sich nicht der liebe Gott um sie, aber immerhin Harold Green. Die Gelder des Kanadiers finanzierten ein traumhaftes, irres Discorama, das von genügend Themenlounges flankiert wurde, um auch den traurigsten Trinker glücklich zu machen. Der Name war Programm: *Lounge der Verwandlung.*

Ein denkwürdiger Abend in der Lounge der Verwandlung? Viel Glück. Da bräuchte man drei allwissende Erzähler, um halbwegs einen Bericht zusammenzustoppeln. Aber was soll's, versuchen wir, die Sache in Würde durchzuziehen und uns zu erinnern, was in der Nacht x um y Uhr im Hauptraum, dem Kafka-Insecuritorium, geschah.

An diesem besonderen Abend ist die Tanzfläche von der neuen Arrivistenmeute mit Beschlag belegt, Prawas derzeitiger »in«-Gruppe schon allein durch ihre beeindruckende Anzahl und ihre Partyconnections in der Verlags- und Medienlandschaft zwischen New York und Los Angeles, mit Stopover in London und Berlin. Da sind sie: weißhäutige Menschen mit Wildleder-Lounge-Anzügen und glubschäugigen Sonnenbrillen, die sich beim Unka-Unka von MC Paavo in die Strudel seines Techno-Nebels fallen lassen. Einer steht auf, einer fällt hin. Einer zieht sein Hemd aus und erweist sich als schlaff und alt, gerade als seine Freundin, verschwitzt und jung, aufwacht und ihren BH anzieht: ein Fall von Kommunikationspanne. Jetzt heulen sie und umhalsen sich. Schon bald winken sie dem Kapitänstisch zu und brüllen: »Vladimir! Alexandra!«

Der Kapitänstisch winkt zurück. »Natürlich würde ich das Risiko nicht eingehen, unsere Männer jetzt im Augenblick nach Sarajevo zu schicken«, übertönt Harold Green MC Paavos zwanzig Beats pro Minute. Sein fältchenüberzogenes Gesicht runzelt sich noch tiefer vor Sorge, wahrscheinlich denkt er gerade an die »aufgeweckten und motivierten jungen Spezialisten« der PrawaInvest, die zur Zeit vor dem feindlichen Feuer hinter dem Rumpf eines gepanzerten UNO-Wagens in Deckung gehen.

»Trink noch einen, Harold«, antwortet ihm Vladimir. »Über Bosnien reden wir morgen.«

Apropos Bosnien, da ist Nadja. Sie kommt aus Mostar o. ä., ihr Gesicht ist so scharf geschnitten wie eine konstruktivistische Tito-Büste, ihr Körper so lang und zielstrebig wie der einer Heldin der sozialistischen Arbeit oder einer Mutter der Nation. Da geht sie und führt ein kleines, bärtiges Exemplar der Spezies Geisteswissenschaftler am Kinn – eifriges Hamstergesicht, roter Haarwust, tragisches Hinken. Aber sie führt ihn nicht ins Ministerium der Liebe. Dessen zwanzig Etagenbetten, Schlagstöcke und kostspielige israelische Wasserwerfer bleiben einem späteren Teil des Abends vorbehalten. Nein, zuerst muss der blasse Herr seine moderne Malaise loswerden: Zeit für einen Besuch in Oma Marussjas Lazarett, da gibt es Borschtsch gegen Erkältung, Opium gegen Kopfschmerzen und Horse Tranquilizer gegen hyperaktive Fantasie.

Wieder im Insecuritorium … Am Kapitänstisch, das sind doch … Kann das sein? Alexandra und Cohen, schmusend? Ja! Marcus, der Rugby-Rottweiler, ist weg – Daddy hat ihm den Geldhahn zugedreht, also heißt es für ihn »Wiedersehen mit dem ätzenden alten England, Kumpel«. Bei genauerem Hinsehen zeigt sich, dass Alexandra heute Abend blendend aussieht, in Abendgarderobe mit einem Spaghettiträgerkleid und mit hochgesteckten Haaren. Doch ach, die Tränensäcke sind ledrig, und dann ist da noch die rote Schwellung um die Nüstern, aus der dunkle kleine Haare sprießen, so dick und störrisch wie trockenes Gras. Da war aber jemand einmal zu oft bei den Pferdeställen auf der Weide.

Aber guck sich einer ihren neuen Beau an. Cohen hat ein wunderschönes altes Armani-Jackett hergenommen und etwas aufgeraut, so dass es nicht länger ein Werkzeug der Unterdrückung ist. Bart und Haare sind gestutzt, so dass er fünf Jahre älter wirkt, die Doktorarbeit fest im Blick. Und jetzt hat er seine starken Arme um Alexandra geschlungen und sagt ihr, ganz ruhig, alles wird gut, wirf einfach deine allnächtliche Dosis ins Klo, wir fliegen nächste Woche nach Kreta und tanzen mit den Schafen, trinken Mineralwasser und reden so lange über uns, bis das alles einen Sinn ergibt. Er ist schwer zu verstehen, bei all dem Vogelgeschrei und den Vorschlaghämmern, die von MC Paavos Plattenteller kommen, aber von einem kann man ausgehen: Cohen sagt ihr, dass er sie liebt und immer schon geliebt hat.

Und was ist mit Vladimir? Am anderen Ende des Kapitänstisches sitzt er und schaut Cohen und Alexandra beim Schmusen zu, während Harold Green zu der neuesten ausgetüftelten Vortragsreihe über seine Soros-Stiftung im Wolkenkuckucksheim ansetzt. Vladimir schaut sich in aller Ruhe in der Lounge der Verwandlung um, dieser Terra incognita, die er und František und MC Paavo im biblischen Zeitraum von vierzig Tagen aus dem Boden gestampft haben. Es ist spät, viel zu spät für einen Montag – und für gewöhnlich fängt Vladimir zu dieser Stunde an, die Fragen zu stellen, die sich nicht mit einer anständigen Prise Horse Tranquilizer oder mit einem kräftigen Schluck vom belgischen Bier zu 5 Dollar 50 beantworten lassen, das die Lounge der Verwandlung so berühmt gemacht hat.

Zum Beispiel: Was würde Mutter von diesem cleveren neuen Unterfangen halten? Würde sie stolz auf ihn sein? Würde sie sein kleines Pyramidenschema als billige Alternative zu einem Studienabschluss betrachten? Oder hat er, ohne es zu merken, etwas geschaffen, das ihr gefallen könnte? Besteht eigentlich, recht bedacht, ein Unterschied zwischen Mutters Firmenkoloss und seiner schrottigen PrawaInvest? Und trifft es zu, was alle sagen, dass die Kindheit Schicksal ist? Dem man nicht entgehen kann?

Und zu guter Letzt die eine Frage, der Vladimir Girshkin den ganzen Abend auszuweichen versucht, indem er nostalgisch den Träumen über Mutter und das Schicksal und die Gier und seinen seltsamen, ruhmlosen Weg vom Opfer zum Täter nachhängt:

Wo ist Morgan?

KAPITEL 32

Tod dem FUSS

Morgan war zu Hause.

Morgan war oft zu Hause. Oder sie unterrichtete. Oder sie rangelte mit verrückten alten Weibern. Oder sie vögelte mit Tomaš. Schwer zu sagen. Sie redeten nicht viel miteinander, Morgan und Vladimir. Ihre Beziehung hatte das stabile, beiderseitig unbefriedigende Stadium einer alten Ehe erreicht. Sie waren ein bisschen wie die Girshkins, jeder mehr an seinen eigenen winzigen persönlichen Freuden und riesigen privaten Phobien interessiert als am anderen.

Wie konnten sie so leben?

Nun, wie berichtet, schiebt Vladimir seit ungefähr einem Monat Überstunden, um PrawaInvest zu dem Pyramidenschema zu machen, das das Phänomen Pyramidenschema ein für alle Mal abschafft. Was Morgan betrifft, so stellte sie wenig Fragen nach Vladimirs blühendem Bisness, und in die Lounge der Verwandlung schaffte sie es auch nie, denn, so sagte sie, ohrenzerfetzender Drum n Bass sei nichts für sie, seinen neuen Kumpel František finde sie »ein bisschen gruselig« und die ganze Horse-Tranquilizer-Szene zutiefst verstörend.

Na schön. War sie ja auch.

Was ihr Intimleben anbelangte, nun, das wurde unverändert fortgeführt. Prawa ist im Herbst und im Frühling ein ziemlich warmer Ort, aber Mitte Dezember stürzen die Temperaturen in unerklärlicher Weise zu sibirischen Werten ab, und die Plebs macht es sich gern »gemütlich« miteinander – Menschen im fortgeschrittenen Alter knutschen unerschrocken in der U-Bahn herum, Teenager reiben auf dem Altstadtplatz ihre Hinterteile aneinander, und wenn man in den eiskalten Plattenaks ohne Partner ist, der einem warmen Bieratem in die Körperöffnungen bläst, dann kann das den sicheren Tod bedeuten.

Also kuschelten sie sich aneinander. Bei den Nachrichten parkte Morgan manchmal ihre Nase zwischen Vladimirs Nase und Wange, was ein besonders tropischer Ort war, denn Vladimirs fieberhafter Körper kam auf eine Durchschnittstemperatur von 37,5 Grad. Manchmal, an kalten Morgen, wärmte er seine Hände zwischen ihren Schenkeln, die, anders als ihre kalten Wangen und Eiszapfen-Ohren, den Großteil ihrer Körperwärme zu enthalten schienen; nach Vladimirs Berechnungen würde er einen Polarwinter durchaus komfortabel überstehen können, indem er seine verschiedenen Gliedmaßen zwischen ihre Schenkel steckte.

Und was das Süßholzraspeln betraf, so fielen exakt zweimal im Laufe von fünf Wochen die Worte »Ich liebe dich«. Einmal sagte es Vladimir ungewollt, nachdem er gerade seinen Höhepunkt in ihre Hand platziert hatte und während sie sich beiläufig mit einem schmirgelpapiernen stolowakischen Kleenex abwischte, ein friedliches, großzügiges Lächeln auf den Lippen (man erinnere sich an das Zelt!). Und einmal Morgan, nachdem sie Vladimirs wohl bedachtes Weihnachtsgeschenk ausgepackt hatte, Václav Havels Gesammelte Werke auf Stolowakisch, mit einer Einführung von Borik Hrad, dem stolowakischen Lou Reed. »Es ist wohl wichtig, an etwas zu glauben«, hatte Vladimir auf die Titelseite geschrieben, obwohl seine zittrige Handschrift ihn nicht so recht von dieser Regung überzeugte.

Also, wie erläutert, gab es nicht nur Eifersucht, sondern auch Koitus. Warum? Weil die Möglichkeit, dass Morgan ihre Nachmittage vielleicht mit Tomaš teilte, Vladimir nicht nur an und für sich wild machte, sondern auch seine Feurigkeit im Bett verstärkte. Ähnlich wie bei Challah während ihrer Kerker-Zeiten regte ihn die Vorstellung an, dass die Frau, die er begehrte, auch andere begehrte. Diese schlichte Gleichung kommt bei vielen Liebespaaren vor: Er kann sie nicht *kriegen*, also *begehrt* er sie.

Doch abgesehen von seinen Intimbedürfnissen, wuchs sein Ärger auf Morgan zügig weiter an, wobei Lust und Schmerz manchmal gegeneinander und manchmal, etwa im Bett, auch Hand in Hand arbeiteten. Er fühlte sich machtlos. Was konnte er tun, um sie davon zu überzeugen, dass sie ihn liebte, nicht Tomaš, dass sie auf ihr dunkles Geheimleben verzichten musste zugunsten von Normalität, Zuneigung und Erregung, dass man immer auf der richtigen Seite der Geschichte stehen und Wildschweinbraten im Weinarchiv essen musste, statt im Gulag zu erfrieren?

Doch sie wollte ihn nicht verstehen, das dickköpfige Mädchen aus dem Mittleren Westen. Also arbeitete er an zwei Fronten: Um seinen Lustdruck zu lindern, krabbelte er zu ihr ins Bett, und um seinen Schmerz zu lindern, konnte er nur auf Rache hoffen. Und das Beste, was er da erhoffen konnte, war ein ganz bestimmtes Doppeldate. Als schließlich das Murmeltier anrief, um zu verkünden, dass Road 66, das Restaurant in der Markthalle bei seiner Reihenhausvilla, nunmehr bereit sei, heiße Curly Fries gegen amerikanische Dollars zu servieren, nahm Vladimir die Einladung frohgemut auch in Morgans Namen an.

Eins war furchtbar süß an Morgan: Sie gehörte zwar nominell zur Oberschicht, besaß aber nur ein Outfit für offizielle Anlässe, die enge Seidenbluse, die sie bei ihrem ersten Rendezvous mit Vladimir getragen hatte. Alles andere in ihrem Kleiderschrank war solide, »unverwüstlich«, wie es in den Staaten hieß, denn anders als Vladimir war sie nicht nach Prawa gekommen, um die Schönste im ganzen Land zu sein.

Als sie beim Road 66 vorfuhren, zupfte Morgan nervös an den Ärmeln dieser wichtigen Bluse, damit sie ihren Körper auch genau richtig umschmiegte. Sie zog zum dritten Mal ihren Lippenstift nach und kratzte ohne ersichtlichen Grund an einem Vorderzahn herum. »Sollte das nicht eher Route 66 heißen?«, fragte sie mit einem prüfenden Blick auf das Restaurantschild. Vladimir zwinkerte geheimnisvoll und küsste sie auf die Wange.

»Hey! Hör auf«, sagte sie. »Ich habe Rouge drauf. Guck mal,

was du gemacht hast.« Sie griff noch einmal nach ihrer Handtasche, und Vladimir musste die altbekannten, unproduktiven Gefühle von Zärtlichkeit bekämpfen, während sie sich die Nase putzte und Rouge nachlegte.

»*Well if you* … Morgan Jenson … *ever plan* … *to motor West*«, sang Vladimir, und sie gingen Arm in Arm an der fünf Hektar großen Schottermulde vorbei, aus der bald eine Mall im amerikanischen Stil werden sollte, und auf die riesige Neon-Paprika über dem Eingang des Restaurants zu, »*just take my way* … *that's the highway* … *that's the best.*«

»Wie kannst du nur singen?«, fragte Morgan. Jetzt tupfte sie sich mit einer Serviette an den Lippen herum. »Wir essen gleich mit deinem Boss zu Abend. Hast du keine Angst oder so?«

»*Get your kicks*«, schmalzte Vladimir und zog an den Türgriffen, zwei Plastik-Klapperschlangen, »*on Route* … *sixty-six.*«

Ein atemberaubendes Panorama aus billigem Mahagoni und Americana-Kitsch begrüßte sie. Das Restaurant zog sich, ganz wie im Lied, »*from Chicago to L. A.* … *more than two thousand miles all the way*«, und die Tische waren mit St. Louis, Oklahoma City und Flagstaff beschildert, »*don't forget Winona* … *Kingman, Barstow, San Bernardino* …«

Das Murmeltier und sein Mädel hatten heute Abend Flagstaff besetzt. »Volodja, ich habe den Kaktus gekriegt!«, rief das Murmeltier Vladimir quer durch den großen Laden zu. Der Flagstaff-Tisch war tatsächlich mit einem gigantischen, leuchtenden künstlichen Kaktus bestückt, viel beeindruckender als, sagen wir, der lächerliche Einsachtzig-Bogen von St. Louis oder der menschenleere Wildwestladen von Geronimo, einige Tische nach Arizona hinein.

»Sie sagen, für Kaktus immer Warteliste«, informierte sie das Murmeltier nüchtern auf Englisch und bestellte schon mal Schokomilkshakes für die Gruppe. Als Teil seines Westlertrainings hatte das Murmeltier zehn schwarze Rollkragenpullover und zehn Paar Hosen von einer spezialisierten Hosenfirma in Maine bestellen müssen, und heute Abend sah er aus, als wollte er später noch zu einem Thanksgiving-Essen bei irgendwelchen Liberalen auf der Upper

West Side. Was die Liebe seines Lebens betraf, Lenotschka, tja, über die könnte man einen ganzen Roman schreiben, aber unsere Zeit reicht allenfalls, um auf ihre Haare einzugehen.

Sagen wir es mal so: In den frühen 90er-Jahren trugen die Frauen des Westens Kurzhaarschnitte, Pagenköpfe und knappe Bobs, doch Lena inszenierte ihr Haar weiterhin im alten russischen Stil. Sie verweigerte die Entscheidung, es hochgesteckt oder offen zu tragen, und tat deshalb beides gleichzeitig: Eine großartige Mähne krönte ihre Schultern, während zusätzlich etwa fünfzehn Pfund brutales Erdbeerblond von einer riesigen weißen Schleife in die Höhe gezerrt wurden. Unter den Haarkaskaden saß ein milenkoje russkoje Litschiko, ein liebes kleines russisches Frätzchen mit hohen mongolischen Wangenknochen und einer Stupsnase. Sie trug genau dieselbe Kluft wie das Murmeltier, Rolli und Hosen in Schwarz, was die beiden nach hochzeitsreisenden Touristen aussehen ließ.

Das Murmeltier küsste Morgan die Hand. »Viele große Vergnügen. Heute Abend Lenotschka und ich üben Englisch, deshalb bitte korrigieren Ausdruck von Murmeltier. Ich glaube in Englisch ich heiße ›Murmeltier‹, aber Lexikon auch sagt ›Bergmaus‹. Ihr haben solche kleine Tier in eure Land? Vladimir sagt, jetzt alle mussen Englisch sprechen!«

»Wenn mir doch nur mein Russisch vom College wieder einfiele«, sagte Morgan mit einem ermunternden Lächeln, als wäre Russisch immer noch eine Weltsprache, die zu lernen sich lohnte. »Ich kann ein bisschen Stolowakisch, aber das ist ja ganz was anderes.«

Die Paare saßen sich gegenüber, und das Murmeltier trat ganz männlich auf, indem er für alle auch das Essen bestellte – Gartenburger für die Damen und Straußenburger für die Herren. »Und noch drei Portionen Curly Fries mit scharfe Soße«, verlangte er von der Kellnerin. »Ich liebe so Scheiß.« Und grinste seine Tischgenossen breit an.

»Also …«, sagte Vladimir, unsicher, wie er sein kleines Rache-Dinner in Gang bringen sollte.

»Ja …«, sagte das Murmeltier und nickte Vladimir zu. »Also.«

»Also …« Morgan lächelte Lena und das Murmeltier an. Sie

knackte unter dem Tisch schon mit den Fingern, das arme Ding. »Also, wie haben Sie beide sich kennen gelernt?«, fragte sie. Super-Frage bei einem Doppeldate.

»Hmmmm …« Das Murmeltier lächelte nostalgisch. »Eh, ist große Geschichte«, sagte er. Sein gebrochenes Englisch war eigentlich göttlich. »Ich erzähle? Ja? Gut? Okay. Große Geschichte. Also einmal Murmeltier fahrt nach Dnjepropetrowsk, also in Osten von Ukraine, und viele Leute tun böse Ding zu ihm und Murmeltier tut auch *sehr* böse Ding zu Leute und, äh, Zeit macht tick tick tick tick auf die Uhr, und nach zweimal Zeiger auf die Uhr rund herum, also zwei Tage vorbei, ist Murmeltier lebendig und ist Feinde von Murmeltier sind … äh … tot.«

»Moment«, sagte Morgan. »Sie meinen …«

»Also metaphorisch gesprochen, sind sie tot«, warf Vladimir etwas halbherzig ein.

»Also«, fuhr das Murmeltier fort, »böse Sache fertig, aber Murmeltier immer noch sehr einsam und sehr traurig …«

»Ai, mein Tolja …«, sagte Lena, richtete ihre Schleife mit der einen Hand und steuerte ihren Milkshake-Strohhalm mit der anderen. »Verstehen Sie, Morgan, er hat russische Seele … Kennen Sie, was ist *russische Seele*?«

»Ich habe davon gehört, von Vladimir«, sagte Morgan. »Das ist so wie …«

»Das ist sehr schön«, sagte Vladimir. Er bedeutete dem Murmeltier fortzufahren, denn er wusste ganz genau, wo die kleine Saga seines Arbeitgebers hinführte. Wirklich sehr schön.

»Also, okay, Murmeltier einsam und hat niemand in Dnjepropetrowsk. Sein Cousin hat letzte Jahr sich selbst gestorben, und Djadja Ljoscha, ferne Verwandte, hat von Trinken gestorben. Also Schluss! Keine Familie, keine Freunde, keine nix.«

»Bedny moi Surok«, sagte Lena. »Wie sagt in Englisch … meine arme Murmeltier …«

»Ich kann Sie total verstehen, wissen Sie«, sagte Morgan. »Es ist so schwer in einer fremden Stadt, sogar in Amerika. Ich war mal in Dayton, da war ich in einem Baseball-Ferienlager …«

»Jedefalls«, unterbrach das Murmeltier. »Also Murmeltier allein in Dnjepropetrowsk und seine Bett sehr kalt und keine Mädchen, auf die sich legen kann, also er geht zu, wie sagen in Englisch – Publitschny dom? Die Haus von Öffentlichkeit? Wissen Sie, was ist?«

Lena tunkte eine einzelne Fritte in einen Tümpel scharfe Soße. »Haus von Mädchen, vielleicht?«, steuerte sie bei.

»Ja, ja. Genau die Haus. Also er setzt hin und Madame kommt und stellt vor dies Mädchen und das Mädchen, und Murmeltier will auf Boden spucken so *Tfuhh! Tfuhh!*, weil ist so hässlich. Eine hat Gesicht schwarz wie Zigeunerin, andere hat dicke Nase, andere spricht keine Russisch, spricht wie Sprache von Pygmäen … Aber Murmeltier sucht, weißt du, eine ganz besondere Mädchen.«

»Murmeltier ist so kultiviert«, sagte Lena und patschte ihm auf die riesige Hand. »Tolja, sag mal berühmte Poema von Alexander Sergejewitsch Puschkin für Morgan, was heißt, äh …«, sie warf Vladimir einen flehenden Blick zu.

»Der Eherne Reiter?«, tippte Vladimir.

»Ja, genau. Eherne Reiter. Wunderschöne Poema. Jeder kennt diese Poema. Über berühmte Denkmal mit Mann auf Pferd.«

»Lena! Bitte! Murmeltier erzählt interessante Geschichte!«, rief das Murmeltier. »Also Murmeltier will weg von Haus von Mädchen, aber dann er hört wunderschöne Geräusch aus Liebezimmer. ›Och! Och! Och!‹ Wie wunderschöne slawische Engel. ›Och! Och! Och!‹ Stimme zart wie junge Mädchen. ›Och! Och! Och!‹ Murmeltier fragt Madame: ›Sagen mir, wer macht so Och?‹ Madame sagt, ›Oh, ist unsere Lenotschka, was macht so Och, aber Lenotschka nur für Valuta, Sie verstehen, harte Geld.‹ Da Murmeltier sagt: ›Ich habe Dollar, deutsche Mark, finnische Markka, nu, was Sie wollen?‹ Also Madame sagt: ›Okay, Sie setzen auf Sofa, zwanzig Minuten, dann Sie bekommen diese Lena.‹ Also Murmeltier setzt auf Sofa und hört diese wunderschöne Och, wie eine Vogel singt zu eine andere Vogel, und plötzlich er hat so, äh … Wie sagt in Englisch, Vladimir?«

Er flüsterte ein Wort auf Russisch. »Tja …« Vladimir schaute Morgan an. Ihr Gesicht war aschfahl, und sie schlang nervös einen

Strohhalm um einen weißen Finger, als müsste sie eine Aderpresse anbringen. »Geschwollen, würde ich sagen«, übersetzte Vladimir und milderte die Härte des Ausdrucks ein wenig ab.

»Ja! Murmeltier hat geschwoll in die Halle und ruft: ›Lena! Lena! Lenotschka!‹, und sie in Liebezimmer ruft ›Och! Och! Och!‹, und ist wie Duett. Wie Oper von Bolschoi. Scheiße! Also Murmeltier steht auf, immer noch geschwoll, und lauft schnell zu Larjok in die Stadt und kauft wunderschöne Blumen …«

»Ja!«, sagte Lena. »Murmeltier kauft rote Rosen, genau wie in meine Lieblingslied ›Eine Million rote Rosen‹ von Alla Pugatschowa. Also ich weiß, Gott schaut zu uns!«

»Und Murmeltier auch kauft teure Schokoladengeschenk wie Kugel!«

»Ja«, sagte Lena. »Ich weiß, von Österreich, mit Bild von Wolfgang Amadeus Mozart auf Kugel. Früher ich studiere Musik in Kiew-Konservatorium.«

Sie schauten sich an und lächelten kurz, murmelten ein paar Worte auf Russisch. Vladimir glaubte den zärtlichen Satz »*lastotschka ty moja*« zu hören, »du meine kleine Schwalbe«. Das Murmeltier knutschte Lena eilig ab und schaute dann wieder seine Tischgenossen an, etwas verlegen.

»Ähhhh«, sagte das Murmeltier und hatte kurzfristig den Faden verloren. »Ja. Wunderschöne Geschichte. Also Murmeltier lauft zu Haus von Mädchen, und Lena schon fertig mit andere böse Sache und wascht, aber egal, Murmeltier macht auf Tür zu ihre Zimmer, und sie steht und wischt mit Handtuch, ich habe nie gesehen so etwas … Oh! Haut weiß! Haar rot! Boshe moi! Boshe moi! O Gott! Russische Schönheit! Murmeltier geht auf Fuße und gebt Blumen und Kugel von Mozart und, und …« Er sah zu Lena und dann zu Vladimir und wieder zurück zu seiner Geliebten. Er legte die Hand auf sein Herz. »Und …«, flüsterte er.

»Und so vier Monate später wir sitzen mit euch an Tisch«, fasste die praktische Lena für ihn zusammen. »Aber jetzt Sie erzählen«, sagte sie zu der beinahe katatonischen Morgan, »wie haben Vladimir kennen gelernt?«

»Bei einer Dichterlesung«, murmelte Morgan und sah sich im Raum um, vielleicht auf der Suche nach einem gesetzestreuen Mitamerikaner, um Kontakt aufzunehmen. Kein Glück. Jeder zweite Gast war ein brünstiger stolowakischer Bisnesman in einem weinroten Zweireiher, am Arm eine ansprechende Zwanzigjährige. »Vladimir ist ein sehr guter Dichter«, sagte Morgan.

»Ja, vielleicht ist Meister von Dichter«, lachte Lena.

»Er hat ein Gedicht über seine Mutter im Joy vorgelesen«, sagte Morgan und versuchte, auf den rechten Weg zurückzukehren. »Es handelte davon, wie er mit seiner Mutter in Chinatown war. Ich fand es sehr, sehr schön.«

»Russische Mann liebt seine Mutter.« Das Murmeltier seufzte. »Meine Mama hat gestorben in Odessa, in Jahr 1957, Tod von die Niere. Ich war kleine Kind. Sie war harte Frau, aber jetzt ich wünsche, ich konnte noch einmal sie gute Nacht küssen. Jetzt ich habe nur noch Papa auf die ganze Welt, meine Papa in New York, was ist Matrose-Invalide. So ich höre von Vladimir. Er helft meine Papa, dass wird Bürger von USA, mit Verbrechen gegen amerikanische Einwanderungsamt. Also ist auch Meister von Verbrecher, mein Volodetschka!«

Morgan legte ihren Road 66-Gartenburger ab und stierte Vladimir an. Auf ihrer Oberlippe glänzte ein Ketchuprand. »Tja, was soll ich sagen?«, war Vladimirs scheue Reaktion auf die Zuschreibung des Murmeltiers. »Da gab es eine Intrige mit der EEB, und ich habe geholfen, so gut ich konnte. Ach, war das ein langer, komplizierter Weg.«

»Einmal Murmeltier erzählt lustige Geschichte«, sagte Lenotschka, »wie Vladimir nehmt Geld von reiche Kanadier und dann in Nachtclub verkauft Pferdedroge an Amerikaner. Sie haben eine sehr kluge Freund, Morgan.«

Morgan kniff Vladimir schmerzhaft in die Schulter. »Er ist ein *Investor*. »Er hat Harold Greens Geld in einen Club *investiert*. Und er ist kein Drogendealer. Das ist dieser Finne, MC Paavo.«

»Nehmen, investieren, was ist schon der Unterschied?«, sagte Vladimir. Aber er nahm sich vor, die fröhliche Nonchalance etwas herunterzufahren, schließlich konnte sie seinem Pyramidenschema gefährlich werden. Morgan war immer noch mit Alexandra befreundet, also auch mit der ganzen Clique, dem trendigen Stützpfeiler von PrawaInvest. Und als er sich zu Morgan beugte, um ihr den Ketchup von der zitternden Oberlippe zu wischen, schaffte er es, ihr noch schnell ins Ohr zu flüstern: »Morgan ins Lager!« und »Tod dem FUSS, Schätzchen!«.

Nur damit sie wusste, was Sache war.

Der Streit fing im Wagen an, sofort nachdem Vladimir Lena und dem Murmeltier ein letztes Mal zugewinkt hatte. Jan kurvte an den inzwischen dunklen Reihenhäusern der Brookline Gardens vorbei (einige der Häuser hatten immer noch ihre Adventskränze und »Frohe Weihnachten«-Schilder draußen hängen), auf der Suche nach der Westmoreland Street, der glatt asphaltierten Arterie, die das Suburb-Märchen des Murmeltiers mit Prawas schlaglöchriger Stadtautobahn verband, seinen sterbenden Fabriken und bröckelnden Plattenaks. Währenddessen beschäftigte sich Morgan lautstark mit ihren Gefühlen.

»Er hat seine Freundin im Bordell kennen gelernt!«, schrie sie, als wäre das die ungeheuerlichste Neuigkeit des Abends gewesen. »Er ist ein Scheiß-Gangster ... Und du! Und DU!«

»Was für eine Überraschung, eh?«, raunte Vladimir vieldeutig. »Es ist schlimm, wenn die Menschen nicht aufrichtig zueinander sind.«

»Was soll das heißen?«

»Ich weiß es nicht, Morgie ... Mal sehen. Tomaš. Tod dem FUSS. Was meinst du?«

»Was hat Tomaš mit alldem zu tun?«, schrie sie.

»Du bumst mit ihm.«

»Mit wem?«

»Mit Tomaš.«

»Komm, bitte.«

»Was treibt ihr dann?«

»Wir arbeiten zusammen an einem Projekt.« Sie zerrte eine

Coladose aus einem Dosenhalter und zerdrückte sie mit all ihrer beachtlichen Kraft.

»An einem Projekt? Können wir das genauer haben?«

»Es ist ein politisches Projekt, Vladi. Würde dich nicht interessieren. Du stehst ja mehr darauf, armen Kanadiern ihr Geld zu klauen und deine Freunde von dieser Pferdescheiße abhängig zu machen.«

»Hmmmm, ein politisches Projekt. Wie faszinierend. Vielleicht kann ich behilflich sein. Ich habe ziemlich viel Bürgersinn, weißt du. Ich habe im Studium mindestens zwei Mal Lenins *Staat und Revolution* gelesen.«

»Du bist ein feiner Mensch, Vladimir«, sagte Morgan.

»Ach, leck mich, Morgie. Was für ein Projekt ist das? Wollt ihr den FUSS in die Luft jagen, oder was? Hast du Dynamit in deinem versiegelten Zimmer liegen? Du und Tommy, ihr wollt während der Parade zum 1. Mai den Sprengsatz zünden? Tote Babuschkas, so weit das Auge reicht ...«

Morgan schleuderte die leere Coladose auf Vladimir, sie streifte schmerzhaft sein linkes Ohr und prallte klappernd von der getönten Fensterscheibe ab. »Junge, Mädchen, bitte nett sein zu teure Auto«, bemerkte Jan vom Fahrersitz her.

»Was zum Teufel war das denn?«, zischte Vladimir sie an. »Warum zum Teufel hast du das gemacht?« Morgan sagte nichts. Sie starrte aus dem Fenster auf die pyrotechnischen Vorgänge um einen umgekippten Öllaster mitten auf der Autobahn und die Feuerwehrmänner in neonfarbenen Jacken, die Jan auf eine Nebenstraße umleiteten. »Bist du wahnsinnig geworden?«, sagte Vladimir.

Morgan schwieg weiter, und dieses Schweigen machte Vladimir wütend und übermütig zugleich. »Ui, hatte ich Recht?«, neckte er sie und kratzte sich an seinem beleidigten Ohr. »Ihr wollt den FUSS in die Luft jagen, eh? Klein-Morgan und ihr platonischer Kumpel Tommy jagen den FUSS in die Luft!«

»Nein«, sagte Morgan.

»Wie bitte?«

»Nein«, wiederholte sie. Aber das zweimalige »Nein« wurde ihr zum Verhängnis.

Nein, dachte Vladimir. Was zum Kuckuck hieß das? Er nahm ihr erstes Nein wortwörtlich, fügte dann das zweite Nein hinzu und rührte ihr langes Schweigen sowie die brutale Attacke mit der Coladose unter. Und was hielt er jetzt davon? Das konnte doch nicht sein. Tod dem FUSS? Nein. Ja? Nein. Aber wie?

»Morgan«, sagte Vladimir, mit einem Mal ernst. »Ihr werdet doch nicht wirklich den FUSS sprengen, oder? Ich meine, das wäre doch der reine …«

»Nein«, sagte Morgan zum dritten Mal, immer noch mit abgewandtem Blick. »So ist das nicht.«

»Meine Güte, Morgan«, sagte Vladimir schließlich. Versiegeltes Zimmer. Wild gewordene Babuschkas. Semtex? Dieses Klischeewort hatte sich ungebeten dazwischengedrängt. »Semtex?«.

»Nein«, flüsterte Morgan. Sie schaute immer noch aus dem Fenster auf den Bodensatz des städtischen Prawa, eine verlassene Bahnstation, einen umgekippten Fernsehturm, ein Schwimmbecken aus sozialistischen Zeiten, in dem lauter Traktorleichen lagen.

»Morgan!«, sagte Vladimir, streckte seine Hand aus, um sie zu berühren, und entschied sich dagegen.

»Du begreifst gar nichts«, sagte Morgan. Sie bedeckte ihr Gesicht mit den Händen. »Du bist ein kleines Kind. *Unterdrückter* Immigrant. So nennt dich Alexandra. Was zum Teufel weißt du schon von Unterdrückung? Was weißt du schon von irgendwas?«

»O Morgan«, sagte Vladimir. Plötzlich erfasste ihn eine unbestimmte Traurigkeit. »O Morgan«, wiederholte er. »Wo hast du dich da reingeritten, mein Schatz?«

»Gib mir dein Handy …«, sagte Morgan.

»Was?«

»Du willst ihn kennen lernen … das willst du doch, oder? Mr Vladimir Girshkin. Der Meisterverbrecher. Unglaublich, was du mir da gerade zugemutet hast bei diesem Abendessen. Diese arme, dumme Frau. ›Och! Och! Och!‹ Ihr Russen seid alle unglaublich … Gib mir dein Telefon!«

Und so geschah es. Eine Verbindung wurde hergestellt. Zwei Stunden später. Halb eins. Wieder in Morgans Plattenak. Er kam mit einem Partner. »Das ist mein Freund«, verkündete Tomaš. »Wir nennen ihn Alpha.«

Beim Warten auf die Stolowaken hatte sich Vladimir mehrere Glas Wodka genehmigt, so dass er inzwischen schon ziemlich ausgelassen drauf war. »Hey, Alpha!«, rief er. »Gehörst du zu einem Team? Team Alpha oder so? Wow ... Ich fahr schon total auf euch ab, Jungs.«

»Ich habe kein Geld«, sagte Tomaš zu Morgan. »Taxi wartet draußen. Könntest du ...« Wortlos rannte sie hinaus, um das Taxi zu bezahlen.

»Wie wär's mit einem Drink, Tommy«, sagte Vladimir. »Und du, Alpha, was kann ich dir anbieten?« Vladimir residierte auf seinem üblichen Sofaplatz, während die beiden Stolowaken irgendwo im Zimmer herumstanden, in gebückter und misstrauischer Haltung, als wäre Vladimir ein wildes Ozelot, das jederzeit angreifen könnte.

»Ich trinke nicht«, sagte Tomaš, und soweit Vladimir es einschätzen konnte, war auch sonst nicht viel mit ihm los: ein schmächtiger Mann mit rosa schuppenden Flatschen Hautflechte auf den Wangen und einem Dickicht aus gelbem Resthaar, das einen natürlichen Irokesenkamm bildete. Er trug einen alten Trenchcoat und eine dicke Brille, eins vor Schutzbrille, dazu ein grelles, wahrscheinlich in China gefertigtes Hemd, das aus dem Mantel hervorschaute. Alpha sah ähnlich aus (beide hatten die Hände in ihre Manteltaschen gerammt und blinzelten die ganze Zeit), nur dass Tomaš' Kompagnon eine Garnitur Augenbrauen zu wenig besaß (Fabrikunfall?) und um die Taille seines Trenchcoats ein Telefonkabel geschlungen hatte. Ohne es zu wissen, waren die beiden Herren modisch total auf der Höhe der Zeit. Was sie trugen, sollte in New York bald schon »Migrantenlook« getauft werden.

»Ich glaubte, oder vielmehr, ich glaube jetzt«, erklärte Tomaš, »dass ich hier für Probleme verantwortlich bin. Ich hätte mich freimütlich an dich wenden sollen. Ja? Freimütlich? Entschuldige mein

Englisch. In Angelegenheiten zwischen Mann und Frau muss Ehrlichkeit der Leitstern sein, nach dem wir uns richten.«

»Genau«, sagte Vladimir und lutschte vernehmlich ein Stück Zitrone aus. »Leitstern. Du sagst es, Tommy.« Warum war er bloß so gemein zu dieser unglücklichen Kreatur? Es war eigentlich keine Eifersucht über Tomaš' Affäre mit Morgan. Sondern … was? Ein Gefühl allzu großer Vertrautheit? Ja, in gewisser Weise war dieser pockennarbige Tomaš ein endlich wiedergefundener Landsmann. Was für ein Gedanke: Trotz all seiner Posen trennte Vladimir sehr wenig von seinen exsowjetischen Brüdern, von der Kindheit, die man mit dem Anhimmeln des Kosmonauten Juri Gagarin verbracht hatte, mit dem endlosen Verzehr hausgemachten Kefirs aus dubiosen gesundheitlichen Gründen und dem Traum, die Amis eines Tages mit Bombengewalt in die Knie zu zwingen …

Tomaš ignorierte diese Bemerkungen. »Ich hatte das Privileg«, sagte er, »vom 12. Mai 1992 bis zum 6. September 1993 Morgans Gefährte sein zu dürfen. Am Morgen des 7. September beendete sie unsere Liebesbeziehung, und seitdem sind wir feste Freunde.« Er schaute flehentlich auf Vladimirs Wodkaflasche und dann auf das Paar ramponierter Mokassins an seinen Füßen. Und kaum hatte Tomaš gesprochen mit seinen unbeholfenen, verklebten Lippen, jeder Konsonant von einem Wackeln seiner roten Ohren begleitet, wusste Vladimir, dass es stimmte: Der war nicht mehr im Spiel. Armer Bursche. Es hatte etwas absolut Verunsicherndes, sein Scheitern als Liebhaber gestehen zu müssen. Doch dann versuchte Vladimir, sich den kleinen Stolowaken mit der großen platten Nase und der ruinierten Haut auf Morgan vorzustellen, und jetzt tat sie ihm erst recht Leid. Was war eigentlich mit ihr los? Hatte sie einen Fimmel für osteuropäische Trantüten? Und falls ja, was war dann er, Vladimir?

»Was hältst du von alldem, Alpha?«, fragte Vladimir Tomaš' Partner.

»Ich habe nie Liebe erlebt«, gestand Alpha und zupfte an seinem Telefonkabel. »Frauen sehen mich nicht als so einen Mann. Ja, ich bin allein, aber ich tue vieles, um mich zu beschäftigen … Ich beschäftige mich viel mit mir selbst.«

»Wow«, sagte Vladimir trübe. In der Gesellschaft dieser beiden fühlte er sich verloren, sein üblicher Außenseiterplatz in der sozialen Hierarchie war plötzlich anderweitig belegt. »Wow«, wiederholte er und versuchte dem Wort eine Art leerer kalifornischer Intonation zu unterlegen.

Morgan kam zurück in die Wohnung, mied sowohl den Blick ihres Liebhabers als auch den ihres Exliebhabers und konzentrierte sich darauf, ihre schneebedeckten Galoschen auszuziehen. »Weißt du was, ich fange glatt an, deine Freunde hier zu mögen«, sagte Vladimir zu ihr. »Aber ich kann mir noch nicht vorstellen, dass du und Tomaš je im Bett wart … Er ist ja nicht gerade …«

»Für dich bin ich, was ihr Lusche nennt«, sagte Tomaš umstandslos. »Oder vielleicht Depp oder Langweiler.« Er verbeugte sich knapp, als wollte er zeigen, wie wohl er sich mit seiner Identität fühlte.

»Tomaš ist ein wunderbarer Mensch«, sagte Morgan und zog ihren Pullover aus. Jetzt stand sie in der berühmten Seidenbluse da. Die drei Osteuropäer hielten inne und musterten ihre Gestalt. »Du könntest eine Menge von ihm lernen«, fuhr Morgan fort. »Er ist kein Egoist wie du, Vladimir. Und er ist noch nicht mal ein Verbrecher. Was sagst du dazu!«

»Vielleicht ist mir da was entgangen«, sagte Vladimir, »aber ich war immer der Ansicht, ein hundert Meter hohes Denkmal in der Mitte der Altstadt zu sprengen würde schon als Verbrechen betrachtet.«

»Er weiß von der Zerstörung des FUSSes!«, schrie Tomaš. »Morgan, wie konntest du das erzählen? Wir haben doch einen Blutsbund geschlossen!« Alpha wirkte ebenfalls erschüttert von dieser Nachricht. Er legte eine Hand auf seine Brusttasche, die wahrscheinlich ein Stolowakisch-Englisch-Lexikon und ein paar Computerdisketten beherbergte.

»Der hält den Mund«, sagte Morgan in einem derart blasierten Ton, dass einem angst und bange werden konnte. »Ich bin in einige Details seiner PyramidInvest eingeweiht –«

Der hält den Mund? … Eingeweiht? … Oh, war diese Morgan

hartgesotten! »Sag mal«, fragte Vladimir, »war das nicht ein bisschen gefährlich für uns, hier in diesem abgeranzten Plattenak zu wohnen und die Wände von unserem Bumsen wackeln zu lassen *(leicht unbehaglicher Gesichtsausdruck bei Tomaš)*, während nebenan Hunderte Kilogramm Semtex gelagert waren?«

»Nicht Semtex«, sagte Alpha. »Wir nehmen lieber C4, amerikanischer Sprengstoff. Wir verlassen uns nur auf Amerikanisch. Nichts Gutes übrig in unserer Welt.«

»Ihr Burschen könntet sofort den jungen Republikanern beitreten, würde ich sagen«, bemerkte Vladimir.

»C4 ist sehr guter Sprengstoff zu kontrollieren«, fuhr Alpha fort, »und auch stark, mit TNT-Äquivalenz von einhundertachtzehn Prozent. Wenn man mit, äh, bestimmte Intervall in FUSS platziert und über äußere Zugang aktiviert, ist Ergebnis, glaube ich, dass FUSS von oben implodiert ... Ich will sagen, dass Oberteil von FUSS in Hohlraum von FUSS fällt. Wichtigste Bedingung: Niemand wird verletzt.«

»Also bist du hier der Munitionsexperte«, stellte Vladimir fest.

»Wir studieren beide an der Staatsuniversität Prawa«, erklärte Tomaš. »Ich studiere am Institut für Sprach- und Literaturwissenschaften, und Alpha studiert am Institut für angewandte Wissenschaften. Also entwickle ich die Theorie für die Zerstörung des FUSSes, und Alpha entwickelt den Sprengstoff.«

»Genau«, sagte Alpha, und seine Hände in den Manteltaschen flatterten wie aufgeregte Vögel. »Wie sagt man? Er ist Intellektueller und ich Materialist.«

»Das kapier ich nicht«, sagte Vladimir. »Warum besorgt ihr euch nicht einfach einen Job bei einem dieser netten deutschen multinationalen Konzerne am Stanislaus-Platz? Ich bin sicher, ihr könnt beide gut mit Computern umgehen, und euer Englisch ist primissimo. Wenn ihr noch ein bisschen Deitsch firs Biro lernt und euch vielleicht ein Paar neue Turnschuhe im K-Mart holt, werdet ihr die Kronen nur so scheffeln, keine Frage.«

»Wir haben nichts dagegen, für die Firma zu arbeiten, die du genannt hast«, sagte Tomaš, als hätte Vladimir ihnen gerade einen

Job angeboten. »Wir möchten gern ein schönes Leben haben und auch Babys machen, aber bevor wir diese Zukunft erschaffen können, müssen wir uns um die traurige Geschichte kümmern.« Er warf Morgan einen bedeutungsvollen Blick zu.

»Verstehe«, sagte Vladimir. »Und wenn ihr den FUSS sprengt … kümmert ihr euch um … um diese … Ah, diese lästige Geschichte!«

»Du hast keine Ahnung, wie ihre Familien gelitten haben!«, schaltete sich plötzlich Morgan ein. Sie starrte Vladimir mit diesen toten grauen Augen an, ihren politischen Augen, oder vielleicht den Augen irgendeines umfassenderen Unglücklichseins.

»Ah ja«, sagte Vladimir. »Wie Recht du hast, Morgan. Was weiß ich schon? Ich wurde ja bekanntlich von Rob und Wanda Henckel in San Diego, Kalifornien, aufgezogen. Ja, eine gesunde Kindheit, die ich damit verbrachte, meine großen, sonnengebräunten Füße in der Brandung des Pazifiks zu bewundern, dann hab ich vier Jährchen an der Uni San Diego runtergerissen, und da bin ich nun, Bobby Henckel, Chef der Markenpositionierung von Leicht & Locker-Abführmitteln, Abteilung Osten … Genau, Morgan, bitte erklär mir das genauer, was es heißt, aus diesem Teil der Welt zu kommen. Das klingt alles so verdammt exotisch und, puh, irgendwie traurig auch … Stalinismus, sagst du? Unterdrückung, eh? Schauprozesse, wie? Boah ey.«

»Bei dir ist das was anderes«, brummelte Morgan und spähte hilfesuchend zu Tomaš. »Du kommst aus der Sowjetunion. Deine Leute sind 1969 hier einmarschiert.«

»Bei mir ist das was anderes«, wiederholte Vladimir. »Meine Leute. Das hast du ihr also erzählt, Tom? Ist das hier *Alpha und wie er die Welt sah*? Ach, meine lieben dummen Freunde … Wisst ihr nicht, wie ähnlich wir uns sind? Wir gehören zum selben sowjetischen Prototyp. Wir sind wie menschliche Ladas oder Trabants. Wir sind kaputt, Jungs. Ihr könnt alle FÜSSE der Welt in die Luft jagen, ihr könnt auf dem Altstadtplatz rödeln und raven, ihr könnt ins sonnige Brisbane emigrieren oder an die Gold Coast von Chicago, aber wenn ihr in diesem System aufgewachsen seid, auf dem heiß geliebten grauen Planeten unserer Väter und Vorväter, dann seid ihr davon fürs Leben gezeichnet. Da gibt es keinen Ausweg, Tommy. Nur zu, verdien so viel Geld, wie du willst, setz amerikanische Babys in die Welt, aber dreißig Jahre später wirst du immer noch auf deine Jugend zurückblicken und dich fragen: Was war da los? Wie konnten die Menschen damals so leben? Wie konnten sie die Schwächsten in ihrer Mitte so ausnutzen? Wie konnten sie so böse und verächtlich miteinander reden, ungefähr so, wie ich gerade mit euch rede? Und was für eine komische rußähnliche Kruste ist das auf meiner Haut, die jeden Morgen den Duschabfluss verstopft? War ich Teil eines Experiments? Habe ich eine sowjetische Turbine in mir statt eines Herzens? Und warum zittern meine Eltern immer noch jedes Mal, wenn ihre Pässe kontrolliert werden? Und wer zum Teufel sind meine Kinder, die in ihren Disneyworld-Parkas herumrennen und einen Lärm veranstalten, als könnte sie nichts und niemand aufhalten?«

Er stand auf und trat zu Morgan, die ihren Blick abwandte. »Und du«, sagte er und mobilisierte wieder etwas von der Wut, die bei seiner Rede an das Warschauer-Pakt-Duo verpufft war. »Was machst du hier? Das ist nicht deine Schlacht, Morgan. Du hast hier keine Feinde, auch nicht mich. Die hübschen Suburbs von Cleveland, die sind für dich, Schätzchen. Das hier ist *unser* Land. Wir können dir nicht helfen. Keiner von uns.«

Er trank aus, spürte, wie die zitronige Wärme in ihm aufbrandete, und dann, ohne so recht zu wissen, was er tat, verließ er die Wohnung.

Borstige Windstöße schubsten Vladimir voran, stachen ihm mit scharfnagligen Fingern in den Rücken. Er hatte nicht mehr am Leib als einen Pullover, ein wollenes Winterpaar Cargohosen und lange Unterhosen. Eigentlich war das tödlich, ohne Mantel in einer eisigen Januarnacht unterwegs zu sein, aber es kümmerte Vladimir nicht. Ein dampfender Alkoholstrom rann durch seine Adern.

Er taumelte vorwärts.

Morgans Mietshaus stand allein, aber ein Stück weiter, jenseits einer Schlucht, in der sich eine alte Reifenfabrik verbarg, kampierte ein Regiment leer stehender Plattenaks, die mit ihren Reihen eingeworfener Fenster aussahen wie kleine zahnlose Soldaten, Wächter einer längst geschliffenen Festung. Was für ein Anblick! Die fünfgeschossigen Betongrabsteine auf ihrem kleinen Hügel neigten sich auf die Schlucht zu, ein Gebäude hatte schon seine Fassade abgeworfen, so dass die kleinen Rechtecke seiner Zimmer den Elementen ausgeliefert waren wie ein riesiger Rattenbau. Chemieflammen, die aus der Reifenfabrik in der Kluft emporschlugen, beleuchteten die gespenstische Ruine, eine grinsende Kürbislaterne.

Und dann stieg wieder das unleugbare Gefühl in ihm hoch, hier zu Hause zu sein. Diese Mischung – Plattenak, Reifenfabrik, giftige Industrieflammen – war für Vladimir etwas Ureigenes, Essenzielles, eine Offenbarung. Denn in Wahrheit wäre er sowieso hier gelandet, ob Jordi in dem Hotelzimmer in Florida seinen Schwanz nun herausgeholt hätte oder nicht; in Wahrheit hatten in den letzten zwanzig Jahren, vom sowjetischen Kindergarten bis zum Emma-Lazarus-Verein zur Förderung der Immigrantenintegration, alle Zeichen zu dieser Schlucht gewiesen, diesen Plattenaks, diesem versackenden grünen Mond.

Er hörte, wie sein Name gerufen wurde. Hinter ihm kämpfte sich ein kleines Wesen stetig voran, in den Armen etwas, das ein anderes Wesen zu sein schien, sich bei genauerer Betrachtung aber nur als ein lebloser Mantel entpuppte.

Morgan. Sie hatte ihren hässlichen Peacoat an. Er hörte das Knirschen ihrer Schritte im Schnee und sah die Wolken ihres Atems in regelmäßigen Abständen gen Himmel puffen wie die Abgase einer emsigen Lokomotive. Abgesehen von ihren Schritten, war absolut nichts zu hören. Die Winterstille einer vergessenen osteuropäischen Vorstadt. Dann standen sie Auge in Auge. Morgan reichte ihm den Mantel und ein Paar von ihren flauschigen weinroten Ohrwärmern. Es musste wohl die brutale Kälte sein, die ihr die Tränen in die Augen trieb, denn als sie sprach, klang es so gefasst wie immer. »Du solltest wieder reinkommen«, sagte sie. »Tomaš und Alpha haben ein Taxi bestellt. Wir sind gleich allein. Dann können wir reden.«

»Es ist doch nett hier«, sagte Vladimir, zog die Ohrwärmer an und deutete auf die Ruinen und die Schlucht hinter ihm. »Ich bin froh, dass ich ein paar Schritte gegangen bin … Es geht mir schon viel besser.« Er wusste nicht genau, was er eigentlich sagen wollte, aber in seiner Stimme lag schon viel weniger böse Absicht. Eigentlich fiel ihm kein Grund ein, sie zu hassen. Sie hatte ihn angelogen, ja. Sie hatte ihm nicht in dem Maße vertraut, wie sich Liebende manchmal vertrauen. Na und?

»Tut mir Leid, was ich alles gesagt habe«, sagte Morgan. »Ich habe mit Tomaš geredet.«

»Kein Problem«, sagte Vladimir.

»Ich möchte mich aber trotzdem entschuldigen …«

Vladimir streckte plötzlich beide Hände aus und rieb sie an ihren kalten Wangen. Das war seit Stunden der erste Körperkontakt zwischen ihnen. Er lächelte und spürte, wie seine Lippen aufsprangen. Die Situation war klar: Sie waren zwei Astronauten auf einem kalten Planeten. Er war ein sanfter Heuchler, ein zweifelhafter Investmentguru, der seine Hände in vielen Taschen hatte. Sie war eine Terroristin, die Zeltstangen in die Erde rammte, die miauende streunende Katzen auf den Arm nahm, ganz zu schweigen von dem armen Tomaš. Vladimir wog seine Worte sorgfältig ab, um diese Konstellation möglichst gut zu beschreiben, merkte aber bald, dass er doch ziemlich unüberlegt redete. »Hey, weißt du was, Morgan, ich bin stolz auf dich«, sagte er. »Diese Nummer da, dass ihr den FUSS in die Luft jagen wollt, ja, also, ich bin zwar nicht damit einverstanden, was ihr vorhabt, aber ich bin froh, dass du nicht irgend so eine Alexandra bist, die bloß eine alberne Literaturzeitschrift mit einer flippigen Adresse in Prawa herausgibt. Du bist eher so … ich weiß nicht … wie auf einer Friedensmission … aber mit Semtex.«

»C4«, korrigierte ihn Morgan. »Und es wird ja niemand verletzt. Der FUSS wird nur –«

»Ich weiß, implodieren. Ich mache mir bloß Sorgen um dich. Ich meine, was ist, wenn sie dich erwischen? Siehst du dich in einem stolowakischen Gefängnis? Du hast den Schlachtruf der Babuschkas gehört. Die schicken dich ins Lager.«

Morgan kniff nachdenklich die Augen zusammen und rieb ihre Fäustlinge aneinander. »Ich bin doch Amerikanerin«, sagte sie schließlich. Dann machte sie erneut den Mund auf, aber mehr war zu dem Thema nicht zu sagen.

Vladimir nahm ihre Arroganz zur Kenntnis und lachte sogar ein bisschen. Sie war Amerikanerin, allerdings. Es war ihr angeborenes Recht, zu tun, wozu sie Lust hatte. »Außerdem«, fügte sie nun hinzu, »hassen *alle* den FUSS. Der einzige Grund, warum er nicht längst abgerissen wurde, ist die Korruption der Behörden. Wir machen nur, was alle sich wünschen. Sonst nichts.«

Ja, den FUSS zu sprengen war tatsächlich *demokratisch*. Ein Ausdruck von Volkes Willen. Keine Frage, sie war eine Botin aus dem großen stolzen Land der Baumwollentkörnungsmaschinen und des Rechts auf einen Anwalt. Er erinnerte sich an ihr erstes Rendezvous vor so vielen Monaten, wie erotisch ihr eng anliegender Bademantel und ihre Lässigkeit gewesen waren; und wieder hätte er sie gern auf ihren Mund geküsst und über ihre strahlend weiße Zahnkolonnade geleckt. »Aber was ist, wenn du wirklich erwischt wirst?«, fragte Vladimir.

»Ich bin doch nicht diejenige, die ihn sprengt«, sagte Morgan und wischte sich ihre tränenden Augen. »Ich lagere nur das C4, weil meine Wohnung der allerletzte Ort ist, wo jemand danach suchen würde.« Sie streckte die Hände aus und richtete seine Ohrwärmer, so dass sie genau auf seinen Ohren saßen. »Und was ist, wenn *du* erwischt wirst?«, fragte sie.

»Wovon redest du?«, fragte Vladimir. Er? Erwischt? »Meinst du das PrawaInvest-Zeug? Das ist doch belanglos. Wir nehmen bloß ein paar reiche Säcke aus.«

»Dass du den verwöhnten Harry Green beklaust, geht ja noch«, sagte Morgan. »Aber dass du Alexandra und Cohen von dieser widerlichen Pferdedroge abhängig machst ... das ist abgefuckt.«

»Die macht wirklich richtig süchtig, was?«, sagte Vladimir. Er fand es ermutigend, dass sie seinen Missetaten relative Wertigkeiten zuschrieb – Drogen dealen, schlimm; Investoren betrügen, weniger schlimm. »Ja, vielleicht sollte ich das Zeugs langsam auslaufen lassen«, meinte er. Er betrachtete den bewölkten Himmel und dachte an die dicke Profitspanne seines Horse Tranquilizers, ersetzte das Pferdepulver durch Sterne.

»Und dieses Murmeltier«, sagte Morgan. »Ich kann mir nicht vorstellen, dass du ernsthaft für so einen arbeiten willst. Dem Typen kann ich so gar nichts abgewinnen.«

»Das ist mein Volk«, erklärte ihr Vladimir und hielt die Hände hoch, um den messianischen Begriff *mein Volk* deutlich zu machen. »Du musst die Not dieser Leute begreifen, Morgan. Das Murmeltier und Lena und all die anderen – es ist, als hätte die Geschichte sie komplett ausgetrickst. Alles, womit sie aufgewachsen sind, ist weg. Was für Möglichkeiten haben sie da noch? Entweder können sie sich einen Weg durch die Grauzonen der Wirtschaft ballern oder als Busfahrer in Dnjepropetrowsk zwanzig Dollar im Monat verdienen.«

»Findest du den Umgang mit solchen Wahnsinnigen denn nicht gefährlich?«, fragte Morgan.

»Ach, schon«, sagte Vladimir und genoss ihr sorgenvolles Stirnrunzeln. »Immerhin gibt's da diesen einen Typen, Gussew, der dauernd versucht, mich umzubringen, aber ich glaube, bis auf weiteres hab ich ihn erst mal ausgeschaltet ... Weißt du, normalerweise peitsche ich das Murmeltier mit Birkenzweigen in der Sauna ... Das ist so was Zeremonielles, das ich mache ... Aber früher hat Gussew es gemacht ... Tja, und es fängt schon mal damit an, dass Gussew ein mörderischer Antisemit ist –«

Er brach ab. Einen tiefgekühlten Augenblick lang schienen die Belastungen und Beschränkungen von Vladimirs Leben wie Comic-Sprechblasen auf seinem Atem zu schweben. Mittlerweile standen sie seit über zehn Minuten auf der außerirdischen Oberfläche des Planeten Stolowaja, und nur Ohrwärmer und Fäustlinge sorgten für ihr Überleben. Die Winterlandschaft und ihre Einsamkeit forderten ihren Tribut; und im selben Moment fielen sich Vladimir und Morgan in die Arme, ohne Vorwarnung, ihr hässlicher Peacoat und sein Mantel mit dem falschen Pelzkragen, Ohrwärmer an Ohrwärmer. »Ach, Vladimir«, sagte Morgan. »Was sollen wir nur tun?«

Ein Schwall Reifenfabrikrauch quoll aus der Schlucht und nahm die Form eines magischen Dschinns an, der gerade aus seinem Glasgefängnis freigelassen worden war. Vladimir dachte über ihre durchaus vernünftige Frage nach, konterte dann aber mit einer eigenen. »Sag mal«, meinte er, »was hat dir an Tomaš eigentlich gefallen?«

Sie berührte seine Wange mit ihrer arktischen Nase, die, wie ihm auffiel, nachts immer etwas kugeliger und voller wirkte, vielleicht auf Grund des Schattenfalls und seiner nachlassenden Augen. »Ach, wo soll ich da anfangen?«, sagte sie. »Zunächst mal hat er mir beigebracht, was es heißt, *nicht* Amerikaner zu sein. Während des Studiums waren wir Brieffreunde, und ich weiß noch, er schickte mir Briefe, endlose Briefe, die ich nie ganz verstand, über Themen, von denen ich keine Ahnung hatte. Er schrieb mir Gedichte mit Titeln wie ›Über die Verschandelung des Wandgemäldes vom sowjetischen Eisenbahnarbeiter an der U-Bahn-Station Breshnewska‹. Wahrscheinlich habe ich nur Stolowakisch und Geschichte belegt, um zu kapieren, wovon zum Kuckuck er redete. Und dann kam ich nach Prawa, und er hat mich am Flughafen abgeholt. An den Tag kann ich mich noch gut erinnern. Er sah so hoffnungslos aus mit seinem traurigen Gesicht. Hoffnungslos und herzig. Als müsste ich ihn unbedingt berühren, weil er es so verzweifelt brauchte, einer Frau nahe zu sein ... Weißt du, Vladimir, manchmal ist es ganz gut, mit so einem Menschen zusammen zu sein.«

»Hmmm ...« Vladimir beschloss, dass er jetzt genug zum Thema Tomaš gehört hatte. »Und was ist an mir –«, setzte er an.

»Mir gefiel das Gedicht, das du im Joy gelesen hast«, sagte Morgan und küsste ihn mit ihren Gletscherlippen am Hals. »Von deiner Mutter in Chinatown. Weißt du, was meine Lieblingszeilen waren? ›Schlichte Perlen aus ihrem Mutterland / Um den zarten Hals voll Sommersprossen.‹ Das war umwerfend. Ich sehe deine Mutter echt vor mir. Sie ist irgendwie total die müde russische Frau, und du liebst sie, obwohl sie so anders ist als du.«

»Das war ein dämliches Gedicht«, sagte Vladimir. »Ein Wegwerfgedicht. Ich habe sehr komplizierte Gefühle zu meiner Mutter.

Dieses Gedicht war bloß Quatsch. Du musst aufpassen, Morgan, dass du dich nicht immer in Männer verliebst, die dir ihre Gedichte vorlesen.«

»Sei nicht so streng zu dir«, sagte Morgan. »Es war schön. Und es stimmt, dass du und Tomaš und Alpha eine Menge gemeinsam habt. Habt ihr nämlich.«

»Ich hatte das abstrakt gemeint«, sagte Vladimir im Gedanken an Tomaš' psoriasisvernarbtes Gesicht.

»Weißt du, Vladimir, bei dir ist das so«, sagte sie. »Du gefällst mir, weil du ganz anders bist als meine Exfreunde von zu Hause und auch ganz anders als Tomaš ... Du bist ein interessanter Mensch mit Tiefgang, aber gleichzeitig bist du ... Du bist teilweise auch Amerikaner. Genau, das ist es! Du bist bedürftig in dieser typisch ausländischen Weise, aber du hast auch all diese ... amerikanischen Eigenschaften. Deshalb gibt es so viele Überschneidungen zwischen uns. Du kannst dir nicht vorstellen, was für Probleme ich mit Tomaš hatte ... Er war einfach ...«

Zu gut, um wahr zu sein, dachte Vladimir. So sah es also unterm Strich aus: Vladimir war zu fünfzig Prozent ein funktionstüchtiger Amerikaner und zu fünfzig Prozent ein kultivierter Osteuropäer, der dringend einen Haarschnitt und eine Dusche brauchte. Er war von beidem das Beste. Historisch gesehen ein bisschen gefährlich vielleicht, aber weitgehend domestiziert durch Coca-Cola, Super-Sonderangebote und die Aussicht auf eine schnelle Pinkelpause während des Werbeblocks.

»Und wir können zurück in die Staaten, wenn das hier vorbei ist«, sagte Morgan, packte seine Hand und zog ihn zurück zu ihrem Plattenak, der sie mit muffiger ungarischer Salami und einem glimmenden Elektroheizer erwartete. »Wir können nach Hause fahren!«, sagte sie.

Nach Hause! Es war Zeit, nach Hause zu fahren! Sie hatte ihren fast-ausländischen Gefährten aus einer langen Schlange von Wackelkandidaten ausgewählt, und bald wurde es Zeit, sich wieder nach Shaker Heights aufzumachen. Und ein zusätzlicher Bonus kam hinzu: Sie musste ihn nicht mal beim Zoll deklarieren; Bürger Vladimir hatte seinen eigenen blau glänzenden Pass mit dem goldenen Adler vorne drauf. Ja, jetzt fügte sich alles zusammen.

Aber wie konnte Vladimir aufgeben, was er erreicht hatte? Er war der König von Prawa. Er hatte sein eigenes Ponzi-Schema. Er rächte sich für seine verkorkste Kindheit und betrog Hunderte von Leuten, die seine Rache höchstwahrscheinlich verdient hatten. Mutter würde stolz auf ihn sein. Nein, er wollte nicht nach Hause!

»Aber ich verdiene hier Geld«, protestierte Vladimir.

»Ist ja in Ordnung, wenn man Geld verdient«, sagte Morgan. »Das können wir immer gebrauchen. Aber Tomaš und ich werden die Angelegenheit mit dem FUSS ziemlich bald zu Ende bringen. Für die Sprengung hatten wir an April gedacht oder so. Weißt du, ich kann es nicht erwarten, dass das verdammte Ding endlich hochgeht.«

»Äh ...« Vladimir hielt inne. Er versuchte, ihre gesamte Psychologie aus dem Stand zu ordnen und zu katalogisieren. Mal sehen. Den FUSS sprengen, das war ein Akt der Aggression gegen den Vater, nicht wahr? Also stand Stalins Fuß für die autoritären Zwänge der amerikanischen Mittelschichtfamilie, ja? *Ein Tag im Leben der Morgan Jenson*, so die Nummer. Und ihre Panikanfälle waren weg, weil, um ihren Psychofritzen von der Uni zu zitieren, Morgan *um sich schlug*. Gegen den FUSS. Mit Semtex. Oder vielmehr C4.

»Morgan –«, setzte Vladimir an.

»Komm schon«, sagte sie. »Geh schneller. Ich lasse uns ein Bad ein. Ein schönes warmes Bad.«

Vladimir beschleunigte pflichtschuldigst seine Schritte. Ein letztes Mal schaute er zu den leer stehenden Plattenaks und der lodernden Schlucht zurück und bemerkte die vierbeinige Gestalt eines streunenden Hundes, der den Rand des Abgrunds mit der Pfote prüfte, um herauszufinden, ob er sich der Wärme der Reifenfabrik nähern konnte, ohne aus seinem Hundegleichgewicht zu kommen. »Aber Morgan!«, rief Vladimir und zog sie am Mantelärmel, plötzlich besorgt über die elementarste Frage von allen.

Sie drehte sich um und zeigte ihm das Gesicht aus dem Zelt, den Widerschein der Sympathie, den er in ihren Augen entdeckt hatte, nachdem er auf sie geklettert war. Oh, sie wusste, was er wollte, dieser zitternde obdachlose russische Mann mit seinen Ohrwärmern aus dem K-Mart von Prawa. Sie packte seine Hände und drückte sie an ihr Herz, das tief unter dem Peacoat begraben war. »Ja, ja«, sagte sie und hüpfte auf einem Bein, um sich warm zu halten. »Natürlich liebe ich dich. Bitte mach dir darüber keine Sorgen.«

KAPITEL 33

London und andere westliche Orte

Er lernte, sich keine Sorgen darüber zu machen. Er legte die Arme um sie. Er schloss die Augen und atmete tief ein. Vermutlich machte sie es genauso.

Wie engagiert sie sich ihren seltsamen Projekten widmeten, war motivierend. Sie waren so beschäftigt wie New Yorker Büroangestellte und, zumindest Vladimir, ebenso produktiv. Bis zum Ende des Jahres war die PrawaInvest mit unaufhaltsamer Gewalt über die Exilgemeinde hinweggewalzt und hatte über fünf Millionen US-Dollar durch Verkäufe ihrer ungewöhnlichen Aktien, durch ihre fixen Geschäfte mit Tierarztbedarf und die flotten Umsätze der Lounge der Verwandlung eingenommen. Die FutureTek 2000 präsentierte der Öffentlichkeit sogar eine glänzende Plastikschachtel mit der Aufschrift »Faxmodem«.

Emsiges Personal wurde mobilisiert. Kostja übernahm das Finanzregime, František kümmerte sich um die aufblühende Agitprop-Maschine, Marussja vollbrachte tägliche Wunder auf den Opiumfeldern, Paavo droppte stilvoll »fette« Beats, und Cohen schaffte es sogar, ein trendiges kleines Lit-Mag herauszubringen.

Ja, seit dem Zwischenfall mit Gussew und den Skinheads war bei Cohen eine Menge geschehen, und seine ausgiebig herumposaunte Liaison mit Alexandra war dabei nur eine lange Straußenfeder an seiner mächtigen Hasenfellmütze. So viel Einsatz wie für *Cagliostro* in letzter Zeit hatte Vladimirs Freund ganz eindeutig noch nie für irgendetwas gebracht. Jede Woche saß er mindestens fünfzig Stunden am Computer und war selbst überrascht, was Zielstrebigkeit und Organisationstalent zustande bringen konnten, selbst wenn es an Schöpferkraft mangelte. Cohen plante, die Nacht des Gussewianischen Martyriums zum Ausgangspunkt für einen langen Essay über die Schwächen Europas und, klar, seines Vaters zu nehmen.

Zufrieden mit dem unternehmerischen Elan seiner Untergebenen, genehmigte sich Vladimir einen Monat im Westen mit Morgan. Die erste Märzwoche führte sie nach Madrid, wo sie mit einer Gruppe vergnügungssüchtiger Madrileños von einem Club zum nächsten zogen. Woche zwei und Woche drei verbrachte man in Paris, vor allem in einer lässigen Disco im Marais, wo eine Unterart des Fusion Jazz zusammen mit einer Käseplatte und Unmengen Champagner serviert wurde. In der vierten Woche erwachte Vladimir im Londoner Savoy Hotel, als könnte die Nähe zu der Finanz-City durch einen Schuss Anglomerkantilismus seinen Kater kurieren. Nüchternheit war auch dringend vonnöten: Cohen hatte ihn zu einer Reise nach Auschwitz überredet, die in zirka dreißig Stunden beginnen sollte. »Für meine Essays«, hatte er gesagt.

Vladimir verbrachte den Tag in der Badewanne, ließ sich abwechselnd einweichen und von der Dusche massieren. Das war ein schwer zu domestizierendes Vieh, diese Dusche. Vier separate Duschköpfe attackierten ihn von allen Seiten: von oben kam eine reguläre Brause, auf Schulterhöhe tröpfelte es, ein Schwall ging direkt auf die Hüftgegend los, und ein riskanter Geysir rammte sich in Vladimirs Weichteile (den hieß es sparsam einzusetzen). Wenn ihm schwindlig vom Duschen war, ließ sich Vladimir wieder in die Wanne sinken und blätterte in der *Herald Tribune*, die an diesem Tag dankenswerterweise wenig zu sagen hatte, genau wie Vladimir selbst.

Ein paar Stunden bevor es wieder dunkel wurde, trocknete Vladimir seinen neuerdings molligen kleinen Körper ab und begann mit der Abendtoilette. Morgan lag immer noch wie weggetreten im Bett, ihr Hintern hob und senkte sich gemächlich unter den Laken, im Rhythmus ihres flachen Atems; vielleicht träumte sie von ihrer Terroristenkarriere oder von irgendeinem längst verblichenen Familienhaustier. Nachdem er diesen Anblick eine Weile bewundert hatte, starrte Vladimir aus dem Fenster, wo er einen Streifen Themse und ein regendurchnässtes Stück St.-James-Ufer sehen konnte. Ein Teil der Aussicht wurde von einem einsamen Wolkenkratzer in einiger Entfernung eingenommen, der, wie Vladimir in der ausliegenden Hochglanzbroschüre gelesen hatte, zu einem neuen Bauprojekt gehörte, Canary Wharf, mit dem höchsten Gebäude Europas. Vladimir als alter Architekturnostalgiker dachte an eines seiner letzten Treffen mit Baobab; da hatten sie bei seinem Freund auf dem Dach gesessen und den Turmsolitär angeschaut, der gerade am anderen Ufer des East River in Queens hochgezogen wurde.

Er betrachtete Canary Wharf eine Weile und ließ sich in die Zeit zurückholen, als sich die Gesamtsumme seiner Zuneigung noch auf Challah und Baobab verteilte; als er aus ihren Schwächen eine eigene relative Stärke ziehen konnte; als dieses kindische Überlegenheitsgefühl gereicht hatte, um ihn aufzubauen. Als die Träumerei zu Ende ging, bemerkte er das Handy, das sich in seine Hand geschlichen hatte. Der Wählton summte, also hatte er wohl das Telefon eingeschaltet.

Baobabs Nummer wusste er nicht mehr, dabei war sie einst zusammen mit seiner Sozialversicherungsnummer fest in sein Gedächtnis eingeprägt gewesen – und nun waren beide dem Zahn der Zeit und der Wirksamkeit stolowakischer Spirituosen zum Opfer gefallen. Die einzige Verbindung ans andere Ufer des Atlantiks, die er unverändert herstellen konnte, war diejenige nach Westchester, und dafür war die Zeit jetzt auch reif.

Mutter, aufgeweckt aus tiefem Wochenendschlummer, brachte lediglich das unweigerliche »Boshe moi!« zustande.

»Mutter«, sagte Vladimir, verblüfft, wie überflüssig dieses Wort in seinem wahnsinnigen Leben geworden war, und vor drei Jahren hatte es noch fast jede seiner Äußerungen eingeleitet.

»Vladimir, mach, dass du aus Prawa rauskommst, und zwar sofort!«

Woher wusste sie, dass er nach Prawa gezogen war? »Wie bitte –«

»Dein Freund Baobab hat angerufen. Der kleine Italiener. Ich habe ihn nicht verstanden, man kann ihn nicht verstehen, aber ganz offensichtlich bist du in Gefahr …« Sie hielt inne, um Luft zu holen. »Irgendwas mit einem Ventilator, ein Mann mit einem Ventilator, er ist entschlossen, dich zu ermorden, und Russen sind in die Sache verwickelt. Dein hohlköpfiger Freund hat versucht, dich um jeden Preis zu erreichen, und ich genauso, aber die Auskunft in Prawa hat noch nie von dir gehört, wie ja zu erwarten war …«

»Der Mann mit dem Ventilator«, sagte Vladimir. Eigentlich hatte er »Ventilatormann« sagen wollen, aber das konnte man auf Russisch nicht genauso sagen. »Rybakow?«

»Ja, ich glaube. Du musst deinen Freund sofort anrufen. Oder noch besser, setz dich ins nächste Flugzeug. Du kannst das Ticket sogar über meine American-Express-Karte buchen. So dringend ist es!«

»Ich bin nicht in Prawa«, sagte Vladimir. »Ich bin in London.«

»London! Boshe moi! Jeder russische Mafioso hat heutzutage eine Wohnung in London. Also ist es genau, wie ich befürchtet hatte … Oh, Vladimir, bitte komm nach Hause, wir zwingen dich auch nicht, Jura zu studieren, ich verspreche es dir. Du kannst hier im Haus leben und tun, was du willst, ich kann dir in der Einbürgerungsagentur eine Beförderung verschaffen, ich sitze da jetzt im Vorstand. Außerdem, das dürfte eine angenehme Überraschung für dich sein, außerdem haben wir in den letzten zehn Jahren eine hübsche Summe Geld auf die hohe Kante gelegt. Wir müssten jetzt, ach, ich weiß es gar nicht so genau … drei, vier, fünfzehn Millionen Dollar haben. Wir können uns leisten, dich finanziell ein bisschen zu unterstützen, Vladimir. Vielleicht mit fünftausend im Jahr plus U-Bahn-Münzen. Du kannst zu Hause wohnen und tun, was ihr jungen, unruhigen Leute so tut. Haschisch rauchen, malen, schreiben, was immer sie dir an diesem verfluchten geisteswissenschaftlichen College beigebracht haben, zum Teufel mit diesen ganzen Hippies. Nur komm bitte zurück, Vladimir. Die werden dich umbringen, diese russischen Tiere! Du bist so ein schwacher, hilfloser Junge, die wickeln dich in einen Blin und fressen dich zu Abend.«

»Okay, beruhige dich, hör auf zu weinen. Alles ist in Ordnung. In London kann mir nichts passieren.«

»Ich weine gar nicht«, sagte Mutter. »Ich bin viel zu aufgeregt, um zu weinen!« Aber dann brach sie zusammen und weinte so heftig, dass Vladimir den Hörer hinlegte und sich zu Morgan umdrehte, deren Umrisse sich unter der Decke rührten, wohl eine Reaktion auf die Lautstärke und Dringlichkeit in seiner Stimme.

»Ich werde jetzt Baobab anrufen«, sagte er leise, »und wenn wirklich Gefahr besteht, dann setze ich mich in den nächsten Flieger in die Staaten. Ich weiß, was zu tun ist, Mutter. Ich bin nicht dumm. Ich bin in Prawa ein sehr erfolgreicher Geschäftsmann geworden. Ich wollte dir gerade eine Broschüre von meiner neuen Investmentgruppe schicken.«

»Ein Geschäftsmann ohne BWL-Abschluss«, schnüffelte Mutter. »Weiß ja jeder, was das für ein Geschäftsmann ist.«

»Hast du gehört, was ich gesagt habe, Mutter?«

»Ich hör dir zu, Vladimir. Du wirst Baobab anrufen –«

»Und mir wird absolut nichts passieren. Vergiss diesen Quatsch von wegen Blin und Fressen. Totaler Blödsinn! Klar? Ich rufe jetzt Baobab an. Mach's gut ...«

»Vladimir!«

»Was?«

»Wir lieben dich immer noch, Vladimir ... Und ...«

»Und?«

»... Und deine Großmutter ist vor vierzehn Tagen gestorben.«

»Babuschka?«

»Dein Vater hatte beinahe einen Nervenzusammenbruch, erst ihr Tod und dann deine Dummheiten. Er ist im Moment auf dem Land und erholt sich beim Angeln. Seine Praxis verliert Geld, aber was willst du machen in so einer Situation? Ich musste ihn aufs Land fahren lassen.«

»Meine Großmutter ...«, sagte Vladimir.

»... ist ins Jenseits gegangen«, vervollständigte Mutter. »Sie hing ein paar Wochen lang an den Schläuchen, aber dann ist sie schnell gestorben. Ihr Gesicht sah aus, als hätte sie Schmerzen, als sie ins Koma fiel, aber das muss nicht unbedingt heißen, dass sie gelitten hat, meinen die Ärzte.«

Vladimir lehnte sich ans kalte Fenster. Großmutter. Die ihm mit Obst und Hüttenkäse hinterherlief, in ihrer alten Datscha in den Bergen. »Volodetschka! Essen!« Diese verrückte, liebe Frau. Welche Vorstellung, dass sich das Rechteck seiner Familie plötzlich, nach Abzug einer einzelnen flachen EKG-Linie, in ein kleines Dreieck verwandelt hatte. Dass jetzt nur noch drei Girshkins übrig waren. »Die Beerdigung?«, fragte Vladimir.

»Sehr schön, dein Vater hat Sturzbäche geweint. Hör zu, Vladimir, ruf jetzt endlich Baobab an. Deine Großmutter war alt, das Leben war für sie kein Leben mehr, vor allem seit du weg warst. Sie hat dich ja so geliebt ... Also, sag ein Gebet für ihre Seele und für deinen Vater auch und für mein leidendes Herz und für unsere elendigliche Familie, die der Herr in seinem unerfindlichen Ratschluss die letzten beiden Quartale nur mit Unglück überhäuft hat ... Also los jetzt!«

Er musste es zwölfmal klingeln lassen, aber endlich ging die müde, rauchige Stimme dran. Unglücklicher hätte sich ein Regierungsbeamter, der kurz nach 17 Uhr noch an seinem Schreibtisch erwischt wurde, auch nicht anhören können. »Casa Baobab.«

»Kann ich bei Ihnen wohl einen Baobab erreichen?«, fragte Vladimir. Die alberne Begrüßungsformel seines Freundes brachte ihn zum Lächeln. Baobab blieb Baobab.

»Du bist es! Wo bist du? Egal! Schalt CNN ein! Schalt sofort CNN ein! Es geht gerade los! Himmelarsch!«

»Was zum Teufel schreist du denn so rum? Warum muss es immer gleich so hysterisch sein. Können wir nicht einfach mal eine normale –«

»Dieser Freund von dir mit den Ventilatoren, für den wir die Einbürgerung gemacht haben.«

»Wie jetzt?«

»Er ist letzte Woche bei Challah reingestürmt, in deine alte Wohnung. Er hat uns aufgeweckt –«

»Uns?«

Baobab seufzte einen langen, pneumatischen Seufzer. »Nachdem du weg warst, hat Roberta Laszlo geheiratet, und die beiden sind nach Utah gegangen, um die Mormonen gewerkschaftlich zu organisieren«, erläuterte er mit genervter Geduld. »Und dann … na ja … Challah und ich waren beide allein …«

»Ist doch super!«, sagte Vladimir. Er wünschte ihnen aus den tiefsten Tiefen seines kleinen egoistischen Herzens das Allerbeste. Selbst die Vorstellung, dass sie Sex miteinander hatten, dass ihre beiden ausladenden Körper die bereits wackligen Fundamente von Alphabet City so richtig zum Wackeln brachten, löste nur Freude bei Vladimir aus. Gut gemacht! »Was wollte Rybakow denn?«

»Da! Es geht los! Es geht los! Schalt ein! Schalt ein!«

»Was geht los?«

»CNN, du Idiot!«

Vladimir ging auf Zehenspitzen zum riesigen TV-Monolithen im Wohnzimmer, der bereits auf den Nachrichtensender eingestellt war. Er konnte die Sprecherin schon hören, bevor das Bild kam. Unten über den Bildschirm zogen die Worte »Die Schlagzeile: New Yorks Bürgermeister in der Krise«.

»… Alexander Rybakow«, sagte die Nachrichtensprecherin mitten im Satz. »Doch für die meisten Leute ist er einfach … der Ventilatormann.« Die lächelfreie Journalistin war eine junge Frau in einem provinziellen Tweedanzug, das Haar zu einem schmerzhaft aussehenden Dutt gezerrt und die Zähne hochglanzpoliert. »Wir haben den Ventilatormann vor drei Monaten kennen gelernt«, fuhr sie fort, »als seine zahlreichen Briefe an die *New York Times*, die den städtischen Verfall in New York anprangerten, dem Bürgermeister zu Ohren kamen.«

»Aaahh!«, rief Vladimir. Also hatte er es geschafft. Endlich hatte er es geschafft, der alte Irre und Dauermotzer.

Aufnahme eines vergoldeten Bankettsaals. Der Bürgermeister – ein großer Mann mit einem eckigen Gesicht, das selbst zwei mächtige Kiefer nicht zu einem Lächeln verziehen können – steht neben einem hysterisch grinsenden Rybakow, der in einem dreiteiligen Bankeranzug schlank und proper aussieht. Über ihnen ein Banner mit der Aufschrift: NEW YORK FEIERT DIE NEUESTEN NEW YORKER.

BÜRGERMEISTER: Und wenn ich mir diesen Mann ansehe, der in seiner Heimat so schlimm verfolgt worden ist und dreitausend Meilen weit kam, nur um dieselben Probleme anzusprechen, die auch mir wichtig sind – Kriminalität, soziale Sicherheit, der Niedergang der Bürgergemeinschaft –, nun, dann muss ich all den Neinsagern widersprechen und sagen, Gott sei Dank für –

RYBAKOW (ausgiebig spuckend): Kriminalität, tfuh! Soziale Sicherheit, tfuh! Bürgergemeinschaft, tfuh!

NACHRICHTENSPRECHERIN: Mr Rybakow hat sich mit harscher Offenherzigkeit und konservativen Ansichten bei der liberalen Elite in unserer Stadt eine Menge Feinde gemacht.

GRAUHAARIGER LIBERALER MIT FLIEGE (eher müde als wütend dreinschauend): Ich wehre mich gar nicht so sehr gegen die vereinfachten Ansichten dieses so genannten Ventilatormannes über Rasse, Klasse und Geschlecht, sondern vielmehr gegen dieses ganze Spektakel. Da wird um ein menschliches Wesen herumparadiert, das offenkundig Hilfe braucht und hier ebenso offenkundig für obskure politische Absichten missbraucht werden soll. Wenn das die Vorstellung des Bürgermeisters von Brot und Spielen ist, dann sind die New Yorker nicht gerade begeistert davon.

RYBAKOW (hinter einem Rednerpult, einen kleinen Ventilator im Arm, lächelnd, die Augen umwölkt, während er liebevoll säuselt): Venti-laaaa-tor … Ventilitschka. Sing doch einmal »Moskauer Nächte« für Kanal Sieben, bitte.

NACHRICHTENSPRECHERIN: Doch all das kam zu einem schnellen Ende, als der Bürgermeister Mr Rybakow einlud, sich im Rahmen einer offiziellen Zeremonie im Rathaus für die Wahl eintragen zu lassen. Fernsehteams aus dem ganzen Land kamen angereist, um die viel beschriene »Erste Wahl« im Leben des Ventilatormannes mitzuerleben. Die Straßen rings um das Rathaus sollten für eine Riesenparty mit dem Motto »Ventilatormann, hol den Wahlblock raus« abgeriegelt werden, bei der es nicht an Stör- und Heringsständen fehlen sollte, denn das sind die zwei Eckpfeiler der Ernährung des Ventilatormannes, mit freundlicher Unterstützung von Russ & Seine Appetitlichen Töchter.

BÜRGERMEISTER (hält ein Stück Stör zwischen Daumen und Zeigefinger): Ich bin der Enkel von Einwanderern. Und mein Sohn ist der Großenkel von Einwanderern. Darauf bin ich immer stolz gewesen. Jetzt möchte ich gern, dass ihr alle, ihr eingebürgerten Einwanderer, heute zur Wahl geht. Was Mr Rybakow kann, könnt ihr schon lange!

NACHRICHTENSPRECHERIN: Doch knapp eine Stunde bevor die Zeremonie losgehen sollte, sickerten erste Gerüchte aus der Rathausverwaltung, dass Mr Rybakow überhaupt kein US-Bürger sei. Berichte der EEB deuten darauf hin, dass er bei einer Einbürgerungszeremonie im letzten Januar Mr Jamal Bin Rashid aus Kew Gardens, Queens, attackiert und mit rassistischen Beschimpfungen überhäuft hatte.

MR RASHID (mit Arabertuch auf dem Kopf, in seinem Vorgarten, aufgeregt): Er schreit mich an: »Türke! Türke, ab nach Hause!« Und er schlägt mich auf den Kopf, zack! zack!, mit seiner, na, mit seiner Krücke. Fragen Sie meine Frau, nachts kann ich noch immer nicht schlafen. Mein Anwalt sagt: Verklagen Sie ihn! Aber ich verklage ihn nicht. Allah vergibt alles, und ich auch.

Schnitt auf Rybakow bei einer Pressekonferenz, umgeben von Rathausbeamten, und ein REPORTER ruft: »Mr Rybakow, stimmt das? Sind Sie ein Lügner und Psychopath?«

Zeitlupe von Rybakow, wie er seine Krücke erhebt und quer durch den Raum schleudert. Am anderen Ende trifft sie den unverschämten Reporter am Kopf. Aufnahmen ohne Ton vom Handgemenge, das Rathauspersonal ringt Rybakow nieder, wilde Kamerafahrten des Fernsehteams, um alles draufzukriegen. Schließlich funktioniert auch der Ton wieder, und man hört Rybakow schreien: »Ich bin Bürger! Ich bin Amerika! Girshkin! Girshkin! Lügner! Dieb!«

NACHRICHTENSPRECHERIN: Experten der Polizei waren nicht in der Lage, den Begriff »Girshkin« zu identifizieren, aber verlässliche Quellen versichern uns, dass es ein solches Wort in der russischen Sprache nicht gibt. Mr Rybakow hat zwei Wochen unter Beobachtung im Psychiatrischen Zentrum Bellevue verbracht, während das Rathauspersonal versuchte, den Schaden einzudämmen.

RATHAUSBEAMTIN (jung, unter Druck): Der Bürgermeister hat diesem Mann die Hand entgegengestreckt. Er wollte ihm helfen. Der Bürgermeister ist tief betroffen von der Not seelisch gestörter Veteranen aus dem Zweiten Weltkrieg, die aus der Ex-Sowjetunion geflohen sind.

NACHRICHTENSPRECHERIN: Doch heute berichtet die Daily News *in einem Enthüllungsartikel, dass Mr Rybakow, den Sie hier am Steuer seines Dreißig-Fuß-Schnellbootes sehen, Sozialhilfe bezog, während er in einem palastähnlichen Appartement an der Fifth Avenue lebte, und dieser Bericht könnte die Regierungszeit des Bürgermeisters zu einem abrupten Ende bringen ... Jetzt schalten wir live zur Pressekonferenz des Bürgermeisters ...*

»Siehst du! Siehst du!«, brüllte Baobab am anderen Ende der Leitung. »Siehst du, was du mir hier zumutest! Ich versuche gerade ein Nickerchen zu machen, als plötzlich Rybakow und so ein wild gewordener Serbe die Tür eintreten, und Rybakow schreit: ›Girshkin! Girshkin! Lügner! Dieb!‹ Und er fuchtelt mit den Krücken, genau wie im Fernsehen. Challah stand in der Küche und wählte die Notrufnummer. Ich meine, neben diesem Ventilatormann ist Jordi doch die Vernunft in Person. Hey, wie läuft's bei dir überhaupt?«

»Hm?«

»Wie es läuft?«

»Ach«, sagte Vladimir.

»Ach?«

»Ach«, wiederholte Vladimir. »Es reicht. Es reicht, Baobab.« Er dachte an Jordi. Und Gussew. Und das Murmeltier. »Warum kämpfen? Es reicht.«

»Kämpfen? Wovon redest du? Du bist doch dreitausend Meilen weit weg. Alles rosarot. Ich wollte dich bloß warnen. Falls er beschließt, dich in Prawa zu suchen.«

»Das Murmeltier«, flüsterte Vladimir.

»Was?«

»Sein Sohn.«

»Was ist mit dem?«

»Nichts«, sagte er zu Baobab. »*Don't worry.*«

»Ja, ja, *be happy.*«

»Ich muss jetzt.« Vladimir kam wieder zu sich. »Sag Challah ciao.«

»Hey! Ich habe seit einem halben Jahr nicht mehr mit dir gesprochen. Wo musst du hin?«

»Ins Konzentrationslager«, sagte Vladimir.

KAPITEL 34

Wie Oma die Girshkins rettete

Ein BMW-Konvoi – derzeit Vladimirs beliebtestes Fortbewegungsmittel – fuhr auf den Parkplatz des Konzentrationslagers Auschwitz II (Birkenau). Der Platz war leer bis auf einen Reisebus, dessen Touristen längst ausgestiegen waren und dessen polnischer Fahrer sich die Zeit vertrieb, indem er liebevoll seine Stiefel putzte. Vladimir und Morgan waren mit dem Flugzeug aus London gekommen, und Cohen hatte sich in Prawa in den Zug gesetzt. Cohens Bemühungen, die BMWs durch amerikanische Autos zu ersetzen, waren schief gegangen. Die Jeeps von PrawaInvest nahmen an einer von Gussews sogenannten Bereitschaftsübungen teil, über die vermutlich weder die NATO noch die Überreste des Warschauer Pakts informiert waren. So blieb Vladimir und seinen Freunden nichts anderes übrig, als die drei Kilometer zwischen Auschwitz und seinem Partnerlager in einem Auto aus dem Land der Täter zurückzulegen.

Sie erklommen die Stufen des Hauptaussichtsturms, unter dem die Eisenbahnschienen zu den Verbrennungsöfen verliefen. Dies war der berühmte Turm, ohne den kein Film über die Lager auskam. Wahrscheinlich hatten viele Regisseure ihn von unten gefilmt, um die Größenordnung etwas aufzublasen, denn in Wirklichkeit war er so flach und unbeeindruckend wie ein Bahnhofsgebäude der Metro-North-Linie.

Vom Turm aus ließ sich allerdings Birkenau in seinem ganzen Ausmaß inspizieren. Reihen und abermals Reihen von Schornsteinen, ohne die Gebäude, die sie angeblich beheizen sollten, erstreckten sich bis zum Horizont wie eine Ansammlung von Fabrikschloten en miniature, zweigeteilt durch das Sandbett der einstmals belebten Bahnstrecke. Die Schornsteine waren das Einzige, was nach dem Rückzug der Deutschen übrig geblieben war, praktisch alles andere hatten sie in einer letzten PR-Kampagne gesprengt. In einigen Planquadraten standen noch ein paar Reihen rechteckiger, geduckter Baracken, und es war leicht, sie mit der Zahl der verwaisten Schlote zu multiplizieren, um die Lücken aufzufüllen und sich den früheren Zustand vorzustellen.

Cohen, der seinen ordentlich zerlesenen Reiseführer durch Europas Konzentrationslager konsultierte, strich mit dem Finger über den Horizont und sagte in gleichmütigem Ton: »Da. Die Teiche aus menschlicher Asche.« Er bezog sich auf den Rand des Schornsteinfeldes, an das ein Wald kahler Bäume grenzte. Lebende Gestalten waren vor dem waldigen Hintergrund zu erkennen; vielleicht schleppte sich da die Touristengruppe entlang, deren Bus verlassen auf dem Parkplatz stand.

Eine längliche Wolke war vorübergezogen. Die späte Wintersonne verdoppelte ihre Anstrengungen, und Vladimir blinzelte, hielt die Hand schützend über seine Augen. »Was denkst du?«, fragte Cohen, der diese Geste als Traumasymptom fehldeutete.

»Vladimir ist müde«, sagte Morgan. Sie begriff, dass irgendetwas nicht stimmte, wusste aber nicht genau, ob nur Auschwitz daran schuld war. »Du bist schon den ganzen Tag müde, nicht wahr, Vladimir?«

»Ja, vielen Dank«, sagte Vladimir und verbeugte sich beinahe. Er wollte jetzt einfach nicht mit den beiden reden. Er wollte allein sein. Er lächelte und hob einen Finger, wie um zu demonstrieren, dass er jetzt die Initiative ergriff, dann stieg er als Erster wieder hinunter und verschwand in dem Wald aus Schornsteinen und übrig gebliebenen Baracken.

Cohen und Morgan gingen an den Bahngleisen entlang, wobei Cohen alle paar Meter stehen blieb und ein Beweisfoto machte. Immer wieder bückten sie sich in die Baracken hinein, um die jammervollen Lebensumstände der Lagerinsassen sehen zu können, doch ohne Menschen musste vieles der Fantasie überlassen bleiben. Sie waren unterwegs zu der Grube voll menschlicher Asche, die am Ende der Bahngleise lag. Vladimir hatte sich allein auf den Weg gemacht und war jetzt auf halber Strecke zwischen Aussichtsturm und Wald. Dort musste die Rampe gewesen sein, wo Neuankömmlinge selektiert wurden, entweder für den schnellen Tod durch Zyklon B oder für den in die Länge gezogenen Tod durch Zwangsarbeit.

Es fiel schwer, diesen Teil der historischen Ereignisse nachzuvollziehen, denn nur ein schmaler, staubiger Streifen, der von den Gleisen abging, deutete an, dass hier einmal etwas gewesen war. Auf der anderen Seite der Gleise stand nur ein Gebilde – ein wackliger hölzerner Beobachtungsposten, der Vladimir an die Hütte der Baba-Jaga erinnerte, der Hexe aus dem russischen Märchen. Ihr Haus stand, so hieß es, auf Hühnerbeinen, die die Baba hintragen konnten, wo immer sie unbedingt Unheil anrichten musste. Das Haus konnte auch aus eigenem Willen handeln, durchs Dorf galoppieren und ehrbares Christenvolk nach Belieben zertrampeln.

Vladimirs Großmutter hatte die Pflicht einer russischen Großmutter erfüllt und ihm Baba-Jaga-Märchen als Motivationsverstärker zum Aufessen seines Hüttenkäses, seiner Buchweizen-Kascha und anderer fader Delikatessen der Landküche erzählt. Doch da diese Märchen wirklich Angst einflößten, milderte Oma das Blutrünstige an ihnen mit hilfreichen Distanzierungen wie »Ich hoffe, du weißt, dass keiner von *unseren* Verwandten jemals von der Baba-Jaga umgebracht wurde!«. Ob Oma die tiefere Bedeutung dieser Distanzierung bewusst war, würde Vladimir nie erfahren. Aber es stimmte, dass praktisch seine ganze Familie Hitlers Invasion in die Sowjetunion entkommen war. Ihre Rettung vor Hitler hatten die Girshkins sogar Großmutter persönlich zu verdanken, das einheimische Gewächs Stalin allerdings überstieg selbst ihre Fähigkeiten.

Ursprünglich waren die Girshkins in der Nähe der ukrainischen Stadt Kamenez-Podolsk ansässig gewesen, deren jüdische Bevölkerung praktisch komplett in den ersten Phasen der Operation Barbarossa ermordet wurde. Schon damals waren die Girshkins wohlhabend. Sie besaßen nicht nur ein Hotel, sondern gleich drei, die allesamt für Reisende mit der Postkutsche gedacht waren und damit vielleicht eines der ersten nachweislichen Beispiele für das Prinzip der Motelkette darstellten. Jedenfalls in der Ukraine.

Als praktisch denkender Clan hielten die Girshkins wacker Schritt mit den Zeiten. Als der Ausgang der bolschewistischen Revolution sicher schien, suchte die Familie all ihr Gold zusammen, warf es in eine Schubkarre (die, wenn man Oma glauben durfte, so gut wie voll wurde), kippte alles in den örtlichen Fluss und stapfte entschlossen wieder nach Hause, um ihren restlichen Stör und Kaviar aufzuessen. Nachdem sie solchermaßen alle Vorwürfe, etwa zur Bourgeoisie zu gehören, vorauseilend entkräftet hatten, zeigten die Girshkins im Folgenden, dass sie auch auf proletarischem Fuße leben konnten, und diese Gliedmaße – ähnlich wie bei der Lammkeule zu Pessach, die für die Kraft im Unterarm des Herrn stand – wurde durch Oma verkörpert.

Oma trat den Jungen Pionieren bei, dann den Komsomolzen und schließlich auch der Partei. Es gab Fotos von ihr aus jedem dieser Kontexte, mit feurigen Augen und einem schmerzlich zum Lächeln verzerrten Mund, und sie wirkte wie eine Heroinsüchtige, die gerade ihren Schuss bekommen hat. Mit anderen Worten, eine Musterheldin des sowjetischen Agitprop, vor allem mit ihrem blühenden Bauernbusen und den breitesten Schultern der ganzen Provinz; besagte Schultern wurden von einer Haltung gestrafft, für die allein sie schon auf der Oberschule einen Preis gewonnen hatte. Und mit diesen Eigenschaften im Gepäck zog Oma nach Leningrad. Sie schaffte es, von dem berüchtigten Institut für Pädagogik aufgenommen zu werden, wo nur die linientreuesten Genossen lernen durften, wie man die erste Generation revolutionärer Kleinkinder indoktrinierte.

Nachdem sie das Institut mit einem Spitzenabschluss verlassen hatte, leitete Vladimirs Großmutter ein Waisenhaus für seelisch gestörte Kinder, und zwar mit rauschendem Erfolg. Während die Petersburger Frauen zu etepetete waren, um zu den traditionellen, disziplinierenden Methoden der Kindererziehung zu greifen, prügelte Oma eigenhändig Hunderte von fehlgeleiteten Jungen und Mädchen in Form, so dass sie schon nach wenigen Tagen vor ihr auf den Knien lagen und sangen »Lenin wird ewig leben«. Falls sie nicht gerade die Balustraden wienerten, die Böden bohnerten oder die Bürgersteige der Gegend nach Metallschrott absuchten, der, wie Oma ihnen einredete, irgendwie zu einem Panzer recycelt werden würde, mit dem sie dann alle durch die Stadt fahren könnten. Binnen eines Jahres hatte diese umstandslose Herangehensweise, frisch aus der rohrstockschwingenden, gürtelklatschenden Provinz, derart spektakuläre Ergebnisse gezeitigt, dass fast alle Kinder als nicht mehr seelisch gestört erklärt wurden. Viele von ihnen erlangten später Prominenz, in allen Bereichen des sowjetischen Lebens, vor allem aber beim Militär und den Sicherheitsorganen.

Nach ihrer Amtszeit im Waisenhaus bekam Oma einen billigen Plastikorden und eine ganze Mittelschule, über die sie herrschen durfte. Doch der dauerhafteste Aspekt ihres Erfolgs war die Leistung, die Girshkins aus dem öden Kamenez-Podolsk, das gerade industrialisiert wurde, in ein geräumiges, schindelgedecktes Haus in den Außenbezirken von Leningrad zu holen. Dieser erste Umzug ersparte der Familie die Konfrontation mit der SS und ihren fröhlichen ukrainischen Helfershelferkohorten, während Omas zweiter Umzug, die Evakuierung der Familie vor der Belagerung Leningrads, die Girshkins vor dem Hungertod und den Kugeln der Wehrmacht rettete. Wie Oma es schaffte, an den richtigen Fäden zu ziehen und alle dreißig Girshkins in einen Zug zum Ural zu setzen, wo ein halbjüdischer Cousin dritten Grades im Schatten einer kupferschmelzenden Fabrik friedlich Schafe hütete, das ließ sich nur raten. Die alte Frau hütete die Wahrheit wie eine NKWD-Akte, aber eigentlich war es gar kein Rätsel. Jeder, der ein ganzes Waisenhaus zu reformieren vermochte oder, was wesentlich tiefer greifend war, Vladimirs verträumten, vergesslichen Vater durch zehn Jahre sowjetischer Ärzteausbildung bugsieren konnte (na gut, normalerweise dauerte sie nur fünf), der hatte auch keine Probleme, sich einen Weg durch die kriegsverstopften Adern Russlands zu bahnen.

Und das, dachte Vladimir, war die Frau, die seine Familie vor dem Konzentrationslager bewahrt hatte. Hätte er wie ein Agnostiker Gott auch nur den Hauch einer Chance gegeben, so wäre dies der rechte Moment gewesen, um zu murmeln, was er vom Kaddisch der Trauernden noch zusammenbekam. Doch da seine Jüdische Schule die letzten Rätsel des leeren Himmels über ihm gelöst hatte, konnte Vladimir nur lächeln und der lebhaften Oma gedenken, die er als Kind gekannt hatte.

Er blickte über die Gleise, wo Cohen auf Knien ein Foto von einer vorüberziehenden Wolke machte, einer unauffälligen Zirruswolke, die aussah wie eigens für ein Meteorologie-Lehrbuch gezeichnet und die typisch polnisches Glück hatte – nur weil sie am Tag von Cohens Besuch über das ehemalige Konzentrationslager zog, wurde sie jetzt unsterblich gemacht. Inzwischen hatte die Touristengruppe die Gleise erreicht und kam im Schlenderschritt auf sie zu. Vielleicht hatte der Teich aus menschlicher Asche eine schwächende Wirkung und die weltliche Gruppe machte sich deshalb schon auf den Rückweg zu den Baracken.

Vielleicht waren das auch alles nur Vorurteile.

Oh, es wurde höchste Zeit, hier abzuhauen! Jeder Gedanke war unpassend, jede Bewegung ketzerisch. Genug! Er brauchte sich doch nur anzuschauen, wie seine Großmutter dem Gas und den Bomben entkommen war, indem sie Leib und Seele in das Sowjetsystem investierte, das unterm Strich genauso viele Menschenleben gekostet hatte wie das teutonische Böse, dessen Panzerkolonnen und Präzisionsbomben jede Grenze überschritten. Die Lehre daraus war Vladimir sonnenklar, und seinen Mitjuden, die in dem Teich der Asche lagen, hätte sie ebenso klar sein müssen: *Hau ab, solange du kannst, notfalls mit allen Mitteln.* Lauf, bevor dich die Gojim kriegen, und kriegen werden sie dich, egal, wie viele Runden du gemeinsam mit Kostja drehst und wie viele Liebeserklärungen sie dir machen, während der Absinth in Strömen fließt.

Vladimir wandte sich zu dem Hauptaussichtsturm und in die Richtung, aus der die Züge mit ihrer teilweise schon toten menschlichen Ladung damals angerollt kamen, aus Bukarest und Budapest, Amsterdam und Rotterdam, Warschau und Krakau, Bratislava und … konnte das sein? … Prawa. Aus seinem Goldenen Prawa. Der Stadt, die sein leidendes Ego so freundlich behandelt hatte wie die Quellen von Karlsbad einst die Gicht. *Hau ab!* Aber wie? Und wo lag die Rettung? Er dachte an Oma, die sich vierzig Jahre nach Stalins Tod mit schlaflosen Augen über Band 7 des Sozialgesetzes beugte, die Lupe griffbereit, und versuchte, die Bedeutung der Worte »verbleibende Funktionsfähigkeit« zu erfassen.

Ach, zur Hölle mit dem zwanzigsten Jahrhundert, das fast schon zu Ende war und noch keines seiner brennenden Probleme gelöst hatte, und mit den Girshkins, die sich wieder mal im Visier des Schicksals, im Auge des Sturms befanden, dem Verrechnungszentrum für globale Verwirrung und Ungewissheit. Zur Hölle mit … Da hörte Vladimir hinter sich das unverkennbare Geräusch einer ausfahrenden Zoomlinse und dann das Klicken eines Auslösers. Er drehte sich um. Die Touristengruppe befand sich in einiger Entfernung. Eine rotwangige Frau in den mittleren Jahren, so groß, dünn und ordentlich gestutzt wie die Pappeln rings um Birkenau, wühlte in ihrer vollen Handtasche, um die Kamera wieder darin unterzubringen, und ihr Blick huschte überallhin, außer in Vladimirs Richtung. Sie hatte ihn fotografiert!

Auch die restlichen Deutschen ließen ihre hellen Augen über den Boden schweifen, einige warfen unmissverständlich böse Blicke auf die unverschämte Fotografin. Die meisten schienen erstaunlicherweise schon über siebzig zu sein – groß und gesund, mit attraktiven Falten und genau den richtigen weißen Strickjacken für einen legeren Nachmittag –, mit anderen Worten, sie waren alt genug, um vor einem halben Jahrhundert in anderer Rolle hier gewesen zu sein. Hätte Vladimir jetzt seine Brust aufpumpen und seinen Kopf erheben sollen, um seine dunklen semitischen Locken zu zeigen und dann mit sardonischem Lächeln »Cheese!« zu sagen?

Nein, solche Gesten überließ er lieber den Israelis. Unser Vladimir konnte nur scheu lächeln, als die Deutschen sich näherten, und die Schultern unterwürfig einziehen, genau wie seine Eltern, als sie einst auf die sauertöpfischen Einwanderungsbeamten in JFK zugegangen waren.

Der Reiseführer war ein gut aussehender junger Mann, nicht viel älter als Vladimir, aber ohne Zweifel jugendlicher. Er trug sein dickes Haar lang, und in der Omabrille, die sich auf seinem eckigen, kerngesunden Gesicht fast verlor, saß bestimmt nur ungeschliffenes Fensterglas. Um die durchaus muskulöse Brust und den Bauch saßen Taschen aus lockerem Fleisch, was den Eindruck eines strammen Bauernbuben erweckte, der wegen einer ganzen Folge verhagelter Ernten etwas träge geworden war. Ja, für Vladimir sah er aus wie ein sensibler Mann aus der Provinz, der von einem mitreißenden Lehrer aus seinem Dorf alles über den Liberalismus und die deutsche Schuld gelernt hatte, von einem Hippie aus den Jahren, als Hippies noch über das ganze Land herrschten, und jetzt hatte er sich selbst unter die Fortschrittlichen eingereiht und nahm die geplagte ältere Generation bei der Hand, um ihr die Leistungen ihrer Zeitgenossen vorzuführen. Was für ein Konzept, dachte Vladimir, weder beeindruckt noch abgestoßen.

Sein Blick traf den des Reiseführers, der lächelte und ihm zunickte, als wäre diese Begegnung verabredet gewesen. »Hi«, sagte er zu Vladimir, und seine Stimme zitterte selbst bei dieser kurzen Silbe.

»Hallo«, sagte Vladimir und erhob die Hand zur formalen Grußgeste. Er versuchte, sich schnell zu erinnern, was es bedeutete, »ernsthaft« dreinzuschauen, wusste aber, dass er das aus dem Stand nicht schaffen würde, nicht nach dem Stress der letzten paar Tage. Er beließ es also bei seinem überheblichen Grinsen.

»Hallo«, antwortete der Reiseführer, als er an Vladimir vorbeischlich. Seine älteren Schützlinge folgten. Nun, da das Eis offenbar durch ihren Anführer gebrochen war, brachten sie es über sich, Vladimir kurz anzuschauen und sogar ein kleines, mitfühlendes Lächeln aufzubringen. Nur die Frau im mittleren Alter, die es gewagt hatte, Vladimir, den Lebenden Juden von Birkenau, zu fotografieren, hatte ihre Schritte beschleunigt und starrte resolut geradeaus.

Vielen Dank, beehren Sie uns wieder, wollte Vladimir schon

sagen, doch stattdessen seufzte er, betrachtete noch einmal die kleiner werdende Silhouette des nachdenklichen jungen Reiseführers – trotz der vertrocknenden Äste des deutschen Stammbaums in jeder Hinsicht eine bessere Ausgabe von Vladimir – und dachte wieder darüber nach, dass er im Vergleich dazu seinen Platz in der Welt verloren hatte. Ein unwiederbringlicher Verlust.

Tja, und wohin jetzt, Vladimir Borissowitsch?

Gedankenverloren trottete er den langen Weg zum Teich der menschlichen Asche, wo seine Freunde schon auf ihn warteten, Cohen sprachlos wegen der Touristengruppe und wegen der Asche, Morgan nur wegen der Asche. Vielleicht könnte sie Tomaš und Alpha auch dazu bewegen, die Überreste von Birkenau in die Luft zu sprengen. Nur ein paar Kilo C4 mehr, und sie hätten sich wirklich um die Geschichte gekümmert.

Und dann klingelte sein Handy.

»Na, na«, sagte das Murmeltier.

»Bitte bring mich nicht um«, sprudelte Vladimir hervor.

»Dich umbringen?« Das Murmeltier lachte. »Mein schlaues Erpelchen umbringen? Ich bitte dich, mein Freund. Wir wussten doch alle von Anfang an, was du für einer bist. Jeder, der halb Amerika über den Tisch ziehen kann, kann auch meinen alten Herrn reinlegen.«

»Das wollte ich nicht«, winselte Vladimir. »Ich liebe deinen Vater. Ich liebe –«

»Okay, hältst du jetzt bitte mal den Mund«, stöhnte das Murmeltier. »Alles ist vergeben, jetzt hör auf zu heulen. Ich brauche dich in Prawa. Wir haben hier ein eigenartiges neues Schema in Gang gesetzt.«

»Schema«, murmelte Vladimir. Was zum Teufel ging in dem kleinen Gehirn des Murmeltiers gerade vor? »Ein eigenartiges neues Schema …«

»Eigenartig genau deshalb, weil es kein Schema ist. Sondern ein *legales* Projekt«, erläuterte das Murmeltier. »Eine Brauerei in Süd-Stolowaja, die sich offenbar dafür bereit macht, auf den westeuropäischen und amerikanischen Markt zu expandieren.«

»Legales Projekt«, wiederholte Vladimir. Sein Gehirn funktionierte kaum noch. »Hat dich Kostja da beraten?«

»Nein, nein, das kommt ganz allein von mir«, sagte das Murmeltier. »Und du darfst keinem davon erzählen, nicht einmal Kostja. Vor allen Dingen nicht, dass es eine saubere Angelegenheit ist. Ich will mich nicht lächerlich machen.« Dann bat er Vladimir, in der nächsten Woche mitzukommen, um sich die Brauerei anzuschauen. »Ohne deine professionelle Meinung wird hier kein Projekt durchgeführt«, sagte er. »Ob legal oder nicht.«

»Ich werde dich nie mehr betrügen«, flüsterte Vladimir.

Das Murmeltier lachte noch einmal, ein leises Frohlocken, das weit entfernt war von seinem üblichen prahlerischen Wiehern. Dann legte er auf.

TEIL VIII

Girshkins Ende

KAPITEL 35

Die Leute vom Lande

Auf dem Weg zu der Brauerei im Süden hatte die Karawane offenbar das gesamte, wenig bemerkenswerte Œuvre der stolowakischen Landschaft passiert. Nur ein Berg in kompakter Trapezform, von seinen Nachbarn nicht zu unterscheiden, zog Vladimirs Aufmerksamkeit auf sich, denn Jan verkündete stolz und belehrend, auf diesem Berg habe die stolowakische Nation ihren Ursprung genommen. Vladimir war beeindruckt. Wie tröstlich, den Berg zu kennen, von dem die eigenen Urväter einst unter großem Geheul heruntergestürmt waren! Wenn die Russen einen solchen Berg hätten, dann wäre das bestimmt ein großer, weitläufiger Everest draußen im Ural, und sie hätten so bald wie möglich eine militärische Überwachungsbasis darauf gebaut, deren Antennen sich wie auf dem RKO-Logo in den Himmel recken und verkünden würden, dass die Söhne und Töchter der Kiewer Rus hiermit ihre Ansprüche anmeldeten auf die Taiga und ihre Braunbären, den Baikalsee und seine Störe, das Schtetl und seine Juden.

Die einzige andere Attraktion auf ihrer Fahrt zur Brauerei war die halb fertige Bauruine eines Atomkraftwerks am Stadtrand, dessen Kühltürme sich in unvollendeten Zylindern aus Gitterwerk über einem weiten Feld erhoben, als hätte die Kernschmelze längst stattgefunden.

Der Brauereiort selbst war ein reizloses kleines Städtchen, dessen gotische Kirchtürme und Kaufmannshäuser, ja, sogar der Rathausplatz vor langer Zeit abgeräumt und durch einen klaustrophobischen Quadranten aus vergrauenden Gebäuden ersetzt worden waren, die man kaum voneinander unterscheiden konnte, obwohl das eine ein Hotel, das nächste einen Verwaltungsbau und das dritte ein Krankenhaus darstellte. Sie fuhren direkt ins Hotel. Dessen Halle war eine zottelige Angelegenheit im Stil der 70-er, randvoll mit kratzigen Ruhesesseln, abgestandener Luft und nackten Beinen, dazu, als Hommage an den Hauptarbeitgeber hier, ein blitzendes Fass der heimischen Biermarke, das sich aus dem fadenscheinigen Teppichboden erhob wie ein einsamer Steinkopf auf den Osterinseln. Oben aber, im Manager-Flügel (so hießen die Zimmer mit den Türknöpfen aus *Messing*), verspürte Vladimir den Kitzel einer Apparatschik-Kameraderie – diese rostfarbenen, nippeslosen Unterkünfte hatten ganz sicher eine ordentliche Dosis Direktoren der Glühbirnenfabrik Nr. 27 und ähnlich unbekümmerte kommunistische Beamte beherbergt. Wäre nur František da gewesen!

Nicht, dass es Vladimir unter seinen Reisegefährten an sowjetischen Restbeständen gefehlt hätte: Außer dem Murmeltier waren noch Gussew und zwei Typen dabei, die beim Bisnesmeny-Lunch gewohnheitsmäßig bereits vor dem Fleischgang besinnungslos unterm Tisch lagen und angeblich die besten Freunde des Murmeltiers aus dessen Odessa-Zeit waren. Der eine war ein kleiner kahler Gesell, der Vladimir ständig wegen der Wirksamkeit von Minoxidil anmachte. Er hieß Schurik. Der andere wurde nur Klotz genannt, und wenn man sich sein verwittertes Kämpfergesicht anschaute – neun Zehntel finstere Grimasse, ein Zehntel Augenbrauen –, konnte man sich unschwer vorstellen, wie er, Bauch nach oben, leblos in einem Fluss trieb, ein kleines Rinnsal Blut aus der nadelfeinen Wunde am Hinterkopf hinter sich herziehend.

Vielleicht kann man sich bessere Gesellschaft vorstellen als diese, wenn man weiß, wo sie zu finden ist, aber Vladimir, wieder glücklich und selbstsicher, war so aufgeregt wie ein Mädchen, das zu seiner ersten Teenieparty mit Übernachtung einlädt. Selbst Gussew, der ihn einst fast umgebracht hätte, wirkte neuerdings wie ein gezähmter Löwe, doch, wirklich. Auf der Hinfahrt hatte er Vladimir zum Beispiel in einer Raststätte zu einem Törtchen eingeladen.

Und dann hatte er ihm mit geradezu habsburgischer Grandezza und Höflichkeit bei der Warteschlange vor dem Pissoir den Vortritt gelassen.

So konnte man, nun, da die Welt sich wieder in seiner Richtung drehte, Vladimir durch die Flure rennen sehen wie am ersten Tag der großen Ferien, und er rief in lupenreinem Russisch aus: »Kommt mal gucken, Herrschaften … ein Colaautomat, der auch Rum ausschenkt!«

Bei ihm standen zwei Doppelbetten, und halb hoffte Vladimir sogar, das Murmeltier würde das Zimmer mit ihm teilen, dann hätten sie lang aufbleiben, schädliche Mars-20-Zigaretten qualmen, aus derselben Flasche trinken und frei von der Leber weg über die NATO-Erweiterung und frühere Lieben quatschen können. Und siehe da, bald schon steckte das Murmeltier den Kopf durch die Tür und sagte im Ton eines draufgängerischen Studenten: »He, wasch dich, kleiner Jud, dann machen wir die Bar gegenüber unsicher. Auf zum Rauben und Plündern, eh?«

»Ich bin dabei!«, schrie Vladimir.

Die Bar war eine Sache für sich. Sie wurde von der örtlichen Gewerkschaft im Keller des ehemaligen Kulturpalasts betrieben und besucht von den Arbeitern, die wahrscheinlich schon seit Vladimirs Geburt an dem Atomkraftwerk herumbosselten. Schon jetzt, um sieben Uhr, herrschten quer durch die Bank wilde, halluzinatorische Rauschzustände vor. Und als wären die Grenzen menschlicher Belastbarkeit nicht längst erreicht, wurden nun auch noch die Nutten reingeschickt.

In diesem Teil der Welt bildeten die Prostitutki eine stilisierte Arbeiterbrigade: Alle waren etwa einsfünfundsiebzig groß, als hätte sich genau dieses Maß als das günstigste für die hiesigen Jungs erwiesen; die Haare waren mit Henna gefärbt, bis sie die Konsistenz eines ausgiebig benutzten Wischmopps hatten; geburtenstrapazierte Brüste und Bäuche quollen aus Korsetts in schmutzigem Mauve hervor. Sie tänzelten ohne große Begeisterung zur Tanzfläche, und dann kam, einer Tradition folgend, die in den acht ehemaligen sowjetischen Zeitzonen mittlerweile Diktat geworden war: Licht! Discokugel! ABBA!

Vladimirs Truppe hatte gerade mal die ersten Bierflaschen geöffnet, als die Nutten eintrafen und das Discofieber zuschlug. Das Murmeltier und seine Jungs fingen auf der Stelle an zu kichern, an ihren Polohemd-Labels herumzufingern und zu murmeln: »Ach, die Leute vom Lande«, als hätten sie gerade ganz im Stillen einen Tschechow-Schub.

»Diese Frauen haben Schenkel, die können alles Leben aus dir rauspressen«, bemerkte der kleine Schurik durchaus angetan.

»Aber dieses Bier«, sagte Vladimir. »Das schmeckt, als hätten sie einen rostigen Nagel in die Flasche geworfen. Und diese Brauerei will in den Westen exportieren?«

»Tu mal Wodka dazu«, sagte das Murmeltier. »Guck, es steht sogar auf der Flasche.«

Vladimir betrachtete das Etikett. Ein Teil davon schien zu besagen: »Für beste Ergebnisse Wodka hinzufügen, 6 ml.« Vielleicht war das auch der komplexe Name der Brauerei, bei den Stolowaken wusste man nie. »Okay«, sagte Vladimir und zog los, um sich an der Bar eine Flasche Wodka Kristal zu holen.

Eine Stunde später tanzte er zu »Dancing Queen« mit der hübschesten *fille de nuit* im Hause. Sie war die Einzige, die Vladimir nicht überragte, und das war keineswegs der einzige Unterschied zu ihren Kolleginnen: Sie war jung (wenn auch nicht »only seventeen«, wie die titelgebende junge Dame des Songs), sie war schlaksig und nicht so brustlastig, und vor allem schauten ihre Augen nicht so gespielt gut gelaunt drein wie bei den anderen Nutten. Nein, dies waren die klaren, desinteressierten Augen einer New Yorker Debütantin, die wegen schlechter Noten auf eine Uni in West Virginia geschickt wird, oder auch eines Teenagers in einer zeitgenössischen Jeanswerbung. Vladimir fühlte sich zu der jungen, etwas beschädigten Azubi des Gewerbes hingezogen, und dieses Gefühl durchdrang auch seine beachtliche Trunkenheit – denn man braucht nicht zu glauben, dass in Bier untergebrachter Wodka eine neutralisierende Wirkung hätte. »Wie heißt du?«, brüllte er.

»Teresa«, antwortete sie mit bösem, heiserem Wispern, als wollte sie den Namen für immer ausspucken.

»Vladimir«, sagte er und bückte sich, um ihren gesprenkelten Hals zu küssen, zielgenau eine Lücke zwischen den sorgfältig aufgereihten Knutschflecken seiner Vorgänger anpeilend.

Aber für seinen Stempelabdruck blieb ihm keine Zeit. Das Murmeltier hatte ihn schon mit einem affenartigen Griff davongerissen und an die tanzende Triade Murmeltier, Gussew und Klotz gehängt. Sie hatten ihre drei Nutten zurückgelassen (allesamt statiöse Damen mittleren Alters, die in Rouge ersoffen) und demonstrierten ihr Russentum mit einer Art rudimentärem Kasatschok. Gemeinsam hinhocken, gemeinsam hochkommen, mit einem Fuß treten, dann mit dem anderen … »Oppa!«, riefen die Nutten, deren Gesichter rot und weiß wie die polnische Fahne erstrahlten. »Schneller, Täubchen!«, ermutigten sie Vladimir.

Doch das hatte Vladimir nicht mehr in der Hand. Allein die Kraft des betrunkenen Murmeltiers, der zerrte, schubste, schwang und zappelte, steuerte Vladimirs jämmerliche Bewegungen. Das Murmeltier war eine rotwangige Masse mit ihren ureigenen Gesetzmäßigkeiten, und er leistete einen großzügigen Beitrag zu dem allgemeinen Wirklichkeitsverlust ringsum, indem er schrie: »Noch einmal, Brüder! Für das Vaterland!«

Bei der erstbesten Gelegenheit kreischte Vladimir »Toilette!« und brachte sich in Sicherheit.

Im PP hatte die Gewerkschaft unlängst automatische Spülungen aus Deutschland installiert und Spiegel über den Urinalen angebracht. Vladimir nutzte diesen Vormarsch des Fortschritts und kämmte sich: Er zerrte sein wildes Haar nach unten und versuchte, die widerstrebendsten Löckchen hinter seine Ohren zu klemmen; er sperrte den Mund auf und untersuchte seine glatten Elfenbeinzähne; er prüfte den Haaransatz und gelobte, den Herstellern von Minoxidil eine Ziege zu opfern. Er sagte zu sich: *Natürlich werde ich mich nicht in eine Prostituierte verlieben*, und begab sich wieder nach draußen.

Inzwischen hatte sich die ABBA-Auswahl zu »Chiquitita« vorgekämpft, wozu man verflucht schwer tanzen kann, ob betrunken oder nicht. Entsprechend ausgedünnt war die Menge der Tänzer; die picknickartigen Tische um die Tanzfläche füllten sich mit den Prostitutki und ihren Männern. Doch das Murmeltier und seine Truppe konnte Vladimir nirgendwo entdecken, ganz zu schweigen von seiner Jungnutte. Vladimir fühlte sich verlassen und wusste nicht, wo er seine Erregung unterbringen sollte, also ging er an die Bar, um seine Blase wieder aufzufüllen. »Dobry den«, teilte er dem sonnengebräunten jungen Barkeeper mit, dessen Tank Top einen Alligator beim Footballspielen zeigte.

»Hi, friend«, sagte der Barkeeper in fast perfektem Englisch, als würden draußen die Pazifikwellen den Strand von Malibu streicheln. »Was kann ich für dich tun?«

Vladimir zählte eine ausführliche Spirituosenliste auf, während der Barkeeper ihn aufmerksam musterte. »Sag mal, woher kommst du eigentlich?«, fragte er ihn schließlich.

Vladimir sagte es ihm.

»Da war ich schon«, sagte der Barkeeper und zuckte die Achseln, offensichtlich nicht sonderlich beeindruckt von der Stadt am Hudson. Er ging zu einem anderen Kunden, einem Arbeiter, der inzwischen nichts mehr am Leibe trug als ein verzweifeltes Grinsen und eine schrillblaue Mütze.

Als der Barkeeper schon mal mit der Bierportion der Bestellung zurückkehrte, fragte Vladimir nach seinen Freunden. »Sind rausgegangen, rauchen«, sagte der globetrottende Mixologe. Er beugte sich zu Vladimir hinunter, und jetzt kam ein äußerst unkalifornischer Duft unter seinen sehnigen Armen hervor. »Ich habe eine Nachricht für dich. Aber nicht von mir, verstanden?« Das sagte er in einem so ernsten Ton, dass klar war, Vladimir musste antworten, bevor ihm die Nachricht überreicht wurde.

»Verstanden«, sagte Vladimir ebenso ernst. Nur innerlich war er aufgeregt, denn er glaubte, es sei eine Liebesbotschaft von seiner Prostituierten, und war zutiefst interessiert an ihren Verführungskünsten und daran, in welcher Form und Sprache sie sie einsetzen würde. Er nahm das kleine geknifffte Bändchen aus weinrotem

Papier vom Barkeeper, der gleich darauf ans andere Ende der Bar galoppierte, und faltete es auseinander. Eine sorgfältig gezeichnete Pistolenmündung erwiderte Vladimirs Starren, und darunter stand in ungelenken Lettern der vertraute zweisprachige Bildtext:

AUSLÄNDER RAUS! FOREIGNER OUT!

Kollektiv unterschrieben: »Die Stolowakischen Skinheads«.

Vladimir sagte nicht mal »Ah«. Er stand auf und ging zum Ausgang. Das weiche Fleisch der Prostituierten und der beißende Duft ihrer Parfüms und Frisuren stellten einen Hindernisparcours dar, den er nur bedingt erfolgreich absolvierte, stetig untermalt von »Tschuldigung, tschuldigung, tschuldigung ...« Aber er dachte: *Skinheads? Wo? Wer? Die Arbeiter? Die haben doch Haare*. Ein oder zwei Schritte von der Tür entfernt bemerkte er sie schließlich aus dem Augenwinkel – schwarze Militärjacken, Tarnhosen, Halbstiefel; Gesichter nahm er gar nicht wahr.

Draußen herrschte die übliche Dunkelheit, durchsetzt von Smog und dem entfernten Pöttern bronchitischer Trabants, eine leere Brache lag vor dem Rumpf eines flachen, grauen städtischen Gebäudes, und die einzige Beleuchtung war das Licht, das aus der offenen Tür der Bar sickerte. Zwei Skinheads kamen auf ihn zu, beide zur gleichen Zeit und aus verschiedenen Richtungen, als wollten sie zu einem Wesen verschmelzen, als sähe er schon alles doppelt und in Wahrheit wäre da vor ihm nur ein Exemplar der zusammengebissenen Zähne, der aufgesprungenen Lippen und des schwarzen Hakenkreuzes auf dem orangefarbenen T-Shirt darunter.

Vladimir drehte sich um. Der Raum zwischen ihm und der Eingangstür füllte sich rapide mit jungen Männern und entschlossenen Mienen; ganz eindeutig bildeten nicht nur die Arbeiter und die Prostituierten in dieser Stadt identische Kader aus, auch die ortsansässigen Verfechter der ethnischen Reinheit glichen einander bis ins Letzte. Vielleicht hatte sie alle derselbe glatzköpfige, etwas übergewichtige Mann gezeugt, der die Fäuste geballt an der Seite hielt und permanent mit einem Auge blinzelte, als blendete ihn eine afrikanische Sonne.

Dann teilten sich ihre Reihen, um denjenigen durchzulassen,

der wohl ihr Anführer war – einen Kopf größer, breitschultrig, aber schlank, mit einer modischen Drahtgestellbrille und dem durchdringenden Blick eines jungen deutschen Intellektuellen, der auf ein amerikanisches Hauptseminar losgelassen worden ist. Er sah auf Vladimir herunter, als wäre dessen Kopf eine Brutstätte für kleine Hydras, und sagte: »Passkontrolle!«

Vladimir atmete zum ersten Mal aus. Aus irgendeinem Grund fiel ihm ein, dass er keinen sowjetischen Pass besaß, in dem seine Nationalität als »jüdisch« bezeichnet worden wäre, und aus dieser Tatsache bezog er die Hoffnung auf ein kleines Schlupfloch. Nein, so würde es nicht enden. Ein ganzes Leben, ein einzigartiges kleines Wesen, ein Dasein mit dem Leitmotiv der Bedrohtheit, ausgelöscht durch solche Affen? »Nein! Nix Pass!«, sagte er. »Murmeltier!«, rief er auf Russisch in Richtung Bar.

Der Anführer schaute zu seinen Männern. »Jaky jazyk?«, bellte er. Das ähnelte Russisch genug, um für Vladimir verständlich zu sein: »Welche Sprache?«

»Turecky«, sagte einer der Skinheads feixend und klatschte eine Faust in seine Handfläche. Türkisch.

Der Intellektuelle fixierte Vladimir erneut. Er war damit beschäftigt, seine Gesichtszüge ebenfalls zu verzerren, was sein Aussehen dem seiner Kameraden weitgehend annäherte. »Du bist aus Arabien!«

Arabien. *Arabien!* Hatten die es etwa auf eine andere Sorte von Semiten abgesehen? »Nix Arabien!«, rief Vladimir und fuchtelte mit den Händen, in gefährlicher Nähe zu dem Anführer. »Amerika! Ich bin Amerika!« Erleichtert rief er sich den extremistischen Furor seiner zionistischen Klassenkameraden auf der jüdischen Schule ins Gedächtnis. »Arabien, *tfuh!*« Er spuckte aus – leider auf den Schuh des Anführers. »Islam …« Er hielt sich einen Pistolenlauf-Finger an den Kopf und erschoss sich, »Bumm!«, obwohl er ja eigentlich woandershin hätte schießen sollen, auf den imaginären Araber vielleicht. Angesichts dieser autoaggressiven Geste brach die Meute in Gelächter aus, was sich jedoch schnell in einer Flut feindseligen Schnaubens verlor, und der Cordon sanitaire der ethnischen

Säuberung schloss sich enger um Vladimir. Einige der Rowdys nahmen bereits eine breitbeinige Haltung ein, um bei dem zu erwartenden Einpersonen-Pogrom nicht aus dem Gleichgewicht zu geraten.

»Seht mal«, sagte Vladimir und versuchte, mit zitternden Händen und verschwommenem Blick wegen der nicht mehr aufzuhaltenden Tränen, seine Brieftasche aus der Gesäßtasche zu ziehen. »Einen Moment nur … Bitte, das kostet euch doch nichts … Seht mal … American Express … *American* Express … Und das hier ist ein Führerschein aus dem Staat New York. Sind die Herren schon mal in New York gewesen? Ich kenne massenweise Skinheads da. Wir könnten mal zusammen losziehen und in Chinatown aufräumen …«

Der Anführer untersuchte Vladimirs Ausstellungsstücke und steckte sie, wie Vladimir durch seine verräterischen Tränen wahrnahm, in die eigene Brieftasche, dann trat er zwei Zentimeter zurück und nickte Richtung Boden, zu der Stelle, wo er gerade gestanden hatte.

»Bitte«, sagte Vladimir auf Stolowakisch. Er war bereit, es noch mal zu sagen.

Eine Faust landete oberhalb von Vladimirs rechtem Auge, doch bevor dieser Schmerz ganz angekommen war, drängte sich ein anderes Gefühl vor, als würde er fliegen, dann der Aufprall seines Körpers auf der Erde, wobei sein Steißbein laut krachte und der Schmerz kreisförmig von hundert Nervenenden ausstrahlte, und dann erscholl lautes Johlen, obwohl er das Wort nicht genau verstand (Hurra?), dann krachte ein Balken, so kam es ihm vor, gegen seinen Brustkorb, dann ein, zwei weitere von der anderen Seite, Aufblitzen in grellem Kindheitsgelb, dann Rückzug ins Dunkel und Nachschock des puren Schmerzes, dann sprang jemand auf seine geballte Faust – boshe moi, boshe moi –, und es krachte wieder so, krachte, dass er es hinten am Gaumen spürte, wieder das Johlen (Hurra?), Morgan … in Prawa erwachen, schto takoje? Welche Sprache? Potschemu nado tak? O Gott, nicht so, swolotschi!, du musst atmen, nado dyschat, atmen, Vladimir, und deine Mama bringt dir gleich … shirafa prinessjot … eine Plüschgiraffe … ja chotschu shit! Ich will leben! Weiter existieren, die Augen öffnen, weglaufen und ihnen entgegenschleudern: »Nein!«

»Nein!« Vladimir reckte eine gebrochene Faust in die Luft und schwang sie gegen ein Ziel, wo keins war. Zur gleichen Zeit schlug er die Augen auf und sah zwei Gestalten im Gegenlicht aus der Bar. Ganz kurz stellte er den Blick scharf, dann verschwamm alles wieder, und dann, während ihm ein besonders heftiger Schmerz durchs Rückgrat fuhr wie ein Stromstoß, kniff er die Augen noch einmal zusammen. Die Mienen sah er nicht genau, nur dass Gussew nickte, während das Murmeltier geradeaus starrte. Da ließ Vladimir die Faust sinken. Er sah, wie sich der Stahlkeil eines Stiefels absichtsvoll auf sein Gesicht zu bewegte, und sagte in zwei Sprachen gleichzeitig: »Na los.«

»Dawai.«

KAPITEL 36

In glücklicheren Zeiten

Er kommt aus ihrem Wohnheim; sie haben zum ersten Mal unter der Gürtellinie gefummelt. Er geht über den Platz der Stadt, ein sorgfältig bepflanztes Areal mit Bäumen, Rasenflächen und Blumenbeeten, das von der Uni hier im Mittleren Westen gepflegt wird, als Reminiszenz an die weniger progressiven Brüder von der Ostküste. Es ist Morgen. Die Wolken reichen praktisch bis zu den Wipfeln der kahlen Eichen, und ein leichter Nieselregen schwebt von irgendwo her, wie um den Fußgänger daran zu erinnern, was es mit Wolken so auf sich hat. Und dann wiederum, in einer der Launen des Wetters hier, produziert dieser bedeckte Februarmorgen plötzlich eine unwahrscheinliche Frühlingstemperatur, einen Wind so warm wie ein Fönstrahl.

Er trägt einen schweren braunen Mantel, den Mutter in weiser Voraussicht für dieses lästige Klima gekauft hat. Heute, anders als gestern, wo es eisig war, hat er ihn bis unten aufgeknöpft und seinen Schal in die Tasche gestopft, womit er Mutters jahrzehntealten Rat missachtet: »Lass dich nicht täuschen, wenn plötzlich warmes Wetter kommt, Vladimir. Das ist ein lautloser Killer, wie eine Geschlechtskrankheit.« Aber Mutter ist nirgendwo in Sicht, und er kann sich nach Herzenslust sowohl Grippe als auch Tripper einfangen.

Vor allem dieser Gedanke bringt ihn zum Lächeln. Er bleibt mitten auf dem Platz stehen und führt eine Hand zur Nase, die Hand, die noch vorhin in der zweckmäßigen Baumwollunterwäsche seiner neuen Gespielin steckte und sogar eine Rötung davongetragen hat, als er an dem straffen Gummizug des Slips entlangschrappte, dann schnüffelt er zum Vergleich an der anderen Hand. Was für animalische Gerüche sie beherbergt, diese schlanke, gepflegte Chicagoerin mit ihrem modischen Pagenschnitt und den festen marxistischen Ansichten.

Ave Maria! Zum ersten Mal ist seine Hand da drinnen gewesen. Er hat sich immer vorgestellt, sein erstes Mal wäre mit einer Außenseiterin, irgendeinem dicken, reizlosen Mädchen, das noch mehr Angst hat als er. Jetzt ist alles anders gekommen. Jetzt steht er mitten auf dem Platz und überdenkt noch einmal alles, rechnet sein Glück mit verschiedenen Faktoren durch: minus Leningrad, geteilt durch Baobab, plus die Chicagoerin und multipliziert mit seiner erblühenden Fähigkeit, die Vergangenheit abzustreifen und zu einem Gebildeten Amerikanischen Mann zu werden, einem gelangweilten, aber letztlich glücklichen Superhelden.

Dieser selige Augenblick auf dem Platz der Stadt dauert so lange an, dass er sich auch noch daran erinnern wird, wenn die Details seiner ersten Handgreiflichkeiten an fremden Genitalien längst verblasst sind. Er wird es genau so in Erinnerung behalten: Die vom Wetter verstörten Vögel zwitschern um die Wette und besetzen die kahlen Bäume, deren Äste unter dem Gewicht der Vögel knarren und beben, als wären auch sie durch die Wärme aufgewacht; ebenfalls kahle kleine Haine erstrecken sich majestätisch entlang der efeubewachsenen Uni-Kathedrale aus rosa Granit, die kürzlich zu einem gottlosen Studentenzentrum umfunktioniert wurde; und das Geisteswissenschaftliche Institut grüßt mit seinen neoviktorianischen Türmchen, das einst von Pynchon- und Achebe-Jüngern wimmelte, jetzt aber dem intellektuellen Ennui des beginnenden Frühjahrstrimesters überlassen ist. Ja, diese Erscheinung, diese unglaublich schöne Flora und Fauna gehören endlich ihm. Das Vladimir College, gegründet 1981 von der letzten Welle hoffnungsfroher Leningrader Weizenjuden, die in JFK landeten und tausend Werst ins Landesinnere vordrangen, auf dass sich ihre Söhne und Töchter mit der weichherzigen, wirrköpfigen liberalen Elite der Neuen Welt vermischten. Vielen Dank, Mama und Papa Girshkin, für die jährlichen 25 000 Dollar Studiengebühren und sonstige Kosten pro Jahr. Das wird sich letzten Endes schon rechnen. Ich werde euch nicht enttäuschen.

Er sieht sich um, ob er auch wirklich der einzige Mensch ist, der in dem blassen Morgenlicht des Platzes steht, dann schlingt er fest die Arme um seinen Körper, so wie er es sich von der Chicagoerin erträumt, sobald sie voll und ganz in ihn verliebt ist – nämlich wenn sie anfangen, Pläne zu schmieden für ihre Hochzeit gleich nach dem Abschluss. Bislang haben sie ihre erste Nacht auf dem Rücken liegend verbracht, vor allem, weil es ihnen peinlich war, einander im Bett anzuschauen, und die ungewohnte Matratze am Boden hat ihm alle möglichen Schmerzen beschert. Doch das nimmt er als Beweis für sein Abenteuer, und vorerst kann er sich die anderen böswilligen Qualen der Liebe auch gar nicht vorstellen, die schwerwiegenden Strafen für beiläufige Regelverstöße und unverdientes Vertrauen. Obwohl ehrlich gesagt dieser Rückenschmerz jetzt gerade schlimm genug ist. Also beschließt er, in sein eigenes Wohnheim zurückzukehren, zu seinem freundlichen, fleißigen jüdischen Zimmergenossen aus Pittsburgh, der nichts dagegen einwenden wird, zu einem so besonderen Anlass ein Pfeifchen zu rauchen. Und dann, endlich, eine Nase voll Schlaf.

Vladimir schlug die Augen für einen Sekundenbruchteil auf und schloss sie gleich wieder, weil die Lider tonnenschwer lasteten. Im Dunkeln schien der Schmerz sich zu verteilen, seinen ganzen Körper zu erfassen, nicht nur die Einzelstellen, die durch Verband und Gips als Ground Zero gekennzeichnet waren. Doch was er in dem kurzen Aufflackern von Licht und Erkenntnis sah, reichte vollauf. Eine gesprungene, schimmlige Kachel in einem Grün, das jeglichem Grünsein den Boden entzog. Man stelle sich eine Pflanze vor, die in den feuchten Keller einer Fabrik gestellt worden ist und dort lernen muss, auf alles zu verzichten, was ihr einst teuer war – die Luft, den Tau, das Licht und das Chlorophyll –, bis das welke Ding schließlich resigniert mit dem Boiler Freundschaft schließt. Und dann, in diesem Moment, schlich der Schatten eines Ventilatorflügels über die missgestalte Kachel. Er gehörte zu einem ängstlichen, uralten Ventilator, dessen Form so knollig war wie das Hinterteil eines Studebakers.

Jetzt wusste Vladimir wieder, wie die Dinge wirklich lagen. Das war nicht der graue Himmel des Mittleren Westens über ihm, sondern der stolowakische. Und ihm fiel auch sein letzter Gedanke wieder ein, bevor er bewusstlos geworden war, der schnörkellose letzte Ausweg des Heimatlosen: *Flucht*. Er sah sein Fluchtflugzeug schon vor sich, unter dem Einfluss des bejahrten Deckenventilators entpuppte es sich als silberner TWA-Stratoliner mit vier Propellern und summte vorbei an vergilbten Wolken Richtung Flugplatz LaGuardia, mit dreißig Passagieren und einer Crew von fünf Mann an Bord.

Als er erwachte, spürte er etwas Warmes am Handgelenk, als hätte er ausgerechnet dort Fieber bekommen. Dieses Gefühl war besonders irritierend, weil südlich des Handgelenks eine gründlich anästhesierte Leere lag: seine Hand, vermutlich ein Chaos aus verdrehten Geraden und zerpflügten Flächen, kein TWA-Stratoliner, sondern eher ein modernes Boeing-Wrack irgendwo in der Steppe, mit lauter herumliegenden Leichen.

Morgan hatte eine Hand um sein Handgelenk gelegt. Sie drückte mit dem Zeigefinger darauf, maß seinen Puls. Sie trug einen Strohhut mit einem Gänseblümchen daran, und ihr Gesicht drückte nicht einfach Traurigkeit aus, sondern eine Art beseelter Trauer. Ihre ungeschminkten Lippen waren aufgesprungen vor lauter Herumkauen, eine entfernte Annäherung an Vladimirs von einem Stiefeltritt aufgeplatzte Lippen. Sofort schloss Vladimir, dass der Hut mit dem Gänseblümchen ebenso für die Bemühung stand, trotz der Erlebnisse jugendfrisch zu wirken, wie für den Versuch, ihn etwas aufzumuntern.

»Morgie«, sagte er. Und dann fiel ihm ein, worum es hier eigentlich ging. »Ich lebe.«

»Du wirst noch lange leben«, sagte sie und umging geschickt die Verbände, um ihn auf die Nase zu küssen. »Wir werden beide lange leben. Und glücklich sein.«

Und glücklich sein. Vladimir schloss die Augen und dachte darüber nach. Fast war es egal, ob sie Recht hatte oder nicht. Er holte tief Luft, so tief er konnte, denn seine Lungen stießen bald an geborstene Oberflächen und versehrte Organe. Morgan roch salzig, lebendig. Ihr Hut fiel herunter, als sie sich über ihn beugte, und ein Vorhang aus Haaren streifte sein Gesicht, einige davon blieben in seiner gierigen Nase hängen.

»Ich lebe«, wiederholte Vladimir und ballte die Faust, die überlebt hatte.

Kostja war schon zwanzig Minuten da, und immer noch zog er Aprikosen und Bananen aus der Tasche, außerdem Dutzende tödlich verwundeter heimischer Veilchen und Gardenien vom Markt. Er platzierte seine Ernte vor Vladimirs Doppelfenstern, die auf eine stille Seitenstraße in der Neustadt hinausgingen, und die ganze Zeit verbeugte er sich, als brächte er einem vergoldeten Buddha Opfergaben dar.

Kostja hatte sich schon entschuldigt, seine Unschuld beteuert und sich ungefähr tausendmal bekreuzigt. Er hatte Vladimir einen Brief vom Murmeltier vorgelesen, der ganz eindeutig kein Mann des geschriebenen Wortes war: »Wir Männer, wenn wir Männer genannt zu werden wollen, müssen auch kleine Verbrechen bestrafen.«

Das kleine Verbrechen wurde näher ausgeführt: »Mein armer kranker Vater … Wie konntest du ihn betrügen? Und nach allem, was er erleben musste: Ehe und Einwanderung, sowjetische Marine und amerikanische Sozialwohnung, die Jahre mit Stalin und die Rezession der frühen 90er-Jahre. Und wie du dir denken kannst, war ich als Kind auch kein Segen.«

Eine Abmachung wurde vorgeschlagen: »Wir haben es uns gut heimgezahlt, Vladimir. Aber jetzt ist alles gelöst und vorbei. Jetzt gibt es Arbeit zu tun. Kein Kämpfen und Schlagen mehr, nur Freundschaft und Respekt. Du wirst gesund, und dann gehen wir in das Restaurant, wo du so gut gesungen hast, und ich bezahle Essen und Wein.«

Schließlich noch ein PS: »Ich hätte ihnen befehlen können, dich zu töten.«

Kostja holte das letzte Stück Obst aus seiner Sporttasche. Er wischte den Apfel mit seinem Taschentuch ab und legte ihn behutsam auf Vladimirs Bauch. »Iss ihn gleich«, sagte er. »Diese Sorte Apfel wird schnell innen braun.« Darin sah er wohl eine passende Parallele zu sich selbst, denn er verschränkte die Hände vor seinem kräftigen Bauch, als wollte er seine Eingeweide stützen, und sagte: »Meine Güte, diese Tiere! Dafür werden sie zehnfach leiden, wenn die Zeit der Abrechnung für sie gekommen ist. Und dann werden sie ewig leiden. Obwohl man auch sagen muss, wenn man ehrlich ist, dass du genauso gegen sie gesündigt hast, Vladimir. Du hast das Vertrauen eines alten Mannes enttäuscht. Eines Invaliden! Und was das Murmeltier betrifft ... er bezahlt uns doch gut, oder? Bei allem, was an ihm krankhaft ist, auf seine Weise ist er auch ein gütiger Mensch. Und meistens behandelt er uns wie Brüder.«

Vladimir bewegte sich geringfügig, so dass der Apfel seitlich vom Bett rollte, was Kostja sofort herumkrabbeln ließ. Vladimir wollte Freunde in der Nähe haben, nicht den Mann, der seinen Körper acht Monate lang trainiert hatte, nur um dann seine minutenschnelle Zerstörung zuzulassen. »Sag dem Murmeltier, er kann es vergessen«, sagte Vladimir. »Ich will mit dieser Organisation nichts mehr zu tun haben. Ich verlasse das Land. Und du solltest den Laden auch besser hinter dir lassen, bevor sie dich ans Kreuz nageln wie deinen Freund da oben.«

»Bitte sprich nicht so, Vladimir«, sagte Kostja und wienerte den Apfel mit neuem Schwung. Er sah neuerdings sehr westlich aus in dem Brooks-Brothers-Reiterhemd und den braunen Chinos, aber sein ängstlicher Blick erinnerte Vladimir eher an einen alten, zahnlosen Bauern, wie er sie nur aus Bildbänden von Russland kannte. »Jetzt ist es Zeit, den Glauben zu erneuern, nicht zu leugnen«, sagte Kostja gerade. »Und ich an deiner Stelle würde nicht daran denken, das Land zu verlassen. Das Murmeltier würde das sicher nicht erlauben. Vor dem Zimmer steht eine Wache, und auch der Haupt- und der Hintereingang des Krankenhauses sind bewacht.

Ich habe es selbst gesehen, Vladimir. Sie werden dich nicht gehen lassen. Nimm doch eine Aprikose, bitte …«

»Ich werde die amerikanische Botschaft anrufen!«, sagte Vladimir. »Ich bin immer noch amerikanischer Bürger. Ich kenne meine Rechte.«

Kostja sah ihn schief an. »Das wird nur Probleme schaffen, meinst du nicht?« Er sagte das etwas zu energisch, ohne seine übliche fromme Zurückhaltung, so dass sich Vladimir zum ersten Mal fragte, auf welcher Seite Kostja eigentlich stand. »Außerdem hast du gar kein Telefon hier im Zimmer. Komm, ich ziehe mal die Vorhänge auf. Draußen ist ein so wunderschöner Tag. Wenn du nur einen Spaziergang machen könntest.«

»Hau ab. Bitte«, sagte Vladimir. »Du und deine Scheiß-Religion, und dann dieses Obst … Was soll ich mit dem ganzen Obst anfangen?«

»Vladimir!« Kostja drückte den Apfel an sein Herz. »Schweig still! Gottes Gnade ist nicht grenzenlos! Bekreuzige dich!«

»Juden bekreuzigen sich nicht«, sagte Vladimir. »Schließlich haben wir Ihn ja da oben hingehängt, schon vergessen?« Mit einer Hand zog er sich das muffige Laken über den Kopf, ein schmerzhaftes Manöver, das ihm das Ausmaß seiner Verletzungen wieder zu Bewusstsein brachte. »Jetzt hau ab!«, sagte er aus seiner Lakenburg.

Aus dem Tag wurde Nacht, und dann umgekehrt.

Eine junge slowakische Krankenschwester, deren Augen und Haare zigeunerdunkel waren, verabreichte ihm alle paar Stunden Schmerzmittel; zum Dank ließ Vladimir sie Kostjas Obst essen. Diese Schwester war stramm wie eine Wurst. Sie wendete Vladimir ohne einen Laut der Anstrengung, achtete dabei auf seine Frakturen und drückte schließlich die Kanüle tief in sein Hinterteil hinein. Diesen Schmerz genoss Vladimir inzwischen, weil er ihm das bevorstehende köstliche Schwindelgefühl versprach.

Während die komplette sozialistische Pharmakopöe durch seine Adern rauschte, verbrachte Vladimir den Tag entweder mit manischem Gelächter, im Versuch, aus dem Wachspapier der Anstalt ein

Flugzeug zu falten, oder er muhte, wenn die Wirkung der Betäubungsmittel ihren Tiefpunkt erreichte, trübsinnig ein Nachttischbild von Morgan an, deren tägliche Vier-Stunden-Besuche eindeutig nicht genügten. In den Zwischenzeiten plapperte er sowohl auf Russisch als auch auf Englisch vor sich hin und stellte sich oft vor, sein Bett wäre von einem Schwarm kleiner behaarter Enkelkinder umgeben. »Und als ich in deinem Alter war, Sari, habe ich mit einer Domina in einem Abrisshaus in Alphabet City gewohnt. Später ist sie dann mit meinem besten Freund Baobab gegangen, aber da war ich schon ein Mafioso in Prawa. Wilde Sache!«

Doch bald, sagen wir, nach einer Woche, wurden Vladimirs Enkel groß und bullig, ihre Züge heller, ihre Nasenspitzen stupsiger, und plötzlich tauchten Sweatshirts mit den Namen amerikanischer Sportmannschaften auf. Vladimir erriet ihre Herkunft. Er näherte sich offenbar einer Art Entscheidung.

»Du wirst dich dort glänzend erholen«, sagte Morgan. »Dann siehst du mal das *echte* Amerika, da bin ich nämlich aufgewachsen. Und Cleveland ist im Sommer so schön. Es stinkt auch gar nicht mehr – seit sie den Cuyahoga River sauber gekriegt haben. Wenn du willst, kann dir mein Vater einen Job geben. Und wenn es uns da nicht gefällt, ziehen wir eben woandershin.« Sie senkte die Stimme: »Übrigens, Tomaš und ich sind mit unserer Arbeit hier fast fertig. Nur damit du es weißt …«

»Lass mich drüber nachdenken«, sagte Vladimir, da schlängelte sich sogar eine Brise rauer Luft durch die geschlossenen Fenster herein, frisch aus dem Mittleren Westen.

Und wenn es uns da nicht gefällt, ziehen wir eben woandershin.

Am nächsten Tag aß ein abenteuerlustiger Vladimir einen Teller matschiger Knödel mit einem Hauch Gulasch ohne Paprika (aus gesundheitlichen Gründen, behauptete der Arzt). Er schaffte es, sich für die Schwester selbstständig umzudrehen, die ein paar ermutigende Worte in ihrer Sprache absonderte und ihm einen freundlichen Klaps auf den Hintern verpasste.

Die Schwester brachte Vladimir ab und zu die *Prawadentia* mit, aus der ihm Cohens wütende Kommentare über Antisemitismus und Rassismus in Mitteleuropa entgegenschrien. In Windeseile organisierte der Löwe von Iowa einen Marsch zum Altstadtplatz unter dem Banner AUSLANDSAMERIKANER, TUT EURE EMPÖRUNG KUND! Hakenkreuze sollten verbrannt, Folksongs gespielt und das Kaddisch der Trauernden von einem durchreisenden Würdenträger gebetet werden, »für einen gefallenen Freund«.

»Aber ich bin nicht tot«, erinnerte ihn Vladimir, als Cohen mit František aufkreuzte.

»Nein, nein«, murmelte Cohen. »Obwohl …« Er führte das nicht weiter aus, sondern rieb sich nur die roten Augen mit beiden Handflächen und zerknitterte die unrasierte untere Gesichtshälfte. »Trinken wir ein Bier«, sagte er und holte eine Flasche heraus, die er unter großer Ungeschicklichkeit und Schaumentwicklung irgendwann aufkriegte und in Vladimirs gesunde Hand drückte.

Das Bier kam Vladimir unklug vor, wo er doch lauter exotische Drogen in seinen Allerwertesten gepumpt bekam, aber er nippte trotzdem ein paarmal. Im Laufe der letzten neun Monate hatte er sich so viele Flaschen Bier mit Cohen geteilt, dass diese letzte fast einer Gedenkfeier gleichkam, und wenn er seinen abgespannten Freund jetzt ansah, der erneut vor Rechtschaffenheit schier platzte, fand es Vladimir schade, dass er ihn womöglich nie wieder sah. »Na, ich hoffe, dein Marsch läuft so gut wie deine Arbeit an *Cagliostro*«, sagte Vladimir. »Du hast ein Händchen für so was, Perry. Ich bin froh, dass du mein Mentor warst.«

»Ich weiß, ich weiß«, sagte Cohen und winkte peinlich berührt ab.

»Und nun, meine Herren, muss ich Sie bitten, mir auf die Beine zu helfen.«

Sie hakten die Arme unter seine Achseln und hoben ihn vom Bett, wobei František mit seiner beachtlichen Hebelkraft für den Großteil der Beförderung sorgte. Vladimir grunzte und stöhnte. Als er endlich stand, war er allerdings beeindruckt von seiner Beweglichkeit. Abgesehen von ein paar Abschürfungen, waren die Beine erstaunlich unbeschädigt. Seine Angreifer hatten sich offensichtlich mehr für die saftigeren Regionen interessiert, und die meisten

Frakturen hatte er am Brustkorb, was sich anfühlte, als wäre sein Torso ein Paket, aus dem zerbrochenes Glas hervorquoll. Wenn er sich aufrecht hielt und nicht übermäßig tief atmete, konnte er mit Leichtigkeit vom Bett zur Tür pendeln, aber sobald seine Fortbewegung eine andere Körperhaltung oder längeres Einatmen erforderte, wurde die Welt ein bisschen verschwommen und dunkel an den Rändern.

»Ich will abhauen«, teilte Vladimir den beiden mit.

Cohen brachte sofort seine Absicht zum Ausdruck, in Prawa zu bleiben und zu kämpfen, bis jeder junge Mann mit rasiertem Schädel gefesselt und neun Stunden lang zum Anschauen von Claude Lanzmanns *Shoah* gezwungen worden war, aber František schüttelte nur den Kopf (seine Augen hatten jetzt auch einen harten Ausdruck und tiefe Ringe drunter) und sagte: »Vielleicht ist dir die Lage draußen nicht klar. Ein Wächter hier und zwei an den Eingängen.«

Vladimir drehte sich zu ihm um und streckte ihm die gesunde Hand entgegen, Handfläche nach oben, die berühmte Geste für »Nu?«.

»Nu?«, sagte František. »Was soll ich tun? Jetzt begreifst du, wozu unsere Gegner imstande sind.« Dann stieß er einen immensen Seufzer aus. Doch noch bevor dieser verhallt war, nahm sein Gesicht einen selbstgefälligen, majestätischen Ausdruck an: ganz der Sohn von Apparatschik dem Zweiten. »Na schön, ich sehe da eine Möglichkeit, ja … Aber vielleicht sollten wir warten, bis dein körperlicher Zustand sich gebessert hat.«

»Nein, schnell«, sagte Vladimir. »Sag mal, František … Wie viel Geld habe ich?«

František schüttelte traurig den Kopf. »Dieser Idiot von Kostja hat dein Deutsche-Bank-Konto eingefroren. Als Vorsichtsmaßnahme, sagte man mir.«

»Dachte ich mir schon«, antwortete Vladimir. »Was bleibt mir also hier? Nichts.«

Diese Worte aus dem Munde Vladimir Girshkins – das hatten seine beiden Freunde eindeutig nicht erwartet, denn sie eilten auf der Stelle herbei und umarmten ihn, so sanft, wie zwei kinderlose Männer es nur irgend können.

»Warte!«, sagte Cohen. »Was soll das heißen, nichts? Irgendetwas müssen wir doch tun können! Wir können die verklagen. Wir können die Medien alarmieren. Wir können ...«

»Deine Freundin«, flüsterte František in Vladimirs unverbundenes Ohr. »Sie sagt, sie werden den FUSS diesen Freitag um exakt fünfzehn Uhr sprengen. Die Explosion wird als Ablenkung dienen.« František gestattete sich, den angeknacksten ehemaligen König von Prawa leicht zu kneifen.

»Du wirst rennen müssen, stell dich drauf ein.«

Vladimir hatte einen interessanten Traum. Darin aß er mit einer normalen amerikanischen Familie zu Abend, die einen riesigen Esstisch mit drei großzügig darüber verteilten Kronleuchtern besetzte – so groß war diese normale Familie.

Es gab Petersfisch, den sie wegen seiner Kalorienarmut gewählt hatten, nicht aus religiösen Gründen. Dies wurde Vladimir von einem Mann namens Opi erklärt, der ganz selbstverständlich am Kopfende des Tisches saß. Opi hatte ein langes Leben hinter sich und kannte sich auf vielen Gebieten aus, vor allem in den großen, großen Kriegen. Er war außerdem der Einzige an diesem Tisch, der ein Gesicht hatte, wenn auch nicht so charaktervoll, dass es sich von selbst in das kollektive Gedächtnis einer Nation eingeprägt hätte, wie bei Chruschtschow oder dem Mann von den Quaker-Haferflocken.

Es war das weingerötete Gesicht eines alten Mannes, mit buschigen Augenbrauen und Doppelkinn, ein Gesicht, das über die Jahre offenkundig mehr Gutes als Schlechtes gesehen hatte, auch wenn man die großen, großen Kriege einrechnete – *vor allem*, wenn man die einrechnete. Ja, Vladimir hätte nie gedacht, dass es ihm je so viel Spaß machen würde, von Pflicht und Tapferkeit und Zähne-Zusammenbeißen zu hören. Und er war ausgesprochen höflich zu Opi: Als ihm der alte Knabe Soße auf die weiße Hemdmanschette schüttete, machte Vladimir einen sehr passenden Scherz, der keinem der Anwesenden unangenehm war und Opi offenbar beruhigte. Der Traum endete, gleich nachdem Opi beruhigt war.

Als Vladimir aufwachte, war er ganz angetan von seiner Freundlichkeit bei diesem Abendessen, und sein Magen schnurrte immer noch unter der sanften Last des imaginären Goi-Fisches. Sonnenlicht durchflutete das Zimmer, während ein spielerischer Wind an die Fensterscheibe klopfte. Seine Krankenschwester rollte den Frühstückswagen herein. Sie war sehr lebhaft, zeigte ständig aus dem Fenster und sagte offensichtlich eine Menge positiver Dinge über den Tag da draußen. »Petak!«, sagte sie. Freitag!

Vladimir nickte und sagte »Dobry den«, was nicht nur eine Begrüßungsformel war, sondern außerdem zufällig »schöner Tag« auf Stolowakisch hieß.

Sie servierte ihm sein Frühstück – ein gekochtes Ei, ein Stück Roggenbrot und schwarzen Kaffee. Dann, umstandslos und immer noch über das wunderbare Wetter gestikulierend, holte sie aus dem unteren Teil des Wagens eine Aktentasche, die sie neben Vladimirs gesunden Arm stellte. »Dobry den«, grüßte sie fröhlich und rollte mit dem Lächeln eines dunklen indoeuropäischen Engels den Frühstückswagen aus Vladimirs Leben hinaus.

Als Erstes bewunderte Vladimir die Aktentasche selbst. Ein ansprechendes Modell aus maulwurfsgrauem Lackleder mit Vladimirs Monogramm darauf. Er dachte sogar an Mutter und überlegte, ob man wohl den ersten Buchstaben zu ihren Gunsten umprägen könnte.

Drinnen befand sich ein ganzer Freizeitpark für Erwachsene. Als erste Attraktion fiel Vladimir natürlich der Revolver ins Auge. Dies war die erste Waffe, die er je gesehen hatte, ohne dass sie an einem Cop oder einem Mafioso hing, und die Vorstellung, dass sie nun ihm gehörte, war eher belustigend als beängstigend. *Stillleben von V. Girshkin mit Handfeuerwaffe.* Beigefügt eine Gebrauchsanweisung mit Abbildungen, hastig mit Bleistift gekritzelt: »Revolver bereits geladen, sechs Schuss. Entsichern. Zielen. Gerade halten. Abdrücken (aber erst, nachdem du direkt auf das Ziel angelegt hast).« Also hör mal, dachte Vladimir. Akzent hin oder her, ich bin ein Kind Amerikas. Ich müsste ja wohl instinktiv wissen, wie man jemanden wegpustet.

Neben der hübschen Waffe lagen Hundertdollarscheine in Stapeln, hundert pro Stapel, zehn Stapel insgesamt; sein amerikanischer Pass; ein Flugticket für den heutigen 17-Uhr-Flug, nonstop nach New York; und eine kurze Nachricht: »Wenn die Schwester zweimal klopft, ist die Wache vor deinem Zimmer abgelenkt. Der FUSS wird zwei Minuten später explodieren. Renn, bis du Taxi kriegst (zwei Straßen weiter ist der Narodna-Prospekt, die nächste Durchgangsstraße). Deine Freundin erwartet dich am Flughafen. Verlier keine Zeit mit Erklärungen für das Krankenhauspersonal – darum haben wir uns gekümmert.«

Vladimir klickte die Aktentasche zu und schob einen Fuß vom Bett, seine Troddelslipper von Harrods im Visier.

Genau in diesem Augenblick klopfte es zweimal.

... Und schon galoppierte Vladimir zur Tür hinaus wie ein Wahnsinniger, die gesunde Hand an seinen Körper gepresst, einen Körper, der jeden Moment wie ein Feldbett zusammenklappen konnte. Er umrundete eine Ecke nach der anderen, raste durch elende grüne Korridore, die ihm wie eine Verlängerung seines Zimmers vorkamen, vorbei an zahllosen älteren Schwestern mit Frühstückswagen, die ihn nicht beachteten, und immer dem magischen roten Schild mit Pfeil und Ausrufezeichen hinterher, das nur eines bedeuten konnte: AUSGANG!

Hinaus! In den Frühling von Prawa! Eine Straße schlängelte sich hoffnungsfroh auf den Narodna-Prospekt zu, von einer Reihe uralter, aufgedunsener Fiat-Krankenwagen gesäumt ... Ein altbekannter BMW stand quer vor den Ausgangsstufen; zwei Geschäftspartner des Murmeltiers, Schurik und Klotz, wurden von einem Trio elefantöser Schwestern becirct, deren Haare – drei lockere blonde Strohballen – hinter ihnen im Wind wehten und Vladimirs Flucht zum Teil verdeckten. Es sah aus, als alberte die Bande gerade mit einer Kanüle herum.

Drei Uhr auf seiner Armbanduhr. Der zweite Zeiger bewegte sich fünf Sekunden weiter. Ein orangefarbener Ball über ihm. Eine

Bewegung am Himmel. Die Altstadt wackelte. Die Neustadt wackelte. Das Erdbeben hatte begonnen.

Morgan!

Vladimir wusste, dass er sich beeilen musste, aber er konnte den Blick nicht von dem brennenden FUSS lassen. Er sah eine komische Parallele zu der Fackel, die von der Freiheitsstatue emporgereckt wird, nur dass diese Fackel hier viel großartiger war und wunderschöne Wirbel aus grauem Rauch über die Tavlata und in die offenen Höfe der Burg darüber blies. Auf der Rückseite vom FUSS, wo am Absatz die Fahrstuhl- und Stromkabel entlangliefen, vereinigten sich Salven elektrischer Funken zu blau-weißen Blitzspiralen, die – hoffentlich ungefährlich – auf die barocken Formen des Stolowakischen Weinarchivs und des Hugo-Boss-Outlets zuzüngelten. Alpha hatte sich nicht verrechnet: Der FUSS implodierte, seine oberen zwei Drittel stürzten in den Hohlraum des unteren Drittels. Dieser amputierte, rauchende FUSS war aber wirklich ein Wahrzeichen, das sprichwörtliche »Häufchen Asche der Geschichte«, wo sich schon bald ehemalige Kalte Krieger und das Institut für Wirtschaftswissenschaften der University of Chicago versammeln und die fleischigen Hände reiben würden.

Sie hatte es geschafft. Morgie! Sie hatte die Skyline in Brand gesetzt!

Aber jetzt war keine Zeit, auf seine erstaunliche Geliebte stolz zu sein. Die Stadt, gefangen im Nachbeben der Explosion, rumpelte noch immer unter seinen Füßen, als bohrte sich ein endloser U-Bahn-Zug dort unten hindurch. Vladimir blickte zu dem BMW. Die Männer des Murmeltiers waren neben den stolowakischen Krankenschwestern am Boden in Deckung gegangen und spähten zu dem brennenden Riesenfuß hoch. Mit zügigem Schritt und entschlossen geschwenkter Aktentasche verließ Vladimir den Schauplatz. In seinen gebügelten Hosen und seinem *Prawadentia*-T-Shirt – das Krankenhaushemd hatte er abgeworfen – war er der vollendete amerikanische Businessman, der zugunsten körperlicher Ertüchtigung das Taxifahren verschmähte, auch wenn seine linke Hand zu einem weißen Ball bandagiert war und ein dickes Pflaster seine Stirn zierte. Er machte regelmäßige Kurzpausen und atmete gleichmäßig, um Energie für die nächste Anstrengung aufzubauen, genau wie es ihm Kostja einst beigebracht hatte.

Das war klug. Denn als er sich der Krümmung der Straße näherte, die ihn ein für alle Mal aus dem Blickfeld der Russen bringen würde, hallte zwischen den Zwillingswänden der verrußten Häuser Schuriks unglückliche Stimme: »HALT!«

Anstrengen!

Und weg war er, die Architektur ringsum scrollte herunter, ein Motor zündete hektisch ein paar Dutzend Meter hinter ihm. Jetzt spürte er nur noch seinen Kopf und seine zwei Füße – eins, zwei, eins, zwei –, die den Rest seines nutzlosen Körpers trugen, so aufrecht wie Kostja sein Kreuz. Und der Wind! Der verfluchte Wind blies in der falschen Richtung über die endlose Straße wie eine Rüge, klatschte gegen Vladimirs leidgeprüfte Brust und raubte ihm das bisschen Atem.

Ein Aufschub! Wie eine Matrjoschka beinhaltete die Seitenstraße eine weitere Seitenstraße. Vladimir befolgte die Regeln der Flucht und duckte sich weg, hinein. Doch in dieser Gasse musste irgendein obskures Museum angesiedelt sein, denn sie war proppenvoll mit trübsinnigen Schulkindern, die dort hineingeschleust wurden. Das Stierrennen von Pamplona in Zeitlupe.

Vladimir hielt inne, kam kurz wieder zu Atem und schrie: »Die Russen kommen! Lauft!« Diese Warnung klang besonders glaubwürdig, weil sie auf Russisch geschrien wurde, und zwar vor dem Hintergrund des kollabierenden Hundertmetermonuments von Stalins FUSS. Ein Tohuwabohu brach aus, die Kleinen heulten, Schultaschen flogen durch die Luft, Lehrer schoben ihre plumpen Körper in die Kindermenge hinein, die Schüler quetschten sich an den grauen Gips der Häuser oder kippten wie Spielzeugsoldaten in den Vorraum einer neuen Pizzeria im Souterrain. Vladimir schwenkte die verbundene Hand, als wäre sie die Fahne des nationalen Widerstands, und stürmte mitten hindurch, wobei er seine Warnung immer weiter schrie; er schaffte es, nur ein Kind umzurennen – einen langsamen, traurig dreinschauenden kleinen Kafka, der Vladimir sehr an sich selbst als Kind erinnerte. Es tat ihm Leid, dass er zu Boden ging.

Vorwärts! Vor ihm ergoss sich helles Licht in die Gasse, ein Licht, das aus unverbautem Raum kam, von einem großen Boulevard, dem Narodna-Prospekt – der Allee des Vaterlandes! Vladimir, immer noch die alte Warnung auf den Lippen, kobolzte in eine Menge friedliebender Mittagspausenpassanten hinein, die die Hälse verdrehten, um verblüfft und euphorisch wie alle den Untergang des FUSSes mitzuerleben.

Hinter ihm traten seine Verfolger auf die Hupe, um die Drittklässler aus dem Weg zu fegen. Keine leichte Aufgabe, da die Gasse ungefähr so breit war wie der BMW selbst, und die schmalen Bürgersteige konnten ja nur eine begrenzte Anzahl kleiner Stolowaken aufnehmen.

Vladimir hatte das Gefühl, die Zeit sei auf seiner Seite, und drängte sich durch das Getümmel aus Geschäftsmännern in weinroten Anzügen und weißen Socken, bis er mitten auf der Straße stand. Dann rannte er wieder los. Nur dass es jetzt keine Dialektik zwischen seinem zerschmetterten Torso und den Olympionikenbeinen mehr gab. Nur Schmerz und Tempo! Jetzt stand der Glückswind auf der richtigen Seite der Historie, und er rief, lauter als das Klingeln der langschnäbligen Tram, die auf Vladimir zurauschte: VLADIMIR VINCIT!

Er änderte seinen Kurs haarscharf und streifte auf diese Weise die beige-orange Straßenbahn knapp *nicht*, erblickte aber die entsetzten Gesichter der Babuschkas drinnen, die ihre K-Mart-Tüten umklammert hielten; weiter vorn lag der legendäre Laden selbst. Doch eine Flucht in die Abteilung Freizeitkleidung für Herren kam Vladimir jetzt ebenso wenig in den Sinn wie sein ursprüngliches Ziel, das Taxi. Mittlerweile waren bestimmt zwölf der grünen Wagen an ihm vorbeigefahren, außerdem eine Prozession Polizeiwagen, die mit blinkenden Lichtern auf den brennenden FUSS zurasten.

Eins! Zwei! Eins! Zwei! machten die Beine, hielten nicht mal zum Atemholen inne, bis aus dem Zählen ein einziges Einszweiiii geworden war, und dann kam der Narodna-Prospekt plötzlich an sein Ende, und Vladimir musste auf die Bremse treten.

Vor ihm das dunstige Blau der Tavlata und eine Brücke. Die Vorstellung, auf der Brücke in der Falle zu sitzen, unter sich nur die trübe Brühe, lockte Vladimir nicht; er wandte sich auf der Uferstraße nach rechts, erlitt aber im selben Moment einen kurzen Krampf. Seine Rippen schrappten aneinander, ein imaginäres Besteckklirren, und ein riesiger, schleimverankerter Blutklumpen stieg nach oben und füllte seinen Mund mit Metallgeschmack. Vor Schmerzen gekrümmt, quälte sich Vladimir langsam am Ufer entlang, auf die ferne Burg zu, sein früheres Tempo jetzt unvorstellbar.

Er kam an dem berüchtigten Restaurant vorbei, wo er mit dem Murmeltier gegessen hatte, und überlegte kurz, ob er in seinen internationalen Räumlichkeiten Zuflucht suchen sollte. Ein Ort, der Nymphen an den Wänden und Cole Porter auf dem Klavier hatte, konnte doch unmöglich zum Schauplatz eines nachmittäglichen Mordes werden. Das Gebäude nebenan war allerdings wesentlich faszinierender. Eine riesige stolowakische Trikolore hing vor einem Erdgeschossfenster, geschmückt mit dem sozialistischen Stern, der eigentlich längst von den Fahnen verbannt war. Ja, und wenn man die Ohren anstrengte, konnte man sogar unter dem Brausen der Stadt die Internationale vernehmen, die schrill und kratzig drinnen ertönte. Na klar! Die Große Halle der Völkerfreundschaft! Hier hielt František seine gut bezahlten Reden vor treuen Altkommunisten.

Weiter unten, wo der Narodna-Prospekt im Fluss auslief, legten Schurik und Klotz eine Vollbremsung mit qualmenden Reifen und allen passenden Begleitgeräuschen hin. Vladimir wandte sich zur weiteren Flucht in die Gegenrichtung: Da glitt gerade die monströse, abgeschrägte Motorhaube des maßgeschneiderten Murmeltier-7ers auf die Uferstraße. Sein Schicksal war also besiegelt.

Hinter einem dicken Samtvorhang tat sich das Erdgeschoss einer geräumigen Villa auf, umgebaut zu einem Veranstaltungssaal. Ein Marmor-Lenin überragte ein leeres Podium, davor standen Klappstühle in langen Reihen, die von den Söhnen und Töchtern der

Strahlenden Zukunft besetzt waren, knackfrischen Achtzigjährigen. Die Omas trugen alle immer noch ihren blauen Arbeitskittel, und ihre revolutionären Gatten protzten mit bedeutungsvoll geschwellter, vielfach ordensgeschmückter Brust.

Im vorderen Teil des Raumes, genauer gesagt, neben Lenins linkem Zeh, bemerkte Vladimir den jüngsten Anwesenden (abgesehen von ihm selbst). Seine Fragezeichentolle war auch in der überfülltesten Bar immer ein untrügliches Merkzeichen gewesen. František entdeckte dank seiner Größe Vladimir ebenfalls und machte sich schleunigst auf den Weg durch die Menge, wobei er es schaffte, jede einzelne Hand, die sich ihm entgegenstreckte, zu schütteln, wie ein Rabbi während einer Pause in einem Minyan-Gottesdienst. »Was zum Teufel?«, sagte er und schubste Vladimir zum Samtvorhang zurück, Richtung Straße.

»Ich hab kein Taxi gekriegt!«, rief Vladimir.

»Jessesmaria! Und wie hast du mich hier gefunden?«

»Die Fahne … Du hast mal davon erzählt …« Vladimir schloss die Augen und rief sich ins Gedächtnis, dass er um jeden Preis atmen musste. Er atmete. »Hör zu, sie haben die Straße blockiert, in beiden Richtungen. Als Nächstes werden sie die Häuser durchkämmen. Verstehst du?« Er sah sich um, auf der Suche nach den Wächterinnen des FUSSes, voller Angst, sie könnten ihn wiedererkennen, von Morgans Showdown am Großen Zeh damals … Aber die Babuschkas sahen für ihn alle gleich aus.

»Was ist mit dem FUSS?«, fragte František. »Ich habe gemerkt, dass die Erde gebebt hat. Ich dachte –«

»Er ist weg«, sagte Vladimir. »Kaputt.«

Seine Stimme trug leider nur allzu gut. Graue Köpfe drehten sich zu ihm um, Stühle quietschten zurück, und schon bald wisperte es überall im Saal: »Trotzki!«.

Zuerst achtete František nicht auf das Gemurmel, er dachte wohl, die durch die Halle wogende Senilität suche irgendeinen Anlass, um noch einmal so richtig hochzuschäumen. Vielmehr versuchte er, Vladimir zu beruhigen, erinnerte ihn daran, dass sie doch in einem Boot säßen, dass sie Reisegefährten seien, »zwei Männer mit Geschmack in einer geschmacklosen Welt«, und dass er alles tun werde, um ihn zu retten. Aber mittlerweile hatte sich das verstreute Raunen zu einem einzigen proletarischen Sprechgesang vereinigt, »Trotzki!«, und die beiden konnten nicht länger ignorieren, dass die Sache immer mehr in Schwung kam. Mit verlegenem Lächeln wandten sie sich dem Volk zu und winkten linkisch.

»Interessant«, sagte František und massierte energisch seine kahlen Schläfen. »Wie überaus menschewistisch von ihnen. Das hätte ich nie erwartet ... Aber gut ... Macht nichts. Sollen wir es also mit Plan Z versuchen? Ich gehe davon aus, dass du immer noch deinen Marxismus-Leninismus beherrschst, Towarischtsch Trotzki?«

»Das war mein Hauptfach an der Uni im Mittleren W—«

»Dann komm bitte mit.«

»Aber hör mal, was immer du dir da gerade ausdenkst, ist doch Wahnsinn ...«, wollte Vladimir sagen, folgte gleichzeitig aber dem Wahnsinnigen nach vorn. Die Versammlung verfiel in geschlossenes Schweigen, gut dressiert nach vierzig Jahren glücklichen Marschierens in die Zukunft, ohne sich je den Fakten zu beugen.

Mit kriegerisch schwingenden Armen und entschlossen gerecktem Kinn enterte František das Podium. »Liebe Freunde des Glorreichen Oktobers«, sagte er in perfektem Russisch. »Wir haben heute einen Gast bei uns, von dessen Kaliber wir seit dem Bulgaren mit dem komischen Papagei letztes Jahr keinen mehr gesehen haben ... Jesdinski hieß der, oder? Unser heutiger Gast ist erst dreißig Jahre alt, war aber bereits dreimal Held der sozialistischen Arbeit, ganz zu schweigen davon, dass er der jüngste Empfänger des Andropow-Ordens für die heldenhafte Leitung eines Weizenkombinats ist ... Liebe Genossen, bitte begrüßt den Generalsekretär des Zentralkomitees der Liberaldemokratischen Arbeiter-und-Bauern-Allianz der Ungebeugten Kommunisten, der ein ernsthafter Konkurrent für die nächsten russischen Präsidentschaftswahlen sein wird ... Genosse Jascha Oslow!«

Die Greise sprangen in einer riesigen Polyester-Welle auf und jubelten »*Ura*, Trotzki!«, obwohl doch soeben Vladimirs Deckname eingeführt worden war. Einige der Omas, die seine Verletzungen bemerkt hatten, riefen: »Was fehlt dir, Trotzki? Wir bringen dich wieder in Ordnung!«

Vladimir winkte ihnen zuvorkommend zu, als er die Treppe zum Podium erklomm, wobei er fast sein prekäres Gleichgewicht verlor. Er stellte die Aktentasche voller Dollars auf das Pult und justierte das Mikrofon mit der gesunden Hand, was dem Applaus Zeit gab abzuebben. »Teure Genossen«, rief er und brach sofort wieder ab. Teure Genossen … äh, und dann? »Darf ich Euch zunächst fragen, ob es recht ist, wenn ich Russisch spreche?«

»Aber ja! Sprich, russischer Adler!«, antwortete das Publikum mit einer Stimme.

Genau mein Publikum, dachte Vladimir. Er sog all seine Zweifel beim Einatmen ein und spürte den Schmerz dabei, dann blies er sie in die Luft, die gesättigt war mit dem Geruch ranziger Lebensmittel und billiger Anzüge an einem warmen Tag. »Teure Genossen!«, rief er in die Stille. »Draußen ist ein warmer Apriltag, der Himmel ist klar. Aber über dem Mausoleum von Wladimir Iljitsch«, zur Unterstreichung wandte er sich zu Lenins Statue um, »ist der Himmel für immer grau!«

»Wehe, armer Lenin!«, stöhnte die Menge. »Arm sind seine Erben.«

»O ja, arm«, sagte Vladimir. »Seht euch bloß an, was aus unserem wunderschönen roten Prawa geworden ist. Amerikaner, wohin das Auge blickt! *(Die Menge brüllte ihren Abscheu heraus.)* Die lüsterne Geschlechtsakte auf der Emanuelbrücke vollführen, um die Heiligkeit der sozialistischen Familie zu verlachen und ihr AIDS zu verbreiten! *(Brüll!)* Die sich mit schmutzigen Nadeln auf dem Altstadtplatz ihr Marihuana spritzen, wo einst hunderttausend Genossen bei den Worten Jan Žopkas erbebten, eures ersten Arbeiterpräsidenten. *(Brüll! Brüll!)* Habt ihr etwa dafür vierzig Jahre lang auf den Feldern gerackert und so viel Eisen … so viel Eisen zu Stahl geschmolzen, diese wunderbaren Straßenbahnen gebaut und ein U-Bahn-System, um das euch die Pariser Métro beneidet, und öffentliche Toiletten überall … Und das menschliche Element wollen wir dabei nicht vergessen! Wie viele glaubensfeste energische junge Genossen haben wir hervorgebracht, zum Beispiel den Genossen František hier ...«

Er winkte František in der ersten Reihe zu und zeigte der Menge sowohl einen hochgereckten Daumen als auch das Siegeszeichen (bei dem Publikum wollte er wirklich nicht knausern). »Franti!«, johlte die Menge.

»Ja, Genosse Franti hat schon die *Rote Gerechtigkeit* verteilt, da lag er noch in den Windeln! Kämpfe weiter mit deinem machtvollen Stift gegen das konterrevolutionäre Element, mein guter Freund!« Ha, die Sache gefiel ihm allmählich! Er trabte vor dem Pult auf und ab wie ein aufgeregter Bolschewik, berührte sogar den kühlen Marmor des Big Daddy der Revolution, um seine Unterstützung abzurufen. »Seht euch meine Hand an!«, schrie er und wedelte das bandagierte Paket mit der anderen Hand in der Luft herum. »Seht euch an, was sie damit gemacht haben, die Industrialisten! Ich war auf einer Demonstration von Negerarbeitern in Washington und sprach meine Meinung offen aus, da hat die CIA meine Hand durch den Fleischwolf gedreht!«

Bei der Erwähnung des Fleischwolfs hielt es eine Genossin in einem altmodischen Nerz und geblümten Kopftuch nicht länger auf ihrem Platz. Sie sprang auf und ließ eine Kette aus Würsten wie ein Lasso um ihren Kopf kreisen. »Dafür habe ich vierzig Kronen bezahlt!«, schrie sie. »Was sagst du dazu?«

»Ja«, die Menge griff den Schlachtruf auf. »Was sagst du dazu?«

»Was *ich* dazu sage?« Vladimir zeigte auf sich, als wäre er überrascht, dass sie nach seiner Meinung fragten. »Ich sage, ein Metzger, der dafür vierzig Kronen verlangt, gehört an die Wand gestellt!«

Jetzt war die ganze Menge auf den Beinen; die Ovation musste noch im Restaurant nebenan zu hören sein. »Ich sage, vertreibt seine Familie aus Prawa, das sind Volksfeinde«, schrie der unerbittliche Vladimir. »Und lasst seine Kinder niemals auf die Universität!« Ura!, antwortete die Menge.

»Verarbeitet seine Katze zu Katzenfutter!« Ura!

»Und was sagst du zu zwanzig Kronen für einen Karpfen?«, wollte eine andere neugierige Babuschka wissen.

»Schande! Warum liegen die Arbeitslager in Sibirien brach? Und was ist mit den hübschen stolowakischen Uranminen? Genossen, wenn die Liberaldemokratische Arbeiter-und-Bauern-Allianz der Ungebeugten Kommunisten an die Macht kommt, brauchen sich diese neuen Unternehmer über mangelnde Arbeit nicht zu beklagen!«

Die Menge brach in fröhliches Gelächter und Applaus aus, Goldzähne blitzten überall im Saal, und mehr als eine Hand musste das übererregte Schlagen eines schwachen Herzens beruhigen. »Wir werden sie uns vornehmen, einen nach dem anderen, liebe Towarischtschi. Wir werden sie mit bloßen Händen würgen, bis der letzte Funke Leben sie verlassen hat, diese fetten bourgeoisen Schweine in ihren Armani-Nadelstreifen!«

Nun, was soll man über den Zufall sagen? Entweder man glaubt an eine höhere Macht, oder man zuckt bloß die Achseln. Im Rückblick würde Vladimir zugeben, dass er in jenem Augenblick dem Glauben zuneigte, denn kaum waren die Worte »diese fetten bourgeoisen Schweine in ihren Armani-Nadelstreifen« seinem Mund entfleucht, da teilte das Murmeltier den Samtvorhang und stürmte in den Saal, Gussew und Klotz auf den Fersen. Ja, sie alle hatten ihre Armani-Nadelstreifen an und sahen schweinemäßiger aus denn je, obwohl dabei vielleicht auch die Macht der Suggestion eine gewisse Rolle spielte.

»Da sind sie!«, brüllte Vladimir und zeigte direkt auf den Solarplexus des Murmeltiers. »Sie sind gekommen, um unsere würdige Versammlung zu stören! Für die Ehre unseres Vaterlands: Reißt diese Schweine in Stücke!«

Das Murmeltier legte verblüfft den Kopf schief und sog die Backen nach innen, als wollte er sagen: »Et tu, Brute?« Dann landete eine Riesenkielbasa auf seinem Kopf, und die Meute ging zur Attacke über.

Vladimir sah nicht alle Waffen, die ihnen zu Gebote standen, möge es genügen, dass Krücken eine wichtige Rolle spielten, doch für ihn war die bleibende Szene des gesamten Handgemenges, wie die eine Aufnahme aus dem Krieg, die das Fernsehen immer wieder zeigt, der Anblick einer mächtigen Matrone auf Stöckeln, die mit der Mündung eines Störs auf Gussews Herz einstocherte und keifte: »Wie gefällt dir das, du Gauner?«, während ihr entgeistertes Opfer um Gnade flehte.

Alte Recken schwangen die eisernen Stühle gegen die Eindringlinge, Würste flappten durch die Luft wie Sikorsky-Schrauber, und František drängte Vladimir durch einen Seitenausgang Richtung Uferstraße. »Brillant!« war das einzige Wort, das er sagte, dann schubste er ihn in das Mittagslicht hinaus und knallte die Tür hinter ihm zu.

Immer noch erfüllt vom revolutionären Furor, aber mittlerweile wieder im klaren Bewusstsein dringenderer Angelegenheiten, rannte Vladimir die Uferstraße hinab, auf der Jagd nach einem davonfahrenden Taxi. »Halt, Genosse!«, schrie er, schon gewohnheitsmäßig.

Das Taxi gehorchte quietschend, und Vladimir hievte sich hinein, während in seinem Inneren irgendetwas knackte. »Gott herrje …« Er musste niesen, was zwei Blutschwälle auslöste, einen pro Nasenloch, so wie man sich ein siegreiches Rennpferd auf der Ziellinie Feuer schnaubend vorstellt.

Der Fahrer – dem Aussehen nach ein Teenager, den rasierten Kopf mit dem albernen Anarchisten-»A« tätowiert – erhaschte im Rückspiegel einen Blick auf das Blutbad. »Raus, raus«, schrie er. »Kein Blut in Auto! Kein HIV! Raus!«

Ein Stapel von hundert Hundertdollarscheinen traf ihn am Hinterkopf (Vladimir hatte ihn mit solcher Kraft geschleudert, dass er vorübergehend einen roten Fleck auf der Mondoberfläche hinterließ). Der Fahrer warf einen Blick auf den Stapel. Dann legte er den Gang ein.

Der Weg zum Flughafen erforderte einen schnellen Wechsel der Fahrtrichtung, den ein größeres Auto als der Trabant nicht geschafft hätte. In dieser Hinsicht hatte Vladimir Glück. In der Hinsicht, dass die Kehrtwendung ihn direkt in die BMW-Armada des Murmeltiers und seiner Mafijosi trieb, die vor der Roten Armee der Achtzigjährigen den Rückzug angetreten hatte, allerdings nicht.

Sein Fahrer drückte pflichtschuldig auf die Hupe und fluchte, doch bei all dem Durcheinander vor ihm konnte er nicht anders, er rammte ein großes Ding, das, wie Vladimir bis ans Ende seiner Tage fest glauben würde, nichts anderes als Klotz war. Wenn man jedoch das Gleißen der Nachmittagssonne und die blendenden roten Blitze bedenkt, die vor seiner Netzhaut explodierten, mag er sich auch geirrt haben. Vielleicht war es auch nur ein Freund von Klotz.

Wie auch immer, die Wucht der Kollision drückte sie gegen die Leitplanke der Uferstraße. Der Trabi, der eine größere physikalische Kraft sofort erkennt, wenn er auf sie draufkracht, prallte zurück auf die Straße, was Vladimir und seinem Fahrer einen Absturz in den Fluss ersparte. Ein bemerkenswertes Auto, der Trabant! Welche Scheu und Demut, welch Understatement in seinem Auftreten. Genau so ein Mädchen wie diesen Trabi hatte Vladimir nach Mutters Willen immer heiraten sollen.

»Auto ist tot!«, stöhnte der Fahrer, obwohl sie doch außergewöhnlich gut entlang der Uferstraße vorankamen und nun auf die Brücke fuhren, die vom Narodna-Prospekt abbog. »Bezahlen!« Völlig durcheinander und der Gnade des Teenagers ausgeliefert, klatschte ihm Vladimir die nächsten Zehntausend auf den Schoß, was zur Folge hatte, dass der Fahrer ein Konfetti von Drähten und eine einzelne Birne aus dem Armaturenbrett zerrte. Davon wiederum wurde der Trabant auf der Stelle feurig: Mit Furcht erregendem Elan und einem offenkundigen Mangel an Respekt vor den Verkehrszeichen rasten sie durch die Kleinseite und den Repin-Hügel hoch.

Ein grauer Rauchschleier, der von dem FUSS aufstieg, lag jetzt wie eine Decke über der Stadt, Rauch so dick wie die Muschelwolken, die man sieht, wenn man aus einem Flugzeugfenster nach unten blickt. Eine verfrühte Nacht war über Prawa hereingebrochen und verlieh den Türmen und Kuppeln der Altstadt die gespenstische Schönheit eines Industriegebiets.

Inzwischen wurde der Schmerz in Vladimirs Rippen akut. Ein Hustenanfall schüttelte ihn. Irgendetwas hing in seinem Hals, ein dicker Faden aus geronnenem Blut, und er zog daran, zog, bis die gesamte Nahrungskette sich von seinem Magen ausgehend nach oben entfaltete und auf dem kahlen Hinterkopf des Fahrers landete.

Einen Augenblick lang schien es, als stünde Vladimir auf verlorenem Posten; einen Augenblick lang schien es, als müsste er zu Fuß zum Flughafen gehen. Doch der Fahrer sagte nur, so unterwürfig und verdattert wie ein stolzer einheimischer Bub eben, den ganz plötzlich ein Westler mit seinen Innereien überhäuft: »Bezahlen.« Als das Dollarbündel neben ihm landete, trat er den Motor ein weiteres Mal.

Beim Blick auf die Stadt unter ihnen konnte Vladimir die BMW-Karawane sehen, die bergan kam, Stoßstange an Stoßstange, ein dunkelblauer Fluss, gar nicht so anders als die Tavlata, nur mit wesentlich energischerer Fließgeschwindigkeit und außerdem den Hang des Repin-Hügels empor. Vladimir schauderte, erstaunt über die Macht der Organisation, zu der er einmal gehört hatte, wobei eine Kette aus deutschen Luxus-Automobilen vielleicht ihre potenteste Äußerungsform war. Potenter war sie nur noch, wenn einen jedes Glied in dieser Kette mit einem Kugelhagel überzog.

Dazu kam es gut zehn Minuten später. Der Trabant hatte den Repin-Hügel auf der anderen Seite verlassen und die Hauptausfallstraße aus der Stadt erreicht. Vladimir war gerade durch einen bewusstseinstrübenden Schwall von Blut und Tränen außer Gefecht gesetzt. Er legte den Kopf nach hinten, um das Blut zu stoppen, und flüsterte das »Keine Tränen«-Manifest seines Vaters vor sich hin, als eine Kugel die Heckscheibe des Trabis wegfegte. Die winzigen Glassplitter zeichneten feine rote Linien auf den Hinterkopf des Fahrers, die (ziemlich passend) das tätowierte Anarchisten-»A« ergänzten. »Ahh!«, schrie der Fahrer. »Artillerie schießt tot Auto und Jaroslav! Bezahlen!«

Vladimir tauchte in die Lache seines eigenen Blutes ab. Jaroslav kurvte mit dem Wagen in ein Niemandsland zwischen den Leitplanken und der eigentlichen Fahrbahn. Der schmale Trabant quetschte sich an einem LKW vorbei, auf dem das Logo einer schwedischen Möbelfirma prangte.

Vladimir krabbelte verstört wieder nach oben, um durch das fehlende Fenster hinter ihm zu spähen. Jetzt trennte der schwedische Möbellaster sie von der schießwütigen Gesellschaft des Murmeltiers wie eine schnelle Eingreiftruppe der UNO. Doch offenbar hatten die Männer des Murmeltiers keinen Respekt vor schwedischen Möbeln. Mit einer Zielstrebigkeit, die nur ehemaligen Truppen des sowjetischen Innenministeriums und Jurastudenten im ersten Jahr eigen ist, schossen sie einfach weiter, während der Laster wie wild hin und her kurvte, um auf der Straße zu bleiben. Schließlich erbrachten ihre Mühen auch Resultate – mit einem lautstarken Wuuusch flogen die hinteren Türen des LKWs weg.

Krovnik-Esstische in ausgesuchten Farben, Skanör-Glasvitrinen aus massiver Birke, ausziehbare Arkitekt-Arbeitslampen (mit verstellbaren Köpfen) und der Daddy von ihnen allen – ein dreiteiliges Grinda-Sofaensemble in »modernem Paisley« –, ein ganzer Hausstand also segelte hinten aus dem LKW heraus und direkt in die BMW-Flottille, womit der russisch-schwedische Krieg von 1709 endgültig entschieden wurde.

Sie fuhren am Abflugterminal vor. Vladimir warf Jaroslav mit einer wohlwollenden Last-minute-Geste noch einmal zehntausend hin, dieser gab ihm einen Klaps auf den schweißdurchnässten Rücken und rief, mittlerweile auch tränenden Auges: »Lauf, J. R.! Ein Auto folgt uns immer noch!«

Er lief. Ohne nachzudenken, wischte er sich mit dem bereits blutigen Handverband das Blut von der Nase. Er klatschte seinen Pass auf den Tisch des halbwachen Sicherheitsteams, das das Abfluggate bewachte. In diesem offiziellen Moment fiel ihm der Inhalt seiner Aktentasche wieder ein, noch etwa fünfzigtausend Dollar und eine Waffe. »Oh, entschuldigen Sie bitte«, sagte der allzeit wachsame Vladimir. Er humpelte zum nächsten Mülleimer und deponierte mit einem Achselzucken das nutzlose Objekt darin. »Fragen Sie gar nicht erst nach der Waffe«, sagte er zu den netten grün gekleideten Herren mit Walrossbart. »War das ein langer Tag!«

»Amerikaner?«, fragte der Sicherheitsoffizier, ein großer, durchtrainierter und schlanker Mann mit einem weißen Haarschopf unter seinem Barett. Es war mehr eine Feststellung als eine Frage. Mit einem Minimum an bösem Unterton ersuchte er Vladimir, seine blutgetränkten Hände nicht auf den makellos weißen Schalter zu legen, dann stempelte er die kindische Abbildung eines abhebenden Flugzeugs in den Pass und winkte Vladimir durch das Gate. Dieser machte sich zu einem letzten Sprint bereit, bis zum Abflug blieben noch zehn Minuten.

Direkt hinter ihm rannten Gussew und das Murmeltier zum Sicherheitsschalter, knöpften ihre Zweireiher zu, zogen ihre Krawatten gerade und schrien auf Russisch: »Halten Sie den Verbrecher in dem blutigen Hemd auf! Den kleinen Verbrecher, halten Sie ihn auf!«

Vladimir blieb stehen, wie gelähmt durch diese beleidigenden Worte, doch die Sicherheitstruppe drehte sich nicht mal um. »Hier wird kein Russisch gesprochen«, verkündete der Kommandant auf Stolowakisch, und die anderen lachten zustimmend.

»Halten Sie den internationalen Terroristen auf!«, schnauzte Gussew, immer noch in der falschen Sprache.

»Passport!«, schnauzte der Kommandant in der internationalen Sprache der Grenzpolizisten, wenn sie kurz davor stehen, mehr als etwas unwirsch zu werden.

»Sowjetbürger brauchen keinen Pass«, schrie das Murmeltier mit einem finalen selbstmörderischen Sprung in Richtung Abfluggate und Vladimir.

Vladimir stand immer noch da, gebannt vom Blick in den Augen von Mr Rybakows Sohn, dem schiefen Blick voller Hass und Wahnsinn und letztlich derselben Hoffnungslosigkeit, die sein Vater, der Ventilatormann, wie ein Abzeichen getragen hatte ... Und dann wurde der Blickkontakt abgerissen durch zahlreiche geschwungene Schlagstöcke und wohl gezielte Tritte in den Unterleib, und ein älterer Mann in Uniform beugte sich über das Murmeltier und Gussew und schwor Rache für den sowjetischen Einmarsch von 1969.

»Ach, mein armes Volk«, sagte Vladimir plötzlich, als die Handgreiflichkeiten losgingen. Warum hatte er das gesagt? Er schüttelte den Kopf. Dummes Erbe. Blöder multikultureller Jude.

Er erkannte Morgan nicht einmal unter den letzten Passagieren, die die Gangway hochstiegen. Wie ein Narr suchte er nach ihrem hellen Gesicht, dachte, es müsse sich mit dem Leuchten einer Supernova abheben und ein großer, übernatürlicher »Vladi!«-Schrei müsse das Rollfeld erschüttern. Auch wenn all das nicht eintrat, er rannte trotzdem … Rannte, wie es ihm Kostja und das Leben beigebracht hatten, rannte zu ihr, zu den summenden Turbinen und dem Funkeln der Sonne auf den bebenden Metallflügeln, und bald würde unter ihm, ein unerträglicher Anblick, wieder einmal eine Landschaft zurückbleiben, so ungerührt, als wäre all das nie geschehen.

Er rannte – und hatte nicht einmal mehr genug Zeit, sich vorzulügen, dass er zurückkehren würde. Dabei waren Lügen immer so wichtig gewesen für unseren Vladimir, wie Kindheitsfreunde, mit denen man für immer vertraut bleibt.

EPILOG: 1998

Ich spiele hier Akkordeon
Auf einer großen Straße
(...)
Wie schade –
den Geburtstag gibt's
Halt einmal nur im Jahre.

Das russische Geburtstagslied
(gesungen von einem schwermütigen
Zeichentrickfilm-Krokodil)

In der Nacht hatte er kein Auge zutun können. Draußen war ein Sommergewitter immer heftiger geworden und hatte versucht, mit der bedrohlichen Ankündigung von Vladimirs dreißigstem Geburtstag durch Sturmfenster und Stuck zu toben; von der brutalen Ohio-Filiale der Natur war nichts anderes zu erwarten.

Es ist Morgen in der Küche, gerade mal sieben Uhr, und der schläfrige Vladimir vertilgt seine Frühstücksflocken mit Obst. Er verbringt eine halbe Stunde damit, den Erdbeeren zuzuschauen, wie sie seine Milch blutig färben, während er seine Banane mit perverser Wonne darin versenkt. Eines von Morgans ellenlangen braunen Haaren, das sich in der Tür eines Küchenschranks verfangen hat, wird durch einen Luftzug vom Fenster bogenförmig nach oben geblasen, ein Zeigefinger, der Vladimir lockt.

Heutzutage sind die Morgen einsam.

Morgan, die als Assistenzärztin arbeitet, hat von ihrer Klinik freibekommen und schläft noch. Die Hände hat sie schützend um ihren kugelrunden Bauch gelegt, der sich schon unabhängig von ihrem eigenen Atmen zu heben und zu senken scheint. Ihre Augen sind verklebt und geschwollen vom Heuschnupfen, ihr Gesicht wird voller und vielleicht etwas weniger wohlwollend, in Vorbereitung auf ihr drittes Lebensjahrzehnt. Vladimir, der sie aus der Küche nicht hören kann, lauscht auf den Atem des Hauses und genießt, wie sein Vater, die imaginäre Sicherheit des amerikanischen Heims. Heute ist es das seelenvolle Summen irgendeines elektrischen Generators, der tief im Unterkeller des Hauses ruht, ein Summen, das sich manchmal zu einem Röhren aufschwingt und das Geschirr in der Spülmaschine klirren lässt.

»Es wird Zeit«, verkündet Vladimir der Küchenmaschinerie und den Vorhängen, die sich mit ihren aufgestickten Sonnenblumen über der Spüle bauschen.

Er fährt durch die heruntergekommenen Ecken seines Viertels, wo die anmaßenden Einfamilienhäuser wie seines von Reihenhäusern aus der Zeit zwischen den Kriegen abgelöst werden. Ob sie holzkohleschwarz gestrichen oder durch die Industrie geworden sind, die die Stadt umklammert, wer weiß das schon? Schon jetzt füllen erste Fetzen des Morgenverkehrs die Kreuzungen; Ohioer Bürger bremsen ab, um Mamis und Kinder über die Straße zu lassen. Vladimir, im plüschenen Kokon seines luxuriösen Allradantriebs, lauscht dem kratzigen Klagen des russischen Barden Wladimir Wyssozki – das ist sein Lieblingsmorgenlied, es erzählt von einer sowjetischen Irrenanstalt, wo die Insassen gerade das Rätsel des Bermuda-Dreiecks in einer Fernsehshow entdeckt haben und nun lauter verstörende Vorschläge machen. (»Wir werden das Dreieck leer trinken!«, schreit ein Alkoholiker auf Entzug.)

Und dann, mit süßlichem Zwitschern, der Herold eines Ärgernisses: Sein Autotelefon klingelt. Vladimir betrachtet es skeptisch. Acht Uhr morgens. Der Augenblick für die familiären Geburtstagsgrüße ist gekommen, Mutters alljährliche *Rede zur Lage des Vladimir.* Vom Gipfel ihres verglasten Wolkenkratzers in New York setzt das Feierschreien ein: »Liebster Volodetschka! Alles Gute zum

Geburtstag …! Einen guten Start in dein neues Lebensjahr …! Dein Vater und ich wünschen dir eine strahlende Zukunft …! Viel Erfolg …! Du bist ein begabter junger Mann …! Wir haben dir als Kind alles gegeben …!«

Eine lange Pause. Vladimir rechnet damit, dass sie jetzt anfängt zu jammern, aber Mutter steckt heute Morgen voller Überraschungen. »Siehst du«, sagt sie, »dieses Jahr weine ich nicht mal! Warum sollte ich? Du bist jetzt ein Mann, Vladimir! Es hat dreißig Jahre gedauert, aber jetzt hast du endlich die wichtigste Lektion des Lebens gelernt – *du brauchst nur auf deine Mutter zu hören, dann wird alles gut.* Weißt du noch, wie ich dich im Kindergarten beschützt habe? Weißt du noch, der kleine Ljonja Abramow, dein bester Freund … Ich habe euch immer Rotkäppchen-Schokowaffeln gegeben. So köstlich. Und du warst ein so stilles, gehorsames Kind. Ich hätte dich damals am liebsten fest in meine Liebe eingepackt. Also, haben sie dich schon zum Partner gemacht?«

»Noch nicht«, sagt Vladimir und beäugt das Herannahen eines aggressiven Milchlasters. »Morgans Vater sagt –«

»Ist der aber auch ein blöder Sack«, sinniert Mutter. »Du hast in ihre Familie eingeheiratet, also solltest du auch Partner sein. Aber keine Sorge, wenn ich zur Beschneidung komme, knöpfe ich ihn mir vor. Und wie geht es Morgan? Weißt du, als ich sie letzten Herbst gesehen habe, da war sie ja noch nicht mal schwanger, aber mir ist aufgefallen, ich konnte nicht anders … sie war schon ein bisschen fett. Vor allem die Schenkel. Du solltest sie mal auf die Schenkel hinweisen, so ganz sanft auf die amerikanische … Und wenn sie nur ein bisschen blonder wäre … Denk mal, dann hätte das Kind braune Haare und ein schönes rundes Gesicht … Aber wer weiß, was Gott noch mit uns vorhat!«

»Jede Woche fängst du wieder mit den Haaren an«, sagt Vladimir und kämmt sich nervös mit der freien Hand durch seine dunklen Locken. »Hast du sonst nichts zu sagen?«

»Ich bin alt, mein Schatz! Ich wiederhole mich! Eine alte Frau! Fast schon sechzig.«

»In diesem Land ist das nicht besonders alt.«

»Ja, aber nach allem, was ich durchgemacht habe. Die Lappalien. Es sind immer die Lappalien … Ich kann nachts nicht schlafen, Volodja … Ich wache auf, und die Lappalien ersticken mich. Warum ist mein Leben so schwierig, sag mir das, mein Schatz?«

Vladimir mustert ein Werbeplakat für einen neu eröffneten Reifendienst. Plötzlich überkommt ihn das Bedürfnis, seine Reifen wechseln zu lassen, mit den Mechanikern in ihren blauen Overalls über seine bevorstehende Vaterschaft zu plaudern und darüber, wie er sich bei der ganzen Angelegenheit wohl verhalten soll. Er möchte der schlichten Bruderschaft von Amerikas weißen Männern beitreten. Warum auch nicht? Morgan jedenfalls hat sich, das gehört zu ihrem neuen Leben, bereits mit einer natürlichen Auswahl junger, attraktiver Frauen im gebärfähigen Alter umgeben, die die Küche mühelos mit Kaffeekochen lahm legen können und den vorbeikommenden Vladimir mit einer Mischung aus Scheu und Ungläubigkeit beäugen. »Mmmm …«, sagt er zu Mutter.

»Und was für einen gesunden amerikanischen Jungen du kriegen wirst«, fährt sie fort. »Ich habe bei den Nachbarn einen gesehen. Die krabbeln sogar anders hier. Sehr energisch. Liegt vielleicht an der Ernährung.«

Vladimir legt das Telefon in seinen Schoß und lauscht dem sachten Trillern von Mutters Rede, in Erwartung des vorwurfsvollen Wisperns, das andeutet, sie hat jetzt alles gesagt, was sie zu sagen hatte. »Also, jetzt muss ich Schluss machen«, seufzt Mutter, gerade als er das Telefon wieder aufnimmt. »Diese Anrufe kosten schließlich Geld. Vergiss nie, wir lieben dich, Volodja! Und hab keine Angst vor Morgans Vater. Wir sind stärker als diese Leute. Nimm dir einfach, was du willst, Synotschek …«

Sie küssen sich zum Abschied, und der Klang ihrer Schmatzer hallt durch den Äther. Vladimir fährt still weiter. Trotz des Morgengewitters, das sich immer noch da oben zusammenbraut, hat es die ungeschickte Ohio-Sonne geschafft, durch die Wolken zu brechen und Vladimir mit ihrem falschen Sommergleißen zu blenden. Die Straßen sind einsam und trocken.

Aber dann, als hätte sich der gesamte Pöbel gleichzeitig aus dem

Schlaf erhoben und wäre jetzt fertig mit Gurgeln, setzt der Morgenverkehr richtig ein. Vladimir kämpft sich durch bis auf einen Highway, die Hauptverkehrsader in die Innenstadt, wo langsam ein neues Panorama auftaucht, ausgeweidete Industrie vermischt mit orthodoxen Zwiebelkuppeln, die schornsteinhohe Kreuze tragen … Und dann, und dann …

Cleveland Innenstadt. Die drei größten Wolkenkratzer erheben sich über einer kosmopolitischen Fabrikwüste, die so sehr danach schreit, in Nachtclubs und Kettenrestaurants umgewandelt zu werden, dass es schon wehtut; dazu gedrungene Mini-Wolkenkratzer, die aussehen, als wären sie in ihrer ersten Blüte gestutzt worden; die hoffnungsfrohe Grandezza städtischer Bauten aus einer Zeit, als der Transport von Ferkeln und Färsen der Stadt eine Handelseleganz versprach, die jedoch zusammen mit den Tieren verblich … Aber irgendwie hat diese Stadt doch all den ruppigen Jahreszeiten und den Gewittern standgehalten, die über dem Lake Erie tief Luft holen. Irgendwie hat Cleveland überlebt und sein graues Banner entfaltet – das Banner von Archangelsk und Detroit, von Charkow und Liverpool, das Banner von Männern und Frauen, die auch an den entwürdigendsten Orten der Erde noch siedeln würden und dort, mit der Hybris, die weder aus Glauben noch aus Ideologie entsteht, sondern aus Biologie und Sehnsucht, ihre wimmernden Zweitbesetzungen zur Welt bringen.

Jepp, das gute alte Cleveland. Und wer ist Vladimir, wenn nicht sein Kapitän? Sein Büro befindet sich auf dem Gipfel eines Wolkenkratzers, der das gesamte Gebiet überblickt, Land und See, Vorstadt und Metropole. Und dort, unter der gereizten Leitung von Morgans Vater, wird Buchhalter Vladimir die finanzielle Zukunft von vielen, vielen kleinen Unternehmen im ganzen Ohio-Tal hüten.

Das heißt, bis das Unvermeidliche geschieht. Mindestens einmal die Woche. Normalerweise nach einer Standpauke von irgendeinem klar konturierten Vorgesetzten mit den flachen Vokalen des Mittleren Westens und einem Militärhaarschnitt. Dann schließt Vladimir seine Bürotür ab, schließt die Augen und träumt von … Einem Schema! Einer Provokation! Pyramiden! Turboprops! Der

Frankfurter Börse! Dem alten Girshkin-Motto: Du gibst, ich nehme! Wie sagte Mutter doch? Wir sind stärker als diese Leute. Nimm dir einfach, was du willst …

Aber er kann nicht. Vollkommen weg, dieser jugendliche Instinkt. Hier ist Amerika, wo die Morgenzeitung pünktlich um halb acht auf der Türschwelle landet – und nicht das filzige Reich, in dem Vladimir einst herrschte.

Also wird er die Augen wieder aufschlagen und die Tür wieder aufschließen. Er wird seinen zehnstündigen Arbeitstag absolvieren. Er wird mit den Damen vom Sekretariat plaudern und seine freien Minuten nutzen, um sich auf den letzten Seiten des *Plain Dealer* über das Abschneiden der einheimischen Sportmannschaften zu informieren, eine Statistik, die es für die bizarren Kumpelrituale dieser Firma nach Feierabend braucht. (Vladimir ist schließlich, wie erwähnt, Partnerkandidat.)

Und dann wird sich endlich der Tag zurückspulen, er wird zu Morgan heimkehren … zu dem feinen Atemrinnsal aus ihrem Mund, zu den Ohren voller Wärme, als wären glühende Kohlen darin verborgen, zu ihrem schwangeren Leib, der ihn des Nachts mit all der Sorge einer werdenden Mutter umarmt.

Und was ist mit seinem Kind?

Wird es so leben wie sein Vater früher: unvernünftig, auf großem Fuße, ekstatisch? …

Nein, denkt Vladimir. Denn er sieht dieses Kind jetzt vor sich. Es ist ein Junge. Der ziellos heranwächst in einer abgeschiedenen Welt voll elektronischer Kobolde und stummer sexueller Bedürfnisse. Anständig gegen die Elemente isoliert durch Stuck und Sturmfenster. Ernsthaft und ein wenig fad, aber von keiner Krankheit befallen, frei von der Angst und dem Wahnsinn, die in Vladimirs östlichen Ländern herrschen. Unter einer Decke mit seiner Mutter. Für seinen Vater ein Halbfremder.

Ein Amerikaner in Amerika. Das ist Vladimir Girshkins Sohn.

DANKSAGUNG

Ich möchte mich herzlich bedanken bei Chang-rae Lee für seine Starthilfe beim Eintritt in die Welt der Literatur. Bei Diane Vreuls für ihre ganz frühe Ermutigung. Bei John Saffron von der Haimosaurus University für seine unendliche Geduld und das gelegentliche Schwingen der Peitsche. Bei Denise Shannon von der Agentur ICM für erstklassige Vertretung und Beratung. Bei Cindy Spiegel für ihre unschätzbaren Lektoratsvorschläge und ihre kluge Einfühlung in die Erfahrung des Immigranten. Bei Millys Lee für alles.